MARTIN SCOTT

Die Geheimnisse von Turai 1+2+3

Buch

Die Stadt Turai ist eine wimmelnde Metropole, in der Menschen, Zwerge, Elfen und viele andere Völker einigermaßen friedlich miteinander leben. Aber natürlich gibt es in einer so großen Stadt auch viele Streitereien und Verbrechen – und damit immer neue Aufträge für Thraxas, den Abenteurer, Lebenskünstler, unmäßigen Genießer und mäßigen Zauberer, vor allem aber gewitzten privaten Ermittler. In seinem ersten Fall wird er von Prinzessin Du-Akai angeheuert, Liebesbriefe wiederzubeschaffen, die sie unvorsichtigerweise an einen ausländischen Diplomaten geschrieben hat. Kaum hat Thraxas den Auftrag angenommen, wird er auch schon wegen Mordes verhaftet und gerät mit Meuchelmördern und verrückten Magiern aneinander. Nachdem Thraxas die chaotischen Verwicklungen mit knapper Not überstanden hat und seinen verdienten Urlaub antreten will, reißen sich gleich mehrere Klienten um ihn: Thraxas soll einem jungen Mann helfen, der beschuldigt wird, einen bekannten Bildhauer ermordet zu haben; ein junges Mädchen will ihn engagieren, um ein paar Delfinen zu helfen; und zwei Mönche benötigen seine Dienste, um eine verschwundene Statue wieder aufzutreiben. In Turai beginnt der heißeste Sommer seit Menschengedenken ...

Autor

Martin Scott wurde in Glasgow geboren und lebt seit über zwanzig Jahren in London. Unter seinem ersten Namen Martin Millar veröffentlichte er bereits mehrere Romane im weiteren Spektrum der fantastischen Unterhaltung. Inspiration findet er nach eigenem Bekunden in den Kneipen von South London. Weitere Informationen über den Autor auch unter *www.martinmillar.com* und *www.thraxas.com*.

Von Martin Scott bereits erschienen:

Die Geheimnisse von Turai: 1. Der Drachentöter. Roman (24182), 2. Das Zaubergift. Roman (24183), 3. Das Wagenrennen. Roman (24184), 4. Die Reise zu den Elfeninseln. Roman (24185), 5. Der Konvent der Zauberer. Roman (24246), 6. Der grüne Stein. Roman (24252), 7. Orks ante Portas. Roman (24277), 8. Sturm und Drang (24404)

Weitere Bände sind in Vorbereitung.

Martin Scott

Der Drachentöter
Das Zaubergift
Das Wagenrennen

Die Geheimnisse von Turai 1 + 2 + 3

Drei Romane in einem Band!

Ins Deutsche übertragen
von Wolfgang Thon

blanvalet

Die englischen Originalausgaben erschienen unter den Titeln
»Thraxas«, »Thraxas and the Warrior Monks«
und »Thraxas at the Races« bei Orbit, London.

Umwelthinweis:
Alle bedruckten Materialien dieses Taschenbuches
sind chlorfrei und umweltschonend.

1. Auflage
Taschenbuchausgabe September 2006 bei Blanvalet,
einem Unternehmen der Verlagsgruppe
Random House GmbH, München

Umschlaggestaltung: Design Team München
Umschlagillustration: Agt. Schlück/Lagana, Randy
V. B. · Herstellung: H. N.
Druck und Einband: GGP Media GmbH, Pößneck
Printed in Germany
ISBN-10: 3-442-24399-8
ISBN-13: 978-3-442-24399-0

www.blanvalet-verlag.de

Der Drachentöter

1. Kapitel

Turai ist eine magische Stadt. Von den Hafenanlagen im Stadtteil ZwölfSeen bis zum Park der Mondfinsternis, von den stinkenden Elendsvierteln bis zu den duftenden Gärten des Kaiserlichen Palastes, findet ein Besucher alle Arten erstaunlicher Personen, erstaunlicher Dinge und erstaunlicher Dienstleistungen. Man kann sich sinnlos betrinken und mit Barbarensöldnern in den Hafenkaschemmen Geschichten über Metzeleien austauschen, auf den Straßen Musikern lauschen oder Akrobaten und Jongleure bewundern, mit Huren in Kushni feilschen oder Geschäfte mit durchreisenden Elfen in der Goldenen Sichel abschließen, oder einen Zauberer in der Wahre-Schönheit-Chaussee zu Rate ziehen, die im Volksmund auch Wahre-Schönheit-Gosse heißt. Man kann im Stadion Superbius, der »Superschüssel«, auf Wagen und Gladiatoren wetten, man kann Meuchelmörder dingen, essen, trinken, fröhlich sein, und wegen des anschließenden Katzenjammers einen Apotheker aufsuchen. Falls es einem gelingt, einen Übersetzer aufzutreiben, kann man sogar mit den Delfinen in unserer Bucht schwatzen. Und wem es danach noch immer nicht an Eindrücken reicht, der kann losziehen und sich im Königszoo den frisch eingetroffenen Drachen ansehen.

Solltet Ihr jedoch ein Problem aber kaum Geld haben, könnt Ihr mich anheuern. Mein Name? Thraxas. Ich habe all die Dinge, die ich oben aufgezählt habe, bereits selbst ausprobiert. Bis auf die Besichtigung des neuen Drachen für den König. Darauf habe ich bis jetzt verzichtet. Dahin zieht es mich überhaupt nicht. Ich habe während der letzten Orgk Kriege nun wirklich mehr als genug Drachen zu Gesicht bekommen.

Ich bin dreiundvierzig, übergewichtig, bar jeden Ehrgeizes, und habe einen fatalen Hang zu ausgedehnten Sauftouren. Auf dem Schild an meiner Tür versteckt sich auch irgendwo das Wort »Zauberer«, aber meine Zauberkräfte sind von der untersten Kategorie, bloße Taschenspielertricks im Vergleich zu den Fähigkeiten der besten Magier von Turai. Eigentlich bin ich Privatdetektiv. Der preisgünstigste magische Schnüffler im ganzen zauberhaften Stadtstaat von Turai.

Wenn Eure Lage so richtig mies ist, und die Zivilgarde keine Lust hat, einzuschreiten, dann könnt Ihr gern zu mir kommen. Wenn Ihr zum Beispiel eigentlich einen richtig mächtigen Zauberer bräuchtet, Euch aber keinen leisten könnt, dann immer hereinspaziert. Wenn Euch ein Meuchelmörder im Nacken sitzt, und Ihr jemanden benötigt, der als Kanonenfutter herhält, zu Euren Diensten. Wenn dem Stadtkonsul Euer Fall schnurz ist, und die hochkarätigen Detektive Euch in hohem Bogen aus ihren vornehmen Büros in den teuren Stadtvierteln geworfen haben, dann bin ich Euer Mann. Was für Probleme die Leute auch haben mögen: Nachdem sie alle anderen Adressen abgeklappert haben und feststellen müssen, dass sie sich nichts Besseres leisten können, dann landen sie irgendwann bei mir. Manchmal kann ich ihnen helfen. Manchmal nicht. Was sich eigenartigerweise in beiden Fällen nicht verbessert, ist meine Finanzlage.

Ich habe einmal im Kaiserlichen Palast gearbeitet. Ich war ein Hoher Ermittler der Palastwache, aber meine Trinkerei hat mich den Posten gekostet. Das ist schon lange her. Trotzdem bin ich dort seitdem nicht mehr sonderlich gern gesehen.

Ich residiere in zwei Zimmern über der Rächenden Axt, einer Hafenkaschemme, die von Ghurd geführt wird, einem in die Jahre gekommenen Barbaren aus den Nordreichen, der für Turai als Söldner gekämpft hat. Er war ein guter Kämpfer. So wie ich auch. Wir haben bei vielen Gelgenheiten Seite an Seite gefochten, aber damals waren wir noch einen Schlag jünger. Es ist eine lausige Absteige, aber ich kann mir nichts Besseres leisten. Frauen spielen in meinem Leben keine Rolle mehr, es sei denn, man zählt Makri mit. Sie arbeitet als Bedienung in der Rächenden Axt und manchmal springt sie als meine Assistentin ein. Makri ist eine bemerkenswerte Mischung aus Mensch, Elf und Orgk, und äußerst geschickt mit dem Schwert. Selbst hirnlose, geile Trunkenbolde, also das Stammpublikum von Ghurds Kaschemme, hüten sich davor, ihr in die Quere zu kommen.

Soweit ich weiß, unterhält Makri keinerlei romantische Beziehungen, obwohl ich sie ein paar Mal dabei ertappt habe, wie sie sehnsüchtig hochgewachsenen, gutaussehenden Elfenjungs hinterhergaffte, die gelegentlich auf ihrem Weg vom Hafen zur Goldenen Sichel hier vorbeischreiten. Aber bei denen hat sie keine Chance. Makris wüster Stammbaum macht sie praktisch überall zur Außenseiterin. Ein reinblütiger Elf würde sie trotz ihrer Jugend und Schönheit keines zweiten Blickes würdigen.

Mich selbst verlangt es nicht mehr nach irgendwelchen intimeren Kontakten, seit meine Gemahlin sich vor geraumer Zeit mit einem Zauberlehrling, der nur halb so alt war wie ich, zum Feenhain abgesetzt hat. Gegen einen Klienten hätte ich allerdings nichts einzuwenden. Im Moment herrscht gerade Ebbe in meiner Kasse, und Ghurd der Barbar, schätzt es gar nicht, wenn man mit der Miete in Rückstand gerät.

Der Palast sollte mich eigentlich engagieren, damit ich das verschwundene Rote Elfentuch finde. Das ist im Moment das vorherrschende Thema in Turai, obwohl die Regierung versucht hat, die Angelegenheit mit dem Mantel des Schweigens zu bedecken. Rotes Elfentuch ist wertvoller als Gold. Ich könnte eine fette Belohnung einstreichen, wenn ich es fände. Unglücklicherweise will keiner meine Dienste. Die Palastwache und die Zivilgarde sind beide an dem Fall dran und platzen geradezu vor Zuversicht, dass sie das Tuch bald aufgespürt haben werden. Ich dagegen bin sehr zuversichtlich, dass sie noch nicht mal den Hauch einer Spur haben. Wer gerissen genug war, sich eine schwerbewachte Fuhre Rotes Elfentuch für den König von Turai unter den Nagel zu reißen, der ist ganz bestimmt auch schlau genug, es vor der Zivilgarde zu verstecken.

2. Kapitel

Der Frühlingsanfang in Turai ist mild und angenehm, hält aber leider nicht lange an. Der lange Sommer und der Herbst dagegen sind unerträglich heiß. Und im Winter regnet es unfehlbar dreißig Tage und dreißig Nächte lang. Danach wird es so verdammt kalt, dass die Bettler auf den Straßen erfrieren. Damit hätten wir die Klimafrage fürs erste abgehakt.

Der oben erwähnte Frühlingsanfang ist zu Ende und die Temperaturen klettern allmählich in die Höhe. Ich fühle mich bereits jetzt sehr unwohl und frage mich, ob es für das Bierchen des Tages noch zu früh ist. Höchstwahrscheinlich. Außerdem bin ich pleite. Ich hatte seit Wochen keinen einzigen Klienten. Man könnte meinen, dass die Verbrechensrate in Turai gesunken ist, nur leider hat das Verbrechen in Turai immer Hochkonjunktur. Es gibt einfach zu viele Gauner, die in Armut leben, und zu viele reiche Geschäftsleute, die nur darauf warten, von den Erstgenannten ausgeraubt zu werden oder gerade selbst versuchen, irgendein ungesetzliches Geschäft abzuwickeln. Aber rätselhafterweise fließt dieser Geldstrom immer an mir vorbei. Meinen letzten Auftrag habe ich erfolgreich abgeschlossen. Ich habe ein magisches Amulett gefunden, das der alte Gorsius Sternengucker bei einer Sauftour in einem Bordell liegen gelassen hat. Ich habe es nicht nur wiederbeschafft, sondern die ganze Angelegenheit auch noch ohne großes Aufsehen erledigt. Der makellose Ruf, den er im Palast genießt, hätte vielleicht ein paar Schrammen bekommen, wenn sich seine kleine Schwäche für blutjunge Prostituierte in der ganzen Stadt herumgesprochen hätte.

Gorsius Sternengucker hat versprochen, mir als Ausgleich ein paar kleinere Aufträge zuzuschanzen, aber daraus ist nie was geworden. Man kann sich auch nicht wirklich darauf verlassen, dass ein Palastzauberer eine Gefälligkeit erwidert. Die sind viel zu sehr damit beschäftigt, die Karriereleiter hochzuklettern, Horoskope für junge Prinzessinnen zu ersinnen, also den üblichen Zauberschmu abzuziehen.

Ich bin gerade zu dem Schluss gekommen, dass es eigentlich keine andere Alternative für mich gibt, als hinunterzugehen und ein Bierchen zu zischen, ganz gleich wie früh es gerade sein mag, als jemand an meiner Wohnungstür klopft. Ich habe zwei Zimmer, und benutze das vordere als Büro. Von der Straße aus gibt es eine Hintertreppe, falls mich jemand aufsuchen will, ohne zuerst durch die Kaschemme gehen zu müssen.

»Herein!«

Meine Zimmer sehen aus wie ein Schweinestall. Ich bedauere es. Ich mache nichts dagegen.

Die junge Frau, die hereinkommt, sieht aus, als würde sie über alles die Nase rümpfen, das weniger feudal als eine Suite im Palast ist. Sie schlägt die Kapuze zurück und präsentiert mir eine goldblonde Mähne, tiefblaue Augen und ein perfekt geschnittenes Gesicht. Sie ist bildhübsch, wie wir Detektive immer sagen.

»Thraxas, Privatdetektiv?«

Ich nicke und fordere sie auf, sich zu setzen. Das macht sie auch, nachdem sie erst mal einen Stuhl freigeräumt hat. Wir sehen uns über den Tisch und die Reste eines Abendessens hinweg an. Es stammt von gestern. Na gut, vielleicht auch von vorgestern.

»Ich habe ein Problem. Gorsius Sternengucker hat mir gesagt, dass Ihr mir vielleicht helfen könntet. Und er hat auch gesagt, dass Ihr diskret seid.«

»Das bin ich. Aber vermutlich habt Ihr bereits einen Aufruhr verursacht, indem Ihr nach ZwölfSeen gekommen seid.«

Damit wollte ich nicht auf ihre Schönheit anspielen. Ich

habe es mir vor langer Zeit abgewöhnt, jungen Frauen Komplimente wegen ihrer Schönheit zu machen. Etwa um die Zeit, als mein Leibesumfang so groß geworden war, dass sich diese Mühe einfach nicht mehr lohnte. Aber sie ist fantastisch gekleidet, viel zu teuer für diesen miesen Stadtteil. Sie trägt einen leichten schwarzen Mantel, der mit Pelz gesäumt ist, und darunter eine lange, blaue Samttoga, die eigentlich eher dafür geeignet ist, mit Höflingen in einem Ballsaal zu schwofen, als sich vorsichtig einen Weg durch verfaulende Fischköpfe zu bahnen, wie sie hier unsere Straßen zieren.

»Mein Diener hat mich in einer kleinen Kutsche hergefahren. Eine geschlossene Kutsche. Ich glaube kaum, dass mich jemand dabei beobachtet hat, wie ich die Treppe hinaufgestiegen bin. Allerdings war ich auf das hier wirklich nicht vorbereitet ...«

Ihre graziöse Handbewegung umfasst sowohl den Zustand meines Raumes als auch den der Straße.

»Schön, schön. Und was kann ich für Euch tun?«

Wenn eine offensichtlich vermögende junge Dame mich besucht, was äußerst selten vorkommt, erwarte ich eine Menge Zurückhaltung ihrerseits. Diese Annahme ist keineswegs abwegig, denn wenn eine solche Person ausgerechnet mich konsultiert, muss ihre Lage so verzweifelt sein, dass keiner von ihren Standesgenossen und -genossinnen davon Wind bekommen darf. Vermutlich ist es etwas derart Peinliches, dass sie sich damit nicht einmal an einen dieser Samt-und-Seide-Ermittler in Thamlin wenden will, weil sie Angst hat, dass etwas durchsickern könnte. Diese junge Dame hier ist jedoch alles andere als zögerlich und kommt mit erfrischender Direktheit zum Punkt.

»Ihr müsst mir eine Schatulle wiederbeschaffen. Es ist ein kleines, mit Juwelen besetztes Kästchen.«

»Hat es jemand gestohlen?«

»Nicht direkt gestohlen.«

»Was ist drin?«

Sie zögert. »Müsst Ihr das wissen?«
Ich nicke.
»Briefe.«
Hm. »Was für Briefe?«
»Liebesbriefe. Von mir. An einen jungen Attaché der Botschaft von Nioj.«
»Und Ihr seid ...?«
Das überrascht sie nun doch. »Ich bin Prinzessin Du-Lackai. Erkennt Ihr mich nicht?«
»Ich mische mich im Moment wenig unter die Oberen Zehntausend.«
Ich hätte sie eigentlich von meiner Anstellung im Palast her kennen sollen, aber als ich sie das letzte Mal gesehen habe, war sie zehn Jahre alt. Und außerdem habe ich nicht erwartet, dass plötzlich die Nummer Drei in der Warteschlange für den Kaiserlichen Thron in mein Büro spaziert kommt. Stellt Euch das mal vor! Wenn in dieser Minute König Reeth-Lackal, Prinz Frisen-Lackal und Prinz Dös-Lackal zufällig bei einem bedauerlichen Unfall oder einem Attentat zu Tode kämen, dann würde ich gerade sehr angeregt mit der neuen Herrscherin des Stadtstaates von Turai plaudern. Und das über einen Teller drei Tage alten Eintopfs hinweg. Vielleicht sollte ich doch ab und zu mal aufräumen.
Sie nickt.
»Wie viele Briefe?«
»Sechs. Er verwahrt sie in einer kleinen, juwelengeschmückten Schatulle, die ich ihm geschenkt habe.«
»Und warum könnt Ihr sie nicht einfach zurückfordern?«
»Attilan, so heißt er, weigert sich. Er ist sehr verstimmt, seit ich unsere Beziehung beendet habe. Aber ich musste es tun. Ich will mir gar nicht ausmalen, was mein Vater gesagt hätte, wenn er etwas über uns beide herausgefunden hätte. Ihr begreift sicherlich, dass mir dies alles sehr peinlich ist. Ich kann die Palastwache nicht um Hilfe bitten. Die Königliche Familie nimmt gelegentlich die Hilfe von Privatdetek-

tiven in Anspruch in … in heiklen Angelegenheiten. Ich kann es aber keinesfalls riskieren, mich an jemanden zu wenden, der mich kennt.«

Ich mustere sie. Sie scheint sehr ruhig und gefasst zu sein, was mich etwas überrascht. Es schickt sich eigentlich nicht für junge Prinzessinnen, Liebesbriefe zu schreiben, schon gar nicht an niojanische Diplomaten. Auch wenn eine Weile Frieden herrscht, verbindet Turai und seine nördliche Nachbarin Nioj eine historische Feindschaft. Nioj ist sehr mächtig und aggressiv, und unser König verbringt die Hälfte seiner Zeit mit dem verzweifelten Versuch, den Frieden zu wahren. Was die Sache noch verschlimmert. Die Niojaner sind puritanisch bis auf die Knochen, und ihre Kirche richtet ihre beißende Kritik mit Vorliebe gegen die Wahre Religion Turais. Irgendetwas zu bemäkeln findet sie immer. Kurzum Niojaner sind in Turai nicht unbedingt die beliebtesten Leute.

Wenn etwas von dieser Affäre durchsickerte, gäbe es einen Skandal, der sich gewaschen hätte. Die Menschen hier lieben Skandale. Und ich weiß noch genug über die Palastpolitik, dass ich eine ungefähre Vorstellung habe, was einige Fraktionen aus so einem Skandal machen würden. Senator Lohdius, der Führer der Oppositionspartei, den so genannten Populären, würde keine Sekunde zögern, diesen Skandal zu nutzen, um damit den König zu diskreditieren. Deshalb wundert mich die offenkundige Gelassenheit der Prinzessin ein wenig. Vielleicht hat man unserer Königsfamilie über die Generationen ja eine gründliche Kontrolle ihrer Gefühle angezüchtet.

Ich notiere mir ein paar Einzelheiten. Und erhöhe meinen Tagessatz drastisch. Trotzdem merke ich, wie schockiert die Prinzessin über mein geringes Honorar ist. Dumm von mir. Ich hätte noch viel unverschämter sein sollen.

»Ich glaube nicht, dass es allzu schwierig sein dürfte, Prinzessin. Macht es Euch etwas aus, wenn es Euch Geld kostet, die Briefe zurückzubekommen? Vermutlich hat er so etwas im Sinn.«

Es macht ihr nichts aus. Natürlich nicht.

Sie bittet mich, die Briefe nicht zu lesen. Ich verspreche es ihr. Dann zieht sie sich wieder die Kapuze über den Kopf und verschwindet durch die Tür.

Endlich hebt sich meine Stimmung. Der Fall ist aller Wahrscheinlichkeit nach ein Kinderspiel, und außerdem habe ich jetzt Geld. Es ist Mittagszeit. Ich gehe nach unten, um mir eine flüssige Mahlzeit einzuverleiben. Es spricht nichts dagegen, ein Bierchen zu trinken. Nach einem solchen Morgen hat sich das ein hart arbeitender Mann redlich verdient.

3. Kapitel

Die Kaschemme ist voller Hafenarbeiter und Barbarensöldner. Die Hafenarbeiter trinken hier jeden Mittag, und die Barbaren machen Zwischenstation, bevor sie sich in der Armee verdingen. Die Spannungen zwischen Turai und Nioj haben in letzter Zeit zu massiven Rekrutierungen geführt. Und im Süden, an der Grenze zu Mattesh, gibt es auch Ärger. Ein kleiner Zwist wegen der Silberminen. Turai gehört zu einer Liga von Stadtstaaten, in der sich auch Mattesh und andere Städte befinden. Damit wollen wir uns eigentlich vor größeren Feinden schützen. Aber die Liga zerfällt unaufhaltsam. Diese verdammten Politiker. Wenn sie es wieder vermasseln und uns einen neuen Krieg aufhalsen, sitze ich auf dem ersten Gaul, der die Stadt verlässt.

Ghurd sieht mich finster an. Ich gebe ihm einen Teil der Miete. Sein Gesicht verklärt sich. Tja, der gute Ghurd hat ziemlich übersichtlich strukturierte Gefühle. Ich suche Makri. Vielleicht hat sie Lust, mir bei einem Bierchen Gesellschaft zu leisten, aber sie steckt mitten im Mittagsgeschäft. Sie rennt mit einem Tablett zwischen den Tischen umher, sammelt Humpen ein und nimmt Bestellungen entgegen. Makri trägt zur Arbeit ein winziges Höschen und ein noch winzigeres Oberteil aus den Resten eines Kettenhemdes. Damit unterstreicht sie den allgemeinen »barbarischen Stil«, mit dem sich Ghurds Kaschemme schmückt. Und da Makri eine wirklich fantastische Figur hat, und diese paar Kettenglieder so ziemlich alles davon zeigen, kassiert sie gewöhnlich jede Menge Trinkgeld.

Makri ist eine außergewöhnlich gute Schwertkämpferin, und wenn sie wirklich auf dem Kriegspfad ist, wird man sie niemals in ihrem Kettenhemd-Fetzen antreffen. Dann steckt sie bis zur Nasenspitze in ihrer Leder-und-Stahl Rüstung, hat ein Schwert in der einen und eine Streitaxt in der anderen Hand, und könnte einem den Kopf abschlagen, bevor man auch nur einen einzigen Blick auf ihre fantastische Figur werfen kann. Aber sei's drum: Ihr Dress macht die Gäste glücklich. Ihr langes schwarzes Haar reicht bis weit über ihre dunklen, leicht rötlichen Schultern. Ihre ungewöhnliche Hautfarbe ist ebenfalls ein Produkt des orgkischen, elfischen und menschlichen Stammbaums.

Rein wissenschaftlich wird es als unmöglich betrachtet, das Blut aller drei Rassen in sich zu tragen. Die äußerst wenigen Wesen, die diese Theorie nachdrücklich widerlegen, gelten als Freaks und Außenseiter der Gesellschaft. In den vornehmeren Vierteln von Turai würde man Makri nicht einmal gestatten, eine Taverne zu betreten. Makri muss sich eine Menge Beschimpfungen wegen ihres Stammbaumes anhören. Auf den Straßen verspotten die Kinder sie mit Worten wie »Mischbrut«, »Dreiblutigkeit«, »Orgk-Bastard« und noch Schlimmerem.

Ich bemerke, wie Makri hinter der Bar verstohlen Cimby und Bertax, einem jungen Paar herumreisender Musiker ein Brot zusteckt. Es sind gute Musiker, aber Straßenmusik bringt an einem armen Ort wie dem hier nur wenig ein, und sie sehen hungrig aus.

»Ich kann einfach keinen Mann allein trinken sehen«, erklärt Hoffax und setzt sich zu mir.

Ich nicke. Zwar habe ich keine Probleme damit, allein zu trinken, aber ich bin fröhlich genug, dass ich auch Hoffax' Gesellschaft ertragen kann. Er ist ein massiger, rothaariger Mann, der früher einmal Karren zwischen dem Hafen und den Lagerhäusern des Kadewehweg hin- und hergefahren hat. Jetzt ist er ein gut bezahlter Bonze in der Transport-Gilde. Ich hab für ihn mal ein oder zwei kleine Aufträge erledigt.

»Wie läuft die Büroarbeit?«, fragte ich ihn.

»Geht so. Besser als auf einer Sklavengaleere zu rudern.«

»Und wie steht's um die Gilde?«

»Der Handel läuft, die Karren sind voll, aber wir haben alle Hände voll damit zu tun, uns die Bruderschaft aus dem Haus zu halten.«

Ich nicke. Die »Bruderschaft« ist die größte kriminelle Vereinigung im Süden der Stadt. Sie versucht immer wieder, die Arbeitergilden zu infiltrieren. Die Handwerkszünfte vermutlich auch. Nach allem, was ich mitbekommen habe, sogar den Ehrenwerten Verein der Kaufmannschaft. Im Moment scheint die Bruderschaft alles auf einmal infiltrieren zu wollen. Und sie macht dabei jede Menge Ärger. Es hat zahlreiche Bandenkämpfe und Anschläge zwischen ihr und dem »Freundeskreis« gegeben, der kriminellen Organisation, die den Norden von Turai kontrolliert. Die meisten Zwistigkeiten drehen sich um die Kontrolle des Boah-Handels. Boah ist eine starke und sehr verbreitete Droge, und man kann eine Menge Geld damit machen. Die Bruderschaft und der Freundeskreis sind nicht die einzigen Organisationen, die versuchen, im Trüben nach dem dicken Fisch zu angeln. Viele hoch angesehene und höchst ehrenwerte Persönlichkeiten des öffentlichen Lebens verdienen sich ihren beachtlichen Lebensunterhalt mit Boah – obwohl die Droge illegal ist. Die Zivilgarde scheint nicht dagegen einzuschreiten. Die Korruption hat in Turai eine ehrenwürdige Tradition.

»Hast du von dem neuen Drachen gehört?«, fragt Hoffax.

Ich nicke. Es stand im Nachrichtenpapyrus.

»Ich habe ihn höchstpersönlich zum Palast gekarrt.«

»Wie transportiert man denn einen Drachen?«

»Vorsichtig!« Hoffax wiehert vor Lachen. »Er hat die meiste Zeit geschlafen«, erklärt er, als er sich nach einer Weile wieder beruhigt hat. »Die Orgks haben einen Drachenbändiger mitgeschickt, der ihm ein Beruhigungsmittel verabreicht hat.«

Ich runzle die Stirn. Diese Drachengeschichte ist irgendwie merkwürdig, wenn man genauer darüber nachdenkt.

Der König hat schon einen Drachen in seinem Zoo, und jetzt haben ihm die Orgks noch einen geliehen, damit die beiden Viecher sich paaren. Echt nett von ihnen. Nur leider tun Orgks Menschen nichts Nettes. Sie hassen uns genauso, wie wir sie hassen, auch wenn wir rein technisch Frieden geschlossen haben. Hoffax weiß auch nicht, was er davon halten soll. Er ist ebenfalls ein Veteran des letzten Krieges.

»Einem Orgk kann man nicht trauen.«

Ich nicke. Das gilt zwar auch für die meisten Menschen, und die Elfen sind keinen Deut besser, wenn man mal genauer hinsieht, aber wir alten Frontkämpfer pflegen eben gern unsere Vorurteile.

Die Kaschemme leert sich, als die Hafenarbeiter mit ihren roten Kopftüchern sich auf den Weg zu ihren Nachmittagsschichten in den Laderäumen machen. Im Weggehen werfen sie nicht gerade wenige Blicke auf Makris Kettenhemd-Bikini. Makri ignoriert die Gaffer mitsamt ihren Kommentaren und tritt an meinen Tisch.

»Und? Fortschritte?«, fragt sie mich.

»Ja«, gebe ich zurück. »Ich habe einen Fall. Und damit ist Ghurds Miete bezahlt.«

Sie runzelt die Stirn. »Das meine ich nicht.«

Ich weiß, dass sie das nicht meint, aber was sie meint, ist eine ziemlich gemeine Angelegenheit. Makri möchte gern an der Kaiserlichen Universität studieren, und sie will, dass ich ihr dabei helfe. Ein, wie ich bei zahllosen Gelegenheiten bereits erwähnte, unmögliches Unterfangen. Die Kaiserliche Universität ist eine zutiefst konservative Körperschaft, weswegen sie zum Beispiel keine weiblichen Studenten aufnimmt. Und selbst wenn sie weibliche Studenten akzeptieren würde, dann würde sie keinen weiblichen Studenten akzeptieren, in dessen Adern auch nur ein einziges Orgkblutkörperchen fließt, welche Farbe das Blut auch immer haben mag. Das steht völlig außer Frage. Die Aristokraten und reichen Kaufleute, die ihre Söhne auf diese Institution schicken, würden sofort zu den Waffen greifen. Der Senat würde eine besondere Fragestunde anberaumen. Die Turai-Nachrichtenpapyri würden einen Skandal inszenieren. Und einmal ganz abgesehen von all dem, hat Makri nicht einmal die grundlegendsten akademischen Qualifikationen, die man für eine Immatrikulation benötigt.

All diese Einsprüche fegt Makri mit einem höhnischen Schnauben beiseite. Sie führt ins Feld, es wäre allgemein bekannt, dass jeder als Student an der Universität aufgenommen wird, wie dürftig seine Qualifikationen auch sein mögen, wenn er nur einen reichen Pappi im Hintergrund habe, der die Gebühren zahlt oder seinen Einfluss im Palast geltend machen kann.

»Und außerdem besuche ich Philosophie-Abendkurse beim Verehrten Verbund der Innungshochschulen. Die Zulassung kriege ich.«

»Die Universität unterrichtet keine Frauen.«

»Das College wollte mich auch nicht, bis ich etwas nachgeholfen habe. Und hör auf, auf meinem Stammbaum herumzuhacken. Die Sprüche der Gäste reichen mir für heute. Du hast versprochen, Astral Trippelmond zu fragen, ob er mir hilft.«

»Ich war betrunken, als ich dir das versprochen habe«, protestierte ich. »Und außerdem kann dir Astral auch nicht weiterhelfen.«

»Er ist ein Zauberer. Er muss doch ein paar wichtige Leute kennen.«

»Er ist ein Zauberer, der in Ungnade gefallen ist. Seine alten Freunde erweisen ihm keine Gefälligkeiten mehr.«

»Zumindest wäre es ein Anfang.« Makri wirft mir den Blick zu, den Frauen aufsetzen, wenn sie dir klarmachen wollen, dass sie nicht aufhören, dich zu piesacken, bis du nachgibst. Ich gebe nach.

»Wohlan denn, Makri, ich spreche mit ihm.«

»Versprochen?«

»Versprochen.«

»Dann halte bloß dein Wort, oder ich komme über dich wie ein Böser Bann.«

Ich frage Makri, was sie trinken will, aber sie muss noch einige Tische saubermachen, also nehme ich mein Bierchen mit nach oben und leere den Humpen, während ich mich zum Ausgehen fertig mache. Ich lege meine beste schwarze Tunika an, die zwar geflickt ist, aber das sehr professionell, und meine besten Stiefel, die hoffnungslos zerfleddert sind. Einer der Absätze wird jeden Moment abfallen. Das ist nicht gerade ein beeindruckender Aufzug für einen Besuch bei einem niojanischen Diplomaten. Während ich in den Bronzespiegel starre, muss ich mir eingestehen, dass ich in letzter Zeit ein wenig heruntergekommen zu sein scheine. Ich sehe absolut nicht beeindruckend aus. Mein Haar ist noch gut, es ist lang und dunkel, und mein Schnurrbart ist so gewaltig wie eh und je, aber ich habe an Gewicht zugelegt. Zusätzlich zu meiner ausufernden Taille kann ich jetzt auch noch ein Doppelkinn vorweisen. Ich seufze. Der Fluch des mittleren Alters.

Ich binde mein Haar zu einem Zopf und stelle auf der Suche nach meinem Schwert meine Zimmerflucht auf den Kopf. Dann fällt mir wieder ein, dass ich es letzte Woche versetzt habe, um Essen zu kaufen. Welcher Privatdetektiv versetzt denn sein Schwert, um Himmels willen? Na, Turais preiswerteste Detektive, die tun so was.

Ich überlege, ob ich einen Blick in das Kuriya-Becken werfen soll, entscheide mich dann aber dagegen. Die Fähigkeit, Kuriya benutzen zu können, ist eine meiner wenigen magischen Kräfte. Es bedeutet, sich in Trance zu versetzen und in ein kleines Becken mit Kuriya zu starren, eine wirklich seltene, dunkle Flüssigkeit, und darauf zu warten, dass einen vielleicht mystische Einsichten überkommen. Gelegentlich ist es mir gelungen, in einer Schüssel Kuriya auf die Lösung eines Falles zu stoßen. Zum Beispiel einen verschwundenen

Ehemann, einen diebischen Neffen, einen verlogenen Geschäftspartner. Sehr bequem. Man löst ein Rätsel, während man gemütlich zu Hause auf dem Sofa hockt. Bedauerlicherweise funktioniert es nur selten. Es ist sehr schwierig, mit Hilfe der Magie ein Bild von der Vergangenheit zu zeichnen. Selbst Zauberer mit erheblich mehr Macht als der, über die ich verfüge, sind in dem Punkt längst nicht immer erfolgreich. Es erfordert genaue Kalkulationen der Phasen der drei Monde und all solcher Feinheiten, und es ist auch keine ganz einfache Sache, sich in diese Trance zu versetzen. Die Ermittlungs-Magier der Zivilgarde versuchen es normalerweise nur bei wirklich wichtigen Kriminalfällen, und ihre Erfolgsquote ist – zum Glück für Turais Unterwelt – nicht sehr hoch.

Ein anderes Problem ist der Preis von Kuriya. Die schwarze Brühe kommt aus dem Weiten Westen, und der einzige Händler, der sie importiert, hält den Preis künstlich hoch. Er behauptet zwar, dass es sich bei Kuriya um Drachenblut handelt, aber er lügt wie gedruckt.

Ich präge mir den Schlafzauber ein. Zur Zeit kann ich mir immer nur einen einzigen Zauberspruch merken, und selbst das kostet mich sehr viel Mühe. Große Zauber werden aus dem Gedächtnis gelöscht, sobald man sie benutzt hat, also muss man sie sich immer wieder neu einprägen. Wenn ich einen Fall untersuche und vielleicht etwas Hilfe von außen benötige, merke ich mir normalerweise den Schlafzauber. Leider finde ich im Moment die ganze Auswendiglernerei etwas ermüdend. Ich bin kein sonderlich begabter Zauberer. Was erklärt, warum ich für meinen Lebensunterhalt arbeiten muss. Ein guter Zauberer kann zwei große Zauber auf einmal behalten. Und ein wirklich herausragender Zauberer kann den ganzen Tag herumlatschen, und dabei drei oder sogar vier Zaubersprüche gleichzeitig im Kopf behalten. Ich hätte eben fleißiger lernen sollen, als ich noch Zauberlehrling war.

Ich verlasse mein Büro durch die Außentür und mache mich an die Arbeit. Ich lege meinen üblichen Schließbann über die Tür. Das ist ein kleiner Zauber, den ich nach Belieben einsetzen kann. Viele Leute können diesen kleinen Zauber anwenden. Dafür bedarf es keines langen Studiums.

»Das wird dir nicht viel nützen, wenn du Corleonaxas nicht bezahlst, was du ihm schuldest.« Die raue Stimme kommt von unten.

Ich schaue den großen Kerl finster an, der am Fuß der Treppe auf mich wartet. Er ist sehr groß, sehr breitschultrig und sein vierschrötiges Gesicht ziert eine bösartige Schwertnarbe, die von der Schläfe bis zum Schlüsselbein reicht. Sein hässlicher rasierter Schädel ist wie ein Aushängeschild, auf dem brutaler Schläger steht. Alles in allem ist er also jemand, von dem man sich wünscht, er würde auf jemand anderen warten. Ich gehe lässig die Treppe hinunter und bleibe auf der dritten Stufe stehen, damit ich ihm in die Augen sehen kann, ohne mir den Hals zu verrenken.

»Was willst du, Conax?«

»Ich bringe dir eine Nachricht von Corleonaxas. In fünf Tagen ist Zahltag.«

Als wenn er mich daran erinnern müsste. Corleonaxas ist der örtliche Bruderschaftsunterhäuptling. Ich schulde ihm fünfhundert Gurans wegen einiger sehr unkluger Wetten bei den Wagenrennen.

»Er kriegt sein Geld schon«, knurre ich. »Es ist nicht nötig, dass Schläger wie du mich dran erinnern.«

»Du solltest es lieber auftreiben, Thraxas, oder wir kommen über dich wie ein böser Bann.«

Ich dränge mich an ihm vorbei. Conax lacht. Er ist Eintreiber der Bruderschaft, und außerdem ein gewalttätiger und rundum unerfreulicher Zeitgenosse. Darüber hinaus ist er genauso blöd wie ein Orgk. Zweifellos genießt er seine Arbeit. Ich lasse ihn stehen, ohne ihn eines weiteren Blickes zu würdigen. Die Wettschulden machen mir zwar Sorgen, aber das werde ich einem Ochsen wie Conax ganz sicher nicht zeigen.

Es stinkt nach verfaultem Fisch. Hier draußen ist es heißer als in der orgkischen Hölle. Ich löse mein Schwert in Pumps Pfandhaus aus. Ich würde mir gern ein Paar neue Stiefel kaufen, aber die kann ich mir nicht leisten. Genauso wenig kann ich meinen Leuchtstab oder mein Schutzamulett gegen Zaubersprüche auslösen. Meine Armut deprimiert mich. Ich sollte nicht spielen. Ich hätte im Palast bleiben, in Diensteinspännern herumkutschieren und Bestechungsgelder kassieren sollen. Ich war ein Narr, dass ich gegangen bin. Das heißt, ich war ein Narr, dass ich mich bei der Hochzeit des Häuptlings der Palastwache so habe voll laufen lassen und dass ich dann auch noch versucht habe, seine Braut zu verführen. Niemand im ganzen Palast konnte sich daran erinnern, dass ein Hoher Ermittler jemals so unvermittelt seines Postens enthoben wurde. Nicht mal überführten Spionen und Verrätern ist je ein derartiges Schicksal beschieden gewesen. Verdammter Vizekonsul Rhizinius. Er hat mich immer schon gehasst.

Ich kaufe Brot in Marzipixas Bäckerei. Marzipixa grüßt mich freundlich. Schließlich bin ich ihr bester Kunde. Als ich wieder draußen bin, sehe ich, dass sie ein Plakat angeschlagen hat, auf dem zu Spenden für die Vereinigung der Frauenzimmer aufgerufen wird. Das ist ganz schön mutig von ihr, denn viele Leute missbilligen diese Vereinigung der Frauenzimmer. Es ist eine inoffizielle Organisation, die vom König, vom Palast, vom Senat, von der Kirche, von den Zünften, Gilden und Innungen, und außerdem praktisch von jedem Mann in der Stadt mit tiefsten Misstrauen beargwöhnt wird.

»Eine sündige Sache«, sagt jemand neben mir.

Es ist Litanex, der örtliche Pontifex, ein Priester der Wahren Kirche.

Ich grüße ihn freundlich, wenn auch leicht skeptisch. In Litanex' Nähe fühle ich mich immer etwas unbehaglich. Ich habe den Eindruck, dass er meinen Lebenswandel missbilligt.

»Ihr sympathisiert nicht mit ihren Zielen, Pontifex Litanex?«

Natürlich tut er das nicht. Eine Frauenorganisation ist für die Wahre Kirche ein Gräuel. Der junge Pontifex scheint ziemlich aufgebracht zu sein. Ihm missfällt nicht nur das Plakat, er scheint auch Marzipixas Bäckerei nicht sonderlich zu mögen.

»Frauen sollten keine Geschäfte führen«, beklagt er sich.

Da Marzipixa die einzige halbwegs annehmbare Bäckerei im ganzen Bezirk von ZwölfSeen führt, kann ich dem ganz und gar nicht zustimmen, aber ich halte den Mund. Ich will mit einem Vertreter der Kirche nicht streiten. Sie ist zu mächtig, als dass man es sich mit ihr verscherzen sollte.

»Ich habe Euch in letzter Zeit nicht in der Kirche gesehen«, überrumpelt mich Litanex.

»Ich hatte sehr viel zu tun«, antworte ich lahm. Das war ziemlich dumm, denn prompt bringt mir das den Tadel ein, dass ich die Arbeit über den Kirchgang stelle.

»Ich werde auf jeden Fall alles versuchen, um diese Woche zu erscheinen«, sage ich so überzeugend wie möglich, und flüchte. Ich kann nicht gerade behaupten, dass mir dieses Gespräch Vergnügen bereitet hätte. Der Pontifex ist gar nicht so übel, vorausgesetzt, er läss einen in Ruhe. Aber wenn er jetzt plötzlich anfängt, sich um mein Seelenheil Sorgen zu machen, hört der Spaß entschieden auf.

4. Kapitel

Ich steige vorsichtig über die drei jungen Boah-Süchtigen, die in der Gosse liegen, hinweg und seufze. Die Öffnung der südlichen Handelsroute über Mattesh wurde von unserem König als Triumph der Diplomatie gefeiert. Der Handel fing auch bald an zu florieren, aber unglücklicherweise ist Boah der Importschlager. Der Gebrauch dieses starken Rauschmittels hat sich mittlerweile in der ganzen Stadt verbreitet. Bettler, Seeleute, jugendliche Schüler, Huren, Herumtreiber, reiche junge Parvenüs und Müßiggänger, alle Schichten und Arten von Wesen, die sich früher damit begnügt haben, ihre Sorgen in Bier zu ertränken oder mit gelegentlichen Dosen der erheblich milderen Droge Thazis zu lindern, verbringen jetzt ihre Zeit in den Träumen, die ihnen der Genuss von Boah bringt. Unseligerweise ist Boah nicht nur teuer, sondern macht auch süchtig. Wenn man eine Dosis genommen hat, ist man so wohlgemut wie ein Elf in einem Baum, aber wenn die Wirkung nachlässt, fühlt man sich schrecklich. Die regelmäßigen Boah-Konsumenten, die die Hälfte ihres Lebens in seinem angenehmen Griff stecken, verbringen die andere Hälfte damit, Geld für die tägliche Dosis zusammenzukratzen. Seit es Boah gibt, hat sich das Verbrechen in Turai so explosionsartig wie eine Pilzkultur vermehrt. In vielen Stadtteilen kann man nachts nicht auf die Straße gehen, ohne fürchten zu müssen, überfallen zu werden. Die Häuser der Reichen sind von Mauern umgeben und werden von Angestellten der Sicherheitsgilde bewacht. Jugendbanden in den Elendsvierteln haben früher ab und zu mal Früchte von den Marktständen stibitzt. Jetzt benutzen sie bei ihren dreisten Überfällen auf offener Straße Messer und töten schon für ein paar Gurans.

Turai geht allmählich vor die Hunde. Die Armen verzweifeln und die Reichen verprassen. Eines Tages wird König Lamachus von Nioj aus dem hohen Norden kommen und uns einfach so von der Landkarte radieren.

Meine Stimmung hebt sich, als mein Schwert wieder an meinem Gürtel hängt, und ich in einer Mietdroschke, einem Landauer, über den Mond-und-Sterne-Boulevard rattere. Das ist die Hauptstraße von Turai. Sie verläuft von Norden nach Süden und führt von der Hafengegend von ZwölfSeen durch Pashish, ein armes, aber eher friedliches Viertel, und kreuzt schließlich die Allee-der-Königlichen, die die West-Ost-Achse durch die Oberklasse-Vorstadt von Thamlin bis zum Kaiserlichen Palast bildet. Attilan, der abgelegte Herzbube unserer Königlichen Prinzessin, wohnt hier in einer ruhigen Straße, die bei den jungen Männern der ganzen Stadt als Wohngegend hoch im Kurs steht.

Ich bin darauf eingestellt, ihn nicht zu mögen. Niojaner behandeln Privatdetektive niemals zuvorkommend. In Nioj sind Privatdetektive sogar schlichtweg verboten. Allerdings ist in Nioj so ziemlich alles verboten. Es ist ein äußerst freudloses Land. Thamlin ist demgegenüber das krasse Gegenteil. Unsere wohlhabenden Mitbürger verstehen es sehr gut, sich ihre Umgebung behaglich einzurichten. Die Bürgersteige sind gelbgrün gefliest, und dahinter liegen große, weiße Häuser mit Springbrunnen, die in wohlgepflegten Gärten sprudeln. Zivile Wachtposten patrouillieren auf den Straßen und sorgen dafür, dass sich keine unerwünschten Subjekte darauf herumtreiben. Thamlin ist ein sehr friedlicher Ort. Ich habe auch einmal hier gelebt. Das ist schon eine Weile her. Mein früheres Haus beherbergt jetzt den Hof-Astrologen Ihrer Hoheit der Königin. Der Kerl ist zwar boahsüchtig, aber er hängt es nicht an die große Glocke.

Ein junger Pontifex grüßt mich höflich, als ich in Attilans Auffahrt einbiege. Er hat einen Sack dabei, der das Wappen der Wahren Kirche trägt. Vermutlich ist er eifrig dabei, Spenden von unseren begüterten Mitbürgern einzusammeln. Ein Diener öffnet mir die Tür. Attilan ist nicht zu Hause und wird auch in naher Zukunft nicht zurückerwartet. Der Diener schlägt die Tür zu. Ich mochte es noch nie, wenn man mir die Tür vor der Nase zuschlägt. Niemand stört mich, als ich durch den kleinen Garten schlendere, und in einen Innenhof gelange, in dem eine kleine Statue von Sankt Quaxinius samt einigen gut beschnittenen Büschen steht. Die Hintertür sieht solide aus, und außerdem ist sie verschlossen. Ich murmele leise den Öffnungszauber, ein anderer kleiner Zauber, den ich beliebig benutzen kann, und sie schwingt auf. Ich folge der Einladung. Den Grundriss des Hauses kann ich mir denken. Die Villen hier ähneln sich alle. Sie haben einen zentralen Innenhof, in dem ein Altar steht. Die Privatgemächer liegen auf der Rückseite. Wenn Attilan, wie ich vermute, nur ein oder zwei Bedienstete hat, und sie in ihren Quartieren herumlungern, während er weg ist, kann ich vielleicht sogar ungestört etwas herumschnüffeln.

Attilans Büro ist ordentlich aufgeräumt. Alles befindet sich an seinem Platz. Ich kontrolliere das Regal. Von den Briefen der Prinzessin ist nichts zu sehen. Ein Safe hinter einem Gemälde weigert sich zunächst, meinem Öffnungszauber nachzugeben, zieht aber schließlich doch den Kürzeren. Die Tür schwingt knarrend auf. Vielleicht hätte ich auch Karriere als Einbrecher machen können. Allerdings haben alle, die etwas wirklich Wertvolles zu verbergen haben, ihre Safes mit einem guten Zauber von irgendeinem wirklich fähigen Zauberer gesichert. In dem Safe hier finde ich jedenfalls eine mit Juwelen geschmückte Schatulle, welche die Insignien der Prinzessin auf dem Deckel trägt. Ausgezeichnet. Es läuft wie geschmiert.

Ich will sie schon in meinen Beutel stecken, als mich die Neugier überkommt. Die Prinzessin hat mich ausdrücklich ersucht, die Schatulle nicht zu öffnen und die Briefe nicht zu lesen. Was in mir den unwiderstehlichen Drang weckt, die

Schatulle zu öffnen und die Briefe zu lesen. Manchmal kann ich einfach nicht anders.

Aber sie enthält gar keine Briefe. Nur ein Pergament mit einem Zauberspruch darauf. Ich runzle die Stirn. Das ist ganz eindeutig die Schatulle, die ich für die Prinzessin zurückholen soll. Sie trägt ihre königlichen Insignien. Den Zauberspruch kenne ich nicht. Es ist kein turanianischer. Nachdem ich ihn gelesen habe, bin ich noch verwirrter als vorher. Es scheint ein Spruch zu sein, mit dem man Drachen einschläfern kann. Wozu sollte die Prinzessin so etwas wollen? Ich schiebe die Schatulle in meinen Beutel und blase zum Rückzug. Eigentlich erwarte ich keine Probleme bei meinem Abgang, aber als ich durch die Büsche stürme, stolpere ich über etwas und schreie überrascht auf.

»Wer ist da?«, begehrt ein Dienstbote zu wissen und eilt im Laufschritt auf mich zu. Dann starrt er mich entsetzt an. Das heißt, sein Entsetzen wird wohl eher von dem ausgelöst, das zu meinen Füßen liegt – ein Leichnam nämlich.

»Attilan!«, schreit der Diener.

Der Fall nimmt damit eine überraschende Wende – zum Schlechten, versteht sich. Der Dienstbote hält mich offenbar für denjenigen, der seinen Brötchengeber erdolcht hat. Die Zivilgarde schließt sich seiner Meinung an, als sie dreißig Sekunden später hereinpoltert. Eine Annahme, die auch nicht unbedingt ganz so abwegig ist, wie ich zugestehen muss, denn mir fällt einfach kein plausibler Grund für meine Anwesenheit hier ein. Die Gardisten zerren mich weg. Während ich unsanft durch den Garten geschleppt werde, nehme ich ganz schwach eine Aura von etwas Ungewöhnlichem wahr, aber sie ist zu flüchtig, um sie zu identifizieren, und außerdem gibt man mir auch nicht die geringste Chance, in Ruhe darüber zu meditieren. Ich werde in einen dieser grünlackierten Pferdewagen verfrachtet und auf höchst unbequeme Weise zum Gefängnis geschafft. Als die Gardisten mich in die Zelle werfen, kommt mir der Gedanke, dass von allen Wendungen des Schicksals, die ich jemals durchgemacht habe, diese hier die mit Abstand überraschendste und unvermittelste ist.

5. Kapitel

Turai ist in zehn Verwaltungsbezirke unterteilt, denen jeweils ein Präfekt vorsteht, der unter anderem auch der Chef der Zivilgarde seines Bezirkes ist. Präfekt Calvinius, der Thamlin verwaltet, ist ein ungeschlachter, grober Klotz, der keine Zeit verschwendet und mich umgehend darüber informiert, dass ich bis zum Hals in der Gülle sitze.

»Wir haben hier wenig Geduld mit Privatdetektiven«, knurrt er. »Warum habt Ihr Attilan getötet?«

»Ich habe ihn nicht getötet.«

»Warum wart Ihr dann da?«

»Ich habe einfach nur eine Abkürzung genommen.«

Eine Antwort, die mich postwendend wieder in meine Zelle bringt. Es ist drückend heiß hier drin und stinkt wie ein Abwasserkanal. Aus bloßer Neugier versuche ich meinen Öffnungszauber an der Tür, aber nichts rührt sich. Das war zu erwarten. Die Zellentüren werden regelmäßig von den Zauberern der Zivilgarde gewartet, die starke Schließzauber benutzen.

Stunden vergehen. Ich höre, wie der Rufer Sabbab ausruft. Zeit für das Nachmittagsgebet. Alle frommen Anhänger der Wahren Kirche, rein rechnerisch die Gesamtpopulation der Stadt, sollten jetzt auf die Knie fallen und beten. Und zwar schon zum zweiten Mal, denn vorher haben wir Wahren Anhänger des Wahren Glaubens auch den Sabbam gebetet, den Anfang des Tages. Ich habe die Morgengebete verpasst, weil ich nicht rechtzeitig aufgewacht bin. Das passiert mir jetzt schon seit Jahren. Und ich beschließe, mich bei den Abendgebeten ebenfalls entschuldigen zu lassen.

Die Tür quietscht und Hauptmann Rallig betritt meine bescheidene Zelle.

»Weißt du nicht, dass alle Bürger gesetzlich verpflichtet sind, während des Sabbab zu beten?«, sagt er.

»Ich sehe Euch auch nicht auf den Knien.«

»Ich habe eine Ausnahmegenehmigung aufgrund eines dienstlichen Auftrags.«

»Ach? Was für ein Auftrag denn?«

»Ich soll hier herunterkommen und dir befehlen, dich nicht länger wie ein Vollidiot zu benehmen, sondern dem Präfekten zu sagen, was er wissen möchte.«

Es ist in gewisser Weise eine Erleichterung, Hauptmann Rallig zu sehen, auch wenn sie sich in Grenzen hält. Wir kennen uns schon lange und haben während der Orgk-Kriege sogar im gleichen Bataillon gekämpft. Seitdem waren wir locker miteinander befreundet, doch nachdem ich aus dem Palast und in die Selbständigkeit geworfen wurde, haben wir uns ein wenig entfremdet. Er weiß, dass ich kein Narr bin, aber er schuldet mir keinerlei Gefallen.

»Hör mal, Thraxas, wir wollen dich nicht festhalten. Wir haben Besseres zu tun. Niemand glaubt, dass du persönlich Attilan ein Messer zwischen die Rippen gerammt hast.«

»Präfekt Calvinius schon.«

Hauptmann Rallig zieht ein Gesicht, das deutlich zeigt, was er vom Präfekten Calvinius hält.

»Wir haben das Messer überprüft. Unser Zauberer hat keine Spuren deiner Aura an dem Messer finden können. Natürlich könnten Zauberer ihre Aura entfernen, aber dafür bist du nicht gut genug.«

»Vollkommen richtig, Hauptmann. Ich bin bestenfalls drittklassig.«

»Aber er hat deine Aura im ganzen Haus aufgespürt. Was hast du in der Hütte gemacht?«

Ich blicke an die Decke.

»Ist dir eigentlich bewusst, wie heikel deine Lage ist, Thraxas? Attilan war ein niojanischer Diplomat. Der Botschafter veranstaltet bereits einen Höllenspektakel. Der Palast veranstaltet einen Höllenspektakel. Der Konsul hat sich höchstpersönlich herabgelassen, veranstaltet einen Höllenspektakel und stellt außerdem eine Menge Fragen.«

Ich bin beeindruckt. Der Konsul ist Turais höchster Beamter und nur dem König Rechenschaft schuldig. Hauptmann Rallig starrt mich an. Ich starre ihn an. Die letzten Jahre haben es mit ihm eindeutig besser gemeint als mit mir. Er hat noch sein langes blondes Haar und die breiten Schultern und sieht gut aus. Vermutlich hat er auch immer noch einen Schlag bei den Mädels in seiner schicken schwarzen Tunika und dem wehenden Umhang. Trotzdem ist er kein Blödmann. Im Gegensatz zu den Armleuchtern, aus der sich die Zivilgarde im Allgemeinen zusammensetzt, besitzt er einen Verstand, der so scharf ist wie ein Elfenohr.

»Also? Worum geht es?«

Ich schweige wie ein Grab.

»Ich glaube ja nicht, dass du Attilan umgebracht hast«, erklärt der Hauptmann. »Aber ich vermute, dass du vielleicht einen kleinen Einbruch …«

»Seid nicht albern.«

»Albern? Vielleicht bin ich albern. Vielleicht auch nicht. Ich habe zwar noch nicht gehört, dass du schon mal jemanden ausgeraubt hättest, aber andererseits wusste ich bisher auch nicht, dass du der Bruderschaft fünfhundert Gurans schuldest.«

Er sieht meine Überraschung.

»Du steckst in Schwierigkeiten, Thraxas. Corleonaxas wird dir den Kopf abreißen, wenn du nicht zahlst. Du brauchst dringend Geld, was uns natürlich zu denken gibt, wenn wir dich in den Häusern irgendwelcher Reichen finden, ohne dass du eine Einladung vorweisen kannst. Warum erzählst du mir also nicht einfach, was hier los ist?«

»Ich bespreche meine geschäftlichen Angelegenheiten nicht mit der Zivilgarde. Und auch mit niemandem sonst. Wenn ich das täte, hätte ich bald keine Klienten mehr.«

»Und wer ist dein Klient?«

»Niemand.«

»In diesem Fall, Thraxas, solltest du deine Gebetsmoral überdenken. Wenn du uns nicht sagen willst, was wir wissen wollen, wirst du jede Menge göttliche Unterstützung brauchen, um aus dieser Zelle herauszukommen.«

Er geht. Ich bleibe. Ich *schmachte,* dürfte wohl der passendere Ausdruck sein.

Später besteche ich einen Schließer, damit er mir ein Nachrichtenpapyrus besorgt.

Der Berühmte Und Wahrheitsgetreue Chronist ist eines der zahlreichen Schundpapyri, die jeden Tag in Turai veröffentlicht werden. Er ist weder berühmt noch wahrheitsgetreu, sondern berichtet mit Vorliebe von skandalösen Beziehungen zwischen Senatorentöchtern und Offizieren der Palastwache, aber dafür ist er unterhaltend. Er besteht aus einem einzelnen Blatt Papyrus, das auch noch schlecht gedruckt ist. Meistens steht nur Klatsch und Tratsch drauf, aber heute berichtet der Chronist von den sensationellen Neuigkeiten über Attilans Tod. Offenbar macht der niojanische Botschafter tatsächlich allen die Hölle deswegen heiß. Er hat beim König gegen diese massive Verletzung der diplomatischen Immunität protestiert. Damit hat er wirklich nicht ganz unrecht. Man kann die Immunität eines Diplomaten wohl kaum ernster verletzen als dadurch, dass man ihn umlegt. Unser König, der stets bemüht ist, die Niojaner zu beschwichtigen, befindet sich daher in einer etwas kniffligen Lage. Für den Palast ist es wichtig, dass dieser Mord so rasch wie möglich aufgeklärt wird. Und es ist durchaus möglich, dass sie ihn in ihrer Eile einfach mir anhängen.

Aber so viel ich auch in meiner Zelle darüber nachdenke, ich kann mir einfach keinen Reim darauf machen. Ich habe keine Ahnung, wer Attilan getötet haben könnte. Oder warum die Prinzessin mich losgeschickt hat, Liebesbriefe wiederzubeschaffen, die sich dann als Zauberspruch entpuppt haben, als ein Schlaflied für Drachen. Wer braucht denn so was? Es gibt hier keine Drachen, abgesehen von dem Schoßdrachen des Königs im Zoo und dem neuen Zuchtdrachen der Orgks. Ich grüble darüber nach. Eigentlich ist das eine interessante Geschichte. Dieser Drachenbulle, der jetzt neu im Zoo angekommen ist, war nur eine Leihgabe. Die Orgkische Nation von Gzak hat ihn König Reeth-Lackal als Unterpfand ihrer Freundschaft überreicht, damit er sich mit dessen eigenem Drachenweibchen paart. Natürlich herrscht zwischen Turai und Gzak alles andere als Freundschaft, genauso wenig wie zwischen irgendeinem anderen menschlichen oder orgkischen Volk, ungeachtet aller Friedensverträge. Warum genau die Orgks ihn geschickt haben, ist mir nicht ganz klar. Ich glaube eigentlich nicht, dass sie sich den Kopf darüber zerbrechen, ob sich König Reeth-Lackals Drachenweibchen eventuell einsam fühlen könnte. Vielleicht wollen sie den Leuten auf diesem Wege nur weismachen, dass sie nicht etwa einen neuen Krieg planen, sobald sich ihre Armeen von der Abreibung erholt haben, die wir ihnen das letzte Mal verpasst haben. Gzak ist eine der reichsten orgkischen Nationen, und besitzt eigene Gold- und Diamantenminen. Sie werden nicht lange brauchen, bis sie ihre alte Stärke wiedergewonnen haben.

Aber warum Prinzessin Du-Lackai diesen oder jenen Drachen in den Schlaf zaubern will, bleibt weiterhin ein Geheimnis.

Ich überfliege den Rest des Nachrichtenpapyrus. Es findet sich das normale Maß an Palastintrigen und Skandälchen, und eine Geschichte über eine Mörderin namens Sarin die Gnadenlose, die sich anscheinend einer ganzen Reihe von Morden und Raubzügen in den nördlichen Reichen schuldig gemacht hat, weswegen sie zu der meistgesuchten Kriminellen im ganzen Weiten Westen aufgestiegen ist. Darüber muss ich lachen. Ich bin vor langer Zeit mit Sarin der Gnadenlosen aneinander geraten. Und ich habe sie aus der Stadt vertrieben, um der Wahrheit die Ehre zu geben. Sie ist nur eine drittklassige Ganovin. Die Nachrichtenpapyri lieben es einfach, diese armseligen Gasuner zu etwas aufzublasen, was sie gar nicht sind. Hoffentlich kommt sie bald nach Turai zurück. Das Kopfgeld täte meiner Kasse ganz gut.

Zu guter Letzt gibt es noch eine kurze Geschichte über Senator Lohdius, den Kopf der Opposition. Er setzt dem Konsul wegen der plötzlichen Verbrechenszunahme in Turai mächtig zu. Mord und Raub sind an der Tagesordnung, und es gibt immer noch kein Zeichen von dem Roten Elfentuch, für welches das Schatzamt die Elfen bezahlen muss, selbst wenn wir es gar nicht bekommen haben.

Was dieses Tuch so selten und kostbar macht, ist seine Fähigkeit, einen vollkommenen Schutzschild gegen Magie zu erzeugen. Es ist die einzige Substanz auf der Welt, die von keiner Zauberei durchdrungen werden kann. In einer Welt, in der es vor feindlichen Zauberern nur so wimmelt, kommt einem das natürlich ganz gut zupass. Aber vermutlich ist das Tuch mittlerweile weit weg von der Stadt. Wenn es von den Räubern nach Turai gebracht worden wäre, hätten unsere Zauberer es längst aufgespürt. Als Endprodukt ist das Tuch für Zauberer zwar unauffindbar, aber Elfen sind nicht dumm. Jedes Mal, wenn sie etwas liefern, markieren sie es mit einem befristeten Zauberzeichen, das nur sie entfernen können. Sobald unser König das Tuch in Empfang genommen hat, wird ein Elfenzauberer dieses Zeichen entfernen. Also muss jemand das Zeug aus der Stadt gebracht haben. Es ist allgemein bekannt, dass die Orgks seit Jahren hinter diesem Roten Elfentuch her sind. Wenn sie jetzt endlich welches in die Finger bekommen haben sollten, wären das schlechte Neuigkeiten für uns.

Meine Gedankengänge werden unterbrochen, als die Zellentür mit einem lauten Knall auffliegt und die Schließer eine junge Dame hereinführen. Sie stellt sich als Jelatti vor, und zeigt mir ein offizielles Siegel.

»Ich bin Prinzessin Du-Lackais Kammerzofe.«

»Flüstert bitte. Man weiß nie, wer mithört.«

Jelatti gehorcht. »Die Prinzessin macht sich Sorgen.«

»Dazu besteht kein Grund. Ich habe die Schatulle versteckt, bevor ich verhaftet wurde. Ich habe ihren Namen aus allem heraushalten können.«

Jelatti wirkt erleichtert. »Wann bekommt sie die Briefe zurück?«

»Sobald ich hier herauskomme.«

»Wir sehen, was wir tun können. Aber Ihr dürft ihren Namen nicht erwähnen. Da Attilan jetzt ermordet worden ist, wäre der Skandal noch größer, wenn ihre Liaison bekannt würde.«

»Keine Sorge. Hartnäckiges Schweigen ist eine meiner ausgeprägtesten Eigenschaften.«

Sie geht. Anscheinend halten sie an diesem Spielchen mit den Liebesbriefen weiterhin fest. Irgendwelche Drachen hat sie jedenfalls mit keinem Sterbenswörtchen erwähnt.

6. Kapitel

Der Ruf zum Sabbav, dem Abendgebet, hallt durch das Gefängnis. Sabbam, Sabbab, Sabbav. Drei Gebete pro Tag. Das macht mich fertig. Trotzdem, hier in Turai sind wir sogar noch mal glimpflich davongekommen. In Nioj haben sie sechs Gebetszeiten. Ich knie mich hin, für den Fall, dass einer der Schließer mich bespitzelt. Es ist überflüssig, den Behörden einen weiteren Vorwand zu geben, mich hier festzuhalten. Vielleicht war das gar keine so schlechte Idee, denn ich werde kurz danach auf freien Fuß gesetzt. Möglicherweise ist Gott nach meinem Kniefall ja auf meiner Seite. Wahrscheinlicher ist jedoch, dass die Prinzessin in der Angelegenheit tätig geworden ist. Kapitän Rallig ist jedenfalls wenig erfreut. Er versteht einfach nicht, wieso ein Kerl wie ich noch irgendeinen Einfluss hier in der Stadt hat.

»Für wen arbeitest du, für die Königliche Familie?«, knurrt er, als ein Zauberer den Spruch murmelt, der das Hauptportal für mich öffnet. »Pass bloß auf, Thraxas. Der Präfekt hat ein Auge auf dich. Wenn du ihm auch nur den geringsten Anlass bietest, kommt er über dich wie ein böser Bann.«

Ich lächle gnädig und steige in eine Droschke, die nach ZwölfSeen unterwegs ist. Bei den öffentlichen Bädern lege ich einen Zwischenstopp ein, und wasche mir den Gefängnismief ab, genehmige mir in der Rächenden Axt ein Bier und etwas zu essen und verschwinde wieder.

»Wo bist du gewesen?«, fragt mich Makri, als ich hinausgehe.

»Im Gefängnis.«

»Oh«, bemerkte Makri. »Ich habe schon gedacht, dass du dich vor der Bruderschaft verstecken würdest.«

Ich werfe ihr einen bösen Blick zu. »Und wie kommst du auf so etwas?«

»Weil du deine Wettschulden nicht bezahlen kannst.«

Es macht mich stinksauer, dass Makri auch davon weiß.

»Müssen alle in ZwölfSeen ihre Nase in meine Angelegenheiten stecken? Es wird allerhöchste Zeit, dass sich die Leute hier in der Gegend um ihre eigenen Angelegenheiten kümmern.«

Mit diesen Worten stürme ich auf die Straße hinaus. Ein Bettler streckt mir seine verwelkte Hand entgegen.

»Such dir gefälligst Arbeit!«, fauche ich ihn an. Danach fühle ich mich etwas besser.

Als ich Attilans Haus erreiche, ist es dunkel. Es ist zwar sehr riskant, so bald zurückzukehren, aber es muss getan werden.

In der kurzen Zeit, die mir zwischen meiner Entdeckung im Garten und meiner Verhaftung blieb, habe ich die Schatulle unter einen Busch geworfen. Jetzt muss ich sie mir wiederholen. Niemand scheint in der Nähe zu sein, bis auf einen jungen Pontifex, der nach einem schweren Tag voller Gebete nach Hause eilt. Ich wünschte, ich könnte mich unsichtbar machen, aber der Unsichtbarkeitszauber ist zu schwierig für mich. Also vertraue ich auf mein Glück, wuchte mich mühsam über den Zaun, krabbele durch den Garten und hechte unter den Busch. Die Schatulle ist nicht mehr da. Jemand ist mir zuvorgekommen. Zwei Minuten später habe ich den Zaun erneut überwunden und befinde mich auf dem Weg nach Süden. Es gefällt mir gar nicht, wie die Dinge laufen.

Nach Einbruch der Dunkelheit ist jeder Pferdeverkehr in der Stadt verboten. Die Nacht ist heiß und es ist ein ermüdender Spaziergang. Als ich in Pashish ankomme, beschließe ich kurzerhand, bei Astral Trippelmond anzuklopfen. Ich habe Makri schließlich versprochen, ihn zu fragen, ob er ihr vielleicht helfen kann. Außerdem brauche ich, um ehrlich zu sein, dringend ein Bierchen.

Pashish, das nördlich an ZwölfSeen grenzt, ist ein ärmliches Vorstadtviertel, in dem es aber relativ wenig Verbrechen gibt. In ihren schmalen, dicht bebauten Straßen hausen vor allem Hafen- und andere Schwerarbeiter. An einem solchen Ort einen Zauberer zu finden, scheint vollkommen unwahrscheinlich, aber Astral Trippelmond ist eine Art Gebrandmarkter in seiner eigenen Zunft. Das liegt an gewissen Beschuldigungen, die vor einigen Jahren gegen ihn erhoben wurden. Damals war er ein offizieller Zauberer im Stadium Superbius und hatte unter anderem dafür zu sorgen, dass es bei den Wagenrennen und dergleichen Wettbewerben mit rechten Dingen zuging, das heißt, ohne magische Einmischung von außen. Als einige einflussreiche Senatoren zu der Meinung gelangten, dass ihre Wagen nicht fair behandelt wurden, brachte das einen Prätor dazu, einige Ermittlungen anzustellen, die schließlich in einer Anklage gegen Astral Trippelmond wegen Bestechlichkeit mündeten.

Astral seinerseits wandte sich an mich, damit ich Beweise für seine Unschuld sammeln sollte. Das war nicht ganz einfach, denn er war so schuldig wie die Katze mit Rahm am Bart, aber es gelang mir, die Spuren so weit zu verschleiern, dass es ihm glückte, einer Verurteilung und damit dem Ausschluss aus der Zaubererinnung zu entgehen. Was es ihm ermöglichte, in der Stadt bleiben zu können, denn einem Zauberer, der aus der Innung verbannt wird, wird automatisch auch die Zulassung entzogen. Die Schande, die seitdem an seinem Namen haftet, zwang ihn jedoch, seine noble Praxis in der Wahre-Schönheit-Chaussee aufzugeben. Er eröffnete schließlich eine sehr bescheidene kleine Praxis in Pashish, wo er sich seither den überschaubaren Bedürfnissen der ansässigen Bevölkerung widmet.

Trotzdem ist Astral nach wie vor ein mächtiger Zauberer. Und er freut sich immer, mich zu sehen. Im Moment besuchen ihn nur wenige Menschen von meiner Bildung und meinen Manieren. Er schenkt mir ein Bier ein, und ich kippe es in einem Zug hinunter. Er schenkt mir noch ein Bier ein.

»Draußen ist es so heiß wie in der Orgkischen Hölle«, sagte ich und leere das Glas wieder.

Er schenkt noch einmal nach. Für einen Zauberer ist er kein schlechter Kerl. Ich lasse meinen Mantel und meine Tasche auf den Boden fallen. Der ist bereits von Sternentabellen, Karten, Teströhrchen, Kräutern, Tränken und Büchern übersät, also dem normalen Krimskrams eines schwer arbeitenden Zauberers.

Ich frage ihn nach dem Zauberspruch und beschreibe ihn, so gut ich ihn erinnere.

»Das ist ein ziemlich seltener Spruch«, meint Astral Trippelmond und streicht sich den Bart. »Soweit ich weiß, ist es keinem menschlichen Zauberer jemals gelungen, einen erfolgreichen Schlafzauber für einen Drachen auszuhecken. Das Beste, was uns eingefallen ist, war eine zeitweilige Ablenkung.«

Er hat recht. Das habe ich am eigenen Leib schmerzhaft erfahren müssen. Mein Zug endete im letzten Orgk-Krieg als Drachenfutter, und das, obwohl ich einen Schlafzauber gewirkt habe. Und zwar mit voller Wucht. Damals steckte noch mehr Wumms hinter meinen Zaubersprüchen. Aber der Drache hat nicht mal mit den Wimpern gezuckt. Na ja, am Ende haben wir ihn trotzdem erledigt.

»Haben die Orgks so einen Zauber?«

»Vielleicht«, antwortet Astral Trippelmond. »Immerhin haben sie mehr Erfahrung mit Drachen als wir. Und ihre Zauberer arbeiten nach einem anderen System. In vielen Punkten sind sie schwächer, dafür jedoch in anderen wieder stärker. Es würde mich nicht wundern, wenn sie die Drachenkraft soweit gemeistert hätten, dass sie einen schlafen legen könnten. Allerdings hätte ich noch weniger erwartet, dass sie einen solchen Zauberspruch aus den Händen geben würden. Andererseits … Da gibt es natürlich immer noch Harm.«

»Harm, der Mörderische?«

Ich hätte mich fast geschüttelt. Nie im Leben würde ich mich in eine Sache einmischen, die auch nur im Entferntesten nach Harm, dem Mörderischen riecht. Er ist nicht nur der einzige wahnsinnige und abtrünnige Zauberer der Welt, sondern auch noch einer der mächtigsten und allen Berichten zufolge, auch so ziemlich der furchteinflößendste.

»Habt Ihr jemals mit ihm zu tun gehabt?«

Astral streicht sich den Bart.

»Nicht direkt. Aber einige Angehörige der Zaubererinnung sind ihm auf ihren Reisen begegnet und haben mir Geschichten über ihn erzählt. Das war natürlich damals, als ich noch zu den Zusammenkünften der Zaubererinnung gehen konnte. Offenbar nimmt er Boah und kann fliegen.«

»Das können alle Boah-Süchtigen.«

»Nein, ich meine, er kann richtig fliegen. Das behauptet man jedenfalls. Und er kann außerdem auch noch Drachen reiten.«

»Ich dachte, nur Orgks könnten Drachen reiten.«

»Harm ist ein halber Orgk«, erklärt Astral. »Und er verbringt seine Zeit in der Einöde mit dem Versuch, die orgkische und menschliche Magie zu vereinen. Die letzten Gerüchte besagen, dass er an einem Zauber arbeitet, mit dem er eine ganze Stadt in den Wahnsinn treiben kann. Er nennt ihn den ›Acht-Stadien-Schrecken‹. Jedenfalls hat man uns das so erzählt. Natürlich kann man Informanten aus der Einöde nicht trauen. Aber die Innung war so besorgt, dass sie angefangen hat, an einem Gegenzauber zu arbeiten. Harm, der Mörderische, hat nicht viel für Menschen übrig.«

»Ich verstehe trotzdem nicht, aus welchem Grund er etwas mit diesem Zauberspruch zu tun haben sollte, den die Prinzessin so gern in ihren Besitz bringen würde.«

»Ich auch nicht«, gibt Astral Trippelmond zu. »Und das, was Ihr davon erinnert, klingt nicht nach ihm. Viel wahrscheinlicher ist, dass der Spruch einem orgkischen Zauberer entwendet worden ist. Oder vielleicht haben ihre Diplomaten ihn einfach nur für den Fall bei sich gehabt, dass der Drache verrückt wird und anfängt, die ganze Stadt zu verbrennen.«

Ich sollte nach Hause eilen und sofort darüber nachdenken. Nach einem weiteren Bier, einem kleinen Gläschen Kleeh und einer Portion Fleisch, die uns Astrals Diener serviert, breche ich auf. Ich hocke in meiner heruntergekommenen Stube und brüte. Was will ein niojanischer Botschafter mit einem orgkischen Zauberspruch? Ihn verkaufen? Sicher, es wäre ein wertvolles Unterpfand, für das jede Regierung gut bezahlen würde, aber wie ist Attilan überhaupt daran gekommen? Und wie hat die Prinzessin davon erfahren, und warum will sie ihn für sich? Außerdem, wo ist er jetzt? Wer hat ihn aus Attilans Garten weggeschafft?

Diese vielen Fragen machen mich durstig, also gehe ich nach unten, um mir ein Bier zu holen. Makri kommt an meinen Tisch, und ich erzähle ihr von dem Fall. Sie ist eine kluge Frau, mit der man viele Dinge besprechen kann, immer vorausgesetzt, sie bedrängt mich mal gerade nicht, ich solle ihr helfen, an der Kaiserlichen Universität aufgenommen zu werden.

»Ich glaube nicht, dass Attilan jemals als Diplomat in den orgkischen Nationen gewesen ist, aber er ist vielleicht einigen orgkischen Diplomaten in unserem Palast über den Weg gelaufen. Sie zeigen sich zwar nicht in der Öffentlichkeit, aber sie werden sicher von Zeit zu Zeit mit anderen Diplomaten zusammentreffen.«

»Vielleicht hat er ihn ja gar nicht gestohlen«, spekuliert Makri. »Vielleicht haben sie ihm den Spruch einfach gegeben.«

»Das kommt mir unwahrscheinlich vor, Makri. Niojaner mögen zwar Schweine sein, aber sie haben die Orgks bestimmt genauso wenig ins Herz geschlossen wie wir. Und selbst wenn er mit ihnen zusammenarbeitet, was wollte er mit dem Zauberspruch anfangen? Und wie ist die Prinzessin darin verwickelt? Woher wusste sie, dass er ihn hat? Und wofür wollte sie ihn?«

»Vielleicht macht sie der Drache im Königszoo nervös.«

»Gut möglich. Drachen können jeden nervös machen.«

»Ich habe mal mit einem gekämpft«, erklärt Makri.

»Wie bitte?«

»Ich habe mal mit einem gekämpft. In der orgkischen Sklavenarena.«

»Du ganz allein?«

»Nein, wir waren zu zehnt. Es war ein großer Kampf, um die Orgk-Lords zu belustigen. Wir haben ihn besiegt, aber ich war die Einzige, die am Ende übrig geblieben ist. Diese Viecher haben eine richtig zähe Haut. Mein Schwert drang nicht durch. Ich musste dem Biest die Augen ausstechen.«

Ich starre sie an, unsicher, ob sie die Wahrheit sagt oder nicht. Als die damals zwanzigjährige Makri vor einem Jahr in Turai ankam, war sie gerade aus den Gladiatorengruben der orgkischen Sklavenhändler entkommen. Sie war eine verdammt harte Kämpferin, aber vollkommen ungeschult in den Künsten der Zivilisation. Was heißen soll, sie konnte nicht lügen. Nach einem Jahr in der Rächenden Axt und dank der aufopferungsvollen Fürsorge von solch bemerkenswerten Geschichtenerzählern wie Ghurd und meiner Wenigkeit hat sie diese Kunst jedoch rasch erlernt.

»Ich habe auch mal gegen einen Drachen gekämpft, damals in den Orgkischen Kriegen.« Das ist die reine Wahrheit, aber es tut im Moment eigentlich nichts zur Sache. Ich will nur nicht, dass Makri sich einbildet, sie wäre die einzige hier in der Gegend, die ernsthaft mit Drachen gerangelt hat.

Einige Kunden grölen nach Bier. Makri ignoriert sie.

»Ich hoffe, du bringst Prinzessin Du-Lackai nicht in Schwierigkeiten«, meint sie.

»Warum?«

»Ganz einfach. Wenn du die Aufgabe für die Prinzessin

gut erledigst, wird sie sich dankbar zeigen, und du könntest sie fragen, ob sie ihren Einfluss geltend macht, so dass ich an der Universität studieren kann.«

Die Einführungskurse an der Kaiserlichen Universität umfassen Rhetorik, Philosophie, Logik, Mathematik, Architektur, Religion und Literatur. Warum zum Teufel Makri das alles lernen will, geht über meinen Horizont.

»Außerdem«, fährt die junge Barbarin fort, »habe ich gehört, dass Du-Lackai die Vereinigung der Frauenzimmer mit Wohlwollen betrachtet.«

»Wo hast du das gehört?«

»Auf einem Kränzchen.«

Ich starre sie an. Ich wusste gar nicht, dass Makri zu den Kränzchen der Vereinigung der Frauenzimmer geht.

»Komm aber nicht nach Hause und heul dich darüber aus, dass du verhaftet worden bist, weil du eine verbotene Zusammenkunft besucht hast.«

»Keine Bange.«

Ich überlege, ob ich im Kuriya-Becken nach ein paar Antworten suchen soll, gebe den Gedanken jedoch gleich wieder auf. Ich habe nicht genug exakte Daten, um nach den Dingen zu fragen, die ich gern wüsste, daher ist eine gute Verbindung zur Vergangenheit so gut wie unmöglich. Außerdem habe ich fast keine Schwarze Brühe mehr und kann mir im Moment keine neue besorgen. Magischer Detektiv! Zum Totlachen! Ich kann mir nicht mal die Grundausstattung leisten.

»Such dir eine ordentliche Arbeit«, empfiehlt mir Makri.

»Sehr komisch. Willst du nach der Schicht noch ein bisschen Machplat spielen?«

Makri nickt und erzählt mir, dass sie heute einige Elfen gesehen hat. Sie sind eskortiert von einigen Zivilgardisten vom Hafen heraufgeritten.

»Vermutlich eine Abordnung des Elfen-Lords, der das Rote Elfentuch geschickt hat. Ich glaube kaum, dass sie besonders glücklich darüber sind, dass es verschwunden ist.«

Makir knurrt. Das Thema Elfen bereitet ihr Magendrücken. Und zwar hauptsächlich deshalb, weil ihr Orgkblut die Elfen abstößt. Makri tut zwar so, als interessiere sie das nicht, aber ich habe sie häufiger dabei ertappt, wie sie einigen der knackigen Elfenjungs, die durch ZwölfSeen kommen, sehnsüchtig hinterherschaut.

Sie zupft ihr Oberteil zurecht, geht wieder an ihre Arbeit und nimmt die Bestellungen der Nachtschichttrinker entgegen. Das schließt mich ein, und es ist gegen zwei Uhr morgens, als ich nach oben wanke.

Auf meiner schmuddeligen Couch thront Prinzessin Du-Lackai.

»Ich habe vorgezogen hier zu warten«, erklärt sie. »Weil ich mich nicht in der Taverne blicken lassen wollte.«

»Besucht mich, wann immer es Euch beliebt«, knurre ich. Ich bin weit weniger höflich, als ich es normalerweise der Nummer Drei der Thronfolge gegenüber wäre, aber es gefällt mir einfach nicht, jemanden in meinen Räumen vorzufinden, den ich nicht eingeladen habe, nicht mal, wenn es sich bei der Person um eine Königliche Prinzessin handelt. Mich beschleicht dann immer der starke Verdacht, dass diese Person möglicherweise meine Räume durchsucht haben könnte.

»Habt Ihr die Schatulle?«

Ich schüttle den Kopf. »Ich war da, aber jemand muss mich beobachtet haben, wie ich sie versteckt habe. Sie ist weg.«

»Ich muss diese Briefe wiederbekommen!«

Ich starre die Prinzessin an. Zum ersten Mal wirkt sie etwas beklommen. Sehr gut. Ich entscheide mich für die volle Breitseite.

»Da waren keine Briefe drin, Prinzessin. Eure Schatulle befand sich in Attilans Tresor, das schon. Sehr hübsche Schatulle. Tolle Intarsien. Aber keine Briefe, nein. Sondern nur ein orgkischer Zauberspruch, mit dem man einen Drachen zu Bett bringen kann.«

»Wie könnt Ihr es wagen, den Inhalt zu ...!«

»Herzlich willkommen in der realen Welt! Und wie könnt Ihr es wagen, mich mit falschen Informationen auf einen Fall anzusetzen? Dank Euch, Prinzessin, stecke ich bis zum Hals in dem Mord an einem niojanischen Diplomaten. Sicher, Ihr habt Euren Einfluss genutzt, um mich aus dem Gefängnis zu holen. Aber das wird den Konsul nicht davon abhalten, mir den Mord trotzdem anzuhängen, wenn er keinen anderen Verdächtigen findet. Also schlage ich vor, dass Ihr zur Abwechslung mal anfangt, mir die Wahrheit zu erzählen.«

Wir starren uns eine Weile an. Prinzessin Du-Lackai zeigt jedoch keinerlei Neigung, mit der Wahrheit herauszurücken.

»Wisst Ihr, wer Attilan umgebracht hat?«, erkundige ich mich.

»Nein.«

»Wart Ihr es?«

Das streitet sie schockiert ab.

»Warum sollte ich Euch diesen Zauber holen? Woher kommt er? Und was hat er in Eurer Schatulle zu suchen?«

Die Prinzessin presst ihr zugegeben süßes Mündchen fest zu und bereitet sich auf ihren Abgang vor. Ich bin fuchsteufelswild. Wenn ich in eine Zelle gesteckt werde, will ich wenigstens wissen, aus welchem Grund. Ich werfe ihr einige wenig schmeichelhafte Dinge an den Kopf. Sie wirft eine kleine Börse auf den Tisch und verkündet, dass unsere Geschäftsbeziehungen beendet seien.

»Knallt die Tür nicht zu, wenn Ihr geht!«

Sie knallt die Tür zu, als sie geht. Ich zähle das Geld. Dreißig Gurans. Drei Tagessätze. Nicht schlecht. Noch vierhundertsiebzig Gurans und ich habe mir die Bruderschaft vom Hals geschafft. Ich wünschte, ich wüsste, was das ganze Theater hier soll, und trinke noch etwas Bier. Es ist zu heiß, um ins Bett zu gehen, also schlafe ich auf meiner Couch ein.

7. Kapitel

Etwa gegen halb vier in der Früh werde ich von Makri geweckt.

»Makri, wie oft habe ich dir schon gesagt, dass du nicht immer in meine Räume platzen sollst? Vielleicht bin ich ja gerade mit etwas Privatem beschäftigt.«

Diese Vorstellung scheint sie zu amüsieren. Sie lacht.

»Ich werde einen Schließbann an der Tür anbringen.«

»Dein Schließbann hält mir höchstens fünfzehn Sekunden Stand, Thraxas.«

Wahrscheinlich hat sie damit recht. Makri hat in den Gladiatorengruben gekämpft, seit sie dreizehn ist. Sieben Jahre als orgkische Gladiatorin würde bei jedem eine Neigung zur Gewaltanwendung erzeugen. Ich versuche mich aufzurichten, während Makri mit einer schwungvollen Handbewegung die Oberfläche einer alten Kiste freiräumt und mein Machplat-Spiel aufbaut.

»Was hast du denn?«, erkundigt sie sich. »Du siehst ja trauriger aus als eine niojanische Hure.«

Ich erzähle ihr, wie es mit der Prinzessin gelaufen ist. »Ich habe drei Tagessätze bekommen, aber eigentlich hatte ich auf mehr gehofft. Vermutlich wird sie mich jetzt nicht mehr engagieren. Und ich würde mich auch nicht darauf verlassen, dass sie bei deiner Uni-Angelegenheit hilft.«

»Du meinst, du hast sie beleidigt?«

Das gebe ich zu, weise aber gleichzeitig darauf hin, dass mein Verhalten vollkommen gerechtfertigt war.

Makri fischt zwei Thazis-Rollen aus ihrem Oberteil.

»Das hier wird dich aufheitern.«

»Wenn Ghurd dich dabei erwischt, wie du sie aus der Bar stiehlst, wird er dich hinauswerfen.«

Sie zuckt bloß mit den Schultern. Ich zünde meine Thazis-Rollen an.

»Wie geht es mit deinem Studium an der Innungshochschule voran?«, erkundige ich mich.

»Ganz gut. Auf jeden Fall ist es besser, als auf einer Sklavengaleere zu rudern.«

»Das klingt nicht so, als wärst du sonderlich glücklich damit.«

»Es wäre ganz in Ordnung, wenn mir die anderen Studenten nicht ständig nachstellen würden. Einmal hat mir sogar einer ›Orgk‹ zugeraunt, als ich aus meinem Rhetorik-Kurs gekommen bin. Wenn man mich danach nicht sofort rausgeworfen hätte, hätte ich ihm den Kopf abgerissen. Außerdem darf ich meine Axt nicht in das Klassenzimmer mitnehmen.«

Makri zündet sich die andere Thazis-Rolle an und baut die gegnerischen Kräfte auf dem Spielbrett auf. Die erste Reihe bilden von links nach rechts Fußsoldaten der Abteilung Leichtfuß, Bogenschützen und dann Trolle. Die hintere Reihe besteht aus Elefanten, schwergepanzerten Berittenen und leichtgepanzerten Lanzenreitern. Jeder Spieler verfügt außerdem über einen Belagerungsturm, einen Heiler, einen Harfinisten, einen Zauberer, einen Helden und einen Seuchenspender. Und am jeweiligen Ende des Spielbrettes befindet sich die Burg. Ziel des Spiels ist, die eigene Burg zu verteidigen und die des Gegners zu stürmen.

»Kerk ist vorhin vor deiner Tür herumgelungert«, erzählt mir Makri.

Kerk ist einer meiner Informanten. Im Allgemeinen ist er ziemlich nutzlos und außerdem ein hoffnungsloser Boah-Süchtiger.

»Hat wahrscheinlich eine Information für mich. Er kommt nicht rein, wenn er hört, dass ich einen Klienten habe. Ich besuche ihn morgen.«

Ich öffne eine Flasche Bier, schenke uns einen kleinen Schluck Kleeh ein, nehme einen tiefen Zug von meiner Thazis-Rolle, und beginne das Spiel mit meiner Standarderöffnung, indem ich meine Fußsoldaten die Flanken hinaufschicke. Makri reagiert ebenfalls wie gewöhnlich. Sie schickt ihnen ihre leichtgepanzerten Lanzenreiter entgegen, um sie zu vertreiben, aber ich bemerke, dass sie ebenfalls unauffällig versucht, ihren Seuchenspender sehr früh ins Spiel zu bringen. Ich lasse meine Bogenschützen vorgehen, um meine Fußsoldaten zu decken, und sorge dafür, dass meine Zauberer und mein Heiler sofort eingreifen können.

Makri ist im Allgemeinen eine impulsive Spielerin und versucht auch jetzt, schnell zur Sache zu kommen, indem sie plötzlich den Rest ihrer schweren Kavallerie hinausschickt, gefolgt von ihren Elefanten. Ich ziehe mich etwas zurück und variiere mein Spiel, indem ich meinen Harfinisten aussende, der von meinem Helden gedeckt wird. Ersterer spielt den Elefanten etwas vor. Die Musik des Harfinisten hat die Kraft zu verzaubern, und sie lässt Makris Elefanten einschlafen. Sie kann nur noch frustriert zusehen, wie meine Trolle vorrücken und den Viechern den Rest geben.

Meine solide Phalanx aus Leichtfüßen und Bogenschützen beschäftigt mittlerweile ihre Kavallerie und ich schiebe in aller Ruhe meinen Belagerungsturm das Feld hinauf. Makris Kavallerie richtet unter meinen Leichtfüßen zwar ein ziemliches Blutbad an, aber ich habe meinen Heiler schon losgeschickt, um den Schaden zu begrenzen. Mein Zauberer hält solange ihren Helden in Schach.

Aufgrund ihres überstürzten Vorpreschens ist Makris Zauberer jetzt zu weit vom Geschehen entfernt, um eingreifen zu können, und als die Schlacht in der Mitte des Brettes am heißesten tobt, schicke ich meinen Helden mit einer Horde Elefanten die rechte Flanke hinauf und breche durch. Allerdings steht der Kampf plötzlich noch einmal auf Messers Schneide, als Makri unerwartet ihren Seuchenspender zurückzieht, und ich einige Elefanten verliere, bis mein Held den Seuchenspender angreifen und in die Flucht schlagen kann. Mittlerweile hat sich mein Seuchenspender die linke Flanke hochgeschlichen und schwächt Makris Kräfte. Plötzlich breche ich auf beiden Seiten durch. Meine Trolle und meine schwergepanzerten Ritter umzingeln und töten ihren Zauberer und ihren Helden. Meine Leichtfüße zwingen ihre Kavallerie, sich aufzuteilen, und marschieren das Brett hinauf, gefolgt von meinem Belagerungsturm. Sie versucht ihre Kräfte noch einmal zu sammeln, aber ihr letzter Widerstand wird gebrochen, als mein Seuchenspender ihren Harfinisten tötet, bevor er sich dann auf ihre Trolle stürzt und sie dezimiert. Schon bald falle ich über ihre ganze Streitmacht her und rücke mit meinem Belagerungsturm bis zu ihrer Burg vor.

Im Machplat-Spiel kann man zwar auch aus einer beinah aussichtslosen Situation zurückschlagen, aber nicht, wenn man gegen einen Meister wie mich spielt. Makris restliche Streitkräfte sind gebunden und werden allmählich vernichtet, während ich meinen letzten Angriff vorbereite. Mein Held führt eine Gruppe Infanterie auf den Belagerungsturm und in ihre Burg. Der Sieg geht an Thraxas.

»Verdammt!«, sagt Makri und wirkt außerordentlich verärgert. Sie ist keine gute Verliererin. Ich auch nicht. Glücklicherweise gewinne ich immer.

»Nächstes Mal schlage ich dich!«, behauptet Makri.

»Keine Chance. Ich bin immer noch der Kämpfer Nummer Eins hier.«

Makri grinst, trinkt ihr Bier aus und verschwindet in ihr Zimmer am anderen Endes des Flurs. Ich wuchte mich in mein Schlafzimmer. Blase die Kerzen aus und lege mich schlafen. Aber mein Schlummer wird übelst gestört, als Marihana, das mörderische Mitglied der ohnehin schon äußerst tödlichen Meuchelmördergenossenschaft, meine Kehle mit ihrem Dolch kitzelt. Eine wirklich ungehörige Art und Weise, einen schwer schuftenden Mann nach einem harten Arbeitstag um den Schlaf zu bringen.

8. Kapitel

Eine Nachtkerze wirft einen winzigen Lichtschein in mein Zimmer. Kaum genug, um das Messer an meinem Hals oder die Gestalt der Meuchelmörderin zu erhellen, die sich über mich beugt. Ich fühle mich wie auf mein Bett genagelt und kann mich nicht bewegen. Wirklich ein schlimmes Erwachen. Ich bin Marihana schon früher begegnet. Sie ist die Nummer Drei in der Meuchelmördergenossenschaft und eine eiskalte Killerin. Doch als ich langsam zu mir komme, merke ich, dass ich nicht gleich exekutiert werden soll. Sonst wäre ich schon tot. Die Meuchelmörder halten sich nicht lange mit unnötigen Formalitäten auf, wie zum Beispiel dem freundlichen Wecken ihrer Opfer.

»Wo isses?«, zischt sie.

»Was'n?«, krächze ich.

»Das Rote Elfentuch«, präzisiert Marihana und stürzt mich in noch größere Verwirrung.

»Wovon redest du?«

Sie drückt mit dem Messer einen Bruchteil fester zu.

»Rück es raus oder stirb«, sagte Marihana. Ihr Blick ist so kalt wie das Herz eines Orgk.

Die Tür zum Nebenraum fliegt auf. Laternenlicht flutet herein und umschmeichelt malerisch Makris makellosen Körper. Und das Schwert in ihrer Hand.

»Lass ihn los!«, knurrt sie kehlig.

Marihana lacht. Es ist ein tonloses, humorloses Meuchelmörderlachen.

»Hübsches Oberteil!«, sagt sie spöttisch, zieht mit einer flüssigen Bewegung ein Kurzschwert und geht gleichzeitig in eine Kampfhocke.

Marihanas kleine, dünne Gestalt wird von ihrer formlosen schwarzen Kleidung sogar noch betont, und sie wirkt beinahe wie ein Kind. Ob Makri weiß, wie tödlich sie ist? Ich bereite mich darauf vor, ihr zu Hilfe zu kommen. Plötzlich fliegt auch die Außentür auf. Männer stürmen in mein Büro und in mein Privatgemach. Makri und Marihana wirbeln herum und stellen sich den Eindringlingen. Ich hüpfe vom Bett und schnappe mir mein Schwert. Zeit zum Nachdenken bleibt nicht, und außerdem wird es auch reichlich eng, als eine Horde von wilden Schwert fuchtelnden Rabauken droht, uns allein durch ihre physische Übermacht gegen die Wand zu drücken. Ein massiger Kerl droht mir mit einem massiven Krummsäbel. Ich weiche ihm geschickt aus und ramme ihm mein Schwert ins Herz. Der nächste Angreifer zielt mit seinem Beil auf meinen Kopf. Ich unterlaufe den Schlag, trete ihm ins Gemächt und schneide ihm die Kehle durch. Sowas kann ich. Makri und Marihana auch. Wir treiben unsere Angreifer in das Büro zurück, und Makri stürmt ihnen impulsiv hinterher. Marihana und ich folgen.

Doch in dem weniger beengten Büro sind wir deutlich im Nachteil. Von draußen strömen immer mehr Angreifer in meine Suite und fangen an, uns zu umkreisen. Es bleibt nur wenig Zeit, nachzudenken, aber ich bemerke, wie Makri zwei Kerle mit einem Schlag umsäbelt, den Hieb eines anderen überspringt und ihm dann ihre Hacke ins Gesicht bohrt. Ich pariere einen weiteren Schlag, aber bevor ich kontern kann, purzeln meine Sinne durcheinander. Ich spüre Magie, und zwar mächtige Magie, und die ist auch noch sehr nah. Ich bemerke eine große Gestalt mit einem Umhang in der Tür, die einen Arm hebt. Im nächsten Moment zuckt ein greller Blitz auf, und ich segle rückwärts gegen die Wand. Neben mir krachen Makri und Marihana in den Putz. Wir sacken zu Boden, ringen nach Luft und bluten. Ich weiß nicht, was das für ein Zauber war, aber er hat tadellos funktioniert.

»Tötet sie«, ermuntert der Zauberer seine Spießgesellen, als er den Raum betritt.

Plötzlich stürzt Ghurd in mein Büro. Der Lärm hat ihn geweckt, und er schwingt seine Streitaxt hoch über seinem Kopf. Zwei Männer fallen tot um, bevor sie auch nur einen Schrei ausstoßen können. Ich rappele mich auf, als Ghurd in einem Mahlstrom von Klingen und Körpern verschwindet. Aber er hat unsere Gegner genau die wenigen Sekunden abgelenkt, die Makri und Marihana brauchten, um sich zu erholen. Ein Messer blitzt plötzlich in Marihanas Hand auf, und durchbohrt einen Mann, während sie einen anderen geschickt in den Rücken sticht. Makri hackt sich einen Weg durch das Dickicht aus Leibern zu Ghurd hindurch. Ich folge ihr. Unser ungestümer Gegenangriff zeigt Wirkung und die Reihe unserer Angreifer bricht auseinander. Noch ein kleines bisschen ... Erneut wirbeln meine Sinne durcheinander, und mir wird klar, dass wir einen neuen Zauberangriff erleben. Verdammt sollen alle Zauberer sein!

Schließlich wird unser kleines Scharmützel von schrillem Pfeifen in der Gasse unter meinem Fenster beendet. Die Zivilgarde ist da. Es herrscht ein vollkommenes Chaos, als unsere Angreifer die Treppe hinunterfliehen. Ich mache mir nicht die Mühe, sie zu verfolgen. Ich kann kaum noch aufrecht stehen. Die Anstrengung des Kampfes und die Wirkung des Zaubers haben mich ziemlich erschöpft. Außerdem habe ich einen schlimmen Kater.

»Was war das denn?«, wollte Ghurd wissen, während die Zivilgardisten in meine Zimmer poltern.

Ich schüttle dumpf den Kopf. Woher soll ich das wissen. Müde sehe ich mich nach meinen Waffengefährten um. Makri geht es gut. Gelassen reinigt sie ihr Schwert an den Kleidern eines unserer vielen toten Gegner vom Blut. Von Marihana ist nichts zu sehen.

»Was war das denn?«, wiederholt Hauptmann Rallig Ghurds Frage.

»Keine Ahnung.« Ich keuche. »Aber ich freue mich wirklich, Euch zu sehen.«

»Wir hätten sie auch ohne euch Heinis in die Flucht geschlagen«, behauptet Makri verächtlich.

Makri kämpft mit einem Schwert in jeder Hand, oder auch mit einem Schwert und einer Streitaxt. Es ist eine höchst ungewöhnliche Technik, und zudem in Turai vollkommen unbekannt, und ihre vollendete Beherrschung dieses Kampfstils macht sie praktisch unbesiegbar, solange sie gegen unsere Im-Dutzend-billiger-Straßenkämpfer antritt.

»Seht doch, Hauptmann!«, ruft einer der Gardisten, hält den abgetrennten Arm eines der Opfer hoch und deutet auf eine Tätowierung. Der Hauptmann tritt näher, um sie zu inspizieren. Zwei verschränkte Hände.

»Der Freundeskreis«, stellt er fest. »Womit bist du denen denn auf die Zehen getreten, Thraxas? Schuldest du ihnen etwa auch Geld?«

Ich schüttle den Kopf. Ich wüsste nicht, womit ich die Kreise der Freunde gestört haben sollte. Ich versuche eigentlich immer, den großen kriminellen Vereinigungen nicht in die Quere zu kommen.

Dafür, dass da neun Leichen in meiner Zimmerflucht herumliegen, macht die Zivilgarde reichlich wenig Aufhebens. Die Tätowierungen der Angreifer weisen sie alle als Mitglieder des Freundeskreises aus, und dieser Kreis verursacht hier unten im Territorium der Bruderschaft wenig Ärger. Die Zivilgarde hat nicht vor, allzu viel Zeit mit dem Thema zu verschwenden, vor allem, da ich bloß ein Privatdetektiv bin. Allerdings kann sich Hauptmann Rallig beim Abschied die Bemerkung nicht verkneifen, dass ich den Überfall wahrscheinlich verdient habe, ganz gleich aus welchem Grund.

Ghurd ist sauer über den Schaden, den seine Behausung genommen hat, aber er ist trotzdem nicht allzu entsetzt über die ganze Angelegenheit. Er hat schon seit langer Zeit keine richtige Metzelei mehr genießen dürfen.

»Was war denn das für eine Frau?«

»Das war Marihana. Ein sehr einflussreiches Mitglied der Meuchelmördergenossenschaft.«

Makri sieht mich erstaunt an. »Die Meuchelmörder haben eine Berufsgenossenschaft? Ich wusste gar nicht, dass sie so gut organisiert sind.«

»Na ja, es ist keine richtig offizielle Genossenschaft. Sie gehen nicht auf Versammlungen mit den anderen Gilden oder Zünften und schicken auch keine Vertreter in den Senat. Aber sie existieren, und wie. Sie sind eine Bande von absolut tödlichen Killern und stecken hinter den meisten politischen Morden hier in der Gegend. Außerdem arbeiten sie für jeden, der sie bezahlt.«

»Aber sie hat doch nicht versucht, dich hinterrücks umzulegen, nicht wahr?«

Ich schüttele meinen Kopf. »Sie schien zu glauben, dass ich dieses Rote Tuch habe.«

»Wie?«

Ich schüttele wieder den Kopf. Mir ist die Sache auch nicht klar. »Diese Elfen-Lieferung, die auf dem Weg nach Turai verschwunden ist«, erkläre ich. »Aber was das mit den Meuchelmördern zu tun hat, oder warum Marihana glaubt, dass ich das Tuch hätte, ist mir ein Rätsel.«

Ein städtischer Leichenkarren rumpelt draußen vor und einige Stadtbüttel fangen an, die Leichen hinauszuschleppen. Der Präfekt für den Bezirk ZwölfSeen, Tholius, gibt zwar nicht viel Geld dafür aus, um sein Gebiet sauber zu halten, aber wenigstens sorgt er dafür, dass die Leichen weggekarrt werden.

»Was ist das für ein Tuch?«, erkundigt sich Makri, während ich mir ein Bier einschenke, um mich nach diesem Kampf wieder abzuregen.

»Es ist das wertvollste Material hier im Westen. Es ist mehr wert als Gold oder Boah, weil es vollkommen undurchdringlich für Zauberei ist. Zudem ist es extrem selten, und die Elfen bewachen es scharf. Sie gewinnen es aus den Wurzeln eines Busches, der nur alle zehn Jahre blüht. Oder alle zwanzig. Ich weiß es nicht mehr genau, aber es ist verdammt rar. Der Besitz ist allen Einwohnern Turais bis auf den König verboten. Er hat einen Raum im Palast damit ausschlagen lassen, in dem er geheime Staatsangelegenheiten mit seinen Ratgebern bespricht. Weil das Tuch einen vollkommenen Schutz gegen Magie bietet, ist das der einzige Ort, wo man gegen spionierende Zauberer abgeschirmt ist. Deshalb kann er auch sicher sein, dass beispielsweise keine orgkischen Zauberer in Kriegszeiten seinen Plänen lauschen. Die Orgks haben so etwas nicht, also haben wir ihnen gegenüber einen Vorteil. Viele Leute würden das Zeug nur zu gern in die Finger bekommen.«

»War der Freundeskreis hinter diesem Tuch her?«

»Wahrscheinlich. Ich wüsste nicht, aus welchem Grund sie sonst hier auftauchen sollten. Aber wie hat es sich herumsprechen können, dass ich Rotes Elfentuch besitze? Ich habe nicht das Geringste damit zu tun. Und außerdem befindet es sich nicht einmal in der Stadt.«

»Woher weißt du das?«

»Weil die Elfen ihr Tuch markieren, solange es unterwegs ist. Es ist eine Art magisches Mal, damit jeder Zauberer es lokalisieren kann. Nachdem es bei unserem König angekommen ist, entfernt ein Elfenzauberer das Zeichen, und damit ist das Tuch unauffindbar. Aber vorher können die Palastzauberer es mit ihren Suchzaubern aufspüren, und ich weiß, dass sie die ganze Stadt danach abgesucht haben.«

»Vielleicht hat derjenige, der das Tuch gestohlen hat, ja das Mal entfernt«, spekuliert Makri.

»Das ist sehr unwahrscheinlich. Magische Elfenmale sind praktisch nicht zu entfernen. Normalerweise erledigt das einer ihrer eigenen Zauberer im Auftrag des Königs. Ich wünschte, wir wüssten, wie ich in diese Geschichte hineingeraten konnte. Ich sollte wohl besser einige mächtige

Schließzauber für meine Tür auswendig lernen. Marihana hat nicht gerade lange gebraucht, um hereinzukommen.«

»Ich mag sie«, erklärt Makri.

»Was soll das heißen: Du magst sie? Sie hat mir ein Messer an die Kehle gehalten!«

»Na ja, abgesehen davon. Aber sie ist eine gute Kämpferin. Ich mag gute Kämpfer.«

»Du wirst bestimmt eine bemerkenswerte Philosophin werden, Makri.«

Den Rest der Nacht schlafe ich tief und fest. Krise hin und her: Ein Mann braucht schließlich seinen Schlaf.

9. Kapitel

Ich beäuge misstrauisch die Münze in meiner Hand. Ein elfisches Doppeleinhorn. Sehr selten. Sehr wertvoll. Sehr verdächtig.

»Wir geben Euch noch eines, wenn Ihr es findet.«

Mein skeptischer Blick wandert von der Münze zu meinem Besucher. Elfen stehen in Turai hoch im Kurs, soll heißen, sie sind sehr angesehen. Es ist eine vornehme, rechtschaffene Rasse, gute Krieger, exzellente Dichter, wunderbare Sänger, lieb zu Bäumen, eins mit der Natur und so weiter ... Aber ich habe da so meine Bedenken. In meinem Berufszweig sind mir viele Beweise für elfisches Fehlverhalten untergekommen, von denen andere Leute keinen blassen Schimmer haben. Zugegeben, ich bin noch nie einem Elf begegnet, der ein Gewaltverbrecher war, wie einige Menschen, die meinen Weg gekreuzt haben, aber ich habe einige erlebt, die durchaus zu gewissen kriminellen Handlungen neigen. Und außerdem verheißt in meiner Berufssparte der Besuch von Elfen normalerweise Ärger. Wenn sie nämlich nur ein kleines Problem haben, regelt das ihr Botschafter. Der kann sich dabei auf die rückhaltlose Unterstützung der einschlägigen Behörden verlassen, die es sich auf keinen Fall mit den Elfen verscherzen wollen.

Und nun stehen zwei junge Elfen hier vor mir, in kleidsames Grün gehüllt, groß, schön und goldäugig, und wollen mich engagieren. Und zwar, damit ich ihr Rotes Elfentuch auftreibe. Dieser Stoff verfolgt mich geradezu. Ich habe ihnen gerade erklärt, dass meine Verwicklung in diese Angelegenheit höchst zufälliger Natur ist.

»Wenn Ihr ein Gerücht gehört habt, dass ich das Zeug habe, dann ist es eben genau das: ein verdammtes Gerücht.

Ich weiß nicht, wer es in Umlauf gebracht hat, aber ich weiß, dass ich nicht weiß, wo sich das Tuch befindet.«

»Gerüchte dieser Art sind uns keineswegs zu Ohren gekommen«, erwidert Kallos-al-Dent, der ältere der beiden. »Wir sind hier, weil unser Vetter Vases-al-Gipt, loyaler Ratgeber unseres Lords Khurd-al-Dah, der das Tuch Eurem König geschickt hat, Euch als klugen und vertrauenswürdigen Menschenmann empfohlen hat.«

Es gefällt mir, wenn man mich für klug und vertrauenswürdig hält. Ich betrachte die jungen Elfen mit erheblich mehr Sympathie. Aber was noch wichtiger ist: Der Name Vases-al-Gipt versetzt mich mit einem Schlag in meine Vergangenheit. Er war einer der sehr wenigen Elfen, mit denen ich wirklich befreundet war. Er kam während der letzten Orgk-Kriege mit einem Elfen-Bataillon von den südlichen Inseln. Nachdem die westlichen Streitkräfte mächtig einen auf den Deckel bekommen hatten, landeten wir gemeinsam in einem Graben, in dem wir uns zwar wenig ruhmreich, aber dafür umso klüger vor einer orgkischen Drachenpatrouille verborgen hielten, die das ganze Gebiet absuchte. Wir versteckten uns drei Tage und schlugen uns schließlich wieder bis zu unseren Linien durch. Genauer gesagt, wir schlichen uns zu unseren Linien zurück, aber wir mussten uns durch eine Gruppe von orgkischen Kriegern schlagen, bevor wir wieder in die Stadt gelangten. Es ist eine unserer Lieblingskriegsgeschichten. Ich spule sie wenigstens einmal in der Woche herunter – unten in der Kaschemme.

»Wie geht es denn dem alten Vas so zur Zeit?«

»Es geht ihm gut. Der Baum seines Lebens wächst unaufhaltsam in den Himmel.«

Was das genau bedeuten sollte, war mir nicht klar, aber ich beschloss, das Thema nicht weiterzuverfolgen.

»Bevor wir die Inseln verließen, riet er uns, dass wir uns an Euch wenden sollten, wenn wir selbst nichts erreichen würden.«

Die Elfen sind also von den südlichen Inseln von ihrem Elfen-Lord losgeschickt worden, um das verschwundene Rote Tuch aufzuspüren, haben aber keine zählbaren Ergebnisse erzielen können. Und jetzt sind sie hier. Sie sind bei ihrem Botschafter gewesen, haben unseren Konsul besucht, und sogar der Palastwache eine Visite abgestattet. Sie haben die Zivilgarde um Rat gefragt und die Meinungen verschiedener Ermittlungs-Magier der Oberstadt eingeholt. Alles ohne Erfolg. Was sie letztlich nach ZwölfSeen geführt hat. In das Viertel der verfaulenden Fischköpfe, der stinkenden Abwasserkanäle und der preiswerten Detektive. Willkommen in der großen Stadt.

Ich zucke mit den Schultern. Da ich ohnehin schon in die ganze Sache verwickelt bin, kann mich auch ruhig jemand dafür bezahlen – besonders, da mich gerade die Prinzessin gefeuert hat. Ich erkläre mich bereit, den Fall zu übernehmen. Die Elfen, Kallos-al-Dent und sein Gefährte Jares-al-Manach, teilen mir mit, was sie wissen, und das ist nicht sehr viel. Ihr Elfen-Lord, Khurd-Al-Dah, hat das Rote Tuch mit dem Schiff nach Turai geschickt. Dieses Schiff musste jedoch südlich von Mattesh einen Hafen anlaufen, weil es in einem Sturm beschädigt worden war. Anstatt solange zu warten, bis die Reparaturen beendet waren, wurde das Tuch auf einige Karren verladen und in die Stadt transportiert. Irgendwo unterwegs wurde die Karawane überfallen, die Eskorte abgeschlachtet und das Tuch verschwand. Das war's. Kallos und Jares schienen nichts weiter herausgefunden zu haben, seit sie ihre Ermittlungen begonnen hatten, aber immerhin sind sie auch keine Profis.

Ich starre wieder auf das Doppeleinhorn in meiner Hand. Wirklich, sehr wertvoll. Und ein anderes soll sich zu ihm gesellen, sobald ich das Rote Elfentuch aufgespürt habe. Das würde schon fast die Schuld bei der Bruderschaft begleichen. Dann wartet da noch die Belohnung für die Auffindung des Tuchs, die der Konsul ausgeschrieben hat. Vielleicht hellt sich die Großwetterlage ja ein wenig auf. Ich verdiene möglicherweise sogar mit einem Schlag genug, um endlich aus ZwölfSeen rauszukommen. Die Elfen brechen auf. Es ist ein sehr wohlerzogenes Pärchen. Sie haben nicht einmal ihre klassischen Näschen gerümpft, als sie den Zustand meiner Zimmer gesehen haben.

Makri tritt auf. Wie üblich vergisst sie, zu klopfen. Diesmal ist sie aber die Gelackmeierte und glotzt die beiden Elfen blöd an, die sie ebenfalls anstarren. Ihre gute Elfenerziehung ist mit einem Mal wie weggeblasen. Sie wittern Makris orgkisches Blut, und man erkennt auch ohne viel Einfühlungsvermögen, dass sie das absolut nicht riechen können. Sie treten beklommen von Makri weg. Makris Miene verzerrt sich vor Wut.

»Was?«, fragt sie aggressiv.

Die Elfen nicken mir zu und drücken sich eilig an ihr vorbei. Ich frage Makri, was sie möchte.

»Nichts. Ich muss arbeiten«, gibt sie, wie sie glaubt, würdevoll zurück und stürmt hinaus. Dabei wirft sie die Tür schwungvoll hinter sich ins Schloss.

Ich bin verärgert. Es gefällt mir gar nicht, wenn Makri sich aufregt, aber bevor ich sie verfolgen und zur Rede stellen kann, taucht Pontifex Litanex auf meiner Schwelle auf. Ich versuche, den Eindruck eines Wahren Gläubigen zu machen, der rechtzeitig wie jeden Tag zu den Morgengebeten aufgewacht ist. Der Pontifex wollte mir aber nur seine Besorgnis wegen des gestrigen Überfalls übermitteln.

»Mir geht es gut«, versichere ich ihm. »Makri und ich haben die Heiden in die Flucht geschlagen.«

Litanex unterdrückt ein unwilliges Stöhnen. Seine Sorge um mich schließt Makri definitiv nicht mit ein. Mit ihrem orgkischen Blut, ihrer Kettenunterwäsche und ihren Schwertkämpferfähigkeiten steht sie in den Augen der Wahren Kirche nur eine einzige, hauchdünne Stufe über einem Dämon der Unterwelt.

»Ich mache mir ernsthaft Sorgen über die wachsende Kriminalität in ZwölfSeen«, sagt der Pontifex und lässt die heiligen Perlen durch seine schlanken Finger gleiten. »Und Bischof Gabrielius ebenfalls.«

»Ich bezweifle, das Bischof Gabrielius meinetwegen schlaflose Nächte hat«, knurre ich.

Litanex zuckt gequält zusammen. »Der Bischof sorgt sich um das Wohlergehen jedes einzelnen Schäfchens in seiner Herde«, behauptet er. Seine Miene bleibt bemerkenswert steinern, womit er sich beträchtlich von den Grimassen aller anderen Leute unterscheidet, wenn sie Bischof Gabrielius irgendwelche wohltätigen Regungen andichten. Dem guten Bischof Gabrielius obliegt unter anderem die seelsorgerische Verantwortung für ZwölfSeen und den Rest der verlotterten Hafengegend. Doch der Blick dieses ehrgeizigen Intriganten ist starr und wie gebannt auf den Stuhl des Erzbischofs gerichtet. Gabrielius ist viel zu sehr damit beschäftigt, Machtspiele zu spielen und seinen Einfluss unter der städtischen Aristokratie zu mehren, als dass er sich um irgendwelche Armen sorgen würde, egal ob in ZwölfSeen oder woanders.

»Warum hat die Bande Euch angegriffen?«

Ich spiele den Ahnungslosen und komplimentiere Litanex hinaus, nicht ohne ihm zu versichern, bald seine Kirche zu besuchen. Seine Sorge um meine Gesundheit ist mehr, als ich auf nüchternen Magen vertragen kann.

Die Einnahme meines Frühstücks ist eine eher freudlose Angelegenheit, die ich unter dem eisigen Blick von Makri verrichte. Sie scheint im Augenblick so gereizt zu sein wie ein Orgk mit Zahnweh, knallt mir den Teller vor den Latz und sagt kein Wort.

»Glaubst du nicht, dass du ein bisschen übersensibel reagierst?«, frage ich freundlich, als sie mit dem Mopp in der Hand an mir vorbeiwedelt.

»Ich weiß nicht, wovon du redest«, faucht sie mich an

und schwingt den Mopp auf eine höchst bedrohliche Art und Weise. »Ich bin so wohlgemut wie ein Elf im Baum.«

Sie wischt unter einem Stuhl, wirft ihn dabei um und zertrampelt ihn vor Wut zu Kleinholz.

Die Kunden, die zu einem Morgen-Bierchen hereinkommen, beenden unser Gespräch. Ich verwünsche die zartbesaitete Seele meiner axtschwingenden Freundin und bereite mich auf einen Tag voller anstrengender Ermittlungen vor. Ich gehe zur örtlichen Wachstation der Zivilgarde, weil ich herausfinden will, ob Zivilgardist Inkorruptox vielleicht etwas Licht in die ganze Sache bringen kann. Ich habe früher einmal meinen Einfluss spielen lassen, um Inkorruptox' Vater vor der Bruderschaft zu schützen. Sie bedrohten damals seine Existenz als unabhängiger Buchmacher im Stadium Superbius. Seitdem ist Inkorruptox wesentlich hilfsbereiter mir gegenüber als die anderen Zivilgardisten.

»Irgendwelche Spuren, was den Diebstahl des Roten Elfentuches angeht?«

Inkorruptox wird von meiner Frage überrascht. »Du arbeitest an der Sache?«

Ich setze meine ausdruckslose Miene auf, und er dringt nicht weiter in mich. Inkorruptox hat von dem Kampf mit dem Freundeskreis in meinem Haus gehört, aber er weiß weder, warum sie mich überfallen haben, noch kann er mir einen Tipp geben, wieso alle glauben, ich hätte das Elfentuch. Aber er verrät immerhin, dass der Freundeskreis mit dem Diebstahl in Verbindung gebracht wird. Aber Genaueres weiß man bislang nicht.

»Willst du damit sagen, dass sie es nicht mehr haben?«

»Gut möglich.«

Ich bitte ihn, mich zu informieren, wenn die Zivilgarde Fortschritte machen sollte. Vor allem interessiert mich der Name des Zauberers, der mit dem Freundeskreis zusammenarbeitet. Inkorruptox verspricht es mir. Dann will er wissen, wie ich in diese Sache hineingeschlittert bin.

Natürlich bin ich nicht geneigt, es ihm zu erklären. »Wie hoch ist die Belohnung?«

»Sie ist eben auf fünfhundert Gurans erhöht worden.«

Ein nettes Sümmchen, vor allem für jemanden, der dringend Geld braucht. Plötzlich taucht Tholius auf, der Präfekt von ZwölfSeen und befördert mich umgehend hinaus. Er mag mich nicht. Kein Präfekt mag mich. Denn jedes Mal, wenn ich wieder einen vertrackten Fall gelöst habe, fühlen sie sich inkompetent.

Vor der Wache der Zivilgarde schreit mir ein junges Bürschchen von den Kool-Tiens irgendeine verächtliche Obszönität hinterher. Etwas von fetten Kerlen, die immer auf die falschen Wagen setzen. In einer einzigen, fließenden Bewegung bücke ich mich, greife mir einen Stein und schleudere ihn nach dem respektlosen Kerl. Er trifft ihn mitten auf die Nase, und unser kleines Großmaul bricht in Tränen aus.

»Verspotte nie einen ausgebildeten Soldaten, Balg!«

Cimdy und Bertax spielen am Hafen. Sie sind beide in ihre üblichen bizarren Klamotten gehüllt. Die Kleidungsstücke sind zwar verschlissen, aber schön bunt. Und sie haben sich mit vielen Perlenschnüren und Ohrringen ausstaffiert. Außerdem tragen sie beide Stiftschrauben-Piercings an ihren linken Augenbrauen, und auch noch an vielen anderen, zumeist verborgenen Teilen ihrer Anatomie. Ihr Haar ist so kreischbunt gefärbt, dass allein der Anblick genügt, jeden normalen Bürger erblinden zu lassen. Aber als Fahrende Gaukler haben sie eine Art Freibrief für so was. Ihr Pferdewohnkarren ist hinter Ghurds Kaschemme abgestellt. Als ich sie das erste Mal sah, war ich schockiert und habe Ghurd empfohlen, sie von seinem Grund und Boden zu vertreiben. Aber mittlerweile habe ich mich an sie gewöhnt. Eigentlich sind sie ein ganz nettes junges Paar, und wir gehen recht freundlich miteinander um. Trotzdem ist mir schleierhaft, warum sie sich so seltsam zurechtmachen müssen. Also wirklich: durchbohrte Nasen und Augenbrauen? Das ist doch lächerlich. Ich höre ihnen eine Minute zu und werfe dann eine Münze in ihren Humpen.

Es wird Zeit, die Mehrjungfrau zu besuchen, so ziemlich die übelste Kaschemme von ZwölfSeen, und das will was heißen. Noch mehr Jungs von den Kool-Tiens machen sich über mich lustig, als ich an ihnen vorbeischlendere. In ZwölfSeen kennt mich jeder, aber ich will nicht behaupten, dass ich besonders populär bin. Die Huren und die Boah-Händler ignorieren mich, als ich vorsichtig über die dreckstarrende Straße gehe.

Normalerweise hängt Kerk hier herum. Als Boah-Dealer erfährt er schon durch seinen Beruf häufig interessante Neuigkeiten. Bedauerlicherweise ist er einer der eifrigsten Konsumenten seines eigenen Produktes und deshalb ständig knapp bei Kasse. Ich finde ihn vor der Kaschemme, wo er unsicher an einer Wand lehnt. Er ist groß und dunkelhäutig, aber seine ehemals attraktiven Gesichtszüge sind jetzt eingefallen, er wirkt unterernährt und seine großen Augen sind glanz- und ausdruckslos. Nach ihrem Blick zu urteilen glaube ich eigentlich, dass er eine Spur Elfenblut in sich haben müsste, was gar nicht so ungewöhnlich wäre. Elfische Durchreisende in unserer Stadt sind sich keineswegs zu vornehm, die Dienste unserer Huren in Anspruch zu nehmen, auch wenn sie sich moralisch noch so sehr überlegen fühlen.

Ich frage Kerk, ob er etwas über das Tuch weiß.

»Lalula«, murmelt er und starrt zu Boden. Ich weiß nicht, was das heißen soll. Vermutlich ist er in einer mächtigen Halluzination gefangen. Mit Kerk geht es in letzter Zeit immer mehr bergab. Es überrascht mich, dass er es schafft, sein Geschäft am Laufen zu halten.

»Rotes Elfentuch«, wiederhole ich.

Es gelingt ihm unter erheblichen Schwierigkeiten, seinen Blick auf mich zu richten.

»Thraxas. Du steckst in der Gülle.«

»Das weiß ich schon. Aber warum weiß ich nicht.«

»Weil du Attilan ausgeraubt hast.«

»Hab ich gar nicht.«

»Jedenfalls behaupten die Leute das.«

»Und was steckt noch so hinter dieser ganzen Geschichte?«

»Attilan hat versucht, das Elfentuch für Nioj in die Hände zu bekommen. Einige Leute glauben, dass er es schon hatte, als du ihn umgebracht hast.«

»Ich habe ihn nicht umgebracht. Und ausgeraubt habe ich ihn auch nicht. Außerdem: Wie sollte Attilan das Tuch versteckt haben? Es ist eindeutig nicht in der Stadt.«

Kerk zuckt mit den Schultern. »Keine Ahnung. Vielleicht steckt ja auch Georgius Drachenfresser hinter der ganzen Geschichte.«

»Wer zum Teufel ist Georgius Drachenfresser?«, will ich wissen.

Kerk sieht mich an. »Hast du denn überhaupt keine Ahnung? Du bist mir vielleicht ein schöner Detektiv, Thraxas. Es überrascht mich, dass du so lange überlebt hast. Georgius Drachenfresser ist der böse Zauberer, der das Zeug zuerst geklaut hat. Er arbeitet mit dem Freundeskreis zusammen.«

Kerk streckt die Hand aus. Ich lasse eine Münze hineinfallen.

»Lalula«, murmelt er erneut. Er sabbert, rutscht an der Wand herunter und wird ohnmächtig. Ich muss mich dringend nach Informanten umsehen, die nicht der letzte Abschaum sind. Wenigstens weiß ich jetzt, warum mein Name mit dem Verschwinden des Tuchs in Verbindung gebracht worden ist. Attilan war also hinter ihm her und ich hatte einfach nur das Pech, als sein angeblicher Mörder verhaftet zu werden. Kein Wunder, dass die Leute glaubten, ich hätte ihn auch gleich ausgeraubt.

Ich starre angewidert auf den bewusstlosen Kerk. Es ist wohl mehr als zweifelhaft, dass ich der einzige bin, dem er Informationen verkauft. Wenn er überall herumerzählt, was er weiß, dann überrascht es mich allerdings nicht, dass noch viele andere Leute der Meinung sind, ich hätte das Elfentuch.

Es ist heiß. Ich will nach Hause gehen und Bier trinken. Aber da mir die Meuchelmördergenossenschaft und der Freundeskreis auf den Fersen sind, und zwei Elfen nur darauf warten, mich fürstlich zu bezahlen, verspüre ich einen starken Drang, mit meiner Arbeit anzufangen. Zuerst muss ich mit Hauptmann Rallig reden, aber ich brauche eine Weile, bis ich ihn aufgestöbert habe. Er hatte voriges Jahr einen gemütlichen Schreibtischposten im Justizdomizil, was ihm keineswegs missfiel. Doch dann drehte sich das Rad der internen Palastpolitik, und er fiel in Ungnade. Vizekonsul Rhizinius hat ihn durch einen Mann seines Vertrauens ersetzt, also schiebt der Hauptmann wieder Außendienst. Wenigstens habe ich so etwas mit dem guten Hauptmann gemein, denn Vizekonsul Rhizinius, der zweithöchste Beamte in Turai, kann mich genauso wenig leiden.

Ich finde den Hauptmann in den Außenbezirken von Kushni, wo er griesgrämig auf einige Leichen hinunterstarrt.

»Was ist denn hier passiert?«

»Dasselbe wie immer«, gibt er mürrisch zurück. »Eine Fehde zwischen Bruderschaft und Freundeskreis wegen der Territorialrechte für den Boah-Handel. Allmählich gleitet uns die ganze Angelegenheit aus den Händen, Thraxas. Die halbe Stadt ist darin verwickelt.«

Wir sehen zu, wie die Stadtbüttel Leichen aufladen und sie wegkarren. Ich schenke es mir, den Hauptmann zu fragen, ob er die üblichen Verdächtigen verhaften möchte. Die Drogenbarone des Freundeskreises und der Bruderschaft haben viel zu viele mächtige Freunde in der Stadt, als dass die Zivilgarde dieser Kaste der Unantastbaren Handfesseln anlegen könnte. Und von ihren kleineren Handlangern gibt es so viele, dass es eigentlich keine Rolle spielt, wie viele man ins Gefängnis steckt.

»Ich versuche nur, die Geschichte solange am Überkochen zu hindern, bis ich in Pension gegangen bin«, meint der Hauptmann seufzend. »Und jetzt stehen auch noch die Wahlen bevor. Das bedeutet noch mehr Chaos.«

Er schüttelt den Kopf und fragt mich schließlich, was ich will. Ich erkläre ihm meine Lage, ohne die Elfen zu erwähnen. Er nickt.

»Wir haben Gerüchte gehört, dass Nioj sein Interesse am Elfentuch kundgetan hat. Aber die Elfen mochten es ihnen nicht verkaufen. Es hat sie mächtig aufgeregt, dass fundamentalistische niojanische Kleriker sie als Dämonen der Hölle verteufelt haben. Trotzdem glaube ich nicht, dass die Niojaner an dem Diebstahl beteiligt waren. Wir haben bereits Informationen erhalten, wer dafür verantwortlich war.«

»Ja, ich weiß. Georgius Drachenfresser«, sage ich zur Enttäuschung des Hauptmanns. »Ich hatte bereits das Vergnügen. Irgendwelche Hinweise, wohin das Zeug verschwunden ist?«

»Nein«, erwidert der Hauptmann. »Aber ich vermute, dass es schon längst verschwunden ist. Vermutlich ist es gar nicht bis Turai gekommen.«

Ich will wissen, ob die Zivilgarde mittlerweile Attilans wirklichem Mörder auf der Spur ist.

Hauptmann Rallig schnaubt verächtlich. »Du gibst nach wie vor einen erstklassigen Hauptverdächtigen ab, Thraxas.«

»Kommt schon, Ihr wisst genau, dass ich ihn nicht umgebracht habe.«

»Möglich. Aber das würde uns nicht daran hindern, dich trotzdem vor Gericht zu stellen. Falls wir keinen Besseren auftreiben. Rhizinius wäre entzückt, wenn du auf einer Strafgaleere landen würdest. Und irgendjemanden muss er anklagen. Der Niojanische Botschafter macht uns die Hölle heiß.«

»Habt Ihr denn keine echten Spuren?«

»Du erwartest ein bisschen viel, Thraxas. Ich soll dir Informationen geben, aber du willst mir nicht verraten, wie du in diese Sache verwickelt bist. Warum sollte ich dir helfen?«

»Vielleicht, weil ich Euch einmal unter den Rädern eines orgkischen Kampfwagens hervorgezerrt habe?«

»Das ist schon sehr lange her. Seitdem habe ich dir genug Gefallen erwiesen. Du hast dich in diesen Schlamassel hineinmanövriert, und jetzt hast du den Freundeskreis am Hals. Harte Sache. Mach reinen Tisch mit uns, Thraxas, und ich kann dir vielleicht helfen. Ansonsten bist du auf dich allein gestellt.«

Zu mehr kann ich den Hauptmann nicht bewegen, auch wenn er mir verrät, dass eine neue Sorte Boah in der Stadt aufgetaucht ist. Sie ist stärker und wird unter dem Namen »Lalula« gehandelt. Und keiner weiß, wo das Zeug herkommt.

»Kerk scheint es jedenfalls zu mögen. Na gut, Hauptmann, wenn Ihr mir nicht helfen wollt, muss ich das Tuch eben allein finden. Ich könnte eine fette Belohnung ganz gut gebrauchen.«

»Falls wir herausfinden, dass du etwas mit diesem Diebstahl zu tun hast, wird dir deine Belohnung nichts nutzen. Im Kerker kannst du sie nicht ausgeben. Aber vielleicht solltest du trotzdem danach suchen, Thraxas. Wenn der Freundeskreis glaubt, dass du es hast, dann ist dein Leben sowieso keinen Pfifferling mehr wert. Und solltest du in zwei Tagen Corleonaxas nicht fünfhundert Gurans in die Hand gedrückt haben, spielt selbst das keine Rolle mehr.«

Ich lache verächtlich.

»Zweifellos wird die Zivilgarde mich unter Personenschutz stellen, falls eine kriminelle Vereinigung wie die Bruderschaft versuchen sollte, mir ans Leder zu gehen?«

»Klar, Thraxas, natürlich machen wir das. Am besten verlässt du die Stadt. Leider kannst du das nicht, weil du immer noch der Hauptverdächtige im Mordfall Attilan bist. Sieht aus, als steckst du in der Klemme.«

»Vielen Dank, Hauptmann. Danke.«

Die glühende Sonne schlägt einem allmählich aufs Gemüt. Die Hitze staut sich zwischen den sechsstöckigen Mietskasernen des Elendsviertels. Es ist in Turai strengstens verboten, höher als vier Stockwerke zu bauen, weil es viel zu gefährlich ist. Aber die Grundstücksbesitzer bestechen die Präfekten, die ihrerseits einen Teil des Geldes den Beamten des Prätors in den Rachen werfen, und plötzlich findet keiner mehr, dass es so besonders gefährlich ist. Die Flugratten, kleine schwarzgraue Vögel, die ganze Teile der Stadt geradezu verseuchen, hocken kläglich auf den Dächern. Sie haben nicht einmal genug Energie, um sich um allgegenwärtige Essenabfälle zu balgen. Ich schwitze wie ein Schwein, die Huren sehen müde aus, und die Straße stinkt. Was für ein Scheißtag! Genau der richtige Zeitpunkt, um Meuchelmördern einen Besuch abzustatten.

10. Kapitel

Kushni ist das übelste Viertel in einer Stadt, der es an anrüchigen und üblen Vierteln wahrhaftig nicht mangelt. Die schmalen, schmutzigen Straßen werden von Bordellen, Spielhöllen, Boah-Höhlen und höchst zweifelhaften Kaschemmen gesäumt. Vor den Gebäuden tummeln sich Zuhälter, Huren, Wracks, Süchtige und Diebe. Es verdeutlicht die Abgedrehtheit der Meuchelmörder, dass sie ausgerechnet in einer solchen Gegend ihr Hauptquartier eingerichtet haben. Damit meine ich allerdings nicht, dass sie Gefahr laufen, von irgendeinem heruntergekommenen Bewohner Kushnis überfallen oder beraubt zu werden. So blöd ist hier keiner.

»Ich wundere mich etwas über Euren Besuch«, stellt die Frau mit der schwarzen Kapuze fest, die mir gegenübersitzt. »Unsere Informanten behaupten zwar nicht gerade, dass Ihr mit übermäßig viel Intelligenz gesegnet wärt, aber sie haben uns auch nicht darüber aufgeklärt, dass Ihr ein vollkommener Idiot seid.«

Ich sitze in einem einfachen, vollkommen schmucklosen Raum und spreche mit Marihana, der Meister-Meuchelmörderin. Ich kann nicht behaupten, dass ich es sonderlich genieße. Marihana ist die Nummer Drei in der Hierarchie der Meuchelmörder, zumindest habe ich so etwas läuten hören. Die Meuchelmördergenossenschaft veröffentlicht ihre Rangordnung ja nicht gerade im Wirtschaftsteil der Nachrichtenpapyri. Marihana muss so um die Dreißig sein, glaube ich, auch wenn sie jünger wirkt. Aber ihr genaues Alter ist schwer zu schätzen, solange ihr Kopf und der größte Teil ihres Gesichts von einer schwarzen Kapuze verdeckt sind. Sie ist klein, hat auffallend blasse Haut und spricht sehr leise.

»Es war keine große Herausforderung, Euren Schließbann zu brechen«, murmelt sie. »Ich bezweifle, dass mir Euer Schutzzauber wesentlich länger standhalten wird.«

Sie hat offenbar keine Ahnung, dass ich gar keinen Schutzzauber mit mir herumtrage. Ich habe nur den Schlafzauber in mein Unterbewusstsein gelegt, bevor ich gegangen bin, und mehr als einen Zauber kann ich mir, wie bereits erwähnt, zur Zeit nicht merken. Ob ich den Spruch aufsagen kann, bevor sie über den Tisch kommt, um mich zu töten? Vielleicht. Vielleicht auch nicht. Jedenfalls habe ich nicht die Absicht, es herauszufinden.

»Ich bin nicht davon ausgegangen, dass ich Schutz brauche. Schließlich irrt Ihr Euch, wenn Ihr glaubt, dass ich das Rote Elfentuch habe. Wie kommt Ihr eigentlich darauf, dass ich es habe?«

Keine Antwort.

»Warum ist die Meuchelmördergenossenschaft hinter dem Tuch her?«

»Wie kommt Ihr darauf, dass ich Eure Fragen beantworten würde?«

»Ich mache nur meine Arbeit. Und schütze mich selbst. Wenn Ihr, der Freundeskreis und Gott weiß wer noch, glaubt, dass ich das Tuch habe, ist mein Leben nicht mehr viel wert. Das Beste, was ich erwarten kann, ist ein langer Aufenthalt im Kerker des Königs. Oder auf der Ruderbank einer seiner Galeeren.«

Sie schaut mich schweigend an. Was mich allmählich wütend macht.

»Vielleicht sollte ich der Zivilgarde von den Ereignissen der letzten Nacht berichten«, fahre ich fort. »Der Konsul und der Prätor tolerieren die Meuchelmördergenossenschaft, solange sie nützlich für sie ist. Aber sie wären sicher nicht sehr erfreut zu erfahren, dass ihr versucht, das Rote Elfentuch in die Finger zu bekommen, das ja bekanntlich allein für den König reserviert ist.«

»Wir würden niemand sonderlich schätzen, der falsche Gerüchte über uns in die Welt setzt«, sagte Marihana drohend.

»Oh, und ich würde nur sehr ungern etwas tun, was der Meuchelmördergenossenschaft missfallen könnte. Wisst Ihr etwas über den Diebstahl des Tuchs?«

»Die Meuchelmörder geben sich nicht mit illegalen Geschäften ab.«

»Ach nein? Ihr bringt immerhin Leute um.«

»Wir sind noch nie eines Verbrechens angeklagt worden«, kontert Marihana kühl.

»Klar, das weiß ich. Weil Ihr immer von Leuten angeheuert werdet, die so wohlhabend und einflussreich sind, dass sie das Gesetz umgehen können. Warum sucht Ihr also nach dem Elfentuch?«

»Das tun wir nicht.«

»Zweifellos wisst Ihr, dass das Tuch dreißigtausend Gurans wert ist?«

Marihana bleibt kühl und uninteressiert. Ich werde noch wütender.

»Ihr kaltblütigen Mörder macht mich krank. Bleib mir von der Pelle, Marihana. Wenn du mich noch mal belästigst, dann komme ich über dich wie ein böser Bann.«

Marihana erhebt sich geschmeidig. »Unser Gespräch ist beendet«, sagt sie etwas weniger kühl.

Es ist mir also gelungen, sie zu ärgern. Sehr gut. Das zeigt, was für ein blödsinniger Narr ich geworden bin. Wie komme ich dazu, eine Meuchelmörderin in ihrer eigenen Höhle zu reizen?

»Eine letzte Frage noch: Wie schafft Ihr Meuchelmörder es, dass Eure Haut so blass bleibt? Ist es Schminke, ein Spezialtraining oder was?«

Marihana zieht an einer Glockenschnur. Zwei Meuchelmördernovizen tauchen auf und eskortieren mich über einen langen Flur zur Vordertür.

»Ihr solltet euren Laden ein bisschen aufhübschen«, schlage ich vor. »Besorgt euch doch mal ein paar Friedhofspflanzen.«

Sie würdigen mich keiner Antwort. Anscheinend üben sie gerade die Lektion: Wie schaffe ich es, eine grimmige Miene zu behalten, ohne auch nur einen Muskel zu rühren? Draußen auf der staubigen Straße, schüttele ich mich. Meuchelmörder. Sie verursachen mir eine Gänsehaut.

11. Kapitel

Als ich durch die geschäftigen Außenbezirke von Zwölf-Seen flaniere, nehme ich meine übliche Abkürzung durch die Sankt Rominius Gasse, einen schmalen Weg. Hinter der ersten Ecke warten drei Männer mit gezückten Schwertern auf mich.

»Was denn, was denn?« Ich ziehe mein eigenes Schwert.

Sie kommen einige Schritte näher.

»Wo ist das Tuch, Thraxas?«, fragt einer.

»Ich habe keinen Schimmer.«

Sie versuchen, mich zu umzingeln. Ich brülle meinen Schlafzauber. Meine drei Angreifer fallen sofort zu Boden. Sehr gut. Ich bin höchst erfreut. Jedes Mal, wenn mir das gelingt, durchrieselt mich eine freudige Wärme. Ich bekomme dann das Gefühl, dass mein Leben doch nicht ganz vertan ist.

Der Schlafzauber hält etwa zehn Minuten an, so dass mir Zeit für eine kleine Leibesvisitation bleibt, bevor ich den Schauplatz verlasse. Aber in ihren Taschen finde ich nichts von Interesse. Doch die drei tragen alle dieselbe Tätowierung: zwei verschränkte Hände, das Zeichen des Freundeskreises.

Hinter mir spricht jemand. Ich wirble herum und bemerke, dass es ein Fehler war, nicht sofort wegzulaufen. Die Worte gehören zu der geheimen Sprache, die nur uns Zauberern bekannt ist. Und sie bilden einen gewöhnlichen Gegenzauber. Was bedeutet, dass jeder Zauber, der gerade in dieser Gegend ausgesprochen wurde, nicht mehr lange wirkt. Was wiederum zur Konsequenz hat, dass die drei wütenden Mitglieder des Freundeskreises ihr Bewusstsein jeden Moment wiedererlangen.

Ich starre den Zauberer angewidert an. Es ist vollkommen sinnlos, mir die Mühe zu machen, einen Schlafzauber zu lernen, ihn zu behalten und ihn zu benutzen, wenn der Kerl einfach daherkommt und ihn storniert. Während ich ihn anstarre, fällt mir auf, dass er für einen Zauberer ziemlich groß ist. Und er trägt außerdem ein sehr scharf aussehendes Schwert am Gürtel. »Ihr müsst dieser Georgius Drachenfresser sein, von dem alle reden.« Er antwortet nicht. Die drei Kumpane rappeln sich langsam auf und tasten nach ihren Schwertern. Ich renne wie von Sinnen die Sankt Rominius Gasse entlang.

Ich bin besorgt. Nicht so sehr wegen der Klingen der drei Männer – im Schwertkampf nehme ich es mit fast allen Bewohnern von Turai auf – sondern wegen des Zauberers. Etwas in der Art, wie er seinen Gegenzauber gesungen hat, gibt mir das Gefühl, dass er mächtig ist, und auch durchaus fähig, noch einen oder zwei weitere Zauber im Kopf zu behalten. Wenn einer davon ein Herzinfarktbann ist, bin ich erledigt. Selbst ein banaler Schlafzauber würde ihnen genug Zeit geben, mich fertig zu machen. Ich muss verrückt gewesen sein, als ich mein Schutzamulett verhökert habe. Oder wirklich dringend ein Bier gebraucht haben.

Für einen Mann mit meiner schlechten Kondition bin ich ganz schön schnell, aber als ich um die nächste Ecke biege, kommen drei weitere Schläger auf mich zu. Sechs Bewaffnete und ein Zauberer. Ich scheine dem Freundeskreis wirklich auf die Zehen getreten zu sein.

Vor mir sehe ich einen hölzernen Kanaldeckel. Das Kanalsystem von Turai ist eines der Weltwunder, behauptet man jedenfalls. Es besteht aus einem Tunnelsystem, das vom Palast geradewegs ins Meer führt. Und nicht zum ersten Mal in meiner Karriere als Verbrechensbekämpfer gerate ich in eine Lage, in der ich es aus nächster Nähe bewundern kann. Ich reiße den Deckel hoch und tauche in den Tunnel ab.

Der Gestank ist schier unerträglich. Ratten huschen in alle Richtungen davon, als ich mich durch die Dunkelheit kämpfe. Ich bereue es zutiefst, dass ich zusammen mit meinem Schutzamulett auch meinen leuchtenden Zauberstab verpfändet habe. Das hier ist ein verdammt ungemütlicher, hässlicher Ort, und höchst ungeeignet, um ihn im Dunkeln zu durchwandern. Da ich ja bereits einmal hier war, weiß ich jedoch, dass dieser Kanal zum Hafen führt. Kurz bevor er sich ins Meer ergießt, gibt es einen weiteren Deckel, durch den ich flüchten kann.

Da ich nicht weiß, ob ich noch verfolgt werde, bleibe ich stehen und lausche.

»Versucht es weiter in der Richtung!«, dröhnt eine Stimme.

Irgendwo hinter mir schimmert grünliches Licht. Der leuchtende Stab des Zauberers. Ich frage mich erneut besorgt, wie viele Zaubersprüche er wohl im Kopf hat. Es gibt dank der Zaubererinnung nicht viele bösartige, kriminelle Zauberer in Turai. Aber wenn man auf einen stößt, ist man ihm beinahe völlig schutzlos ausgeliefert. Ich wate durch den Dreck, ignoriere sowohl den Gestank als auch die quietschenden Ratten, und taste an der Wand nach der Leiter, die mir anzeigen wird, dass ich mich unter dem Ausgang befinde. Ich hoffe, dass es hier unten keine Alligatoren gibt. Es kursieren nämlich Gerüchte, dass in den Abwässerkanälen Alligatoren leben. Eigentlich glaube ich nicht, dass es stimmt. Selbst solche Viecher müssen doch irgendeinen Ort kennen, an dem sie sich lieber aufhalten wollen. Da draußen gibt es eine wunderbare sandige Bucht. Es sei denn, die Delfine haben sie hierher vertrieben. Delfine mögen Alligatoren nicht besonders.

Ich gehe etwas schneller, aber das erweist sich als Fehler, denn beinahe augenblicklich schreit einer meiner Verfolger, dass er mich hören kann. Seinem Schrei folgt lautes Platschen, als die Männer vorwärts stürmen. Ich fluche und beeile mich, aber das Platschen kommt immer näher. Hinter der nächsten Ecke halte ich an und erwarte sie mit Schwert und Dolch in meinen Händen. Was für ein unwürdiger Tod, denke ich, von einem Herzinfarktbann in der städtischen Kanalisation niedergestreckt zu werden! Alle werden glauben, das ich besoffen hineingefallen und ertrunken bin.

Der Kanal ist etwa einsfünfzig breit und gerade hoch genug, dass ich stehen kann. Zum Kämpfen ist hier nicht viel Platz. Hinter der Ecke dämmert ein schwacher Lichtschein, dem der erste meiner Häscher folgt. Er tastet sich langsam vor, die Messerhand ausgestreckt. Er ist tot, bevor er mich sieht. Ich habe ihm die Kehle mit meiner Klinge durchgeschnitten. Es ist ein wohlberechneter Hieb, den ich in der Armee gelernt habe. Damals war ich ein optimistischer, junger Soldat, und wir vertrieben die Niojaner von unseren Wällen und die Orgks aus unserem Land.

Nach dem ersten Streich ist es nicht mehr ganz so einfach. Die nächsten beiden Angreifer lassen mehr Vorsicht walten. Jetzt wird das Licht auch stärker, und sie können mich besser erkennen. Ich benutze mein Schwert und meinen Dolch, um ihren gemeinsamen Angriff abzuwehren und weiche dabei langsam zurück. Das ist ziemlich gefährlich, denn ich weiß nicht, über was ich hier stolpern könnte. Der Kampf wird verbissen und schweigend geführt. Die beiden Männer des Freundeskreises treiben mich immer weiter zurück und geben sich keine Blöße, die ich ausnützen könnte. Hinter ihnen erkenne ich die verschwommenen Umrisse ihrer Gefährten und dahinter den größeren Schatten des Zauberers, dessen Stab ein unheimliches, grünliches Licht über uns alle wirft.

Meine Angreifer sind keine erstklassigen Schwertkämpfer, das sind Bandenmitglieder so gut wie nie, aber in dem engen Kanal fällt es mir schwer, meine überlegene Technik zur Geltung zu bringen. Das Abwasser reicht mir bis zu den Knien und verhindert jede flinke Bewegung. Außerdem befürchte ich die ganze Zeit, dass der Zauberer einen tödlichen Spruch in meine Richtung loslässt. Natürlich hängt das ein bisschen davon ab, was er noch so in Reserve hat. Denn einige aggressive Zaubersprüche sind schwer zu lenken. In diesem schmalen Tunnel würde er seine eigenen Leute wahrscheinlich ebenfalls treffen.

Der Kämpfer rechts von mir wird ungeduldig und macht einen plötzlichen Ausfall. Aber er ist unachtsam und lässt eine Lücke in seiner Abwehr, durch die ich sofort mein Schwert stoße. Ich ramme ihm die Klinge in seinen Oberschenkel. Er stöhnt und stolpert zurück. Ein anderer Mann will seinen Platz einnchmen, doch der Zauberer ruft ihn zurück.

»Überlasst ihn mir!«, befiehlt er und sein Stab beginnt noch stärker zu glühen.

Mir bleibt nur ein winziger Augenblick um zu reagieren. Ich hole mit meinem Dolch aus und will ihn dem Zauberer ins Gesicht schleudern. Ich hoffe, dass er keinen persönlichen Schutzzauber trägt. Doch bevor ich die Waffe schleudern kann, oder bevor er seinen Bann zu Ende spricht, bricht plötzlich ein grauenvolles Schreien durch die Wasseroberfläche. Der Schwertkämpfer neben mir schreit und springt vor Angst zurück. Dem Zauberer bleibt sein Spruch mitten im schönsten Singsang im Halse stecken. Ein Alligator, der vom Licht angezogen wurde, taucht aus dem Abwasser auf und verbeißt sich mit seinem monströsen Kiefer in seinem Bein.

Ich sehe zu, starr vor Entsetzen. Das Biest ist riesig, und sein Kiefer muss wie ein Schraubstock zupacken. Ich bin sicher, dass dies den Tod des Zauberers bedeutet, aber solche Leute geben ihr Leben nicht so einfach her. Unmittelbar bevor er in die stinkende Brühe hinabgezogen wird, schreit er einen Bann heraus. Sofort windet der Alligator sich wie von Sinnen, und sein gewaltiger Leib schüttelt sich vor Qualen. Allerdings lässt er das Bein des unseligen Zauberers dabei nicht los.

Ich drehe mich um und fliehe. Vermutlich hat er einen Herzinfarktbann oder einen ähnlichen bösartigen Spruch verwendet. Ich weiß nicht genau, was der bei einem Alligator anrichtet. Vermutlich wird er ihn letztendlich umbringen. Aber vielleicht erst, nachdem er den Urheber des Banns umgebracht hat. Ob der Zauberer diese Begegnung überlebt, bleibt dahingestellt. Es ist sicher ein schreckliches Schicksal, so zu sterben, aber der Gedanke, dass dieser tödliche Bann eigentlich für mich gedacht war, dämpft mein Mitgefühl beträchtlich.

Die Aussicht, noch einem monströsen Alligator zu begegnen, lässt mein Herz vor Angst rasen, bis ich endlich die Leiter finde. Ich hieve meinen Wanst schneller die knarrenden Sprossen hinauf, als ich es für möglich gehalten hätte. Oben angelangt stoße ich den Deckel zur Seite und ziehe mich auf die Straße. Die Leute starren mich erstaunt an, als ich schmutzig, zerlumpt, mit aufgerissenen Augen und stinkend in den sonnenüberfluteten Straßen von ZwölfSeen auftauche.

»Kanalinspektion«, knurre ich einem neugierigen Individuum zu, der sich mir in den Weg stellen will.

»Wie ist es denn da unten?«, ruft er mir nach.

»Schön«, erwidere ich. »Die nächsten paar Jahre dürfte alles in Ordnung sein.«

12. Kapitel

Ich biete gewiss einen erbärmlichen Anblick, als ich in den Quintessenzweg einbiege. Der Gestank meiner widerlichen, abwasserdurchtränkten Kleidung ist unerträglich, und ich kann nur daran denken mich zu säubern, und diese schreckliche Erfahrung von mir zu waschen. In einer kleinen Gasse liegen die öffentlichen Bäder. Ich kenne die Betreiberin ganz gut, was aber keineswegs heißt, dass sie sich freut, mich zu sehen, als ich wie eine Erscheinung aus der Hölle hereinmarschiere.

»Ich brauche ein Bad«, sage ich, als ich an ihr vorbeirausche und ihre Proteste überhöre. Genauso wenig Beachtung schenke ich ihren Ermahnungen, ja nicht in meinem Zustand auch nur in die Nähe des Beckens zu gehen. Badende spritzen bei meinem Auftauchen in alle Richtungen davon. Mütter reißen ihre kleinen Kinder voller Panik aus dem Wasser, als ich voll bekleidet hineinwate. Die Leute schimpfen und einige rufen nach der Zivilgarde, um sie vor dem Seuchenträger zu schützen, der gerade das Bad vergiftet.

Ohne auf sie zu achten, lasse ich mich in das warme Wasser sinken und rolle mich träge darin herum. Ich reibe mir den Dreck von der Haut und von meiner Kleidung. Als die Wärme meine Anspannung etwas gelöst hat, empfinde ich eine gewisse Dankbarkeit für den König. Er tut zwar nicht viel gegen die Not der Armen in ZwölfSeen, aber wenigstens baut er uns schöne Badehäuser. Eine Weile später tauche ich sauber aus dem Wasser auf, die Kleider in der Hand. Ich wickle mir meinen durchnässten, traurig aussehenden Mantel um meinen Leib und marschiere heraus. Die Beschimpfungen, die von allen Seiten auf mich herabprasseln, ignoriere ich nach wie vor.

»Ich bezahle morgen«, knurre ich der Managerin Nymphixa zu, die mir lauthals einen Prozess in Aussicht stellt, weil ich ihr Geschäft ruiniert habe.

Makri starrt mich an, als ich in der Rächenden Axt auftauche. »Was ist dir denn passiert?«

»Ich hatte einen miesen Tag im Kanal«, erwidere ich und schnappe mir auf dem Weg in meine Zimmerflucht eine Thazis-Rolle. Ich stehe immer noch unter Schock, leide unter den Nachwirkungen der Angst und der Anstrengungen, die das Wirken des Schlafzaubers mit sich bringt. Zaubern ist eine ermüdende Angelegenheit. Selbst ohne die anschließende Verfolgungsjagd hätte es mich angestrengt, diese Männer in der Gasse schlafen zu legen. Die Episode im Abwasserkanal hat mir dann noch den Rest gegeben. Ich muss mich unbedingt hinlegen und ausruhen, aber ich bin zu aufgedreht, um mich zu entspannen. Ich rauche die Rolle mit drei langen Zügen auf. Makri taucht mit einem Bier auf, und zwischen den einzelnen Schlucken trinke ich den Rest von meinem Kleeh. Der starke Schnaps rinnt wie Feuer die Kehle hinunter. Wahrscheinlich gibt es gesündere Methoden, um sich auszuruhen, als Thazis, Bier und Kleeh, aber keine ist so wirkungsvoll. Als ich nach nebenan gehe und mir trockene Kleidung anziehe, bin ich allmählich wieder der gute alte, joviale Thraxas, den alle kennen und lieben.

»Wer war das?«, will Makri wissen.

»Der Freundeskreis mit einem Zauberer.«

»Glauben sie immer noch, dass du das magische Tuch hast?«

Ich nicke. Jemand klopft an die Außentür. Ich mache sie auf, nicht ohne ein Schwert in der einen und ein Messer in der anderen Hand zu halten. Draußen steht Conax, der Vollstrecker der Bruderschaft.

»Was zum Teufel willst du?«

»Wir haben gehört, dass du das Tuch gefunden hast. Das könnte deine Schulden so gut wie …« beginnt er.

»Ich habe das verdammte Elfentuch nicht!«, schreie ich und schlage ihm die Tür vor der Nase zu.

»Es ist einfach absurd, Makri. Zwei Elfen bezahlen mich dafür, damit ich das Zeug finde, und alle anderen glauben, dass ich es schon habe. Es wird immer verwirrender. Als ich dieses Thazis geraucht habe, habe ich es für einen Moment sogar selbst geglaubt. Ich werde diesen verdammten Kerk umbringen. Er ist an allem Schuld. Er hat das Gerücht verbreitet, ich hätte Attilan das Tuch gestohlen.«

Ich bemerke, dass Makri nicht länger zuhört. Die Erwähnung der Elfen hat ihr die Laune verdorben. Ich weiß nicht genau, warum sie das so stört. Makri sieht sich in der Stadt mit jeder Menge Vorurteilen konfrontiert. Das fängt schon mit den Kunden unten im Laden an, die ständig Bemerkungen über ihr orgkisches Blut machen. Das gefällt ihr zwar nicht, aber normalerweise macht es sie auch nicht besonders unglücklich. Eigentlich vergisst sie es fast immer sofort, nachdem sie den entsprechenden Kunden niedergeschlagen hat. Etwas anderes ist es jedoch, wenn die Vorurteile von Elfen stammen. Ich vermute, dass es Makri, die zu einem Drittel Elf ist, die Elfensprache spricht und Orgks genauso verabscheut wie sie, besonders wurmt, dass sie von ihnen zurückgestoßen wird. Ich mache mir nicht die Mühe, sie aufzuheitern. Conax' Besuch hat meine Laune ebenfalls getrübt.

Wir rauchen noch eine Thazis-Rolle. Danach hebt sich unsere Stimmung etwas.

»Ich glaube, das Tuch ist noch in der Stadt.«

Makri weist mich darauf hin, dass ich gestern noch behauptet habe, es wäre unmöglich.

»Ich habe meine Meinung geändert. Ich weiß nicht, wie man das bewerkstelligt hat, aber das Tuch ist hier in Turai. Ich kann es spüren.«

»Sehr scharfsinnig, Thraxas. Obwohl ich schon darauf gekommen bin, als all diese Leute damit anfingen, Anschläge auf dein Leben zu verüben.«

Ich berichte Makri von dem Alligator.

»Du machst Witze. Es gibt doch nicht wirklich Alligatoren im Abwasserkanal?«

Ich versichere ihr, dass es die sehr wohl gibt. Eine Welle von Müdigkeit überkommt mich.

»Ich gehe schlafen. Der Freundeskreis wird vermutlich hier auf dem Territorium der Bruderschaft keinen offenen Angriff wagen, aber wenn ein humpelnder Zauberer auftaucht und nach mir fragt, dann sag ihm bitte, ich bin nicht zu Hause.«

Als ich aufwache, ist es dunkel. Bilder von Abwasserkanälen und Alligatoren schleichen sich in meine Gedanken, aber ich werfe sie umgehend wieder hinaus. Es gibt Wichtigeres, zum Beispiel meinen Appetit. Ich bewege mich nach unten, um die Ergebnisse von Tanroses Kochkünsten zu inspizieren. Es ist später Abend, und das Saufgelage in der Rächenden Axt ist in vollem Gang. Ghurd verwöhnt einige Zivilgardisten mit Geschichten aus der Zeit, als er und eine Gruppe von Söldnern südlich von Mattesh in der Falle saßen und sich den Weg nach Turai durch Hunderte Meilen unbekanntes Gebiet schlagen mussten, das noch dazu von ganzen Armeen blutrünstiger Feinde verseucht war. Es ist eigentlich eine wahre Geschichte, aber mir fällt auf, dass sie mit der Zeit immer abenteuerlicher wird.

Makris Kettenuniform bedeckt ihren Körper mehr recht als schlecht, während sie Humpen einsammelt und dabei ein ziemlich üppiges Trinkgeld von einer Gruppe Seeleute einsackt, die gerade von den südlichen Inseln zurückgekommen sind, und immer noch fasziniert von den Wundern schwärmen, die sie bei den Elfen gesehen haben. Ich gehe geradewegs zu Tanrose, die neben der Bar sitzt und ihre Waren feilbietet. Gierig mustere ich die Speisen.

»'n Abend, Tanrose. Ich nehme ein Hirschragout, eine große Portion von jedem Gemüse und drei Stücke von deinem Apfelkuchen mit Sahne. Nein, besser vier Stücke. Ach was gib mir einfach den ganzen Kuchen. Und außerdem eine Schüssel Eintopf. Leg ein paar Knollen dazu, ja? Was ist in dieser Pastete? Schwein und Apfel? Gib mir zwei davon und dann nehme ich noch sechs Pfannkuchen, damit ich die Soße auftunken kann. Nein, besser acht Pfannkuchen und vier Pastetchen. Hast du noch Kuchen? Granatapfel? Sehr gut, dann nehme ich ein Stück zum Nachtisch. Ein großes Stück. Nein, noch größer. Okay, ich nehme den ganzen Kuchen.«

»Hattest du einen anstrengenden Tag?« Tanrose grinst mich an, während sie meine Bestellung auf eine Schale stapelt.

»Schrecklich anstrengend. Ich hatte nicht mal Zeit, irgendwo stehen zu bleiben und einen Happen zu essen. Gib mir lieber zwei Hirschragouts. Wenn ich sie nicht esse, wird eh bloß Ghurd sie auffressen.«

Während ich das stattliche Essenstablett in der einen Hand balanciere, nehme ich mir mit der anderen noch einen Riesenhumpen »Zünftiger Zunftmann«-Bier von der Bar und ziehe mich an einen Ecktisch zurück. Ich habe mächtigen Appetit. Und es bereitet mir ein intensives Vergnügen, ihn zu befriedigen.

»Ein Hirschragout allein könnte eine vierköpfige Familie ernähren«, bemerkt Makri, als sie mit einem Tablett an mir vorbeirauscht.

»Nicht, wenn ich zuerst da bin«, kontere ich und widme mich der Schweinefleisch-Apfel-Pastete, einer Spezialität von Tanrose. Danach ist der Fleischeintopf genügend abgekühlt, dass ich ihn mit meinen Pfannkuchen aufsaugen kann. Ich spüle das Ganze mit dem Rest von meinem Bier herunter und rufe Makri zu, sie möge mir doch bitte noch einen zweiten gigantischen »Zünftiger Zunftmann«-Humpen bringen, damit mein Apfelkuchen besser schwimmt.

Einige Zeit später ist der Granatapfelkuchen bis auf den letzten Krumen vertilgt und der dritte Humpen »Zünftiger

Zunftmann« steht einladend vor mir. Das Leben ist doch nicht so schlecht. Sicher, man wird vielleicht mal vom Freundeskreis im Abwasserkanal herumgescheucht, aber solange es Tanroses Kochkünste und Ghurds Bier gibt, kann man froh sein, zu leben. Makri setzt sich während ihrer Pause zu mir und lässt ein paar bissige Kommentare über meinen Appetit fallen, aber ich wische sie wohlwollend zur Seite.

»Du musst schlank bleiben, Makri. Du brauchst eine gute Figur unter diesem Kettenoberteil, damit du genug Trinkgeld von den Seeleuten bekommst. Ich brauche etwas Substanzielleres. Man kann keine Verbrechen lösen und sich mit gefährlichen Kriminellen herumschlagen, wenn man nur ein paar Bissen im Bauch hat. Wenn die Leute mich kommen sehen, wissen sie wenigstens, dass sie ein Problem haben.«

Makri grinst. Wie üblich, trägt sie für das Trinkgeld eine Börse an einem langen Band über ihrer Schulter, aber mir fällt auf, dass sie eine neue Börse hat. Die ist etwas größer als gewöhnlich.

»Gibt es mehr Trinkgeld?«

Makri schüttelt den Kopf. »Das ist so wie immer. Ich benutze diese Börse nur, um noch anderes Geld bei mir zu tragen, das ich sammle. Ich will nicht riskieren, es in meinem Zimmer zu lassen.«

»Was für Geld?«

»Spenden für den Fonds.«

»Wie bitte?«

»Du weißt schon. Der Fonds, in dem wir Geld sammeln, um eine Königliche Charta für die Vereinigung der Frauenzimmer zu kaufen.«

Von diesem Fonds höre ich zum ersten Mal, obwohl ich weiß, dass die Vereinigung der Frauenzimmer sich um eine Königliche Charta bemüht, ohne die sie nicht als Turanische Gilde anerkannt werden kann. Und nur als anerkannte Gilde kann sie als Mitglied des Verehrten Verbunds der Innungen einen Platz im Konzil beanspruchen und sogar einen Beobachter, das heißt, eine Beobachterin in den Senat entsenden.

»Ich wusste gar nicht, dass du dich so sehr engagierst, Makri. Wie viel hast du denn schon zusammenbekommen?«

Sie schnaubt verächtlich. »Nur ein paar Gurans. Wenn es um die Vereinigung der Frauenzimmer geht, dann sind die Kerle hier im Viertel knauseriger als ein Pontifex. Ghurd erlaubt mir nicht, hier drin zu sammeln, aber ich habe die anderen Läden im Viertel abgeklappert. Man kann nicht gera de behaupten, dass der gemeine Ladeninhaber in Zwölf-Seen besonders scharf darauf wäre, uns zu unterstützen. Aber von einigen Frauen habe ich Spenden erhalten. Nymphixa vom öffentlichen Bad hat mir fünf Gurans gegeben.«

»Wenn sie mich verklagt, weil ich ihr das Geschäft ruiniert habe, dann kann sie sich sicher noch eine Menge mehr leisten. Wie viel braucht die Vereinigung denn?«

»Zwanzigtausend.«

»Und wie viel hat sie?«

Das weiß Makri nicht genau. Sie sammelt nur Geld, mit der Organisation selbst ist sie nicht betraut. Aber sie glaubt, dass es noch ein weiter Weg bis dahin ist.

»Und das Geld für die Charta ist nur ein kleiner Teil der Summe, die wir brauchen. Bevor man sich bewerben kann, muss man eine hohe Gebühr an den Verehrten Verbund der Innungen zahlen, damit der Antrag überhaupt bearbeitet wird. Und die ganze Zeit muss man Leute bezahlen und Hände schmieren, den Prätor für Zunftangelegenheiten, den Vizekonsul, ein paar Palastbonzen und wer weiß, wen noch. Offenbar ist es sogar Praxis, dass der Sekretär des Konsuls ein Schmiergeld in Höhe von zehntausend Gurans erhält, bevor er einen Antrag überhaupt weiterleitet.«

»Da kommt am Ende ein ganz hübsches Sümmchen heraus.«

»Allerdings. Und wir werden doppelt so viel Bestechungsgeld brauchen, wegen des Widerstandes der Wahren Kirche und all der anderen Männer, die nicht wollen, dass die Vereinigung der Frauenzimmer an Boden gewinnt. Ich habe gehört, dass jemand von fünfzigtausend Gurans gesprochen hat. Es gibt aber nicht genug wohlhabende Frauen in Turai. Selbst diejenigen, die ihre eigenen Geschäfte führen, haben Schwierigkeiten, zu überleben, weil die Innungen sie nicht anerkennen. Wenn sie uns auch nicht in die Bäcker-, Gaststätten-, Transport- und anderen Gilden lassen, dann müssen sie sich immerhin im Verehrten Verbundkonzil mit uns auseinandersetzen, wenn die Vereinigung der Frauenzimmer erst einmal ihre Charta hat.«

»Wem gibst du das Geld?«

»Marzipixa, der Bäckerin. Sie ist die örtliche Organisatorin. Willst du auch eine kleine Spende geben?«

»Was sollte die Vereinigung der Frauenzimmer für mich tun?«

»Mich dir vom Hals schaffen.«

»Einverstanden, vielleicht später, Makri.«

»Und warum jetzt nicht?«

Ich sehe mich unbehaglich um. »Hier wimmelt es von Barbaren und Hafenarbeitern. Wenn sie sehen, dass ich die Vereinigung der Frauenzimmer unterstütze, dann werden sie mich zu Tode verhöhnen.«

Makri schnaubt verächtlich. Ich werde ihr später Geld geben. Aber nicht jetzt, nicht in aller Öffentlichkeit. Schließlich habe ich einen Ruf zu verlieren.

»Du hättest die Prinzessin fragen sollen, Makri. Die muss eine Menge Geld haben.«

»Hat sie nicht.«

»Woher weißt du das?«

»Weil ich gehört habe, wie bei dem letzten Treffen Lisutaris, die Herrin des Himmels, Du-Lackai um Hilfe gebeten hat.«

»Lisutaris, Herrin des Himmels? Sie bekleidet einen

ziemlich hohen Posten in der Zaubererinnung. Und sie arbeitet im Palast. Ist sie auch in der Vereinigung?«

Makri nickt. »In ihr sind Frauen aus allen Schichten. Aber die Prinzessin kann nicht viel spenden. Der König kontrolliert ihr Taschengeld. Und die beiden kommen nicht gerade gut miteinander aus.«

»Das überrascht mich nicht, wenn sie den König genauso belügt wie mich. Ich wünschte immer noch, ich wüsste, warum ich diesen Zauberspruch für sie holen sollte. Warum will eine Prinzessin einen Drachen einschläfern? Schließlich bewacht das Vieh ja nichts. Also gibt es keinen Grund, warum sie sich damit belasten sollte, soweit ich sehe. Es sei denn ...«

Ich halte inne und starre ins Leere.

»Die plötzliche Intuition eines Detektivs?«, fragt Makri mit einem leicht sarkastischen Unterton. »Oder bloß Verdauungsprobleme?«

»Na klar. Wenn man einen Drachen einschläfert, ist er anschließend leichter zu töten.«

»Warum sollte Prinzessin Du-Lackai das tun wollen? Der Drache ist ein Geschenk an ihren Vater. So schlecht steht es auch wieder nicht zwischen ihnen.«

»Ich habe mir die ganze Zeit den Kopf zerbrochen, wie das alles zusammenpasst, Makri. Wenn Schwierigkeiten wie ein geballtes Unwetter über mich hereinbrechen, hängen sie meiner Erfahrung nach meistens irgendwie zusammen. Niemand weiß, wie das Rote Elfentuch in die Stadt geschmuggelt worden ist, und niemand weiß, wo es sich zur Zeit befindet. Und auch wenn die Gerüchte stimmen, dass die Orgks es kaufen wollen, ist keinem klar, wie es dorthin transportiert werden sollte. Aber wenn es einfach in ein Hochsicherheitsversteck gebracht wurde? Eines, das man irgendwann wieder zu den Orgks zurückbringt?«

»Du meinst, das Tuch ist in dem Drachen versteckt?«

»Warum denn nicht?«

»Wie zum Teufel willst du einem Drachen einen Ballen Rotes Elfentuch in den Schlund schieben?«

»Das weiß ich auch nicht. Aber der Zauberer, der mich durch die Kanalisation gejagt hat, ist sehr mächtig. Er hätte es bewerkstelligen können, nachdem er die Fuhre gekapert hat.«

»Das ist der blödeste Einfall, den du jemals gehabt hast!«, höhnt Makri.

»Ach wirklich? Ich vertraue jedenfalls meiner Intuition. Und meine Intuition sagt mir, dass das Rote Elfentuch in diesem Augenblick in dem Drachenbullen im Zoo des Königs ruht. Es ist der perfekte Platz, und auch der einzig mögliche. Immerhin ist es allgemein bekannt, dass Drachen den Einfluss von Magie unterbrechen. Wenn sich das Tuch in dem Vieh befindet, können nicht einmal unsere Palastzauberer es aufspüren, Elfenmale hin oder her. Eine sehr kluge Idee, Makri, wirklich sehr klug. Versteck das Tuch im Drachen, warte, bis er sich mit dem Biest des Königs gepaart hat, und dann nichts wie ab durch die Mitte zurück nach Gzak, und mit ihm das Tuch.«

Makri denkt darüber nach. Zwei Barbaren verlangen lautstark wenn auch ein wenig unartikuliert nach Bier, aber Makri bedeutet ihnen mit einer Geste, die Klappe zu halten. »Und was hat dann deiner Meinung nach Attilan mit der ganzen Angelegenheit zu tun?«

»Ich glaube, er hat irgendwie Wind davon bekommen und beschlossen, zu intervenieren. Er wollte das Tuch für sein eigenes Land stehlen. König Etzelus von Nioj wäre wahrscheinlich mehr als erfreut, wenn es ihm gelänge. Was erklären würde, was Attilan mit einem Zauberspruch anfangen will, mit dem man einen Drachen schlafen legen kann. Ein niojanischer Diplomat könnte vielleicht sogar Zugang zum Zoo erhalten, selbst wenn der für die Öffentlichkeit gerade geschlossen ist.«

»Aber woher hat er den Zauberspruch?«

Ich muss zugeben, dass ich das nicht weiß. Aber ich bin ziemlich sicher, dass er getötet wurde, bevor er ihn benutzen konnte. Das bedeutet, das Tuch müsste immer noch im Drachen stecken, und zwar direkt unter der Nase der Palastzauberer. Es wartet nur darauf, dass ich es hole.

Jetzt bemerke ich, das Makri noch freizügiger aussieht als gewöhnlich. Ihre Brüste quellen auf eine Weise aus ihrem Oberteil, dass selbst dem abgebrühtesten Seemann die Kinnlade herunterfallen muss.

»Makri, wie alt bist du?«

»Einundzwanzig.«

»Falls deine einzigartige Herkunft nicht irgendwelche seltsamen Schübe bewirkt, müssten deine Brüste dann doch eigentlich längst ausgewachsen sein.«

Makri betrachtet sachlich ihre Brust.

»Das sind sie auch. Ich habe einfach nur ein paar Kettenglieder herausgenommen, um das Oberteil etwas kleiner zu machen. Ich brauche mehr Trinkgeld. Sermonatius, der Philosoph, beginnt einen neuen Kursus, und ich muss die Gebühr zusammenkratzen.«

Falls es Makri jemals an die Kaiserliche Universität schafft, dann wird jedenfalls keiner sagen können, dass sie es sich nicht redlich verdient hat.

13. Kapitel

Am nächsten Morgen taucht Litanex, der junge Pontifex, an meiner Tür auf und hält mir eine Sammelbüchse unter die Nase. Er kommt wegen einer Spende für den Fonds, der die Reparatur des kürzlich abgebrannten Turms unseres örtlichen Tempels finanzieren soll. Ich wühle nach einigen Münzen in meiner Tasche. Ich bin immer gern bereit, meine Bürgerpflicht zu tun, und außerdem schaffe ich ihn mir so vom Hals. Es macht mich nervös, wie er in letzter Zeit hier herumschleicht, mich fragt, wie es mir geht, mich ermutigt, öfter in die Kirche zu kommen. Es muss doch schlimmere Sünder geben als mich, um die er sich kümmern könnte. Makri taucht auf und Litanex verschwindet stirnrunzelnd.

»Zur Hölle mit ihm«, murmelt Makri. Vermutlich denkt er genau dasselbe von ihr.

Makri liest gerade die heutige Ausgabe von *Der Berühmte Und Wahrheitsgetreue Chronist*.

»Irgend etwas Interessantes?«

»Eine neue Sarin-die-Gnadenlose-Geschichte. Offenbar hat sie einen reichen Geschäftsmann in Mattesh getötet und ist mit seinem Geld geflüchtet. Sie hat sich dabei erfolgreich gegen drei Zivilgardisten zur Wehr gesetzt.«

Darüber kann ich nur lachen. »Darauf wette ich. Diese Nachrichtenpapyri übertreiben wirklich maßlos.«

»Wieso?«

Ich erkläre Makri, dass ich schon mal mit Sarin der Gnadenlosen aneinandergeraten bin. »Ich habe sie vor etwa sechs Jahren aus der Stadt gejagt. Sie hat versucht, eine Art Schutzgeldgeschäft hochzuziehen. Die Transportgilde hat mich engagiert, um sie loszuwerden. Es ist wirklich ein Witz. Sie ist keine Killerin, sondern nur eine armselige Ganovin.

Diese Papyri lieben es einfach, solche Leute aufzubauen. Dann haben sie wenigstens etwas, worüber sie schreiben können. Wenn sie in Turai auftaucht, werde ich ihr sehr schnell zeigen, wer hier das Sagen hat. Ich hoffe bloß, dass sie es tut, denn ich könnte die Belohnung ganz gut gebrauchen.«

Makri grinst nur darüber. »Wer ist eigentlich Blumius Adlerschwinge?«, will sie wissen, während sie den Blick nicht von dem Nachrichtenpapyrus abwendet.

»Ein Zauberer«, antworte ich. »Arbeitet bei der Palastwache für Rhizinius. Er ist einer der mächtigsten Zauberer in der Stadt, allerdings ist er auch dem Boah nicht abgeneigt, soweit ich gehört habe. Was schreiben sie über ihn?«

»Dass er ermordet worden ist.«

Ich hebe meine Brauen. Das sind allerdings Neuigkeiten! Blumius Adlerschwinge – ermordet? Er war alles andere als ein typisches Mordopfer. Der Bericht gibt nicht viel her. Die Palastwache hält die Fakten über den Fall anscheinend bis jetzt unter Verschluss. Aber eine wichtige Tatsache findet sich doch in dem Bericht. Blumius wurde von einem seiner Diener heute morgen gefunden. Er hatte einen Armbrustbolzen im Rücken. Merkwürdig. Eine Armbrust ist ein höchst exotisches Mordwerkzeug. Man kann dieses sperrige Teil nicht schnell im Ärmel verschwinden lassen, wenn man auf die Zivilgarde trifft. Und der sollte man dann besser nicht begegnen, weil es in der Stadt nämlich strikt verboten ist, Armbrüste mit sich herumzuschleppen. Sie sind zu durchschlagkräftig und machen die Zivilgarde nervös. Normalerweise sieht man die Dinger nur in Kriegszeiten.

Vizekonsul Rhizinius wird nicht gerade sonderlich entzückt darüber sein, dass einer seiner hochrangigen Zauberer auf diese Weise umgelegt worden ist. Der Gedanke, der Vizekonsul könnte betrübt sein, löst eine gewisse klammheimliche Freude in mir aus, doch da der Anlass dafür ein toter Mann ist, achte ich darauf, nicht allzu ausgelassen zu sein. Außerdem ist es merkwürdig, dass ein Zauberer wie

Blumius einer normalen Waffe zum Opfer fällt, ganz gleich wie wirksam sie auch sein mag.

»Vermutlich hat er sich das Hirn ›weggeboaht‹. Oder einen Streit mit seinem Lieferanten gehabt. Diese Palastzauberer sind alle dekadent.«

»Ganz Turai ist dekadent«, meint Makri. »Ich habe selbst in den Sklavenhöhlen der Orgks Leute mit besseren Manieren getroffen.«

Mit diesen Worten verschwindet sie nach unten, um ihre Frühschicht anzufangen. Ich mache mich auf den Weg, um Inkorruptox auf der Wachstation einen Besuch abzustatten. Vielleicht hat er ja ein paar Informationen für mich. Unterwegs lege ich einen kleinen Zwischenstop in Marzipixas Bäckerei ein. Als ich vor der Wachstation ankomme, wische ich mir die letzten Krümel von der Backe. Es ist viel zu heiß, um sich wohl zu fühlen, und als ich in das Gebäude schlendere, schwitze ich hemmungslos. Mein Schwert drückt mir unangenehm gegen die Seite und raut meine Haut auf. Als ich noch ein junger Soldat war, ist mir das nie aufgefallen.

Inkorruptox hat Dienst am Empfangsschalter. Er wischt sich die Stirn, als ich vor ihm auftauche. »Hier drin ist es heißer als in der Hölle der Orgks!«

»Das kannst du laut sagen.« Ich frage ihn, ob er etwas in Erfahrung gebracht hat.

»Dieser Zauberer, der dich neulich herumgescheucht hat, dieser Georgius Drachenfresser … Er hat im Westen einen höllischen Ruf. Angeblich soll er sehr böse und sehr mächtig sein. Vor ein paar Jahren haben sie ihn aus Samarika vertrieben, weil er angeblich an einem fehlgeschlagenen Komplott beteiligt war.«

Samarika ist ein großes, wohlhabendes Land weit im Westen. Zudem ist es eines der mächtigsten Menschenländer. Georgius Drachenfresser. Hm. Ich habe den Namen noch nie gehört, bis Kerk ihn erwähnte. Entsprechend wenig sagt er mir. Zauberer nehmen immer exotische Namen an, sobald sie ihre Ausbildung beendet haben und den Regenbogenumhang überstreifen. Vielleicht frisst er ja wirklich Drachen. Vielleicht wird er auch von ihnen gefressen. Jedenfalls ist er von adliger Herkunft. Jeder Mann, dessen Name auf »ius« endet, entstammt einer aristokratischen Familie. Das ist einer der Klassenunterschiede, an denen wir hängen. Genauso wie ein »ox« oder »ax« am Ende des Namens Menschen als Angehörige einer niedereren Kaste enttarnt. So wie in Inkorruptox der Zivilgardist. Oder wie in Thraxas der Detektiv.

»Unser Präfekt hat einen Bericht erhalten, demzufolge Georgius in Mattesh gesehen worden sein soll. Und er ist recht überhastet abgereist, nachdem die königlichen Grabmäler plötzlich ihres Goldes entledigt worden waren.«

Ob er wohl den Alligatorangriff überlebt hat?

»Wer hat das Tuch?«, erkundigt sich Inkorruptox verdächtig beiläufig.

Ich versichere ihm, dass ich es nicht weiß. Meine Theorie, dass es sich im Bauch des Drachen befinden könnte, behalte ich lieber für mich.

»Weißt du eigentlich, dass du mittlerweile berühmt bist, Thraxas?«

»Wie das?«

»Präfekt Tholius hat gesagt, du wärest in einer Debatte im Senat erwähnt worden. Senator Lohdius hat die Behörden erneut wegen ihrer Unfähigkeit gegeißelt, und er hat dich als bestes Beispiel angeführt. Er wollte wissen, wieso man dich nicht verhaftet und wegen des Mordes an Attilan vor Gericht gestellt habe. Er behauptet, da wäre angeblich jemand dabei, die ganze Sache zu vertuschen. Stimmt das?«

Ich schüttle den Kopf. Ich bin nicht wichtig genug, dass sich jemand die Mühe machen würde, meinetwegen etwas zu vertuschen.

»In dem Fall dürfte der gute Konsul wohl ein Kopfgeld auf dich aussetzen, um Lohdius das Maul zu stopfen. Er wird sicher verhindern wollen, dass Lohdius den König und seine Minister so kurz vor den Wahlen der Unfähigkeit überführt. Vielleicht solltest du dir langsam mal einen Rechtsbeistand suchen.«

Ich schwitze und ich habe Durst, also besuche ich den großen Straßenmarkt, der ZwölfSeen von Pashish trennt und kaufe mir eine Wassermelone. Als ich mir sie zum größten Teil einverleibt habe, bemerke ich Cimdy und Bertax, die oft hier auftreten. Sie sitzen auf einem kleinen Flecken abfallübersäten Bodens und reden mit jemandem. Als ich herüberschlendere, um Hallo zu sagen, erhebt sich ihr Gefährte. Ich lächele, denn er ist ein Gigant von einem Mann, neben dem die jungen Straßenmusikanten wie Zwerge aussehen. Er überragt selbst mich um einiges, allerdings nur in der Körpergröße, nicht im Umfang. Er muss größer als zwei Meter sein, und seine Schultern und Muskeln passen zu seinem Körper. Er ist kein Mann, mit dem man sich anlegen sollte, auch wenn ich aus der Art, wie Cimdy und Bertax, mit ihm reden schließe, dass er ihnen freundlich gesonnen ist.

»Wer war das?«, fragte ich, während ich einen Zug von einer Thazis-Rolle nehme, die mir Cimdy hinhält. Das milde Rauschmittel ist zwar rein rechtlich in Turai immer noch verboten, aber seit Boah die Stadt überschwemmt, kümmern sich die Behörden nicht mehr sonderlich darum.

»Das ist Muskelmann Mrax. Wir haben mit ihm im Zirkus zusammengearbeitet, unten in Juval. Wir haben Musik gemacht, während er mit bloßen Fäusten Steine zerschmettert hat. Manchmal tritt er auch mit uns auf. Er hebt uns in die Luft, jeden auf einer Handfläche, während wir spielen. Damit haben wir eine Menge Geld verdient.«

»Was macht er in Turai? Ist ein Zirkus in der Stadt?«

Bertax schüttelt den Kopf. Muskelmann Mrax hat anscheinend den Zirkus verlassen. Offenbar hatte er genug von diesem Leben, und suchte in Turai nach einer ordentlichen Arbeit.

»Er hat schon einen Beruf. Wie schade, dass er nicht mit uns auftreten kann.«

»Was tut er denn?«, frage ich und gebe Cimdy die Thazis-Rolle zurück.

»Er hat eine Stelle im Palast gefunden. Er arbeitet für Prinzessin Du-Lackai.«

Ich zwinkere. »Für Prinzessin Du-Lackai? Was will sie denn mit einem Muskelmann?«

»Das weiß ich nicht. Aber Mrax gefällt die Arbeit. Er wird gut bezahlt, und muss nicht mehr mit bloßen Händen Steine zerschmettern.«

Ich überlasse sie ihrer Musik. Die Leute hier in der Gegend haben nicht viel Geld übrig, und wenn sie versuchen, in den besseren Vierteln der Stadt aufzutreten, dann jagt die Garde sie augenblicklich fort.

Was will die Prinzessin nur mit einem Muskelmann, frage ich mich, während ich mich die Außentreppe zu meinem Büro hinaufschleppe. Als Leibwächter? Das kann nicht sein. Leibwächter stellt ihr die Palastwache. Vielleicht ist es ja nur eine vorübergehende Anstellung. Vielleicht braucht sie ja jemanden, der stark genug ist, dass er einen Drachen sezieren kann.

Ich komme auf dem oberen Treppenabsatz an, öffne die Tür zu meinem Büro und glotze wie ein Blödmann in meine Zimmerflucht. Offenbar hat sich hier ein Wirbelwind ausgetobt. Papier, Glassplitter und zu Kleinholz verarbeitete Möbel bedecken den Boden. Der Rest meines kostbaren Kuriya sickert langsam durch die Bodendielen. Ich stöhne und versuche zu retten, was ich kann. Mein Stöhnen verstärkt sich, als ich sehe, dass meine einzige Flasche Kleeh zerschmettert unter einem Stuhl liegt. Die hatte ich mir extra aufgehoben.

»Diese verdammten Bruderschaftsschweine!«, brülle ich und zücke mein Schwert.

Der Lärm lockt Makri an. »Was ist denn los?«, fragt sie,

als sie mich mit dem Schwert in der Hand nach draußen stürmen sieht.

»Diese stinkende Bruderschaft versucht, mir Angst einzujagen!«, schreie ich. »Das werde ich mir nicht gefallen lassen!«

Wütender als ein zorniger Drache stürme ich die Außentreppe hinunter. Makri hat offenbar den Eindruck, dass ein Ein-Mann-Angriff auf das örtliche Bruderschafts-Hauptquartier möglicherweise ein klein wenig gewagt sein könnte, schnappt sich ihr Schwert und poltert hinter mir die Treppe herunter.

Ich bin praktisch blind vor Wut. Wettschuld hin oder her, niemand dringt in meine Zimmer ein und zerdeppert meine letzte Flasche Kleeh. Glücklicherweise brauche ich nicht weit zu laufen, bis sich die Gelegenheit ergibt, mein Mütchen zu kühlen. Conax und seine Meute biegen um die Ecke, acht Mann hoch. Sie scheinen verblüfft zu sein, als ich sie stelle und anfange, sie zu beschimpfen.

»Versuch noch einmal, mich zu bedrohen, Conax, dann hat dein letztes Stündlein geschlagen! Mit wem glaubst du eigentlich, hast du es hier zu tun?«

Conax knurrt wütend. Er macht immer nur wenig Worte, weil er zu blöd ist, sich mehr zu merken. Also zieht er sein Schwert, und seine Mannen fächern aus. Ich bin bereit. Makri steht neben mir. Eine Kutsche holpert in die Straße, wirbelt eine Menge Staub auf und vertreibt die Bettler. Der Vorhang vor dem Fenster wird zur Seite gezogen und ein Kopf schiebt sich heraus. Er gehört Corleonaxas, dem örtlichen Bruderschaftsunterhäuptling. Er will wissen, was hier vorgeht. Ich setze ihn davon in Kenntnis, dass ich eine Strafaktion an seinen Handlangern durchführen werde, als Entschädigung dafür, dass sie mein Büro umgeräumt haben.

Corleonaxas lächelt doch tatsächlich. Das ist eine absolute Seltenheit bei ihm. Und es steht ihm überhaupt nicht. »Wir haben deine Bude nicht auseinander genommen,

Thraxas. Das ist die Mühe nicht wert. Du kennst die Bedingungen ja längst. Wenn du in drei Tagen nicht bezahlt hast, dann nehmen wir dich auseinander.«

Er winkt Conax und seinen Spitzbuben zu. »Macht euch auf den Weg nach Kushni. Wir werden dort gebraucht.«

Die Kutsche rollt davon, und die Bruderschaftler trotten hinterher. Ich stehe plötzlich allein auf der Straße, nachdem man mir so plötzlich den Wind aus den Segeln genommen hat.

»Also, wer hat deine Zimmer zerlegt?«, erkundigt sich Makri.

Ich zucke mit den Schultern. Ich vermute, das Corleonaxas auch gelogen haben könnte, aber ich wüsste nicht warum. Ich kann mir nicht vorstellen, dass ihn mein Anblick in Angst und Schrecken versetzt hat.

Auf dem Weg zurück zur Rächenden Axt ist Makri vollkommen untröstlich. »Ich habe mich so auf einen Kampf gefreut«, sagt sie.

»Falls ich in drei Tagen das Geld nicht zusammenhaben sollte, dann wird es eine Menge zu kämpfen geben.«

Makris Laune bessert sich schlagartig. Es erleichtert mich, dass Makri trotz ihrer merkwürdigen Vorliebe für das Philosophiestudium immer noch Kämpferin und auch Freundin genug ist, um mir automatisch in einer Krise beizustehen, auch wenn es gar nicht ihre Angelegenheit ist.

Verdrossen begebe ich mich an die ermüdende Aufgabe, meine Räume wieder herzurichten. Ich habe keine Ahnung, wer sie verwüstet hat oder warum. Meine Stimmung ist entsprechend verheerend.

14. Kapitel

Ghurd stolpert von der Straße in die Kaschemme. Er drückt die Reste einer Kiste mit Humpen an seine breite Brust.

»Da draußen tobt der reinste Aufstand«, sagt er, während er gleichzeitig anfängt, die Tür zu verbarrikadieren.

Ein Aufstand. Wie ich sehe, bereiten sich unsere Mitbürger auf die Wahlen vor. Wahlzeiten sind in Turai immer schwierige Zeiten. Und nach dem Erfolg der Populären, oder der Anti-Monarchie-Partei, ist die Spannung noch gestiegen. Als Rhizinius letztes Jahr die Wahlen zum Vizekonsul gewann, bedeutete das einen sensationellen Sieg für die Populären, die von Senator Lodius geführt werden. Die Traditionalisten, das Sammelbecken für die Anhänger der Königlichen Familie, Konsul Kahlius und der größte Teil des Senates, betrachteten den Wahlausgang gar als das Ende der Zivilisation. Die Zivilisation ist zwar noch da, doch falls Rhizinius seinen Posten dieses Jahr verteidigen kann, dann möglicherweise nicht mehr allzu lange. Die Königliche Familie kann die Opposiotion zwar nicht mehr einfach beiseite wischen, aber sie ist auch noch nicht so schwach, um sich einfach übertölpeln zu lassen. Prätor Zitzerius ist von ihnen als Rhizinius' Gegenkandidat aufgestellt worden, und versucht, für die Traditionalisten Stimmen zurückzugewinnen. Er ist ein ehrlicher Mann, jedoch nicht sonderlich beliebt. Trotzdem hat er eine reelle Siegchance. Er ist vom Senator zum Prätor aufgestiegen, und viele Leute glauben, dass er seine Sache gut macht. Außerdem steht er in dem Ruf, keine Bestechungsgelder anzunehmen, was in dieser Stadt beinah unerhört ist. Daher könnte er eines Tages sogar für den Posten des Vizekonsuls in Frage kommen.

Ich denke nach, während draußen die Unruhen toben. Wer hat Attilan getötet? Wenn ich irgendwelche Spuren finden will, sollte ich vielleicht den Fall rückwärts aufrollen. Wo kann zum Beispiel ein niojanischer Diplomat einen orgkischen Drachenschlafzauber herhaben? So was bekommt man schließlich nicht beim örtlichen Pillendreher unter dem Tresen zugeschoben. Konnte Attilan es von einem der orgkischen Botschafter im Palast erstanden haben? Das ist sehr wahrscheinlich. Aber wenn ihre Diplomaten auch nur im entferntesten den unsrigen ähneln, sind es keine Magier. Die Vertreter des Auswärtigen Dienstes werden immer aus den ältesten, geachtetsten Familien rekrutiert, und in denen ist so etwas Ordinäres wie Magie verpönt. Sie halten es schlicht für unter ihrer Würde, für Hokus Pokus. Orgks haben genau wie wir ihre Klassen und vermutlich auch entsprechenden Standesdünkel. Außerdem würden die Diplomaten, außer sie sind Verräter, einen wichtigen Zauberspruch niemals in unsere westlichen Hände geraten lassen. Und ich bezweifle aufgrund meiner Erfahrungen ernstlich, dass ein Orgk zu einem solchen Verrat fähig ist.

Wer sonst in Turai könnte also einen solchen Spruch besitzen? Natürlich haben wir da ja noch den Drachenbändiger. Der wiederum ist ein Orgk, der sowohl diesen Zauber kennen als auch bestechlich sein könnte. Viele Orgks sind gierig nach Gold, eine weitere Eigenschaft, die sie mit den Menschen gemein haben. Wenn sie nicht so abgrundtief hässlich wären, dann, das beschwöre ich, könnte ich die Unterschiede kaum noch erkennen. In dem Moment fällt mein Blick auf mein Abbild im Spiegel hinter der Bar. Na ja, ich bin auch alles andere als ein Ölgemälde.

Ich würde Pazaz gern einige Fragen stellen. Mein Orgkisch ist ziemlich eingerostet, also rekrutiere ich Makri, die aber eine sehr unwillige Helferin ist. Sie hat immer noch schlechte Laune, und die hat sich noch verschlimmert, weil sie in dem Aufruhr steckengeblieben ist und sicher zu spät zu ihrem Nachmittagskurs in Ethik gekommen ist. Die Aussicht, einem Orgk eine Visite abzustatten, ekelt sie geradezu an. Ihr Hass auf die Orgks ist so stark, dass sie es sich vielleicht nicht verkneifen kann, den Drachenbändiger auf der Stelle umzubringen. Ich ringe ihr das Versprechen ab, dass sie ihn nicht töten wird, außer er provoziert sie. Sie besteht jedoch darauf, Ihr Schwert mitzunehmen.

»Ich soll mit einem Orgk reden, ohne ein Schwert griffbereit zu haben? Bist du verrückt geworden?«

»Er steht hier unter diplomatischem Schutz, Makri.«

»Den wird er auch dringend benötigen, wenn er mir dumm kommt«, gibt meine junge, hitzköpfige Gefährtin zurück und schnallt sich ihr Schwert um.

Mit Mühe und viel Überredung gelingt es mir wenigstens, Makri davon abzuhalten, auch noch ihre Axt mitzuschleppen.

»Um Himmels willen, Makri, wir statten dem Palast einen Besuch ab, und ziehen nicht in eine Schlacht. Und nimm dieses Messer aus deinem Stiefel. Es ist schon schwer genug, dich auf das Palastgelände zu bekommen, auch ohne dass du wie eine Ein-Frau-Invasionsarmee aussiehst.«

Die orgkischen Diplomaten sind in einem Gebäude innerhalb der Palastmauern untergebracht. Sie zeigen sich so gut wie nie in der Öffentlichkeit, aus Angst, Unruhe auszulösen. Orgks sind hier in Turai ziemlich verhasst. Und sie hassen uns. Der Drachenbändiger hat sein Quartier in einem kleinen Häuschen auf dem Zoogelände. Es ist zwar verboten, mit ihm zu sprechen, aber ich vermute, dass sich ein Versuch lohnt.

Makri zieht einige sehr misstrauische Blicke von den Wachen und den Posten an den gewaltigen Eisernen Löwengittern auf sich, durch die man das Palastgelände betritt, und ist entsprechend beleidigt. Als herauskommt, dass wir dem Königlichen Zoo einen Besuch abstatten, kassiert sie noch ein paar unfreundliche Bemerkungen von den Wachsoldaten.

»Vermutlich vermisst sie ihr Drachenbaby«, meint einer.

»Orgk«, sagt ein anderer verächtlich.

Makri runzelt die Stirn, schafft es aber, ihre Wut im Zaum zu halten, jedenfalls bis man von ihr verlangt, ihr Schwert abzugeben. Meine Waffe darf ich behalten, und Makri ist fuchsteufelswild über diese himmelschreiende Ungerechtigkeit. Ich versuche, sie so gut ich kann zu beschwichtigen, das heißt, so gut wie gar nicht. Schließlich betrete ich das Palastgelände mit einer Makri im Schlepptau, die gereizter ist als ein verwundeter Drache, und der nächsten Person, die es wagen sollte, sie zu beleidigen, schreckliche Rache schwört.

Der Königspalast in Turai ist eines der Wunder unserer Welt. Viele weit größere Staaten als wir haben weitaus bescheidenere Regierungssitze. Seit vor einigen Generationen der Reichtum aus den Goldminen ins Land geströmt ist, haben verschiedene Könige und Prinzen sich gegenseitig darin überboten, immer noch prächtigere Residenzen zu errichten.

Hinter dem gewaltigen Löwentor, das so hoch wie sechs Männer ist, liegt eine fabelhafte Luxushöhle. Die Gärten allein schon werden in allen Menschenländern gerühmt. Sie haben gewaltige Lauben, endlose Rasenflächen, Alleen und riesige Blumenbeete. Alles das wird von Flüssen und Fontänen bewässert, die sich vor einigen Generationen Mirafioral-Giersch, der große Elfen-Gartengestalter, ausgedacht hat. Der Palast selbst ist ein gewaltiges Gebäude aus weißem Marmor und silbernen Minaretten. Die Höfe sind mit blassgrünen und gelben Fliesen ausgelegt, die aus dem Weiten Westen importiert worden sind, und alle Dächer des Palastes sind mit vergoldeten Schindeln gedeckt. Die Korridore und die Salons sind mit Mosaiken aus goldenen Blättern und gefärbten Steinen bedeckt, und die Privatgemächer wurden von Künstlern und Tischlern ausstaffiert, die man aus der ganzen Welt hergelockt hat.

Und hier habe ich einmal gearbeitet. Als ich noch Hoher

Ermittler der Palastwache war, hatte ich hier überall Zugang. Jetzt bin ich etwa so willkommen wie die Pest.

Das Gelände ist riesig, und wir brauchen eine Weile, bis wir den Zoo erreichen. Es ist heiß, und ich bin müde und weder in der Stimmung, Orgks noch Drachen zu besichtigen. Vergeblich weise ich Makri auf einige Sehenswürdigkeiten hin, die uns begegnen, denn ihre Laune ist ebenfalls zu mies, als dass sie sich überwinden könnte, die Gebäude zu bewundern. Obwohl Architektur zu ihren Kursen an der Universität gehört. Ihre miese Laune verschlimmert sich noch, als von einem nahe gelegenen Turm der Sabbam ausgerufen wird und wir uns hinknien müssen. Ich muss sie praktisch in den Schwitzkasten nehmen und sie zu Boden zwingen. Wenn wir hier auf dem öffentlichen Gelände des Palastes unsere vorgeschriebenen Gebete nicht verrichten, dann werden wir so schnell wegen Unfrömmigkeit vor Gericht gezerrt, dass unsere Füße nicht einmal den Boden berühren.

Ich habe Schwierigkeiten, in der Hitze wach zu bleiben, und döse während der Gebete ein. Makri weckt mich ganz zwanglos mit einem Tritt. Ich ignoriere ihre boshaften Seitenhiebe über meine religiösen Unzulänglichkeiten und rapple mich auf. Der Zoo kommt allmählich in Sicht, aber als wir uns seinen weißen Mauern nähern, gibt es plötzlich einen Aufruhr. Die Leute sind verängstigt, und Wachen und Zivilbeamte rennen überall wie aufgescheuchte Hühner herum. Wir beeilen uns, aber als wir den Zooeingang erreichen, ist der Zutritt für die Normalsterblichen, die aus allen möglichen Richtungen heranströmen, bereits verboten. Ich erkenne einige sehr wichtige Palastbonzen, unter ihnen Konsul Kahlius. Der niojanische Botschafter fährt in einer geschlossenen Kutsche vor, und dieser folgt eine weitere Kutsche mit dicken Vorhängen und einem merkwürdigen, fremdartigen Wappen auf den Türen. Die orgkischen Diplomaten. Einer der Königlichen Prinzen eilt mit seinem Leibwächter vorbei. Was um alles in der Welt geht hier vor?

Dem Prinzen folgt … ausgerechnet Pontifex Litanex. Ich schnappe mir den Priester und frage ihn, was los ist.

»Der neue Drache wurde getötet!«, schreit er. »Er wurde während der Gebete aufgeschlitzt! Und Prinzessin Du-Lackai ist unter Arrest gestellt worden!«

15. Kapitel

Mir bleibt keine Zeit für weitere Nachfragen, denn Makri, ich und alle anderen werden von dem Gelände verbannt. Wir fahren mit Litanex, den die ganze Angelegenheit so mitnimmt, dass es ihn nicht mal zu stören scheint, seinen Landauer mit Makri zu teilen, der Dämonin aus der Hölle. Ich kann mir denken, dass er reichlich Grund hat, sich aufzuregen. Litanex ist ein ziemlich unbedeutender lokaler Priester. Normalerweise trifft man ihn nicht im Palast an, aber seinen Worten nach ist er von Bischof Gabrielius eingeladen worden, der eine besondere religiöse Zeremonie für die Königliche Familie abgehalten hat.

Die Sensation verbreitet sich rasch in ganz Turai. Die Leute sammeln sich an Straßenecken und in Kaschemmen, um ausführlich über das Thema zu spekulieren und die neuesten Berichte in den Sonderausgaben der Nachrichtenpapyri zu lesen. Es ist einer der schwerwiegendsten Skandale, an die ich mich erinnern kann, und er wird gewaltige Auswirkungen haben. Senator Lohdius hält bereits flammende Reden gegen die Korruption in der Königlichen Familie. Die Kandidaten der Populären für die bevorstehenden Wahlen bemühen sich, einander in der Verurteilung der Dekadenz und des Filzes zu übertreffen, die nach ihren Worten die Stadt im Würgegriff halten. Ich persönlich interessiere mich wenig für Politik, und jeder Funken Enthusiasmus für eine Reform wird schon von der Tatsache gedämpft, dass Senator Lohdius in Wahrheit ein eiskalter, ehrgeiziger Machtmensch ist, dem jedes Mittel recht ist, seine Ziele zu erreichen. Wie übel seine Partei ist, beweist allein die Tatsache, dass Vize-Konsul Rhizinius ihr angehört.

Aber all das interessiert mich im Augenblick herzlich wenig. Was mich dagegen sehr interessiert, sind die unglaublichen Vorgänge im Zoo des Königs. Jemand hat dem Drachen den Bauch aufgeschlitzt, was für sich genommen alles andere als ein Kinderspiel ist, wenn man bedenkt, dass die Haut eines Drachen so hart wie Eisen ist. Zusammen mit der Prinzessin wurde Muskelmann Mrax verhaftet. Er hatte eine Axt über der Schulter. Weil bei der Prinzessin eine große Portion Boah gefunden wurde, nimmt man an, dass sie den Drachen zuerst betäubt und Mrax ihn anschließend aufgehackt hat. Was aber, soweit ich sehe, bisher keiner herausgefunden hat, ist, aus welchem Grund sie das getan haben sollen.

Natürlich sind die Orgks stinksauer. Der König ist auch stinksauer. Die Bevölkerung ist ebenfalls stinksauer. Und wenn man bedenkt, dass der, natürlich stinksaure, niojanische Botschafter wegen der Ermordung von Attilan immer noch mit Krieg droht, dann könnte einer verzagteren Seele als mir der Moment höchst geeignet scheinen, die Stadt hinter sich zu lassen. Senator Lohdius wird diesen Vorfall bis zur bitteren Neige auskosten, was bedeutet, der Wahlkampf wird noch widerlicher als sonst. Uns steht ein heißer Sommer bevor, es sei denn, die Niojaner überfallen uns einfach und machen reinen Tisch.

Makri schlingt ihre Mahlzeit herunter, bevor sie sich auf den Weg zu ihrer Abendschule macht. Wenn ich mich nicht irre, geht es um die Prinzipien der Geometrie. Sie trägt einen Ganzkörperumhang, den sie in der Lehranstalt umlegen muss, um nicht die jungen Gelehrten mit ihrem makellosen Körper abzulenken oder gar zu verschrecken.

»Was willst du unternehmen?«, erkundigt sie sich.

»Ich werde versuchen herauszufinden, wo die Prinzessin das Elfentuch versteckt hat. Es ist bisher immer noch nicht gefunden worden, und keiner scheint auf die Idee gekommen zu sein, dass es im Drachen versteckt gewesen sein könnte. Vielleicht gelingt es mir ja doch noch, es für die Elfen wiederzubeschaffen.

»Willst du denn nicht der Prinzessin helfen?«

»Natürlich nicht. Sie bezahlt mich nicht, und ich schulde ihr keinerlei Gefälligkeiten.« Manchmal versteht Makri die wirtschaftliche Seite meines Unternehmens einfach nicht. Ich helfe den Leuten ja nicht nur zum Spaß, sondern für Geld. Außerdem kann der Prinzessin vermutlich keiner mehr helfen. Wenn sie dämlich genug ist, den Drachen des Königs umzubringen, ist das ihr Problem.

Wenn ich weiter nach dem Tuch suche, wird es natürlich schwer werden, mir diese mörderischen Leute vom Hals zu schaffen, die glauben, ich hätte es bereits. Aber das wiederum ist mein Problem.

Am Abend tobt das Leben in der Rächenden Axt. Söldner, Hafenarbeiter, Arbeiter, Pilger, Seeleute, Händler aus dem Viertel und ihre Angestellten trinken aus Leibeskräften und spülen sich ihre Sorgen hinunter. Die jungen Cimdy und Bertax tauchen ebenfalls auf, kramen ihre Mandolinen, Flöten und Lauten heraus und unterhalten die Menge mit einigen zotigen Saufliedern, stampfenden traditionellen Volksliedern und einigen sentimentalen Balladen, die den einsamen Herzen in der Kaschemme gewidmet sind. Es sind gute Musiker und sie kennen ihre Pappenheimer. Das ist auch ganz gut so, sonst würde ihnen nämlich noch Schlimmeres widerfahren als die ganz normalen Schmähungen und Beschimpfungen wegen ihrer grell gefärbten Haare, der bunten Kleider und der durchbohrten Ohren und Nasen, Ghurd bezahlt sie mit Freibier. Wirklich keine schlechte Sache. Ich wünschte, ich könnte auch ein Instrument spielen.

Trotz all der Ausgelassenheit wirkt Ghurd griesgrämiger als eine niojanische Hure und reagiert nicht einmal, als ich ihm auf die Schulter schlage und ihn frage, ob er sich noch daran erinnert, wie wir uns in der Simlan-Wüste plötzlich nur mit einem Messer bewaffnet vierzehn Halb-Orgks gegenübersahen und trotzdem die Oberhand behielten. Er sieht mich nur finster an und fragt mich, ob ich wohl morgen zu ihm kommen könnte.

Ich nicke, obwohl ich mich auf dieses Gespräch nicht gerade freue. Es dreht sich vermutlich um die Köchin, Tanrose, in die Ghurd – wie er sagt – möglicherweise verliebt ist. Als eingefleischter Junggeselle, der den größten Teil seines Lebens damit verbracht hat, als Söldner in der Weltgeschichte herumzustreifen, findet Ghurd das höchst verwirrend. Er kann sich nicht entscheiden, was er tun soll. Er will ihr nicht die Hand zum Bund fürs Leben reichen, und dann feststellen müssen, dass das, was er für Liebe hielt, nichts weiter war als eine Vernarrtheit in ihr ausgezeichnetes Hirschragout. Er fragt mich in dieser Angelegenheit recht häufig um Rat, obwohl ich ihm immer wieder versuche klarzumachen, dass ich sicher nicht der richtige Beistand in Herzensangelegenheiten bin. Trotzdem kann es nicht schaden, ihm ein mitfühlendes Ohr zu schenken. Dadurch ist er etwas nachsichtiger, wenn ich mal wieder mit der Miete im Verzug bin.

Die Leute lachen, tanzen, spielen, erzählen sich Geschichten und reden über den Skandal des Tages. Im Licht der Öllampen verfallen Cimdy und Bertax in einen wilden Rhythmus, bei dem die ganze Kaschemme entweder tanzt oder mit den Füßen stampft. Ich knalle meinen Humpen im Rhythmus auf die Tischplatte und stimme lautstark in den Refrain ein: »Mehr Bier«. Alles in allem ist es eine sehr nette Nacht in der Rächenden Axt. Jedenfalls habe ich mit den Armen von ZwölfSeen mehr Spaß, als ich jemals mit den Aristokraten bei gesellschaftlichen Veranstaltungen im Palast gehabt habe. Irgendwann bin ich ganz fürchterlich betrunken, was eigentlich auch ganz in Ordnung ist. Doch gerade als mich Ghurd und Makri nach oben schleppen, taucht Prätor Zitzerius auf. Er ist Turais berühmtester Advokat und besitzt sehr viel Einfluss in der Stadt. Er informiert mich, dass ich sofort zum Palast kommen soll. Ich habe eine Privataudienz bei Prinzessin Du-Lackai.

Ich brauche eine Weile, bis ich begreife, was er will, und genauso lange versuche ich, dem Prätor klarzumachen, dass das keine gute Idee ist. Ich hätte die Gerüchte über seine Frau zwar gehört, aber ich würde keine Scheidungsermittlungen durchführen.

»Es gibt keine Gerüchte über meine Frau«, knurrt Zitzerius mich an. Der Prätor ist kein Mann, mit dem man einfach so herumalbern kann. Sondern er ist um die fünfzig, dünn, grauhaarig, streng und berüchtigt für seine Unbestechlichkeit. Ich lade ihn ein, mit mir in ein kleines, obszönes, barbarisches Trinklied einzustimmen, das ich von Ghurd gelernt habe. Er lehnt höflich, aber bestimmt ab.

»Warum greift Ihr hier in der Stadt eigentlich nicht mal richtig durch, Prätor?«, will ich wissen. Ich bin plötzlich aggressiv. »Alles geht zum Teufel, und die Regierung ist in etwa so nützlich wie ein Eunuch in einem Bordell.«

Das Gesicht des Prätors verliert plötzlich merklich an Farbe. Ghurd und Makri treten sichtlich angewidert einige Schritte von mir weg. Die beiden Bediensteten des Prätors packen mich unter den Armen und verfrachten mich in eine vor der Kaschemme wartende Kutsche, die Zitzerius in der Nacht als Zeichen seines Privilegs als Senator benutzen darf. Allmählich fängt die ganze Sache an mir zu gefallen, und ich beginne irgendwelche Trinklieder aus dem Fenster zu grölen, während wir durch die stillen Gassen von Pashish rollen. Zitzerius schau mich verächtlich an. Soll er doch! Ich habe ihn nicht um seinen Besuch gebeten.

»Es ist sinnlos, mich so anzusehen«, erkläre ich ihm. »Wenn die Prinzessin dem Drachen den Bauch aufgeschlitzt hat, ist das ihre Schuld, nicht meine. So was Gemeines tut man nicht. Der arme, arme Drache.«

Ich schlafe ein und nehme nur noch dunkel wahr, wie man mich in den Palast trägt. Die Diener machen beleidigende Bemerkungen über mein Gewicht. Ich bleibe ihnen nichts schuldig. Außerdem bin ich nicht der erste Mann, der betrunken in den Palast getragen worden ist. Auch wenn ich möglicherweise der gewichtigste bin. Ich werde in ein Gebäude gebracht, das ich nicht kenne, und die Diener fangen an, mir Driet in den Schlund zu schütten. Driet ist ein heißer Kräutertrank. Er macht nüchtern. Ich hasse das Zeug.

»Gib mir'n Bier«, sage ich.

»Macht ihn nüchtern«, befiehlt Zitzerius. Er macht sich nicht die Mühe, seinen Abscheu und seine Verachtung zu verbergen.

»Ich hole die Prinzessin. Aber warum sie darauf besteht, ausgerechnet ihn sehen zu wollen, geht über meinen Horizont.«

Ich trinke etwas Driet, werde aber trotzdem nicht klar im Kopf und überlege laut, wo ich eigentlich bin.

»Das ist der Empfangsraum für die Gemächer der Prinzessin«, verrät mir ein Bediensteter.

»Na sicher«, knurre ich. »Dachte mir schon, dass die Prinzessin nicht wie eine gewöhnliche Sterbliche einfach ins Verlies geworfen wird.«

Ich denke an all die Male, die ich im Verlies gelandet bin, und werde etwas melancholisch. »Niemand hat mich lieb«, vertraue ich dem Diener an.

Zitzerius kommt mit Prinzessin Du-Lackai zurück. Ich begrüße sie herzlich. Die Prinzessin dankt mir dafür, dass ich gekommen bin. Sie spielt mit keiner Silbe auf meine Volltrunkenheit an. Gute Manieren, die Kleine.

»Ich stecke in ernsten Schwierigkeiten.«

»Das glaub ich Euch gern.«

»Ich brauche Eure Hilfe.«

»Zu schade.« Die durch Alkohol hervorgerufene Aggression überfällt mich fast ohne Vorwarnung. »Meine Hilfsbereitschaft für Klienten, die mich belügen, ist erschöpft.«

»Wie kannst du es wagen, so mit der Prinzessin zu reden!«, brüllt Zitzerius. Wir fangen an, uns zu streiten. Es steht unentschieden, bis schließlich Prinzessin Du-Lackai eingreift.

Sie schickt beide Diener und den Prätor hinaus, zieht sich einen Stuhl heran und setzt sich direkt neben mich.

»Thraxas«, sagt sie mit höchst liebenswürdiger Stimme. »Ihr seid ein versoffener Lümmel. Die Geschichten über Eure Ausfälle während Eurer Anstellung im Palast werden Euch nicht auch nur annähernd gerecht. Normalerweise hätte ich nicht das Geringste mit Euch zu schaffen. Ihr steht in der gesellschaftlichen Rangordnung so weit unter mir, dass ich es nicht einmal merken würde, wenn ich auf Euch träte. Selbst diese Frau mit dem orgkischen Blut hat bessere Manieren als Ihr. Ihr seid nicht nur ein Säufer, sondern auch fett und ein Vielfraß, Eigenschaften, die ich zutiefst verabscheue. Ihr passt sehr gut in Euer Elendsviertel in ZwölfSeen, und es wäre mir erheblich lieber, wenn Ihr dort wärt als hier in diesem Raum mit mir. Bedauerlicherweise brauche ich Eure Hilfe. Also werdet nüchtern, hört auf den Blödmann zu spielen und bereitet Euch darauf vor, genau zuzuhören.«

»Mir scheint es, als höre ich schon eine ganze Weile zu. Warum sollte ich Euch wohl helfen?«

»Aus zwei Gründen. Erstens werde ich Euch außerordentlich gut bezahlen. Soweit ich weiß, braucht Ihr dringend Geld. Spielsucht ist eine Eurer schlechteren Eigenschaften.«

Ich fluche. Meine Wettschulden scheinen ja offenbar das Hauptgesprächsthema in dieser Stadt zu sein. Selbst die Königliche Familie weiß davon.

»Und der zweite Grund?«

»Wenn Ihr mir nicht helft, sorge ich dafür, dass Euer Leben in dieser Stadt zur Hölle auf Erden wird. Ich bin vielleicht auf dem Weg in eine Zelle in einem abgeschiedenen Nonnenkloster, aber ich bin immer noch die Dritte in der Thronfolge und habe mehr Einfluss in meinem kleinen Finger als Ihr in Eurem ganzen fetten Leib. Also hört gefälligst zu!«

Sie hält mir eine dicke Geldbörse vor die Nase. Und wie ich zuhöre!

16. Kapitel

Nachdem ich zu Ende zugehört habe, werde ich von einem Bediensteten in die nächste Kammer geführt. Dort wartet Zitzerius schon auf mich. Er ist kein bisschen freundlicher als vorher. Und dass die Prinzessin glaubt, ich könnte ihr helfen, macht ihn auch nicht wohlgesonnener. Zitzerius ist nicht für seine Liebenswürdigkeit berühmt. Trotz seines einzigartigen Rufs ehrlich zu sein, wird er allgemein als ein eher distanzierter und strenger Mensch betrachtet. Senatoren verbrüdern sich natürlich selten mit Gemeinen wie mir, und Prätoren tun das noch weniger, außer, natürlich, wenn sie unsere Stimmen brauchen.

Als ich eintrete, unterhält er sich gerade angeregt mit einem jüngeren Mann, in dem ich seinen Sohn, Zerberius erkenne. Der Prätor sieht mich hereinkommen, lässt aber mit keiner Geste erkennen, dass er mich bemerkt. Also lasse ich mich schwer auf einen Stuhl fallen und warte, bis er fertig ist. Ich bin müde und will nach Hause gehen und schlafen. Diese verdammte Prinzessin!

»Ich nehme an, die Audienz verlief zufriedenstellend?«

»Höchst zufriedenstellend«, prahle ich. »Die Prinzessin weiß, dass ich die Erste Wahl bin, wenn es um Ermittlungen geht. Also hat sie beschlossen, die ganze Geschichte in die Hände eines Mannes zu legen, der die Dinge geregelt bekommt. Kluges Mädchen, diese Prinzessin.«

Zitzerius mustert mich feindselig. Er ist für seine Reden und sein Auftreten vor Gericht bekannt. Ein Teil seines beachtlichen Repertoires an rhetorischen Tricks ist die Spannbreite seiner Mimik, und der Gesichtsausdruck, mit dem er mich ansieht, spricht Bände. So muss ein Mann aussehen, der eine räudige Ratte beobachtet, die aus einem Kanaldeckel krabbelt. Das ist sicher nicht das politisch klügste Verhalten, wenn man in ein öffentliches Amt gewählt werden will, würde ich meinen, aber ich vermute, dass er sich um meine Stimme keine allzu großen Sorgen macht.

Falls ich jedoch der Prinzessin helfen will, brauche ich Zitzerius als Pförtner. Er muss mir ein paar Türen öffnen. Während wir die Einzelheiten besprechen, werden wir von einem Hauptmann der Palastwache unterbrochen.

»Prätor Zitzerius«, sagt der. »Ich habe hier einen Haftbefehl für Euren Sohn, Zerberius.«

Der Prätor hält seine Wut im Zaum und erkundigt sich ziemlich kühl, welcher Grund vorliegt.

»Eine Anklage wegen des Importes von Boah«, sagt der Hauptmann. Er zeigt Zitzerius und Zerberius seinen Haftbefehl und legt dann dem Sohnemann schwer die Hand auf die Schulter. Zitzerius hat es die Sprache verschlagen, während sein Sohn weggeführt wird. Es ist ein grausamer Schlag und ein zugegebenermaßen sehr gut gezielter von seinem Rivalen Rhizinius. Prätor Zitzerius hat soeben auf einen Schlag seine Familie und die Wahl verloren.

Ich gehe zu ihm. »Engagiert mich«, schlage ich ihm vor. »Ich helfe Eurem Sohn.«

Zitzerius schaut mich mit unermesslicher Verachtung an, bevor er sich herumdreht und mit raschen Schritten den Raum verlässt.

»Ich wollte ihm ja nur helfen«, erkläre ich dem stummen Diener, als der mich hinausbegleitet.

Etwa gegen zwei Uhr morgens setzt mich die Mietdroschke wieder vor der Rächenden Axt ab. Ich bin einigermaßen nüchtern, jedenfalls nüchtern genug, dass ich nicht auf die Betrunkenen und Verzweifelten trete, die überall auf den nächtlichen Straßen herumliegen. Ich habe Kopfschmerzen. Und ich bin müde. Noch mehr Probleme ertrage ich nicht. Als ich mein Zimmer betrete, stelle ich fest, dass es schon wieder durchwühlt worden ist.

Fassungslos vor Wut starre ich auf den unglaublichen Müllhaufen. Jedes Möbelstück ist zu Zahnstochergröße verarbeitet worden, und alles, was ich besitze, liegt auf dem Boden ausgebreitet. Wer steckt dahinter? Wer es auch ist, ich schwöre, dass ich sie erwische und mit ihren Eingeweiden Seilhüpfen spiele.

Makri hat einen leichten Schlaf. Sie wird von meinem Schwur und von meinen Flüchen wach und steht mit dem blanken Schwert in der Hand in der Tür. Ihre Klinge ist das einzige, was sie trägt.

»Solltest du dir nicht lieber etwas überwerfen, bevor du dich irgendwelchen Eindringlingen präsentierst?«

»Wozu? Die sind tot, bevor sie auch nur bemerken, dass ich nackt bin. Was ist los?«

»Meine Zimmer sind wieder durchwühlt worden«, erkläre ich überflüssigerweise. Makri bietet mir ihre Couch an. Ich schüttle den Kopf.

»Ich wollte noch nicht schlafen gehen. Ich arbeite immer noch. Und ich brauche dich. Du musst mich begleiten und orgkisch sprechen. Zitzerius hat es arrangiert, dass ich mich mit dem Drachenbändiger unterhalten kann. Die Droschke wartet.«

»Jetzt?«

»Es muss sein. Wenn es noch schlimmer für Zitzerius kommt, dann hat er bald vielleicht nicht mal mehr genug Einfluss, um mich in den Zoo mitzunehmen.«

»Wie kommt das?«

»Sein Sohn ist gerade wegen Boah-Handels verhaftet worden. Aber das ist sein Problem. Von mir wollte er keine Hilfe. Ich arbeite wieder für die Prinzessin. Das erkläre ich dir unterwegs.«

Makri nickt und geht los, um sich anzuziehen. Dann belädt sie sich mit Waffen, und diesmal widerspreche ich nicht. Auf dem Weg zurück zum Palast weihe ich sie in die Einzelheiten ein.

»Prinzessin Du-Lackai behauptet, dass sie unschuldig ist. Sie gibt zu, dass sie den Drachen aufschneiden wollte, um an das Rote Elfentuch zu kommen. Deshalb wollte sie auch ursprünglich den Schlafzauber haben. Ich habe sie gefragt, ob sie den Zauberspruch jetzt hat, aber sie leugnet es. Aus diesem Grund hat sie das Boah mitgebracht. Sie wollte das Biest betäuben. Aber jemand kam ihr zuvor. Als der König und sein Hofstaat hereinspazierten, und sie und Muskelmann Mrax mit einer Axt und einem großen Beutel Boah neben dem toten Drachen stehen sahen, wirkte das natürlich verdächtig.«

»Natürlich. Woher hatte sie das Boah?«

»Sie hat es aus den Gemächern ihres Bruders Prinz Frisen-Lackal gestohlen, obwohl sie das dem König nicht erzählt hat. Er weiß nicht, was für ein verkommener Kerl sein Ältester ist. Ich vermute, dass der König versucht hat, den Drachenmord seiner Tochter unter den Teppich zu kehren, aber Senator Lohdius war gerade ebenfalls anwesend. Natürlich hat der Senator sofort einen Riesenskandal losgetreten.«

»Und was machen wir jetzt?«

»Wir werden herausfinden, wer den Drachen wirklich getötet hat, bevor die Prinzessin vor das Königliche Sondergericht gezerrt und lebenslänglich in ein Nonnenkloster gesteckt wird. Du siehst, Makri, ich hatte recht, was das Elfentuch betrifft, selbst wenn niemand sonst es begreift. Es war in dem Drachen. Wenn wir das Elfentuch finden, dann finden wir auch den Mörder. Vielleicht sogar den Mörder von Attilan.«

»Und dafür bist du engagiert worden?«

»Nicht direkt. Aber Turai muss ganz dringend einen Schuldigen aus dem Hut zaubern. Nioj macht wegen des Mordes an Attilan einen höllischen Spektakel. Zitzerius hat bestätigt, dass ich eine Belohnung erwarten kann, wenn ich die Angelegenheit aufkläre. Prätor Zitzerius ist eine Säule der

Gesellschaft … na ja, jedenfalls war er das, bevor sein Sohn verhaftet wurde. Der Alte ist kalt wie das Herz eines Orgks, aber er ist auch einer der wenigen Männer in Turai, denen ich vertraue. Er hält mich für den letzten Abschaum. Zu seinem Pech bin ich der einzige, der unserer Prinzessin helfen kann. Natürlich weiß ich nicht ganz sicher, ob die Prinzessin Attilan nicht doch getötet hat oder ihn hat umbringen lassen. Sie hatte schließlich eine Affäre mit ihm. Dadurch hat sie überhaupt von dem gestohlenen Tuch und von Attilans Plan erfahren, es für Nioj, ehm, sicherzustellen. Attilan hatte durch einen niojanischen Agenten davon erfahren, der den orgkischen Botschafter bespitzelt. Den Orgks haben wir die ganze Angelegenheit überhaupt erst zu verdanken. Sie haben Georgius Drachenfresser engagiert, um das Tuch zu stehlen und es in den Drachen zu packen, damit sie es später in aller Ruhe nach Hause schaffen könnten. Wer noch davon weiß, kann ich nicht sagen, aber ich bin sicher, dass noch andere davon erfahren haben. In Turai ist es fast unmöglich, ein Geheimnis zu bewahren, vor allem in diplomatischen Kreisen, in denen überall Zauberer herumschnüffeln. Auf jeden Fall hat Attilan den Drachenbändiger bestochen, ihm einen orgkischen Zauberspruch zu geben, mit dem man Drachen einschläfern kann. Dann wollte er das Tuch holen. Prinzessin Du-Lackai hielt es dagegen für eine ausgezeichnete Idee, sich das Tuch selbst unter den Nagel zu reißen. Deshalb hat sie mich mit dieser erfundenen Geschichte von den Liebesbriefen losgeschickt, um die Schatulle wiederzubeschaffen. Und so kamen wir ins Spiel, mehr oder weniger. Ich vermute, wer auch immer an den Zauberspruch gekommen ist, hat die Gelegenheit genutzt, als die königliche Familie diese religiöse Zeremonie feierte, um sich in den Zoo zu schleichen und die Sache zu erledigen. Ich habe jedoch keine Ahnung, wer es war. Es gibt nicht viele Leute, die zu dieser Tageszeit Zugang zu dem privaten Zoo haben. Hauptsächlich handelt es sich dabei um Diplomaten. Und außerdem sind die Bruderschaft und der Freundeskreis fähig, sich mit ihren Schmiergeldern so ziemlich überall hineinzukaufen.«

»Und was haben die Meuchelmörder damit zu tun?«

Ich zucke mit den Schultern. Das ist eine offene Frage, und ich bin meilenweit von so etwas wie einer Antwort darauf entfernt. Warum Marihana das Tuch will, ist mir schleierhaft. Aber es ist niemals leicht, die Motive und die Handlungen der Meuchelmörder nachzuvollziehen. So weit ich weiß, vermieten sie ihre Dienste nur zu einem Zweck: Mord. Aber wer weiß das schon genau? Vielleicht stellen sie ja Ermittlungen als kleinen Nebenerwerb an.

»Ich kann mir nicht vorstellen, dass eine Meuchelmörderin wie Marihana eine Detektivin sein will«, sagt Makri.

»Warum nicht? Immer noch besser als auf einer Sklavengaleere zu rudern.«

Wir haben den Palast fast erreicht. Makri hat mittlerweile verarbeitet, was ich ihr erzählt habe. Das geht bei ihr immer sehr schnell, schlau wie sie ist, aber eine Frage hat sie noch: Warum will die Prinzessin das Elfentuch überhaupt haben?

»Das wollte sie mir nicht mal unter vier Augen erzählen. Vielleicht hat sie aus patriotischen Gründen gehandelt und wollte verhindern, dass die Orgks oder die Niojaner es bekommen. Aber wie ich unsere königliche Familie kenne, hat sie wahrscheinlich insgeheim Spielschulden oder muss ihre Schneiderin bezahlen und braucht Geld. Vermutlich wollte sie das Elfentuch selbst an die Orgks verscherbeln.«

»Und für wen suchst du es jetzt? Für die Elfen oder die Prinzessin?«

»Ich suche das Tuch für die Elfen, und die Prinzessin soll ich vor der Anklage des Drachenmords bewahren.«

»Du wirst dich verzetteln.«

»Verzetteln? Ich? Mich? Wenn es um mehrere zeitgleiche Ermittlungen geht, laufe ich zu Höchstform auf und mein Verstand ist so scharf wie ein Elfenohr. Außerdem brauche ich das Geld.«

Unsere Mietdroschke rollt durch das Tor des Palastes.

»Zeit für einen Plausch mit dem Orgk«, sagte ich zu Makri. »Lass dein Schwert stecken. Ich will mir anhören, was er zu sagen hat, bevor du ihn köpfst.«

17. Kapitel

Orgks sind ein bisschen größer als Menschen und auch ein bisschen stärker. Aber dafür sind sie viel hässlicher. Sie tragen mit Vorliebe protzigen Schmuck, vorwiegend mit Adler- und Schädelmotiven, und vermutlich sind sie auch für diesen Nasen-, Lippen- und Augenbrauenschmuckstil verantwortlich, mit dem Cimdy und Bertrax jetzt die ehrenwerte Gesellschaft von ZwölfSeen schockieren. Die Orgks haben zerfurchte Gesichter, dunkle, tintenfarbige Haut, kleiden sich meistens in dunkle, zottelige Lederkleidung von eher einfachem Schnitt und kennen das Wort Frisur nicht einmal. Ihre Haare sind einfach nur lang. Dafür sind sie wilde Kämpfer und im Gegensatz zur landläufigen Meinung der Menschen keineswegs so dumm wie sie aussehen. Ich weiß, dass sich ihre Diplomaten als höchst gerissene Verhandlungspartner erwiesen haben. Im Westen hält sich zwar der Glaube, dass Orgks nicht lesen können, und es gibt auch keine Orgkische Literatur, aber Makri widerspricht dem vehement. Es stimme auch nicht, meint sie, dass sie keine Musik machen, und Kannibalen seien sie erst recht nicht. Sie behauptet sogar, dass sie orgkische Gemälde gesehen habe, auch wenn ich das kaum glauben mag. Makri verachtet die Orgks, aber sie weigert sich schlichtweg, zuzugeben, dass die Menschen zivilisierter wären. Ich weiß zu wenig über die Kultur der Orgks. Schließlich bin ich ihnen nur in der Schlacht begegnet, und die meisten, denen ich auf Plauderweite nahe gekommen bin, waren tot, bevor wir uns ausführlich über Kultur auslassen konnten. Eine weibliche Orgk oder ein Kind habe ich niemals zu Gesicht bekommen.

Wie in den Menschenländern sprechen auch die Orgks sowohl ihre eigenen Dialekte wie auch die gemeinsame orgkische Hochsprache. Nur sehr wenige Menschen im Westen verstehen orgkisch. Man glaubt, es bringe Unglück, wenn man auch nur ein einziges Wort in dieser Sprache sagt. Deshalb ist Pazaz auch bass erstaunt und verwirrt, als Makri ihn in der orgkischen Hochsprache anredet. Natürlich ist er misstrauisch, aber da ihm seine Vorgesetzten gesagt haben, er solle bei der Untersuchung helfen, und da wir einen Brief vom Prätor persönlich haben, beantwortet er unsere Fragen.

»Er behauptet, dass er von der Tötung selbst nichts bemerkt hat«, berichtet Makri, der bei der Konversation offenbar sehr unwohl ist. Als sie das letzte Mal mit Orgks geredet hat, war sie ihre Sklavin, eine Erinnerung, die sie nur ungern hegen und pflegen möchte. »Aber er ist ziemlich aufgeregt. Er mochte den Drachen.«

»Er mochte ihn?«

»Er hat ihm Gutenachtgeschichten vorgelesen.«

»Frag ihn, ob er den Schlafzauber an jemanden anderen als Attilan verkauft hat.«

Pazaz streitet ab, dass er den Schlafzauber überhaupt verkauft hat, aber wir wissen, dass er lügt. Ich drohe ihm, seinen Botschafter zu informieren, und sofort bricht er zusammen. Er gibt zu, dass er Attilan eine Kopie verkauft hat, schwört aber Stein und Bein, dass dies die einzige war.

Es ist schwierig zu entscheiden, ob er die Wahrheit sagt. Zu den meisten Verdächtigen entwickle ich eine Intuition, aber die Emotionen hinter diesem runzligen Gesicht sind merkwürdig und unentzifferbar. Ich lege noch einige Karten auf den Tisch und verrate ihm, das ich den Plan kannte, das Rote Elfentuch nach Gzak zu schaffen. Jetzt macht er sich wirklich Sorgen. Selbst wenn er unter diplomatischem Schutz steht, dürfte er sich recht bald in einer höchst ungemütlichen Lage befinden, wenn die Bevölkerung von Turai die Sache spitz kriegt. In der Stadt herrscht schon genug Unwillen darüber, dass überhaupt Orgks hier sind, auch ohne dass ich ihre Pläne, unsere magischen Geheimnisse zu stehlen, an die große Glocke hängen muss.

Aber nichts an seinen Antworten bringt mich der Lösung der Frage näher, wer den Drachen getötet hat, oder wo sich das Elfentuch jetzt befinden könnte. Prätor Zitzerius hat mir gesagt, dass die religiöse Zeremonie, an der die königliche Familie teilgenommen hat, nur eine knappe halbe Stunde gedauert hat. Wer auch immer den Drachen getötet hat, muss einen guten Informanten im Palast gehabt haben. Aber in einer so korrupten Stadt wie Turai sind interne Informationen für jedermann zu erwerben. Es ist schlicht eine Preisfrage. Noch interessanter ist jedoch, dass es den Ermittlungsmagiern der Palastwache nicht gelungen ist, die Aura irgendwelcher ungewöhnlichen Zoobesucher aufzuspüren – was die Lage der Prinzessin nur noch schlimmer macht. Trotzdem ist es, da der Drache jedes magische Feld unterbricht, nicht absolut auszuschließen, dass ein Fremder hier gewesen ist.

»Es kann nicht einfach gewesen sein, den Drachen zu töten und das Tuch herauszuholen, mit oder ohne Zauberspruch. Ist denn niemand hier gewesen, der auffälliges Interesse an den Gewohnheiten des Drachen gezeigt hat?«

Niemand, meinte Pazaz. Es hat überhaupt niemand mit ihm gesprochen, außer Bischof Gabrielius, der einen oder zwei Versuche gemacht hat, ihn zum Wahren Glauben zu bekehren. Beinah tut der Orgk mir leid. Bischof Gabrielius versucht immer, seine Bischofskollegen zu übertrumpfen. Wahrscheinlich wollte er eine Orgk-Seele als Trophäe vorweisen können.

Wir müssen gehen. Abgesehen davon, dass mein Verdacht, was Attilan betraf, bestätigt wurde, habe ich nicht viel erfahren. Im Palast brennen immer noch die Lichter, als wir über das Gelände zu den Toren geführt werden. Ich vermute, dass drinnen alles wegen der Verhaftung der Prinzessin im Aufruhr ist. Die Zeiten ändern sich. Früher einmal wäre eine Prinzessin in Turai nie und nimmer unter Arrest gestellt worden, ganz gleich, welchen Verbrechens sie beschuldigt worden wäre. Und der Sohn eines Prätors wäre ebenfalls nicht wegen ein paar Säcke Drogen einkassiert worden. Aber jetzt, da Senator Lohdius' Populäre Partei immer mehr an Macht gewinnt, zwackt das auch die Oberklasse. Vielleicht tut es ihnen ja gut, wenn sie zur Abwechslung mal die Gesetze ihres Landes befolgen müssen.

Ich bin todmüde. Die Hitze der Nacht drückt mich nieder. Ich könnte mich gut und gerne hinlegen und auf der Stelle einschlafen. Die Anstrengungen des Tages und meine Müdigkeit bereiten mir pochende Kopfschmerzen. Die Aussicht, in die Ruinen meiner Zimmer zurückkehren zu müssen, verstärken sie noch. Wir fahren schweigend zurück nach ZwölfSeen. Makri denkt über Orgks nach. Später sagt sie, dass sie Pazaz einmal in einer Arena kämpfen gesehen habe, was ihren Drang, ihn umzubringen, beinah unerträglich verstärkt hätte.

»Wenn ich das nächste Mal einem Orgk begegne, braucht es mehr als diplomatische Immunität, um zu verhindern, dass ich ihm den Kopf von den Schultern trenne«, sagt sie, bevor sie in brütendes Schweigen versinkt. Keiner von uns hat eine weitere Eingebung. Es ist drückend schwül, und ich möchte einfach nur noch meinen Boden frei räumen und mich zum Schlafen legen. Aber selbst diesen bescheidenen Wunsch kann ich mir nicht erfüllen, denn als ich in der Rächenden Axt ankomme, erwartet mich Zitzerius in einer Kutsche, mit seiner gewohnt strengen Miene und zwei Dienern, die es offenkundig nervös macht, mitten in der Nacht in ZwölfSeen herumzulungern.

Mein heutiger Bedarf an Oberschicht ist eigentlich gedeckt. Ich bin so müde, dass ich mich nicht einmal dazu aufraffen kann, unverschämt zu sein. Ich frage Zitzerius, ob er nicht bis morgen auf den Bericht über meine Fortschritte im Fall der Prinzessin warten kann.

Aber er ist gar nicht hier, um sich über meine Fortschritte

zu erkundigen. Er ist gekommen, um mich zu engagieren, seinen Sohn aus der Bredouille zu helfen. Ich kann ein Gähnen nicht unterdrücken und bitte ihn herein. Ich greife mir eine Flasche Bier von der Bar und versuche, mich auf das zu konzentrieren, was Zitzerius zu sagen hat. Ich komme ganz gut damit klar, Turais preiswertester Detektiv zu sein, aber es macht mir erheblich zu schaffen, plötzlich der gefragteste zu sein.

18. Kapitel

Eines muss man Zitzerius lassen, er kommt wirklich schnell zum Punkt, wenn es nötig ist. Er entschuldigt sich steif dafür, dass er mein früheres Angebot, ihm zu helfen, so barsch ausgeschlagen hat, und räumt dann widerstrebend ein, dass ich vermutlich der beste Mann für diese Aufgabe sei.

»Wie Ihr wisst, wird mein Sohn Zerberius Canius beschuldigt, mit Boah zu handeln.«

Früher einmal hätte mich das schockiert. Aber das ist schon lange her.

»Vizekonsul Rhizinius hat eine Information erhalten und heute Abend einen Durchsuchungsbefehl ausgestellt. Er hat mein Haus durchsuchen lassen, als ich nicht da war. Dabei hat er in Zerberius' Zimmern Boah gefunden.«

»Wie viel?«

»Zwei kaiserliche Pfund.«

»Klar. Das ist zu viel, um sich mit Eigenbedarf herauszureden. An wen verkauft es Euer Sohn?«

Zitzerius verzieht das Gesicht. »Ich weigere mich zu glauben, dass mein Sohn ein Boah-Händler ist.«

Ich weise darauf hin, dass heutzutage selbst die angesehensten Familien nicht vor dem Kontakt mit Boah sicher sein können. Zitzerius runzelt die Stirn. Seine berühmte Beredsamkeit verlässt ihn, als er über die Möglichkeit nachdenkt, dass sein Sohn vielleicht seine Tage auf einer Galeere beschließen könnte.

»Also, was soll ich tun?«, frage ich und trinke einen Schluck Bier.

»Findet die Wahrheit heraus. Ihr wisst, dass Rhizinius und ich erbitterte Konkurrenten um den Posten des Vizekonsuls sind. Rhizinius hat diese Chance, mich zu diskreditieren, natürlich sofort ergriffen. Falls Rhizinius mich besiegt und Vizekonsul bleibt, wird dieser Stadt großer Schaden erwachsen.«

Womit Zitzerius meint, dass Lohdius Populäre Partei die Mehrheit gewinnen könnte. Als eine Stütze der Traditionalisten kann der gute Zitzerius diese Vorstellung natürlich überhaupt nicht ertragen. Ich bin nicht sonderlich an Politik interessiert, deshalb kümmert mich das einen feuchten Dreck.

»Ich würde sagen, Ihr seid bereits diskreditiert.«

»Noch nicht. Konsul Kahlius hegt nicht den Wunsch, meinen Sohn zu ruinieren. Und er will auch nicht, dass ich Schaden nehmen werde und die Populären noch mehr an Boden gewinnen. In dieser angespannten politischen Stimmung, die im Augenblick in Turai herrscht, ist es von vordringlichster Wichtigkeit, dass Senator Lohdius seinen Einfluss nicht noch vergrößern kann.«

»Also wird der Konsul das Boah unter den Teppich kehren? Wozu braucht Ihr mich dann noch?«

»Der Konsul wird nichts unter den Teppich kehren«, fährt Zitzerius schroff hoch. »Alle Bürger in Turai sind dem Gesetz unterworfen. Aber er wird dafür sorgen, dass dieser Fall nicht vor Gericht kommt, wenn Zerberius die Leute nennt, von denen er das Boah gekauft hat, und wenn er verrät, für wen es gedacht war. Das ist die übliche Praxis.«

Das stimmt. Viele kleine Boah-Händler haben sich in die Freiheit gewunden, indem sie ihre »Geschäftsfreunde« verpfiffen haben.

»Unglücklicherweise weigert sich Zerberius, zu sprechen. Ich verstehe das einfach nicht. Er könnte seinen Ruf retten, ganz zu schweigen von dem seiner Familie, wenn er dem Konsul die ganze Geschichte erzählt. Doch er weigert sich.«

Der arme Zitzerius. Da widmet er sein ganzes Leben dem Ziel, der angesehenste Politiker in Turai zu werden, und dann lässt sich sein Sohn wegen Drogenbesitzes verhaften.

Das zeigt nur, dass auch eine blaugesäumte Prätorianertoga keine Garantie für Glück darstellt.

»Ihr seid der beste Advokat in Turai, Zitzerius. Ich habe selbst mitangehört, wie Ihr Leute in Eurem Kreuzverhör vor Gericht in der Luft zerfetzt habt. Wenn *Ihr* schon aus Eurem Sohn nichts herausbringt, wie kommt Ihr dann darauf, dass ich das schaffe?«

Zitzerius wirkt verzweifelt. Die ganze Geschichte war offenbar ein ziemlicher Schock für ihn. Er gibt zu, dass seine Gerichtssaaltechnik offenbar nicht so recht für den Umgang mit seinem Sohn geeignet scheint.

»Außerdem habe ich nur wenig Erfahrung in diesen Dingen. Selbst in Zeiten wie diesen hätte ich mir nicht träumen lassen, dass ein junger Mann von Zerberius' untadeligem Charakter sich mit Boah abgeben würde. Außerdem habe ich sofort, nachdem mein Sohn verhaftet wurde, Bossiarius gebeten, diese Geschichte zu untersuchen. Bossiarius konnte jedoch auch nichts aus meinem Sohn herausbekommen.«

Bosssiarius. Ein Oberschicht-Detektiv. Er hat sein Büro in Thamlin. Ich mag ihn nicht besonders, aber er ist im Gegensatz zu einigen anderen, die dort arbeiten, gar nicht mal so schlecht.

»Ist er immer noch auf den Fall angesetzt?«

Zitzerius nickt. Es macht mir nicht sonderlich viel aus. Ehrlich gesagt glaube ich kaum, dass Bossarius in einem Fall, bei dem es um Boah geht, viel herausbekommen kann. Er hat nicht genug Kontakte zum Bodensatz unserer Gesellschaft.

»Selbst wenn Ihr von Zerberius nichts erfahren solltet«, fährt der Prätor fort, »erwarte ich, dass Ihr die gesamten Einzelheiten dieses Geschäftes ans Licht bringt. Das schließt auch die Frage ein, woher das Boah kam und für wen es bestimmt war. Wenn dem Konsul diese Informationen hinterbracht worden sind, wird Zerberius nicht mehr vor Gericht gestellt. Und wenn er nicht vor Gericht kommt, dann schaffen wir es vielleicht, den Fall nicht in der Öffentlichkeit breitzutreten.«

»Rhizinius ist hinter Euch her wie ein böser Bann. Er wird sicher dafür sorgen, dass die Öffentlichkeit Wind davon bekommt.«

Zitzerius hebt leicht eine Braue. Was wohl bedeuten soll, dass er noch genug Einfluss hat, um dafür zu sorgen, dass die Angelegenheit verschwiegen wird. Vorausgesetzt, es gibt keinen Gerichtsfall.

»Wie viel Zeit habe ich?«

»Normalerweise dauert es eine Woche bis zur Voranhörung. Danach ist es zu spät.«

Ich weise darauf hin, dass ich bereits viel zu tun habe, und zwar viel zu viel, um mich noch in einen anderen Fall zu vertiefen.

Zitzerius weist darauf hin, dass ein öffentlicher Skandal zweifelsohne Rhizinius den Wahlsieg in den Schoß legen würde. Was für mich nicht so gut wäre, das muss ich einräumen. Auch wenn ich mich meistens aus der Politik heraushalte, wäre es mir angenehm, wenn der Vizekonsul kein Mann wäre, der mich hasst. Wenn ich Zitzerius in dieser Sache helfe und er die Wahlen gewinnt, dann steht der neue Vizekonsul in meiner Schuld. Mein Enthusiasmus hebt sein müdes Haupt. Vielleicht kehre ich ja eines Tages sogar wieder in den Palastdienst zurück.

Aber ich habe wirklich zu viel zu tun, um den Fall zu übernehmen. Ich denke an das Geld, das ich der Bruderschaft schulde. Vor Conax habe ich keine Angst, aber ich kann nicht gegen alle Brüder auf einmal kämpfen. Ach, was soll's?

»Ich übernehme den Fall.«

Ich lasse mir meine übliche Vorauszahlung aushändigen, plus dreißig Gurans für Spesen und verspreche, gleich am nächsten Morgen mit der Arbeit zu beginnen. Der Prätor entfernt sich. Makri hat die ganze Zeit schweigend zugehört, und jetzt äußert sie ihre Meinung. Sie hält mich offenbar für ziemlich blöd, noch einen Auftrag anzunehmen.

»Das sind drei schwierige Fälle auf einmal. Du wirst sie alle drei versauen.«

»Ich brauche das Geld. Ich habe noch zwei Tage Zeit, Corleonaxas meine Schulden zurückzuzahlen, und wer weiß schon, ob ich das Elfentuch rechtzeitig finde, damit ich die Belohnung bekomme, bevor die Bruderschaft mich abholt. Ich kann es mir nicht leisten, einen Auftrag abzulehnen. Und hör auf, mir Vorträge wegen meiner Spielleidenschaft zu halten. Dafür bin ich jetzt zu müde.«

Ich räume den Schutt von meiner Matratze und schlafe sofort ein. Aber lange dauert meine Ruhe nicht. Kerk weckt mich mit wiederholten Tritten gegen die Tür. Er hat Informationen zu verkaufen, und braucht unbedingt sein Frühstücksboah. Die frühe Unterbrechung meines wohlverdienten Schlafes versetzt mich in eine üble Laune.

»Beeil dich!«, fahre ich ihn an.

»Du siehst aus wie ein Drache mit Kopfschmerzen«, murmelt Kerk und grinst blöd. »Ich habe Informationen über Prinz Frisen-Lackal.«

Ich runzle die Stirn. Von der königlichen Familie habe ich allmählich die Nase voll. »Was ist mit ihm?«

»Er importiert Boah.«

Ich hätte beinah gelacht. Diese Aussage deckt sich mit der Behauptung von Prinzessin Du-Lackai. Dass der Thronerbe ein Drogenhändler ist, passt ausgezeichnet zum verrotteten Charakter der Nation.

»Und was hat das mit mir zu tun?«

»Er ist ein Freund von Zerberius.«

Anscheinend hat sich die Sache rasch herumgesprochen. Ich schenke mir die Mühe, Kerk zu fragen, woher er das über Zerberius weiß. Kerk ist im allgemeinen überraschend gut über alle Angelegenheiten in Turai informiert, die mit Drogengeschäften im Zusammenhang stehen.

»Und?«

»Zerberius hat das Boah für ihn aufbewahrt.«

Ich runzle die Stirn. Es dürfte schwierig werden, den Namen des jungen Zerberius reinzuwaschen, wenn das bedeutet, Prinz Frisen-Lackal mit in die Angelegenheit hineinzuziehen. Das ist wohl kaum die Art Information, die sich Zitzerius erhofft hat.

Ich drücke Kerk eine Münze in die Hand. Er wirft einen verächtlichen Blick darauf und verlangt mehr.

»Oder ich verrate dir nicht, wer noch darin verwickelt ist«, droht er.

Ich drücke ihm noch eine Münze in die Hand. Sie zittert. Er braucht seine Dosis Boah, und zwar dringend.

»Georgius Drachenfresser.«

Mehr wollte ich gar nicht wissen. »Bist du sicher?«

»Absolut sicher. Er beaufsichtigt die Operation in der Stadt und arbeitet mit dem Freundeskreis zusammen. Und der Prinz bezahlt ihn. Sie importieren Lalula. Sehr guter Stoff. Sehr stark. Und sehr billig.«

Ich will wissen, woher Kerk das alles weiß.

»Ganz einfach«, erwidert er. »Zerberius hat es mir erzählt. Er kann auf Boah einfach nicht die Klappe halten – er plappert wie ein Waschweib.«

Kerk lacht, aber das kostet seinen ruinierten Körper sehr viel Energie. Ich frage ihn, wer für den Nachschub an Lalula sorgt, aber das weiß Kerk nicht. Mittlerweile ist er zu verzweifelt, um noch mehr zu sagen. Er hält mir drängend die Hand hin. Ich gebe ihm noch mehr Geld, und er läuft los, um sich Boah zu kaufen.

Ich gehe wieder ins Bett. Eigentlich will ich nicht über das nachdenken, was ich eben erfahren habe. Vielleicht löst sich ja alles in Wohlgefallen auf, wenn ich nicht daran denke. Bedauerlicherweise ist es in meinem Schlafzimmer zu stickig, als dass ich schlafen könnte. Ich reiße ein Fenster auf. Draußen preist ein Budenbesitzer lautstark seine Produkte an und beginnt beinah gleichzeitig einen Streit mit einem Kunden. Angewidert schließe ich das Fenster. Vor der Hitze und dem Lärm in ZwölfSeen gibt es kein Entkommen. Ich verabscheue es.

Meine beiden Elfenklienten suchen sich ausgerechnet diesen Moment aus, um mir einen Besuch abzustatten. Als ich die Tür aufreiße, hat sich der Streit mittlerweile zu einem ausgewachsenen Brüllwettbewerb entwickelt, und einige unschuldige Zusschauer werden in den Krach mit hineingezogen.

»Ignoriert das einfach«, rate ich meinen Klienten, winke sie hinein und schließe die Tür. Sie betrachten verwirrt das Tohuwabohu.

»Ich war gerade dabei aufzuräumen«, sage ich und schaffe Platz, indem ich den Müll einfach in eine Zimmerecke trete. Mit bewundernswertem Timing stürzt die junge Cimdy ausgerechnet jetzt durch meine Bürotür. Sie hat ihren Freund Bertax im Arm. Als sie ihn loslässt, plumpst er wie ein Sack zu Boden und kotzt auf meinen Teppich.

»Er hat eine Überdosis genommen!«, jammert sie. »Hilf ihm!«

Die Leute auf der Straße schreien um die Wette. In meiner Zimmerflucht ist es heißer als in Marzipixas Ofen. Überall liegen die zerlegten Möbelstücke herum. Bertax Gesicht läuft blau an. Makri stößt, nur mit einem Schwert bekleidet, zu uns, um nachzusehen, was dieser ganze Krach soll. Die beiden Elfen sind der Panik nahe.

»Und wie gefällt es Euch denn so in unserer Stadt?«, erkundige ich mich jovial und biete ihnen ein Bierchen an.

19. Kapitel

Die Elfen lehnen das Bier dankend ab. Kallos-al-Dent, der jüngere der beiden, zieht eine Börse aus seinem Beutel, tritt zu dem kotzenden Bertax und schiebt ihm ein kleines Blättchen in den Mund.

»Schluckt das herunter!«, befiehlt er.

Cimdy holt einen Schluck Wasser. Bertax schluckt, hört augenblicklich auf, sich zu erbrechen und sein Gesicht gewinnt wieder eine einigermaßen normale Farbe. Kallos nimmt Bertax Kopf zwischen seine Hände und konzentriert sich einen Augenblick. Bertax schläft ein.

»Es wird ihm gleich besser gehen«, verkündet der junge Elf.

Ich bin beeindruckt. »Seid Ihr ein Heiler?«

Kallos nickt, bevor er sich an Cimdy wendet, die immer noch besorgt neben ihrem schlafenden Geliebten hockt.

»Keine Sorge«, sagt der Elf. »Es geht ihm bald wieder gut. Die Blätter der Lebatrana-Pflanze helfen sehr wirkungsvoll gegen Vergiftungen des Nervensystems, und ich habe außerdem die Shaggra-Farben seiner Lebensenergie gestärkt. Aber es ist sehr unklug, sich Boah zu verabreichen. Es ist eine gefährliche Droge.«

»Ich weiß«, erklärt Cimdy. »Und Lalula ist noch schlimmer. Ich wusste nicht, dass er es nimmt, bis ich feststellen musste, dass er unseren ganzen Wochenverdienst dafür ausgegeben hat.«

Cimdy und die mittlerweile – spärlich – bekleidete Makri schleppen Bertax hinunter zu ihrem Wohnkarren. Ich danke Kallos, dass er ihm zu Hilfe gekommen ist.

»Ist diese Lebatrana-Pflanze auch gut gegen Kater?«

Er sagt ja, also lasse ich mir ein paar Blätter von ihm geben. Gerissen, diese Elfen. Sprich mit den Bäumen und lass dir von ihnen deinen Kater heilen. Ich setze die beiden Elfen über den Stand der Dinge in Kenntnis, obwohl es eigentlich nicht viel zu berichten gibt. Dafür erkläre ich ihnen meine Theorie, dass das Rote Elfentuch sich in dem Drachen befunden hat, muss aber hinzufügen, dass es, falls es so gewesen sein sollte, weggezaubert wurde, bevor ich dort hingekommen bin.

Sie lauschen mir interessiert und scheinen meine Geschichte ohne wenn und aber zu glauben. Na ja, sie haben eben gehört, dass ich ein ehrlicher und fähiger Mann bin. Das schmeichelt mir immer noch. Schließlich verabschieden sie sich, zufrieden, dass ich wenigstens hart arbeite.

Makri taucht wieder auf und berichtet, dass Bertax außer Gefahr zu sein scheint.

»Das ist mehr als er verdient«, sage ich. »Er sollte es besser wissen, als mit dieser neuen Abart von Boah herumzuspielen. Sie ist viel zu stark. In der ganzen Stadt werden Süchtige ihre übliche Dosis nehmen und sterben wie die Fliegen.«

»Aber es fühlt sich gut an, wenn man es richtig einsetzt«, erklärt Makri.

Ich beäuge sie misstrauisch.

»Hat man mir erzählt«, fügt sie rasch hinzu.

Hoffentlich fängt sie nicht selbst damit an.

»Die Elfen lassen dir ihren Dank für deine Hilfe mit Bertax ausrichten«, sage ich zu Makri. »Sie scheinen sich allmählich an dich zu gewöhnen.«

»Da bin ich aber froh. So glücklich wie ein betrunkener Söldner«, erwidert Makri mürrisch und verschwindet.

Ich räume etwas von dem Chaos fort und frage Ghurd, ob er mir einen Diener ausleihen kann, damit der meine Zimmer wieder auf Vordermann bringt. Ghurd willigt ein, fügt aber hinzu, dass das extra kostet.

Ich verschwinde nach draußen. Ich habe eine Verabredung am Thamlin-Gymnasion. Das ist ein Ort, wo die Aristokraten baden, sich körperlich betätigen und entspannen. Es ist eine sehr ehrbare Einrichtung. Sie ist nur Senatoren und ihren Familien vorbehalten. Keine jungen Mädchen und junge Burschen, deren Dienste man mieten kann. Jedenfalls nicht offizielle. Nur badende Senatoren, die aus dem Nähkästchen plaudern und über Politik fachsimpeln, während ihre Söhne ehrfürchtig zusehen. Wie in allen Gymnasien haben auch hier Frauen keinen Zutritt, eine der vielen Ungerechtigkeiten, die Makri an Turai empören. Allerdings behauptet sie, dass sie selbst wenn sie dürfte, keinerlei Lust verspüren würde, die nackten Leiber von Turais reicher und entsprechend schwabbeliger Oberschicht ansehen zu müssen.

Es gibt tatsächlich einige schwabbelige Leiber hier, obwohl ich nicht derjenige bin, der sich darüber auslassen sollte. Ich fühle mich unsicher und bin gereizt, als ich nackt an jungen Athleten vorbeiwatscheln muss, die sich im Wasser amüsieren oder sich auf Liegen rekeln, während ihnen Diener Öl in die Haut einmassieren. Ich hätte gern mein Handtuch anbehalten, aber das sieht man hier nicht so gern. Ich fühle mich viel wohler, als ich das andere Ende des Gymnasions erreiche, wo ältere Senatoren und ihr Gefolge residieren. Die meisten sind genauso unförmig wie ich. Außerdem haben sie viel weniger Haare. Ich lasse meines bei der Gelegenheit ölen, bürsten und parfümieren.

Dieses Gymnasion ist nebenbei bemerkt ein weiteres von Turais architektonischen Wundern. Es protzt mit prächtigen Friesen, Statuen und Skulpturen, obwohl mir gerade nicht der Sinn danach steht, sie zu bewundern. Ich bin hier, um mit Zerberius zu reden. Der will aber nicht. Also zerre ich ihn in eine intime Nische und schiebe ihn unsanft auf eine Bank. Er hat lange Haare, ist dürr und ich komme mir ohne eine gute, weite Tunika über meinem fetten Wanst mal wieder höchst lächerlich vor.

»Ich arbeite für Euren Vater!«

Zerberius wird sofort stumm wie ein Fisch und starrt auf

seine Füße. Dabei umklammert er eine Tüte Weintrauben, die von den Dienern kostenlos verteilt werden.

»Erzählt mir von dem Fall«, fordere ich ihn auf.

Zerberius bleibt stumm und feindselig. Im Inneren des Marmorgymnasions ist es zwar kühler, als in der Hitze draußen, aber trotzdem noch ungemütlich. Ich muss das Bedürfnis unterdrücken, diesen jungen Knallkopf einfach stehen zu lassen und in das Becken zu springen. Der Gedanke an meine Schulden ist dabei sehr hilfreich. Also starte ich noch einen Versuch.

»Ihr werdet in einer Woche vor Gericht gestellt, Zerberius. Boah-Handel ist ein schweres Verbrechen. Der Einfluss Eurer Familie wird Euch nicht weiterhelfen, weil Vizekonsul Rhizinius die Anklage übernimmt, und der ist ein Feind Eures Vaters. Wollt Ihr Euren Vater entehren?«

Keine Reaktion.

»Wollt Ihr an ein Ruder gekettet auf einer Galeere enden?«

Zerberius schiebt sich eine Traube in den Mund. Ich spiele mit dem Gedanken, ihn zu ohrfeigen. Aber das ist vielleicht keine so gute Idee, mit so vielen Senatoren als Zuschauern. Ich kann ihn einfach nicht zum Reden bringen. Das verstehe ich nicht.

»Wen schützt Ihr? Den Prinzen? Vor Gericht wird man es so oder so herausfinden, also könnt Ihr es mir auch genauso gut jetzt sagen, solange es noch etwas nützt.«

Zerberius sitzt mürrisch da und schweigt. Die Sache ist hoffnungslos.

»Ich werde es herausfinden, wisst Ihr. Ich werde Eure Vergangenheit im Kuriya-Becken sehen und dann erfahren, woher das Lalula kommt.«

Plötzlich wirkt der junge Mann gequält.

»Tut das nicht!«, bittet er.

»Warum nicht? Vor wem habt Ihr Angst?«

Zerberius springt plötzlich von der Liege hoch und stürmt davon. Die Tüte Weintrauben lässt er liegen. Ich sehe ihm hinterher, nehme dann die Tüte und esse die restlichen Trauben. Ich bemerke, dass er etwas auf das Papier gekritzelt hat. Merkwürdige, hässliche Zeichen, die mit Kohlestift eingeritzt sind. Ich stehe langsam auf. Auf der anderen Seite des Saals befindet sich ein Fresko, auf dem zwei wunderschöne Wassernymphen mit einem jungen Mann herumtollen, der Flügel an seinen Füßen hat. Er schwebt elegant über dem Wasser. Glückspilz. Ich schaffe meinen Wanst aus dem Badehaus hinaus. Ich bin froh, dass ich hier wegkomme. Zwischen all diesen jungen Körpern fühle ich mich schrecklich alt.

Ich schlendere den Mond-und-Sterne-Boulevard entlang, bis ich in die Stadtmitte komme. Dann nehme ich eine Abkürzung, durch den verfallenen Tempel von Sankt Miserius. Ich komme gerade an einer halb zerfallenen Säule vorbei, als plötzlich etwas in den Marmor vor mir einschlägt und mir die Splitter um die Ohren fliegen. Ich gehe in eine Kampfhocke und wirble mit gezücktem Schwert herum. Aber es ist niemand zu sehen. Leise schleiche ich um die Säule herum und untersuche dann den Durchgang vor mir. Immer noch keiner zu sehen. Nicht mal ein Fußabdruck ist auf dem staubigen Boden zu erkennen. Es ist sehr ruhig in den Ruinen, und ich kann auch nichts riechen, auch als ich die Luft einsauge. Sehr vorsichtig gehe ich zu der Säule zurück. Ich habe da so eine Ahnung, was dort eingeschlagen ist.

Auf dem Boden liegt ein zwanzig Zentimeter langer Armbrustbolzen. Ich starre ihn an, und was ich sehe, gefällt mir nicht. Die Armbrust ist eine tödliche Waffe und hat eine immense Wirkung. Sie durchschlägt Rüstungen und kann noch aus hundert Metern einen Ritter auf seinem Pferd erledigen. Ich betaste den Bolzen und überlege, wer ihn wohl abgefeuert haben könnte. Ich wüsste nicht, dass die Meuchelmörder eine solche Waffe einsetzen. Und auch der Freundeskreis nicht. Sehr merkwürdig. Ich schiebe den Bolzen in meinen Beutel und setze meinen Weg fort, das

Schwert immer noch in der Hand. Damit handle ich mir einige misstrauische Blicke ein, als ich die Ruinen verlasse und wieder auf die Hauptstraße gelange.

In der Rächenden Axt tastet sich Ghurd, ein langsamer Leser, mühsam seinen Weg durch das Buchstabendickicht von *Der Berühmte Und Wahrheitsgetreue Chronist*.

»Böse Waffen!«, sagt er.

»Hm?«

»Armbrüste. Ein Unterführer der Bruderschaft ist gestern in Kushni getötet worden. Er hat einen Armbrustbolzen in den Nacken gekriegt.«

Ich lese den Artikel. Offenbar war das bereits der zweite wichtige Bruderschaftsunterhäuptling, der innerhalb von zwei Tagen umgebracht worden ist. Beide sind durch Armbrustbolzen gestorben. Anscheinend gewinnt der Freundeskreis in dem Drogenkrieg allmählich die Oberhand. Dabei hilft ihnen dieser geheimnisvolle Armbrustschütze. Es muss dieselbe Person sein, die auch auf mich geschossen hat. Die Armbrust erfordert eine höchst spezielle Kunstfertigkeit. Es bedarf einiger Übung, bevor man auch nur daran denken kann, irgendwelchen Leuten aus einer sicheren Entfernung Bolzen durch den Hals oder in den Rücken zu schießen.

Später überlegt Makri, warum der Freundeskreis auf mich schießen sollte. Schließlich bin ich nicht gerade einer der besten Freunde der Bruderschaft. Mir fällt auch keine Erklärung ein. Falls der Freundeskreis immer noch glaubt, dass ich das Rote Elfentuch habe, müsste ihnen doch klar sein, dass ich es ihnen kaum aushändigen kann, wenn ich vorher einen Armbrustbolzen in den Hals kriege. Vielleicht kam ich einfach nur gerade als bewegliches, schlecht zu verfehlendes Ziel für einige Schießübungen gelegen.

Meine Zimmer sind wieder einigermaßen aufgeräumt. Zeit für ein bisschen Hokus Pokus.

20. Kapitel

Ich starre wütend in das Kuriya-Becken. Es zeigt mir ein Bild des Feenhains. Vermutlich hält mich das magische Becken mal wieder zum Besten. Da habe ich eine beträchtliche Zeit damit verbracht, mich in Trance zu bringen, und alles, was ich erhalte, ist ein Bild von dem Wäldchen, auf dessen Lichtung mein Exweib seine Schäferstündchen mit dem jungen Zauberlehrling abgehalten hat. Ich dachte, ich hätte das schon lange vergessen, aber offenbar beschäftigt es mich immer noch, sonst würde es sich nicht so mit dem Kuriya vermischen. Jedes starke Bild im eigenen Verstand kann eine Störung verursachen. Zauberlehrlinge sehen oft Aktbilder ihrer bevorzugten Schauspielerinnen. Zauberer übrigens auch.

Das ist mein letztes Kuriya. Reine Geldverschwendung. Ich will schon angewidert aufgeben, als sich die angenehme Vision von Gras und Blümchen plötzlich verdunkelt, und ein bösartiges Gesicht Form annimmt. Ich will den Kontakt abbrechen, aber es ist zu spät. Ich bin gefangen, und ich habe nicht die Macht, mich zurückzuziehen.

»Schwerer Fehler, Thraxas«, raunzt mich die bösartige Visage an. »Du solltest es besser wissen, als dich mit mir anzulegen.«

»Ach ja? Und wer zum Teufel bist du?«, will ich wissen.

»Ich bin Harm der Mörderische.«

Ich zucke zusammen, und es überläuft mich eiskalt. Ich habe Angst und versuche, sie zu verbergen. »Sch … schön, dich kennen zu lernen. Horn … ehm, Harn … Harm. Aber ich habe da so ein paar Sachen, um die ich mich jetzt kümmern muss …«

Harm stößt einen Bösen Bann aus, und meine Bude

scheint zu explodieren. Ich werde von dem grellen Licht geblendet und von der Wucht gegen die Wand geschleudert. Mein Schreibtisch landete auf meiner Brust und Glasscherben regnen auf meinen Kopf herab, als ich auf dem Boden zusammenbreche. Makri hört den Lärm und stürzt herein. Sie sieht mich verletzt und verwirrt auf dem Boden liegen. Zugedeckt bin ich mit dem größten Teil meiner Möbel. Sie zerrt den Schreibtisch von mir herunter und hilft mir dann auf die Füße.

»Was ist passiert?«

Die Antwort muss warten, bis ich wieder Luft schöpfen kann. »Eine Botschaft von Harm dem Mörderischen«, stoße ich schließlich keuchend hervor.

Makri zieht ihr Schwert und wirbelt herum.

»Nicht hier. Im Kuriya-Becken. Er hat seine Nachricht sozusagen via Kuriya geschickt.«

»Kannst du das auch?«

»Nein«, antworte ich. »Jedenfalls nicht mit der Ausbildung, die ich genossen habe. Ich vermute, dass Harm der Mörderische, eine ganze Menge Tricks auf Lager hat, die wir hier im Westen nicht kennen.«

Makri bricht in schallendes Gelächter aus.

»Was ist denn so komisch?«

»Du bist vollkommen mit Tinte bekleckert.«

»Makri, ich habe gerade den Angriff eines der mörderischsten Zauberer der Welt über mich ergehen lassen müssen. Das kann ich überhaupt nicht komisch finden.«

Makri muss noch mehr lachen. »Du hättest eben dein Schutzamulett nicht verpfänden sollen. Warum versucht Harm überhaupt, dich zu töten?«

Diese Frage kann ich ihr nicht beantworten. Ich bin mal wieder in irgendwas hineingestolpert. Aber wenn Harm meine Zimmer auseinander nimmt, muss ich seinen dunklen Geschäften wohl näher gekommen sein, als er gutheißen kann.

Selbst Makri hat schon Geschichten über die bösartige Macht von Harm dem Mörderischen gehört. »Sagtest du nicht einmal, dass du dich niemals gegen ihn stellen würdest?«

Ich zucke mit den Schultern und spiele den Unbeeindruckten. Doch Makri lässt sich nicht so schnell täuschen. Sie wiederholt ihren Vortrag darüber, wie blöd ich bin, dass ich mich in zu viele Fälle auf einmal stürze.

»Du weißt nicht einmal mehr, warum dich welche Leute umbringen wollen.«

»Ich sage dir doch, dass ich das Geld brauche.«

»Du hättest eben keine Schulden bei der Bruderschaft machen dürfen.«

»Glaubst du denn, das wüsste ich nicht? Kannst du nicht irgendwas Nützliches tun, statt mir die ganze Zeit Vorträge über Dinge zu halten, die ich nicht mehr ändern kann?«

Ich hasse es, wenn ich plötzlich die Kreise von mächtigen Zauberern störe. Vielleicht sollte ich doch lieber Scheidungsfälle bearbeiten.

Ghurd ist sauer wegen der Räume. Sie sind in drei Tagen dreimal verwüstet worden. Das ist ein neuer Rekord. Er murmelt finster etwas davon in seinen Bart, sich einen neuen, ruhigen Mieter zu suchen, der seine Möbel heil lässt. Ich lenke ihn ab, indem ich das Gespräch auf Tanrose lenke, obwohl ich dafür jetzt eigentlich gar keine Zeit habe.

Später berichte ich Makri von den neuesten Entwicklungen, was Zerberius und den Armbrustschützen angeht.

»Ich habe mein letztes Kuriya dafür verbraucht, nach irgendwelchen Hinweisen zu suchen, aber das Einzige, das ich bekommen habe, war ein Bild vom Feenhain.«

»Wie sieht das aus?«

»Wie eine Pfütze schwarzer Tinte.«

»Nicht das Kuriya, du Idiot. Ich meine den Feenhain.«

»Oh. Ach so. Ganz idyllisch, jedenfalls tagsüber. Feen fliegen herum, Einhörner grasen friedlich unter Bäumen. Nymphen und Dryaden musizieren, es gibt wunderschöne Blumen und glitzernde Bäche. Du solltest mal hingehen, Makri. Es würde dir gefallen.«

»Vielleicht. Ich könnte nach einem Jahr in dieser stinkenden Stadt ein bisschen Frieden gebrauchen. Aber Ghurd hat gesagt, dass niemand da hineinkommt, der orgkisches Blut in den Adern hat.«

Das stimmt. Der Fennhain liegt tief in einem Wald, weit weg von der Stadt, und ist vor jedem Bösen durch natürliche Magie geschützt. Und eine davon verwehrt jedem Orgk den Zutritt.

»Du bist doch nur zu einem Viertel Orgk. Und ein Viertel von dir ist Elf. Die Feen stehen auf Elfen. Vielleicht machen sie ja bei dir eine Ausnahme.«

Makri erwidert, dass ihr bereits die Vorurteile der Menschen genügen. Jetzt noch Pöbeleien von Feen, Nymphen und Dryaden zu riskieren, wäre ihr zu viel.

Ich frage mich, wohin meine Ehefrau und der junge Zauberlehrling eigentlich weitergezogen sind, nachdem sie damals zum Feenhain durchgebrannt sind. Lange haben sie dort nicht bleiben können. Kein Mensch darf eine Nacht dort verbringen. Man schläft ein, selbst wenn man dagegen ankämpft, und dann kommen die Träume. Sie treiben einen in den Wahnsinn, und zwar im wörtlichen und unwiderruflichen Sinne. Alle Jahre wieder versucht irgendein romantischer oder schwachsinniger junger Mensch es aufs Neue, und alle Jahre wieder ist das Ergebnis dasselbe: er verendet irgendwo hilflos in der Wildnis, oder auch in Turai, wo er ziellos durch die Straßen torkelt, unzusammenhängendes Zeug brabbelt und bettelt. Man sollte sich an die Besuchszeiten des Feenhains halten: vom Morgengrauen bis zur Abenddämmerung.

Makri sagt, dass sie ständig an Menschenmengen vorübergekommen ist, die auf offener Straße einem Redner zugehört haben. Und heute morgen hat sie miterlebt, wie eine solche Zusammenkunft ziemlich abrupt von einer Abteilung Bewaffneter aufgelöst worden ist.

»Wahlen. Der Posten des Vizekonsuls steht demnächst zur Disposition.«

»Warum?«

»Weißt du denn gar nichts über die Stadt, in der du lebst?«

»Nö.«

Mir fällt wieder ein, dass Makri noch nicht lange genug in Turai wohnt und noch keine Wahl miterlebt hat. Also erkläre ich ihr, dass der Vizekonsul in der Rangordnung nur noch den Konsul über sich hat, der wiederum nur noch den König über sich hat, und dass der Vizekonsul alle zwei Jahre neu gewählt wird.

»Die Traditionalisten, die den König unterstützen, hatten den Posten fast ununterbrochen inne, aber bei der letzten Wahl hat Rhizinius ihn für die Populären gewonnen. Seitdem hat Lohdius' Partei der Populären einiges an Macht gewonnen. Das hat zweifellos damit zu tun, dass die Königliche Familie die Stadt aussaugt. Zitzerius wiederum versucht, den Posten für die Traditionalisten zurückzugewinnen.«

»Und warum gibt es dann diese Kämpfe?«, fragt Makri.

»So funktioniert Politik in Turai. Niemand gewinnt hier eine Wahl, ohne einige Stimmberechtigte zu bestechen und andere einzuschüchtern. Die Traditionalisten beschäftigen gewöhnlich die Bruderschaft als ihre Schlägertrupps, und die Populären bedienen sich dafür des Freundeskreises.«

Makri will wissen, ob sie auch stimmberechtigt ist. Ich muss ihr gestehen, dass Frauen kein Stimmrecht haben, was ihre Stimmung merklich dämpft. Es nützt auch nichts, als ich ihr versichere, dass es niemanden gibt, für den zu stimmen sich lohnen würde.

»Nicht mal die Populären? Wäre ein bisschen mehr Demokratie denn keine gute Sache?«

»Das kann schon sein«, räume ich ein. »Aber von einer Partei, die Lohdius anführt, haben wir keine Demokratie zu erwarten. Der Mann ist skrupellos, ehrgeizig und so eiskalt wie das Herz eines Orgks. Und er wird eines Tages versuchen, die Macht an sich zu reißen, ob seine Partei die Wahlen gewinnt oder nicht. Der König hätte ihn schon vor langer Zeit liquidieren lassen sollen.«

»Warum hat er es denn nicht getan?«

»Er hat zu lange damit gewartet, und jetzt hat er Angst. Lohdius hat mittlerweile viele einflussreiche Freunde. Reiche Kaufleute, enttäuschte Aristokraten, ehrgeizige Generäle und so weiter. Ich sage dir, Makri, es lohnt sich nicht, sich da einzumischen.«

Wir spielen eine Partie Machplat. Ich gewinne. Was Makris Stimmung ebenfalls nicht gut tut.

»Was ist das denn?«, fragt sie und hebt einen Fetzen Papier auf.

»Das ist eine Tüte Weintrauben. Ohne Weintrauben.«

»Aber da hat jemand etwas draufgeschrieben.«

»Draufgeschrieben?« Ich betrachte das sinnlose Gekritzel.

»Erkennst du denn kein Niederorgkisch, selbst wenn du es vor der Nase hast?«

»Nein. Was ist das?«

»Das ist die Sprache der orgkischen Unterschicht. Nicht die gemeinsame orgkische Nationalsprache oder einer ihrer Dialekte, sondern eine Art Mischmasch-Orgkisch, das sie in dem Grenzgebiet sprechen, in dem Orgks, Menschen und jede Menge Mischlinge leben. Sie sprechen es in den Gladiatorengruben.«

In diesem Punkt ist mir Makri überlegen. Ich hätte zwar die üblichen orgkischen Buchstaben erkannt, aber ich hatte keine Ahnung, dass es eine geschriebene Form von Niederorgkisch gibt.

»Und was steht da?«

»Ladung oder Lieferung … im Geistergrasort. Geistergrasort? Was das heißen soll, weiß ich nicht.«

Ich seufze, denn mir ist sofort klar, was das bedeutet. »Ich kann mir vorstellen, dass Geistergrasort niederorgkisch für Feenhain ist, Makri. Du wirst den Platz vielleicht doch schneller zu sehen bekommen, als du glaubst.«

Makri fragt sich laut, warum Zerberius, der Sohn eines Prätors, eine Nachricht mit sich herumtragen sollte, die auf orgkisch geschrieben ist.

»Ich habe mich schon dasselbe gefragt. Wenn der Prinz und Zerberius wirklich Boah importieren, wie Kerk sagt, dann glaube ich nicht, dass sie etwas mit den Orgks zu tun haben. Es sei denn, das Zeug stammt von Harm. Was die Warnung erklären würde, die er mir geschickt hat. Falls sich Zerberius mit Harm dem Mörderischen eingelassen hat, wundert es mich kein bisschen, dass er Angst hat. Ich habe auch Angst vor ihm.«

»Ist Harm denn ein Boah-Händler?«

»Gut möglich. Er nimmt es wohl selbst, und der Handel damit ist so einträglich, dass er ihn interessieren könnte.«

»Am Ende des Briefs befinden sich zwei Buchstaben«, fährt Makri fort. »Ein S und ein G, glaube ich. Sagt dir das was?«

Ich schüttle den Kopf. Makri hat den Nachmittag frei und muss jetzt los. Sie will an einer Vorlesung über theologische Philosophie von Sermonatius teilnehmen, einem von Turais führenden Denkern, zu denen auch ich gehöre. Ich gehe auf ein paar Bierchen nach unten in die Kaschemme und denke ernsthaft nach.

Ein Botschafter der Bruderschaft taucht auf. »Corleonaxas wird allmählich ungeduldig«, sagt er.

Ich werfe ihn hinaus. »Ich habe noch zwei Tage. Sag Corleonaxas, dass er sein Geld schon bekommt.«

Dieses Erlebnis spornt mich an, und ich nehme meine Gedankengänge über das Tuch wieder auf. Ich glaube, dass ich irgendwo ganz in der Nähe des Aufenthaltsortes des Tuchs herumtaste, und was noch wichtiger ist, ich bin davon überzeugt, dass ich die Prinzessin von jeder Schuld frei waschen kann, wenn ich es finde.

Prätor Zitzerius betritt die Rächende Axt in seiner kleidsamen blaugesäumten Toga. Zur allgemeinen Bestürzung der bunt gemischten Säuferschar. Sie glotzen verdattert, als er zu mir an den Tisch tritt und mich begrüßt. Nicht schlecht, denke ich, wenn der Prätor höchstpersönlich bei mir vorbeischaut. Vielleicht verschafft mir das ja ein bisschen Respekt in der Gegend.

Wir gehen in meine Zimmer hinauf, und der Prätor teilt mir einige bedenkliche Neuigkeiten mit. »Der Ermittler Bossiarius hat erfahren, dass Prinz Frisen-Lackal Harm den Mörderischen beauftragt hat, Boah nach Turai zu schmuggeln. Darüber hinaus hat der Prinz dem Zauberer als Bezahlung auch noch einen Schuldbrief geschickt. Sollte das in der Öffentlichkeit bekannt werden, wird diese Regierung stürzen!« Der Prätor schüttelt traurig den Kopf. »Mein Sohn ist tatsächlich darin verwickelt. Er sollte die Drogen von diesem abtrünnigen Halb-Orgk-Zauberer an Prinz Frisen-Lackal liefern. Die ganze Angelegenheit ist schlimmer, als ich mir jemals hätte vorstellen können. Wie soll ich das Konsul Kahlius erklären? Denkt nur an die fürchterlichen Auswirkungen, die es haben wird, wenn etwas davon durchsickert! Es war schon vorher schlimm genug, als die Populären einfach nur versucht haben, mich zu diskreditieren! Aber welche Chancen haben die Traditionalisten denn noch bei der Wahl, wenn selbst Prinz Frisen-Lackal in eine solch schmutzige Drogenaffäre verwickelt ist?«

Zitzerius wiederholt nachdrücklich, dass es ihm bei dem Posten des Vizekonsuls nicht um persönliche Machtbereicherung, sondern um das Wohl der Stadt geht. Eigenartigerweise glaube ich ihm. Er will wissen, was ich zu tun gedenke.

»Was will Bossiarius tun?«, frage ich ihn.

»Der kann nichts mehr tun. Nachdem er mir diese Information überbracht hat, wurde er auf dem Heimweg ermordet. Er hatte einen Armbrustbolzen im Hals.«

»Ihr bemüht Euch nicht gerade, mir diese Untersuchung schmackhaft zu machen, Prätor. Wie wäre es, wenn Ihr die Zivilgarde einschaltet?«

»Das ist unmöglich. Viele Mitglieder der Garde schulden Rhizinius Gehorsam. Wir können nicht riskieren, dass dieser Skandal jetzt schon bekannt wird. Ihr müsst diesen Schuldbrief zurückholen und dafür Sorge tragen, dass der Name von Prinz Frisen-Lackal nicht mit dieser Angelegenheit in Verbindung gebracht wird.«

Zitzerius bemerkt meinen offensichtlichen Mangel an Begeisterung und verlangt in scharfem Ton zu wissen, was ich für ein Problem habe. Ich mache ihm klar, dass jeder Mensch seine Grenzen hat. Selbst ich.

»Wenn in diesen Fall Harm der Mörderische, Georgius Drachenfresser und Prinz Frisen-Lackal verwickelt sind, dann wundert es mich keineswegs, dass Euer Sohn verängstigt ist. Sie jagen auch mir Angst ein, und zwar jeder einzelne von ihnen. Bedenkt, was Bossiarius passiert ist. Außerdem, was erwartet Ihr von mir? Der Staat sollte die Angelegenheit in die Hand nehmen, fertig. Fertig? Nein, nicht fertig, weil die Hälfte der Staatsbeamten auf der Lohnliste dieser Leute stehen. Wenn Ihr Georgius Drachenfresser daran hindern wollt, Boah von Harm dem Mörderischen zu kaufen, dann bittet jemand anderen, seinen Kopf dazwischenzustecken.«

»Ich bitte Euch nicht darum, so etwas zu tun«, kontert Zitzerius mit seiner sonoren Stimme. »Aber mein Sohn darf nicht wegen dieser Geschichte angeklagt werden, und Prinz Frisen-Lackal darf ebenso wenig in die Sache hineingezogen werden.«

»Das dürfte schwierig sein, denn der einzige Weg, der Euren Sohn aus der Mausefalle führt, ist, den Prinzen zu beschuldigen.«

Zitzerius bedenkt mich mit einem stahlharten Blick und

erkundigt sich eisig, ob mir die Tragweite dieser Affäre eigentlich bewusst ist.

»Allerdings. Vermutlich verliere ich dabei mein Leben.«

»Für diese Stadt sind andere Dinge wichtiger als Euer Leben oder meines«, wischt er meinen fadenscheinigen Einwand vom Tisch. »Falls es Vizekonsul Rhizinius gelingt, Zerberius anzuklagen und den Namen der königlichen Familie zu entehren, wird er diese Wahl gewinnen. Falls Rhizinius wiedergewählt werden sollte, werden noch mehr Senatoren zu Lohdius' Partei überlaufen. Die Populären werden möglicherweise die Kontrolle im Senat bekommen und Turai wird zerrissen werden. Lohdius will nur eins: Er will die Monarchie stürzen, und er wird vor nichts zurückschrecken, um dieses Ziel zu erreichen. Er sammelt mit Erfolg Unterstützung für seine Partei, indem er allen vorgaukelt, dass er demokratische Reformen durchsetzen will, aber sein eigentliches Ziel ist die Machtergreifung.«

Wie gesagt, mir ist die Politik in Turai ziemlich schnuppe, aber trotzdem fällt mir auf, dass Zitzerius eine nachvollziehbare, wenn auch höchst einseitige Sicht der Dinge vorbringt. Viele Menschen unterstützen Senator Lohdius' Partei aus guten und ganz anderen Gründen. Die vielen Armen in der Stadt haben so gut wie keine Repräsentanten im Senat. Die Aristokraten werden stark besteuert, um für den Luxus der königlichen Familie zu zahlen. Unsere Kaufleute, von denen einige gewaltige Reichtümer angehäuft haben, werden noch stärker besteuert, und sie haben ebenfalls kaum Einfluss auf den Senat, weil ihnen dort nur eine beobachtende Rolle zugestanden wird. Im Ehrenwerten Verein der Kaufmannschaft hört man heutzutage unzufriedenes Gemurmel, dass sie eigentlich auch ein Mitspracherecht bei der Leitung des Staates haben sollten, wenn sie ihn schon finanzieren müssen. Dieser Unwille ist bis in die kleineren Zünfte durchgesickert, die früher einmal glühende Anhänger der Monarchie waren. Also sieht sich der König einer Allianz aus enttäuschten Aristokraten, mächtigen Kaufleuten und frustrierten Handwerkern gegenüber. Er kann dieser Allianz natürlich nicht nachgeben, aber sie ist zu stark, als dass er sie einfach wegputzen könnte. Lohdius hat diesen Unmut sehr geschickt geschürt. Müsste ich über diese ganze Sache gründlicher nachdenken, könnte ich vielleicht sogar mit ihm sympathisieren. Der Niedergang von Turai in den letzten zwanzig Jahren ist eindeutig fühlbar. Unglücklicherweise hat der gute Zitzerius aber noch eine letzte Trumpfkarte im Ärmel.

»Wisst Ihr, dass der Vizekonsul Rhizinius in diesem Moment eine Liste von Leuten zusammenstellt, denen es nach der Wahl nicht mehr länger erlaubt sein wird, in der Stadt ihren Beruf auszuüben? Euer Name steht ganz oben auf dieser Liste, Thraxas. Wenn er wiedergewählt wird, verliert Ihr Eure Zulassung.«

Ich bin nicht vollkommen überzeugt, dass Zitzerius mir wirklich die Wahrheit sagt. Aber vielleicht tut er es doch. »Na gut, Prätor Zitzerius. Ich werde sehen, was ich tun kann. Ihr solltet mir jetzt besser ein Empfehlungsschreiben ausstellen.«

»Ein Empfehlungsschreiben?«

»Für Prinz Frisen-Lackal. Ich muss mit ihm sprechen. Nun schaut nicht so entsetzt, Prätor. Ich verspreche Euch, dass ich höflich bin.«

Ich schlucke ein paar Bierchen, und mache mich dann auf den Weg. Ich suche Hauptmann Rallig, was nicht weiter schwer ist. Ich stolpere praktisch über ihn, als er an der nächsten Straßenecke einige Leichen einsammelt. Flugratten flattern herum, angelockt von der Aussicht auf profitables Leichenfleddern.

»Wieder ein Angriff des Freundeskreises?«

Er nickt. Sie gewinnen allmählich im Kampf mit der Bruderschaft die Oberhand.

»Es ist dieser verdammte Armbrustschütze. Er hat jetzt

schon in zwei Tagen vier Bruderschaftsunterhäuptlinge umgebracht.«

Der Hauptmann verrät mir auch noch, dass Lalula in großen Mengen in die Stadt strömt. Es ist jetzt sogar noch billiger als das normale Boah.

»Natürlich wird es nicht lange so billig bleiben. Nur lange genug, dass diese armen Irren danach süchtig werden.«

Ich erwähne Harm den Mörderischen. Der Hauptmann ist interessiert, obwohl alles, was so weit weg von der Stadt geschieht, außerhalb seiner Machtbefugnis liegt. Kein Staat hat viel Kontrolle über das, was sich in der Einöde abspielt.

»Der Freundeskreis erobert allmählich den Markt. Die Bruderschaft muss mit allem, was sie hat, zurückschlagen. Dabei ist die Lage durch die Wahl schon angespannt genug, auch ohne dass wir jetzt noch einen regelrechten Bandenkrieg ins Haus bekommen.«

»Wie kann es denn eigentlich angehen, dass der Freundeskreis mit einer derart groß angelegten Operation so ohne weiteres durchkommt?«

Der Hauptmann zuckt mit den Schultern. Das kann alles heißen. Die höheren Dienstgrade der Zivilgarde sind einer saftigen Bestechung nicht unbedingt abgeneigt. Genauso wenig wie hohe Beamte. Wenn Hauptmann Rallig mit seinen Vorgesetzten redet, weiß er nie genau, ob er nicht jemandem Bericht erstattet, der selbst Drogengelder einsackt. Es dürfte praktisch unmöglich sein, jemand Einflussreichen in der Stadt zu finden, der nicht auf die eine oder andere Art darin verwickelt ist. Alles, was Hauptmann Rallig und seine Gardisten tun können, ist, den Frieden einigermaßen zu erhalten und die Scherben zusammenzufegen, wenn das Geschirr erst mal zerbrochen ist.

»Arbeitet Georgius Drachenfresser immer noch mit dem Freundeskreis zusammen?«, forsche ich.

»Wir haben keinen einzigen Beweis dafür, dass er überhaupt je mit ihm zusammengearbeitet hat.«

»Nun, das hat er auf jeden Fall gemacht, als er mich mit einer Horde Freunde vom Freundeskreis durch den Abwasserkanal gescheucht hat.«

Der Hauptmann zuckt wieder mit den Schultern. Georgius Drachenfresser steht auf keiner Fahndungsliste und man kann ihn auch keines Verbrechens überführen. Also frage ich mich, wen er wohl besticht.

»Entschuldige mich«, sagt Hauptmann Rallig. »Ich muss arbeiten. Eine Bande raubt Pilger am Schrein des Sankt Quaxinius aus. Vor ein paar Jahren wäre das noch nicht passiert. Die Leute hatten noch Respekt. Seit die halbe Stadt Boah nimmt, geht hier alles zum Teufel.«

Ein Zivilgardist donnert auf einem Pferd heran und sagt ihnen, dass sie so schnell wie möglich in Kushni gebraucht werden. Dort findet eine regelrechte Schlacht zwischen zwei schwer bewaffneten Bandengruppen statt. Sie verschwinden sofort, und kurz danach sehe ich, wie Bruderschaftsmitglieder aus der Meerjungfrau strömen. Sie haben ihre Schwerter in der Hand und ziehen nach Norden. Hauptmann Rallig hat vielleicht Recht. Es geht wirklich alles zum Teufel. Und außerdem ist die Hitze einfach unerträglich.

Makri kommt vollkommen begeistert von der Philosophievorlesung von Sermonatius zurück.

»Ein großer Mann«, sagt sie schwärmerisch.

Schweiß läuft ihr über den Hals, und sie spritzt sich Wasser über Kopf und Schulter, während sie mir von der Vorlesung erzählt. Sie handelt offenbar von der Natur der ewigen Formen und der menschlichen Seele, aber das meiste davon übersteigt meinen Horizont.

»Ich hab ihm eine Frage gestellt, und er hat sie sofort beantwortet«, sagt Makri. »Und zwar ohne mich verächtlich anzusehen. Und übrigens, ich erinnere mich gerade an jemanden, dessen Initialen S. G. sind.«

»Wie bitte?«

»S. G. Die orgkischen Initialen auf der Tüte, nach der Nachricht. Es könnte Sarin die Gnadenlose sein.«

Ich muss lachen.

»Was ist daran so komisch?«

»Sarin die Gnadenlose? Sarin das Schmusekätzchen, wäre wohl angebrachter. Ich sage dir doch, dass ich sie schon einmal aus der Stadt vertrieben habe. Sie ist ein Nichts. Wenn sie der beste Schläger ist, den Harm auftreiben kann, dann brauchen wir uns keine Sorgen zu machen. Fang schon mal an, meine Belohnung zu zählen. Ich muss los. Der Prinz wartet.«

21. Kapitel

Auf dem Weg zurück vom Palast komme ich an drei Leichen und an zahllosen Verwundeten vorbei, die sich mühsam über die Straße schleppen. Zwei Männer wollen wissen, für wen ich stimme. Ich ziehe mein Schwert.

»Ich würde sagen, das steht noch auf Messers Schneide«, knurre ich böse.

An der Ecke Quintessenzweg hat sich eine gewaltige Menschentraube gebildet. Sie gaffen den Jungen an, der hier jeden Tag Boah verkauft. Jetzt hat er sein Geschäft wegen Krankheit geschlossen. Ein Armbrustbolzen ragte aus seinem Hals heraus. Ich habe plötzlich einen starken Appetit auf vier oder fünf Bierchen.

»Wie ist es gelaufen?«, fragt Makri.

Ich sehe angewidert, dass sie ihre Nase durchbohrt hat.

»Cimdy und Bertax haben das für mich gemacht. Gefällt es dir?«

Ich schüttle den Kopf. Für diese fremdartigen Bräuche bin ich einfach zu alt.

»Solltest du dich nicht lieber bemühen, möglichst unauffällig auszusehen, Makri, wenn du auf die Kaiserliche Universität gehen willst?«

»Vielleicht«, gibt sie zu. »Aber es gefällt mir, einen Ring durch die Nase zu tragen. Glaubst du, dass ich vielleicht auch meine Nippel durchbohren sollte?«

»Wer wird sie jemals sehen? Du hast doch nie einen Liebhaber.«

»Vielleicht hätte ich ja einen, wenn nicht alle Männer in ZwölfSeen der letzte Abschaum wären. Glaubst du, dass dieser Elfen-Heiler wiederkommt?«

»Sicher. Aber wenn er dich mit entblößten, durchbohrten

Nippeln hier vorfindet, dann dürfte er ziemlich in Panik geraten. Körperpiercing ist für die Elfen ein Tabu.«

Makri glaubt, dass sie seine Meinung darüber bestimmt ändern könnte. Ich weigere mich, weiter darüber zu reden.

»Also, was ist in dem Palast passiert? Wie ist der Prinz so?«

Ich seufze. Es ist beinah unerträglich, ihn zu beschreiben. »Alle Geschichten über Prinz Frisen-Lackal sind wahr. Er ist nicht nur so dumm wie ein Orgk, sondern auch noch der größte Boah-Süchtige der ganzen Stadt. Ganz zu schweigen davon, dass er ein stinkender Säufer, ein willensschwacher Thazis-Raucher, ein hoffnungsloser Spieler, ein schwerer Schuldner und ein rundum degeneriertes Stück Dreck ist. Ich bin schon sehr gespannt, was passiert, falls er jemals den Thron besteigt. Und nebenbei bemerkt, habe ich vor, am nächsten Morgen in aller Frühe zum Feenhain hinauszureiten.«

»Warum?«

»Um das Boah zurückzuholen, das der Prinz für Harm den Mörderischen in die Stadt schafft.«

»Was?«

Ich schüttle den Kopf und erzähle Makri die ganze, traurige Geschichte. Prinz Frisen-Lackal ist nicht nur so abhängig von Drogen geworden, dass er kaum noch weiß, was er tut, er schuldet auch mittlerweile so vielen Menschen so viel Geld, dass er es kaum noch geheim halten kann.

»Also hatte er vor, das Boah zu verkaufen, um an Geld zu gelangen.«

Makri muss bei dieser Vorstellung lachen. In gewisser Weise ist das auch komisch. »Was für ein Prinz!«

»Er bekam kleinere Mengen von dem Zeug von Zerberius. Leider genügte ihm das nicht, also beschloss er, eine größere Sache zu versuchen. Und er borgte sich Geld für diese Transaktion. Es ist der blanke Wahnsinn. Wenn der König das herausfindet, wird er ihn ins Exil schicken. Was mich nicht weiter stören würde, wenn der Prinz nicht Zerberius mit in den Strudel des Irrsinns zöge. Wenn die ganze Geschichte ans Tageslicht kommt, wird Zerberius vermutlich derjenige sein, der die Prügel einstecken muss.«

»Dann entledige dich deines Klienten!«, rät mir Makri.

»Das würde ich liebend gern tun, doch das kann ich nicht. Es ist viel zu verwickelt. Wenn Sohnemann Zerberius in den Kerker einfährt, verliert Papa Zitzerius die Wahlen. Wenn das passiert, bin ich meine Zulassung los. Außerdem hat mir Zitzerius sehr viel Geld dafür geboten, das Boah abzufangen und es sicher zurückzuholen, beziehungsweise den Schuldbrief zurückzubringen.«

»Welchen Brief?«

»Den Brief, in dem der Prinz seine Zahlung zugesichert hat.«

Makri glotzt mich ungläubig an. Ihr Gesichtsausdruck ähnelt verblüffend dem meinen, als mir der Prinz das gestanden hat. Anscheinend hat er bei unserem Gespräch in einen seltenen Anflug von Geistesgegenwart begriffen, dass es nicht unbedingt das Schlaueste war, einen Schuldbrief für den Ankauf von sechs Säcken verbotener Drogen zu schicken, und den auch noch mit seinem königlichen Siegel zu unterzeichnen.

»Wenn die Öffentlichkeit das erfährt, können wir uns die Wahlen genauso gut gleich sparen. Für die Populären wäre das ein Heimspiel. Die Bewohner Turais verzeihen ihrem Königshaus so manches, aber wohl kaum einen großangelegten Drogenhandel mit einem verrückten Orgk-Zauberer. Und schon gar nicht jetzt, da die Prinzessin ihrem Prozess wegen Drachenschlächterei entgegensieht. Die arme königliche Familie. Ich habe fast schon Mitleid mit ihnen.«

»Du solltest dich da raushalten«, rät mir Makri.

»Zitzerius zahlt mir sechshundert Gurans, wenn ich Zerberius und den Prinzen reinwaschen kann.«

»Oh. Wohlan denn. Ich geh kurz los und schärfe meine Schwerter.«

Wir mieten uns zwei Pferde und brechen am nächsten Tag in aller Frühe auf. Ich weiß nicht, wer den Schuldbrief des Prinzen zum Hain bringt, also habe ich vor, zuerst dort zu sein und ihn abzufangen. Entweder das, oder ich versuche, mich mit dem Boah aus dem Staub zu machen und es später gegen den Brief einzutauschen. Makri trägt ihr übliches Waffenarsenal spazieren, das sie durch ein paar bösartig wirkende Wurfsterne erweitert hat.

»Sind das nicht Meuchelmörderwaffen?«

Sie nickt. »Ich habe sie an Marihanas Gürtel gesehen, als wir miteinander gekämpft haben. Ich wollte sie mal ausprobieren.«

Die Straßen sind immer noch leer bis auf ein paar Leichen von den nächtlichen Bandenkriegen und natürlich die immer präsenten Bettler. Mittlerweile bin ich gegen Bettler ziemlich immun, obwohl einige von ihnen so erbärmlich wirken, dass es einem kaum möglich ist, unberührt zu bleiben. Mütter mit missgebildeten Kindern, Männer aus dem Krieg ohne Beine und ohne Militärpension, hoffnungslose Landstreicher, die langsam am grauen Star erblinden. Turai ist nicht der richtige Ort für Alte, Kranke oder Einsame ohne Freunde oder Familie. Bei dem Gedanken überkommen mich etwas beklemmende Gedanken an mein eigenes Schicksal. Mich wird niemand pflegen, wenn ich senil und verkrüppelt bin.

Der Feenhain liegt einen guten Zwei-Stunden-Ritt von der Stadt entfernt. Der Weg führt nach Osten durch Ackerland und die Weinberge, welche die Hügel säumen. Dann geht es weiter in den ausgedehnten Wald, der die Grenze zwischen Turai und Misan markiert, unserem kleinen, östlichen Nachbarn. Misan ist ziemlich langweilig, und besteht hauptsächlich aus vielen kleinen Dörfern und verschiedenen Nomadenstämmen. Danach kommt einige hundert Meilen lang eine unwirtliche Wildnis, bevor man schließlich die Länder der Orgks erreicht.

Georgius Drachenfresser soll angeblich morgen das Lalula aus dem Hain abholen. Harm der Mörderische hat es dort für ihn hinterlegt.

»Warum ist der Feenhain das Zwischenlager?«, will Makri wissen.

»Darauf hat Georgius bestanden. Er weiß, dass Harm ein Halb-Orgk ist und infolgedessen den Hain nicht betreten kann. Ich denke mir, dass Georgius ihm nicht ganz traut und will, dass das Zeug irgendwohin geliefert wird, wo er es in Ruhe untersuchen kann. Dort muss er nicht fürchten, dass Harm ihn betrügt oder ihm einfach den Schuldbrief des Prinzen stiehlt, ohne die Ware zu liefern. Irgendwie müssen wir diesen verdammten Brief abfangen.«

Ob Makri den Feenhain betreten kann oder nicht, wird sich zeigen. Welche Schutzgeister auch immer den Hain bewachen, an jemanden mit Orgk-, Elfen- und Menschenblut sind sie sicher nicht gewöhnt. Ich habe Makri geraten zu lächeln und positive Gedanken zu hegen. Das erfreut die Feen immer.

Die Landschaft ist ausgetocknet und dürr. Rund um die Stadt wird das Land von vielen kleinen Kanälen durchzogen, die vom Fluss gespeist werden und die Felder bewässern. Doch hier liegen die Feler brach. Viel von dem Land ist zu stark bebaut worden und mittlerweile unfruchtbar. Auch darüber sollte sich Turai ernste Gedanken machen. Ein Stück weiter steigt das Land langsam an und die Bäume werden zahlreicher. Hier sieht das Land etwas gesünder aus. Auf diese Hügel fällt mehr Regen als in der Stadt. Astral Trippelmond hat mir den Grund einmal erklärt, aber ich habe ihn vergessen. Das ausgedehnte Waldgebiet taucht jetzt am Horizont auf. Ich blicke prüfend zum Himmel hinauf. Mir gefällt es hier draußen nicht. Auf einer so weiten Fläche fühle ich mich schutzlos meinen Feinden ausgeliefert. Wahrscheinlich bin ich zu sehr an die Stadt gewöhnt. Außerdem reite ich nicht viel, und mir tut bereits jetzt der

Hintern weh. Makri reitet ohne Sattel, ganz die Barbarin, die sie ja auch ist. Die Hitze scheint ihr ebenfalls nichts auszumachen, obwohl sie einen Leder- und Kettenpanzer trägt. Sie hat ihre Axt am Sattel festgezurrt und ihre beiden Schwerter bilden ein Kreuz auf ihrem Rücken. Wir tragen beide leichte Helme mit Visieren.

Vor uns taucht ein kleines Wäldchen auf, und danach beginnt der richtige Wald.

»Ich war noch nie in einem Wald«, erklärt Makri.

Harm der Mörderische reitet uns aus dem Wäldchen entgegen, gefolgt von zwanzig orgkischen Kriegern.

»Das könnte auch dein erster und letzter Besuch sein.«

Zwischen den Bäumen tauchen noch mehr Orgks auf, und unter ihnen sind einige wenige Menschen. Sie umzingeln uns. Ich verfluche mich wegen meines Leichtsinns, aber ich hatte wirklich nicht damit gerechnet, Harm höchstpersönlich zu begegnen. Und schon gar nicht auf dieser Seite des Feenhains. Vermutlich hat er das Boah dort hinterlegt und ist dann hierher geritten, um auf Georgius zu warten, oder wer auch immer den Schuldbrief des Prinzen überbringt. Makri klappt ihr Visier herunter, nimmt ein Schwert in die Linke und ihre Axt in die Rechte und bereitet sich darauf vor, wie ein Mann zu sterben, will sagen, in ihren Stiefeln. Ich dagegen hoffe inständig, dass ich mich aus der Schlinge reden kann.

Harm reitet uns entgegen. Sein Gesicht ist leichenblass, und sein attraktives Aussehen wird etwas dadurch gedämpft, dass seine Gesichtszüge vollkommen reglos sind, wie in Stein gemeißelt. Er starrt mich boshaft an. Sein dichtes, schwarzes Haar fällt über seine Schultern. Er hat dunkle Adlerfedern hineingewoben und es zu Zöpfen geflochten, die an den Enden goldene Perlen zieren. Trotz der Hitze trägt er seinen schwarzen Umhang. Seine Aura ist so stark, dass es einen schon einschüchtert, ihm nur nahe zu kommen.

Ich spiele den Mutigen. »Sei gegrüßt, Harm der Mörderische. Ich nehme mal an, dass bei dir alles so weit zufriedenstellend verläuft.«

»Thraxas. Ich habe dich gewarnt, mir in die Quere zu kommen!« Er will wissen, was mich herführt.

»Ein Schuldbrief, den der Prinz höchst törichterweise Georgius Drachenfresser gegeben hat.«

»Der ist für mich, nicht für dich.«

»Tut mir leid, Harm. Wir können nicht zulassen, dass dir so etwas in die Hände fällt. Prätor Zitzerius bietet dir an, ihn für die darin genannte Summe zurückzukaufen.«

Das ist zwar eine Lüge, aber ich versuche, mir damit Zeit zu kaufen. Harm der Mörderische schüttelt jedoch den Kopf. Anscheinend hat er nicht vor, uns den Brief des Prinzen zu verkaufen.

»Ich habe andere Pläne damit, Thraxas. Glaubst du wirklich, ich wäre so dumm, ihn für seinen materiellen Wert zu verschachern? Sobald ich ihn in den Händen halte, wird die Königliche Familie mich den Rest ihrer aller Leben dafür bezahlen, dass ich darüber Stillschweigen bewahrte.«

»Der König von Turai lässt sich nicht erpressen«, behauptete ich so würdevoll wie möglich.

Harm der Mörderische lacht. »Oh, er wird zahlen, wenn er nicht von den Populären vom Thron gefegt werden will.«

Die Orgks rücken näher. Sie sind hässlich, sehr hässlich und schwer bewaffnet mit Krummsäbeln und Jagdbögen.

»Wie kannst du es wagen, dich mir entgegenzustellen, Thraxas? Du hast so wenig Macht.«

»Das sagen viele Leute über mich. Aber ich komme doch immer irgendwie zurecht.«

Ich ziehe einen kleinen Beutel aus meiner Tasche.

»Was ist das denn?«, erkundigt sich Harm der Mörderische interessiert.

»Ein Kinderspielzeug«, antworte ich und werfe ihn auf den Boden, wo er in einem Lichtblitz und mit einer Reihe lauter, hallender Donnerschläge explodiert. Dieser Mehrfach-Kracher erschreckt Harms Pferd so, dass es sich aufbäumt. Die Orgks hinter ihm haben ebenfalls alle Hände voll zu tun, ihre panischen Gäule unter Kontrolle zu behalten. Makri und ich brauchen keine Extraeinladung. Bevor sie auch nur einen Pfeil auf uns abschießen können, haben wir ihre Reihen durchbrochen und galoppieren in den Wald.

»Netter Trick!«, schreit Makri und reißt ihr Visier hoch, damit sie in der Dunkelheit besser sehen kann.

Es war wirklich ein netter Trick. Nur ein so gerissener Kerl wie ich kann darauf kommen, dass turanische Pferde an diese Knallkörper gewöhnt sind, weil die Gäule sie von unseren Festen kennen. Das Pferd eines Orgks, das aus der Einöde kommt, müssen sie dagegen ziemlich überraschen.

Wir donnern den Weg entlang und werden langsamer, als die Zweige immer tiefer reichen. Hinter uns hören wir die Hufschläge der Verfolger, aber auf diesem Waldweg jemanden zu verfolgen, ist schwierig, weil die Zweige so tief hängen und das Unterholz so dicht ist.

»Wie weit ist es noch bis zum Feenhain?«

»Vielleicht hundert Meter …«

»Was machen wir, wenn ich nicht hineinkomme?«

»Dann werden wir die Feen auf den Knien anflehen.«

Plötzlich stürmen wir auf eine Lichtung hinaus. Es ist ein wunderschöner, grasiger Flecken, mit einem glitzernden Strom, der in ein natürliches Felsbecken sprudelt. An dem Becken steht ein Einhorn.

»Wir sind da«, sage ich und steige ab.

»Unglaublich!«, sagt Makri, als das Einhorn uns vollkommen gelassen ansieht und in Ruhe weiter trinkt. Ich leiste ihm Gesellschaft und spritze mir Wasser über das Gesicht.

»Ist es hier sicher?«

»Alles ist sicher im Feenhain, Makri. Vorausgesetzt, du bleibst nicht über Nacht.«

Vier Feen, jede etwa fünfzehn Zentimeter lang und in

bunte Gewänder gehüllt, flattern aus den Bäumen und schweben vor Makris Gesicht. Sie untersuchen sie. Dann tauchen noch vier auf, und noch mehr, immer mehr, bis Makri vollkommen von kleinen, silbergeflügelten Feen umgeben ist. Sie landen auf ihren Armen und spazieren über ihren Kopf und ihre Schultern.

»Sie mögen dich. Das dachte ich mir.«

Irgendwo spielt eine Flöte eine sehr schöne Melodie. Die Orgks können uns hier nicht erreichen. Und so merkwürdig es auch klingt, wir vergessen sie vollkommen, setzen uns hin und beobachten die Feen, die Einhörner und die Dryaden, halb gefiederte Vögel, halb nackte Frauen, die aus den Bäumen herabschweben, und die Nymphen, die aus dem Becken aufsteigen und mit den Schmetterlingen spielen.

»Ich mag diesen Ort«, sagt Makri und zieht ihre Rüstung aus.

Ich auch. Was mich überrascht. Vielleicht bin ich ja doch nicht so zynisch.

»Was ist das?«, fragt mich Makri, als etwas, halb Mensch, halb Pferd, auf uns zutrabt.

»Ein Kentaur. Ziemlich gerissene Kreaturen, sagt man. Und auch sehr lüstern.«

Der Kentaur kommt näher. Wie alle anderen magischen Wesen scheint auch er sich von unserer Anwesenheit nicht beunruhigen zu lassen. Im Gegenteil. Er bleibt vor Makri stehen und mustert ungeniert, ausführlich und anerkennend ihre Kurven. Makri tritt etwas verlegen auf der Stelle.

»Genug gesehen?«, nörgelt sie, als der Kentaur nicht aufhört sie anzusehen.

Die Feen kichern glockenhell.

»Pardon«, erwidert der Kentaur liebenswürdig. »Macht der Gewohnheit.«

Er will wegtraben. Mir fällt wieder ein, warum ich eigentlich hier bin. »Entschuldige«, sagte ich. »Wir suchen einige Säcke mit Boah.«

Der Kentaur runzelt die Stirn und sieht mich anklagend an. »Es ist nicht richtig, so etwas in den Hain zu bringen.«

»Ich weiß. Deshalb wollen wir es ja auch wegschaffen.«

Ich gebe ihm eine Kurzfassung der Ereignisse und weise immer wieder darauf hin, dass Makri und ich auf der Seite des Gesetzes stehen.

»Eure Stadtgesetze bedeuten uns nicht viel.«

»Wir glauben an Frieden und Liebe«, sagt Makri. Diese Worte klingen merkwürdig aus dem Munde einer Frau, die eben noch eine Axt, zwei Schwerter und Gott weiß wie viele Messer und Wurfsterne mit sich herumgeschleppt hat. Ich weiß nicht, aus welchem Grund Makri diesen merkwürdigen Satz gesagt hat, aber er scheint gut anzukommen. Der Kentaur mag Frieden und Liebe, und die Feen auch. Sie umschwirren Makri wie Bienen ihren Stock, laufen über ihren Körper und spielen mit ihrem Haar. Ganz offensichtlich lieben sie sie. Makri sonnt sich in ihrer Zuneigung und Aufmerksamkeit, und ist so wohlgemut wie ein Elf in einem Baum. Mich beachten die Feen so gut wie gar nicht. Tja.

»Ich führe dich zu den Säcken«, sagt der Kentaur, der sich als Taur vorstellt. »Wir wären sehr erfreut, wenn du sie wegschaffen würdest. Auch wenn den Leuten, die sie hereingebracht haben, der Eintritt nicht verwehrt wurde, mochten wir sie nicht. Es waren Orgk-Freunde.«

Wir gehen an dem Becken vorbei, wo die Nymphen ihre langen goldenen Locken bürsten. Die Wassergeister sind jung, wunderschön und splitternackt. Vor zwanzig Jahren wäre ich sofort in das Becken gehüpft. Ach, noch einmal jung sein!

Taur führt uns über die Lichtung und in den Schatten einiger majestätischer und uralter Eichen. Es ist so kühl und angenehm, dass ich gegen den starken Drang einzuschlafen ankämpfen muss. Ich schüttele die Müdigkeit ab. Es ist zwar erst Mittag, aber wir dürfen keine Zeit verlieren. Wir müssen vor Einbruch der Nacht hier verschwunden sein.

»Wir machen Fortschritte«, sage ich zu Makri. »Wir brauchen jetzt nur noch das Boah in die Finger kriegen, dann können wir mit Georgius Drachenfresser um den Schuldbrief handeln.«

»Und was ist mit Harm dem Mörderischen?«

»Keine Ahnung. Da muss ich mir noch etwas ausdenken.«

Taur bringt uns zum anderen Ende des Hains und führt uns zwischen die Bäume, wo die sechs Säcke im Unterholz versteckt sind. Dann verabschiedet er sich. Er hat eine Verabredung mit einer Dryade. Ich muss beinah lächeln. Auftrag ausgeführt, wie mein alter Kommandeur immer zu sagen pflegte. Jetzt bin ich in der Lage, um diesen Schuldbrief zu feilschen. Die Feen umlagern Makri, auch während wir die Säcke auf unsere Pferde laden.

»Wie wollen wir hier herauskommen?«, erkundigt sich Makri. »Ich habe zwar nichts dagegen, vierzig Orgks zu bekämpfen, aber ich kann dir nicht garantieren, dass ich sie alle töten kann.«

»Jetzt enttäuschst du mich aber. Da sie nicht hereinkommen können, sollten wir vielleicht innerhalb der Grenzen bleiben und sie einen nach dem anderen erledigen. Wenn wir genug von ihnen getötet haben, können wir vielleicht flüchten.«

Makri zieht ihre Wurfsterne heraus. Vielleicht erwischen wir ein paar von ihnen. Aber Orgks sind nicht dumm. Wenn sie merken, was da passiert, dann ziehen sie sich wahrscheinlich so weit zurück, dass sie sich gerade außerhalb unserer Reichweite befinden.«

»Hast du denn eine bessere Idee?«

»Nein.«

»Also können wir es genauso gut versuchen.«

Wir eilen zurück zu der Lichtung, wo sich unsere Pferde kurz mit zwei Kentauren unterhalten, die uns liebenswürdig grüßen, als sie vorbeitraben. Es ist schon merkwürdig, die ganze Zeit von diesen besonderen Kreaturen umgeben zu sein, die keinerlei Sorgen zu haben scheinen, während unsere Leben in so großer Gefahr schweben. Wir kriechen durch die Bäume zum Rand des Hains und trennen uns dann. Ich krabble auf meinem Bauch weiter und versuche, die Orgk-Wächter zu finden. Aber es gibt keine. Ich kann nirgendwo eine Spur von Orgks entdecken. Makri erzählt mir dasselbe, als wir uns wieder treffen. Die Orgks bewachen den Hain nicht.

»Merkwürdig. Dann warten sie wohl außerhalb des Waldes und bewachen die Pferde.«

»Ich kenne diesen Wald«, sage ich. Meine Zuversicht wächst. »Ich kann uns nach Norden und aus dem Wald herausführen, weit weg von dem Weg zur Stadt. Dann sind wir wieder in Turai, bevor die überhaupt wissen, dass wir fort sind.«

Ich bin überrascht. Eine so armselige Taktik von einem erfahrenen Krieger wie Harm dem Mörderischen? Anscheinend hat er sich den Verstand »weggeboaht«. Die Feen umflattern Makri immer noch fröhlich. Sie scheinen das alles zu genießen. Kentauren rufen uns, das heißt Makri, anerkennende Worte hinterher, als wir die Lichtung erreichen. Taur hat sein Stelldichein mit der Dryade offenbar bereits hinter sich, und macht Makri gerade unmissverständliche Komplimente wegen ihrer Figur, als er plötzlich innehält, den Kopf beunruhigt zurückwirft und die Luft einsaugt. Meine Nackenhaare richten sich auf. Ich spüre, das etwas passieren wird.

»Was ist los?«, erkundigt sich Makri.

»Harm der Mörderische. Er ist in der Nähe.«

»Harm kann doch nicht hier herein!«

Ich blicke hinauf und schütze meine Augen gegen die grelle Sonne. Hoch oben umkreist ein gewaltiger Schatten den Hain. Als er hinabsinkt, peitschen die riesigen Flügel die Luft wie eine Erscheinung aus der Hölle. Die Kentauren wiehern. Die Feen kreischen und flüchten zwischen die

Bäume. Die Nymphen tauchen unter das Wasser ab. Harm der Mörderische und dreißig Orgks gleiten auf dem Rücken eines Drachen zu uns hinunter. Es ist ein richtiger Kriegsdrache. Nicht so ein Winzling wie der im Zoo des Königs. Und auch kein halbwüchsiger wie derjenige, den Makri in der Sklavengrube besiegt hat. Dies hier ist ein ausgewachsener orgkischer Kriegsdrache, schwarz und golden, unglaublich groß, mit fürchterlichen Reisszähnen, einem glühenden Atem, Schuppen wie Eisen und Klauen, die einen Mann mit einem kurzen Zucken in zwei Stücke reißen können. Es ist die furchteinflößendste Kreatur, die jemals gelebt hat, und sie fliegt geradewegs auf uns zu. Und das verdammt schnell.

»Ein Kriegsdrache«, erkläre ich Makri. »Gott allein weiß, wie Harm ihn unter seine Kontrolle gebracht hat, aber er ist anscheinend fest entschlossen, sich mit Gewalt den Weg in den Hain zu bahnen.«

Makri steht breitbeinig da und hebt ihre Axt. »Ich habe schon mal einen besiegt ...!«

Der Drache kommt näher.

»Allerdings war der erheblich kleiner«, räumt sie etwas eingeschüchtert ein. »Haben du und Ghurd wirklich einen Drachen im Krieg getötet?«

»Ja. Aber der war auch nicht annähernd so groß wie der hier, und außerdem hat uns der Schlafzauber die nötigen Sekunden Zeit gegeben, die wir brauchten, um an seine Augen zu kommen. Aber im Feenhain kann man keine Magie benutzen. Mein Schlafzauber würde hier nicht funktionieren.«

»Ist schon komisch, dass deine Zaubersprüche immer dann versagen, wenn wir sie am dringendsten benötigen.«

»Ja. Das ist mir auch schon aufgefallen.«

Als der Drache näher kommt, sehen wir, dass er ein Visier aus Stahlgeflecht trägt, das seine Augen schützt. Als sich der Drache noch fünfzehn Meter über uns befindet, und Harm und seine Handlanger schreien und ihre Schwerter schwingen, zuckt plötzlich ein greller Blitz auf, als das Vieh auf das magische Feld prallt, das den Hain schützt. Der Drache brüllt und eine Stichflamme zuckt aus seinen Nüstern. Ein Orgk fällt herunter, aber die anderen halten sich mit aller Kraft fest, als der Drache sich wütend gegen die Barriere wirft. Er kreischt und krümmt sich, und peitscht die Luft mit Flügel und Klauen. Blaue Blitze zucken in der Luft, und der Donner scheint den ganzen Hain zu erschüttern. Schließlich ist die ganze Luft von einem gewaltigen Blitz erfüllt, als die Barriere schließlich nachgibt. Das gewaltige, schwarzgoldene Biest schlägt schwer mit seinem massigen Wanst auf den Boden auf und bleibt dort in einer riesigen Rauch- und Staubwolke wie betäubt liegen. Einen Moment herrscht Ruhe. Die Ruhe vor dem Sturm. Dann tauchen die Orgks mit wildem Kriegsgebrüll aus dem Rauch auf und stürzen sich Schwerter schwingend auf uns.

Ich will fliehen, aber Makri bleibt einfach stehen. Ich verwünsche sie und schnappe mir ihren Arm, aber sie schüttelt mich ab.

»Ich laufe nicht zweimal an einem Tag vor Orgks weg!«, verkündet sie, greift sich ihre Axt und stülpt sich den Helm auf den Kopf. Wir hatten nicht genug Zeit, unsere Rüstung anzulegen, also stellt Makri sich unseren Feinden nur mit ihrem knappen Ketten-Dress und dem Helm bekleidet. Ich stehe im Unterhemd da und hoffe, dass keiner meinen Bauch als Zielscheibe benutzt.

Da passiert etwas Bemerkenswertes. Eine breite Phalanx aus Fabelwesen taucht plötzlich zwischen den Bäumen auf, bereit, den Feenhain gegen die verhassten Orgks zu verteidigen. Kentauren, Einhörner und Dryaden, mit Knüppeln und Speeren bewaffnet, stürmen vor, der Angriffswelle der Orgks entgegen. Die Luft ist schwarz von wütenden, summenden Feen, und merkwürdige, koboldartige Wesen reiten auf den Kentauren und schwingen ihre Klingen.

Die Schlachtreihen stoßen aufeinander. Die Hainbewohner verstärkt von Makri und meiner Gewichtigkeit gegen dreißig riesige Orgk-Krieger und den bösartigen, machtvollen Harm den Mörderischen. Gott sei Dank ist der Drache immer noch bewusstlos. Die Luft knistert, als Harm versucht, seine Zauberkräfte in dem magiegeschwängerten Raum um ihn herum einzusetzen. Blitze zucken aus seinen Fingern. Sie genügen, um die Kentauren auf Abstand zu halten, aber mehr können sie nicht ausrichten. Die Orgks versuchen, sich ihren Weg zu uns durchzuschlagen und ihre wütenden Schwerthiebe richten auch eine Menge Schaden an, aber sie werden von den Stößen der Einhörner und den Keulen schwingenden Kentauren zurückgetrieben. Feen umfliegen sie, spucken ihnen in die Augen und pieksen sie mit winzigen, nadelfeinen Waffen.

Makri hackt sich langsam ihren Weg zu dem Kommandeur der Orgks durch, einem gewaltigen Koloss, der zwei Langschwerter schwingt. Er treibt seine Streitmacht mit einem bösartigen, wilden Schlachtruf an. Ich werde von zwei Orgks gestellt und seitlich gegen einen Baum gedrängt. Einen von ihnen kann ich niederschlagen, und bevor der andere mich angreifen kann, wird er von hinten vom Horn eines Einhorns aufgespießt.

Harm der Mörderische gehört nicht zu den Zauberern, die davor zurückschrecken, sich die feingliedrigen Hände mit Blut zu besudeln. Als er sieht, dass seine Orgks in Bedrängnis geraten, lässt er Magie Magie sein und schlägt mit einem schwarzen Schwert um sich, das eine verheerende Wirkung hat. Eine Dryade fliegt schreiend zurück, und er hätte mit einem gewaltigen Schlag einen Kentauren beinah enthauptet. Mitten in dem Getümmel sehe ich, wie nackte Nymphen aus dem Becken auftauchen und die blutige Dryade und den Kentaur aus dem Schlachtgewühl heraus holen und in das Wasser ziehen.

Die Streitkräfte des Hains sind den Orgks zahlenmäßig weit überlegen. Wir greifen sie von der Seite an und zwingen sie, sich in Richtung des immer noch bewusstlosen Drachen zurückzuziehen. Die Orgks bauen sich vor dem gigantischen, immer noch qualmenden Biest auf und benutzen seinen Körper als Schutzschild für den Rücken. Der Kampf wird immer verbissener. Die Wesen des Hains verlieren etwas an Schwung, als die Orgks erbittert Widerstand leisten, und der Kampf steht auf Messers Schneide. Dann jedoch gelingt es Makri, einen Orgk niederzuschlagen, sie bricht durch ihre Reihen und reitet einen wilden Angriff gegen ihren Befehlshaber. Der brüllt einen lauten Fluch, und wehrt sich mit seinen beiden Schwertern. Makri flucht ihrerseits, weicht geschickt aus und versenkt ihre Axt tief in seinen Helm. Die Kentauren jubeln und stürmen Keulen schwingend vor. Die Feen verstärken ihre Bemühungen, die Feinde zu verwirren, und summen wie ein Schwarm wildgewordener Insekten um die Köpfe der Orgks herum.

Schließlich bricht deren Widerstand unter unserem entschlossenen Angriff zusammen, und sie werden vor ihrem Drachen niedergemetzelt. Harm der Mörderische ist blutüberströmt und brüllt vor Wut, während er gleichzeitig Makkri und einen Kentauren auf Abstand hält. Er rafft noch einmal alle Energie zusammen und stößt einen dämonischen Bann aus. Die Luft im Hain knistert und funkt, als der Zauberspruch sich an der von Magie durchtränkten Aura des Feenhains reibt. Schließlich setzt sich Harms Magie zumindest teilweise durch, und Makri und die anderen prallen zurück. Harm schreit dem Drachen verzweifelt einen Befehl zu und bringt das Biest so weit, dass es sich mit einem lauten Brüllen erhebt. Makri rappelt sich auf und sprintet auf den Zauberer zu, doch bevor sie ihn erreichen kann, klettert der an der Seite des Drachen hoch und befiehlt ihm loszufliegen. Mit einem gewaltigen Schlag seiner Flügel erhebt sich das Tier vom Boden. Makri ist von der Flucht des Bösewichts frustriert, reißt einen Wurfstern aus der Tasche und schleudert ihn nach Harm. Er schreit auf, als sich der Stern in sein Bein gräbt, kann sich aber festhalten. Erneut flammt ein blauer Blitz auf, als der Drache die magische Barriere durchdringt und dreißig tote Orgks zurücklässt. Und nicht viel weniger Verluste auf unserer Seite.

Dennoch, wir haben gesiegt. Thraxas, Makri und die Kreaturen des Feenhain haben Harm und einen Kriegsdrachen in die Flucht geschlagen. Wenn ich die Geschichte in der Rächenden Axt zum Besten gebe, werden sie mich für verrückt erklären.

22. Kapitel

Ich bin vollkommen erledigt und kann kaum noch stehen. Ein solches Gefecht habe ich schon seit langer Zeit nicht mehr erlebt. Langsam sinke ich zu Boden. Die Kentauren und ihre Freunde machen keine Pause, sondern ziehen sofort ihre verwundeten Gefährten zum Becken. Als ich die erste schwer verletzte Dryade nur wenige Augenblicke später gesund wieder heraussteigen sehe, begreife ich, dass das Wasser heilende Kräfte hat und die Bewohner des Hains schützt.

Makri ist ebenfalls verwundet. Sie hat eine klaffende Wunde am Arm und ihre Nase blutet. Der Schwerthieb eines Orgks hat ihr offenbar den Nasenring herausgerissen.

»Verdammt«, sagt sie und zuckt vor Schmerz zusammen, als sie sich dort berührt.

Taur trottet zu ihr. Er wirkt sehr zufrieden mit sich.

»Eine schöne Schlacht«, sagt er, während er Wasser aus dem Becken schöpft und damit Makris Wunden abtupft. Er rubbelt etwas länger an ihr herum als eigentlich nötig, aber die Blutung hört auf, und Makris Wunden verheilen, während wir zusehen.

»Du hast eine starke Konstitution«, stellt Taur fest. »Und einen schönen Körper. Hast du vor, länger zu bleiben?«

»Es macht nur Menschen verrückt. Aber ich bin sicher, dass eine Frau mit deiner außergewöhnlichen Persönlichkeit dagegen gefeit wäre.«

»Hast du das gehört, Thraxas? Eine Frau mit meiner außergewöhnlichen Persönlichkeit.«

Ich schnaube verächtlich. Allmählich habe ich genug von diesem Gebalze. Makri lehnt Taurs Angebot bedauernd ab und erklärt ihm, dass sie wieder in die Stadt zurück muss. Vor allem der Hengstanteil im Kentaur ist sichtlich enttäuscht.

»Besuch uns bald wieder«, sagt er.

»Wir lieben dich«, piepsen die Feen mit ihren glockenhellen Stimmen und setzen sich auf ihre Schultern. Makri ist so fröhlich wie ein Elf im Baum. Ein schöner Besuch im Feenhain und ein guter Kampf und das am selben Tag. Vor allem freut es sie, dass sie den Kommandeur der Orgks getötet hat.

»Ich kannte ihn, als ich noch Sklaven-Gladiatorin war«, verrät sie uns. »Er hat den Tod wirklich verdient.«

Ich trinke reichlich Wasser aus dem Becken. Makri behauptet, es wäre das Erfrischendste, das sie jemals geschmeckt hat. Ich bin nicht ganz so befriedigt.

»Habt ihr zufällig ein Bier?«, frage ich Taur, als wir unsere Pferde satteln.

Seine Augen funkeln. »Bier nicht, Thraxas, aber wir haben sehr guten Met.«

Met. Alkohol aus Honig. Es ist zwar nicht unbedingt mein Lieblingsgetränk, aber vermutlich besser als nichts. Ich nehme den Flakon von Taur an, und die restlichen Hainbewohner verabschieden uns freundlich, als wir losreiten. Sie mögen uns, weil wir den Hain gegen die Orgks verteidigt haben und weil wir das Boah wegschaffen.

»Besuch uns wieder«, ruft Taur Makri nach und winkt.

Sie erwidert seinen Abschiedsgruß.

»Weißt du, in Anbetracht der Tatsache, dass du in der vornehmen Gesellschaft eigentlich eine Außenseiterin bist, ist es verblüffend, wie manche Leute sich zu dir hingezogen fühlen, Makri«, stelle ich fest, als wir den Waldweg erreichen.

»Die Kentauren mögen mich jedenfalls«, stimmt mir Makri zu. »Und die Feen auch. Aber dich mochten sie auch. Ich habe gesehen, wie sich einige auf dir ausgeruht haben.«

»Klar. Sie haben meinen Bauch als Schattenspender benutzt.«

Ich kippe ein bisschen Met in mich hinein. Er schmeckt

süß und nicht unangenehm, ist aber kein echter Ersatz für ein Bier. Und vor allem nach den Erlebnissen der letzten Zeit längst nicht kräftig genug.

»Du solltest lieber vorsichtig sein«, erklärt Makri. »Wir haben noch einen langen Ritt vor uns und ich möchte nicht, dass du betrunken vom Pferd fällst.«

»Pah!«, erwidere ich verächtlich und nehme noch einen kräftigen Schluck. »Es braucht schon mehr als Feensaft, um bei mir eine Wirkung hervorzurufen.«

Schon auf der halben Strecke nach Hause bin ich vollkommen, lauthals und hoffnungslos betrunken. Taurs Met ist offensichtlich weit wirkungsvoller als ich dachte. Als wir an einigen Landarbeitern vorüberreiten, ziehe ich mein Schwert und singe ein Schlachtlied für sie. Sie lachen und winken herzlich zurück. Wir reiten über einen leicht bewaldeten Hügel, und ich gebe noch ein schönes altes Trinklied zum Besten. Plötzlich werde ich furchtbar müde und falle von meinem Ross. Beinah im selben Moment ertönt ein trockener Knall, als etwas in den Baum neben mir einschlägt.

»Was …?«

Makri beugt sich vor. »Ein Armbrustbolzen!«

Mir dämmert vage, dass mich das Geschoss getroffen hätte, wenn ich nicht glücklicherweise instinktsicher genau diesen Moment auserwählt hätte, vom Pferd zu steigen.

Ich rapple mich hoch. Der Bolzen steckt tief im Baum. Makri springt vom Pferd, das Schwert in der Hand, und geht wachsam in die Kampfhocke. Ich halte mich an meinem Schwert fest und versuche, mich zusammenzureißen.

Eine Gestalt tritt zwischen den Bäumen zu unserer Rechten hervor, eine Armbrust in der Hand. Der Mann kommt auf uns zu, während der Schaft der Waffe auf Makri zeigt. Fünf Meter vor uns bleibt er stehen. Das heißt, es ist gar kein er. Es ist eine sie. Eine große, schlicht gekleidete Frau, die ihr Haar sehr kurz geschnitten hat und aus irgendeinem Grund sehr viele Ohrringe trägt. Sie sieht mich an.

»Du bist wirklich ein besoffener Penner, Thraxas«, sagt sie verächtlich.

»Eine Freundin?«, erkundigt sich Makri, die bereit ist, sofort anzugreifen.

»Ich habe sie noch nie zuvor gesehen.«

»O doch, das hast du. Aber damals sah ich anders aus. Ich bin Sarin. Sarin die Gnadenlose. Und du wärst ein toter Detektiv, wenn du nicht vom Pferd gefallen wärst.«

Sie lacht, aber es klingt alles andere als humorvoll. »Das zumindest kann ich schnell ändern.«

Als sie spürt, das Makri sie anspringen will, richtet sie die Armbrust auf sie.

Ich werde nicht ganz schlau aus der Situation. Sarin die Gnadenlose war keine tödliche Frau mit einer Armbrust. Anscheinend hat sie Unterricht genommen. Ich verwünsche mich dafür, dass ich so viel Met getrunken habe, und schüttle den Kopf, um ihn zu klären.

»Was willst du?«

Sie starrt mich scharf an. Ihre Augen sind so schwarz und kalt wie das Herz eines Orgks. Sie hat mit der Frau, an die ich mich erinnere, nichts mehr gemeinsam.

»Dein Tod wäre ein guter Anfang, Säufer. Aber das kann warten. Ich bescheide mich erst einmal mit dem Boah.«

Ihr Blick gleitet kurz zu Makri hinüber.

»Die Feen mochten dich«, sagt Sarin. »Merkwürdig. Mich schienen sie nicht ausstehen zu können.«

»Mich auch nicht«, knurre ich. »Vermutlich haben sie erraten, dass ich schrecklich in Wut geraten kann. Also halt dich von mir fern.«

Sarin zieht etwas unter ihrem Wams hervor. »Vermutlich hast du gehofft, das Boah gegen dies hier eintauschen zu können?«

Es ist der Schuldbrief des Prinzen, aber Sarin scheint überhaupt nicht gewillt zu sein, deswegen zu verhandeln.

»Es sieht ganz so aus, als ob ich den Brief und das Boah

behalten könnte. Also gib es mir. Ich bin sehr gut mit dieser Armbrust. Ich würde sagen, ihr seid meiner Gnade ausgeliefert. Und wie mein Name euch vielleicht sagt, zeige ich nicht sonderlich viel davon.«

Sie lacht.

Bedauerlicherweise ist Makri nicht die Person, die man so einfach ohne jeden Widerstand ausrauben kann. Ihr Kampfkodex, von ihrem Stolz ganz zu schweigen, erlauben das nicht. Ich weiß, dass sie jetzt jede Sekunde entweder auf Sarin losgehen oder aber versuchen wird, sie mit einem Wurfstern oder einem Messer zu erwischen, bevor Sarin zum Schuss kommt. Aber das gefällt mir nicht. Sarin die Gnadenlose hat bewiesen, wie geschickt sie mit der Armbrust umgehen kann, und ich bin mir nicht sicher, ob sie damit nicht auch Makri an den nächsten Baum nageln könnte.

Eine schreckliche Welle von Müdigkeit überkommt mich. Vermutlich der verspätete Schock wegen des Kriegsdrachen. Oder einfach nur zu viel Met. Ich fasse rasch einen Entschluss, bevor mir die Dinge aus der Hand gleiten. Ich habe den Schlafzauber noch im Kopf. Ich werde also Sarin außer Gefecht setzen, bevor sie Schaden anrichten kann. Wenn nur diese Müdigkeit nicht wäre. Ich kann kaum noch stehen. Ich belle den Zauberspruch heraus. Makri wirkt ein wenig überrascht und sinkt dann sanft zu Boden. Mir wird klar, dass ich Mist gebaut habe. Aber die Anstrengung, den Zauber auszusprechen, hat mich auch vollkommen erschöpft. Ich falle zu Boden. Das letzte, was ich höre, bevor ich ohnmächtig werde, ist Sarins spöttisches Gelächter.

23. Kapitel

Ein Elf steht über mir. Es ist Kallos-al-Dent, und er wedelt mit einem Lebatrana-Blatt vor meiner Nase hin und her. Wie hat er bloß erraten, dass ich ein Schlückchen getrunken habe? Ich schlucke das Blatt herunter und rapple mich auf. Makri schläft immer noch ruhig auf dem Gras. Jares-al-Manach hat unsere Pferde eingefangen und führt sie gerade heran.

»Was ist passiert?«, will Kallos wissen, während er sich um Makri kümmert. Ich verzichte auf eine Erklärung. Kallos berichtet mir, dass eine große Frau damit beschäftigt war, Säcke auf ihr Pferd zu laden, als sie sich näherten.

»Sie ist davongeritten. War das Tuch in den Säcken?«

»Nein. Etwas anderes. Aber das hat auch mit Eurem Fall zu tun«, füge ich hinzu, damit er ja nicht auf die Idee kommt, dass ich nicht eifrig genug für ihn arbeite. Dann fluche ich. Alles ist schief gelaufen. Jetzt hat Sarin die Gnadenlose sowohl das Boah als auch den Brief. Nur gut, dass die Elfen gekommen sind, bevor sie mich als Objekt für ihre Zielübungen benutzen konnte. Aber was hat die Elfen eigentlich hierher geführt?

»Wir haben nach Euch gesucht«, erklärt Kallos. »Ghurd aus der Rächenden Axt hat uns gesagt, dass Ihr vorhattet, Harm dem Mörderischen mutig entgegenzutreten, und wir wollten Euch helfen.« Sieh da. Selbst in den Elfenländern hat Harm einen sehr schlechten Ruf.

Makri wacht plötzlich auf und springt mit einem wilden Knurren auf. Sie hält ein Schwert in jeder Hand, während sie sich verwirrt umsieht und sich fragt, wo ihre Gegnerin wohl geblieben ist. Als ihr klar wird, was passiert ist, wird sie wütender, als ich sie jemals erlebt habe. Die Elfen hören ihr irritiert zu, wie sie mich in aller Ausführlichkeit wegen meiner vollkommenen Blödheit beschimpft, in der ich meinen Schlafzauber falsch dirigiert und statt Sarin sie zu Boden geschickt habe.

Mir fällt zu meiner Verteidigung nicht viel ein, und folglich bin ich gezwungen, mir ihre wütende Tirade über meine Trunksucht, meine Unfähigkeit und ganz allgemein über meine abgrundtiefe Dummheit anzuhören. Danach fügt sie noch schäumend hinzu, dass ich ihre Kampfesehre besudelt hätte.

»Ich bin in den Gladiatorengruben Halb-Trollen begegnet, die erheblich klüger waren als du! Du willst die Nummer Eins sein? Sarin hätte dich durchlöchert wie mein Kettenhemd, wenn die Elfen dich nicht davor bewahrt hätten. Du bist genauso nützlich wie ein einbeiniger Gladiator! Du hast mich vor einem Gegner schlafen gelegt und gedemütigt!«, zetert sie. »Das werde ich niemals verwinden! Das reicht, ich bin fertig mit dir! Wenn du das nächste Mal Hilfe brauchst, mach dir nicht die Mühe, mich zu fragen. Ich bin beschäftigt!«

Mit diesen Worten springt sie auf ihr Pferd und galoppiert davon, ohne die Elfen auch nur eines einzigen Blickes zu würdigen. Die beiden sehen mich fragend an.

»Makri ist ein sehr explosiver Charakter«, erläutere ich und winke vage mit der Hand. »Sie nimmt eine Niederlage einfach zu persönlich.«

Ich reite mit den Elfen nach Turai zurück. Sie scheinen ein wenig verunsichert, dass ein so guter Magischer Detektiv wie ich einen Zauberspruch tatsächlich fehlleiten und so eine Kampfgefährtin einschläfern konnte. Aber nachdem ich ihnen klargemacht habe, wie groß Sarins eigene beachtliche Zauberkraft ist, und wie mir ihre eigenen Zaubersprüche nur so um die Ohren geflogen sind, scheint ihr Vertrauen in mich wieder hergestellt zu sein.

Am nächsten Morgen wache ich dafür mit der Mutter aller Kater auf, dazu mit der Bruderschaft, die an meine Tür hämmert, und mit der Stadt, in der mal wieder Unruhen toben. Erneut ist es kein besonders erfreulicher Start in den Tag.

»Das Geld ist morgen fällig«, knurrt Conax.

»Schön«, grunze ich und weiche geschickt irgendwelchen herumfliegenden Trümmerstücken aus. »Dann wird es auch da sein. Was mehr ist als du von dir sagen kannst, wenn dich der Freundeskreis in seine Finger bekommt.«

Conax knurrt. Meine Antwort gefällt ihm gar nicht. »Wir wissen die schon richtig einzuschätzen. Und dich auch. Wenn du morgen nicht bezahlen kannst, dann solltest du schon mal deine Gebete sprechen.«

Ich schlage ihm die Tür vor der Nase zu.

Ich denke gar nicht daran, meine Gebete zu sprechen, aber das hält den jungen Pontifex Litanex natürlich nicht davon ab, mich heimzusuchen, und zwar unmittelbar, nachdem die Unruhen sich wieder gelegt haben. Die Sonne brennt noch heißer vom Himmel als vorher, und er schwitzt wie ein Schwein in seiner schwarzen Priesterrobe. Aber das Bier, das ich ihm großzügig anbiete, lehnt er dennoch ab. Der Priester macht die Runde in seinem Wahlkreis und schaut nach den Unruhen nach seinen Schäfchen. Makri schiebt ihren Kopf durch die Tür und will etwas sagen, als sie den Pontifex bemerkt und lieber den Mund hält. Sie verzieht sich wieder, und ich bemerke Litanex gerunzelte Stirn.

»Entspannt Euch, Litanex. Ihr braucht wirklich nicht jedes Mal, wenn Ihr Makri zu Gesicht bekommt, dreinzublicken, als wäre Euer Seelenheil in Gefahr.«

Er entschuldigt sich, sehr förmlich, gibt aber zu, dass Makri ihn beunruhigt. »Das orgkische Blut, wisst Ihr.«

»Sie hat auch Menschenblut in sich. Und sogar Elfenblut. Vermutlich ergibt das eine sehr interessante Seele. Ihr solltet versuchen, sie zu bekehren.«

Erneut wirkt er verlegen. »Ich fürchte, das darf ich nicht auch nur versuchen. Es ist Blasphemie, einem Orgk den

Wahren Glauben zu predigen ... Selbst, wenn sie nur ein Viertel Orgk ist, könnte ich mich vielleicht einer Häresie schuldig machen.«

Ich lache bei der Vorstellung und beruhige ihn. Makri hat auch keineswegs vor, sich bekehren zu lassen. Nachdem wir noch ein bisschen über Gott und die Welt geplaudert haben, zieht er weiter.

Ich trete auf den Flur. Plötzlich fällt mir etwas ein. Makri taucht auf und geht hinunter, zu ihrer Frühschicht. Ich frage sie, was sie vorhin wollte.

»Ich wollte dir sagen, dass du mich nie wieder ansprechen oder auf sonstige Art mit mir kommunizieren sollst. Von jetzt an, Thraxas, existierst du einfach nicht mehr für mich.«

»Makri ...«

Sie geht steif an mir vorbei und wirft den Kopf in den Nacken, dass ihr hübsches langes Haar um ihre wohlgeformten Schultern schwingt. Offenbar hat sie mir die gestrige Eskapade ganz und gar nicht verziehen.

»Das hätte wirklich jedem passieren können!«, rufe ich ihr hinterher. Mist! Jetzt bin ich abgelenkt. Woran hatte ich noch gerade gedacht? An die Wahre Kirche. Irgend etwas daran stört mich.

Unten sitze ich vor meinem Bier und einem Teller Eintopf und durchdenke alles noch einmal. Warum hat Litanex mich besucht? Viele Menschen in dem von Unruhen geschüttelten ZwölfSeen müssten seiner Unterstützung und seines Zuspruchs weit mehr bedürfen als ich. Wenn ich genauer darüber nachdenke, hat Litanex mich in den letzten Tagen unaufhörlich besucht. Ich habe ihn früher allerhöchstens einmal im Jahr zu Gesicht bekommen. Wieso ist die Kirche plötzlich ausgerechnet an meinem Wohlergehen so sehr interessiert?

Als ich an die Wahre Kirche denke, fällt mir auch mein Gedankengang von vorhin wieder ein. Pazaz. Der Orgkische Drachenbändiger. Er hat doch gesagt, dass niemand mit ihm gesprochen hätte, außer Bischof Gabrielius. Laut Pazaz hat Gabrielius versucht, ihn zu bekehren.

»Aber ... Das ist ja unmöglich!«, rufe ich laut. »Litanex hat mir doch eben erklärt, dass es Blasphemie wäre, einem Orgk den Wahren Glauben zu predigen. Der Bischof konnte gar nicht versuchen, ihn zu bekehren. Er würde sich einer Häresieklage aussetzen, und das für die Seele eines einfachen Drachenbändigers. Die anderen Bischöfe würden über ihn kommen wie ein Böser Bann.«

Ich stehe auf und schlage mit der Faust auf den Tisch. Makri sieht mich kühl an.

»Das ist es! Deshalb scharwenzelt Litanex die ganze Zeit um mich herum! Er spioniert mich für den Bischof aus! Und Bischof Gabrielius ist hinter dem Tuch her! Die Kirche steckt hinter all dem! Die königliche Familie hat einem besonderen religiösen Ritus beigewohnt, als der Drache seziert wurde. Was bedeutet, dass die Kirche genau wusste, dass der Zoo menschenleer sein würde! Und vorher hat der Bischof mit dem Drachenbändiger gesprochen. Er hat nicht versucht, ihn zu bekehren! Er hat Informationen aus ihm herausgemolken! Genauso wie der kleine Litanex mich wegen Informationen anzapft! Und Litanex war an diesem Tag auch im Palast! Er ist mit uns in der Mietdroschke nach Hause gefahren. Vermutlich hatte er das Tuch dabei, was ihm ein anderer Kirchenmann gegeben hatte. Und wenn ich genau darüber nachdenke: Als ich zu Attilans Haus ging, um den Zauberspruch zu holen, war auch ein anderer junger Priester da. Er könnte den Spruch gestohlen haben, kurz bevor ich danach gesucht habe.«

Makri hebt die Augenbrauen. Der Schweiß strömt ihr über die Haut und lässt ihre Muskeln glitzern. Sie hört zu, tut aber weiterhin so, als wäre ich nicht da.

Ich frage mich, warum die Kirche das Elfentuch haben will. Es könnte eine Vielzahl von Gründen geben. Vielleicht will sie es verkaufen. Oder vielleicht will der Bischof in

Ruhe Ränke schmieden, ohne dass ihn die anderen Bischöfe dabei belauschen können. Gabrielius ist sehr ehrgeizig und es wird für ihn Zeit, dass er endlich das Amt des Erzbischofs übernehmen kann. Es passt alles ganz gut zusammen. Und falls ich recht habe, sollte das Elfentuch mittlerweile im Besitz der Wahren Kirche sein.

»Es befindet sich sogar möglicherweise in Litanex' Gotteshaus! Wenn das stimmt, dann muss ich es suchen! Hast du heute Abend frei?«

Makri schaut mich finster an. »Nein, ich muss lernen. Du bist auf dich allein gestellt.«

Sie schnappt sich einen Feudel und wischt ein paar Tische ab. Dann stapft sie hinaus und holt eine Kiste mit Krügen herein. Tanrose taucht auf. Sie hat ein großes Stück Fleisch für den Mittagseintopf dabei. Ich kaufe eine Pastete und sage ihr, dass Makri böse auf mich ist. Tanrose ist natürlich längst über alles im Bilde.

»Sie ist wütender als ein Troll mit Zahnschmerzen«, erklärt sie. »Aber sie wird darüber hinwegkommen.«

»Ich brauche heute Abend ihre Hilfe. Hast du einen Vorschlag, wie sie etwas schneller darüber hinwegkommt?«

»Schenk ihr Blumen«, rät mir die Köchin.

Der Vorschlag ist so abwegig, dass ich zuerst nicht begreife, was sie meint. »Blumen? Wofür?«

»Natürlich um dich zu entschuldigen.«

»Mich entschuldigen? Mit Blumen? Bei Makri? Du meinst, ich soll gehen, Blumen kaufen und sie Makri als Geschenk geben? Als eine Art Entschuldigung? Blumen? Für Makri?

»Genau.«

»Reden wir hier über dieselbe Makri? Makri, die Frau mit der Axt?«

»Nur weil eine Frau mit einer Axt umzugehen versteht, heißt das noch lange nicht, dass sie keinen Blumenstrauß zu schätzen wüsste.«

»Sie wird mich vermutlich damit erschlagen.«

»Du wirst überrascht sein«, orakelt Tanrose und zerhackt geschickt das Fleischstück.

Tanrose scheint allmählich überzuschnappen. Blumen für Makri, also wirklich! Die Vorstellung bereitet mir Kopfschmerzen. In dem Moment spaziert Prätor Zitzerius herein, begleitet von Konsul Kahlius höchstpersönlich. Junge, Junge. Meine Besucher werden von Tag zu Tag hochrangiger.

Zitzerius berichtet angespannt, dass die Stadt immer schneller im Chaos versinkt. Die Kämpfe zwischen der Bruderschaft und dem Freundeskreis haben eine neue Dimension erreicht, und die Zivilgarde verliert allmählich die Kontrolle.

»Ich habe dem König geraten, das Kriegsrecht auszurufen und die Armee mit der Angelegenheit zu betrauen«, erklärt Konsul Kahlius.

Vermutlich wird der König zögern, das zu tun. Die Populären könnten sich öffentlich dagegen auflehnen. Einige Generäle stehen im Verdacht, Anhänger von Senator Lohdius zu sein. Niemand kann sagen, wie gehorsam sich die Volksgarde, wie sich unsere Armee in Friedenszeiten nennt, verhalten wird.

»Wir stehen kurz vor der völligen Anarchie«, klagt Zitzerius. »Die Traditionalisten müssen wieder die Macht übernehmen, wenn die Stadt überleben soll. Habt Ihr den Brief bekommen?«

Ich muss zugeben, dass ich ihn nicht habe. Das wird nicht allzu gut aufgenommen. Ich berichte von den Ereignissen des Vortages mehr oder weniger ausführlich. Ich erkläre nicht genau, wie es Sarin der Gnadenlosen gelungen ist, das Boah und den Brief einzukassieren. Zitzerius und Kahlius sind entsetzt und tadeln mich wegen meines Scheiterns. Der Konsul deutet unverhüllt an, dass ich die ganze Geschichte mit dem Drachen im Feenhain erfunden hätte, um mein Versagen besser aussehen zu lassen, und überlegt laut, ob ich das Boah nicht selbst verkauft habe.

Ich hatte nicht genug Schlaf. Ich bekomme nie genug Schlaf. Es ist hier so heiß wie im Orgkus, der orgkischen Hölle. In meinem Kopf pocht es wie bei einem Hufschmied. Mehr ertrage ich nicht. Ich deute zur Tür und fordere sie auf, zu gehen. Der Konsul ist schockiert. Als Turais mächtigster Beamter ist er nicht gewöhnt, hinausgeworfen zu werden.

»Wie könnt Ihr es wagen!«, dröhnt er.

»Warum sollte ich es nicht tun? Ich bin ein freier Mann. Ich brauche niemandem zuzuhören, der mich als einen Lügner beschimpft, nicht mal, wenn es ein Konsul tut. Vor allem nicht, wenn ich Kopfschmerzen habe. Ich habe mein Bestes gegeben. Wenn das nicht reicht, dann eben nicht. Und jetzt geht.«

Zitzerius fegt meine Aufforderung gelassen beiseite. »Das ist nicht der richtige Moment für Eitelkeiten«, stellt er fest. »Wenn der Freundeskreis die Oberhand …«

Ich bringe ihn mit einer Handbewegung zum Schweigen. Nach Wahlreden steht mir jetzt nicht der Sinn. »Ich weiß schon, ich weiß. Der Prinz wird entehrt. Euer Sohn wird entehrt. Die Traditionalisten sind entehrt, Ihr verliert die Wahl. Die Populären gewinnen. Lohdius kommt im Stechschritt an die Macht. Tatata. Das ist das Szenario, das Ihr entwerft. Das kenne ich zur Genüge. Also: Was soll ich Eurer Meinung nach tun?«

»Findet den Brief«, sagt der Prätor.

»Das ist mir bereits misslungen.«

»Dann versucht es eben noch einmal. Vergesst nicht, mein Sohn Zerberius ist Euer Klient. Dieser Brief wird ihn ins Gefängnis bringen.«

Ich runzle die Stirn. Es gefällt mir nicht, wie Zitzerius diese: ›Man kann einen Klienten nicht im Stich lassen‹-Floskel einsetzt. Ich wünschte, ich hätte von diesem verdammten Klienten nie etwas gehört. Es ist einfach zu heiß, um klar zu denken. Was wird Sarin die Gnadenlose mit diesem verdammten Schuldbrief anfangen? Sie hat sicher kein Interesse, ihn politisch auszunutzen, aber sie weiß bestimmt, wie wertvoll er für die Gegner des Königs ist. Die Populären sind die Leute, an die man ihn sehr gewinnbringend verkaufen kann, und für Sarin sind sie auch leicht zu erreichen. Denn Senator Lohdius wird vom Freundeskreis unterstützt, und Sarins Spießgeselle Georgius ist ebenfalls mit dem Freundeskreis verbändelt. Ich weiß ja nicht einmal, ob die beiden nicht sogar zusammenarbeiten. Es sieht so aus, als ginge Sarin mittlerweile eigene Wege. Seine Geschäftspartner aufs Kreuz zu legen, ist in Turais Unterwelt die übliche Geschäftspraxis.

»Wir können ihn vielleicht noch zurückkaufen, aber es wird Euch viel kosten, den Freundeskreis zu überbieten. Es wäre einfacher, wenn wir ihn stehlen könnten. Konnten Eure Zauberer Sarin denn immer noch nicht ausfindig machen? Sie hat sechs Pakete Boah dabei. Jemand sollte doch ihre Aura aufspüren können.«

»Budhaius von der Östlichen Erleuchtung hat die ganze Stadt nach ihr abgesucht, ohne etwas zu finden.«

Budhaius von der Östlichen Erleuchtung hat den Posten des ermordeten Blumius Adlerschwinge als Zauberer der Palastwache geerbt. Er hat genug Macht. Wenn er sie nicht mit seiner Magie findet, dann wahrscheinlich auch kein anderer.

Der Ruf zu den Morgengebeten dröhnt durch die Stadt. Der Konsul und der Prätor sind alles andere als erfreut, dass sie ihm folgen und in einer Kaschemme niederknien müssen, aber sie kommen nicht darum herum. Ich finde mich im Gebet zwischen einer blaugesäumten und einer goldgesäumten Toga wieder. Dabei fällt mir auf, dass der Saum meiner eigenen Toga schmutziggrau und ziemlich zerfranst ist. Ob meine Gebete eine besondere Kraft haben, wenn sie in einer so hochrangigen Gesellschaft heruntergeleiert werden? Anschließend diskutieren wir noch einige Einzelheiten, und ich willige ein, alles zu tun, um Sarin ausfindig zu machen. Schließlich verschwinden die beiden. Unterwegs klopfen sie sich die ganze Zeit den Staub von den Knien.

Makri taucht wieder auf und säubert den Boden. Ich appelliere an ihr gutes Herz und sage ihr, dass ich heute Abend wirklich Hilfe gebrauchen könnte. Sie weigert sich sogar, zu antworten und wischt mich praktisch mit dem Dreck hinaus. Ich bemerke, dass mir Tanrose hinter ihrem gewaltigen Kessel voll Eintopf vielsagende Blicke zuwirft.

»Zum Teufel damit!«, knurre ich und stürme hinaus. Floxos, der Blumenverkäufer, hat seinen Stand seit dreißig Jahren an der Ecke des Quintessenzwegs. Ich schätze, dass ich vor zwanzig Jahren seine Dienste das letzte Mal in Anspruch genommen habe. Er fällt vor Überraschung beinahe in seine Rabatten, als ich mich vor ihm aufbaue und einen Blumenstrauß verlange.

»He, Iglox!«, schreit er dem Fischverkäufer auf der anderen Straßenseite zu. »Thraxas kauft jemandem Blumen!«

»Hat er endlich eine Freundin?«, schreit Iglox zurück. Sein Organ ist so laut, dass die ganze Straße mithören kann.

»Wird auch langsam Zeit, dass du wieder auf Freiersfüßen wandelst, Thraxas!«, kreischt Nitribix, eine der gefragteren Prostituierten von ZwölfSeen. Die Neuigkeit wird von ihren Kolleginnen begeistert aufgenommen.

Ich schnappe mir einen Blumenstrauß, werfe Floxos einige Münzen zu und marschiere schnell davon, verfolgt von einer ganzen Menge dummer Sprüche. Ich bin ziemlich wütend und werde dieser blöden Tanrose einiges zu sagen haben.

In der Rächenden Axt stolpere ich förmlich über Makri und ihren Mopp. Ich drücke ihr die Blumen in die Hand. Am besten bringe ich es so schnell wie möglich hinter mich.

»Es tut mir Leid, dass ich dich vor einer Gegnerin schlafen gelegt und gedemütigt habe«, sagte ich. »Hier sind ein paar Blumen zur Entschuldigung.«

Makri glotzt mich verblüfft an, während ich schnell an

den Tresen weitermarschiere. Ich brauche dringend einen Humpen Bier.

Beinah im selben Augenblick tippt mir jemand auf die Schulter. Es ist Makri, die, nachdem ich mich umgedreht habe, einige höchst seltsame Dinge tut. Erst umarmt sie mich stürmisch, dann bricht sie in Tränen aus und zu guter Letzt stürmt sie aus dem Schankraum.

Ich bin verwirrt. »Was ist denn los?«

»Die Entschuldigung hat funktioniert«, erklärt Tanrose höchst zufrieden.

»Bist du sicher?«

»Sicher bin ich sicher.«

»Das kommt mir alles sehr merkwürdig vor, Tanrose.«

»Dann überrascht es mich nicht, dass deine Ehe gescheitert ist, Thraxas«, sagt Tanrose rätselhaft, während sie mir eine dreifache Portion Eintopf auf einen Spezialteller schaufelt.

24. Kapitel

Ich verbringe den Nachmittag damit, ein paar Bierchen zu trinken, die Dinge zu durchdenken und mit einem Söldner aus dem Hohen Norden Kriegsgeschichten auszutauschen. Er hat auf dem Weg nach Turai Nioj durchquert, und seinen Berichten zufolge scheinen die Niojaner Kriegsvorbereitungen zu treffen.

»Sie sagen, sie hätten gehört, dass einige Orgks an der Grenze brandschatzten.«

Das könnte wahr sein. Oder aber es ist eine geschickt ausgedachte Geschichte, die unseren König glauben lassen soll, sie würden uns nicht angreifen. Irgendwann wird das sowieso passieren, und jetzt haben sie auch noch die Ausrede, dass einer ihrer Diplomaten ermordet worden ist. Es sind schon Städte wegen fadenscheinigerer Vorwände attackiert worden.

Könnte die Kirche ihn ermordet haben? Würde Bischof Gabrielius so weit gehen? Vielleicht. Andere Kandidaten wollen mir partout nicht einfallen.

Makri kommt von ihrer mittäglichen Logikklasse zurück. Sie scheint von den Blumen tatsächlich besänftigt worden zu sein. Anscheinend hat sie noch nie zuvor Blumen geschenkt bekommen. Eine schlaue Idee von Tanrose, das muss ich zugeben, obwohl es Makri peinlich ist, dass sie in Tränen ausgebrochen ist. Sie schärft mir und Tanrose ein, es niemandem gegenüber jemals auch nur mit einem Sterbenswörtchen zu erwähnen.

Außerdem weiß sie zu berichten, dass sich die Lage draußen immer mehr verschärft. Sie hat sich den Weg zur Innungshochschule durch drei Straßenschlachten bahnen müssen.

»Heute Nachmittag habe ich eine Vorlesung in Mathematik. Ich sollte besser meine Axt schärfen, bevor ich losgehe. Übrigens, Sarin die Gnadenlose kommt mir gar nicht so hilflos vor, wie du sie dargestellt hast.«

»Sie hat einfach nur Glück gehabt. Sie hat gelernt, wie man eine Armbrust bedient. Tolle Sache. Warte nur, bis ich ihr noch einmal begegne. Und das werde ich wohl, weil jetzt auch der Konsul will, dass ich sie finde. Aber das wird warten müssen, weil ich zunächst nach dem Roten Elfentuch suchen muss. Was auch ganz gut ist. Denn ich habe keine Ahnung, wo sich Sarin versteckt. Wenn Budhaius von der Östlichen Erleuchtung sie nicht finden kann, wie soll ich das denn schaffen? Ich frage mich, ob Rhizinius wirklich vorhat, mir meine Zulassung zu entziehen. Zitzerius behauptet das vielleicht auch einfach nur, um mich einzuschüchtern. Weißt du, dass Rhizinius einen Gesetzentwurf plant, der die Vereinigung der Frauenzimmer verbietet?«

Makri nickt. Sie hat gestern Abend an einem Kränzchen der Frauenzimmer teilgenommen und sammelt allmählich immer mehr Kenntnisse über die turanianische Politik.

»Es ist sehr verwirrend«, gesteht sie. »Einige mächtige Frauen in der Stadt führen hinter den Kulisen einen Feldzug gegen Rhizinius, weil er gegen die Vereinigung ist. Aber viele aus der Vereinigung der Frauenzimmer unterstützen die Populäre Partei immer noch, weil sie für deren Reformen sind. Das Kränzchen endete in einem allgemeinen Streit.«

»Das überrascht mich nicht. Über Politik ist man sich in Turai niemals einig. Ich würde gerne Urlaub machen, bis alles vorbei ist.«

»Wo denn?«

»Irgendwo, wo ich nicht vom Gesetz gesucht werde. Was die Sache erheblich einschränkt, wenn ich es recht bedenke. Ich habe in fast jedem Nachbarstaat irgendwelche Gesetze verletzt. Vielleicht sollte ich ganz nach Westen reisen und herausfinden, wie Zonia so ist.«

»Es sieht dir gar nicht ähnlich, eine Niederlage einzugestehen, Thraxas.«

»Ich weiß. Aber ich habe tatsächlich keine Ahnung, wie ich Sarin aufspüren soll. Wenn Budhaius sie nicht findet, nützt keine Magie – meine nicht und noch nicht einmal die von Astral. Und ich habe im Norden der Stadt keinen Einfluss mehr. Wenn sie unter dem Schutz des Freundeskreises steht, werde ich niemals an sie rankommen.«

In diesem Moment überbringt mir ein Bote eine kurze Nachricht. *Komm um Mitternacht allein ins Stadion Superbius, wenn du für den Brief ein Gebot abgeben willst*, lese ich. Die Unterschrift lautet: *Sarin die Gnadenlose.*

»Ich vermute, dass dies die Dinge etwas vereinfacht«, räume ich ein. »Vielleicht endet der Tag ja doch noch zufriedenstellend. Ich werde heute Abend in Litanex' Kirche einbrechen und das Tuch entwenden, dann weiterreiten und den Brief von Sarin kaufen. Mit etwas Glück kann ich morgen die Bruderschaft auszahlen.«

25. Kapitel

Hast du Lust, zur Kirche zu gehen, Makri?«

»Wenn es denn sein muss.«

Die Straßen sind ruhig und werden von den Öllampen an den Ecken kaum erleuchtet. Die Huren sind längst nach Hause gegangen und die einzigen Menschen, die man noch sieht, sind die heimatlosen Bettler, die in den Türnischen schlafen.

Wir gehen bis zum Ende der Sankt-Völlinius-Straße, direkt am Hafen. Hinter uns liegen die hohen Umrisse der Triremen und Quinquiremen, der Drei- und Fünfrudererergaleeren, im Wasser. Sie warten auf ihre Fracht. Bei dem Anblick bleibe ich stehen. Ich habe in meinen jungen Jahren viel von der bekannten Welt gesehen, aber es ist schon lange her, seit ich mich das letzte Mal weit von Turai entfernt habe. Wie wäre es wohl, frage ich mich, einfach ein Schiff zu besteigen und weit in den Westen nach Samserika oder Simnia zu segeln? Oder noch weiter, zu den kaum erforschten Gestaden von Kastlin. Vielleicht nach Süden, zu den Elfeninseln, wo die Sonne strahlendweiße Strände aufheizt und Musik aus den Bäumen erklingt? Ich schüttle den Kopf. Ich bin zu alt, um zu reisen. Vermutlich werde ich den Rest meines Lebens in dieser stinkenden Stadt verbringen.

Vor uns liegt die große und beeindruckende Kirche von Sankt Völlinius, das einzige reich geschmückte Gebäude von ZwölfSeen. Bisher sind die Boah-Süchtigen ja davor zurückgeschreckt, Kirchen zu plündern. Aber das ist nur eine Frage der Zeit. Es ist dunkel in dem Gebäude, aber in dem Fenster des kleinen Hauses auf dem Grundstück des Pontifex brennt eine Lampe. Wir gehen rasch zur Rückseite der Kirche. Ich zögere. Bisher bin ich noch nie in eine Kirche eingebrochen, und mir gefällt die Aussicht auch nicht besonders. Nur weil ich nicht bete, heißt das noch lange nicht, dass ich es genieße, Gottheiten zu verärgern.

Makri bemerkt mein Zögern.

»Wenn uns jemand hier überrascht und ich ihm den Kopf abschlage, wird Sankt Wie-auch-immer noch viel verärgerter sein.« Netter Versuch, mich aufzumuntern.

Ich murmele den Öffnungszauber. Nichts passiert. Kein Wunder. Man kann wohl von einem Pontifex wie Litanex erwarten, dass er die gemeinen niederen Anrufungen kennt, auch wenn die Kirche jede Magie, außer der eigenen, versteht sich, offiziell missbilligt.

»Ein Schließbann«, murmele ich und gehe an die Arbeit. Es dauert nicht lange. Ich habe schon Schlösser geknackt, bevor ich laufen konnte. Dafür besitze ich ein angeborenes Talent. Wir drücken uns hinein. Makri nimmt eine der riesigen Kerzen vom Altar und zündet sie mit ihrer Kienspandose an. Ich habe den Eindruck, dass sie diesen minderen Frevel genießt, aber mir bereitet ihr Verhalten Unbehagen. Die Schatten der Statuen scheinen uns bedrohlich zu verfolgen, als wir an ihnen vorübergehen, und ich erwarte fast, dass einer der reichlich angestaubten Heiligen aus seiner Nische vortritt und mich dafür bestraft, dass ich Kircheneigentum entweihe.

Wir suchen alles ab, heben sogar das Altartuch hoch, spähen unter die Bänke und erforschen alle Nischen und Winkel der Kirche. Weit sind wir noch nicht gekommen, als wir von einem leisen Geräusch aus Richtung eben jener Tür unterbrochen werden, durch die auch wir gekommen sind. Makri bläst rasch die Kerze aus und wir ducken uns lautlos unter eine Bank. Ein winziger Lichtschein ist zu sehen. Ich riskiere einen kurzen Blick und lege dann meinen Mund an Makris spitzes Elfenohr.

»Georgius Drachenfresser«, flüstere ich. »Und drei andere.«

Unter der Bank versteckt warten wir, während der Zauberer und die Mitglieder des Freundeskreises die Kirche durchsuchen. Anscheinend bin ich nicht der einzige, der die Wahre Kirche des Diebstahls verdächtigt.

Erneut kommen Geräusche von der Tür. Georgius erleuchteter Zauberstab erlischt, und die vier Männer verstecken sich irgendwo auf der gegenüberliegenden Seite der Kirche. Ich verfolge von meinem Versteck aus die Szene. Mit dem Schwert in der Hand betritt Marihana das Gebäude. Während ich beobachte, wie sie lautlos zum Altar schleicht, rätsle ich erneut, welches Interesse die Meuchelmördergenossenschaft wohl an dem Elfentuch haben könnte.

Marihana bleibt jedoch noch weniger Zeit für ihre Suche als Georgius und uns. Sie wird beinah augenblicklich nach ihrem Eintreten von der Ankunft einer weiteren Gruppe Gläubiger unterbrochen, und versteckt sich rasch hinter dem Altar. Sie ist gerade verschwunden, als sich Corleonaxas und fünf Bruderschaftler in die Kirche stehlen.

»Ich glaub, ich platz gleich vor Lachen«, flüstert Makri.

Ich werfe ihr einen warnenden Blick zu, auch wenn ich zugeben muss, dass die Situation einer gewissen, grotesken Komik nicht ganz entbehrt. Wir verstecken uns gemeinsam mit einem Zauberer, dem Freundeskreis und einer Meuchelmörderin vor der Bruderschaft unter Kirchenbänken oder sonstwo. Irgendwie erinnert mich das alles an eine Schmierenkomödie im Theater.

Als erneute Geräusche erklingen, die Corleonaxas und seine Männer zwingen, rasch in Deckung zu gehen, muss Makri tatsächlich kichern. Glücklicherweise wird das von den Stimmen der Neuankömmlinge übertönt, die sich nicht die geringste Mühe geben, leise zu sein. Ein schneller Blick zeigt mir, dass es sich bei den Neuankömmlingen um Gabrielius und vier Vikare mit Laternen handelt. Angeführt wird das Klerikergrüppchen von Pontifex Litanex.

»Wo ist es?«, will Bischof Gabrielius wissen. Seine Stimme hallt dröhnend durch die Kirchengewölbe.

Litanex schließt die Tür eines Nebenraumes auf. Sie treten ein und kommen rasch mit einem großen Ballen Roten Tuches zurück.

»Hervorragend«, sagt der Bischof.

Ich warte gespannt. Wird jemand von den Leuten, die sich hier verbergen, den Bischof berauben? Ich für meinen Teil habe nicht die Absicht, nicht einmal, um den Namen der Prinzessin reinzuwaschen und die gewaltige Belohnung einzukassieren. Anschließend stecke ich nämlich mächtig in der Klemme. Es ist zwar enttäuschend, dass so viele andere herausbekommen haben, wo das Rote Elfentuch versteckt ist, aber ich kann mit dieser Enttäuschung leben. Besser, als wegen Einbruch vor Gericht gezerrt zu werden und vermutlich auch noch gleich wegen Häresie und Hochverrat verurteilt zu werden.

Die Hintertür fliegt auf und vier Orgks marschieren herein. Was für ein Schock! Der Bischof schreit vor Entsetzen laut auf. Orgks sind in einer Wahren Kirche absolut nicht erlaubt. Ich stöhne. Ich weiß genau, was jetzt passiert, aber ich kann es nicht verhindern. Makri springt unter der Bank hervor und stürmt mit einem Schwert in jeder Hand und mit mordlüsternen Blicken auf die Orgks zu. Ich rapple mich auf die Füße und folge ihr. Schließlich kann ich sie nicht allein gegen die Orgks kämpfen lassen.

»Thraxas!«, schreit Litanex.

»Orgks!«, brüllt Corleonaxas, als die Bruderschaftler sich zeigen.

Den Orgks ergeht es verdammt schlecht. Makri und ich stellen sie von vorn, während die Bruderschaftler und Marihana ihre Flanken angreifen. Selbst die Vikare helfen mit. Die Orgks sind im Nu Gehacktes.

»Orgkischer Abschaum!«, flucht Makri und versetzt einer der Leichen einen gezielten Tritt.

»Was wollt Ihr hier?«, schreit Bischof Gabrielius.

Mir persönlich fällt keine schlagfertige Antwort ein. Aber das peinliche Schweigen dauert nicht lange. Ein gewaltiger Donnerschlag ertönt, und alle segeln kreuz und quer durch die Luft. Ich allein bleibe auf den Beinen, auch wenn mir die Knie zittern. Der Vorteil eines gewissen Körpergewichts ist ein niedriger Schwerpunkt und eine ausgezeichnete Balance. Georgius Drachenfresser gesellt sich zu uns und schreitet zielstrebig auf das Tuch zu.

»Mir ist aufgefallen, dass Ihr nicht herausgekommen seid, um gegen die Orgks zu kämpfen«, sage ich, als er näher kommt, bücke mich und schnappe mir das Rote Elfentuch, das auf dem Boden liegt.

»Verbündete kommen und Verbündete gehen«, erklärt er kurz und bündig. »Und jetzt her mit dem Stoff!«

»Blasphemisten!«, krakeelt Bischof Gabrielius, sichtlich enttäuscht. »Ihr alle werdet dafür zahlen! Und jetzt hinaus aus meiner Kirche.«

Georgius springt mich an. Makri stellt ihm ein Bein, und er kracht auf den Boden. Ich beherzige den Rat des Bischofs und flüchte. Mit dem Tuch.

Als ich in die Gasse einbiege, läuft Makri bereits neben mir. Wir haben etwa fünfzehn Sekunden Vorsprung vor Georgius und den Freunden vom Freundeskreis.

»Sieh doch!«, ruft Makri. Am anderen Ende der dunklen Gasse warten bereits acht Bewaffnete auf uns.

Wie aus dem Nichts hält Makri plötzlich ein Schwert in der Hand.

»Wir sitzen in der Falle!«, erkläre ich stöhnend.

In dem Augenblick öffnet sich bizarrerweise ein Kanaldeckel vor uns.

»Hier rein!«, zischt eine Stimme.

Sie gehört Marihana. Das passt mal wieder zu ihr, dass sie unbemerkt aus der Kirche schlüpfen konnte.

Ich zögere. Ein spontanes Treffen mit einer Meuchelmörderin im Abwasserkanal gehört nicht unbedingt zu meinen Lieblingsszenarien. Und die Alligatoren habe ich auch nicht vergessen. Plötzlich verwirren sich meine Sinne. Georgius Drachenfresser ist ebenfalls in die Zielgerade eingebogen und schickt einen bösartigen Zauberspruch auf die Reise. Sofort wickle ich das Tuch auf und werfe es über Makri und mich. Der Spruch prallt harmlos davon ab, aber Makri wird von meiner Reaktion überrascht und stolpert gegen mich. Wir beide fallen duch das Loch in die stinkende Finsternis unter uns.

»Nicht schon wieder«, beschwere ich mich, als ich in dem Dreck langsam auf die Füße komme. Zwei Besuche im Abwasserkanal im Verlaufe eines einzigen Falls scheinen selbst mir ein wenig übertrieben.

»Gehen wir.«

Ich wickle das Tuch so schnell auf, wie ich kann, und wir machen uns auf den Weg, während über uns Schreie ertönen und offensichtlich große Verwirrung herrscht.

Ich weiß nicht, wo wir uns befinden. In diesem Teil der Kanäle war ich noch nie, also überlasse ich Marihana die Führung. Sie hat eine kleine, sehr raffinierte Laterne dabei, die uns den Weg zeigt.

Warum folge ich ihr eigentlich? Wir sind wohl kaum Verbündete. Wenigstens bringt sie mich vor Georgius in Sicherheit. Ich nehme mir ernsthaft vor, dass ich jedes Opfer bringen werde, sogar dem Bier werde ich entsagen, um mir ein neues Schutzamulett gegen Zaubersprüche kaufen zu können – immer vorausgesetzt, ich überlebe diese Nacht. Die sind zwar sündhaft teuer, aber ich kann nicht immer ängstlich vor Zauberern davonlaufen. Nicht, wenn mir etwas an meinem Beruf liegt, jedenfalls.

»Wohin gehen wir?«

»Der Ausgang ist am Ufer«, erwidert Marihana, die sich hier in den Abwässerkanälen anscheinend sehr gut auskennt.

»Pass auf die Alligatoren auf!«, keuche ich Makri zu.

»Mach ich«, erwidert sie. Die Vorstellung, auf diese Reptilien zu stoßen, scheint selbst sie etwas zu beunruhigen. Wir kommen gut voran. Das Abwasser ist nicht sehr hoch, weil es schon so lange so heiß ist. Selbst das Wasser in Turais Aquaedukten wird knapp. Plötzlich bleibt Marihana stehen.

»Wir sind kurz vor dem Ausgang.«

Mit diesen Worten löscht sie unvermittelt ihre Lampe. Bevor mir klar wird, was sie vorhat, packt sie das Tuch und versucht, es mir aus der Hand zu reißen. Ich halte es fest, und die Konsequenz ist, dass wir beide umfallen und uns in dem Dreckwasser herumwälzen, während wir um den Stoffballen kämpfen. Ich hätte eigentlich gedacht, dass Marihana eine bessere Nahkämpferin wäre, aber hier macht sich doch mein Gewichtsvorteil deutlich bemerkbar.

»Lass los!«, zischt mir Marihana zu. Wir ringen weiter, als ich plötzlich etwas wahrnehme.

»Georgius!«, rufe ich. »Magie im Anmarsch!«

»Was ist das für ein Krach?«, fragt Makri, als ein lautes Dröhnen in den Tunneln widerhallt.

»Das klingt wie eine Flut.«

»Unmöglich, es ist Sommer.«

Plötzlich fegt eine furchtbare Wasserwand durch den Tunnel heran und reißt uns mit sich. Ich werde von den Wellen hin und her geschleudert und mitgerissen, und ich kann nicht einmal atmen, während uns das Wasser wie Ratten vor sich hertreibt. Mein letzter bewusster Gedanke gilt Georgius Drachenfresser, den ich dafür verfluche, dass er so etwas losgelassen hat. Der Mann ist wirklich vollkommen herzlos. Ich wusste nicht einmal, dass es einen Flutbann gibt. Schließlich verliere ich das Bewusstsein, während mein Leben noch einmal in Bruchstücken an meinem inneren Auge vorüberzieht.

Als ich wieder zu Bewusstsein komme, liege ich irgendwo am Meeresufer, gestrandet wie ein Wal. Ich huste und erbreche etwa fünfzig Liter Wasser, bevor ich mich unsicher auf den Knien aufrichte. Es ist sehr dunkel, und ich kann nur die Gestalt von Makri neben mir erkennen. Als ich auf sie zukrieche, schlägt sie gerade die Augen auf und dreht sich auf die Seite, um das Wasser auszuspucken, das sie geschluckt hat.

»Noch am Leben?«

»Gerade so eben«, murmelt Makri und rappelt sich auf. Erleichtert stellt sie fest, dass sie noch ihre beiden Schwerter hat. Die Waffen hat sie aus den orgkischen Gladiatorengruben mitgebracht, und es sind ausgezeichnete Schwerter. Die Orgks werden vielleicht von allen Völkern auf dieser Welt gehasst, aber sie verstehen sich auf die Kunst des Waffenschmiedens. Dann fällt mir auf, dass sich etwas um meine Hand gewickelt hat. Es ist ein breiter Streifen Rotes Tuch, den ich offenbar von dem Stoffballen abgerissen habe. Ich starre ihn finster an. Ich bezweifle ehrlich gesagt, dass mir jemand eine Belohnung von sechshundert Gurans für diesen elenden Fetzen zahlen wird. Ich fluche und stopfe ihn in meine Tasche. Marihana muss den Rest festgehalten haben. Und wie immer ist sie verschwunden. Mitsamt dem Tuch. Ich fluche.

»Ich kann dieses verdammte Weib nicht abschütteln. Wie zum Teufel wusste sie, dass sie zur Kirche kommen musste?«

Ich schleppe mich den steinigen Strand hoch. Dann bleibe ich plötzlich überrascht stehen. Neben einem flachen Becken liegt die zierliche Gestalt von Marihana. Als wir uns ihr nähern, stöhnt sie und rollt sich herum. Makri hastet zu ihr und kniet sich neben sie.

»Jemand hat sie niedergeschlagen.«

Die Meuchelmörderin hat eine schlimme Wunde am Hinterkopf. Beim Klang unserer Stimmen kommt sie langsam wieder zu sich. Makri nimmt ihren Kopf in ihren Schoß und träufelt ihr etwas Wasser aus ihrer Flasche in den Mund.

»Danke, Makri«, sagt die Meuchelmörderin und versucht, aufzustehen.

»Was ist passiert?«

»Jemand hat mich von hinten niedergeschlagen. Ich war gerade dabei, das Flutwasser auszuspucken »

»Und wo ist das Tuch?«, will ich wissen.

Marihana starrt mich schweigend an und dreht sich auf dem Absatz herum. Unsicher geht sie den Strand entlang. Ich blicke ihr nach, verfolge sie jedoch nicht. Sie würde meine Fragen nicht einmal beantworten, wenn ihr Leben davon abhinge.

Zwei der drei Monde sind am Himmel zu sehen. Ihr Licht schimmert auf einem Felsbrocken von der Größe meiner Faust. Ich hebe ihn auf und merke, dass er noch ganz klebrig von feuchtem Blut ist. Wer auch immer die Meuchelmörderin angegriffen hat war nicht besonders wählerisch, was seine Waffe anging. Ich schiebe den Stein in meine Tasche.

Makri und ich gelangen schließlich auf die öde Fläche, die zu den Lagerhäusern neben dem Hafen führt. In der warmen Nacht dampfen meine feuchten Kleider. Wenigstens hat das Wasser den Gestank des Abwasserkanals weggewaschen. Wir gehen an einem Lagerhaus vorbei, biegen um die Ecke und stolpern förmlich über Georgius Drachenfresser. Er wirkt ebenfalls zerzaust und mitgenommen, als wäre er in seine eigene Flut geraten.

»Du!«, ruft er und hebt seine Stimme, um einen Zauberspruch hinauszuschleudern.

Aber nichts passiert. Ihm sind die Sprüche ausgegangen. Ich grinse.

»Zu schade, Georgius, Jüngelchen«, sage ich und versetze ihm mit aller Kraft einen Schwinger mitten ins Gesicht. Es ist ein ausgezeichneter Schlag. Dahinter sitzt nicht nur eine Menge emotionaler Dampf, sondern auch ein nicht unbeträchtliches Kampfgewicht. Der Zauberer geht zu Boden und bleibt auch dort liegen.

»Satter Schlag«, stellt Makri bewundernd fest.

»Vielen Dank.«

Nach all der Magie hat ein ordentlicher, sauberer Kinnhaken etwas höchst erfreuliches an sich.

Wir gehen weiter. Teil Eins der heutigen Mission hat sich als Fehlschlag entpuppt. Hoffen wir, dass der nächste Teil besser verläuft. Wir haben eine Verabredung mit Sarin der Gnadenlosen, aber wir kommen nicht weit. Bevor wir den Quintessenzweg erreichen, fegen drei Kutschen heran und kommen rumpelnd neben uns zum Stehen. Pontifexe springen heraus und umzingeln uns. Es ist ein ganzes Dutzend. Jedenfalls tragen sie Priestergewänder, aber angesichts der Art, wie sie ihre Schwerter halten, wissen sie offenbar sehr gut, wo das spitze Ende ist. Ich vermute, sie gehören zu einer besonders spezialisierten Abteilung der Wahren Kirche.

»Bischof Gabrielius würde Euch gern sehen.«

Makris Hände packen die Griffe ihrer Schwerter, aber ich schüttle den Kopf.

»Schön. Ich bin entzückt, eine Privataudienz beim Bischof zu bekommen.«

Wir steigen ein, und die Kutsche holpert mit uns durch die dunklen Straßen der Stadt.

Der Kopf der Kirche in Turai ist Erzbischof Xaverius, der vier gleichberechtigte Bischöfe unter sich hat. Gabrielius' Gemeinde schließt ZwölfSeen mit ein, aber er lebt natürlich nicht hier. Er residiert in einer sehr großen Villa in Thamlin, wo er sich von seinem aufreibenden Dienst an den Armen erholt, indem er an seinem Schwimmbad sitzt und Delikatessen aus seinen eigenen Fischzuchttümpeln verzehrt.

Gabrielius ist ein großer, massiger Mann um die Fünfzig mit dichtem, grauen Haar. Außerdem ist er ehrgeizig, auch wenn er diesen Charakterzug unter seinem normalerweise höchst friedfertigen Äußeren geschickt zu verbergen versteht. Ich sage normalerweise, weil er alles andere als friedfertig wirkt, als wir hineingeführt werden. Er scheint im Gegenteil kurz vor einer Explosion zu stehen, und verschwendet keine Zeit damit, mir mit Arrest, Exkommunion und einer ausgedehnten Kreuzfahrt auf den königlichen Strafgaleeren zu drohen.

Ich betrachte ihn kühl, während er von der Entweihung von Kirchen spricht und dann mit nahtlosem Übergang einen Vortrag über die Respektlosigkeit der Bürger Turais im allgemeinen und mir im besonderen hält. »Es ist schon in Ordnung, wenn Ihr mir droht, Bischof.« Ich nutze die Gelegenheit, als er einen tiefen Atemzug tut. »Aber ich möchte annehmen, dass Ihr nicht unbedingt in einer besonders starken Position seid. Ich bezweifle, dass der König amüsiert sein wird, wenn er erfährt, dass Ihr versucht habt, das Elfentuch zu stehlen. Schon vergessen, dass nur der König es besitzen darf, und es für alle anderen tabu ist? Natürlich gibt es da auch noch die Akte Attilan. Euer Mann hat den Zauberspruch aus dem Garten gestohlen. Hat er auch den Diplomaten ermordet, bevor ich dorthin gekommen bin?«

»Wie könnt Ihr es wagen, die Wahre Kirche des Mordes zu bezichtigen?«, schäumt der Bischof.

»Oh, aber doch nicht nur des Mordes. Vergessen wir nicht den Diebstahl eines Zauberspruchs, der Anwendung dieses Spruchs und der Tranchierung eines königlichen Drachens. Ich würde sagen, wir werden diese Kreuzfahrt in der gleichen Kabine unternehmen.«

Ich hatte gehofft, den Bischof damit zu erschüttern. Aber er wirkt nicht erschüttert, nur ein bisschen ruhiger.

»Weder ich selbst noch die Kirche haben etwas mit dem Diebstahl des Tuchs zu tun.« Er behauptet, dass er keine Ahnung hat, wie das Tuch in Litanex' Kirche gekommen ist. »Erwartet Ihr wirklich, dass Euch jemand glaubt, ein Pontifex hätte einen Drachen-Schlafzauber einem niojanischen Diplomaten gestohlen, während ein anderer dabei geholfen hat, das Tuch aus einem getöteten Drachen zu holen?«

»Ja.«

»Nein, das werden sie nicht. Nicht, wenn diese Beschuldigungen von jemandem wie Euch kommen, Thraxas.«

»Ich kann vielleicht nicht den König oder den Konsul überzeugen, Bischof Gabrielius, auch wenn ich das für durchaus möglich halte. Aber ich werde auf jeden Fall Prätor Zitzerius überzeugen. Außerdem habe nicht nur ich Euch und Litanex mit dem Elfentuch gesehen. Eine Meuchelmörderin, die Bruderschaft und der Freundeskreis waren ebenfalls auf der Party. Und der orgkische Botschafter musste auch gewusst haben, dass Ihr das Tuch hortet, sonst hätte er wohl kaum seine Volksgenossen ausgerechnet in Eure Kirche geschickt, um es zu beschaffen. Das sind eine ganze Menge Zeugen. Gewiss, meine Zeugen haben nicht unbedingt den besten Leumund, da gebe ich Euch Recht, aber es sind mehr als genug, um die Bevölkerung davon zu überzeugen, dass Ihr etwas im Schilde geführt habt. Und außerdem ergibt das auch einen wunderbar schmierigen Skandal für den *Berühmten Und Wahrheitsgetreuen Chronisten.* Das ist keine gute Werbung für die Kirche, Bischof, und schon gar nicht im Moment, wo der aufrechte Senator Lohdius auf seinem Kreuzzug ist. Er kann Euch nicht ausstehen. Wie hat er Euch doch noch letzte Woche so treffend genannt? ›Blutsaugender Parasit der Armen‹, wenn ich mich recht erinnere.«

Wir beäugen uns eine Weile schweigend. Ich schenke mir einen Schluck Wein ein. Makri steht still und stumm in einer Ecke. Das Ambiente schüchtert sie ein.

»Ich weiß nicht, wofür Ihr das Tuch wolltet«, fahre ich nach einem kräftigenden Schluck fort. »Vielleicht braucht Ihr ja Bargeld. Aber ich glaube eher, dass Ihr Euch selbst einen magiesicheren Raum basteln wolltet. Ihr seid sehr ehrgeizig, Bischof Gabrielius. Das Amt des Erzbischofs steht bald zur Disposition. Ihr seid zwar ganz sicher nicht die erste Wahl für den Posten, aber jedermann weiß, dass Ihr scharf darauf seid. Also müsst Ihr eine Menge Intrigen spinnen und Ränke schmieden, um ihn auch zu bekommen. Die anderen

Bischöfe in Turai werden wohl kaum Beifall klatschen, wenn sie herausfinden, dass Ihr einen magiesicheren Raum habt. Damit hättet Ihr einen viel zu großen Vorteil bei Euren Planungen. Also werden die anderen Bischöfe meine Geschichte auf jeden Fall kaufen.«

Der Bischof hebt leicht die Brauen. Das scheint das Signal zu sein, dass ich sein offenes Ohr habe. Er schickt seinen Ministranten aus dem Raum. Ich genehmige mir noch einen großzügigen Schluck Wein. Scheint ein guter Jahrgang zu sein.

»Wo ist das Tuch jetzt?«, will er wissen, als wir allein sind.

Ich erzähle ihm die Wahrheit. Ich weiß es nicht.

»Es ist in einem Abwasserkanal verschwunden und dürfte wohl kaum zurückkommen. Was für mich nicht gut ist, denn ich sollte es eigentlich finden. Aber das ist nicht mein Hauptproblem. Ich sollte vor allem den Namen der Prinzessin reinwaschen. Dafür werde ich bezahlt. Der Rest interessiert mich nicht übermäßig. Wenn Ihr mir dabei helft, wird diese ganze miese Geschichte niemals über meine Lippen kommen.«

Bischof Gabrielius nippt an seinem Wein und genießt ihn. »Wollt Ihr mir weismachen, dass Ihr selbst gar nicht hinter dem Tuch her wart, Detektiv?«

Ich schüttle den Kopf. »Ich erledige nur die Arbeit, für die ich bezahlt werde.«

Der Bischof sieht mich lange an. Der Gedanke, dass ich ehrlich zu ihm sein könnte, verwirrt ihn sichtlich. Dann blickt er Makri an. Ich kann fast hören, wie er überlegt, wie weit er uns wohl trauen kann.

»Ich habe schon gehört, Thraxas, dass Ihr Aufträge, für die Ihr bezahlt werdet, auch erledigt. Und zwar ohne Tricks und faulen Zauber. Vielleicht kann ich darauf vertrauen, dass Ihr Euer Wort haltet. Es wäre in mancherlei Hinsicht einfacher, als Euch liquidieren zu lassen.«

Wir starren uns an. Mir schießt durch den Kopf, dass Pontifex Litanex ihm einen ziemlich vorteilhaften Bericht über meinen Charakter gegeben haben muss, was mich ein wenig überrascht.

»Und wie soll ich Eurer Meinung nach den Namen der Prinzessin reinwaschen?«, will der Würdenträger der Wahren Kirche wissen.

Ich zucke mit den Schultern. »Ihr habt doch sicher noch ein paar Gefälligkeiten im Palast offen. Ich habe läuten hören, dass Euch der König noch eine Menge schuldet. Das Tuch ist jedenfalls weg, und ein großer Skandal im Königshaus wird weder Euch noch der Kirche viel nützen.

Der Bischof starrte mich eine Weile länger an. »Ich habe einen gewissen Einfluss«, gibt er schließlich zu. »Möglicherweise reicht er aus, den König umzustimmen. Auf jeden Fall genügt er bestimmt, um Euer Leben in ZwölfSeen kurz und voller Unfälle zu gestalten. Also sorgt dafür, das Ihr mir kein Unbill mehr verursacht.«

Damit sind wir entlassen.

»Was sollte das bedeuten?«, fragt Makri, als wir wieder auf der nächtlichen Straße stehen.

»Ich glaube, er wird der Prinzessin helfen. Und mir die Hölle heiß machen, wenn sich unsere Wege noch einmal kreuzen. Na ja, das dürfte fürs Erste genügen.«

Ich blicke zu den Sternen hinauf.

»In etwa einer Stunde sollen wir uns mit Sarin treffen. Wir haben gerade noch Zeit, zu Astral Trippelmond zu gehen. Es wird allerhöchste Zeit, dass ich endlich ordentliche magische Hilfe in diesem Fall bekomme. Jemand hat Marihana niedergeschlagen und das Tuch gestohlen, und ich will wissen, wer das war. Außerdem frage ich mich, ob er vielleicht Sarin aufspüren kann. Zwar konnte Budhaius von der Östlichen Erleuchtung sie nicht finden, aber was sie auch benutzte, um unentdeckt zu bleiben, jetzt ist sie vielleicht ungeschützt. Wenn ich wüsste, wo sie ist, dann könnte ich sie vielleicht überraschen und den Brief umsonst bekommen.

Es hat wenig Sinn, Tausende von Zitzerius' Gurans zu verschwenden.«

Ich sehe Makri an. »Übrigens, wann haben Marihana und du eigentlich Freundschaft geschlossen?«

»Was? Wir sind keine Freundinnen.«

»Ach nein? Die Art, wie du ihren Kopf in deinen Schoß genommen hast, als sie bewusstlos dalag, fand ich schon sehr freundschaftlich. Und außerdem sagte sie: ›Danke Makri‹, als du ihr das Wasser eingeflößt hast. Für eine Meuchelmörderin ist das ziemlich freundlich.«

Makri schnaubt verächtlich. »Ach ja? Man hat ihr auf den Kopf geschlagen. Du plapperst Unsinn, Thraxas. Ich habe sie erst einmal getroffen, als sie dich in deinem Zimmer angegriffen hat.«

Ich bin zwar weiterhin skeptisch, lasse die Sache aber zunächst einmal auf sich beruhen. Wir beeilen uns stattdessen, zu Astral Trippelmond zu kommen. Es ist immer noch mitten in der Nacht. Auf den Straßen ist es ruhig, und nur ein paar Bäckereiarbeiter sind unterwegs, um die Öfen für das morgendliche Brot anzuzünden.

Unser Besuch bei Astral erweist sich als recht unproduktiv. Er stört ihn zwar nicht, dass ich ihn mitten in der Nacht geweckt habe, aber als ich ihn bitte, Sarin aufzuspüren, zieht er eine Niete. Dasselbe gilt für die sechs Säcke Boah.

»Sie muss die Stadt verlassen haben.«

»Das ist unmöglich. Sie will uns in einer halben Stunde im Stadion Superbius treffen.«

Der Zauberer zuckt mit den Schultern und fragt, ob ich noch etwas anderes habe, das er sich ansehen kann. Ich habe noch den Fetzen Rotes Elfentuch, aber daraus erfährt er nichts. Mittlerweile habe ich von dem Stoff allmählich die Nase voll. Das Zeug hat mir nichts als Ärger eingebracht. Ich reiche ihm den Felsbrocken, den ich mit mir herumschleppe, derjenige, mit dem Marihana niedergeschlagen wurde, und frage Astral, ob er etwas daraus lesen kann.

»Das dauert eine Weile, Thraxas. Es ist immer recht schwierig, Informationen aus Felsbrocken zu ziehen. Auras bleiben nur sehr spärlich an ihnen haften, wenn überhaupt.«

Ich bitte ihn, sein Bestes zu versuchen und frage ihn, ob er uns in der Zwischenzeit seine Kutsche leihen kann.

»Ihr dürft nachts doch nicht in der Stadt herumkutschieren.«

»Ich habe das Senatsprivileg.«

»Ach wirklich?«

»Nein. Aber ich arbeite für Zitzerius; also kann ich so tun, als ob. Und außerdem sind wir spät dran.«

»Wer von uns spielt denn den Senator?«, erkundigt sich Makri, als wir in der Kutsche davonrumpeln.

Makri weiß ganz genau, dass Frauen keine Senatoren werden können. Mich beschleicht langsam der Verdacht, dass sie zu häufig zu diesen Kränzchen geht.

26. Kapitel

Im Stadtzentrum wimmelt es immer noch von Zivilgardisten, wohl wegen der Spannung, die über der Stadt liegt. Wilde Gerüchte kursieren. Einige verbreiten, die Wahlen würden gestrichen, andere reden von geplanten Putschversuchen, von Korruption und Meuchelmord. Es wird sogar gemunkelt, dass die Königliche Familie selbst Drogen von den Orgks gekauft habe und sie jetzt mit Gewinn an ihre Untertanen weiterverschachert. Also wirklich.

Die Wachen halten uns an. »Dringende Geschäfte für Prätor Zitzerius!«, rufe ich und galoppiere weiter zum Stadion. Ich habe einen Sack Gold von Zitzerius bei mir und bin instruiert, so viel zu bieten, wie nötig ist, um den Schuldbrief des Prinzen zu bekommen.

Das Stadion Superbius liegt direkt an der Stadtmauer, an der östlichen Seite der Stadt. Es ist ein gewaltiges Amphitheater und wurde vor etwas über hundert Jahren von König Versailius erbaut. Es ist ein sehr wichtiger Ort. Hier wird der Zirkus abgehalten, Theaterstücke werden aufgeführt, religiöse Treffen abgehalten, Gladiatorenkämpfe vorgeführt und hier findet auch der Grund meiner aktuellen Notlage statt, die Wagenrennen. Ich liebe die Wagenrennen. Während der Rennsaison ist das Stadion zweimal in der Woche bis auf den letzten Platz besetzt. Dann treffen sich Rennliebhaber aus allen sozialen Schichten Turais. Konsule, Prätoren, Präfekten, Senatoren, Priester, vornehme Damen der Gesellschaft, Zauberer, hochrangige Bonzen der Zünfte und Gilden und Innungen und Genossenschaften. Sie alle vermischen sich mit der gewaltigen Masse der proletarischen Turanier, die hier einen freien Tag genießen und versuchen, ein bisschen Geld auf die Seite zu schaffen. Prinz Frisen-Lackal ist ein begeisterter Rennfan und unterhält seinen eigenen Wagenpark. Selbst der König gibt uns manchmal die Ehre. Natürlich zieht die »Superschüssel«, wie wir sie nennen, auch einen ganzen Schwarm von Kleinkriminellen an, und die meisten Buchmacher werden vom Freundeskreis und der Bruderschaft kontrolliert.

Wir steigen aus und betreten das gewaltige Bauwerk, das jetzt im Dunkeln liegt. Makri hat eine Fackel dabei. Sie zündet sie an, und die Statuen berühmter Gladiatoren und Wagenlenker der Vergangenheit werfen unheimliche Schatten an die steinernen Wände. Zu sehen ist niemand.

Ich hole den Fetzen Elfentuch heraus, den ich Marihana im Kanal weggenommen habe, und reiße ihn in zwei Streifen.

»Bind dir das um den Hals.«

Makri sieht mich verdutzt an.

»Falls Sarin hier ist, dann sicher auch Geschäftspartner Georgius Drachenfresser. Dieser Stofffetzen wird uns als Schutzamulett gegen Zauber dienen.«

»Bist du sicher, dass er wirkt?«

»Überhaupt nicht. Aber möglich ist alles.«

Wir biegen um den Triumphbogen, durch den die Siegerparade am Ende der Spiele zieht. Vor uns im Schatten liegt eine Gestalt ausgestreckt auf dem Boden. Wir ziehen unsere Schwerter und nähern uns ihr vorsichtig. Makri kniet nieder.

»Es ist Sarin«, zischt sie. »Man hat ihr einen Schlag auf den Hinterkopf versetzt.«

Erst Marihana und jetzt Sarin. Jemand macht mir das Leben leichter. Ich sehe mich um. Niemand ist in Sicht, aber an der Wand liegt ein kleiner Haufen aus weißem Pulver. Ich bücke mich, stecke den Finger hinein und lecke daran.

»Boah. Sieht aus, als hätte Sarin die Säcke dabeigehabt und als hätte ihr jemand die Beute weggeschnappt.«

Makri steckt ebenfalls den Finger hinein und leckt ihn ab. Das erscheint mir zwar nicht unbedingt dringend notwendig, aber ich lasse es ihr durchgehen.

Ich durchsuche Sarin. »Sie hat den Brief vielleicht immer noch. Es ist überflüssig, dafür zu bezahlen, wenn wir nicht müssen.«

Sarin ist ziemlich heftig niedergeschlagen worden, und ich hätte geschworen, dass sie lange ohnmächtig liegen bleibt. Doch zu meiner Überraschung schlägt sie plötzlich die Augen auf. Und meine Verblüffung steigt noch, als sie mich ziemlich schmerzhaft an meinem langen Zopf packt und in den Staub schickt. Sie springt auf, und trotz ihrer gerade überwundenen Bewusstlosigkeit und der hässlichen Wunde an ihrem Kopf geht sie in eine Kampfhocke.

»Hast du deine Armbrust verlegt?«, höhne ich und greife sie an. Als erfahrener Straßenkämpfer täusche ich mit meiner Linken einen Schlag an und durchdringe mit einer geraden Rechten ihre schwache Deckung. Jedenfalls theoretisch. Praktisch jedoch weicht Sarin beiden Schlägen aus und tritt mir so hart in die Rippen, dass ich hintenüberfalle. Verblüfft über diese Wendung der Ereignisse rapple ich mich hoch. Ich greife erneut an und versuche, sie mit meinem Kampfgewicht außer Gefecht zu setzen, aber Sarin macht irgendeine Bewegung, die ich nicht genau nachvollziehen kann. Jedenfalls lande ich wieder im Dreck. Ich werde stinksauer, denn ich bemerke aus den Augenwinkeln, dass Makri, statt mir zu helfen, tatsächlich dasteht und sich ausschütten will vor Lachen. Ich ziehe mein Schwert. Sarin zaubert ein kurzes Messer hervor. Wir umkreisen uns. Ich finde keine Lücke. Das verstehe ich einfach nicht. Ich habe nicht gelogen, als ich sagte, dass ich Sarin aus der Stadt getrieben habe. Wie sie es verdammt noch mal fertiggebracht hat, als harte Kriegerin wieder zurückzukommen, geht über meinen Verstand.

Wir tauschen ein paar Schläge aus. Mir bleibt allmählich die Luft weg. Ich habe in den letzten vierundzwanzig Stunden bis zum Abwinken gekämpft, bin herumgehetzt und habe weder gegessen noch geschlafen. Die Hitze setzt mir mächtig zu. Ich springe auf Sarin los, aber sie pariert den

Schlag und tritt mir die Beine unter dem Körper weg. Ich plumpse schwer zu Boden. Erneut rapple ich mich auf und wende mich zu Makri um.

»Willst du noch länger da herumstehen wie ein Eunuch in einem Bordell, oder hilfst du mir bald mal?«

»Ich wollte dir nur eine Chance geben, Thraxas. Du hast verkündet, dass du über sie kommen wirst wie ein Böser Bann, sobald sie ihre Visage in der Stadt zeigt.«

Ich werfe Makri einen finsteren Blick zu und greife Sarin erneut an. Jetzt werde ich ihr zeigen, wer hier die Nummer Eins ist! Sie pariert meinen Schwerthieb mit ihrem verdammten Küchenmesser und versetzt mir dann einen so harten Schlag mit der flachen Hand, dass ich herumwirbele und gegen die Wand pralle. Dann rutsche ich langsam daran herunter zu Boden.

Bevor Sarin nachsetzen und mich fertig machen kann, kommt Makri zu dem Entschluss, dass sie für einen Tag genug gelacht hat. Sie stellt sich mit gezückten Schwertern über mich.

»Thraxas hat behauptet, du könntest nicht kämpfen«, sagt sie und hält Sarin in Schach.

Ich rapple mich langsam wieder auf die Füße. Mir tut alles weh. »Jedenfalls konnte sie das auch nicht.«

»Ich habe drei Jahre in dem Kriegerkloster von Kung La verbracht«, erwidert Sarin und lächelt beinahe.

»Offenbar hast du da nicht bloß meditiert«, keuche ich. Ich bin heilfroh, dass ich wieder zu Atem komme.

»Nein. Nur gekämpft. Ich fand es ziemlich ärgerlich, dass mich jeder dahergelaufene Schwertträger besiegen konnte. Jetzt besiegt mich so leicht keiner mehr.«

»Als wir dich gefunden haben, sahst du nicht sehr gut aus.«

»Jemand hat sich von hinten an mich herangeschlichen.« Sarin die Gnadenlose runzelt die Stirn und wirkt ein bisschen verwirrt. »Normalerweise schafft das keiner.«

»Vielleicht ist dein Kumpel Georgius Drachenfresser ja deiner Gegenwart überdrüssig geworden.«

Sie schüttelt den Kopf. »Georgius ist nicht mehr mein Partner. Harm und Georgius haben mich aufs Kreuz gelegt. Nachdem ich ihnen mit meiner Armbrust den Weg freigeschossen habe, wollten sie mich aus dem Geschäft drängen. Anscheinend wollen sie den Gewinn nicht mit jemand Drittem teilen. Schon gar nicht, wenn es sich dabei um eine Frau handelt.«

Sie zuckt mit den Schultern. »Umso schlimmer für sie. Ich habe sie ausgetrickst. Und es war nicht Georgius, der mich niedergeschlagen hat. Das hätte er niemals geschafft.«

Sie sieht sich um und wirkt besorgt. »Mein Pferd ist weg und das Boah ebenfalls.« Sie greift in ihr Wams und zieht den Schuldbrief des Prinzen hervor. »Aber den hier habe ich noch. Und es wird dich zehntausend Gurans kosten. Es sei denn, du willst versuchen, ihn mir abzunehmen?«

Das lasse ich lieber. Und ich halte die Klappe.

»Also zum Geschäftlichen.«

»Ich denke, dieser Brief gehört mir«, ertönt eine Stimme.

Eine große Gestalt in einem Regenbogenmantel kommt aus der Dunkelheit auf uns zu. Es ist Georgius Drachenfresser. Er starrt mich hasserfüllt an.

»Mich deucht, wir sind hinter demselben Wisch her«, sagt er.

Ich antworte ihm mit einem Grunzen.

»Du verschwendest deine Zeit, Thraxas. Der Brief gehört mir.«

»Ach ja? Du scheinst Schwierigkeiten zu haben, ihn bei dir zu behalten.«

»Ich hatte von Sarin der Gnadenlosen einen solchen Verrat nicht erwartet.«

Ich wende mich an Sarin. »Also was willst du jetzt tun? Ich bezweifle, dass dein Mönchstraining genügt, um dir gleichzeitig mich, Makri und Georgius vom Leib zu halten.«

Sarin schnaubt verächtlich. Offenbar habe ich sie nicht beeindrucken können. »Als Vertreter der ehrenwerten Politiker dieser Stadt gebt ihr ein erbärmliches Paar ab. Ein fetter, versoffener Ermittler und ein verräterischer, krimineller Zauberer.« Sie hält den Brief hoch. »Wer will den Prinzen erpressen? Das Eröffnungsangebot liegt bei zehntausend Gurans. Wer bietet?«

Georgius Drachenfresser hebt die Hand. Aber er hat offenbar nicht die Absicht, Sarin den Gefallen zu tun. Stattdessen feuert er einen Zauberspruch gegen sie ab. Sekunden später liegt er betäubt am Boden. Sein Spruch ist auf ihn zurückgeschlagen. Eine andere Gestalt in einem Regenbogenmantel schwebt sanft von dem Steinbogen herunter.

»Wer ist das denn jetzt wieder?«, will Makri wissen.

»Budhaius von der Östlichen Erleuchtung«, antworte ich. »Sieht so aus, als würde die Palastwache doch endlich eingreifen.«

Ich erwarte, dass Budhaius Sarin den Brief entreißt und sie mit einem möglichst heftigen Spruch gegen eine Wand schleudert. Doch er macht etwas ganz anderes. Er schlendert gelassen zu ihr hin und küsst sie auf die Wange. Makri und ich sehen verblüfft zu, wie sie seinen Kuss inniglich erwidert.

»Kein Wunder, dass er sie angeblich nicht finden konnte. Sie stecken unter einer Decke.«

»Allerdings«, dröhnt Budhaius. Er ist ein großer Mann mit langem, braunem Haar, das über seinen Regenbogenmantel fällt.

»Was ist bloß mit diesen verdammten Zauberern in Turai los?«, knurre ich und verwünsche sie alle. »Wenn sie keine Boah-Süchtigen oder Alkoholiker sind, dann sind sie psychotische Kriminelle.«

»Ein Glück, dass du deine Studien niemals zu Ende geführt hast«, flüstert mir Makri ins Ohr, während sie das Gaunerpärchen misstrauisch beäugt. »Ist Budhaius mächtiger als du?«

»Mächtiger als ich? Ein Kampf zwischen uns wäre, als kämpfe ein Tiger gegen eine Ratte. Eine fette Ratte, wohlgemerkt. Versuch lieber, ihn nicht zu erzürnen. Vergiss nicht, was Blumius Adlerschwinge passiert ist.«

»Höre ich ein Gebot?«, fragt Sarin die Gnadenlose.

Ich biete zehntausend Guran. Georgius Drachenfresser rappelt sich schließlich wieder hoch und stößt einen unflätigen nicht zitierbaren Fluch aus. Daraufhin schießt er den nächsten Zauberspruch ab, aber Budhaius erledigt ihn mit einer gewaltigen Rückhand und schickt Georgius wieder abwärts zum Dreckfressen. Ein wundervoller Anblick. Leider fehlt mir die Muße, sonst hätte ich ihn noch getreten.

»Anscheinend bist du der einzige Interessent, Thraxas«, stellt Sarin fest. »Also gut: Für zehntausend Gurans gehört er dir.«

Sarin hält mir den Brief hin. Ich reiche ihr den Sack Gold. Die Transaktion wird jedoch von einem gewaltigen Blitz gestört. Er schlägt in den Boden zu unseren Füßen ein, und wir segeln in alle Richtungen davon. Ich lande auf dem Rücken und blicke verwundert in den Himmel. In der Finsternis ist gerade noch der gewaltige Umriss eines Kriegsdrachens erkennbar. So einen hat man derartig weit im Westen seit dem Ende des Krieges vor fünfzehn Jahren nicht mehr gesehen. Seine Nüstern glühen rot vom Feuer, und auf dem Biest thront der wahnsinnige Harm der Mörderische. Seine langen schwarzen Haare und sein Federschmuck wehen im Wind. Seine Stimme dringt schrill durch die Nacht.

»Der Brief ist wohl mein rechtmäßiges Eigentum.«

Budhaius von der Östlichen Erleuchtung steht gelassen wieder auf und klopft sich den Staub vom Mantel. »Keineswegs, Harm.«

Daraufhin feuert Budhaius einen Zauberspruch ab, der den Drachen in der Luft kreiseln lässt. Das Vieh schreit vor Wut und Verblüffung laut auf.

»Na so was!« Makri ist beeindruckt.

Wir alle sind beeindruckt. Harm der Mörderische plus ein Kriegsdrache scheinen Budhaius von der Östlichen Erleuchtung nicht im Geringsten in Angst und Schrecken versetzen zu können. Harm gewinnt jedoch rasch die Kontrolle wieder und fliegt tief über unsere Köpfe hinweg.

»Spar dir deine Energie, Budhaius von der Östlichen Erleuchtung!«, schreit Harm. »Ich bin nicht wegen des Briefes hier oder wegen des Goldes oder um mit dir zu kämpfen. Obwohl ich dich eines Tages töten werde, falls ich Zeit habe.«

»Falls du Zeit hast!«, erwiderte Budhaius. »Aha. Weshalb bist du dann gekommen?«

»Um deine Stadt zu zerstören und alle Menschen darin, die mir in letzter Zeit so lästig gefallen sind. All die Menschlein, wie du einer bist, Thraxas!«

Harm der Mörderische beginnt, einen Zauberspruch zu spinnen. Es ist ein sehr langer Spruch und er ist eindeutig orgkisch. Er vollendet die Anrufung, winkt uns ein spöttisches Lebewohl zu, lässt den Drachen aufsteigen und verschwindet in der Nacht. Wir starren uns an. Nichts passiert.

»Was sollte das denn?«

Budhaius von der Östlichen Erleuchtung wirkt ernst. Er nimmt Sarins Hand. »Nimm das Gold. Es wird Zeit, dass wir gehen. Das war der Stadtvernichtungszauber. Der Acht-Stadien-Schrecken. Harm hat ihn wieder ausgegraben. Die Bevölkerung wird jetzt unaufhaltsam dem Wahnsinn verfallen. In ganz Turai wird kein Stein auf dem anderen bleiben.«

Ich hätte mich hüten sollen, diese verrückten Halb-Orgk-Zauberer zu reizen. Man weiß nie, ob sie nicht einfach auf dem Rücken eines Drachen aufkreuzen und deine Stadt in Schutt und Asche legen.

»Ich spüre aber gar nichts«, protestiert Sarin.

»Du trägst ein schützendes Amulett«, erklärt Budhaius. »Ich auch. Aber die Bevölkerung nicht.«

Das Gemurmel draußen vor dem Stadion schwillt allmählich an. Wir rennen aus dem Stadion Superbius hinaus und werden mit dem erschreckenden Anblick der brennenden Stadt konfrontiert. Orangefarbene Flammen lecken in den Himmel und vermischen sich mit den ersten Strahlen des Morgengrauens. Sarin hält mir den Brief hin.

»Das Gold!«, fährt sie mich an.

Ich mache den Handel, aber ich weiß nicht, welchen Sinn das noch haben soll, wenn Turai ohnehin den Flammen zum Opfer fällt. Georgius Drachenfresser rennt hinter mir her und versucht, mir den Brief aus der Hand zu reißen. Sarin die Gnadenlose streckt ihn mit einem mühelosen, ja graziösen Tritt gegen den Kopf nieder. Das war eines voll ausgebildeten Kampfmönchs würdig. Oder heißt das Kampfnonne? Georgius fällt jedenfalls wie ein Sack zu Boden.

»Es war ein schwerer Fehler, mich zu hintergehen«, murmelt sie. Sie zieht ein Messer und bückt sich über ihn. Ich rechne damit, dass sie ihn jetzt erledigt, aber sie schneidet mit einem boshaften Grinsen das Band seines Schutzamuletts durch und nimmt es ihm ab.

»Fröhliches Erwachen«, sagt sie und schlingt ihren Arm um Budhaius' Taille. Der murmelt einen Zauberspruch, und sie steigen langsam in die Luft empor.

»Ihr könnt doch nicht einfach Turai seinem Schicksal überlassen!«

»Ich glaube, Lisutaris, die Herrin des Himmels, hat an einem Gegenzauber zu Harms Acht-Stadien-Schrecken gearbeitet!«, ruft Budhaius, der mittlerweile schon hoch über uns schwebt. »Vielleicht kann sie euch retten, wenn ihr sie lange genug wach halten könnt.«

Sie verschwinden in der Dunkelheit.

»Warum sollten wir Schwierigkeiten haben, Lisutaris, die Herrin des Himmels, wach zu halten?«, erkundigt sich Makri.

»Sie ist im Dauerrausch. Sie raucht ihr Thazis durch eine Wasserpfeife.«

Georgius rührt sich.

»Wir sollten lieber machen, dass wir hier wegkommen.«

Wir laufen los. Hinter uns kreischt Georgius wie ein Wahnsinniger und speit einen Zauberspruch nach dem anderen hervor, mehr, als jeder Zauberer unter normalen Umständen in seinem Gedächtnis speichern kann. Statuen fallen von ihren Sockeln, und Wände explodieren in einem Flammenmeer, als der verrückte Magier seine Wut an der Welt auslässt.

»Diese Sarin ist eine verdammt gefährliche Frau!«, keuche ich, als wir in einem umliegenden Gebäude in Deckung gehen. »Ich gebe Budhaius keine großen Chancen, wenn er seine Nützlichkeit überlebt hat.«

Plötzlich sind wir von verrückten Bürgern umzingelt, die Knüppel und Schwerter schwingen und alles angreifen, was sich bewegt. Eine alte Frau stürzt sich mit einem Stock auf Makri. Die macht sie mit einem gezielten Tritt unschädlich, aber einem hünenhaften Söldner aus den Nordlanden muss sie leider die Eingeweide aufschlitzen, als der sich mit einer Streitaxt auf sie stürzt. Wir fliehen in eine Sackgasse und springen über eine Wand. Aber nirgendwo finden wir Sicherheit. Zwischen uns und jedem Stadttor befindet sich eine Menge von wahnsinnigen Opfern des Bösen Bannes von Harm dem Mörderischen.

Plötzlich taucht eine Hand wie aus dem Nichts auf und packt Makri. Sie verschwindet mit einem kurzen Quieken in einem Türbogen. Ich stürme hinterher und finde sie im Griff einer kleinen, dunklen Gestalt. Marihana, die Meister-Meuchelmörderin!

»O nein, nicht das noch! Keine übergeschnappte Meuchelmörderin!«, schreie ich und springe ihr an die Kehle. Marihana tritt elegant zur Seite. Ich lande krachend an der kahlen Wand.

»Keine übergeschnappte Meuchelmörderin!«, sagt Marihana kühl und betastet ihr eigenes Schutzamulett, das aus demselben Roten Elfentuch besteht wie meines.

Ich weiß nicht, ob dieses Zusammentreffen ein Zufall ist,

oder ob Marihana uns gefolgt ist. Aber da die Stadt gerade kurz davor steht, sich selbst zu vernichten, scheint mir das nicht der rechte Moment, um darüber nachzugrübeln.

Die Meuchelmörderin mustert die Menge verächtlich. »Meine Genossenschaft verabscheut zu große soziale Unruhe«, stellt sie fest. »Eine gewisse Unzufriedenheit mag ja gut für das Geschäft sein, aber zu viel davon verdirbt immer alles.«

»Das ist wohl wahr, Marihana. Niemand braucht noch Meuchelmörder, wenn sich alle gegenseitig an die Gurgel gehen. Ich vermute, mit der Detektivbranche geht es ebenfalls bergab.«

»Wir sollten langsam versuchen, uns zu Lisutaris Haus durchzukämpfen«, schlägt Makri vor und erklärt Marihana, dass die Zauberin vielleicht einen Gegenzauber zum Acht-Stadien-Schrecken im Schrank hat. Marihana willigt ein. Ich betrachte sie misstrauisch. Ihr Verhalten in letzter Zeit ist höchst seltsam und vollkommen untypisch für eine Meuchelmörderin. Diese Leute halten sich normalerweise von allen anderen fern, außer, wenn sie einen umbringen natürlich.

Außerdem hege ich wenig Hoffnungen, das Lisutaris in der Lage sein wird, dieses Chaos zu beenden, aber etwas Besseres fällt mir auch nicht ein. Immerhin besteht die Möglichkeit, dass es den Magiern aus der Wahre-Schönheit-Chaussee gelingt, den verrücktgewordenen Mob aufzuhalten. Also ist diese Richtung so gut wie jede andere auch. Ich kann allerldings nicht behaupten, dass es mir gefällt, mein Schicksal einer Meuchelmörderin anzuvertrauen, und fordere sie auf, sich zu verdrücken.

In dem Moment stürmen zwanzig schwer bewaffnete und schwer verrückte Soldaten auf uns zu. Wir treten den eiligen, geordneten Rückzug an, und ich befinde mich immer noch in Gesellschaft von Marihana, wenn auch gegen meinen ausdrücklichen Willen.

Bedauerlicherweise scheint die Wahre-Schönheit-Chaussee im Augenblick das beliebteste Ausflugsziel unserer übergeschnappten Mitbürger zu sein. Trotz ihres Wahnsinns ist ihnen klar, dass dieser Ort sicher toll brennt. Alle sind vollkommen von Sinnen. Abgesehen von der königlichen Familie haben nur Zauberer, hohe Beamte und einige äußerst wohlhabende Kaufleute Schutzamulette. Trotzdem würde ich keinen Heller auf ihre Chancen gegen den tobenden und heute besonders hirnlosen Mob setzen.

Makri und Marihanas Kampfkünste und mein enormes Gewicht bringen uns bis dicht ans Ziel. Die Zauberer, die hier residieren, geben sich alle Mühe, die verrückten Bewohner im Zaum zu halten. Die Luft knistert vor magischer Energie, als die Barriere, die sie errichtet haben, einem Dauerbombardement von brennenden Fackeln und Wurfgeschossen aller Art ausgesetzt wird. Nicht alle Zauberer der Wahre-Schönheit-Chaussee sind so mächtig wie Budhaius von der Östlichen Erleuchtung oder Harmonius AlpElf. Viele sind kaum mehr als bessere Astrologen und verfügen über wenig mehr magische Kräfte als ich. Der ungeheure Kraftakt, den durchgedrehten Mob zurückzuhalten, fordert ihren Tribut. Gorsius Sternengucker und der Alte Hasius Brillantinius, Chefzauberer im Justizdomizil, beides mächtige Magier, verharren standhaft auf der Straße und werfen alles zurück, was da kommt. Aber einige ihrer magischen Mitstreiter fangen allmählich an, schlapp zu machen. Sie werden schlicht von der Masse der heranfliegenden Geschosse zurückgedrängt. Ein paar Fackeln durchdringen die magische Barriere und einige Häuser am Ende der Straße fangen Feuer. Von Lisutaris, der Herrin des Himmels, ist nichts zu sehen.

Der Pöbel ist vollkommen mit dem Angriff beschäftigt und macht keinerlei Anstalten, uns aufzuhalten. Als wir das Ende der Straße erreichen, schreie ich aus Leibeskräften Gorsius Sternengucker an, um den Lärm des Mobs zu übertönen. Gorsius hört mich und starrt mich zweifelnd an. Ich halte mein schützendes Amulett hoch und rufe ihm zu, dass er mich hereinlassen soll. Er macht eine Bewegung mit dem Stock. Marihana, Makri und ich stürzen durch die Lücke in der magischen Sperre.

»Das hier ist wirklich kein guter Zufluchtsort für Euch«, ruft Gorsius Sternengucker, der in seiner Unterwäsche mit Sternenaufdruck dasteht und seine Zaubersprüche herausschleudert. Er hatte nicht mal Zeit gehabt, seinen Regenbogenmantel überzuwerfen. »Wir können sie nicht mehr lange aufhalten.«

»Wo ist Lisutaris?«

»Wahrscheinlich liegt sie weggetreten auf ihrer Chaiselongue zu Hause«, erwidert Gorsius und duckt sich, als ein Stein über ihn hinwegfliegt.

»Budhaius von der Östlichen Erleuchtung hat mir gesagt, dass sie an einem Gegenzauber zum Acht-Stadien-Schrecken arbeitet.«

»Dem Acht-Stadien-Schrecken?«, schreit Gorsius. »Das hat diesen ganzen Wahnsinn hier verursacht?«

»Was glaubt Ihr denn, was es war? Ein toter Frosch im Trinkwasser?«

Gorsius stöhnt. »Dann haben wir keine Chance, es zu besiegen! Wo ist Budhaius? Wir brauchen seine Hilfe.«

»Der dürfte kaum kommen, fürchte ich.«

In der Ferne schlagen Flammen aus dem Kaiserlichen Palast. Ein weiterer Felsbrocken durchdringt die Barriere. Gorsius Sternengucker bricht zusammen. Sein Schüler rennt zu ihm und hilft ihm hoch, aber die Zauberer sind jetzt noch mehr unter Druck als vorher. Einige der jüngeren Zauberlehrlinge, die noch nie in einem Krieg gewesen sind, verlieren die Nerven. Wir rennen die Auffahrt von Lisutaris Anwesen hinauf. Davor liegen die reglosen Körper ihrer Diener, die wegen ihres Wahnsinns von den Zauberern betäubt wurden. Die Tür ist verschlossen.

»Die Meute kommt näher«, sagt Makri.

Ich stürme vor und werfe mich wie ein Elefant gegen die

Tür. Holz splittert. Marihana, leichtfüßig wie sie ist, dringt als erste zur Herrin des Himmels vor, der unglaublich mächtigen Zauberin und der unglaublich hoffnungslosen Thazis-Abhängigen. Sie liegt mit einem abwesenden Gesichtsausdruck neben ihrer Wasserpfeife. Auf einer Ottomane. Die Luft in dem Raum ist zum Schneiden dick, verqualmter als in der Rächenden Axt nach einer nächtlichen Orgie. Die Frau raucht wirklich viel zu viel von dem Zeug. Aufs Neue verwünsche ich die Lasterhaftigkeit unserer Palastzauberer.

»Versuch sie auf die Beine zu kriegen, Makri. Ich suche nach dem Zauberspruch.«

Makri schüttelt Lisutaris, während Marihana und ich auf der Suche nach dem Gegenzauber gegen den Acht-Stadien-Schrecken das Haus auf den Kopf stellen. Das Gebrüll der Menge wird immer lauter, und mehr und mehr wahnsinnige Mitbürger durchbrechen die Barriere der Zauberer.

Als ich in Lisutaris Arbeitszimmer stürme, taucht einer ihrer verrückten Diener mit einem Schnitzmesser auf. Ich weiche dem Hieb aus und versetze ihm einen Schlag. Er ist zu verrückt, um etwas zu spüren, und greift mich wieder an. Also stelle ich ihm ein Bein und zerschlage einen Stuhl auf seinem Kopf. Wenn wir überleben, soll Lisutaris ihn später zusammenflicken. Mir ist jetzt wichtiger, Lisutaris Bücher zu durchwühlen.

»Ist es vielleicht das hier?«, fragt Marihana und reicht mir ein frisch geschriebenes Pergament. Ich überfliege es schnell.

»Leider nicht. Das ist ein Zauber, der Thazis-Pflanzen schneller wachsen lässt.« Marihana wirft das Pergament angewidert weg, und wir suchen weiter. Ein Stein fliegt klirrend durch das Fenster. Der Mob kommt näher. Gorsius Sternengucker und sein Zauberlehrling stolpern durch die Hintertür hinein und schleppen den Alten Hasius Brillantinius mit. Die drei sind verletzt und bluten.

»Die Menge bricht durch!«

Der Alte Hasius Brillantinius ist angeblich einhundertzehn Jahre alt. Wenn er die hundertelf noch schaffen will, sollte der Gegenzauber möglichst bald auftauchen. Ich ziehe noch eine Schublade auf und entdecke dort frisch beschriebene Pergamente. Ich überfliege sie hastig.

»Ja!«, rufe ich triumphierend. »Der Gegenzauber zu dem Acht-Stadien-Schrecken!«

Gorsius humpelt zu mir herüber und überfliegt die Seiten. Während er sie hastig durchblättert, wischt er sich das Blut aus dem Gesicht. Noch mehr Steine segeln durch die Fenster. Seine Miene spricht Bände.

»Sie hat ihn nicht zu Ende geschrieben!«

Ich verlasse sofort den Raum und sage Makri, sie braucht Lisutaris, Herrin des Himmels nicht wachzurütteln.

»Sie hat den Zauber nicht zu Ende geschrieben. Uns bleibt nur noch die Flucht von hier, bevor die ganze Stadt in Flammen aufgeht.«

»Gut, das war's wohl mit der Zivilisation«, meint Makri und will mit mir flüchten.

»Wohin wollt Ihr?«, fragt Gorsius Sternengucker, der plötzlich neben uns aufgetaucht ist.

»Ganz egal. Wir werden uns den Weg hier herauskämpfen, bevor die ganze Stadt brennt.«

»Ihr könnt doch nicht einfach weglaufen!«, protestiert der Zauberer.

»Das ist die einzige Möglichkeit«, statuiert Makri nüchtern. »Wir können nicht gegen die ganze Bevölkerung von Turai kämpfen.«

»Verschafft uns einfach nur etwas Zeit. Lisutaris kann den Zauber zu Ende spinnen.«

Bevor ich antworten kann, fliegt die Tür auf und Georgius Drachenfresser steht im Raum. Irrsinn flackert in seinem Blick.

»Tod allen Zauberern!«, schreit er.

Er springt mit erhobenen Armen auf mich zu. Ich hoffe,

dass mein Schutzamulett stark genug ist, mir seine verrückte Magie vom Hals zu halten.

Ich bekomme jedoch leider nicht die Chance, das herauszufinden, weil Georgius mir statt eines Zaubers die Faust vor den Latz knallt. Ich falle zu Boden. Der Zauberer kreischt vor Lachen.

»Das war schön!«, ruft er und zieht sein Schwert.

Makri springt vor mich, um mich zu schützen, und verwickelt Georgius in einen Kampf. In diesem Moment stürmt eine Horde von übelgelaunten Marodeuren Fackel und Schwert schwingend ins Haus. Makri und ich flüchten aus dem Zimmer und zerren Gorsius Sternengucker und Lisutaris mit uns. Wir laufen ins Arbeitszimmer, wo der Alte Hasius Brillantinius bewusstlos auf dem Boden liegt. Marihana scheucht gerade zwei Eindringlinge durch die Hintertür.

Wir sind umzingelt. Wir verbarrikadieren die Tür mit Möbeln und sehen uns gegenseitig ratlos an. Lisutaris, Herrin des Himmels, stöhnt und macht Anstalten, wach zu werden. Der wahnsinnige Mob hämmert an die Tür, und wir hören Axtschläge.

»Könnt Ihr Zauberer denn nichts tun?«, will Makri wissen.

Können wir nicht. Keiner von uns hat noch irgendwelche Zaubersprüche parat. Meine sind schon lange aufgebraucht, und die gesammelte Kraft der anderen Zauberer hat sich vollkommen darin erschöpft, die Menge auf der Straße aufzuhalten. Wir verfügen über nicht mehr Macht als jeder andere hier im Raum. Genaugenommen sogar über erheblich weniger, wenn man den körperlichen Zustand von Hasius, Gorsius und Lisutaris genau betrachtet. Rauch dringt unter der Tür hindurch. Die verdammten Irren haben uns das Haus unter dem Hintern angezündet!

27. Kapitel

Jemand schreit: »Löscht das Feuer! Löscht das Feuer!« Die Stimme kenne ich. Es ist meine. Aber keiner schert sich drum.

Ich glaube es nicht. Da stehe ich umgeben von den mächtigsten Zauberern von Turai, und komme bei so etwas Banalem wie einem Hausbrand ums Leben.

»Hat denn keiner noch einen winzigen Zauberspruch übrig?«

Gorsius Sternengucker schüttelt den Kopf. Sein Zauberlehrling sieht mich nur ausdruckslos an. Der Alte Hasius Brillantinius ist bewusstlos, Lisutarius, die Herrin des Himmels, noch benebelt. Der Rauch wird dichter, und jetzt lecken auch schon die ersten Flammen unter der Tür hindurch. Makri und Marihana versuchen, sie aufzudrücken, aber es sieht so aus, als hätte man sie jetzt auch von außen verbarrikadiert.

Mir reißt der Geduldsfaden. Ich schnappe mir Lisutaris, zerre sie sanft auf die Füße und versetze ihr eine schallende Ohrfeige, die ihr beinah den Kopf abreißt. Sie schlägt die Augen auf und grinst mich belämmert an.

»Hallo!«, schreie ich sie an. »Jemand zu Hause? Fein. Hör gut zu. Wir werden verbrennen. Niemand hat noch irgendwelche Zaubersprüche übrig außer dir. Also hängt alles von dir ab. Lösch das Feuer!«

»Wie bitte?«

»MACH DAS VERDAMMTE FEUER AUS!«

»Kein Grund, so laut herumzukrakeelen!«, beschwert sich Lisutaris, die allmählich zur Realität zurückzufinden scheint. Sie wedelt schlapp mit der Hand. Das Feuer erlischt.

»Mann, habe ich Hunger«, sagt sie.

Mit einigen kräftigen Hieben zertrümmere ich die Tür. Lisutaris Zauber hat die Marodeure aus dem Haus getrieben, aber jetzt veranstalten sie draußen vor der Tür einen Mordsspektakel und formieren sich zu einem neuen Angriff. Ich will hier raus. Bedauerlicherweise umringt jetzt eine noch größere Horde von Verrückten das Haus, einschließlich einiger schwer bewaffneter Volksgardisten. Sie bevölkern den Garten des benachbarten Prätor-Anwesens wie eine Invasionsarmee. Plötzlich kommt eine schicke Kutsche in Sicht. Der Kutscher versucht verzweifelt, die Pferde im Griff zu behalten, während es um ihn herum nur so Wurfgeschosse hagelt und die Flammen den Himmel hell erleuchten.

Die Kutsche donnert durch eine Schmuckhecke und über einige Bluemenbeete, bevor sie gnadenlos durch die Menge pflügt. Wer auch immer da drin sitzt, er scheint unbedingt zu uns zu wollen.

»Verdammt guter Kutscher«, murmelt Makri, als das Gefährt in voller Fahrt um einige Bäume schlingert. Der Fahrer duckt sich tief und versucht, den Steinen auszuweichen, die von dem tollwütigen Mob geschleudert werden. Fast hätte er es bis zum Haus geschafft, doch dann bleiben die Vorderräder in einem Zierteich stecken.

»Das ist ja die Prinzessin!«

Du-Lackai springt mutiger, als ich ihr zugetraut hätte, vom Fahrersitz, wehrt einen Angreifer mit einem gezielten Tritt in seine Familienjuwelen ab und rennt auf uns zu, was das Zeug hält. Die Menge verfolgt sie johlend. Sie schafft es zur Vordertür, und wir zerren sie hinein. Keuchend bricht sie auf dem Boden zusammen. Bedauerlicherweise bietet dieser Zufluchtsort ihr nur sehr kurzfristigen Schutz. Die Menge ist vom Auftauchen der Prinzessin bis aufs Äußerste angestachelt, greift das Haus erneut an und versucht, den Türrahmen abzumontieren. Sie werden jede Sekunde durchbrechen. Ich stöhne verzweifelt auf und wende mich an Lisutaris.

»Beendet Euren Gegenzauber, und zwar schnell!«, rate ich ihr und begebe mich dann wieder missmutig an die wenig reizvolle Aufgabe, mein Leben und das der anderen gegen diesen Mob zu verteidigen. Marihana und Makri leisten mir an der Tür Gesellschaft, und wir halten aus so gut wir können. Unsere drei Klingen genügen, um trotz ihres Wahnes einige dieser Aberwitzigen zu entmutigen. Aber die Volksgardisten scheinen nur auf die Gelegenheit gewartet zu haben, mal wieder so richtig draufhauen zu dürfen, und stürzen sich auf uns, als wären wir feindliche Orgks. Es ist ein harter Kampf, und dass wir letztendlich Unschuldige abschlachten müssen, macht alles noch viel schlimmer. Harm der Mörderische hat wirklich furchtbare Rache genommen. Makri hätte ihm diesen Wurfstern eben nicht ins Bein schleudern sollen.

Ich habe gerade einen Gegner erledigt, als Lisutaris, die Herrin des Himmels, hinter uns schreit: »Was heißt auf orgkisch: ›Friede‹?«

Diese Unterbrechung verblüfft mich.

»Wovon redet Ihr da eigentlich?«, schreie ich.

»Ich muss meinen Gegenzauber ins Orgkische übersetzen, wenn er wirken soll«, erklärt sie. »Aber mein Orgkisch ist nicht sonderlich gut. Also, was heißt auf orgkisch ›Friede‹?«

»*Vazey*«, erwidert Makri und setzt einen Gegner mit einem gut platzierten Tritt zwischen seine großen Zehen außer Gefecht.

Wir kämpfen weiter.

»Was heißt auf orgkisch: ›Harmonische Verbindung‹?«

Dafür braucht Makri eine Weile, was mich nicht überrascht, denn sie muss sich eines großen Volksgardisten erwehren, der ihr mit einer gewaltigen Doppelaxt an die Wäsche will.

»*Tenasata Zadad* glaube ich!«, schreit sie, nachdem sie den Kerl einen Kopf kürzer gemacht hat.

Mittlerweile liegen überall Leichen herum, aber die Angreifer lassen sich davon nicht weiter stören. Ihr Wahnsinn scheint sich sogar noch zu verstärken, und von den brennenden Häusern ringsum dringt Rauch in den Raum. Ich habe eine tiefe Schnittwunde im Gesicht, und eine an meiner Schulter. Außerdem bemerke ich, dass Marihana sich nicht mehr so geschmeidig bewegt. Anscheinend ist sie am Bein verletzt.

»Was bedeutet auf orgkisch: ›Alle Wesen sollen Brüder sein‹?«

»Verdammt, Makri, geh nach hinten und übersetze ihr den verdammten Zauberspruch. Marihana und ich werden sie solange allein aufhalten!«

Makri begreift, dass dies die klügste Vorgehensweise ist, und läuft nach hinten. Jetzt sind nur noch die Meuchelmörderin und ich als letzte Bastion gegen den Wahnsinn übrig. In meinen eitleren Momenten habe ich oftmals behauptet, der beste Straßenkämpfer von Turai zu sein. Das ist natürlich eine kleine Übertreibung, aber ich bin wirklich verdammt gut. Marihana auch. Mir schießt durch den Kopf, wie grotesk es ist, Schulter an Schulter mit einer herzlosen, eiskalten Meuchelmörderin zu kämpfen, aber ich halte mich nicht allzu lange mit diesem Gedanken auf. Denn jetzt baut sich ein wahrhaft angsteinflößender Kontrahent vor mir auf. Es ist der größte Kerl, den ich jemals gesehen habe, und er schwingt eine Axt von der Größe einer Haustür in der Hand. Die schiere Wildheit, mit der er mich angreift, treibt mich zurück, und ich habe kaum eine Chance, seine Axt zu blockieren. Er ist außerordentlich wild und stark und ich bin zu müde, um noch viel länger gegen ihn anzukämpfen. Ich springe vor und ramme ihm mein Schwert in die Schulter. Aber er ist wütender als ein gekränkter Zauberer und merkt den Stich nicht einmal. Seine Axt kracht auf mein Schwert, das ich hastig zum Schutz hochreiße, und der Schlag zwingt mich in die Knie. Er schlägt erneut zu, und mein Arm wird taub. Ich lasse mein Schwert fallen. Er holt aus und zielt auf meine Kehle.

Doch seine Axt hält vor meiner Gurgel inne. Er schwankt und stürzt zu Boden. Marihanas Messer steckt tief in seinem Rücken. Ich keuche ein Danke hervor und stehe zögernd wieder auf, bereit, mich der nächsten Welle der Angreifer zu stellen. Hinter mir höre ich Makri, Lisutaris und die anderen Zauberer mit Orgk- und Elfenausdrücken um sich werfen, während sie versuchen, den Gegenzauber zu vervollständigen.

Marihanas verletztes Bein gibt nach und sie sinkt auf ein Knie. Sie wird schwer bedrängt. Erneut zeigt die Prinzessin Mut, stürmt vor und knüppelt einen Gegner mit einem Stock zu Boden. Ich werde plötzlich von einer riesigen Wut gepackt, weil ich auf eine so nutzlose Art und Weise in der Blüte meiner Jahre sterben muss. Ich hätte mir niemals träumen lassen, dass ich irgendwann einmal gegen eine Horde übergeschnappter turanianischer, mittelständischer, liberaler Ladenbesitzer kämpfen würde. Ich drehe mich um und schreie so laut ich kann: »Wenn Ihr diesen verdammten Zauberspruch nicht verdammt bald vollendet, dann komme ich und bringe Euch verdammt noch mal eigenhändig um, bevor sie mich kriegen, verdammt!«

»Haltet aus!«, ruft Lisutaris freundlich zurück. »Noch eine Minute!«

Also halten wir noch eine Minute aus. Als Lisutaris endlich den Zauberspruch intoniert, gehe ich gerade unter dem gemeinsamen Ansturm von sechs mit Knüppeln bewaffneten Angreifern zu Boden und verliere das Bewusstsein.

28. Kapitel

Als ich aufwache, ist es dunkel und ruhig. Entweder bin ich tot oder die Unruhen haben aufgehört. Eine Tür schwingt auf und es wird hell. Makri betritt den Raum. Ihr Kopf ist bandagiert, aber ansonsten wirkt sie gesund.

»Was ist passiert?«

»Lisutaris Gegenzauber hat gewirkt. Die ganze Stadt ist vor etwas drei Stunden wieder zur Vernunft gekommen. Gerade noch rechtzeitig für Marihana und dich. Übrigens, gut gekämpft.«

»Danke.«

Mir fällt auf, dass ich mich gar nicht so schlecht fühle, nach allem was ich durchgemacht habe.

»Die Zauberer haben euch beide zusammengeflickt. Natürlich erst, nachdem sie sich um die Prinzessin gekümmert haben. Die Aufrührer sind kleinlaut abgezogen, um die Feuer zu löschen und ihre Wunden zu lecken. Die halbe Stadt liegt in Schutt und Asche, aber die Zauberer, die noch am Leben sind, scheinen sie jetzt wieder unter Kontrolle zu haben. Und die Zivilgarde ist mit allen Mann schwer im Einsatz.«

»Wo ist Marihana?«

»Nebenan. Die Zauberer brauchten lange, um ihre Wunden zu heilen.«

»Sie hätten sie sterben lassen sollen.«

Makri deutet ziemlich unverblümt an, dass ich da ein bisschen undankbar bin. Ohne Marihana hätte der verrückte Mob uns überwältigt.

»Vielleicht, vielleicht auch nicht. Ich glaube, ich hatte die Lage ganz gut unter Kontrolle. Na gut, ich denke, es wird Zeit, wieder an die Arbeit zu gehen.«

»Ach ja?«

Ich nicke. »Ich habe den Brief des Prinzen zurückgeholt und vermutlich genug Informationen über das Boah gesammelt, um Zerberius vor einem öffentlichen Prozess zu bewahren. Was die Prinzessin angeht, bin ich noch nicht ganz sicher. Wir können nur hoffen, dass Bischof Gabrielius die Behörden davon überzeugen kann, dass sie den Drachen nicht aufgeschlitzt hat. Dann ist da noch die Sache mit dem Tuch … Ich habe viel darüber nachgedacht … Gehen wir mal zu Marihana.«

Makri will nicht mitkommen. Sie möchte unbedingt zur Rächenden Axt zurück und dort nach dem Rechten sehen. Sie macht sich Sorgen, dass sich vielleicht jemand während der Unruhen mit dem Geld aus dem Staub gemacht haben könnte, das sie für die Vereinigung der Frauenzimmer gesammelt hat.

»Was soll ich machen, wenn meine Aufzeichnungen aus der Philosophievorlesung verbrannt sind?«

Makri stürmt los und überlässt es mir, Marihana einen Besuch abzustatten. Die kleine Meuchelmörderin liegt nicht nebenan, aber ich finde sie im Weinkeller mit einer Flasche in der Hand. Ihre schwarze Robe hängt als Folge des erbitterten Kampfes in Fetzen von ihrem zierlichen Körper herunter, aber sie scheint wie ich nach ihrer Heilung in guter Verfassung zu sein.

»Sieh an«, sage ich. »Das sind ja schon zwei überraschende Dinge an dir an einem Tag.«

»Was meinst du?«

»Erstens können dich die Ereignisse so sehr erschüttern, dass du einen Drink brauchst, um deine Nerven zu beruhigen.«

»Ich brauche nichts zu trinken, um mich zu beruhigen«, erwiderte Marihana kühl.

»Ich schon«, gebe ich zurück, suche mir eine Flasche aus und öffne sie mit dem Korkenzieher, den ich an meinem Schlüsselring trage. Dann setze ich mich neben sie auf den

Boden. »Wir haben vorhin mehr Verrückte bekämpft, als man von zwei Menschen vernünftigerweise erwarten kann. Es war sicherlich eine großartige Angelegenheit, wenn ich das mal so sagen darf. Danach hat jeder eine Flasche Wein verdient, selbst eine Meuchelmörderin, die darauf trainiert wurde, gefühllos zu sein.«

»Und warum sagst du das?«

»Du hast mein Leben gerettet. Ich bin gerührt.«

»Dafür gibt es keinen Grund. Ich habe dich nur gerettet, weil ich deine Hilfe brauchte, um den Mob zu bekämpfen.«

Ich verfolge das Thema nicht weiter. Vermutlich sagt sie die Wahrheit. »Weißt du, Marihana, ich laufe dir in letzter Zeit ziemlich häufig über den Weg. Bis jetzt bin ich noch nicht dahintergekommen, warum das so ist. Aber ich muss trotzdem sagen, dass du für die Nummer Drei der Meuchelmördergenossenschaft gar nicht so schlecht bist. Vielleicht etwas distanziert, das schon, aber he, für eine Frau, die einmal in einem Wintersturm die glatten Wände des Schlosses Mänhersatt erklommen hat, nur um Konsul Pavius zu meucheln, bist du gar keine so schlechte Gesellschaft. Ist es wahr, dass du einmal an einem Tag einen Zauberer, einen Senator und einen Orgk-Lord getötet hast?«

»Die Meuchelmördergenossenschaft diskutiert nicht mit Außenseitern über ihre Arbeit«, antwortet Marihana spröde.

»Zum Wohl«, sage ich und hebe meine Flasche.

Sie hebt die ihre unmerklich und wir trinken zusammen. In dem Regal um uns herum lagern ausgezeichnete Weine, aber leider sehe ich nirgendwo ein Fässchen Bier. Ich leere eine Weinflasche und öffne die nächste, wobei ich mir den besten Jahrgang aussuche, den ich finden kann.

Ich schenke mir die Frage, warum Marihana hinter dem Tuch her war. Sie würde es einfach abstreiten. Aber ich sage ihr, wie überrascht ich war, dass ich sie bewusstlos am Strand gefunden habe.

»Auch wenn du in diesem Abwasserkanal halb ertrunken

bist, dachte ich, es wäre einfach unmöglich, sich unbemerkt von hinten an dich heranzuschleichen.«

Sie wirkt etwas bedrückt. »Das hätte ich auch gemeint. Ich schwöre, dass ich einen Angreifer gespürt hätte, halb ertrunken oder nicht.«

»Vielleicht Zauberei?«

Sie schüttelt den Kopf. Von Zauberei hat sie nichts gemerkt, und das wäre einer Frau mit ihren Fähigkeiten sicher nicht entgangen. Ich hatte ebenfalls nichts bemerkt. Es bleibt ein verwirrendes Rätsel. Und außerdem auch ein sehr verwirrendes Zusammentreffen, wenn ich genauer darüber nachdenke, weil es auch sehr unwahrscheinlich ist, dass sich jemand an Sarin die Gnadenlose heranschleichen kann, nachdem sie diese Kampfmönchausbildung absolviert hat. Und dennoch ist es passiert. Offenbar läuft jemand in Turai herum, der sehr gut im Anschleichen ist, und schlägt den Leuten mit Vorliebe harte Gegenstände auf den Hinterkopf. Bedeutet das vielleicht, dass dieselbe Person, die Marihana das Rote Elfentuch weggenommen hat auch die Boah-Säcke von Sarin geraubt hat? Ein sehr interessanter Gedanke.

»Da war etwas, aber …«

Ich sehe sie fragend an.

»Ich kann es nicht genau beschreiben. Aber einen Augenblick bevor ich getroffen wurde, dachte ich, ich spüre etwas … na ja, ich weiß nicht … etwas nicht Menschliches.«

»Vielleicht ein Orgk?«

Sie kann es nicht sagen. Es ging zu schnell und sie war zuvor ja beinahe ertrunken. Etwas regt sich schwach in meinem Kopf, verschwindet aber wieder, bevor ich es identifizieren kann.

Marihana nimmt noch einen Schluck und erhebt sich dann graziös. Sie muss los und nachsehen, wie die Dinge im Hauptquartier der Meuchelmördergenossenschaft stehen. Als Nummer Drei der Organisation ist Marihana wichtig genug, dass sie ein besonderes Zauberschutzamulett trägt, aber das gilt natürlich nicht für alle Meuchelmörder. Es dürfte recht interessant sein, zu sehen, was passiert, wenn ein Haufen Meuchelmörder vom Acht-Stadien-Schrecken in den Wahnsinn getrieben worden ist.

Sie verschwindet. Ich öffne noch eine Flasche Wein. Der Keller ist kühl, und es ist das erste Mal seit Wochen, dass ich es mir gemütlich machen kann. Ich merke, dass ich einzuschlafen drohe, und habe meine liebe Mühe, mich aufzuraffen und wieder an die Arbeit zu gehen.

»Aber wahrscheinlich immer noch besser, als auf einer Strafgaleere zu rudern«, knurre ich und rapple mich hoch.

29. Kapitel

Die Prinzessin trägt eine frische Robe, die sie sich von Lisutaris geliehen hat, und hat ihr blondes Haar gebürstet und geflochten. Ihr hübsches Armband ist eingedellt, wo es von einem Stein getroffen wurde, und sie hat unterwegs einen Ohrring verloren. Aber alles in allem sieht sie für eine Frau, die einmal quer durch die Hölle kutschieren musste, gar nicht mal schlecht aus. Als ich aus dem Keller auftauche, den wohlverdienten Dank der Zauberer akzeptiere und ihre Gratulationen entgegennehme, ergreift schließlich auch sie das Wort. Zwar entschuldigt sie sich nicht direkt für ihre anfängliche Grobheit, aber sie lässt mich wissen, dass sie nun eine viel bessere Meinung von mir hat. Ich antworte ebenso höflich und geziert. Wie das geht, weiß ich noch sehr gut aus meiner Zeit im Palast.

Die Zauberer erholen sich von all den Strapazen mit einer Festtafel voller Köstlichkeiten und einer großzügigen Auswahl aus Lisutaris Weinkeller. Ich merke, dass Lisutaris ein bisschen gereizt ist, vermutlich, weil wohl längst ein tiefer Zug an ihrer Wasserpfeife fällig ist. Andererseits wird sie sich sicher kein Thazis reinziehen wollen, solange die Prinzessin in Riechweite ist. Zwar glaube ich nicht, dass es Unsere Königliche Hoheit nach den Unruhen und dem ganzen Durcheinander noch sonderlich stören würde, aber ein Zauberer muss die höfischen Formen wahren, wenn er Karriere machen will. Das gilt auch für Zauberinnen. Als Prinzessin Du-Lackai aufbrechen will, bietet ihr Lisutaris eine Kutsche samt Eskorte zum Palast an. Aber anscheinend hat die Prinzessin nur auf meine Rückkehr aus dem Keller gewartet. Denn sie lehnt das Angebot freundlich ab und verkündet, dass sie sich mir anschließen will. Ach, ich wollte gehen? Ich schnappe mir noch schnell eine Pastete von der Tafel der Zauberer, und folge ihrer Königlichen Hoheit auf dem Fuße. Einige Dienstboten zerren die Kutsche aus dem Zierteich, spannen ein frisches und vor allem trockenes Pferd davor, und ich quetsche mich neben die Prinzessin auf den Kutschbock.

Die Sonne glüht noch stärker als gestern. Die immer präsenten Flugratten hocken in den Bäumen, oder vielmehr in dem, was noch von diesen übrig ist. Nach der Kühle in Lisutaris Weinkeller ist diese Atmosphäre nur schwer auszuhalten.

»Hier ist es so heiß wie in der orgkischen Hölle. Wohin genau geht Ihr eigentlich, Prinzessin? Zurück in die Gefangenschaft?«

Sie bestätigt meine Vermutung. Als die Unruhen ausbrachen und sie sich in einem brennenden Flügel des Palastes eingesperrt fand, entschloss sich die Prinzessin ganz natürlich, dass sie wohl besser schnellstens ausbrechen sollte. Aber jetzt, da alles vorbei ist, erscheint es ihr angebracht, wieder zurückzugehen. Wenn sie tatsächlich fliehen würde, käme sie nicht weit. Sie ist einfach zu bekannt.

»Ich bekomme wieder Stubenarrest. Vermutlich ist das immer noch besser als in einer Kerkerzelle zu landen.«

Wir rollen langsam die mit Abfall übersäte Straße entlang. Die eleganten Bürgersteigfliesen sind gesprungen und schwarz von Ruß. Die Bäume, eine spezielle Züchtung, die selbst während des glühenden, trockenen Sommers grün bleibt, sind geborsten oder zu unkenntlichen Stümpfen verbrannt. Plötzlich sehe ich zwei bekannte Gestalten, die müde aus dem zerstörten Eingang zu einer Villa kommen. Es sind Kallos-al-Dent und Jares-al-Manach, meine beiden Elfen-Klienten. Ihnen folgt ein junges Pärchen ziemlich erschüttert wirkender Zauberer.

Wir halten an und begrüßen sie. Die Elfen berichten, dass sie sich glücklicherweise gerade in der Wahre-Schönheit-Chaussee befanden, als die Unruhen ausbrachen, und sie so bei Zauberern Unterschlupf finden konnten. Elfen werden von dem Acht-Stadien-Schrecken zwar nicht direkt beeinflusst, aber mitten zwischen Tausenden von wildgewordenen Menschen festzusitzen, hat ihnen sichtlich übel mitgespielt. Von der Großstadt haben sie offenbar die Nase voll. Sie sind unterwegs nach Hause und wollen im Hafen von ZwölfSeen das nächste Schiff nehmen, das nach Süden segelt. Es freut mich nicht besonders, dass ich meine Klienten enttäuscht habe, aber was soll ich schon dazu groß sagen? Ich hatte das Rote Elfentuch direkt vor der Nase, nur erwischt habe ich es nicht. Klienten sind niemals sonderlich beeindruckt, wenn man nur dicht dran war, denn das ist trotzdem zu wenig. Ich selbst freue mich auch nicht besonders. Wir verabschieden uns höflich.

Als wir weiterfahren bringt die Prinzessin ihre tief empfundene Enttäuschung über mein Scheitern zum Ausdruck.

Ich versuche, sie zu beruhigen. »Ich habe zwar das Elfentuch nicht wiederbeschaffen können, aber ich habe herausgefunden, wer den Drachen seziert und es entnommen hat.«

Ich erkläre die Machenschaften von Bischof Gabrielius und der Wahren Kirche. »Ich könnte es zwar vor Gericht nicht unbedingt schlüssig beweisen, aber ich habe den Bischof ziemlich fest im Beutel. Sehr wahrscheinlich wird er tun, was nötig ist, um Eure Unschuld zu beweisen. Und wenn er das tut, bleibt alles schön säuberlich unter dem Altartuch. Anderenfalls hätte ich keine andere Wahl, als dem *Berühmten Und Wahrheitsgetreuen Chronisten* eine umfassende und wahrheitsgetreue Schilderung der neuesten Ereignisse zu liefern. Dieses Käsepapyrus liebt solch einen saftigen Kirchenskandal!«

Die Prinzessin ist sehr dankbar. Das sollte sie auch sein. Bis ich auf der Bildfläche erschien, hatte sie vom Leben nur noch einen lebenslangen Aufenthalt in einem entlegenen Nonnenkloster auf irgendeinem unzugänglichen Berggipfel zu erwarten.

»Versichert bitte auch Makri meiner Dankbarkeit für all die Mühen, die sie meinethalben auf sich genommen hat.«

»Mach ich.«

»Dieses Tuch hat sich für Turai als ein Quell großen Ärgers entpuppt, Thraxas.«

»Alles, was in dieser Gegend auftaucht und dreißigtausend Gurans wert ist, bedeutet großen Ärger.«

»Und wer hat es jetzt eigentlich in seinem Besitz?«

Der Palast kommt in Sicht. Rauch weht über ihn hinweg, aber er scheint noch mehr oder weniger intakt zu sein.

Ich muss zugeben, dass ich nicht genau weiß, wer sich das Rote Elfentuch letztlich unter den Nagel gerissen hat.

»Es wurde zuletzt in den Händen einer Meuchelmörderin gesehen, aber sie wurde von etwas Nicht-Menschlichem niedergeschlagen.«

»Etwas Nicht-Menschlichem?«

»Richtig. Was die Möglichkeiten erheblich einschränken dürfte. Orgks, wahrscheinlich. Oder ein Halb-Orgk-Agent. Oder ...« Unvermittelt habe ich eine Inspiration. Am Anfang des ganzen Falles, als mich die Gardisten aus Attilans Garten abgeführt haben, spürte ich etwas, das ich in der Kürze der Zeit nicht identifizieren konnte. »Oder jemand, der sehr gut darin ist, sich heimlich an Leute heranzuschleichen«, beende ich meinen Satz. »Jemand, dessen Verstohlenheit berühmt ist.«

»Wie zum Beispiel?«

»Wie zum Beispiel ein Elf, Himmelherrgott! Die Elfen! Sie waren es! Die ganze Zeit! Kein Wunder, dass sie mir ständig vor den Füßen herumgelaufen sind! Und dann besitzen sie auch noch die Frechheit, mich zu engagieren, ihnen bei der Suche nach dem Tuch zu helfen! Prinzessin, kann ich mir Eure Kutsche ausleihen?«

Sie nickt. Wir sind mittlerweile auf dem Gelände des Palastes. Sofort strömen Wachen herbei und umringen die Prinzessin. Ich verabschiede mich schnellstens, zerre an den

Zügeln und lasse das Pferd denselben Weg zurückgaloppieren, den wir im Zuckeltrab gekommen sind.

Ich hatte eigentlich vor, bei Zitzerius vorbeizuschauen und mir einen kleinen Vorschuss abzuholen, aber das wird warten müssen. Muss ich die Schuld bei der Bruderschaft heute oder morgen bezahlen? Ich kann mich nicht mehr erinnern. Zu viel Aufregung. Und zu viel nächtliche Unruhen.

Die Elfen haben natürlich die Wahre-Schönheit-Chaussee längst verlassen. Ich laufe durch die schmucken Vorgärten und hämmere an Lisutaris Tür. Den Diener, der mir öffnet, überrenne ich einfach und stehe kurz danach vor Lisutaris, die sich gerade auf ihrer Ottomane mit ihrer Wasserpfeife zudröhnt. Glücklicherweise scheint sie noch nicht allzu lange dabei zu sein.

»Lisutaris, Ihr müsst mir einen Gefallen tun, und zwar schnell.«

»Gern.«

»Könnt Ihr mir sagen, wo sich zur Zeit ein bestimmtes Elfenpärchen befindet?«

Ich beschreibe ihr die beiden. Lisutaris schließt für einige Minuten die Augen. Ein Ausdruck großer innerer Sammlung legt sich über ihr Gesicht. Mir juckt die Nase von dem übermächtigen Thazisgeruch, der im Raum hängt.

Schließlich schlägt sie ihre Augen wieder auf. »Sie sind im Hafen von ZwölfSeen. Und besteigen gerade ein Schiff.«

Sie ist wirklich eine mächtige Zauberin, diese Lisutaris, die Herrin des Himmels. Schade, dass sie so viel kifft. Ich überrede sie, mir noch einen Gefallen zu tun. Ihr ist klar, dass ich sie alle während der Unruhen gerettet habe. Minuten später donnere ich auf einem guten Pferd aus ihrem Stall durch Turai. Ich bin unterwegs, um zwei hinterlistige Elfen abzufangen.

Die Zustände auf den Straßen sind chaotisch. Überall liegt Müll herum. Städtische Leichenkarren fangen an, die Kadaver einzusammeln, aber es liegen immer noch eine

Menge Tote zur freien Auswahl herum. Die Straßen in Richtung Süden sind von einem geborstenen Aquädukt überflutet. Die Sonne lässt die feuchte Erde dampfen. Ich brauche lange, bis ich endlich in ZwölfSeen ankomme. Und als ich den Hafen sehe, schwitze ich aus allen Poren und fluche wie ein Rohrspatz.

Ein Hüne von Mann tritt vor mich und packt die Zügel. Ich halte etwas abrupt an. Es ist ausgerechnet Conax.

»Du hast also die Unruhen überlebt«, knurrt er. »Sehr gut. Du hast noch drei Stunden, um zu bezahlen.«

»Conax, du Barbar. Du bist noch blöder als ein Orgk und hast nicht den geringsten Schimmer, wie sehr du mir auf den Nerv gehst.«

Ich hole mit meinem schweren Stiefel aus und pflanze ihm die Ledersohle mitten ins Gesicht. Er bricht auf der Straße zusammen. Ich gebe meinem Pferd die Sporen und kämpfe mich durch die hoffnungslose Menschenmenge von ZwölfSeen. Viele sind obdachlos, nachdem ihre elenden Hütten abgefackelt worden sind. Im Panorama klafft eine gewaltige Lücke, wo die sechsstöckigen Elendskasernen zu rauchenden Trümmern zusammengefallen sind. Die städtischen Feuerwehrleute begießen sie immer noch mit Wasser. Mein Pferd protestiert wiehernd. Anscheinend missfällt es ihm, in dieser glühenden Hitze auch noch meinen massigen Körper tragen zu müssen. Aber wir mühen uns weiter.

»Thraxas!«

Es ist Makri. In der einen Hand hält sie ein Schwert und in der anderen ein umfangreiches Manuskript. Anscheinend ist sie unterwegs zu ihrem Mathematik-Kurs.

»Makri, du bist verrückt! Heute gibt es keine Vorlesungen. Die Innungshochschule brennt immer noch, und die paar Professoren, die noch am Leben sind, hocken wahrscheinlich bibbernd in ihren Kellern …«

Sie ist enttäuscht.

»Sicher?«

»Sicher bin ich sicher. Wenn du das Ende des Falles miterleben willst, dann spring auf.«

Sie springt auf. Mein Pferd protestiert noch mehr. Zweifellos kann Lisutaris es hinterher wieder aufpäppeln.

»Wohin reiten wir?«

»Zum Kai. Ich jage die Elfen. Sie haben das Tuch. Und wahrscheinlich auch das Boah.«

Makri kann kaum glauben, dass die Elfen Kriminelle sind. »Kallos-al-Dent ist doch ein Heiler.«

»Er wird einen Heiler brauchen, wenn ich mit ihm fertig bin. Kannst du dir vorstellen, dass es jemandem anderen besser gelingen könnte, sich unbemerkt an Marihana und Sarin anzuschleichen? Und vergiss nicht die Art, wie geheimnisvoll die Elfen aufgetaucht sind, als Sarin uns draußen vor der Stadt kaltgestellt hat. Sie sind uns gefolgt. Sie haben mich die ganze Zeit benutzt, Makri. Repräsentanten eines Elfenlords, also wirklich. Die beiden waren selbst hinter dem Tuch her.«

»Gaunerelfen?«

»Das ist richtig. Ich war ein Narr, ihnen einfach so zu glauben.«

Makri fragt mich, warum ich ihre Empfehlungen nicht gleich überprüft habe. »Natürlich, weil sie mir einen Haufen Geld gegeben haben. Und jetzt hör auf, dumme Fragen zu stellen.«

Wir sind fast am Hafen. Da macht es nichts, dass das Pferd sich weigert, auch nur einen weiteren Schritt zu machen. Wir steigen ab und sehen uns im Hafen um. Einige Schiffe sind gesunken, und ein paar andere schwelen noch an ihren Liegeplätzen. Nur ein Schiff ist noch in einigermaßen gutem Zustand, und desssen Kapitän hat es anscheinend sehr eilig, die Stadt zu verlassen. Er trifft bereits Vorbereitungen, den Anker zu lichten, als wir uns nähern.

Neugierig sieht er uns an. Was er sieht, sind ein fetter Mann, der zerrissene, schmutzige Kleidung trägt und von Schweiß nur so trieft und eine exotische junge Frau in einem zu knappen Ketten-Dress und einem Schwert, das unter ihrem Umhang hervorlugt.

»Wollt ihr weit reisen?«, fragt er.

»Wir wollen gar nicht reisen«, erwidere ich. »Wir suchen jemanden. Elfen. Sind welche an Bord dieses Schiffes?«

Er sieht mich ausdruckslos an, was auf turanianisch heißt: Ich möchte gern bestochen werden. Ich drücke ihm einen Guran in die schwielige und nicht allzu saubere Hand.

»Sind gerade an Bord gekommen«, sagt er. »Sie haben die Kabine vorn. Wir legen in drei Minuten ab, und zwar mit euch, wenn ihr dann noch an Bord seid.«

Makri und ich hetzen an verblüfft wirkenden Seeleuten vorbei über das Deck. Die meisten haben sichtliche Spuren von den Unruhen davongetragen, aber sie arbeiten trotzdem emsig, um das Schiff für das Ablegen fertig zu machen. Wenn man zur See fährt, muss man schon hart im Nehmen sein.

Es gibt am Bug nur eine Kabine. Die meisten Passagiere auf einem Handelssschiff wie diesem hier würden sich einfach irgendwo an Deck in einer freien Nische einrichten. Wir treten die Tür ein und stürmen hinein. Auf das, was uns erwartet, bin ich allerdings nicht vorbereitet, und es verschlägt mir momentan die Sprache.

Ich ziehe beinah unwillkürlich mein Schwert, obwohl es hier ganz offenkundig niemanden gibt, mit dem zu kämpfen sich lohnt. Es ist nämlich niemand da außer zwei toten Elfen. Jeder von ihnen hat ein Messer im Herz. Das heißt: Man hat ihnen beiden in die Brust gestochen. Allerdings weiß ich nicht genau, ob das Herz bei den Elfen an derselben Stelle sitzt wie unseres – falls sie überhaupt eins haben. Auf jeden Fall sind sie tot.

Ich bemerke den Anflug von Trauer auf Makris Miene, als sie den jungen Heiler tot auf dem Boden liegen sieht, aber sie ist zu sehr an den Tod gewöhnt, um sich lange mit Sentimentalitäten aufzuhalten. Ich persönlich bin alles andere als traurig, wohl aber erheblich verwirrt. Da niemand herumschreit, gehe ich davon aus, dass niemand auf dem Schiff weiß, was hier vorgefallen ist, aber es ist sicher nicht einfach, zwei Elfen zu meucheln, ohne das geringste Geräusch zu machen. Ich mustere die Waffen. Es sind kleine Wurfmesser, die mit mörderischer Akkuratesse geworfen wurden, bevor die Opfer merkten, wie ihnen geschah.

»Sieht aus, als hätten sie ihre Meisterin im verstohlenen Heranschleichen gefunden«, knurre ich und durchsuche die Kabine.

Das Boah haben sie unter ihrer Koje verstaut. Von dem Roten Tuch ist nichts zu sehen. Der Maat ruft, dass sie gleich ablegen. Ich würde gern das Boah an mich nehmen, aber es ist nicht unbedingt nötig, und ich will keine Aufmerksamkeit erregen, was ich tun würde, wenn ich schwer beladen von dannen zöge. Der Beutel des Heilers liegt offen auf dem Boden. Unter einigen anderen Kräutern befinden sich auch einige Lebatrana-Blätter. Ich hebe den Beutel auf und stopfe ihn in meine Tasche.

»Es wäre eine Schande, sie zu verschwenden«, sage ich zu Makri. »Sie helfen ausgezeichnet gegen Kater.«

»Du brauchst dich nicht zu erklären, Thraxas. Ich hatte auch nicht erwartet, dass du davor zurückscheust, einen Toten zu berauben.«

Wir verlassen die Kabine und das Schiff, als wäre nichts geschehen.

»Sollten wir den Kapitän nicht darüber informieren, dass seine Passagiere tot sind?«

»Wozu? Das gibt doch nur überflüssigen Ärger. Zwei tote Elfen dürften die Behörden veranlassen, das ganze Schiff auf den Kopf zu stellen. Es würde Wochen dauern, bis er weitersegeln kann. Und wir müssten mindestens einen Monat lang Fragen der Zivilgarde über uns ergehen lassen. So kann er die Leichen einfach über Bord werfen, sobald sie entdeckt werden. Vermutlich haben sie für die Überfahrt bereits bezahlt. Und er hat sechs Säcke mit Boah als Entschädigung für seine Mühe. Das ist für alle viel einfacher.«

Ich fühle mich müder, als ich eigentlich sein sollte. Es fällt mir schwer, nach Hause zu gehen.

Große Teile des Quintessenzwegs sind kaum noch wiederzuerkennen und die Häuser sind ausgebrannte Ruinen. Die städtischen Leichenkarren haben es noch nicht bis nach ZwölfSeen geschafft, entsprechend unordentlich sieht es auf der Straße aus. Die Rächende Axt ist zwar ziemlich mitgenommen, aber sie steht noch. Als Ghurd dem Wahnsinn verfiel und anfing, seine Axt zu schwingen, ist offenbar den meisten Gästen und Anwohnern schnell die Lust vergangen, sich mit ihm anzulegen.

Ich gehe hinein, wuchte mich die Treppe hinauf und werfe mich auf die Reste meiner Couch. Ich schlafe, noch bevor mein Kopf das Kissen berührt.

30. Kapitel

Conax hat eine hässliche Wunde im Gesicht, eine Spur von meinem Fußtritt. Das sehe ich, als er mit dem Schwert in der Hand vor mir steht.

»Lernst du es denn nie, anzuklopfen?«, knurre ich drohend.

»Die Tür war nicht verschlossen«, erwidert Conax grollend.

Ich liege immer noch auf meiner Couch. Die Spitze von Conax Schwert zwingt mich dazu, ziemlich unbeholfen aufzustehen. Er hat fünf Männer dabei. Sie suchen nach dem Geld, das ich der Bruderschaft schulde. Aber ich habe es nicht.

»Das Orgk-Miststück ist ausgegangen«, grunzt Conax. Anscheinend kann er jetzt auch schon Gedanken lesen. Ich hatte tatsächlich gehofft, dass sie hereinkommen und mich retten würde. »Hast du das Geld?«

»Es ist unterwegs. Ich warte nur noch darauf, dass die Zahlung eintrudelt.«

Was auch stimmt. Zitzerius schuldet mir eine Menge dafür, dass ich seinen Sohn und die Prinzessin von aller Schuld reingewaschen habe. Ich kann das aber leider Conax nicht gut erklären, und ich bezweifle sowieso, dass es einen Unterschied machen würde. Conax hat viel mehr Spaß daran, wenn ich das Geld nicht habe. »Nein? Bist wohl kein doller Zauberer, was? Du bist eigentlich gar nichts Dolles. Außer beim Wetten. Und selbst da bist du nur doll mies. Und du wettest ziemlich unglücklich. Und heute ist der unglücklichste Tag in deinem ganzen Leben, Fettsack.«

Einer seiner Schläger lacht. Sie kommen näher und bauen sich mit gezogenen Schwertern um mich herum auf.

»Was geht hier vor?« Die herrische Stimme kommt mir mittlerweile bekannt vor. Sie gehört Zitzerius. Ich hätte niemals gedacht, dass mich sein Anblick erfreuen würde. Er schreitet durch meine zerstörten Zimmer und runzelt finster die Stirn.

»Also?« Er baut sich vor Conax auf und blickt ihm geradewegs ins Gesicht. Damit versetzt er Conax in eine etwas peinliche Lage. Zitzerius ist nicht nur viel zu wichtig, als dass der Eintreiber ihn herumschubsen könnte, darüber hinaus benutzen die Traditionalisten die Bruderschaft bei den Wahlen ja auch noch als Schlägertruppe.

»Private Geschäfte, Prätor«, erklärt Conax schließlich unbehaglich.

»Zweifellos handelt es sich um diese Wettschulden«, bemerkt Zitzerius.

Ach ja, natürlich. Ich habe fast vergessen, dass ja die ganze Stadt Bescheid weiß.

Zitzerius macht eine Handbewegung. Sein Diener tritt vor, zieht eine Börse heraus, zählt einige Münzen ab und reicht sie dem Eintreiber der Bruderschaft.

»Verschwinde!«, befiehlt der Prätor.

Der arme Conax. Er ist trauriger als eine niojanische Hure. Wo er sich doch schon so darauf gefreut hatte, mir ein bisschen die Daumenschrauben anzulegen. Er verschwindet, und seine Handlanger folgen ihm auf dem Fuß.

Ich stehe auf, dankbar über diesen Lauf der Dinge, und danke Zitzerius. Er sieht mich missbilligend an und hält mir einen kurzen Vortrag, wie dumm es ist zu spielen, vor allem, wenn ich nicht gut genug bin, um zu gewinnen.

»Das Geld wird von Eurem Honorar abgezogen.«

Prätor Zitzerius wirkt in seiner weißen Toga in meiner zerstörten Wohnung noch unpassender als bei seinem vorigen Besuch. Er informiert mich darüber, dass die Prinzessin von jedem Verdacht reingewaschen wurde.

»Der Konsul hat verlässliche Informationen darüber erhalten, dass der Drache tatsächlich von Orgks aus ihrer eigenen Botschaft getötet worden ist. Offenbar handelte es sich hier um einen internen orgkischen Machtkampf. Die Zivilgardisten haben ihre Leichen hier in ZwölfSeen eingesammelt.« Natürlich stimmt nichts davon. Es ist einfach nur die Geschichte, die Bischof Gabrielius in Umlauf gebracht hat, um damit, wie versprochen, den guten Ruf der Prinzessin wiederherzustellen. »Die orgkischen Gesandten sind alles andere als erfreut, aber da einige ihrer Orgks in einem für sie verbotenen Gebäude, genauer, einer Kirche, gefunden wurden, können sie nicht allzu nachdrücklich protestieren. Der König wiederum ist sehr erleichtert, dass seine Tochter offenbar nicht das Geringste mit irgendwelchen kriminellen Aktivitäten zu tun hat. Es ist ein sehr befriedigendes Ergebnis. Ähm. Ich nehme an, es entspricht nicht der Wahrheit?«

Ich bestätige seine Vermutung und schildere ihm die meisten Einzelheiten. Dabei verwende ich besondere Sorgfalt auf die Schilderungen der Verfehlungen des Bischofs. Der Prätor ist über die Ränke des Bischof höchst schockiert, und ich kann mir gut vorstellen, dass Gabrielius' Einfluss bei Hof von nun an rapide sinken wird. Natürlich wird der gute Bischof sehr genau wissen, woher der Wind weht, und ich tue gut daran, Zitzerius als Gegenspieler gegen ihn auf meiner Seite zu haben. Auch wenn den Prätor meine Ausführungen beunruhigen, muss er doch zugeben, dass ich meinen Auftrag erfüllt habe. Die Prinzessin ist die leuchtende Unschuld. Und schon bald wird man in ganz Turai davon munkeln, dass die Orgks den ganzen Ärger ausgelöst haben, weil sie versuchten, das Rote Elfentuch zu stehlen. Ein Quäntchen Wahrheit liegt ja auch darin. Die Orgks haben tatsächlich den ganzen Schlamassel ausgelöst, als sie Georgius Drachenfresser engagierten, das Tuch für sie zu rauben. Auch wenn die Ereignisse ihnen danach sehr schnell aus der Hand glitten.

Der Prätor informiert mich, dass er bereits den niojanischen Botschafter darüber informiert hat, dass sein Attaché

Attilan von den rücksichtslosen Orgks abgeschlachtet wurde, nachdem er über deren kriminelle Aktivitäten gestolpert ist. Schlauer Prätor. Damit hat er Turai ein wenig Luft verschafft. Aber nützen wird es auf lange Sicht nichts. Nioj wird uns eines Tages trotzdem vernichten.

Ob es der Pontifex war, den ich bei Attilans Haus gesehen habe, oder ob die Elfen den Attaché umbrachten, weiß ich nicht. Ich persönlich glaube, dass die Elfen es waren. Aber da man die Orgks jetzt zum Sündenbock gestempelt hat, spielt das wohl nur noch eine akademische Rolle.

»Natürlich sind unsere elfischen Verbündeten, die das Tuch geschickt haben, nicht ganz befriedigt. Wir haben vielleicht den Orgks die Schuld an dem Diebstahl zugeschoben, aber es gibt immer noch keine Spur von dem Tuch. Wisst Ihr, wo es sich befindet?«

Ich schüttle den Kopf. Eigentlich habe ich erwartet, dass Zitzerius in diesem Punkt etwas hartnäckiger nachhaken würde. Ich habe nicht vergessen, dass Konsul Kahlius mich der Lüge bezichtigt hat, aber Zitzerius scheint bereit zu sein, mir zu glauben.

»Na ja, ich kann schließlich nicht von Euch erwarten, dass Ihr alles im Alleingang löst. Ich bin Euch auf jeden Fall sehr dankbar dafür, dass Ihr meinen Sohn vor einem Prozess bewahrt und dass Ihr seinen Ruf geschützt habt. Und auch den des Prinzen. So unverdient beides auch gewesen sein mag.«

Er wendet sich zum Gehen, bleibt an der Tür jedoch noch einmal stehen. »Prinzessin Du-Lackai möchte, dass ich Euch der aufrichtigen Dankbarkeit Ihrer Königlichen Hoheit versichere«, fügt er hinzu und ist dann plötzlich weg. Als er die Tür meines Büros öffnet, dringt Rauch von den schwelenden Bauwerken auf der Straße ins Zimmer.

Ich denke über die Worte des Prätors nach. Nicht schlecht. Die Prinzessin mag mich also. Vielleicht kann ich das ja als Trittbrett für meinen Aufstieg auf der sozialen Leiter benutzen. Alles ist gut, was mich aus ZwölfSeen herausbringt. Makri taucht in dem Moment auf, in dem der Prätor verschwunden ist. Natürlich ist sie schon früher zurückgekommen, aber sie hat heimlich an der Tür gelauscht.

»Sieht aus, als ob sich dein Glück wendet, Thraxas. Alle sind zufrieden mit dir. Die Stadtbonzen, die Königliche Familie und du hast dir selbst die Bruderschaft vom Hals geschafft.«

Ich nicke. Sie hat Recht. Es sieht tatsächlich besser für mich aus als noch vor ein paar Tagen. Meine Feinde sind entweder versöhnt oder verschieden. Abgesehen einmal von Georgius Drachenfresser, der bei meinem Glück mit Sicherheit die Unruhen überlebt hat, und dem Freundeskreis, die mit Sicherheit fuchsteufelswild auf mich sind, weil ich all ihre Pläne durcheinander gebracht habe. Aber damit kann ich leben.

Ich stoße mit meinem Zeh gegen etwas, das auf dem Boden liegt. Es ist eine Bierflasche. Anscheinend ist sie unter das Sofa gerollt. Ich öffne sie, nehme einen tiefen Schluck und starre durch das Fenster auf die Trümmer draußen.

»Irgendwie scheinst du nicht sonderlich begeistert zu sein«, bemerkt Makri.

Ich drehe mich zu ihr herum. »Ich bin froh genug, denke ich.«

»Jedenfalls siehst du so elend aus wie eine niojanische Hure.«

Ich nehme noch einen Schluck. »Ich mag es nicht, zum Narren gehalten zu werden, Makri. Von niemandem, und schon gar nicht von dir.«

Makri sieht mich erstaunt an. Ich sage ihr, sie soll aufhören, das Unschuldslamm zu spielen.

»Die Vereinigung der Frauenzimmer hat das Tuch gestohlen, hab ich Recht? Gib dir keine Mühe, erschrocken und verdutzt auszusehen, denn du bist noch nicht lange genug in der Zivilisation, um einen erfahrenen Lügner wie mich zu täuschen.«

Makri hört jedoch nicht auf, schockiert und verdutzt auszusehen. Sie streitet ab, dass sie auch nur das Geringste von dem kapiert, worüber ich rede.

»Ach wirklich? Ich habe mich schon die ganze Zeit gefragt, was wohl Marihana mit dem Fall zu tun haben könnte. Die Meuchelmörder jagen keinen gestohlenen Gütern hinterher, sondern sie bringen Menschen um. Es ist sehr gut möglich, dass sie das Elfentuch für ihre Genossenschaft wollten, um sich einen eigenen magiesicheren Raum zu schaffen. Aber warum war es immer Marihana, die überall aufgetaucht ist? Warum nicht irgendein anderer Meuchelmörder? Es gibt mehr als genug von ihnen. Viel zu viele, wie ich finde. Aber es war immer sie, die auftauchte. Und sie ist auch schwer abzuschütteln, was die Elfen gestern Nacht am eigenen Leib feststellen mussten.«

Makri schweigt weiter. Also übernehme ich weiter das Reden.

»Als ich die Elfen sah, wusste ich sofort, dass Marihana sie getötet haben musste. Man hat ihnen ein Messer mitten ins Herz geworfen, bevor sie sich auch nur rühren konnten. Sehr wirkungsvoll. Und außerdem sehr schwierig auszuführen, wenn man bedenkt, dass es praktisch unmöglich ist, Elfen zu überrumpeln. Zudem reagieren sie noch schneller, wenn ihr Leben in Gefahr ist. Aber für Marihana war das nicht unmöglich. Sie haben sie nur einmal überlisten können, weil sie in dem Abwasserkanal beinah ertrunken wäre. Ich habe mich zuerst gefragt, woher sie eigentlich hatte wissen können, dass die Elfen die Räuber gewesen sind. Immerhin hatte ich es selbst gerade erst herausgefunden, und ich schwöre, dass es niemand früher wusste, als ich. Doch dann wurde es mir klar. Ich erwähnte es der Prinzessin gegenüber, unmittelbar, bevor ich mich an die Verfolgung der Elfen gemacht habe. Und natürlich sagte ich es auch Lisutaris. Eine von den beiden hat eine Botin zu Marihana geschickt, und zwar auf der Stelle. Eine beeindruckende Bande, diese Vereinigung der Frauenzimmer, Makri. Prinzessinnen, Meuchelmörderinnen, Zauberinnen. Und Serviermädchen.«

Ich durchbohre sie mit meinem Blick.

»Willst du damit andeuten, dass ich Informationen hinter deinem Rücken weitergegeben habe?« Makri klingt alles andere als erfreut darüber.

»Und? Hast du?«

»Nein, habe ich nicht. Und wenn die Vereinigung der Frauenzimmer das Elfentuch erbeutet haben sollte, dann wäre mir das neu. Warum sollten sie es überhaupt wollen?«

»Aus demselben Grund, aus dem alle anderen in dieser Stadt etwas besitzen wollen. Wegen des Geldes. Du hast mir erzählt, dass ihr fünfzigtausend Gurans braucht, um diese Charta zu kaufen. Mit einer Kollekte in ZwölfSeen kommt ihr nicht so recht vorwärts. Aber dreißigtausend Gurans für das Tuch bringen euch ein ganzes Stück weiter.«

Makri streitet das energisch ab. »Ich glaube nicht einmal, dass Marihana in der Vereinigung der Frauenzimmer ist. Sie ist eine Meuchelmörderin.«

»Ach ja? Vielleicht hat sie ja das Gefühl, dass sie nicht so gut vorankommt, wie sie eigentlich sollte. Vielleicht glaubt sie, dass die Männer in der Meuchelmördergenossenschaft sie an einer weiteren Beförderung hindern. Und wenn ich so darüber nachdenke: An diesem Tag am Strand, als sie wieder zu sich kam, hat sie dich Makri genannt. Das kam mir damals schon sehr freundlich vor für jemanden, den du nur einmal während eines Kampfes gesehen hast. Und dann lässt dir jetzt auch noch die Prinzessin ihre besten Grüße ausrichten.«

Wir starren uns aus den beiden entfernten Ecken des Zimmers an. Makri tritt nah an mich heran und schiebt ihr Gesicht ganz dicht vor meines.

»Thraxas«, sagt sie. Ihre Stimme kling gepresst und feindselig. »Du hast vielleicht Recht, was die Vereinigung angeht. Vielleicht hat Marihana das Tuch für sie erworben. Ich hoffe es. Wir brauchen das Geld dringend. Aber ich war darin nicht eingeweiht. Ich würde hinter deinem Rücken niemals Informationen über dein Geschäft weitergeben, weil du der einzige grottverdammte Freund bist, den ich in dieser verdammten, stinkenden Stadt habe.«

Sie starrt mich immer noch wütend an. Ich erwidere ihren Blick. Die Sekunden verstreichen, während wir uns giftig anschweigen. Schließlich schießt mir durch meinen gottverdammten Dickschädel, dass ich auch nicht gerade viele gottverdammte Freunde in dieser verdammten, stinkenden Stadt habe.

»Du bist überarbeitet, Makri. Lass uns runtergehen. Ich spendiere dir ein Bierchen.«

31. Kapitel

Allmählich wird die Bestürzung über die Gewalt, die der Acht-Stadien-Schrecken in Turai ausgelöst hat, in den Hintergrund gedrängt. Der Wahlkampf geht immer noch weiter, und die Bruderschaft und der Freundeskreis ringen immer noch miteinander um die Vorherrschaft auf dem Boah-Markt. Aber angesichts der gerade überwundenen Katastrophe ist das Maß der gewalttätigen Ausschreitungen doch eher ein wenig eingedämmt oder wird sogar vollkommen reduziert. Alle haben zu viel damit zu tun, die Stadt wieder aufzubauen, und ihre Leben wieder in den Griff zu bekommen.

Zerberius wird nicht vor Gericht gestellt, und zwar aufgrund der Beweise, die ich dem Konsul vorlegen kann. Von Prinz Frisen-Lackals Versuch, im großen Stil als Drogenimporteur zu dilettieren, dringt nichts an das Ohr der Öffentlichkeit. Zitzerius ist über diese beiden Punkte höchst erfreut. Er hat es mir zu verdanken, dass sein Ruf unbefleckt bleibt. Darüber hinaus steht die Bevölkerung wie gewöhnlich nach diesem Desaster wie ein Mann – pardon – und wie eine Frau hinter der Königsfamilie. Was vermutlich den Traditionalisten den Wahlsieg beschert. Zitzerius ist natürlich zu sehr Politiker, um sich diese Chance entgehen zu lassen, und hält einige sehr schöne Reden im Senat, in denen er ganz Turai aufruft, beim gemeinsamen Aufbau der Stadt an einem Strang zu ziehen.

Der Berühmte Und Warheitsgetreue Chronist bemerkt, dass einer der schwersten Verluste für die Stadt im Laufe der letzten Unruhen der Tod eines ihrer mächtigsten Zauberer war. Budhaius von der Östlichen Erleuchtung wurde mit einem Armbrustbolzen im Rücken tot in einer Finsteren Gasse im Westen der Stadt aufgefunden. Das Papyrus beklagt die Tatsache, dass einer der wahnsinnigen Aufrührer an eine solche Waffe hat kommen können. Tja, Sarin die Gnadenlose hat nicht lange gebraucht, um sich seiner zu entledigen.

»Wenn man zehntausend Gurans erpresst hat, erscheint es einem vermutlich besser, nicht teilen zu müssen«, sagt Makri, als sie die Neuigkeiten hört. »Bist du immer noch scharf darauf, ihr wieder zu begegnen?«

»Absolut. Je eher Sarin zurück nach Turai kommt, desto besser. Ich könnte die Belohnung gut gebrauchen. Dann werde ich ihr schon zeigen, wer hier die Nummer Eins ist.«

Die Rächende Axt ist wieder einigermaßen renoviert. In ganz Turai arbeiten Architekten und Handwerker rund um die Uhr, um die Dinge wieder ins Lot zu bringen. Die Arbeiter schwitzen in der Hitze. Scharen von Flugratten, die von den Feuersbrünsten von ihren alten Brutplätzen vertrieben wurden, kämpfen um Nistplätze auf den Dächern der neuen Gebäude. Der König hat die königlichen Schatztruhen aufgesperrt und kommt für viele Arbeiten auf. Das ist sehr großzügig von ihm, auch wenn Zyniker berechtigterweise einwenden, dass er einfach nur versucht, auf diese geschickte Weise den Sieg seiner Anhänger bei den Wahlen zu erkaufen.

Ich persönlich fühle mich ausgezeichnet. Das fette Honorar von Zitzerius klingelt in meiner Kasse, und außerdem habe ich noch einen Extra-Bonus von der Prinzessin erhalten. Das wertvolle Doppel-Einhorn, das mir die Elfen als Vorschuss bezahlt haben, will ich natürlich auch nicht vergessen. Dazu kommt noch der frisch untermauerte Ruf eines Mannes, der die Dinge geregelt bekommt.

»Also, wann ziehst du wieder zurück nach Thamlin?«, will Makri wissen. Sie hat mehr zu tun als je zuvor. Durstige Maurer, Dachdecker, Glaser und Architekten verlangen den ganzen Tag nach Bier und noch mehr Bier.

»Noch nicht, Makri. Die Traditionalisten halten mich vielleicht für einen guten Detektiv, aber sie wollen mich sicher noch nicht als ihren Nachbarn sehen. Es wird schon noch eine Weile dauern, bis ich wieder in den Palast eingeladen werde.«

»Wer wird die Wahlen zum Vize-Konsul gewinnen?«

»Wahrscheinlich Zitzerius. Was gut für mich ist. Nur leider können Senator Lohdius und die Populären mich jetzt überhaupt nicht mehr leiden. Das wiederum ist schlecht für mich. Aber ich hatte noch nie ein Problem damit, mir neue Feinde zu machen.«

Zwischen ihren Schichten hat Makri fleißig studiert und lange Stunden über Bücher und Rollen gebeugt in ihrem Zimmer verbracht. Trotz ihrer schmerzhaften Erfahrung im Feenhain hat sie sich von Cimdy nochmal die Nase durchbohren lassen. Na ja, wenn's schön macht.

Ich ziehe zwei Halsketten aus der Tasche und reiche ihr eine. Sie starrt erst die Kette und dann mich misstrauisch und abwartend an.

»Es ist das RoteElfentuch, das wir in der Nacht des Acht-Stadien-Schreckens um den Hals getragen haben. Es hat damals ziemlich gut funktioniert, also habe ich Astral Trippelmond gebeten, es mit einem frischen Zauber zu versehen. Damit haben wir jetzt einen sehr starken Schutz gegen magische Angriffe aller Art. Es ist zwar nicht legal, es zu behalten, aber da es jetzt in diese Halsbänder eingewoben ist, wird es ja keiner erfahren.«

Makri legt die Kette an. »Nicht, dass ich ein Amulett benötige«, meint sie. »Ich würde immer mein Schwert jeder Magie vorziehen. Aber du könntest es gut brauchen. Versuch diesmal, das Amulett nicht gleich wieder zu versetzen.«

»Ich werde mir Mühe geben.«

Cimdy und Bertax kommen herein. Sie sehen müde aus. Sie treten wieder auf der Straße auf. Ich beneide sie nicht um ihren Beruf. Es ist viel zu heiß, um zu arbeiten. Glücklicherweise habe ich das nicht nötig. Jedenfalls eine Weile nicht.

»Noch einen ›Zünftigen Zunftmann‹, bitte, Ghurd.«

Er schiebt mir einen Humpen zu, aber ich bemerke, dass er griesgrämig dreinblickt. »Tanrose ist wütend auf mich«, beschwert er sich. »Sie behauptet, ich beachte sie nie. Was soll ich bloß tun?«

»Um Himmels Willen, Ghurd, hast du denn gar keine Ahnung von Frauen? Schenk ihr Blumen.«

Der in die Jahre gekommene Barbar wirkt verdattert.

»Blumen? Und das soll was nützen?«

»Aber natürlich nützt das was!«, behaupte ich im Brustton der Überzeugung.

Und ob das was nützt!

Das Zaubergift

1. KAPITEL

Makri betritt die *Rächende Axt* mit dem Schwert an der Hüfte und einem Bündel Notizen aus ihrem Philosophiekurs in der Hand. Der Schweiß rinnt ihr in Bächen den Hals hinunter.

»Draußen ist es heißer als in der orgkischen Hölle!«, beschwert sie sich.

Ich knurre zustimmend. Für mehr reicht meine Energie nicht. Hier drinnen ist es nämlich auch heißer als im Orgkus, dieser verdammten Hölle der Orgks. Ich schaffe es gerade noch, meinen Bierhumpen zum Mund zu führen.

Makri muss gleich ihre Schicht als Serviererin anfangen. Sie zieht die Männerkleidung aus, die sie auf der Straße trägt, wirft sie hinter den Tresen und gießt sich etwas Wasser aus dem Krug über Gesicht und Hals. Es läuft über ihr äußerst knappes Kettenoberteil und das noch knappere Höschen aus demselben Material. Ihre Kleidung verhüllt so gut wie nichts, sondern betont jede Einzelheit ihres wohlgeformten Körpers, was Makri einen nie versiegenden Strom von Trinkgeld aus den Taschen der Hafenarbeiter, der Seeleute, der Barbarensöldner und all der anderen Nichtsnutze, die in dieser Kaschemme trinken, sichert.

Makri bewohnt ein winziges Zimmerchen im ersten Stock. Ich wohne ebenfalls hier, einige Türen weiter den Flur hinunter. Mein Name ist Thraxas, und wenn es nicht zu heiß ist, um sich zu rühren, arbeite ich als Privatdetektiv.

Der beste Magische Ermittler im Stadtstaat von Turai prahlt das Schild draußen an meiner Bürotür. Zugegeben, meine Zauberkraft ist mittlerweile etwas eingeschränkt und bedauerlicherweise sogar noch im Abnehmen begriffen. Den einen oder anderen Zauberspruch kann ich allerdings noch aus dem Ärmel schütteln, auch wenn ich mich vielleicht dabei nicht so geschickt anstelle wie einer dieser vornehmen Palastzauberer. Und ich verfüge auch immer noch über die geschärften Sinne, die man sich beim Studium der Magie aneignet. Außerdem gehe ich sehr entschlossen vor, wenn ich an einem Fall arbeite. Also dürfte das Schild wohl einigermaßen zutreffend sein.

Auch noch draufzuschreiben, dass ich äußerst preiswert bin, habe ich mir geschenkt. Das weiß sowieso jeder. Seit ich meinen gut bezahlten Posten als Hoher Ermittler im Palast verloren habe, kann ich nicht gerade behaupten, dass es das Leben in finanzieller Hinsicht besonders gut mit mir gemeint hat.

Ich hebe schlaff die Hand, um Gurdh, einem in die Jahre gekommenen Barbaren aus den Nordlanden und Besitzer der *Rächenden Axt*, zu signalisieren, dass ich gern noch einen Humpen Bier hätte.

»Du hast wohl keine Lust zu arbeiten, hm?«, erkundigt sich Makri.

Ich wedele abwehrend mit der Hand. »Ich hab immer noch genug von meinem letzten Honorar übrig.«

Vor sechs Wochen habe ich Prätor Zitzerius aus der Klemme geholfen. Zitzerius ist ein sehr bedeutender Mann in unserem Stadtstaat von Turai. Er ist viel bedeutender als ein Senator und mittlerweile sogar bedeutender als ein Prätor, denn er hat gerade die Wahl zum Vizekonsul gewonnen. Damit ist er der zweithöchste Regierungsbonze nach Konsul Kahlius, der wiederum nur unserem König Rechenschaft schuldig ist.

»Ja«, füge ich nachdenklich hinzu und hebe meinen Humpen.

»Der gute alte Zitzerius hat mein Honorar äußerst großzügig bemessen – das muss ich zugeben. Andererseits hätte er die Wahl wohl kaum gewonnen, wenn ich nicht seinen Ruf gerettet hätte.«

Makri lacht spöttisch. Sie verspottet mich häufig für das,

was ich sage. Normalerweise macht mir das nichts aus. Denn erstens ist sie einer der sehr wenigen Freunde, die ich in dieser schmutzigen Stadt habe, und zweitens hilft sie mir oft bei meiner Arbeit. Zwar nicht direkt bei den Ermittlungen, aber wenn es ums Kämpfen geht, ist sie oft an meiner Seite. Hier in ZwölfSeen, dem armen und von Verbrechen gepeinigten Hafenviertel von Turai, mögen die Leute es im Allgemeinen nicht besonders, wenn man zu viele Fragen stellt. In fast allen Fällen, in denen ich ermittle, muss ich meinen Worten früher oder später mit dem Schwert Nachdruck verleihen. Womit ich grundsätzlich kein Problem habe. Ich bin nämlich sehr gut mit dem Schwert. Aber Makri, der es sogar gelungen ist, aus den orgkischen Gladiatorengruben zu entkommen, führt wohl eine der tödlichsten Klingen überhaupt, das ist keine Übertreibung. Makri mag zwar erst einundzwanzig sein und ihren Lebensunterhalt als Serviermädchen verdienen. Aber drückt ihr ein Schwert in die eine, eine Axt in die andere Hand, und stellt eine Reihe Widersacher vor ihr auf. Ihr werdet ein Gemetzel erleben, dass euch Hören und Sehen vergeht.

Sie hat sieben Jahre lang in den orgkischen Gladiatorengruben gekämpft. Aus dieser Zeit stammen ihre nahezu perfekte Kampftechnik und brennender Hass auf die Orgks. Natürlich hassen alle Menschen die Orgks, trotz des Friedensvertrages, der momentan zwischen unseren Rassen besteht. Aber Makris Hass ist besonders stark. Was es umso schwieriger für sie macht, da in ihren Adern ein bisschen Orgk-Blut fließt. Und auch ein wenig Elfenblut. Makri ist jedenfalls eine höchst ungewöhnliche Mischung, zumindest so ungewöhnlich, dass sie wegen ihres Aussehens von allen Seiten Beleidigungen zu hören bekommt. Aber wenn sie Getränke serviert und ihr langes, dunkles Haar über ihre bronzefarbenen Schultern fällt und ihr winziger zweiteiliger Kettendress sich hauteng an ihre perfekte Figur schmiegt, fällt mir immer wieder auf, wie die Zecher vorübergehend ihre Vorurteile vergessen.

»Du hast zugenommen«, stellt Makri fest. Ich tätschele liebevoll meinen mächtigen Bauch. »Lass ihn doch«, meint Gurdh, während er mir einen neuen Humpen auf den Tisch stellt. »Thraxas arbeitet nicht gern, wenn es heiß ist. Ich erinnere mich noch sehr gut daran, dass wir ihn damals während der Orgk-Kriege auch nie zu einem ordentlichen Kampf bewegen konnten, solange die Sonne schien.«

Ich überhöre diesen vollkommen unwahren Seitenhieb. Damals in den Orgk-Kriegen habe ich verdammt hart gekämpft. Lass sie doch spotten! Ich verdiene eine Ruhepause. Letztes Jahr um diese Zeit bin ich im Hafen herumgerannt und habe einen übergeschnappten Halb-Orgk gesucht, der acht Menschen abgeschlachtet hatte. Fast wäre ich Nummer neun geworden. Aber jetzt, nach der fetten Zahlung von Zitzerius und wegen der Aussicht, den Rest dieses heißen Sommers nicht arbeiten zu müssen, bin ich so wohlgemut wie ein Elf im Baum.

»Noch ein Bier, bitte, Gurdh.«

Gurdh ist um die fünfzig. Er hat ein wettergegerbtes Gesicht, und sein langes Haar ist vollkommen ergraut. Seinen Muskeln hat sein Alter jedoch nichts anhaben können. Sie treten beeindruckend hervor, als er das Bier zapft und es über den Tresen reicht.

»Keine Lust, dich damit zu befassen?«, fragt er und deutet auf einen Artikel in *Der Berühmte Und Wahrheitsgetreue Chronist*. Es ist ein dünnes, schlecht gedrucktes Revolverblatt, das sich auf Turais zahlreiche Verbrechen und Skandale spezialisiert hat. Ich werfe einen kurzen Blick auf den Artikel.

»Du meinst: ›Der Tod eines Zauberers‹? Vielen Dank, darauf kann ich sehr gut verzichten. Er war außerdem nur ein sehr unbedeutender Magier.«

Der *Chronist* berichtet, dass besagter Zauberer, Thalius Scheelauge, gestern tot in seinem Haus in Thamlin aufgefunden worden ist. Man vermutet, dass er vergiftet wurde, und seine Hausbediensteten befinden sich in Untersuchungshaft. Ich erinnere mich an Thalius aus meiner Zeit im Palast. Er war eher eine Randfigur und mehr daran interessiert, Horoskope für junge Aristokraten zu entwerfen, als sich mit ernsthafter Zauberei zu befassen. Was nicht bedeuten soll, dass sein Tod eine Bagatelle wäre. In letzter Zeit ist das Leben für Zauberer in Turai nicht ganz ungefährlich. Erst vor kurzem wurde Butha von der Östlichen Erleuchtung getötet, und auch Blumius Adlerschwinge kam tragischerweise ums Leben. Beide Zauberer waren in den Fall verwickelt, an dem ich zu jener Zeit gearbeitet habe. Da Zauberer für jeden Staat wichtig sind, vor allem für einen kleinen Stadtstaat wie Turai, und es nicht endlos viele von ihnen gibt, kann ich mir gut vorstellen, dass die Zivilgarde den Mord eifrig untersucht. Sollen sie doch. Wenn der alte Thalius Scheelauge seine Dienstboten so sehr getriezt hatte, dass sie ihn schließlich vergiftet haben, dann hat er wahrscheinlich nur seine gerechte Strafe erhalten. Diese Palastzauberer sind ziemlich dekadent. Die meisten von ihnen sind Boah-Süchtige. Oder Alkoholiker. Oder beides. Übrigens, wo wir gerade davon reden …

»Noch ein Bierchen, bitte, Gurdh.«

Ich lese den Rest des *Chronisten*. Es wimmelt darin von Berichten über Verbrechen, aber das ist in Turai nichts Ungewöhnliches. Ein Prätor ist wegen Boah-Schmuggels angeklagt worden, eine Fuhre Gold aus den Minen im Norden ist auf dem Weg in die Schatzkammer des Königs bei einem Überfall gestohlen worden, und jemand ist in das Haus des Sindischen Botschafters eingebrochen.

Ich werfe das Zeitungsblatt in die Ecke. Soll sich die Zivilgarde doch darum kümmern. Schließlich werden sie für so etwas bezahlt.

Die Türe fliegt auf, und zwei Gestalten marschieren herein, die ich hier noch nie gesehen habe. Es sind eindeutig Kämpfer, aber keine von den normalen Söldnern, die sich hier in der Stadt den Streitkräften des Königs anschließen wollen.

Die beiden gehen zielstrebig zur Theke und verlangen Bier. Gurdh schenkt ihnen zwei Krüge voll, und sie setzen sich an einen Tisch, um sich von der Hitze zu erholen.

Der Größere der beiden ist ein grober Klotz mit kurz geschorenem Haar und einem wettergegerbten Gesicht. Er bleibt stehen, als er an mir vorbeikommt. Er starrt mich an. Ich erwidere seinen Blick gelassen, obwohl ich weiß, wer er ist. Ich hatte gehofft, dass er mich nicht erkennt. Das hätte mir das Leben leichter gemacht. Meine Hand gleitet beinah automatisch unter den Tisch zum Griff meines Schwertes.

»Thraxas!« Er speit meinen Namen förmlich aus.

»Kennen wir uns?«, frage ich höflich.

»Das weißt du verdammt gut! Ich habe deinetwegen fünf Jahre auf einer Strafgaleere verbracht.«

»Meinetwegen? Ich habe dich nicht gezwungen, den Elfen-Botschafter auszurauben.«

Aber die Beweise, die ich gegen ihn gesammelt habe, haben dafür gesorgt, dass er auf der Strafgaleere landete. Er zieht mit der Behändigkeit langjähriger Übung sein Schwert blank. Sein Kumpel tut es ihm nach, und ohne viel Worte stürzen sie sich auf mich. Ihre Blicke sind mordlüstern.

Ich bin schnell auf den Beinen. Auch wenn ich dreiundvierzig Jahre alt bin und einen dicken Bauch habe, kann ich mich noch geschmeidig bewegen, wenn es nötig ist. Der erste Angreifer führt einen Hieb gegen mich, aber ich pariere und stoße selbst zu. Er stürzt mit blutender Brust zu Boden, während ich herumwirble und mich dem anderen Angreifer stelle.

Der bereits tot auf dem Boden liegt. Makri hat in der Zeit, in der ich mit dem ersten Kerl beschäftigt war, ihr Schwert aus seinem Versteck hinter dem Tresen, geholt, sich in den Kampf eingemischt und den zweiten Kämpfer niedergestreckt.

»Danke, Makri.«

Gurdh hat ein bisschen länger gebraucht und steht jetzt mit der alten Streitaxt in der Hand dumm da. Er ist sichtlich enttäuscht, dass für ihn keiner mehr übrig ist.

»Ich werde langsam«, knurrt er.

»Was wollten die denn?«, will Makri wissen.

»Sie haben einmal einen Elfen-Botschafter ausgeraubt, der im Kaiserlichen Palast akkreditiert war. Sie haben ihm sein Geld abgenommen, als er betrunken in einem Edel-Puff in Kushni eingenickt war. Die Zivilgarde konnte sie nicht dingfest machen, also habe ich sie aufgespürt. Das war vor etwa fünf Jahren. Sie können erst vor ein paar Monaten von der Strafgaleere heruntergekommen sein.«

Und jetzt sind sie tot. Jedes Mal, wenn ich jemanden in den Knast bringe, schwört er mir Rache. Aber gewöhnlich vergessen sie diesen Schwur bald. Es war einfach Pech, dass sie ausgerechnet in die *Rächende Axt* gestolpert sind. Ihr Pech, wohlgemerkt.

Ich durchsuche die Leichen. Das ist reine Gewohnheit. Aber ich finde nichts, was sie mit einer der kriminellen Organisationen der Stadt in Verbindung bringen würde. Vermutlich hatten sie gerade vor, ihre Freiheit zu feiern, um sich dann wieder voll neuer Tatenkraft in ihr Verbrecherleben zu stürzen. Es wäre mir zwar lieber gewesen, wenn ich sie nicht hätte töten müssen, aber es geht mir auch nicht allzu nahe. Bei ihrer nächsten Verurteilung hätte sowieso der Strick auf sie gewartet. Einer der beiden hat einen kleinen Beutel um seinen Hals hängen, aber der ist leer. Nicht mal eine Münze ist drin. Auf ihren nächsten Raubzug hätten wir sicher nicht mehr allzu lange warten müssen.

Das Blut sickert in den Boden.

»Ich mache die Schweinerei weg«, sagt Makri und deponiert ihr Schwert wieder hinter dem Tresen, wo es neben ihrer Ersatz-Axt sowie einigen Messern und Wurfsternen liegt. Makri liebt Waffen.

Sie wischt das Blut auf und bückt sich, um den leeren Beutel aufzuheben, den ich achtlos auf den Boden geworfen habe.

»Hübsche Stickerei«, sagt sie. »Ich könnte eine neue Börse brauchen.«

Sie hängt sich den Beutel um. Sieben Jahre in den orgkischen Gladiatorengruben haben Makri ziemlich unempfindlich gegen den Tod und seine vielen Gesichter gemacht. Sie hat keine Skrupel, sich den Geldbeutel eines eben abgeschlachteten Mannes umzuhängen, vorausgesetzt, natürlich, er ist hübsch bestickt.

Gurdh und ich schleppen die Leichen nach draußen. Niemand achtet auf uns. In ZwölfSeen sind Leichen auf der Straße kein ungewöhnlicher Anblick. Die meisten Leute sind viel zu sehr damit beschäftigt, ihren Lebensunterhalt zu verdienen, um auf solche Kleinigkeiten zu achten.

Ich schnappe mir ein Kind, das gerade vorbeiläuft, und drücke ihm eine Münze in die Hand. Dafür soll es die Zivilgarde benachrichtigen und den Gardisten sagen, was passiert ist. Diese Angelegenheit wird sie zwar nicht allzu stark interessieren, aber da ich Privatdetektiv mit einer offiziellen Lizenz bin, zahlt es sich aus, immer schön brav auf der Seite des Gesetzes zu bleiben.

Als wir zurückkommen, hat Makri den Boden bereits gesäubert und poliert gerade den Tresen. Ich lasse mir noch ein Bier geben und setze mich hin, um ein wenig auszuruhen. Es wird mit jeder Minute heißer. Die Kaschemme füllt sich allmählich. Die Stadt wurde vor kurzem von heftigen Unruhen erschüttert, und da viel zu Bruch gegangen ist, sind die ganzen Reparaturarbeiten noch in vollem Gange. Gegen Mittag ist die Kaschemme gut von Arbeitern besucht, die sich von ihrer Frühschicht auf den Baugerüsten da draußen erholen wollen. Das Geschäft läuft gut für Gurdh. Und auch für Tanrose, die in der *Axt* das Essen zubereitet und verkauft. Sie ist eine ausgezeichnete Köchin, und ich leiste mir eines ihrer höchst nahrhaften Hirschragouts zum Mittagessen. Da ich bei meinem letzten Fall viel Geld verdient habe, habe ich geschworen, dass ich diesen heißen Sommer über nicht arbeiten werde. Und dieses kleine Scharmützel von eben schmeckte meiner Meinung nach viel zu sehr nach Arbeit.

»Was hat ein Elfen-Botschafter denn betrunken in einem Bordell in Kushni gemacht?«, erkundigt sich Makri einige Zeit später.

»Er hat sich vergnügt. Sein Elfen-Lord hat ihn danach selbstverständlich sofort zu den Südlichen Inseln zurückbeordert. Hier in der Stadt wurde der Fall totgeschwiegen. Der König duldet nichts, was unsere guten Beziehungen zu den Elfen gefährden könnte.«

Ich bestelle mir ein Bier und überlege laut, ob ich noch ein Hirschragout zu mir nehmen soll. Nach unerwarteten Aktivitäten überkommt mich immer ein mächtiger Appetit.

2. KAPITEL

Nachdem ich das Hirschragout verspeist habe, schnappe ich mir ein paar von Tanroses Pasteten und bestelle mir noch ein Bier. Ich stelle alles auf ein Tablett, weil ich es mit nach oben nehmen will.

»Du trinkst zu viel«, meint Tanrose besorgt.

»Ich brauchte ein neues Hobby, nachdem mich meine Frau verlassen hat.«

»Mit dem Hobby hast du aber schon viel früher angefangen.«

Was kann ich dem schon entgegenhalten?

Ich bewohne zwei Räume über der *Rächenden Axt*. In dem einem schlafe ich, und in dem anderen halte ich mich auf, wenn ich arbeiten muss. Dieses Büro hat eine Tür nach draußen, von der eine Treppe nach unten zur Straße führt. Das ermöglicht meinen Klienten, mich aufzusuchen, ohne erst durch die Kaschemme gehen zu müssen. Ich hatte zwar vor, ein ausgedehntes Nachmittagsschläfchen einzulegen, aber bevor ich mich hinlegen kann, hämmert jemand wie verrückt an die Außentür. Ich öffne sie, und ein junger Mann stürzt herein. Er rempelt mich beinah um und bleibt schließlich mitten im Zimmer stehen. Er wirkt verängstigt und verwirrt.

»Sie werden mich hängen!«, schreit er. »Lasst das nicht zu!«

»Was? Wer?«

»Ich hab ihn nicht umgebracht! Sie lügt! Ich war's nicht! Helft mir!«

Ich betrachte ihn. Meine Zimmer befinden sich in ihrem üblichen Zustand chaotischer Unaufgeräumtheit, und mein Gast verstärkt den Gesamteindruck sogar noch. Er ist vollkommen aus dem Häuschen, und ich brauche eine ganze Weile, bis ich aus seinem konfusen Gebrabbel schlau werde. Schließlich drücke ich ihn barsch auf einen Stuhl und befehle ihm, endlich einen vernünftigen Satz zu bilden oder sich aus meinem Büro zu scheren. Er beruhigt sich etwas, wirft aber nach wie vor ängstliche Blicke in Richtung Tür, als erwarte er, dass seine Verfolger jeden Moment hereinstürmen würden.

Ich gehe zur Tür und murmle die paar kurzen Sätze, aus denen der Standard-Schließ-Bann besteht. Es ist ein ganz gewöhnlicher Zauber, einer von den Kleinen Zaubersprüchen, für die man keine besonderen magischen Fähigkeiten braucht. Aber den jungen Mann scheint das zu beruhigen.

»Und jetzt erzählt mir, was hier los ist. Es ist viel zu heiß, um herumzustehen und Ratespiele zu veranstalten. Wer seid Ihr, und wer ist warum hinter Euch her?«

»Die Garde! Sie behaupten, ich hätte Rodinaax umgebracht!«

»Rodinaax? Den Bildhauer?«

Er nickt heftig.

Rodinaax ist in Turai sehr bekannt. Er ist der beste Bildhauer der ganzen Stadt, sogar einer der besten weltweit. Wegen seiner Arbeiten wird er hoch geschätzt, sogar von der Aristokratie, die normalerweise verächtlich auf Künstler herabblickt. Seine Statuen schmücken viele Tempel in Turai und sogar den Königlichen Palast.

»Rodinaax wurde gestern Abend ermordet. Aber ich war es nicht!«

»Warum sollte Euch jemand verdächtigen? Und wer seid Ihr überhaupt?«

»Ich bin Gesox, Rodinaax Schüler. Ich habe gestern Abend mit ihm zusammengearbeitet. Wir waren damit beschäftigt, die neue Statue von Sankt Quaxinius für den Schrein fertig zu stellen. Daran haben wir seit Tagen gearbeitet … Und jetzt ist er tot. Man hat ihn in den Rücken gestochen.«

»Wo wart Ihr zu der Zeit?«

»Nebenan.« Gesox ist seinen Worten zufolge durch das

Atelier hereingekommen und hat Rodinaax tot mit dem Messer im Rücken aufgefunden. Dann tauchte Rodinaax' Frau Lolitia auf und fing an zu krakeelen.

»Lolitia hat die Zivilgarde gerufen. Und dabei hat sie mich die ganze Zeit angeschrien und behauptet, ich hätte ihn erstochen. Aber das stimmt einfach nicht.«

Er lässt den Kopf hängen. Ganz offenbar ist er hysterisch, und das macht ihn ganz krank. Ich biete ihm eine Thazis-Rolle an. Thazis ist ein mildes Rauschmittel. Es ist zwar immer noch illegal, aber so ziemlich jeder nimmt es. Jedenfalls jeder in ZwölfSeen. Während er den Rauch inhaliert, entspannt sich der junge Mann sichtlich.

Ich will mehr Einzelheiten wissen. Und runzle die Stirn, als er mir erklärt, dass er geflohen sei, statt auf die Garde zu warten. Außerdem erwähnt er auch noch die interessante Tatsache, dass das Messer, das in Rodinaax' Rücken steckte, ihm gehörte. Hm. Ich hebe ausdrucksvoll die Brauen. Es ist nicht gerade sehr schwer, nachzuvollziehen, warum alle glauben, dass er es getan hat. Er hat sich während der Nacht in irgendwelchen Gassen versteckt und überlegt, was er tun soll. Und jetzt ist er hier und versucht einen Detektiv zu engagieren, der, wenn ich ehrlich bin, nicht gerade besonders scharf darauf ist, engagiert zu werden. Und zwar aus drei Gründen: Es ist mir immer noch zu heiß, ich brauche die Arbeit nicht, und außerdem ist der Kerl hier nach allem, was ich bisher erfahren habe, so schuldig wie der Teufel höchstpersönlich.

Er sieht erbärmlich aus. Obwohl ich so ziemlich gegen alles, was in Turai so kreucht und fleucht, abgehärtet bin, tut er mir beinahe Leid.

Der Nächste hämmert gegen meine Tür.

»Aufmachen! Hier ist die Zivilgarde!«

Die Stimme kenne ich. Sie gehört Tholius. Als Präfekt von ZwölfSeen befehligt er auch die Zivilgarde in diesem Viertel. Natürlich verabscheut er mich. Gardisten mögen keine Privatdetektive. Es ist merkwürdig, dass sich der Präfekt höchstpersönlich die Ehre gibt. Normalerweise hält er sich für viel zu wichtig, um selbst auf die Straße zu gehen und Polizeiarbeit zu erledigen.

Ich ignoriere das Hämmern. Aber es hört nicht auf.

»Thraxas, macht auf! Ich weiß, dass Gesox da drin ist!«

»Hier ist niemand außer mir.«

»Unser Zauberer sagt was anderes!«

Ich werfe Gesox einen viel sagenden Blick zu. Wenn die Garde diesen Fall für wichtig genug erachtet, dass sie einen Zauberbeamten hinzuzieht, dann steckt er wirklich in argen Schwierigkeiten.

Ich überlege noch, was ich tun soll, da wird mir die Entscheidung einfach abgenommen. Der Präfekt befiehlt seinen Männern, die Tür einzuschlagen. Es ist keine besonders stabile Tür, und mein Schließbann ist auch kein doller Bann. Zu meinem großen Ärger gibt beides unter dem Gewicht schwerer Gardistenstiefel nach, und im nächsten Moment strömen die Männer in meine Zimmerflucht.

»Was zum Teufel fällt Euch ein!«, explodiere ich wütend. »Wie kommt Ihr dazu, in meine Räume einzudringen? Ohne einen Durchsuchungsbefehl könnt Ihr nicht einfach hier eindringen!«

Präfekt Tholius wedelt mit einem Durchsuchungsbefehl vor meiner Nase herum und stürmt an mir vorbei. Vermutlich ist der Wisch nicht richtig ausgefüllt, aber ich verzichte darauf, mich deswegen mit dem Präfekten anzulegen.

»Eine falsche Bewegung, und ihr verhaftet ihn!«, befiehlt er seinen Gardisten – und deutet auf mich.

Dann baut er sich vor dem jungen Gesox auf. Der Schüler ist wie gelähmt vor Angst, trägt immer noch seinen staubigen Arbeitskittel und kuscht sichtlich vor der gelb gesäumten Amtstoga des Präfekten.

»Du steckst richtig in der Gülle!«, stößt Tholius hervor und packt Gesox grob am Kragen seiner Toga. »Warum hast du den Bildhauer erstochen?«

Der Schüler beteuert vergeblich seine Unschuld. Präfekt Tholius schnaubt nur verächtlich und schleudert ihn dann in die Arme zweier wartender Gardisten. Es sind sehr große Gardisten.

»Schafft ihn weg! Wenn er fliehen will, tötet ihn! Und was Euch betrifft, Thraxas …« Er dreht sich zu mir um. »Wagt es ja nicht, Euch noch einmal gegen das Gesetz zu stellen. Wenn ich auch nur das Gerücht höre, dass Ihr in diesen Fall verwickelt seid, werde ich über Euch kommen wie ein Böser Bann.«

Er wendet sich zum Gehen, bleibt an der zerstörten Tür jedoch noch einmal kurz stehen.

»Ihr könnt natürlich gern einen Antrag auf Entschädigung an die örtlichen Behörden stellen«, meint er und lacht hämisch. Ein solcher Antrag würde zur Bewilligung natürlich auf dem Schreibtisch des Präfekten landen.

Da er nicht nur seinen Verdächtigen dingfest gemacht hat, sondern mir auch noch übel eins auswischen konnte, ist Präfekt Tholius so wohlgemut wie ein Elf im Baum und zieht zufrieden lächelnd von dannen. Die Gardisten trotten hinter ihm her und zerren dabei den jungen Gesox mit sich. Ich sehe noch, wie er die Treppe hinuntergeschleppt und in einen geschlossenen Karren der Gardisten gestoßen wird, wobei er unaufhörlich seine Unschuld beteuert.

Ich schließe das, was von meiner Tür noch übrig ist, trinke mein Bier aus und begebe mich nach unten zu Makri.

»Ich gehe arbeiten«, sage ich. »Hab einen Fall.«

»Seit wann das denn?«

»Seit Präfekt Tholius meine Tür eingetreten und einen Klienten von mir ins Gefängnis verfrachtet hat. Ich wollte zwar nicht arbeiten, aber jetzt bin ich wütender als ein angestochener Drache. Entsprechend werde ich Himmel, Erde und die drei Monde in Bewegung setzen, um Tholius zu demonstrieren, dass er mich so nicht behandeln kann. Ich ziehe los und ermittle. Bis später.«

Ich marschiere den Quintessenzweg lang, mein Schwert an der Hüfte und Wut im Bauch. Als ich noch Hoher Ermittler war, haben die Höflinge mich mit Respekt behandelt. Ich bin zwar seit damals ziemlich weit die soziale Leiter hinuntergepoltert, aber ich will verdammt sein, wenn ich mich von einem so armseligen Tyrannen wie Präfekt Tholius als Fußabtreter benutzen lasse.

Es ist heißer als in der orgkischen Hölle hier draußen, und der Gestank vom Fischmarkt hängt erstickend in der Luft. Ich muss Bergen von Schutt ausweichen, als ich an Neubauten vorüberkomme, die dort errichtet werden, wo die alten Gebäude den Unruhen zum Opfer fielen. An ihrer Stelle baut ein Unternehmer neue Mietskasernen auf beiden Seiten der schmalen Straße. Es ist zwar verboten, in Turai höher als vier Stockwerke zu bauen, aber vermutlich wird er sich den Teufel um irgendwelche Vorschriften scheren. Das bedeutet mehr Gewinn für die Erbauer und die Vermieter in den Elendsvierteln. Und für Tholius. Die Präfekten beaufsichtigen nämlich die Gebäude in ihrer Gegend, und Tholius kassiert ein hübsches Sümmchen dafür, dass er an der richtigen Stelle die Augen zudrückt. Das sind die Vorteile seiner Stellung. Die meisten Präfekten haben dieselbe Augenkrankheit. Und denselben Augenheiler. Und die Prätoren sind auch keinen Deut besser. Korruption ist eine weit verbreitete Seuche in unserer Stadt, die auch vor der Oberschicht nicht Halt macht. Die Bauunternehmer wiederum stecken mit der Bruderschaft unter einer Decke. Das ist die kriminelle Vereinigung, die den Süden der Stadt regiert. Außerdem haben sie auch kaum eine Wahl. Man kann hier nicht viel auf die Beine stellen, ohne dass die Bruderschaft die Hand aufhält.

In ZwölfSeen gibt es zwei Wachstationen der Zivilgarde. Eine ist in der Nähe und wird von Präfekt Tholius selbst befehligt. Die andere ist unten am Hafen. Ihr steht Hauptmann Rallig vor. Ich kenne ihn ganz gut, aber er verbietet seinen Leuten strikt, mir Informationen zuzustecken. Allerdings habe ich einen Kontakt in der Hauptwache. Das ist Gardist Inkorruptox, der sich nicht zu schade ist, mir ab und zu einen Brosamen Informationen zukommen zu lassen. Vor einigen Jahren habe ich einmal seinen Vater aus einer höchst prekären Lage befreit. Aber ich kann nicht riskieren, dem Präfekten so bald wieder unter die Augen zu kommen, auch wenn Tholius nicht allzu viel Zeit dort verbringt. Meistens erholt er sich in einem Puff oder in einer Kaschemme in Kushni und verprasst dort die Gurans, die er unter der Hand kassiert hat. Aber er könnte jetzt trotzdem noch in der Wachstation sein und den armen Gesox verhören.

Mir wird jede Entscheidung abgenommen, als Gardist Inkorruptox aus der Station tritt und sein Gesicht bei meinem Anblick zu einer unglaublichen Grimasse verzieht. Das sollte wohl eine Warnung sein. Ich ziehe mich rasch hinter die nächste Ecke zurück. Als ich um die Hauswand spähe, sehe ich Tholius und zwei Gardisten, die Gesox in Handschellen in einen geschlossenen Wagen schieben. Sie fahren los, und Inkorruptox bildet so etwas wie die berittene Eskorte. Meine offiziellen Nachforschungen werden wohl noch warten müssen. Was mich im nächsten Schritt also zu den inoffiziellen Ermittlungen führt. Ich gehe weiter und achte nicht auf die Bettler. Es gibt zu viele von ihnen, um etwas anderes zu tun, als sie zu ignorieren.

Am Ende des Quintessenzwegs biege ich in den Ruhepfad ein, eine elende, schmutzige kleine Gasse, die von Prostituierten und Drogensüchtigen bevölkert wird. Die Prostituierten schenken mir keine Beachtung. Die Drogensüchtigen strecken mir bettelnd die Hand hin. Seit Boah, eine mächtige Droge, vor einigen Jahren die Stadt überschwemmt hat, lungern immer mehr Drogensüchtige auf den Straßen herum und machen ZwölfSeen nach Einbruch der Dunkelheit zu einem wirklich gefährlichen Viertel. Eigentlich auch zu jeder anderen Zeit.

Ein Stück weiter auf dem Ruhepfad liegt die »Mehrjungfrau«.

Der Ruf dieser Kaschemme ist so mies, das niemand, der auch nur einen Funken Verstand, eine einigermaßen ordentliche Erziehung oder so etwas wie Würde besitzt, sich dem Laden auch nur auf eine Meile nähern würde. Ich lande in letzter Zeit ziemlich oft hier. Kerk, einer meiner Informanten, hält sich dort gewöhnlich auf. Er liegt über einen Tisch gebeugt oder auf dem Boden, wenn das Boah ihn wieder einmal überwältigt hat. Kerk handelt mit Boah, um seine Sucht zu finanzieren, und er gabelt dabei viel nützliche Informationen auf, die er verkauft, ebenfalls, um seine Sucht zu befriedigen.

Ich finde ihn vor der Kaschemme auf der warmen Erde. Neben ihm liegt eine leere Bierflasche, und um ihn herum schwebt der unverwechselbare Geruch von verbranntem Boah in der Luft.

Mit einem kräftigen Tritt wecke ich ihn auf. Er starrt mich mit seinen großen Augen an – Augen, die vermuten lassen, dass irgendwann irgendwie Elfenblut in den Stammbaum seiner Familie gelangt ist. Das ist auch gar nicht so abwegig. Die Elfen, die unsere Stadt besuchen, sind romantischen Liaisons mit den Prostituierten, die hier arbeiten, keineswegs abgeneigt. Die Südlichen Inseln der Elfen sind zwar das Paradies auf Erden, nur an Prostituierten herrscht dort ein gewisser Mangel. Ich vermute, dass die jungen Elfen einfach irgendwie ihre Bedürfnisse befriedigen müssen.

»Was willst du?«, murmelt Kerk.

»Weißt du etwas über Rodinaax?«

Er streckt automatisch seine Hand aus. Ich lasse eine kleine Münze in seine Handfläche fallen, einen Zehntel-Guran.

»Ein Bildhauer. Er ist gestern Nacht ermordet worden.«

»Weißt du noch mehr?«

»Er ist von seinem Schüler umgebracht worden. So sagt man.«

Seinem Blick entnehme ich, dass er noch etwas weiß. Also trenne ich mich von einer weiteren Münze.

»Der Schüler hatte ein Verhältnis mit seiner Frau.«

»Ist das ein Gerücht oder eine verbürgte Tatsache?«

»Ein Gerücht. Aber ein sehr hartnäckiges.«

Die Sonne brennt unbarmherzig vom Himmel. In dem engen Ruhepfad ist sie beinah unerträglich. Ich bin durch Wüsten marschiert, die erheblich kühler waren. Mehr weiß Kerk nicht, aber er verspricht, die Ohren aufzuhalten. Ich gebe ihm noch eine Münze, und er rappelt sich hoch. Denn jetzt hat er genug Geld zusammen, um sich ein bisschen Boah zu kaufen.

Ich drehe mich um und gehe weg. Das war zwar nicht viel Neues von Kerk, aber trotzdem interessant. Es macht die Dinge immer etwas interessanter, wenn der Schüler mit der Frau des Meisters schläft. Bedauerlicherweise erhöht das auch die Wahrscheinlichkeit, dass Gesox ihn getötet hat, was ich eigentlich nicht wahrhaben möchte. Auch wenn ich keinen echten Grund dafür habe, ihn für unschuldig zu halten, abgesehen von einem vagen Gefühl, dass er nicht gelogen hat. Und meiner intensiven Abneigung gegen Präfekt Tholius.

Flugratten, kleine schwarze Vögel, die die Stadt verseuchen, hocken träge in der Hitze auf den Hausmauern der Gasse. Sie erheben sich kreischend in die Luft, als sie von einem Stein aufgeschreckt werden, den ein Jugendlicher mit einem gelben Kopftuch nach ihnen wirft. Es weist ihn als ein Mitglied der Kuul-Tiens aus, unserer örtlichen Jugendbande. Er hebt den nächsten Stein auf.

»Wirf den auch nur annährend in meine Richtung, Junge, und ich ramme ihn dir den Schlund hinunter und lasse deine Gedärme mit einem Zauber verrotten.«

Er weicht zurück. Als Detektiv bin ich natürlich bei den Kuul-Tiens nicht sonderlich beliebt, aber sie hüten sich davor, sich mit mir anzulegen. Wenn ich an einem so heißen Tag an einem Fall arbeiten muss, sollte man mich lieber weder reizen noch verarschen.

Er lächelt spöttisch, als ich an ihm vorbeigehe, und ich grinse ebenso abfällig zurück. Kinder. Früher einmal haben sie Früchte vom Markt gestohlen, bis Boah die Stadt überschwemmte. Jetzt rauben sie Leute mit vorgehaltenem Messer aus, um sich Geld für Drogen zu beschaffen. Turai fährt zur Hölle, und zwar rasend schnell. Wenn sich die Bevölkerung nicht zuvor durch Unruhen, Diebstahl, Mord oder Drogenmissbrauch auslöscht, wird irgendwann König Lamachus von Nioj aus dem hohen Norden herunterkommen und uns einfach von der Landkarte radieren. Er wartet nur auf einen Vorwand, und es ist ihm eigentlich egal, wie gut der ist.

Da ich immerhin minimale Fortschritte gemacht habe, beschließe ich, in der *Rächenden Axt* vorbeizuschauen, bevor ich versuche, Spuren in Rodinaax' Atelier zu finden. Ich habe einen ganzen Tag Ermittlungen vor mir und brauche dringend ein Bierchen und vielleicht auch einen Happen zu essen. Außerdem sollte ich vielleicht ein paar Zaubersprüche in meinem Buch nachschlagen. Ich gebe gern zu, dass ich kein großer Zauberer mehr bin. Es ist mir sogar zu anstrengend, den ziemlich weit verbreiteten persönlichen Schutzzauber mit mir herumzuschleppen, aber ein paar Tricks habe ich schon noch im Ärmel. Es hat mich enorm verärgert, dass Präfekt Tholius in der Lage war, einfach in meine Zimmerflucht einzudringen und Gesox vor meiner Nase zu verhaften. Das ist sehr schlecht für meinen Ruf, wenn ich mir meine Klienten einfach so abnehmen lasse.

Ich bin so sehr damit beschäftigt, dem Müll auf der Straße auszuweichen, dass ich einige Sekunden brauche, bis ich die Gestalt sehe, die mich grüßt, als ich die Kaschemme betrete. Ich bin an ziemlich viele merkwürdige Erscheinungen auf den Straßen von Turai gewöhnt. An singende Pilger, an ungeschlachte Barbaren aus den Nordlanden, an die seltenen, grün gekleideten Elfen. Hier bei uns zu Hause ist selbst Makri ein exotischer Anblick mit ihrer rotbraunen Haut und ihren prallen Brüsten, die aus dem winzigen Ketten-Oberteil herausquellen. Außerdem hat sie sich gerade einen Ring durch die Nase ziehen lassen, was auch in dieser Stadt noch ein recht seltener Anblick ist. Außerdem ist es einer, den ich sehr missbillige. Cimdy und Bertax haben ihr den Schmuck verpasst. Die beiden sind Straßenmusiker und Gaukler, und dazu noch ein sehr auffälliges Pärchen. Ihr Haar ist grell gefärbt, und ihre Kleidung ist noch bunter. Außerdem hängt ihr Gesicht voll mit Piercings. Aber all das hat mich nicht auf den Anblick der jungen Frau vorbereitet, die mit nackten Füßen vor mir steht. In Anbetracht des Zustandes unserer Straßen ist das ein unglaublicher Leichtsinn. Sie trägt dazu ein langes, fließendes Kleid, in das die Symbole der Sternzeichen eingefärbt sind, und sie hat eine Girlande aus Blumen in ihr Haar geflochten.

Ich sehe sie verständnislos an, als sie vor mir steht. Mir will einfach kein Grund einfallen, der erklären würde, warum sie keine Schuhe trägt.

»He, Thraxas«, begrüßt mich Makri, die mit einem Tablett vor der Tür auftaucht. »Das ist Dandelion. Sie möchte dich unbedingt engagieren.«

Noch bevor ich dazu komme, einzuwenden, dass doch niemand wirklich Dandelion heißen kann, hat sie schon meine Hand gepackt, starrt mir tief in die Augen und behauptet, sie wäre »echt davon überzeugt«, dass sie mit mir den richtigen Mann gefunden habe.

»Ich spüre sofort, dass du eine mitfühlende Seele hast.«

Irgendwo im Hintergrund höre ich Makri hämisch kichern.

»Ihr wollt mich engagieren?«

»Ja. Im Auftrag der Delfine.«

»Im Auftrag der Delfine?«

»Ja. Der Delfine, die in der Bucht leben.«

»Diejenigen, die mit den Menschen sprechen können«, wirft Makri ein.

Ich knurre. Man sagt, dass diese Delfine sprechen können. Mir persönlich fällt es sehr schwer, das zu glauben.

»Sie singen auch wirklich wunderschön«, setzt Dandelion fröhlich noch einen drauf.

Ich muss mich zusammenreißen, um meinen Ärger im Zaum zu halten.

»Ich bin ziemlich beschäftigt. Habe ich in dieser rührenden Geschichte über unsere wild lebenden Mit-Tiere irgendwie die Pointe verpasst?«

»Aber ja doch. Die Delfine sind echt in einer schrecklichen Notlage. Jemand hat ihren Heilstein gestohlen. Sie möchten dich engagieren, damit du ihn zurückbringst.«

»Ihren Heilstein?«

»Das ist richtig. Er ist echt sehr wertvoll für sie. Er ist vom Himmel gefallen.«

Dandelion lächelt mich lieb an. Ich gebe den kurzen Kampf gegen meine Aggression auf.

»Würdet Ihr bitte aus dem Weg gehen? Ich bin ein viel beschäftigter Mann, und ich arbeite gerade an einem Fall. Einem echten Fall. Ein Mord. Ich habe keine Zeit, hier herumzustehen und einem verrückten Mädchen mit Blumen im Haar zuzuhören, wie sie von Delfinen und Steinen schwafelt, die vom Himmel gefallen sind. Und wenn Ihr mich jetzt bitte entschuldigen würdet.«

Ich stürme an ihr vorbei. Das heißt, ich will es. Aber Dandelion stellt sich mir mit einem Satz in den Weg.

»Aber du musst ihnen helfen!«

»Sucht Euch einen anderen Detektiv!«

»Die Delfine wollen dich. Sie sind sich einig, dass du auf einer sehr innigen Ebene mit ihnen harmonierst.«

Ich muss mich zusammenreißen, damit ich ihr keinen Schwinger verpasse. Makri findet die ganze Angelegenheit echt amüsant, wie ich aus dem Augenwinkel bemerke. Na klasse. Soll sie doch hingehen und den Delfinen helfen! Ich habe in einem Mordfall zu ermitteln! Ich stampfe die Treppe hoch und nehme mir nicht einmal die Zeit, ein Bierchen vom Tresen zu holen. Ich brauche etwas Stärkeres und stelle mein Zimmer bei der Suche nach einem Fläschchen Kleeh auf den Kopf. Dieser Schnaps wird in den Bergen vor der Stadt gebrannt. Nach dem erfolgreichen Abschluss meines letzten Falls habe ich mir eine Sorte gekauft, die ich mir normalerweise nicht leisten kann. Aber der Schnaps brennt mir immer noch in der Kehle, als ich ihn herunterkippe. Ich schüttle den Kopf und nehme noch einen Schluck. Redende Delfine, also echt! Ich habe schon genug Probleme mit Orgks, Elfen und Menschen. Sollen die verdammten Fische doch auf sich selbst aufpassen.

3. KAPITEL

Nach diesem kurzen Intermezzo mit der albernen Dandelion und ihrem Geplapper über sprechende Delfine und Heilsteine kehre ich in die wirkliche Welt zurück und mache mich auf den Weg zu Rodinaax' Atelier. Ich bin in dieser drückenden Hitze schon genug zu Fuß gegangen, also halte ich einen Mietlandauer an und verlasse ZwölfSeen in der kleinen einspännigen Kutsche. Wir fahren nach Norden, nach Pashish. Pashish ist ein ruhigerer Stadtteil als ZwölfSeen. Hier wohnen die zwar armen, aber ehrbaren Arbeiter und ihre Familien, also das Herz der Stadt. Zwar herrschen auch hier eher kärgliche Verhältnisse, aber die Straßen sind ein wenig breiter und nicht so verdreckt wie die am Hafen. Mein Freund Astral Trippelmond wohnt hier in der Nähe. Vielleicht kann ich ja später noch einmal bei ihm vorbeisehen.

Während der Fahrt denke ich über zwei Dinge nach. Erstens: Wer hat Rodinaax getötet? Und zweitens: Wer wird mich dafür bezahlen, das herauszufinden? Nachdem sich die erste Erregung über Tholius' Eindringen in meine Gemächer ein wenig abgekühlt hat, wird mir rasch klar, dass ich mich gerade in einen Fall stürze, ohne vorher ein Honorar vereinbart oder auch nur eine Anzahlung empfangen zu haben. Das sieht mir ganz und gar nicht ähnlich. Ich mache das hier schließlich nicht zum Vergnügen. Es ist mein Broterwerb. Praktisch gesehen habe ich nicht einmal einen Klienten. Gesox ist verhaftet worden, bevor er dazu gekommen ist, mich zu engagieren. Dabei schießt mir der beunruhigende Gedanke durch den Kopf, dass er möglicherweise so gut wie gar kein Geld hat, weil er schließlich Schüler ist. Er hat vielleicht sein ganzes mageres Entgelt für Geschenke an die Frau des Bildhauers auf den Kopf gehauen.

Ich muss einfach das Beste hoffen. Doch nur weil ich im Moment gerade nicht so dringend Geld brauche, heißt das noch lange nicht, dass ich plötzlich zum Wohltäter geworden bin. So wie ich im Augenblick lebe, bin ich wahrscheinlich recht schnell wieder arm. Vermutlich sogar unmittelbar nach dem nächsten Wagenrennen.

Der Landauer muss an einer Ecke anhalten, um eine Gruppe singender Pilger vorbeizulassen, die dem Schrein des Sankt Quaxinius drüben im Westen der Stadt einen Besuch abstatten wollen. Ich beuge mich aus der Kutsche und lasse mir von einem fliegenden Händler ein Nachrichtenpapyrus reichen. *Der Berühmte Und Wahrheitsgetreue Chronist* ist immer begierig darauf, reißerische Ereignisse zu berichten, und der Tod eines Bildhauers ist eine große Geschichte. Zwar sind in Turai Morde an der Tagesordnung, aber Rodinaax ist so bekannt, dass sich aus seinem gewaltsamen Tod eine deftige Schlagzeile machen lässt. In der Stadt arbeiten viele verschiedene Künstler. Sie werden von dem immer noch sagenhaften Wohlstand unser dekadenten Oberklasse angezogen. Aber keiner von ihnen ist so berühmt wie Rodinaax.

Das Nachrichtenpapyrus weiß zu berichten, dass die Statue, an der er zuletzt gearbeitet hat, eine lebensgroße Plastik von Sankt Quaxinius zu Pferde, zum Teil von der Wahren Kirche in Nioj finanziert worden ist. Der Verfasser des Artikels beschreibt den Mord zunächst ohne allzu große Ausschmückungen und klärt zudem darüber auf, dass die Statue verschwunden sei. Das kann doch nur ein Druckfehler sein. Wir haben zwar eine Menge gerissener Verbrecher in Turai, aber ich kann mir trotzdem nicht vorstellen, dass es einem von ihnen gelingen könnte, sich mit einer lebensgroßen Bronzestatue eines Heiligen auf einem Pferd davonzuschleichen. Gott allein weiß, was allein so ein Heiliger wiegen muss. Das Verhältnis zu den Niojanern ist auch ohne diese Panne schon gespannt genug. Nioj ist ein fundamentalistisches Reich. Sein König ist der oberste Kleriker und dem Vernehmen nach ein glühender Fanatiker. Also wird Nioj das Verschwinden der Statue mal wieder reichlich Munition geben, seinen Ärger an Turai abzureagieren.

Rodinaax' Haus liegt am anderen Ende von Pashish, in einer Gegend, wo es allmählich etwas gemütlicher wird. Die Straßen sind sauber und die Bürgersteige in einem ordentlichen Zustand. Ich steige einen Block vorher aus, bezahle den Kutscher und gehe zu Fuß weiter. Das Haus und das Atelier werden von zwei Zivilgardisten bewacht. Obwohl ich ihnen klarzumachen versuche, dass ich beruflich hier bin, starren sie mich nur mit steinernen Mienen an und verweigern mir den Zutritt.

»Das hat uns gerade noch gefehlt«, ertönt plötzlich hinter mir eine Stimme. »Thraxas, der seinen fetten Rüssel in die Angelegenheiten der Wache steckt.«

Ich drehe mich um. »Sieh da, Hauptmann Rallig. Wie schön, dass Ihr die Ermittlungen leitet.«

»Dieses Vergnügen ist alles andere als auf beiden Seiten. Was willst du hier?«

Hauptmann Rallig und ich kennen uns schon sehr, sehr lange. Wir haben in den Orgk-Kriegen Seite an Seite gefochten. Zusammen mit Gurdh haben wir einige haarsträubende Abenteuer erlebt, die ich immer gerne während meiner Saufgelage in der *Rächenden Axt* zum Besten gebe. Nach dem Krieg wurde ich Hoher Ermittler im Palast, und Hauptmann Rallig hat ebenfalls eine Weile dort gedient, bis er bei Vizekonsul Rhizinius in Ungnade fiel und wieder Dienst auf der Straße schieben musste. Seine Wachstation am Hafen liegt mitten in einer der härtesten Ecken in der Stadt, was einiges heißen will. Rallig stört es jedoch nicht, dass es hier hart zugeht. Er ist kein Mann, der vor seinen Pflichten zurückschreckt. Aber er ist der festen Überzeugung, dass ein Mann mit seiner Erfahrung mittlerweile längst hätte befördert werden müssen.

Obwohl wir uns also ziemlich nahe gestanden haben und

außerdem beide von Rhizinius aus dem Palast geekelt worden sind, haben wir uns in den letzten Jahren ein wenig voneinander entfremdet. Ich bin mittlerweile freischaffend als Detektiv tätig, und Rallig ist Zivilgardist. Diese beiden Spezies waren sich noch nie sonderlich grün. Der Hauptmann tut mir gelegentlich mal einen Gefallen, und er weiß auch, dass ich kein Narr bin. Aber auch wenn er den Fall übernommen hat, ist das noch keine Garantie dafür, dass ich Ermittlungsinterna von ihm erfahre.

»Und? Wie ist es so in der Zivilgarde?«

»Besser, als auf einer Strafgaleere zu rudern. Andererseits, solange du nicht an Bord bist, vielleicht auch nicht.«

Ich erzähle ihm, wie gut er aussieht, was auch stimmt. Ihm steht sein Alter erheblich besser als mir. Sein Haar hängt zu einem langen Zopf gebunden über seinem Rücken, wie bei mir auch, aber seines ist blond und glänzt. Sein Schnurrbart auch. Mein Haar dagegen zeigt bereits erste Spuren von Grau. Ich kann mir gut vorstellen, dass die Damenwelt nach wie vor verrückt nach ihm ist.

Der Hauptmann wischt mein Kompliment einfach zur Seite. »Arbeitest du an dem Fall, oder schnüffelst du nur einfach so aus Spaß darin herum?«

»Ich verdiene nur meinen Lebensunterhalt, Hauptmann. Gesox hat mich engagiert, bevor Tholius ihn abgeführt hat.«

»Der Schüler? Er hat dich engagiert? Womit denn?«

»Er hat meine übliche Vorauszahlung geleistet«, lüge ich.

Er durchschaut mich und schnaubt verächtlich. Angeblich sei allgemein bekannt, dass Gesox nicht einen müden Heller auf der Naht habe, und schon gar nicht genug für eine Vorauszahlung in Höhe von dreißig Gurans, um einen Detektiv zu engagieren.

»Also hat er wirklich eine Affäre mit Rodinaax' Frau gehabt?«

Der Hauptmann zuckt mit den Schultern. »Das wird behauptet. Nach Auskunft des Personals scheint Lolitia jedenfalls von jemand anderem als ihrem Ehemann beglückt worden zu sein.«

»Wo ist er jetzt?«

»Gesox? Im Gefängnis. Und du wirst ihn ganz sicher nicht zu sehen bekommen. Tholius hat ihn ins tiefste Verlies gesteckt und wird den Ruhm einer schnellen Verhaftung nicht dadurch aufs Spiel setzen, dass er deine Einmischung duldet. Die Situation ist wirklich bedenklich, Thraxas. Die Wahre Kirche in Turai hat lange gebraucht, bis sie die niojanische Kirche überreden konnte, sich an der Finanzierung der Statue zu beteiligen. Sie wollten sogar einige niojanische Kleriker zur Eröffnungszeremonie einladen. Vermutlich, um so das zwischenstaatliche Verhältnis zu verbessern. Und jetzt ist der Bildhauer hin und die Statue futsch. Das wird König Lamachus ganz und gar nicht gefallen.«

»Wo ist die Ehefrau? Ich muss mit ihr sprechen.«

»Das kannst du nicht.«

Diese Antwort bringt mich in Fahrt. »Was sitzt Euch auf der Leber, Hauptmann? Seit wann ist es einem Detektiv verboten, mit einer Zeugin zu sprechen?«

»Niemand verbietet hier niemandem nichts. Du kannst ganz einfach deshalb nicht mit ihr sprechen, weil sie verschwunden ist. Anscheinend ist sie stiften gegangen, bevor wir eingetroffen sind.«

Laut Auskunft des Hauptmanns hat Lolitia, gleich nachdem Rodinaax' Leichnam gefunden wurde, einen Dienstboten zur Garde geschickt. Doch als die Garde auftauchte, war sie abgetaucht.

»Niemand hat sie weggehen sehen. Lolitia ist mitten in der allgemeinen Verwirrung entkommen. Also haben wir jetzt einen toten Bildhauer, eine verschwundene Ehefrau und eine abhanden gekommene Statue.«

»Die Statue ist wirklich weg? Wie konnte sie jemand bewegen?«

Der Hauptmann zuckt mit den Schultern. »Keine Ahnung.

Aber sie ist wirklich verschwunden. Die ganzen zwei Tonnen.«

»Tholius hat Gesox mithilfe eines Zauberers bis zu mir verfolgt. Und der Zauberer soll nicht in der Lage sein, eine Statue zu finden?«

»Anscheinend nicht. Und bevor du fragst: Nein, man hat keinerlei Spuren von Zauberei am Tatort gefunden. Unsere Männer haben alles abgesucht, ohne auch nur einen Hauch von Magie zu finden. Es bleibt einfach ein Rätsel, wie die Statue verschwinden konnte. Die Dienstboten schwören, dass Rodinaax noch am Morgen an der Statue gearbeitet hat. Und seine Frau hat den Leichnam unmittelbar nach der Tat gefunden, also blieb eigentlich keine Zeit für die Statue, sich aus dem Staub zu machen. Und trotzdem hat sie es fertig gebracht.«

»Warum ist Tholius so fest davon überzeugt, dass Gesox der Täter ist?«

»Gesox' Messer steckte im Rücken des Toten.«

»Ach ja? Das bedeutet doch nichts. Jeder hätte das Messer benutzen können.«

»Vielleicht. Wir werden bald erfahren, was unsere Zauberer bei der Untersuchung des Messers herausfinden. Aber ich vermute sehr stark, dass sie Gesox' Aura darauf entdecken. Also, ich habe zu tun. Wenn du nichts dagegen hast, würde ich jetzt gern mit meiner Arbeit weitermachen.«

»Ich muss mich drinnen umsehen.«

»Geh zum Teufel!«

Hauptmann Rallig war einst Verbindungsoffizier zwischen dem Justizdomizil, das die Zivilgarde kontrolliert, und der Palastwache. Es war ein sehr netter, gemütlicher Posten, und er hatte ihn sich nach den vielen Jahren Dienst unter den Verbrechern auf Turais Straßen sicher auch redlich verdient. Jetzt hat er wieder Streifendienst, und es gefällt ihm augenscheinlich überhaupt nicht. Jedenfalls hat er selten wirklich gute Laune.

»Heraus mit der Sprache! Was ist los? Ich habe das Recht hineinzugehen.«

»Was los ist? Präfekt Tholius ist los. Er steht mir auf den Zehen und will, dass dieser Fall so schnell wie möglich abgeschlossen wird, damit wir Nioj und die Wahre Kirche glücklich machen. Dabei sitzt mir schon Konsul Kahlius wegen der gestohlenen Lieferung Gold für die Königliche Schatzkammer im Nacken. Ganz zu schweigen von den Myriaden anderer Dinge, von Pilgern, die am Schrein ausgeraubt werden, bis hin zu acht Morden in zwei Tagen in Kushni. Genügt dir das?«

Ich stoße mitfühlend ein paar unbestimmte Laute aus, versäume jedoch nicht, deutlich darauf hinzuweisen, dass ich als offizieller Vertreter von Gesox das Recht habe, den Tatort zu untersuchen. Der Hauptmann denkt eine Weile darüber nach. Es passt ihm zwar überhaupt nicht in den Kram, dass ich das Haus durchstöbere, aber er ist kein Mann, der das Gesetz missachtet, das muss man ihm lassen.

»Na gut, dann sieh dich um. Sollte Tholius auftauchen und dich in den Knast werfen, komm bloß nicht auf die Idee, dich bei mir auszuheulen.«

Doch gerade, als wir das Haus betreten wollen, ertönt von den vielen Türmen, die in der ganzen Stadt verstreut sind, der Aufruf für das Nachmittagsgebet. Wir müssen uns hinknien und die Köpfe bis auf den Boden senken. Es gibt in Turai keine Möglichkeit, dieser Leibesübung zu entkommen. Dreimal am Tag wird offiziell gebetet, und jeder, der nicht auf Stirn und Knien angetroffen wird, kriegt ein mächtiges Problem mit den Behörden. Also knie ich mich hin und bete neben Hauptmann Rallig und den beiden Zivilgardisten. Das ist irgendwie komisch, obwohl ich in Ausübung meines Berufes schon oft neben noch viel merkwürdigeren Gebetskumpanen auf dem Boden gekauert bin. Einmal war ich sogar mitten in einem erbitterten Kampf mit einem Gegner, als uns der Ruf unterbrach. Ich musste mich neben ihn knien und beten, und als wir wieder aufgestanden sind, habe ich ihn umgebracht. Immerhin konnte er seinem Schöpfer frisch geläutert gegenübertreten.

Die Hitze ist überwältigend, und ich muss mich zusammenreißen, um nicht einzunicken. Als endlich der Ruf für das Ende des Gebetes erschallt, rappele ich mich müde auf die Füße.

»Du wist langsam, Thraxas«, stellt Hauptmann Rallig fest. »Es wird Zeit, dass du von der Straße herunterkommst. Versuch's doch mal als Kaschemmenwirt.«

»Ich würde mich pleite saufen.«

Wir betreten das Haus, und ich konzentriere mich vollkommen auf die Untersuchung des Tatorts. Rallig folgt mir überallhin und sorgt dafür, dass ich nichts tue, was ich nicht tun sollte.

Rodinaax' Haus ist ein eher durchschnittliches Gebäude, vielleicht ein bisschen größer als andere, aber nichts Besonderes. Wenn nicht die großartigen Statuen wären, die jeden Raum, den Garten und den Innenhof schmücken, könnte es auch die Behausung eines ganz normalen wohlhabenden Geschäftsmannes sein. Die Statuen jedoch sind wunderschön. Selbst ein unerfahrenes Auge wie das meine erkennt auf den ersten Blick, dass sie von höherer Qualität sind als die meisten Statuen, die man in unseren Stadttempeln oder Bibliotheken findet.

Rodinaax' großes Atelier ist in einem Anbau an der Rückseite des Hauses. Aber am Tatort findet sich nur wenig mehr als ein dunkler Blutfleck, wo der Leichnam gelegen hat, und ein großer leerer Platz, wo sich eigentlich die Statue befinden sollte. Ich konzentriere mich, um vielleicht doch eine schwache Spur von Zauberei zu entdecken, finde jedoch nichts. Ich bin fest davon überzeugt, dass hier in den letzten Tagen keinerlei Magie angewendet worden ist. Laut Hauptmann Rallig sei die Statue gestern ganz bestimmt noch da gewesen. Ein Pontifex der Wahren Kirche sei dafür Augenzeuge. Man habe ihn vorbeigeschickt, damit er sich persönlich davon überzeuge, welche Forschritte der Künstler mache.

Die Statue war aus Bronze. Rodinaax hatte sie zuerst aus Gips vorgefertigt, sie dann zu einem Bronzeschmied geschickt, der sie für ihn gegossen und in sechs Stücken wieder zurückgeschickt hat. Danach hat der Bildhauer die Stücke zusammengefügt, die Übergänge sauber glatt gefeilt, letzte Hand an Kleinigkeiten angelegt, und siehe da: Fertig war die Bronzestatue. Solche Statuen sind zwar innen hohl, aber Rodinaax' Arbeit muss wenigstens zwei Tonnen gewogen haben, mit Heiligem, Pferd und Sockel.

Und jetzt ist sie weg. Futsch. Niemand hat irgendetwas gesehen. Man brauchte mindestens sechs Männer mit Hebewerkzeug und einem besonders verstärkten Pferdefuhrwerk, um die komplette fertig gestellte Statue nach draußen zu bewegen. Ich untersuche die Winden, die am Ende des Ateliers hängen. Sie sind dafür da, die schweren Kunstwerke zu heben. Das ist sicherlich ein ziemlich umständlicher Prozess und auf keinen Fall etwas, das man huschhusch mal eben so nebenbei erledigt. Aber jemand hat sie bewegt, und niemand hat es bemerkt. Die Garde hat alle Nachbarn und die Passanten, die sie ausfindig machen konnten, befragt, aber keinem von ihnen ist etwas aufgefallen. Ein Bettler sitzt jeden Tag am Ende der Straße, und er schwört, dass am Tag des Mordes kein Karren das Grundstück verlassen habe.

»Sie kann doch nicht einfach so verschwunden sein.«

Hauptmann Rallig setzt mich trocken darüber in Kenntnis, dass er sich diesen Sachverhalt zusammengereimt habe.

»Und der Alte Hasius Brillantinius sagt, dass keine Zauberei im Spiel war? Das ist sehr merkwürdig.«

In dem Atelier stehen noch andere Statuen herum. An einigen wird noch gearbeitet, andere sind vollendet. Es sind sehr schöne Statuen, und ich glaube, dass sie für einen Sammler sehr wertvoll sein müssten. Sie sind alle kleiner als die verschwundene Statue, und bei einigen handelt es sich um Büsten, die ein Mann allein tragen könnte. Also warum hat der Dieb ausgerechnet diese große Statue mitgenommen? Er kann sie unmöglich verkaufen, nicht einmal hier in Turai, Heimat des skrupellosen Handels.

Vor dem Atelier befindet sich ein Beet mit roten Blumen, in dem die kleine Plastik einer ruhenden Waldnymphe liegt. Die Blumen haben die sommerliche Hitze gut überstanden, aber jetzt fangen sie an zu welken. Überall auf dem Weg liegen Blüten und bilden einen großen roten Flecken. Mit einem gelben Tupfer in der Mitte. Ich bücke mich, um das näher zu untersuchen. Zwischen den roten Blüten befinden sich einige gelbe Blütenblätter. Ich werfe einen kurzen Blick auf das Blumenbeet. Von einer gelben Blume ist nichts zu sehen. Merkwürdig. Vielleicht waren es nur ein paar Blüten, und die Blätter sind alle abgefallen? Vielleicht auch nicht. Ich hebe die gelben Blätter auf und verstaue sie in dem kleinen Beutel, den ich für solche Fälle an meinem Gürtel trage.

Dann sehe ich mich noch ein bisschen um, kann aber keine weiteren Erkenntnisse gewinnen. Hauptmann Rallig versichert mir, dass er keinerlei Hinweise auf den Aufenthaltsort von Rodinaax' Ehefrau hat. Wenn er etwas weiß, behält er es für sich. Die drei Bediensteten von Rodinaax hat er bis zum Verhör eingesperrt. Es sieht nicht so aus, als könnte ich sie in absehbarer Zeit selbst befragen. Es wird Zeit, den Hut zu nehmen.

Ich muss eigentlich schnellstens zu Gesox, aber da ich ganz in der Nähe von Astral Trippelmonds Haus bin, beschließe ich, ihm einen Besuch abzustatten. Astral ist ein Zauberer, und zwar ein guter, und er kann mir vielleicht helfen.

Während ich durch die Straßen gehe, beschleicht mich das Gefühl, dass mir jemand folgt. Das merke ich immer, weil ich einen Instinkt dafür besitze. Der entspringt der Sensibilität, die ich als junger Zauberlehrling entwickelt habe. Sie hat mir gute Dienste geleistet, als ich mich als Söldner durchgeschlagen habe. Und ich habe dieses unbehagliche Gefühl noch, als ich vor Astrals Haus ankomme. Ich läute seine Glocke und lasse dabei unauffällig den Blick durch die nähere Umgebung schweifen. Aber es ist niemand zu sehen.

Ein Diener lässt mich ein. Das Haus ist erheblich kleiner,

als man es bei einem so mächtigen Zauberer wie Astral Trippelmond erwarten würde. Wir sind offenbar beide auf der sozialen Leiter ein ganzes Stück nach unten gerutscht. Astral hat sich vor einigen Jahren in eine unschöne Klemme manövriert und kann von Glück reden, dass er überhaupt noch in der Stadt sein darf. Er arbeitete als der offizielle Zauberer des Stadion Superbius. Seine Verantwortung war es unter anderem, dafür zu sorgen, dass es bei allen Kämpfen und Wagenrennen redlich zuging und sie nicht von irgendwelchem Hokuspokus beeinflusst wurden.

Die Bürger von Turai sind in diesem Punkt sehr empfindlich. Niemand will einen Haufen Gurans auf einen Wagen setzen und dann feststellen müssen, dass jemand den Gäulen die Seuche angehext hat. Infolgedessen hat der Stadionzauberer eine sehr wichtige Aufgabe. Nach einer Reihe von höchst merkwürdigen Ergebnissen wurde gemunkelt, dass Astral Bestechungsgelder annehme und dafür die Augen zudrücke, wenn andere Zauberer ihre Finger ins Spiel brächten. Er lief ernsthaft Gefahr, eine lange Gefängnisstrafe zu kassieren oder sogar vom aufgebrachten Mob gelyncht zu werden, bis ich ein wenig herumstocherte und seinen Namen rein wusch. Na ja, rein gewaschen ist vielleicht nicht ganz der richtige Ausdruck, denn schließlich war er so schuldig wie die Katze mit Rahm am Bart. Sagen wir, ich habe das Wasser so sehr mit Schlamm getrübt, dass vor Gericht keine schlüssigen Beweise vorgebracht werden konnten. Dadurch entging Astral dem Ausschluss aus der Zauberergilde, aber man machte ihm unmissverständlich klar, dass es besser wäre, wenn er von seinem Posten zurückträte. Der Skandal zwang ihn sogar dazu, seine prächtige Villa in Thamlin aufzugeben, und es verschlug ihn nach Pashish, wo er nunmehr im Dienst der Armen arbeitet.

Ich frage ihn oft um Rat. Er mag vielleicht eine korrupte Ader haben, aber in allem, was Zauberei angeht, ist er unschlagbar. Außerdem ist er sehr großzügig, was Essen und Trinken angeht, und normalerweise freut er sich auch, mich zu sehen. Von seinen alten Kumpeln aus der Zaubererinnung kommt ihm zurzeit keiner näher als eine Meile, was bedeutet, dass es ihm ein wenig an geistreicher Konversation mangelt.

Als ich hereinkomme, höre ich, wie er einem Bediensteten befiehlt, Wein und Früchte zu holen. Sein kleiner Salon ist mit Büchern, Tränken und den anderem magischen Krimskrams voll gestopft, und er muss mehrere Rollen Papier wegschieben, um Platz für die Karaffe zu schaffen.

»Wie geht es denn so?«, erkundige ich mich.

»Besser, als auf einer Sklavengaleere zu rudern, aber nicht viel besser. Wenn ich noch ein Horoskop für die Frau des Fischhändlers nebenan machen muss, dann vergifte ich das nächste Mal seinen Fang, das schwöre ich Euch. Es macht mich wirklich depressiv, Thraxas. Die Frau hat vierzehn Kinder, und sie will alle Details über die Zukunft jedes einzelnen ihrer Blagen wissen. Wie soll ich verdammt noch mal wissen, ob ihre siebte Tochter einen guten Ehemann findet?«

Er seufzt und schenkt uns Wein ein. Wir plaudern eine Weile über Stadtpolitik, spekulieren, ob sich die Dinge verbessern, jetzt, da Zitzerius Vizekonsul geworden ist, und ob ein Krieg mit Nioj oder Mattesh wahrscheinlich ist.

»Habt Ihr das von Rodinaax gehört?«

Hat er. »Er war ein ausgezeichneter Bildhauer. Als ich von seinem Tod erfuhr, habe ich sofort die Sternkonstellationen überprüft, um etwas über den Mörder herauszufinden, aber die Monde stehen leider sehr ungünstig.«

Mächtige Zauberer wie Astral Trippelmond können manchmal in der Zeit zurückblicken. Zum Glück für die Verbrecher in Turai ist das jedoch eine sehr schwierige Aufgabe, und sie ist vollkommen unmöglich zu bewältigen, wenn sich die drei Monde in den falschen Phasen befinden, verglichen mit ihrer aktuellen Position am Himmel. Gelegentlich gelang es den Zauberern im Justizdomizil, bei schwierigen Rechtsfällen spektakuläre Treffer zu landen, wenn sie durch die Zeit zurücklinsen und exakt feststellen konnten, wer wann wo warum wem was wie getan hat. Aber das kommt sehr selten vor. Meistens müssen die Zivilgardisten durch die Straße latschen und den Leuten Fragen stellen. So wie ich das jetzt mache.

Ich bringe Astral Trippelmond auf den neuesten Stand, soweit ich die Fakten in dem Fall kenne, und frage ihn nach der Statue. »Habt Ihr eine Vorstellung, wie sie bewegt worden sein könnte?«

Er streicht sich über den Bart. Bärte sind zwar in Turai ein wenig außer Mode, aber in der Zaubererinnung sind sie nach wie vor sehr beliebt, ebenso wie in einigen anderen Gilden, zum Beispiel in denen der Gelehrten und Geschichtenerzähler.

»Kein Anzeichen von Magie?«

»Keines. Die Gardisten haben nichts gefunden, und ich kann beschwören, dass dort niemand in letzter Zeit einen Bann gesprochen hat. Ich bin zwar nur knapp über den Status eines Zauberlehrlings hinausgekommen, aber in meiner Arbeit entwickelt man allmählich einen sechsten Sinn für so etwas.«

»Ein guter Zauberer ist vielleicht trotzdem in der Lage, seine Spuren zu verbergen, Thraxas. Welcher Gardistenzauberer hat denn den Tatort überprüft?«

»Der Alte Hasius Brillantinius.«

»Was denn, der Alte höchstpersönlich? Dann muss es ziemlich wichtig sein, wenn die Garde ihn dafür aus dem Justizdomizil holt. Tja, das ändert die Sachlage natürlich. Kein Zauberer könnte alle Spuren seiner Aura oder seiner Zaubersprüche vor dem Alten Hasius verstecken. Brillantinius mag zwar ein schrulliger Kerl sein, aber von Magie versteht er etwas. Die Statue muss mit Körperkraft hinausgetragen worden sein.«

»Das ist unmöglich. Dafür war keine Zeit. Am Morgen war sie noch da. Das können einige Leute unabhängig voneinander beschwören. Und Rodinaax' Atelier liegt an der Hauptstraße von Pashish. Man hätte sie unmöglich mit einem Karren wegschaffen können, ohne dass es jemand gesehen hätte. Außerdem hätte es sechs Männer und einer Stunde Arbeit bedurft, um die Statue zu verladen. Das erfordert eine größere Operation. Aber niemand hat etwas gesehen. Die Statue ist einfach nur verschwunden. Ich weiß, dass der Alte Hasius Brillantinius die ganze Stadt danach absucht, aber er kann nichts finden.«

Astral stimmt mir zu, dass die ganze Angelegenheit sehr merkwürdig ist, aber mit irgendwelchen Lösungsvorschlägen kann er auch nicht aufwarten. »Warum interessiert es Euch eigentlich so brennend, was mit der Statue passiert ist, Thraxas? Ich meine, da Ihr doch nur Gesox vor einer Mordanklage bewahren wollt?«

»Ein guter Punkt, Astral. Vielleicht spielt diese Statue ja überhaupt keine Rolle. Aber der Präfekt hat Gesox eingesperrt, und somit ist es sehr schwierig, irgendeine Spur aufzunehmen. Ich vermute, dass ich mit hoher Wahrscheinlichkeit herausfinden werde, was hinter der ganzen Sache steckt, sobald ich erst einmal die Statue gefunden habe. Und wenn die Zauberer der Zivilgarde einen Blick auf die Aura werfen können, dürfte das auch einige interessante Ergebnisse nach sich ziehen.«

Astral verspricht mir, dass er selber die Stadt absuchen und mich informieren wird, wenn er auf etwas stößt.

Bevor ich gehe, frage ich ihn, ob er vielleicht einen Vorschlag hat, wie sich eine Wiederholung des morgendlichen Debakels vermeiden ließe, als Tholius einfach in meine Wohnung spaziert kam und Gesox einkassiert hat.

»Wie wäre es mit einem Unsichtbarkeitszauber?«, schlägt er vor. »Das macht Euren Klienten für die Büttel unsichtbar.«

»Ich fürchte, das liegt weit außerhalb meiner Möglichkeiten. Den Zauber würde ich niemals zustande bekommen. Meine magischen Kräfte reichen zurzeit für den Schlafzauber, mit dem ich meine Gegner flachlege.«

»Hmm.«

Er nimmt sein Handbuch von einem Regal und überfliegt die Inhaltsangabe. »Wie wäre es hiermit? Vorübergehende Verstörung. Ein einfaches kleines Abrakadabra. Das macht alle, die Euer Zimmer durchsuchen wollen, ziemlich konfus. Natürlich ist der Bann nicht narrensicher, wenn Ihr zum Beispiel auf einen besonders einfältigen oder aber willensstarken Mann trefft, aber es sollte für eine genügend große Ablenkung sorgen, wenn Ihr jemanden vor neugierigen Zivilgardisten verstecken wollt.«

Das klingt, als könnte es funktionieren. Ich danke ihm, trinke meinen Wein aus und verabschiede mich. Nach der kühlen Atmosphäre in Astrals Haus trifft mich die Hitze auf der abendlichen Straße wie ein Hammerschlag. Außerdem werde ich auf meinem Heimweg wieder verfolgt. Ich unternehme nichts, um meinen Schatten abzuschütteln. Stattdessen versuche ich, seine Identität aufzudecken, aber der Übeltäter ist sehr trickreich, und ich schaffe es nicht, auch nur ein winziges Zipfelchen von ihm zu Gesicht zu bekommen.

In der *Rächenden Axt* hat Makri inzwischen ihre Schicht beendet und will gerade in ihr Zimmer verschwinden, um dort Mathematik zu büffeln. Das gehört zu ihren Kursen auf der Innungshochschule. Makri möchte unbedingt die Kaiserliche Universität besuchen. Das ist freilich unmöglich, weil auf der Kaiserlichen Universität keine Frauen zugelassen sind. Sie nimmt nur Senatorensöhnchen oder die Sprösslinge unserer wohlhabendsten Kaufleute auf. Eine Frau, in deren Adern darüber hinaus noch Orgk-Blut fließt, hat so gut wie gar keine Chance – was Makri jedoch keineswegs abschreckt.

»Die Innungshochschule wollte mich zuerst auch nicht aufnehmen«, meint sie. »Und sieh nur, wie gut ich vorankomme.«

»Sicher. Letzte Woche hast du dich gleich mit acht Kommilitonen geprügelt.«

»Sie haben mich wegen meiner Ohren beleidigt.«

Makris Ohren sind aufgrund ihres ungewöhnlichen Stammbaums ziemlich spitz. Allerdings ist ihr Haar so lang und dicht, dass man sie gewöhnlich nicht sieht.

»Ach ja? Ich habe schon unzählige Male Witze über deine Ohren gemacht.«

»Du bist ein versoffener Trottel, der es nicht besser weiß«, kontert Makri. »Studenten dagegen sollten höflicher sein. Außerdem war es gar keine richtige Prügelei. Die meisten sind davongelaufen. Und ich habe direkt danach die Philosophieprüfung bestanden.«

Mir fällt auf, dass Makri einige Thazis-Rollen zwischen ihre Papiere geschmuggelt hat. Gurdh lagert sie unter dem Tresen. Ich lasse mir eine von ihr geben, während wir nach oben gehen.

»Du solltest lieber aufpassen, dass Gurdh dich nicht dabei erwischt, wie du sein Thazis stiehlst.«

»Er sollte mich lieber besser bezahlen. Warum willst du eigentlich den Delfinen nicht helfen?«

»Den Delfinen helfen? Du meinst, ich soll für Dandelion arbeiten? Du machst wohl Witze. Ich bin Detektiv und arbeite gerade an einem Mordfall. Deshalb habe ich keine Zeit, im Auftrag einer sozialen Randfigur mit Blumen im Haar herumzulatschen und ein paar angeblich sprechenden Delfinen zu lauschen, die irgendwas über ihren verschwundenen Heilstein keckern. Die Frau hat sie doch offensichtlich nicht mehr alle!«

Makri lacht. »Ich mochte sie.«

»Das liegt daran, dass du immer genau die Leute magst, die mich in Wallung bringen.«

»Zum Beispiel?«

»Zum Beispiel Marihana, die Meuchelmörderin. Die Frau hat mich fast umgebracht, und jetzt gehst du mit ihr auf irgendwelche Kränzchen.«

Damit lege ich den Finger auf die Quelle einer leichten Trübung im Verhältnis zwischen Makri und mir. Makri engagiert sich für die Vereinigung der Frauenzimmer. Diese Gruppierung hat es sich auf die Fahnen geschrieben, die Rechte der Frauen in Turai zu stärken. Die, das muss auch ich zugeben, in der Tat ein wenig eingeschränkt sind. Zum einen können Frauen nicht Mitglieder in Innungen, Zünften oder Gilden werden. Bis auf einige wenige hoch spezialisierte Ausnahmen, wie zum Beispiel in der Zaubererinnung oder in der Genossenschaft der Meuchelmörder. Außerdem können sie auch nicht dem Ehrenwerten Verein der Kaufmannschaft beitreten. Das legt ihnen einen mächtigen Felsbrocken in den Weg, was ihre beruflichen Möglichkeiten angeht. Sie haben auch kein Stimmrecht und dürfen nicht im Senat sitzen. Zudem ist ihnen der Zutritt in die luxuriöseren Badehäuser und Ertüchtigungsstätten der Oberstadt nicht gestattet. All diese Probleme haben mir, wie ich ebenfalls zugeben muss, so lange keine schlaflosen Nächte bereitet, bis Makri sich bei den Frauenzimmern engagierte und anfing, ständig deswegen zu nerven.

Trotzdem empfinde ich so etwas wie wohlwollendes Verständnis für ihre Ansicht und ihr Engagement. Schließlich kostet mich das nichts. Solange ich einen oder zwei Gurans besteuere, wenn Makri mit dem Klingelbeutel umgeht, lässt sie mich ungeschoren. Aber der Zulauf zur Vereinigung der Frauenzimmer ist, wie ich kürzlich zu meinem Leidwesen feststellen musste, Besorgnis erregend angewachsen. Es würde die Einwohner von Turai sicherlich ziemlich überraschen, wenn sie erführen, dass sich unter dem Dach dieses Vereins nicht nur solch »staatstragende« Damen wie Marzipixa, die Bäckerin, und Homöopixa, die Kräuterheilerin, tummeln. Diese Gruppierung genießt zudem die wenn auch verdeckte Unterstützung von Prinzessin Du-Lackal, der Nummer drei in der Thronfolge. Der König wäre wohl kaum amüsiert, wenn er das herausfände. Und die Wahre Kirche schon gar nicht. Für den Klerus ist die Vereinigung der Frauenzimmer nichts als Gotteslästerung.

Lisutaris, die Herrin des Himmels, eine sehr mächtige Zauberin – vorausgesetzt, man stöpselt sie kurz von ihrer Wasserpfeife ab –, ist ebenfalls eine Förderin der Frauenzimmer. Und am merkwürdigsten ist, dass Marihana, ebenfalls eine Nummer drei, allerdings in der Hierarchie der Meuchelmördergenossenschaft, auch mit von der Partie ist. Der Gedanke, dass Makri an konspirativen Treffen mit all diesen Leuten teilnimmt, lässt mich befürchten, dass möglicherweise einige Bürger dieser Stadt, die eigentlich nichts von meinen Geschäften wissen sollten, doch über Umwege ein paar Dinge in Erfahrung bringen, die sie überhaupt nichts angehen. Natürlich würde Makri niemals wissentlich meine Geheimnisse verraten, aber sie ist erst seit etwas über einem Jahr in Turai und noch relativ unverdorben durch die Mechanismen der Zivilisation. Sie lässt sich manchmal auf dem Markt übers Ohr hauen. Und sie findet es nach wie vor umständlich, Besteck zu benutzen. Außerdem kann ich sie immer noch anlügen. Und komme damit vor allem durch.

Makri geht in ihr Zimmer, um zu lernen.

Ich gehe in meins.

Um zu schlafen.

4. KAPITEL

Am nächsten Tag wache ich so früh auf, dass ich beinahe am Morgengebet teilnehmen muss. Das ist mir schon seit Jahren nicht mehr passiert. Trotz meines Frühstarts endet der Morgen in völliger Frustration. Ich nehme eine Mietdroschke zum Gefängnis, aber ich werde immer noch nicht zu Gesox vorgelassen. Alle Gefangenen haben das unverletzbare Recht, ihre Vertreter sehen zu können, in diesem Fall also mich. Aber in Turai werden juristische Feinheiten längst nicht immer beachtet. Ich werde am Gefängnistor mit der groben Auskunft abgespeist, dass Gesox heute niemanden empfängt. Als ich lautstark und lang anhaltend protestiere, fordert mich ein Büttel auf, einen Beweis vorzulegen, dass mich Gesox tatsächlich engagiert hat, in seinem Fall zu ermitteln.

»Präfekt Tholius hat ihn weggeschleppt, bevor er mir eine Vollmacht ausstellen konnte.«

Oje, das war die falsche Antwort. Die bringt mich keinen Zentimeter weiter. Offenbar wollen die Behörden den Fall wirklich so schnell wie möglich in trockene Tücher bringen, ohne dass sich dabei jemand die Mühe macht, eine vernünftige Verteidigung auf die Beine zu stellen. Gesox' Prozess ist für nächste Woche anberaumt, und wenn sich seine Lage nicht sehr bald sehr nachhaltig verbessert, wird er sicher vom Galgen baumeln. Rodinaax war ein allseits hoch geschätzter Mitbürger, und die Öffentlichkeit dürstet nach dem Blut des Mörders.

Ich verwünsche meinen doch eher spärlichen Einfluss bei den Bütteln und Bonzen in dieser Stadt. Ich habe zwar jede Menge Kontakte zur Unterwelt, aber als man mich ohne viel Federlesens aus dem Palast befördert hatte, wurde mir auch gleichzeitig eine Menge nützlicher Türen vor der Nase zugeschlagen.

Mir fällt ein, das möglicherweise Zitzerius, unser frisch gebackener Vizekonsul, eine Lanze für mich brechen würde, nach den guten Diensten, die ich ihm kürzlich erwiesen habe. Aber Zitzerius befindet sich in offizieller Mission in Mattesh, also stecke ich im Augenblick mit meinen Ermittlungen fest.

Wenn ich schon nicht zu Gesox kann, sollte ich auf jeden Fall Rodinaax' Ehefrau aufsuchen, aber auch hier verlaufen alle meine Bemühungen im Sande. Niemand hat sie weggehen sehen, und keiner weiß, wohin sie gegangen sein könnte. Sie hat nur einen Verwandten in der Stadt, einen Bruder. Der arbeitet in einem Lagerhaus im Hafen. Er kann mir auch nicht weiterhelfen und scheint außerdem auch nicht die geringste Lust dazu zu haben. Offenbar sind die beiden nicht besonders gut miteinander ausgekommen.

»Hatte sie eine Affäre mit dem Schüler?«, hake ich nach.

»Wahrscheinlich«, erwidert er und bedeutet mir unmissverständlich, dass ich mich allmählich vom Acker machen soll. Ich ignoriere seinen Wunsch und trödle noch ein bisschen in der Gegend herum. Aber das Einzige, was ich in Erfahrung bringen kann, ist, dass wir heutzutage eine Menge Weizen auf Schiffen importieren.

Interessant finde ich nur, dass Rodinaax' Frau Lolitia aus einer Hafenarbeiter-Familie stammt. Es bedeutet, dass sie weit über ihrem Stand geheiratet hat. Rodinaax war zwar kein Aristokrat, aber als erfolgreicher Bildhauer und Künstler rangierte er doch einige gesellschaftliche Stufen über dem gemeinen Malocher. Für solche Art Rangunterschiede hat so ziemlich jeder in Turai eine feine Nase.

Ich besuche die Wachstation, als Tholius gerade nicht da ist. Der Gardist Inkorruptox weiß aber auch nicht, wo Lolitia ist. Er glaubt außerdem nicht daran, dass die Zivilgarde irgendwelche handfesten Spuren hat.

»Es kann doch für eine Frau ohne Familie nicht so einfach sein, sich hier in der Stadt zu verstecken«, sinniere ich. »Wohin kann sie sich wenden? Die Diener behaupten, dass sie kein Geld mitgenommen hat. Und warum ist sie überhaupt verschwunden?«

»Vielleicht hat ja sie Rodinaax umgebracht, weil sie mit dem Schüler durchbrennen wollte«, mutmaßt Inkorruptox.

»Wenn das so ist, dann war es aber ziemlich dämlich, sein Messer zu benutzen und ihn damit an den Galgen zu liefern.«

Ich denke über Lolitia und Gesox nach. Wenn sie wirklich eine Affäre hatten, dann kommt es mir reichlich komisch vor, dass sie sich aus dem Staub gemacht und ihn im Stich gelassen haben soll.

Inkorruptox verrät mir, dass er sie kannte, als sie noch am Hafen gelebt hat. Er erinnert sich daran, dass sie eine sehr schöne junge Frau war.

»Es hat niemanden überrascht, dass sie einen wohlhabenden Bildhauer geheiratet hat. Hätte sie noch ein bisschen länger gewartet, hätte sie sicher eine noch bessere Partie machen können.«

Inkorruptox ist beschäftigt. Tholius macht ihm und seinen Leuten die Hölle heiß, weil Senator Lohdius, der die oppositionelle Partei der Populären anführt, die neueste Welle von Verbrechen instrumentalisiert, um die regierenden Traditionalisten lächerlich zu machen.

»Häuser von ausländischen Botschaftern werden ausgeraubt!«, dröhnt er im Senat. »Dem König wird sein Gold gestohlen! Ehrliche Bürger werden auf der Straße brutal ermordet! Boah verbreitet sich wie eine Seuche in der Stadt! Und was unternehmen unsere Regierungsvertreter angesichts dieser Krise?«

Damit war die Rede längst noch nicht am Ende. Der *Chronist* gibt sie wortwörtlich wieder, und natürlich bereitet sie jedem Bonzen von Konsul Kahlius an abwärts Kopfschmerzen. Senator Lohdius' Populäre Partei musste zwar bei der letzten Wahl vor einigen Wochen eine leichte Schlappe einstecken, aber er hat immer noch viel Einfluss in der Stadt. Und er kann eine Menge Probleme machen, wenn es ihm gelingt, den Mob aufzustacheln. Also schiebt die Zivilgarde Überstunden bei dem Versuch, ein paar der besonders skandalösen Verbrechen aufzuklären.

Ich verlasse Inkorruptox, der mürrisch einen Stapel Zeugenaussagen durchblättert, die zu einem Mord im Hafenviertel gemacht wurden. Dabei ging es um Boah. Und laut der Aussagen hat keiner der Zeugen irgendetwas gesehen. Eine um sich greifende Sehschwäche, die immer dann eintritt, wenn mächtige Boah-Banden ihre Meinungsverschiedenheiten mit Gewalt austragen.

Wenn ich etwas hätte, das Lolitia gehört, ließe sich vielleicht ein Zauber spinnen, mit dem ich sie aufspüren könnte, aber ich habe nichts. Ich gehe zum Haus des Bildhauers zurück, aber es ist verschlossen und streng bewacht. Ich kann flehen und betteln, so viel ich will, sie lassen mich nicht mehr hinein. Jetzt verwünsche ich mich für meine Dummheit, dass ich nichts mitgenommen habe, als ich die Chance dazu hatte. Aber die Zauberer der Garde dürften in dieser Richtung auch keine Fortschritte machen, weil die Monde erst in mehreren Monaten wieder in die richtige Konstellation treten. Nur leider hat Gesox nicht mehrere Monate Zeit.

Darüber beschwere ich mich bei Astral Trippelmond.

»Jedes Mal, wenn ich jemanden schnell finden muss, stehen die Monde irgendwie ungünstig zueinander. Die Zauberei ist ziemliche Scharlatanerie, wenn es darum geht, Verbrechen zu lösen.«

»Nicht immer. Ich habe Euch in der Vergangenheit schon einige schöne Lösungen präsentiert.«

Das muss ich zugeben. Außerdem ist es auch ganz gut, dass man mit Zauberei nicht alle Verbrechen in der Stadt lösen kann. Sonst wäre ich bald arbeitslos.

Astral sucht ganz Turai nach der Statue ab – vergeblich. Das scheint noch einmal zu bestätigen, dass sie mittlerweile weit weg ist, aber es bleibt ein Geheimnis, wie das geschehen konnte. In der *Rächenden Axt* heule ich mich über meine mangelnden Fortschritte bei Makri aus.

Das einzige Berichtenswerte ist, dass man mich verfolgt.

»Du wirst verfolgt? Von wem?«

»Das weiß ich nicht. Ich habe bisher nicht mal ein Härchen von ihnen gesehen. Aber ich fühle es.«

»Hast du es schon mit Kuriya probiert?«

Ich schüttele den Kopf. Kuriya ist eine dunkle, geheimnisvolle Flüssigkeit, die manchmal mit einem Bild als Antwort auf eine Frage aufwartet, vorausgesetzt, der Fragende kann richtig mit ihr umgehen. Ich kann aus dieser schwarzen Brühe gelegentlich ganz passable Resultate hervorzaubern, obwohl mich das zurzeit vollkommen auslaugt. Es funktioniert jedoch nicht immer, und die Flüssigkeit, die von einem Monopolisten aus dem Weiten Westen importiert wird, ist sündhaft teuer. Was bedeutet, dass ich nur einen Versuch habe. Und ich würde mir lieber Informationen über Gesox verschaffen als darüber, wer mich verfolgt. Den kann ich mir immer noch persönlich zur Brust nehmen, wenn er erst mal sein Gesicht gezeigt hat.

Ich trinke mein Mittagsbierchen. Leider kann ich weder mit Gesox reden noch irgendwelche Zeugen finden, die wissen, was geschehen ist. Meine Gedanken kehren zu Rodinaax' Frau Lolitia zurück. Vielleicht gibt mir das Kuriya ja einen Hinweis auf ihren Aufenthaltsort. Das wäre einen Versuch wert.

Es dauert ziemlich lange, bis ich mich in den erforderlichen Bewusstseinszustand versetzt habe. Im Idealfall sollte ein Zauberer in einer friedlichen, ruhigen Umgebung arbeiten, aber in ZwölfSeen gibt es generell nur sehr wenig Ruhe. Die Fischverkäufer, Boah-Händler und Huren wetteifern lautstark in dem Bemühen, ihre Waren feilzubieten. Streunende Hunde knurren sich an und kämpfen miteinander, Kinder spielen kreischend im Dreck, und Frauen feilschen lautstark mit den Gemüsehändlern. Abgesehen von diesem Lärm hört man überall das Hämmern und Sägen der Bauarbeiter. Kurz gesagt: Es ist alles andere als einfach, sich in Trance zu versetzen. Ich gebe mein Bestes.

Vor mir steht ein Becken mit der kostbaren schwarzen Brühe. Der einzige Händler, der sie aus dem Weiten Westen importiert, behauptet, es handle sich dabei um Drachenblut. Das stimmt nicht. Drachenblut habe ich mehr als genug gesehen. Aber das benutzt der Kerl als triftigen Grund für den lächerlich überhöhten Preis, den er fordert. Woher die Brühe auch stammt, sie vermag es, auf den suchenden Verstand eines erfahrenen Zauberers zu reagieren. Und sogar auf meinen, obwohl ich kaum ein echter Magier bin.

Ich habe die Vorhänge zugezogen, und das einzige Licht in meinem Zimmer stammt von einer großen roten Kerze. Die glänzende schwarze Flüssigkeit schimmert in ihrem sanften Schein. Ich konzentriere mich auf die Flamme und denke an Rodinaax' Frau und ihren möglichen Aufenthaltsort.

Eine Weile passiert gar nichts. Das dauert so lange, dass man schon glauben könnte, es wird auch nichts mehr passieren. Ich verharre in meiner Trance. Die Zeit verstreicht. Es wird immer kälter, und ich höre den Lärm von draußen nicht mehr. Schließlich formt sich ein Bildnis: Ein Haus, ein großes Haus, eine weiße Villa auf einem bewaldeten Hügel.

Ich strenge mich an, weil ich mehr sehen will, doch da wird meine Konzentration durch ein beinah unmerklich nagendes Unbehagen gestört. Ich weiß nicht, was es ist, und ignoriere es zunächst. Aber es geht nicht weg. Ich versuche mich weiter auf das Bild zu konzentrieren, doch es verblasst bereits. Tief in Trance bemerke ich, dass noch jemand in meinem Zimmer ist. Angst durchzuckt mich wie ein Pfeil, die schreckliche Furcht, hilflos einem Feind ausgesetzt zu sein. Mit einem angsterfüllten Schrei tauche ich aus der Trance auf, springe verwirrt und desorientiert auf die Füße und drehe mich wie verrückt im Kreis. Wer ist da? Mein Blick verschwimmt einen Moment, bevor er sich auf zwei Gestalten fokussiert, die sich kaum einen Meter von der Stelle entfernt befinden, an der ich gekniet habe. Der eine durchwühlt gerade die Papiere auf meinem Schreibtisch, während der andere offenbar Schmiere steht. Sie tragen beide rote Roben. Und haben beide ihre Schädel kahl geschoren. Einbrecher-Mönche?

»Wer zum Teufel seid ihr?«, brülle ich sie an.

Sie wenden sich um und flüchten zur Tür. Ich springe hinter ihnen her, packe die Schultern desjenigen, der mir am nächsten steht, und wirble ihn herum.

»Was ist hier los?«

Er weicht zurück. Da ich immer noch unter den Nachwirkungen dieser plötzlichen Unterbrechung meiner Trance leide, habe ich noch weniger Geduld als sonst. Ich schicke meine berüchtigte Gerade auf den Weg, die den Mönch eigentlich durch die Wand schmettern sollte. Aber er blockt den Schlag ab. Ich bin überrascht und starte einen neuen Versuch. Er wehrt ihn erneut ab, und zwar beinah automatisch, ohne sichtbare Mühe. Als ich einen dritten mächtigen Hieb gegen sein Gesicht loslasse, berührt das Mönchlein kurz meinen Arm, und ich stehe plötzlich dumm da und starre in die andere Richtung. Wie zum Teufel hat er das fertig gekriegt? Im nächsten Moment bekomme ich einen Schlag zwischen die Schulterblätter. Ich segle durch den Raum, lande an der Wand und schlage schwer auf dem Boden auf.

Makri stürmt herein. Ich liege verwirrt und benommen auf dem Boden. Sie läuft rasch zur Außentür, aber anscheinend ist niemand mehr zu sehen. Die beiden Angreifer sind ebenso geheimnisvoll verschwunden, wie sie aufgetaucht sind.

»Wer war *das* denn?«, erkundigt sich Makri, während sie mir auf die Füße hilft.

»Nur zwei Kampfmönche, die sich ein bisschen in der großen Stadt amüsieren wollten«, keuche ich und sinke auf die Couch. Die Suche im Kuriya hat mich ohnehin schon erschöpft. Und sich dann auch noch mit zwei Kampfmönchen herumbalgen zu müssen ist einfach zu viel.

»Was sind Kampfmönche?«

»Mönche, die auch Kämpfer sind. Sie verbringen ihr halbes Leben mit Gebeten und Meditation, und in der anderen Hälfte lernen sie, wie man kämpft. Entschuldige mich, Makri, ich muss mich hinlegen.«

Mir schwimmt alles vor den Augen. Der Schlag hat mich fertig gemacht. Ich bleibe liegen, bis ich wieder sehen kann. Makri bringt mir ein Bier, und ich kehre allmählich in die wirkliche Welt zurück.

»Verdammt sollen sie sein! Dabei habe ich gerade ein Bild heraufbeschwören können, als sie hereingekommen sind.«

Ich versuche mich daran zu erinnern, wie das Haus in dem Kuriya-Becken ausgesehen hat. »Es war eine Villa auf einem bewaldeten Hügel. Das könnte jedes beliebige der vielen Häuser am Rand der reichen Vorstadt Thamlin sein, dort wo das Land zum Palast hin sacht ansteigt. Es könnte aber auch ganz woanders liegen, womöglich sogar in einer anderen Stadt.

Nein, so weit kann Lolitia nicht gekommen sein. Wenn sie sich im Hafen eingeschifft hätte, wäre die Zivilgarde informiert worden. Und ich mag auch nicht glauben, dass sie auf einem Pferd davongaloppiert ist. Rallig hat mir erzählt, dass er alle gründlich überprüft hat, die sich an diesem Tag Pferde ausgeliehen haben. Und er hat auch die Händlerkarawanen gefilzt, die die Stadt verlassen haben.«

Makri fragt sich, warum die Gardisten so intensiv in diesem Fall ermitteln. »Sie machen sich eine Menge Mühe, findest du nicht? Für einen ganz stinknormalen Mord?«

»Vielleicht. Aber Senator Lohdius hält ja gerade flammende Reden darüber, dass die Stadt allmählich vor die Hunde geht, also legt sich die Zivilgarde mächtig ins Zeug, weil sie beweisen wollen, dass sie nicht einfach nur Steuergelder verschwenden, was er behauptet. Der arme Inkorruptox hatte sich schon auf eine Woche Urlaub gefreut. Stattdessen steckt er jetzt bis zum Hals in Zeugenaussagen und hat genauso schlechte Laune wie eine niojanische Nutte. Die Zivilgarde muss den Fall Rodinaax rasch lösen, um ihre Kompetenz zu beweisen. Sie vermuten wohl, dass sie bereits einen mächtigen Vorsprung haben, weil sie so schnell jemanden verhaften konnten. Sie werden es nicht riskieren, den Prozess gegen Rodinaax' vermeintlichen Mörder zu vermasseln.«

Ich sollte nach Thamlin gehen und versuchen, diese Villa zu finden. Warum mussten mir diese Mönche alles vermasseln?

Gurdh klopft und steckt seinen Kopf durch die Tür.

»Makri«, sagt er. »Du solltest arbeiten. Und Thraxas ... Da unten wartet jemand auf dich, der dich sprechen will.«

»Wer denn?«

»Ich glaube, ihr Name ist Dandelion.«

»Sag ihr, dass ich ausgegangen bin«, erwidere ich und stehe hastig auf. »Eine wichtige Ermittlung. Und hör auf, mich so anzusehen, Makri. Ich werde nicht nach diesem vom Himmel gefallenen Heilstein der Delfine suchen. Das ist mein letztes Wort. Wenn du so besorgt darum bist, dann klemm dir Dandelion unter den Arm und nimm sie zu einem dieser Kränzchen deiner Vereinigung der Frauenzimmer mit. Die werden ihr schon den Kopf zurechtrücken.«

Ich packe mein Schwert, stecke etwas Geld ein, weil ich mir in Marzipixas Bäckerei einen Laib Brot kaufen will, und gehe hinaus.

Kaum trete ich auf die Straße, spüre ich wieder, dass ich verfolgt werde. Ich runzle die Stirn. Allmählich reicht es mir. Ich springe in eine Mietdroschke und weise den Fahrer an, mich rasch nach Thamlin zu bringen. Er tut sein Bestes, aber bei all den Straßenarbeiten, den Schlaglöchern und dem Verkehr auf dem Markt kommen wir nur sehr langsam voran. So kann ich meine Verfolger nicht abschütteln. Jetzt bedauere ich es, dass ich mich nicht früher um sie gekümmert habe.

Das reinliche Thamlin bildet einen krassen Gegensatz zu dem Dreck von ZwölfSeen. In dem Villenviertel sind die Straßen sauber und mit grüngelben Fliesen gepflastert. Die luxuriösen Anwesen stehen inmitten schattiger Gärten, umgeben von weißen Mauern, und werden von der Sicherheitsgilde bewacht. Zivilgardisten patrouillieren auf den Straßen und halten sie von Abfall frei und bei der Gelegenheit auch gleich von Abschaum aller Art. Niemand stört die Ruhe. Selbst die Flugratten, die kleinen schwarzen Vögel, welche die Stadt verpesten, sehen hier besser genährt aus. Jeder, den es hierher verschlägt, um ein bisschen zu betteln, wird schnell weggejagt, damit er den Seelenfrieden unserer Aristokraten nicht stört.

Ich habe auch mal hier gewohnt. Jetzt bin ich in der Gegend in etwa so willkommen wie ein Orgk auf einer Elfenhochzeit.

Da ich keine Ahnung habe, wo ich meine Suche beginnen soll, lasse ich die Mietdroschke in der Wahre-Schönheit-Chaussee anhalten. Dort wohnen die meisten Zauberer. Dann marschiere ich den sanften Hang hinauf, der bis an das Waldgebiet reicht, das wiederum an das Gelände des Kaiserlichen Palastes angrenzt. Die Häuser hier ähneln alle der Villa, die ich in dem Kuriya-Becken gesehen habe. Ich bemühe mich, mich an irgendwelche Besonderheiten zu erinnern, aber mir fällt einfach nichts ein. Es war einfach nur irgendeine luxuriöse Villa, deren Bewohner faul im Schatten herumliegen, Wein aus ihrem eigenen Anbau schlürfen und sich dazu Fische aus ihren Zuchtteichen auf der Zunge zergehen lassen. Ich runzle die Stirn. Das wird eine schöne Ermittlung!

Vor einer der kleineren Villen, die etwas von der Straße entfernt liegen, bemerke ich einen Gardisten. Niemand sonst ist zu sehen. Nicht einmal Bedienstete, die den Rasen trimmen oder die Blumenbeete pflegen. Dann wird mir klar, dass dies hier wahrscheinlich das Haus von Thalius Scheelauge ist, dem kürzlich ermordeten Zauberer.

Dieser Mord hat mit meinem Fall nichts zu tun. Ich sollte mich also tunlichst fern halten. Ich schlendere dennoch hinüber, um mal einen Blick zu riskieren. Der Gardist ist alles andere als achtsam. Er sieht nicht einmal, wie ich mich über die Mauer wuchte und auf der anderen Seite in den Garten hinunterplumpsen lasse. Warum, verdammt, mache ich das?

Wahrscheinlich lösen ermordete Zauberer bei mir eine unbezwingbare Neugier aus.

Der Garten ist ausgezeichnet in Schuss und menschenleer. Vermutlich sind die Bediensteten des Zauberers alle noch in Gewahrsam und beantworten bohrende Fragen – was sie zum Beispiel über das Giftmischen wissen. Ich marschiere schnell zwischen einigen hohen Bäumen hindurch, bis ich einen kleinen Zierteich auf der Rückseite des Hauses erreiche. Im Gegensatz zu einigen unserer wohlhabenderen Mitbürger hat Thalius den Teich offenbar nicht mit Fischen bestückt. Dabei ist ein gut ausgestatteter Fischteich ein kaum zu überbietendes und unverzichtbares Statussymbol in Turai. Keine Dame eines aristokratischen Clans könnte ein Mitglied der königlichen Familie zu Tisch bitten, ohne nicht zumindest einen Hauptgang aus eigener Zucht auftischen zu können. Es verschlingt jede Menge Gurans, diese schuppigen Viecher bei Laune und bei Gewicht zu halten.

Ich bin mittlerweile fast schon an der Hintertür. Sie ist gelb gestrichen, und zwei kleine Statuen von Sankt Quaxinius dienen als Torwächter. In Turai gilt Gelb gemeinhin als Glück bringende Farbe, in der man seine Hintertür streichen sollte. Die Vordertür sollte möglichst weiß sein. Natürlich richtet sich so ziemlich jeder, der was auf sich hält, nach dieser Vorgabe. Abergläubisch? Aber nein! Nur, warum sollte man das Schicksal herausfordern?

Ich will gerade die Tür öffnen, als aus dem Haus Geräusche dringen. Es erscheint mir ratsam, sofort hinter einem ausladenden Busch in Deckung zu gehen. Ein anderes Geräusch hinter mir treibt mich noch tiefer ins Unterholz. Hier bin ich mittendrin und beobachte die Geschehnisse mit wachsendem Interesse, fast schon Verblüffung. Erst fliegt die Hintertür auf, und drei glatzköpfige und rot gewandete Mönche stürmen heraus. Sie bewegen sich plötzlich sehr leise, gleiten wachsam durch das Portal, vergewissern sich, dass keiner sie beobachtet, und schleichen sich dann zum anderen Ende des Grundstücks. Aber sie sind nicht unbeobachtet. Denn plötzlich tauchen aus dem Dickicht hinter mir vier andere Mönche auf. Haare haben sie genauso wenig wie die anderen, aber sie tragen gelb. Ohne langes Vorspiel stürzen sie sich auf die erste Gruppe.

Die friedliche Stille ist schlagartig beim Teufel, als der Kampf beginnt. Und es ist ein außerordentlich sportlicher Kampf. Viele Leute schwärmen von den überlegenen Fähigkeiten der Kampfmönche, aber bis heute habe ich eine solche Demonstration noch nie selbst miterleben dürfen. Ich sehe erstaunt zu, wie sie Tritte in Kopfhöhe austeilen und wie Treffer den Gegner ein beträchtliches Stück über den Rasen purzeln lassen. Dann springen die Geschlagenen athletisch und scheinbar unbeeindruckt wieder auf die Füße und stürzen sich erneut ins Getümmel. Die meisten Schläge werden von kurzen, schrillen Schreien begleitet, sodass die ganze Nachbarschaft mithören kann, was hier los ist.

Prompt taucht auch nach bemerkenswert kurzer Zeit der Zivilgardist von der Vordertür auf. Als er sieht, dass hier sieben Kampfmönche zugange sind, beschließt er weise, sich als Nicht-Mönch lieber herauszuhalten. Stattdessen ruft er mit seiner Pfeife Verstärkung herbei.

Als die Mönche den Pfiff hören, beenden sie ihre Zwistigkeiten sofort. Stattdessen werfen sie sich gegenseitig hasserfüllte Blicke zu. Dann helfen die Unversehrten den Verletzten hoch und machen sich schleunigst in entgegengesetzte Richtungen davon. Erneut zeigen sie ihre bemerkenswerten athletischen Fertigkeiten, als sie wie Hupfdohlen über Mauern und andere Hindernisse springen, die zwischen ihnen und der Freiheit liegen.

Jeden Moment müssen noch mehr Zivilgardisten auftauchen. Ich habe gerade noch Zeit zu flüchten. Ich sollte so weit von hier weglaufen, wie mich meine Füße tragen. Meinem Charakter entsprechend begebe ich mich folgerichtig zur Hintertür und ins Haus hinein. Manchmal sind meine Füße ziemliche Narren. Meine überwältigende Neugier, andere sagen Vorwitzigkeit, hat mich in Schwierigkeiten gebracht, schon seit ich laufen konnte.

Wenigstens ist es hier kühl, eine wahre Erleichterung nach der glühenden Hitze draußen. Ich nehme einen Krug in der Küche und lasse mir etwas Wasser über den Nacken laufen. Dann gehe ich weiter. Im ersten Zimmer, einem großen, hellen, ruhigen Raum mit pastellfarbenen Gobelins an den Wänden, treffe ich eine junge Frau. Sie hat ein Messer in der Hand und stellt sich mir mutig entgegen. Sie versucht einen kräftigen Hieb gegen meinen kaum zu verfehlenden Bauch zu führen, stolpert jedoch über eine leere Kleehflasche vor ihren Füßen und sackt zu einem betrunkenen Häufchen Elend auf dem Boden zusammen.

Eine weitere unerwartete Entwicklung. Ich runzle die Stirn. Thalius war nicht verheiratet, da bin ich sicher. Aber sie trägt eine Toga, die der Herrin des Hauses angemessen wäre. Sie muss Thalius' Tochter sein.

Sie hebt den Kopf und erkundigt sich undeutlich, was ich hier mache.

»Ich stelle Nachforschungen über den Tod von Thalius an.« Noch eine Lüge.

»Ihr seid kein Gardist.« Sie rappelt sich unsicher auf. »Macht nichts. Die Gardisten werden sowieso nicht rausfinden, wer meinen Vater getötet hat. Gardisten sind so nützlich wie Eunuchen in einem Puff.«

Es überrascht mich etwas, solche Ausdrücke von einer so wohlerzogenen jungen Dame zu hören. Sie schnappt sich noch eine Flasche Kleeh von dem Regal hinter ihr. Eigentlich hat sie schon mehr als genug, aber ich bin kein Drogenberater, also mische ich mich nicht ein. Außerdem glaube ich Geräusche von draußen zu hören. Anscheinend sind noch mehr Zivilgardisten eingetroffen.

»Die Gardisten werden jeden Moment hier hereinkommen. Ich bin ein Detektiv. Ich helfe Euch, wenn Ihr mir helft.«

Das klingt einigermaßen aufrichtig. Vielleicht meine ich es sogar ehrlich. Irgendwie tut sie mir Leid, so betrunken und dann auch noch frisch verwaist.

»Was wollt Ihr wissen?«

»Wer hat Euren Vater getötet?«

»Sein Boah-Händler, denke ich doch.«

Jetzt bin ich platt. Dabei überrascht mich nicht die Erkenntnis, dass Thalius Boah genommen hat, das ist mittlerweile eine Standard-Droge, und Zauberer scheinen ihr besonders zugetan zu sein. Aber in dem Papyrus-Bericht über den Mord wurden Drogen mit keinem Wort erwähnt.

»Ich dachte, er wäre von einem Bediensteten vergiftet worden.«

Sie kichert trunken. Es klingt ziemlich albern. »Das sagen alle. Sie wollten wohl nicht, dass der Palast schon wieder von einem Drogenskandal erschüttert wird. Es gab schon zu viele. Mein Vater ist nicht vergiftet worden. Ein Armbrustbolzen hat ihn erledigt. Er konnte anscheinend seinen Boah-Händler nicht mehr bezahlen.«

Wir hören Schritte, als die Zivilgarde das Haus betritt.

»Engagiert mich, um den Mörder zu finden«, dränge ich sie. Aber es ist schon zu spät. Sie fällt genau in dem Moment sehr dekorativ zu Boden, als die Zivilgardisten den Raum betreten. An ihrer Spitze marschiert Präfekt Calvinius höchstpersönlich. Er ist der oberste Gardist in Thamlin.

Präfekt Calvinius kennt mich sehr gut. Und er kann mich genauso wenig leiden wie Präfekt Tholius. Vielleicht sogar noch weniger. Ein Blick auf die ausgestreckte Schnapsleiche zu meinen Füßen genügt ihm. Mit markiger Stimme befiehlt er meine Verhaftung. Sekunden später werde ich auf einen Karren geladen und ins Gefängnis verfrachtet.

Es ist zwar nicht gerade neu für mich, im Zuge meiner Ermittlungen dem Gefängnis ab und an einen Besuch abzustatten. Aber mir wird rasch klar, dass ich diesmal einfahre, ohne dass ich überhaupt in der Sache ermittelt habe. Jetzt frage ich mich, ob es mir trotz meines fortgeschrittenen Alters vielleicht immer noch möglich ist, meine obsessive Neugier etwas zu zügeln.

5. KAPITEL

Das Schlimmste am Gefängnis ist die Hitze. Und der Gestank. Und dass man kein Bier kriegt. Außerdem ist die Gesellschaft immer mies. Kurz: Gegen das Gefängnis kann man eine ganze Menge sagen.

Ich sitze in einer kleinen Zelle mit einem Mitgefangenen, der kein Wort sagt und griesgrämig wie eine niojanische Nutte auf seiner Koje liegt. Es ist beinahe eine Erleichterung, als zum Gebet gerufen wird. Wenigstens habe ich dann für kurze Zeit etwas zu tun.

Meine Bitte an die Gardisten um juristische Vertretung, auf die ich ein unveräußerliches Recht habe, wird wie gewöhnlich ignoriert. Ich habe sowieso keinen eigenen Advokaten, obwohl ich mir bei meinem Beruf besser einen halten sollte. Aber da ich ein Voll-Bürger von Turai bin, müssen die Behörden mir einen öffentlichen Prokurator stellen. Was sie nicht tun. Es ist schon fast Abend, als mir zum ersten Mal ein Vertreter der Behörden seine Aufmerksamkeit schenkt. Zwei Gardisten stoßen meine Tür auf und schleppen mich durch einen Korridor in einen Verhörraum, in dem Vizepräfekt Phrasius mit steinernem Gesicht hinter seinem Schreibtisch hockt.

Phrasius zu sehen hebt meine Laune etwas. Er mag mich zwar nicht mehr, als der Präfekt es tut, aber er ist nicht ganz so blöd. Er ist jünger als sein Vorgesetzter Calvinius und der Bildung ganzer Sätze mächtig. Was man auch erwarten kann. Man wird in Turai weder befördert noch in offizielle Ämter gewählt, wenn der Name nicht auf dem aristokratischen »ius« endet. Ein Name wie »Thraxas« brandmarkt einen als zu niedrig Geborener. Es gibt zwar keinerlei rechtliche Gründe, aus denen ein Mann aus den niederen Ständen nicht in ein hohes Amt gewählt werden könnte, aber die Aristokraten haben den Senat fest im Griff, dass so gut wie jeder einfache Mann bei dem Versuch, Karriere zu machen, einfach scheitern muss.

»Also, Thraxas. Wollt Ihr uns verraten, was Ihr in Thalius' Haus gemacht habt?«

»Wollt Ihr mir nicht lieber zuerst mal verraten, wo mein Rechtsbeistand ist?«

Phrasius sieht die Wachen an. »Er möchte wissen, wo sich sein Rechtsbeistand aufhält. Hat jemand seinen Rechtsbeistand gesehen?«

Die Gardisten schütteln eifrig die Köpfe, was die Troddeln an ihren Schultern hübsch vor- und zurückschwingen lässt.

»Scheint so, als hätte ihn niemand gesehen.«

»Ich habe ein Recht auf einen Rechtsbeistand.«

»Ihr habt das Recht, von Rechtsbeiständen zu schweigen und anzufangen, Fragen zu beantworten. Was habt Ihr in Thalius' Haus gemacht? Und warum habt Ihr seine Tochter Bibendis angegriffen?«

Ich beuge mich vor und fixiere ihn mit meinem Blick.

»Phrasius, muss man in dieser Stadt eigentlich so dumm sein wie ein Orgk, um ein offizielles Amt bekleiden zu dürfen? Glaubt Ihr wirklich, dass Ihr mich einschüchtern könnt? Fahrt zum Orgkus! Bringt mir meinen Rechtsbeistand, dann rede ich vielleicht. Vielleicht auch nicht. Kommt auf meine Tagesform an. Bis dahin bringt mich besser zurück in meine Zelle. Wenn Ihr mich gesetzeswidrig hier festhalten wollt, dann tut das nur. Ich freue mich schon auf den fetten Schadensersatz, wenn ich Euch erst durch die Instanzen gezerrt habe.«

So sollte man nicht mit dem Vizepräfekten sprechen, wenn man gern aus dem Gefängnis entlassen werden möchte, aber ich will verdammt sein, bevor ich jemals vor der Knute dieser Leute kusche. Ich werde in meine Zelle zurückgebracht. Mein Mitgefangener liegt immer noch auf seiner Koje und wirkt kein bisschen fröhlicher. Später besteche ich einen Gardisten, damit er mir die heutige Ausgabe des *Berühmten Und Wahrheitsgetreuen Chronisten* bringt. In dem Käsepapyrus steht nicht viel, es sei denn, man interessiert sich für den neuesten Skandal zwischen irgendeiner Senatorengattin und irgendeinem Armeehauptmann. Tue ich aber nicht. Der Herausgeber widmet eine Menge Papyrus dem Hohn und Spott über die Unfähigkeit der Zivilgarde, die nicht in der Lage ist, eine Zwei-Tonnen-Statue zu finden. Die Statue von Sankt Quaxinius sollte eigentlich nächsten Monat in einer wichtigen religiösen Zeremonie geweiht werden, an der Delegationen vieler anderer Stadtstaaten teilnehmen wollten. Der Papyrus legt ausführlich dar, dass es vollkommen ausgeschlossen ist, dass sich eine solch große Statue nicht finden ließe, und deutet nachdrücklich an, dass hier auf jeden Fall Bestechung im Spiel sein muss. Das ist durchaus nahe liegend, obwohl ich bei der Suche auch nicht mehr Erfolg habe als die Zivilgarde, und mich besticht niemand.

ZwölfSeen wird auf der Rückseite kurz erwähnt. Der Brand in einer unserer Kaschemmen, im *Keilerschädel*, ist anscheinend eine kurze Notiz wert, und darunter wird noch bemerkt, dass der Wirt, Panschax, in den Flammen umgekommen sei.

Der *Keilerschädel* war eine verdammt lausige Kneipe, die hauptsächlich von Boah-Händlern und exotischen Tänzerinnen aufgesucht wurde. Ich werde sie nicht vermissen, und Panschax mochte ich auch nicht besonders. Die Kaschemme gehörte der Bruderschaft, und Panschax gehörte ihr an. Was überhaupt die ganze Affäre ziemlich interessant macht. Denn die Bruderschaft mag es gar nicht, wenn ihre einträchtigen Etablissements abgefackelt werden. Das ist schlecht fürs Geschäft.

Ich bin es gewohnt, einzusitzen. Das ist mir schon oft genug passiert, und deshalb stört es mich nicht besonders. Es ist nur sehr frustrierend, dass ich jetzt im Fall von Gesox nicht weiterkomme, denn die Zeit läuft mir davon. Die Garde-Zauberer haben schon bei ihren ersten ganz einfachen magischen Tests Gesox' Aura überall auf der Tatwaffe gefunden. Und zwar nur seine Aura, keine andere. Das genügt, um die Zivilgarde und womöglich auch die Geschworenen restlos davon zu überzeugen, dass der Schüler den Meister getötet hat. Die Stadtgerichte können ein Kapitalverbrechen in fünf Tagen verhandeln, wenn sie die Neigung dazu verspüren. Wenn ich nicht herausfinde, wer Rodinaax tatsächlich getötet hat, dann könnte Gesox in weniger als einer Woche am Galgen baumeln. Und selbst wenn ich jetzt freikäme, wäre ich ja noch nicht einmal den kleinsten Schritt weiter. Ich kann diese weiße Villa, die ich im Kuriya-Becken gesehen habe, nicht identifizieren. Und selbst wenn ich es könnte, gibt es trotzdem keine Garantie dafür, dass Rodinaax' Ehefrau sich dort aufhält. Diesmal scheine ich eine Niete gezogen zu haben.

Ich befasse mich mit den Ereignissen im Haus des Zauberers Thalius. Ich habe zwar mit dem Fall eigentlich nichts zu tun, aber dennoch finde ich die zeitliche Verkettung dieser Ereignisse irgendwie merkwürdig. Und warum wird behauptet, dass der Zauberer von einem Bediensteten vergiftet wurde, wenn seine Tochter sagt, dass sein Boah-Händler ihn wegen angeblicher Drogenschulden umgelegt hat? Außerdem: Ist er tatsächlich durch einen Armbrustbolzen ums Leben gekommen? Das ist eine sehr ungewöhnliche Waffe in Turai, und zudem ist ihr Besitz ein drastischer Verstoß gegen das Gesetz, Trotzdem bin ich kürzlich erst einer sehr gefährlichen Mörderin mit einer Armbrust über den Weg gelaufen, Sarin die Gnadenlose, die sich ebenfalls im Boah-Handel versucht hat. Ob sie wieder nach Turai zurückgekehrt ist? Ich wäre sehr daran interessiert, ihr noch einmal zu begegnen. Auf ihren Kopf ist eine Belohnung ausgesetzt, und ich bin für ein kleines Zubrot immer zu haben.

Noch interessanter, jedenfalls meinen letzten Erfahrungen nach, scheint mir das Auftauchen der Mönche zu sein. Was machen die hier? Haben sie etwas mit dem Boah-Handel zu tun? Das wäre keine allzu große Überraschung. Praktisch jeder in dieser Stadt verdient am Boah mit, seit die Droge das Leben so vieler Menschen bestimmt. Aber es könnte auch etwas vollkommen anderes hinter der Sache stecken. Vielleicht besaß Thalius ja irgendein religiöses Artefakt, das sie wollten? Doch Thalius war ein zweitklassiger Magier und sicher nicht im Besitz von irgendetwas sehr Bedeutendem. Vielleicht haben sie ja nur hereingeschaut, um sich ihre Horoskope erstellen zu lassen.

Ich denke darüber nach, was das für zwei verfeindete Mönchsorden sein könnten und warum sie miteinander kämpften. Es ist schon ein sehr merkwürdiger Zufall, dass ich an einem Tag zwei seltsame Mönche dabei erwische, wie sie meine Zimmerflucht durchwühlen, und kaum drehe ich mich um, treffe ich auf einen Haufen Mönche, die sich gegenseitig auf den makellos gepflegten Rasenflächen von Thamlin die Kutte ausklopfen. In was ich da wohl wieder geraten bin? Ich finde keine Erklärung, die zu den Fakten passen würde. Außerdem weiß ich so gut wie nichts über diese Kampfmönchsorden. Andererseits: Wer könnte das schon von sich behaupten?

Ich verbringe die Nacht im Verlies. Am nächsten Tag wird es hier unten heißer als im Orgkus. Das Essen ist für Lebewesen mit Geschmacksknospen und Magenschleimhäuten völlig ungenießbar, und ich habe ein höllisches Bedürfnis nach einem Bier. Ich will gerade meine Wut an der Zellentür auslassen, als sie aufschwingt und Thalius' Töchterchen meine Zelle betritt.

Sie ist heute etwas sicherer auf ihren Beinen, aber ich merke, dass sie immer noch sehr betrunken ist. Nun bin ich sicher der Falsche, sie deswegen zu verdammen. Wenn man sich nicht mal besaufen darf, wenn einem der Vater vor der Nase umgebracht wird, wann dann?

»Thraxas. Man hat mir gesagt, dass Ihr tatsächlich ein Detektiv seid. Ich dachte, Ihr wärt nur einer von diesen Gaunern.«

Ihren Worten entnehme ich, dass sie von ihrer Sauftour aufgewacht ist und feststellen musste, dass ihr trautes Heim von einem Gebetskreis rot gekleideter Mönche auf den Kopf gestellt wurde. Natürlich hat sie das leicht verstört. Sie entschuldigt sich dafür, dass sie mich umbringen wollte, und ich verzeihe ihr mit einer großmütigen Handbewegung.

»Es würde jeden beunruhigen, wenn er mitbekommt, wie sein Heim von Mönchen durchwühlt wird. Glaubt mir, ich weiß, wovon ich rede.«

Sie kommt rasch zur Sache. Die Zivilgarde kommt im Mordfall an ihrem Vater nicht weiter, und sie würde nun gerne mich engagieren.

Ich werfe einen kurzen Blick auf meinen Zellennachbarn. Der scheint zwar zu schlafen, aber ich möchte nichts in seiner Gegenwart besprechen. Vizepräfekt Phrasius ist ein schlaues Bürschchen, und ihm ist durchaus zuzutrauen, dass er einen seiner eigenen Leute mit mir in eine Zelle sperrt, um mich auszuspionieren.

»Ich nehme den Auftrag an, aber hier können wir nicht darüber reden. Ihr müsst mich zuerst aus der Zelle herausholen.«

Sie holt einen kleinen Flakon aus ihrer Tasche und nimmt einen kräftigen Schluck. Sie ist eine hübsche junge Frau, mit einer dichten, dunklen Mähne und hinreißenden grünen Augen. Sie ist so hübsch, dass ich ihr ein Kompliment machen würde, wenn ich nicht zu alt, viel zu fett und entschieden zu abgeneigt wäre, jungen Frauen Komplimente zu machen.

»Kann ich Euch denn hier herausbekommen?«

»Sicher. Erzählt dem Vizepräfekt einfach, dass ich mich aufgrund Eurer Einladung in Eurem Haus aufgehalten habe. Mehr als einen schlichten Hausfriedensbruch haben sie nicht gegen mich in der Hand.«

Es funktioniert wie geschmiert. Vizepräfekt Phrasius lässt mich zwar ein wenig schmoren, während er sich mit Calvinius berät. Es gefällt ihnen zwar überhaupt nicht, mich wieder auf die Straße zu lassen, aber da Bibendis behauptet, sie habe mich eingeladen, können sie nichts dagegen tun. Ich habe mich keines anderen Vergehens schuldig gemacht. Schließlich begleitet uns ein Garde-Zauberer zum Vordereingang, wo er sein »Sesam Öffne Dich« murmelt und damit das Tor öffnet. Ich trete in das glühende Sonnenlicht hinaus.

»Ich brauche ein Bier.«

»Ich auch«, sagt Bibendis. Wir kehren in eine Taverne am Rand von Thamlin ein. Es ist ein eleganteres Etablissement als die Kaschemmen, in denen ich gewöhnlich verkehre. Der Wirt schaut mich auch entsprechend misstrauisch an, aber die Gegenwart der ganz offenkundig blaublütigen Bibendis beruhigt ihn. Jedenfalls so lange, bis sie sich ein Glas Kleeh nach dem anderen auf eine Art hinter die Binde kippt, die für eine vornehme Dame ganz und gar nicht schicklich ist. Schließlich muss ich sie in eine Mietdroschke verfrachten, und wir fahren nach Süden.

Als wir in den Quintessenzweg einbiegen, kommen wir an den immer noch qualmenden Ruinen des *Keilerschädels* vorbei. Kein einziger Pfeiler steht mehr. Wer auch immer die Kaschemme abgefackelt hat, war verdammt gründlich. Allerdings ist es nicht gerade besonders schwierig, die baufälligen hölzernen Gebäude von ZwölfSeen an einem heißen Sommertag in Brand zu setzen. Feuer ist in dieser Stadt eine ständige Gefahr. Dass sich der Brand nicht zur Feuersbrunst ausgewachsen hat, lag vermutlich daran, dass neben der Kaschemme bereits Lücken für Neubauten gewesen waren.

Donax, der örtliche Unterhäuptling der Bruderschaft, und Juhnkar, ein hoher Bonze des Gaststättengewerbes, stehen neben den Ruinen. Ihre grimmigen Mienen lassen darauf schließen, dass sie nicht gerade ihren nächsten gemeinsamen Sommerausflug besprechen. Ich möchte nicht in der Haut des Feuerteufels stecken, wenn sie ihn erwischen.

Bibendis schläft schon halb, als wir die *Rächende Axt* erreichen. Sie schafft es nur mit Mühe die Außentreppe hinauf.

Kaum hat sie mein Zimmer betreten, klappt sie auch schon auf dem Sofa zusammen und schläft tief und fest. Ich betrachte sie verärgert. Sie hätte wenigstens lange genug wach bleiben können, um mir meinen Vorschuss zu zahlen.

In meinem Schlafzimmer steht ein großer Wasserkrug. Ich gehe hin, weil ich mich etwas erfrischen will. Aber im Krug ist kein Wasser, dafür aber liegt eine junge Hure in meinem Bett. Ich erkenne an den roten Bändern in ihrem Haar, dass sie eine Hure ist. Und ich habe sie noch nie zuvor gesehen.

Ich suche nach Makri. Sie kommt mir auf halbem Weg entgegen, weil sie mich gesucht hat, und so treffen wir uns an meiner Tür. Sie sieht Bibendis, die ausgestreckt auf meiner Couch liegt.

»Endlich hast du eine Freundin gefunden, die genauso viel trinkt wie du.«

»Sehr amüsant. Was zum Teufel macht das Weib in meinem Bett?«

»In deinem Bett? Oh. O ja. Das wird wohl Matahari sein, denke ich. Sie ist eine Hure.«

»Ich weiß selbst, dass sie eine Hure ist. Die Bänder sind kaum zu übersehen, sie trägt ja nichts anderes. Soll das eine Überraschung sein? Ich habe heute nicht Geburtstag!«

Makri tritt verlegen von einem Fuß auf den anderen. »Ich hatte dich noch nicht zurückerwartet. Ich dachte, du würdest länger im Gefängnis einsitzen ...«

Das reicht. Ich explodiere. »Du bist ja eine tolle Freundin, Makri! Andere Leute würden vielleicht etwas unternehmen, zum Beispiel einen Advokaten engagieren, um mich aus dem Gefängnis zu holen! Aber nicht du, o nein! Du überlässt stattdessen mein Schlafzimmer irgendwelchen Huren und hoffst, dass ich eine Weile nicht zurückkomme. Schaff auf der Stelle das Weib aus meinem Bett!«

»Das geht nicht«, jammert Makri. Sie scheint tatsächlich bestürzt. »Alle sind hinter ihr her!«

»Alle? Wer sind ›alle‹?«

»Die Bruderschaft. Und das Gaststättengewerbe. Und die Garde.«

Ein fürchterlicher Verdacht regt sich im vordersten Winkel meines weitläufigen Verstandes. »Du meinst, sie ... sie hat ... hat sie ...?«

Makri nickt. »Sie hat den *Keilerschädel* niedergebrannt. Aber sie wollte den Wirt gar nicht umbringen, sondern ihm nur eine Lektion erteilen.«

»Na, die dürfte er sich für den Rest seines Lebens gemerkt haben. Schön, also, wir machen Fortschritte. Ich weiß jetzt, wer sie ist. Aber warum sie hier ist, ist mir weiterhin schleierhaft.«

»Sie ist erst vor kurzem hier aufgetaucht. Vollkommen panisch. Sie hat mich gesucht. Wir kennen uns von ... von einem Kränzchen.«

Ich sehe Makri entsetzt an. »Du kanntest sie schon? Und sie ist unten in die Bar gekommen? Sie ist einfach hereinmarschiert, nachdem sie den *Keilerschädel* abgefackelt hat, knappe hundert Meter die Straße runter? Und du hast sie hierher gebracht? Warum hast du nicht gleich ein Schild rausgehängt mit der Aufschrift: *Gesuchte Mörderin und Brandstifterin versteckt sich in Thraxas' Wohnung*? Wirf sie auf der Stelle hinaus!«

»Aber hier ist sie sicher.«

»Sie ist alles andere als sicher! Die Bruderschaft hat ihre Augen überall! Gott weiß, wie viele Menschen allein gesehen haben, dass sie hereingekommen ist. Und selbst wenn es keiner gesehen hat, wird die Bruderschaft einen Zauberer engagieren. Zehn zu eins, dass Donax schon einen auf ihre Spur angesetzt hat.«

Makri war bislang nicht klar, dass der *Keilerschädel* der Bruderschaft gehörte. Aber ihr ist klar, dass dies die ganze Sache erheblich gefährlicher macht. Womit ich nicht sagen will, man könnte es auf die leichte Schulter nehmen, wenn man auf dem schwarzen Papyrus der Zivilgarde und des Gaststättengewerbes steht. Wie die meisten Zünfte verfügt auch das Gaststättengewerbe über jede Menge heimlicher und einflussreicher Beziehungen.

»Was können wir denn tun, um ihr zu helfen?«

»Du kannst tun, was du willst, Makri. Ich tue gar nichts. Schaff sie einfach hier raus. Und zwar schnellstens.«

»Aber der Wirt hat sie angegriffen!«

»Sie hat mein Mitgefühl. Das Leben als exotische Tänzerin muss wirklich schwer sein. Also: Schaffst du sie hinaus, oder soll ich sie selbst rauswerfen?«

Gurdh trommelt gegen die Tür und steckt im selben Moment seinen Kopf rein. »Thraxas, da unten sind Gardisten. Sie wollen mit dir reden! Soll ich sie hinhalten?«

Ich nicke. Er verschwindet.

Im selben Moment hämmert jemand wütend an meiner Außentür.

»Thraxas!« Ich wünschte, ich würde diese Stimme nicht sofort erkennen. »Ich bin's, Donax. Ich will mit dir reden!«

Na fein. Die Zivilgarde wartet unten, und der örtliche Bruderschaftsunterhäuptling lungert vor meiner Bürotür herum. Ich werfe Makri einen viel sagenden Blick zu, den sie mit einem Schulterzucken quittiert. Dann zieht sie ein langes Messer aus ihrem Stiefel.

»Du hast nicht zufällig irgendwo eine Axt herumliegen?«

Eins muss ich ihr lassen, sie ist allzeit bereit, ihrem Schöpfer entgegenzutreten. Ich persönlich brauche etwas mehr innere Vorbereitung.

»Halt ihn auf!«, sage ich und suche in meinem Beutel nach dem Verwirrungszauberspruch, den ich mir von Astral Trippelmond geborgt habe.

Es ist nicht einfach, einen Spruch zum ersten Mal zu spinnen. Es braucht Zeit, Bedachtsamkeit und Vorbereitung. Da jedoch unten nur Gurdh die Garde aufhält und Makri versucht, Donax in ein kompliziertes Gespräch zu verwickeln, bei dem sie so tut, als wäre sie nicht der Landessprache mächtig, bleibt für Gründlichkeit keine Zeit. Ich zerre die Rolle heraus, flitze in mein Schlafzimmer und singe ihn über der schlafenden Gestalt von Matahari. Nichts passiert, nicht mal das übliche Abkühlen der Luft, wenn Magie ausgeübt wird. Also habe ich keine Ahnung, ob der Spruch funktioniert oder nicht. Als ich wieder in mein Büro zurückkomme, stampft Präfekt Tholius mit sechs Gardisten im Schlepptau durch die Eingangstür. Gleichzeitig hetzt auf der Außentreppe ein höchst verärgerter Donax sechs seiner Schläger auf Makri.

Donax ist der neue Bruderschaftsunterhäuptling von ZwölfSeen. Er war die Nummer zwei hinter Corleonaxas und hat den Unterhäuptlingsrang geerbt, als Corleonaxas vor einigen Wochen vom Freundeskreis umgebracht wurde. Der Freundeskreis ist die mit der Bruderschaft rivalisierende kriminelle Organisation in Turai, und sie kontrollieren den Norden der Stadt. Donax ist sehr darauf bedacht, seine Autorität zu wahren, und er ist absolut nicht erfreut, wenn man ihn warten lässt.

»Was hat sich Thraxas denn da für eine Gespielin angelacht? Die spricht ja nicht mal unsere Sprache!«, erkundigt er sich. Makri runzelt die Stirn. Es gefällt ihr gar nicht, unter der Rubrik Gespielin geführt zu werden.

»Das ist seine orgkische Freundin«, erwidert Conax. Conax ist ein Handlanger der Bruderschaft, Donax' Mann fürs Grobe – dumm, aggressiv und feindselig. Donax, der auch nicht gerade ein Engel ist, sieht sich misstrauisch in meinem Büro um.

Präfekt Tholius weiß jetzt nicht mehr, wie er weiter vorgehen soll. Als Präfekt von ZwölfSeen sollte er hier theoretisch das Sagen haben, aber er weiß, dass er in Wirklichkeit Donax nicht herumschubsen kann. Und da er weder den Bruderschaftsunterhäuptling beleidigen noch seine Unterlegenheit ihm gegenüber zugeben will, steckt er in einem unschönen Dilemma. Was man ihm auch sehr deutlich anmerkt.

Donax dagegen wirkt alles andere als perplex. Er ist ein gefährlicher Kerl, und genauso sieht er auch aus. Er ist groß, muskulös und lächelt nie. Er dürfte etwa so um die vierzig sein, und sein schwarzes Haar ist zu einem langen, straffen Zopf geflochten, der ihm über den Rücken hängt. Er trägt ein einfaches braunes Wams, und goldene Kreolen baumeln an seinem Ohr. Im Gegensatz zu vielen anderen Bandenhäuptlingen legt er keinen Wert auf Protz, und er trägt außer den Ohrringen keinerlei Schmuck. Sein Schwert steckt in einer schlichten schwarzen Scheide. Er ist innerhalb der Bruderschaft von ganz unten nach ganz oben aufgestiegen, und das gelingt nur jemandem, der sehr gerissen und sehr rücksichtslos ist.

»Wir suchen ein Weib namens Matahari.«

»Nie von ihr gehört. Kennst du jemanden, der Matahari heißt, Makri?«

Makri schüttelt den Kopf. Sie hat ihr Messer noch in der Hand. Sie ist wütender als ein mürrischer Magier, weil Conax sie einen Orgk genannt hat. Es bedarf nicht mehr viel, und sie stürzt sich in einen Kampf mit allen – Gardisten und Gaunern. Und falls die jetzt Matahari finden und sie mitnehmen wollen, wird es zweifellos genau dazu kommen.

Donax gibt ein Zeichen, und seine Gefolgsleute fangen mit der Durchsuchung an. Der Bruderschaftsunterhäuptling begrüßt Präfekt Tholius ohne sichtbares Zeichen von Respekt und erkundigt sich beiläufig, was den Präfekten denn wohl hierher führen könnte.

»Wir suchen ebenfalls diese Frau namens Matahari. Sie wird des Mordes und der Brandstiftung beschuldigt.«

Donax knurrt. »Wenn wir mit ihr fertig sind, dürfte für einen Prozess nicht mehr genug von ihr übrig sein.«

»Wer ist das denn?« Tholius deutet auf Bibendis, die immer noch friedlich auf meiner Couch schlummert.

»Eine Klientin.«

»Schlafen Eure Klientinnen immer hier?«

»Nein. Nicht immer. Nur wenn sie müde sind.«

Die Brüder der Bruderschaft betreten mein Schlafzimmer. Zwei Zivilgardisten folgen ihnen. Mein Herz hämmert schmerzhaft in meiner Brust, und ich verwünsche Makri im Stillen. Wenn sie schon einer Mörderin und Brandstifterin hier Unterschlupf gewährte, musste es dann ausgerechnet eine sein, die so vielen einflussreichen Leuten gleichzeitig auf die Zehen getreten ist? Wenn ich in die Mühle zwischen Bruderschaft und Zivilgarde gerate, bin ich in dieser Stadt erledigt. Es könnte kaum schlimmer sein, wenn ich den König zu einem Duell auf Leben und Tod herausgefordert hätte. Ich schwitze, als säße ich im Dampfbad.

Aber ich verberge meine Nervosität. Ich habe genauso wenig Lust, vor diesen Leuten einen Kotau zu machen, wie Makri. Die Bruderschaft mag ja stärker sein als ich, aber ich werde ihre Schläger deshalb trotzdem niemals mit Respekt behandeln. Ich schnappe mir eine Flasche Kleeh vom Regal und nehme einen tiefen Schluck. Dann biete ich Makri auch einen an, als wäre alles in schönster Ordnung.

Donax beobachtet mich scharf. »Du trinkst zu viel, Fettsack«, stellt er fest.

»Nein, wirklich? Was du nicht sagst.«

Die Spürhunde kehren von ihrer Mission aus dem Schlafzimmer zurück. Einer der Brüder will etwas sagen, aber er scheint plötzlich vergessen zu haben, wie das funktioniert. Sein Mitbruder springt ihm zu Hilfe.

»Da drin Herr keiner ist.«

»Was soll das denn heißen: ›Da drin Herr keiner ist‹?«, faucht Donax ihn an.

Der Mann schüttelt heftig den Kopf. »Ich meinte, da ist keiner drin, Herr.«

Einer der Zivilgardisten nickt zustimmend. »Jo.«

»Durchsucht den Rest der Kaschemme«, befiehlt Donax. Präfekt Tholius beeilt sich, seinen Leuten wortwörtlich dasselbe zu befehlen.

Was sagt man dazu? Der Verstörungszauber funktioniert.

Kein Fremder, der mein Zimmer betritt, kann Matahari finden.

Donax baut sich vor mir auf. Er ist erheblich größer als ich. Und hat verdammt schlechte Haut. »Wenn du die Nutte versteckst, bekommst du mächtigen Ärger, Thraxas. Sie hat eine unserer Tavernen niedergebrannt und einen meiner Leute umgebracht. Die Bruderschaft duldet so etwas nicht.«

»Aber du duldest, dass einer deiner Leute eine junge Frau angreift«, sagt Makri und baut sich seinerseits vor Donax auf. Der zuckt wenig beeindruckt mit den Schultern.

»Das gehört zur Stellenbeschreibung.«

»Wirklich? Ich arbeite auch in einer Bar. Schick doch mal ein paar von deinen Leuten zu mir rüber, und sag ihnen, sie sollen mich anfassen.« Makri kneift die Augen zu Schlitzen zusammen. Sie hat immer noch ihr Messer in der Hand. Donax scheint überrascht, dass er von einer jungen Frau zur Rede gestellt wird, aber er ist trotzdem kein bisschen beunruhigt.

»Ich habe von dir gehört. Du musst Makri sein. Eine Mensch-Elfen-Orgk-Mischung. Hast du wirklich spitze Ohren unter dieser Mähne?«

»Warum siehst du nicht einfach nach?«, schlägt Makri ihm vor. Wenn er es versucht, wird sie ihm sicher den Bauch aufschlitzen.

Donax grinst. »Wie ich höre, bist du eine sehr gute Kämpferin. Führst eine ausgezeichnete Klinge. Aber setz dir keine Flausen in den Kopf, die deiner Stellung nicht entsprechen. Du verschwendest hier dein Talent, weißt du das? Arbeite für mich. Du würdest viel mehr Geld verdienen. Vielleicht sogar genug, dass du die Universität bezahlen kannst.«

Conax lacht wiehernd bei der Vorstellung, dass Makri auf die Universität gehen könnte, aber ich bin gar nicht sicher, dass Donax seinen Vorschlag nicht wirklich ernst gemeint hat.

Makri jedenfalls ist etwas bestürzt, dass Donax so viel von

ihr weiß. Sie antwortet nicht, hält das Messer weiter in der Hand und konzentriert sich nach wie vor auf ihre Gegner.

»Ein Zauberer hat die Spur der Hure bis zu dieser Kaschemme verfolgt, Thraxas.«

»Vielleicht hat er sich geirrt. Die Bruderschaft stützt sich doch nicht so oft auf Magie, richtig?«

»Wir benutzen sie, wenn es nötig ist. Also, wo ist sie?«

»Ich habe sie noch nie gesehen.«

Das Gesicht des Unterhäuptlings verzerrt sich vor Wut. Nachdem die Durchsuchung der Kaschemme nichts Greifbares bringt, liegt einen Augenblick eine gewisse Anspannung in der Luft. Donax starrt uns an, als überlegte er, ob er seinen Schlägern befehlen soll, uns auf der Stelle anzugreifen. Er entscheidet sich dagegen.

Doch bevor er geht, informiert er uns darüber, dass wir unter Beobachtung stehen. Sollte er herausbekommen, dass wir Matahari Schutz gewährt haben, wird er uns umbringen lassen. Donax' Stimme ist bei dieser Drohung vollkommen ruhig und sachlich.

»Zweifellos wird Präfekt Tholius mich wie jeden anderen Bürger mit dem ganzen Gewicht des Gesetzes vor einer solchen Drohung beschützen«, erwidere ich.

Präfekt Tholius verabschiedet sich ohne ein weiteres Wort.

Nachdem alle weg sind, dankt Makri mir dafür, dass ich ihr geholfen habe, und entschuldigt sich, dass sie mir derartige Schwierigkeiten gemacht hat. Ich winke ab. Ich bin zu müde, um wütend zu sein.

»Außerdem tut es ganz gut, der Bruderschaft eins auszuwischen. Es ärgert mich, dass sie herumstolzieren, als wären sie hier die Nummer Eins.«

»Sind sie das denn nicht?«

»Schon, aber es ärgert mich trotzdem.«

Bibendis hat während all dieser Ereignisse friedlich weitergeschlummert und macht auch jetzt keinerlei Anstalten aufzuwachen. Ich erkläre Makri kurz, wer sie ist, und denke dann laut darüber nach, was wir mit Matahari machen sollen. Wir können sie jetzt natürlich nicht wegschaffen, aber wenn sie hier bleibt, ist das auch höchst unsicher für sie. Mein Verstörungszauber wird keinen Magier lange täuschen können, selbst wenn es stimmt, dass sich die Bruderschaft eher auf Einschüchterung und Gewalt als auf Magie verlässt und sich selten der Dienste eines wirklich erstklassigen Magiers versichert.

»Warum hast du sie überhaupt in mein Bett gelegt, Makri? Wäre es ihr in deinem Zimmer nicht weit gemütlicher gewesen?«

Bevor Makri antworten kann, geht die Tür auf, und Dandelion platzt herein.

»Hast du ihn schon überredet?«, fragt sie.

»Dazu hatte ich noch keine Gelegenheit«, erklärt Makri. »Thraxas, ich, ehm ... ich habe Dandelion versprochen, dass sie eine Weile bleiben kann.«

Ich stöhne. Dandelion vergeudet keine Zeit und fängt augenblicklich an, von ihren Delfinen zu faseln, aber ich bin schon auf der Treppe.

»Ein Bier, Gurdh, und zwar schnell!«

»Ärger mit der Bruderschaft?«, erkundigt sich der Barbar, als er meinen mitgenommenen Zustand bemerkt.

»Mit der Bruderschaft komme ich schon zurecht«, erwidere ich. »Es ist eher die Schwesternschaft, die mir zu schaffen macht.«

6. KAPITEL

Ich muss Astral Trippelmond dringend eine Nachricht zukommen lassen. Hoffentlich findet er einen Weg, den Verstörungszauber zu verstärken, damit wir Matahari versteckt halten können, bis wir ihretwegen eine Entscheidung getroffen haben. Leider kann ich ihn nicht persönlich befragen. Wenn ich einfach hier herausspaziere und einen befreundeten Zauberer um Rat frage, würde das verraten, dass ich etwas im Schilde führe. Dasselbe gilt für Makri, und bei ihr kommt noch erschwerend hinzu, dass sie ihre Nachmittagsstunden in Rhetorik nicht versäumen will. Gurdh und Tanrose können die Kaschemme nicht unbeaufsichtigt lassen, und Cimdy und Bertax sind auf der Straße und machen Musik. Womit sich die Anzahl der Leute erschöpft hat, denen ich traue.

»Dandelion könnte doch gehen«, schlägt Makri vor.

Ich lasse einige Beschimpfungen über Dandelion vom Stapel und weise darauf hin, dass eine Frau, die mit nackten Füßen und Blumen im Haar in Turai herumspaziert, mir in etwa genauso nützlich erscheint wie ein einbeiniger Gladiator. »Meine Güte, sie erstellt Horoskope für Delfine!«

»Aber die Bruderschaft würde sie nicht verdächtigen.«

Das ist wahr. Also schicken wir Dandelion mit der Nachricht an Trippelmond los.

»Weißt du, Makri, vor zwei Tagen war ich noch glücklich und zufrieden und vollkommen sorglos. Wie konnte es nur so schnell so weit kommen?«

»Vielleicht, weil du verärgert warst, dass Präfekt Tholius deinen Klienten Gesox aus deiner Zimmerflucht gezerrt hat?«

Genau. Wie dumm von mir! Ich brauchte nichts zu tun. Ich hatte nicht mal einen Auftrag, etwas zu tun. Und jetzt suche ich im Heuhaufen nach einer zwei Tonnen schweren Statue und taste dabei gleichzeitig im Trüben nach der verschwundenen Gattin eines ermordeten Bildhauers. Was mich zu dem Fall Thalius Scheelauge und seiner trunksüchtigen Tochter führt, was wiederum nur ganz allein meine Schuld war.

»Aber für Matahari kann ich gar nichts. Diese Sache hast du mir eingebrockt. Übrigens, was hat ihr der Vermieter eigentlich genau angetan?«

Makri will nicht ins Detail gehen, aber sie scheint es für angemessen zu halten, dass Matahari die Kaschemme niedergebrannt und dabei auch noch den Wirt eingeäschert hat. Ansonsten hofft sie nur, dass sie Matahari vor der drohenden unmittelbaren Gefahr bewahren kann. Danach könnten sich mächtigere Frauen aus der Vereinigung der Frauenzimmer um sie kümmern. Vielleicht sammeln sie sogar genug Geld für sie, dass sie Turai verlassen und irgendwo anders von vorn anfangen kann.

Bibendis wacht auf, als Makri gerade losgeht. Sie trägt den weiten Mantel, zu dem man sie an der Innungshochschule verdonnert hat. Ihr Ketten-Dress lenkt, wie sich herausgestellt hat, nicht nur die jungen Studenten, sondern auch die alten Professoren viel zu sehr ab, und selbst ihr Männerwams zeigt, augenscheinlich, zu viel von ihren Beinen.

»Was haben diese Leute bloß?«, beklagt sich Makri. »Wenn es das nicht ist, regen sie sich über was anderes auf. Jetzt muss ich ganz hinten in der letzten Reihe sitzen, eingehüllt wie eine Mumie, und das nur, weil sich die anderen angeblich sonst nicht auf die Vorlesung konzentrieren können.«

Bibendis hat Durst. Ich gebe ihr Wasser. Wenn sie sich zu Tode saufen will, dann ist das ihre Angelegenheit, aber sie muss jetzt so lange nüchtern bleiben, bis sie mir genug Einzelheiten über den Tod ihres Vaters verraten hat. Sie würgt das Wasser mit einem auffallenden Mangel an Begeisterung herunter.

»Woher habt Ihr das?«, sagt sie plötzlich, springt auf und deutet auf Makris Umhängetäschchen.

»Ich habe es einem Mann abgenommen, den ich umgebracht habe«, erwidert Makri.

»Die gehörte meinem Vater«, erklärt Bibendis. »Sein Name ist darauf eingestickt.«

Ich mustere die Tasche. Tatsächlich, Thalius Scheelauges Name ist in winzigen Buchstaben in einer dieser geheimen magischen Sprachen darauf gestickt, die normalerweise für Zaubersprüche benutzt wird. Ich hätte ihn schon früher entziffern müssen, auch wenn die Schrift sehr klein ist und sich geschickt in den Rest der Stickerei einfügt.

Bibendis ist richtig aufgeregt. Ich selbst bin milde verwirrt. Welche Verbindung bestand zwischen dem Mann, der in die *Rächende Axt* spaziert kam und mich umbringen wollte, und Thalius Scheelauge?

Ich bitte Makri, die Tasche dazulassen, und sie tut mir den Gefallen. Matahari schläft immer noch in meinem Zimmer. Ich lasse sie noch ruhen, aber wenn es Abend wird, muss sie in Makris Zimmer umziehen. Ich gebe mein Bett für niemanden auf. Und ich teile es auch mit keinem. Und keiner.

»Gut, Bibendis, erzähl mir alles, was du von dem Tod deines Vaters weißt.«

Bibendis berichtet, dass Thalius immer in Geldschwierigkeiten steckte. Er war ein kleines Licht im Kaiserlichen Palast, und die Fähigkeiten der anderen Zauberer übertrafen die seinen bei weitem. Selbst sein Geschäft, Horoskope für den niederen Adel zu erstellen, war rückläufig. Es ist sehr teuer, in Thamlin zu leben, und der Unterhalt seiner Villa in der Wahre-Schönheit-Chaussee trieb ihn bald in die Schuldenfalle.

»Er wusste nicht mehr, wohin. Also nahm er Boah.«

Das Boah ließ ihn seine Probleme vergessen, und die logische Konsequenz war, dass sie sich massiv verschlimmerten. Er bekam noch weniger Arbeit, und die Kosten stiegen. Er traute sich nicht einmal mehr in den Palast, es sei denn im Boah-Rausch, und in diesem Zustand konnte er natürlich keine Horoskope erstellen.

»Nach einer Weile kontrollierte Boah sein ganzes Leben.«

Vermutlich hat Bibendis auch zu dieser Zeit mit dem Trinken angefangen. Als die Nachbarn über Thalius zu reden begannen, konnte sie der Welt nur noch gegenübertreten, wenn sie sich vorher gegen sie wappnete.

Obwohl Thalius so heruntergekommen war, wurde ihm der Zutritt zum Palast nicht verwehrt. Das legt nahe, dass er etwas hineinschmuggelte, das irgendeine wichtige Person unbedingt haben wollte. Prinz Frisen-Lackal war bereits wegen seiner Neigung zu Boah in Schwierigkeiten geraten.

»Glaubt Ihr, dass Euer Vater getötet wurde, weil er seinen Händler nicht bezahlen konnte?«

»Wahrscheinlich. So etwas passiert doch dauernd, oder nicht?«

Sie behauptet, dass sie nicht wisse, wer der Händler gewesen sei. Weil Thalius durch einen Armbrustbolzen getötet wurde, frage ich sie über Sarin die Gnadenlose aus, aber der Name sagt Bibendis nichts. Genauso wenig wie meine Beschreibung der Mörderin. Bibendis war in den letzten Monaten so sehr dem Alkohol verfallen, dass sie kaum wahrgenommen hat, was um sie herum vorgegangen ist.

Sie betrachtet traurig die kleine Umhängetasche. »Er mochte sie. Und hat sie niemals aus den Augen gelassen. Ihr habt nicht zufällig ein bisschen Wein?«

Ich schüttle den Kopf. An Wein konnte ich nie Geschmack finden. Ich reiche ihr eine Flasche Bier, und die leistet offenbar genauso gute Dienste.

»Es ist doch sehr ungewöhnlich, dass ein Zauberer wegen Boah-Schulden getötet wird. Es ist zwar nicht ausgeschlossen, aber eigentlich will ein Händler vor allem Geld. Es muss doch genug Wertsachen in Eurem Haus geben, die Euer Vater hätte verkaufen können. Es sei denn, es wäre keine kleine Summe gewesen, die nur durch seinen eigenen Boah-Konsum zusammengekommen ist. Vielleicht waren seine Schulden ja sehr hoch. Hat er vielleicht selbst damit gehandelt?«

Der Gedanke, dass ihr Vater tatsächlich ein Boah-Händler gewesen sein könnte, lässt Bibendis die Tränen in die Augen treten. Sie räumt jedoch die Möglichkeit ein.

Ich denke darüber nach. Sollte Thalius weitaus stärker im Boah-Handel mitgemischt haben, als seine Tochter ahnte, könnte das erklären, warum die Zivilgarde die Fakten in diesem Fall zu vertuschen sucht. Die Drogenskandale sind in letzter Zeit zu sehr in die Nähe des Palastes gerückt und haben vor allem die Person Prinz Frisen-Lackals gestreift. Die Behörden wollen jedes weitere Aufsehen unbedingt vermeiden. Konsul Kahlius musste die Verfehlungen des Prinzen bereits vor der Öffentlichkeit verbergen. Die politische Lage in Turai ist im Augenblick sehr heikel, und Senator Lohdius, der Führer der monarchiefeindlichen Populären Partei, ist schnell bei der Hand, wenn er einen Skandal anprangern kann, der seinen Zielen nützt.

Prinz Frisen-Lackal giert derweil weiter nach Boah, und ich hege keinerlei Zweifel, dass er nicht der Einzige ist, der sich in dem Dunstkreis der Droge tummelt. Falls Thalius Scheelauge diese Höflinge beliefert haben sollte, würde das erklären, warum er nicht aus dem Palast geworfen wurde, und auch, warum er genug Schulden angehäuft haben könnte, um deswegen sein Leben zu verlieren. Wenn man eine große Lieferung Boah annimmt und vergisst, sie zu bezahlen, ist das eine ziemlich tollkühne Dummheit. Trotzdem passiert so etwas recht häufig und hat auch immer dieselben endgültigen Folgen.

Während ich überlege, wie Thalius wohl das Boah in den Palast geschmuggelt haben könnte, schießt mir plötzlich ein merkwürdiger Gedanke durch den Kopf. Warum war der Magier so vernarrt in diese kleine Umhängebörse? An dem Ding ist nichts Besonderes. Sicher, selbst der letzte Krimskrams kann einen sentimentalen Wert besitzen, aber ich kann mich eigentlich an niemanden erinnern, der besonders an seinem Geldbeutel hing. Eher an dessen Inhalt.

Also inspiziere ich den Beutel näher. Er ist klein und wird

mit zwei Zugkordeln am oberen Ende verschlossen. Es ist eine typische Geldbörse, in die ein paar Gurans passen. Viel mehr Platz ist da nicht. Hm. Ich murmele ein Wort in der alten Zauberersprache, ein ganz gewöhnliches Zauberwort, das einen Befehl an Dinge auslöst, sich zu öffnen. Ich spüre, dass die Luft sich einen Hauch abkühlt. Dann ziehe ich an den Kordeln, und die Börse geht auf. Und geht auf. Und hört gar nicht mehr auf aufzugehen. Bis sie eine schier unglaubliche Größe erreicht.

Bibendis schnappt erstaunt nach Luft, als ich die kleine Öffnung der Börse immer weiter auseinander ziehe, bis sie so breit ist wie meine ausgestreckten Arme.

»Was ist das denn?«, fragt sie. Was sie sieht, kommt ihr so unmöglich vor, dass es sie vollkommen verwirrt.

»Der Magische Raum«, erwidere ich. »Oder vielmehr Öffnung im Magischen Raum. Es ist eine andere Dimension, was auch immer das heißen mag. Das hier ist jedenfalls kein übliches Geldtäschchen. Es ist ein verzauberter Beutel.«

Ich spähe in das große Loch, das ich geöffnet habe. Mein Gesicht wird ganz kalt, als es die Schnittstelle zwischen der normalen Welt und dem Magischen Raum überquert. Drinnen ist alles in einen roten Schimmer getaucht, und es dauert eine Weile, bis sich meine Augen daran gewöhnt haben.

Alles, was in den Magischen Raum gebracht wird, ganz gleich, aus welchen Gründen und mit welchen Absichten, verliert sein Gewicht und sein Volumen. Was für einen Zauberer eine sehr angenehme Möglichkeit böte, um, zum Beispiel, einen großen Sack Boah in einen bestimmten Palast zu schmuggeln. Meine Augen haben sich allmählich an das merkwürdige Licht gewöhnt. Ich greife mit meinem ganzen Arm in die Börse. Jeder, der mich jetzt beobachtet, müsste glauben, dass mein Arm in dünner Luft verschwindet. Ich erwarte, dass meine Finger auf den pudrigen Staub des Boah stoßen. Doch stattdessen landen sie auf etwas Hartem, Kaltem und Metallenem. Ich ziehe die Hand heraus und stecke den Kopf hinein.

Direkt vor meinen Augen befindet sich ein anderer Kopf. Ein bronzener Kopf. Der auf einem gewaltigen Körper thront. Der wiederum auf einem entsprechend großen Ross sitzt.

Ich ziehe meinen Kopf aus dem Magischen Raum hinaus und blicke auf die Börse in meiner Hand. Selbst für einen Menschen, der den Umgang mit Magie gewöhnt ist, kommt mir die Erkenntnis merkwürdig vor, dass ich in diesem Moment eine zwei Tonnen schwere Statue von Sankt Quaxinius auf der Handfläche meiner rechten Hand balanciere.

»Na, das erklärt so einiges«, knurre ich.

Ich bin höchst zufrieden mit mir. Die Zivilgarde sucht die ganze Stadt nach dieser Statue ab. Zauberer aus dem Justizdomizil verpulvern jede Menge magischer Energie, um danach zu forschen. Und ich habe sie gefunden. Was, wie ich annehmen möchte, bedeutet, dass ich eine recht ansehnliche Belohnung für mich beanspruchen kann. Gut gemacht, Thraxas. Du hast nicht nur die Statue gefunden, sondern sorgst auch dafür, dass eine wichtige religiöse Zeremonie wie geplant über die Bühne gehen kann, und verhinderst damit gleichzeitig einen sehr peinlichen Zusammenbruch der Beziehungen zwischen Turai und Nioj. Vielleicht verleiht man dir ja sogar einen hübschen bunten Orden, hm?

Und was noch wichtiger ist: Ich habe wahrscheinlich sogar Rodinaax' Mörder gefunden. Wenn die beiden Männer, die in der *Rächenden Axt* erschienen sind, diese Statue bei sich hatten, dann stehen die Wetten hundert zu eins, dass sie den Bildhauer vorher getötet haben, um sie zu bekommen. Leider kann ich sie nicht mehr fragen, aber mit etwas Hilfe von den Zauberern des Justizdomizils ist das auch nicht unbedingt nötig. Wenn sie in Rodinaax' Atelier waren, ist es sehr wahrscheinlich, dass zum Beispiel ein bisschen Staub an ihren Kleidern hängen geblieben ist. Ein guter Zauberer wird das herausfinden und sie mit dem Verbrechen in Beziehung bringen können. Ich muss einfach nur die Leichen magisch untersuchen lassen.

Also verschwende ich lieber keine Zeit. Die Kadaver sind zweifellos von der Städtischen Müllabfuhr eingesammelt worden, nachdem wir sie an die Straße gestellt haben. Ich habe die Zivilgarde zwar über die Geschehnisse informiert, aber wegen ein paar überführter Halunken macht sich die Garde nicht die Hände schmutzig. Die Toten sind sicher ins Leichenschauhaus von ZwölfSeen gekarrt worden, damit sie dort verbrannt oder beerdigt werden. Glücklicherweise gibt es seit den Unruhen einen ziemlichen Leichenstau. Bettler, die auf den Straßen gestorben sind, müssen jetzt bis zu zwei Wochen anstehen, bevor sie mit der Einäscherung dran sind.

Hauptmann Rallig hockt in seiner Wachstation. Als ich ihm sage, dass ich vermutlich Rodinaax' Mörder gefunden habe, bombardiert er mich mit einem Haufen Fragen, von denen ich die meisten lieber nicht beantworten möchte.

»Also soll ich einfach so deine Behauptung schlucken, dass die beiden Gauner, die dich in der *Rächenden Axt* angegriffen haben, vorher Rodinaax getötet hatten?«, knurrt er misstrauisch. »Wie hast du das herausgefunden?«

»Ich kann meine Quellen nicht enthüllen, Hauptmann. Das wisst Ihr doch. Außerdem dürfte das auch keine Rolle spielen, wenn Eure Zauberer erst die Leichen untersucht und festgestellt haben, dass sie Rodinaax' Mörder waren. Die rasche Lösung des Falles wird Euch gut aussehen lassen. Und Gesox ist endlich vom Mordvorwurf rein gewaschen.«

Der Hauptmann meint, das würde er erst dann glauben, wenn er es sähe. Wir gehen den kurzen Weg zum Leichenschauhaus zu Fuß. Der Hauptmann schickt den Wärter los, damit der das »Gästebuch« überprüft.

»Ich glaube immer noch, dass der Schüler es getan hat.«

»Der arme kleine Kerl? Also ehrlich, Hauptmann, sieht Gesox aus, als wäre er ein Mörder?«

Nach einer Weile kommt der Wärter zurück. »Wir haben die fraglichen Leichen gestern eingeäschert.«

Mir klappen meine sämtlichen Kinne hinunter. »Gestern?

Was meint Ihr mit gestern? Die Wartezeit beträgt zwei Wochen!«

»Nicht mehr. Präfekt Tholius hat uns mit Mitteln für mehr Heizer bedacht. Wir haben den Rückstand aufgearbeitet. Der Konsul hielt es wohl für allmählich an der Zeit, dass wir die Stadt nach den Unruhen wieder auf Vordermann bringen.«

Ich wende mich entrüstet an den Hauptmann. »Aber *sie* haben es getan!«

Rallig hebt eine Augenbraue. »Und jetzt sind sie Asche und Rauch. Wie überaus passend, Thraxas. Sieh mal, ich weiß ja, dass du alles versuchen musst, um die Unschuld deines Klienten zu beweisen, aber ich habe zu tun. Für solche Sperenzchen fehlt mir einfach die Zeit. Und solltest du noch einen Kampf mit einem anderen Schläger ausfechten, und sollte der sich dann ebenfalls wundersamerweise als Rodinaax' Mörder entpuppen, verschon mich bitte damit!«

Der Hauptmann glaubt offenbar, dass ich mir die ganze Sache ausgedacht habe. Wahrscheinlich vermutet er, dass ich mich sogar zuerst vergewissert habe, ob die beiden schon verbrannt worden sind, bevor ich mit meiner Theorie zu ihm gekommen bin.

»Du warst ein guter Soldat, Thraxas. Aber als Detektiv bist du so nützlich wie ein Eunuch in einem Bordell.«

Er geht und lässt mich frustriert stehen. Ich verwünsche mein Pech, dass der Konsul ausgerechnet jetzt auf die Idee gekommen ist, den Leichenhallen der Stadt mehr Geld zu spendieren. Wenn diese beiden tatsächlich Rodinaax ermordet haben sollten, dann sind jetzt alle Spuren in Rauch aufgegangen. Ich trotte zur *Rächenden Axt* zurück. Was soll ich tun?

Ich habe zwar immer noch die Statue, aber die nutzt mir jetzt nicht mehr viel. Allerhöchstwahrscheinlich waren auf ihr zunächst eindeutige Hinweise auf den Mörder von Rodinaax zu sehen. Denn während des Transportes haben der Mörder und seine Komplizen mit Sicherheit ihre Auren darauf zurückgelassen. Ein Zauberer hätte das sofort feststellen können. Aber jetzt nicht mehr. Im Magischen Raum wird jede Aura unwiderruflich ausgelöscht. Soweit ich mich aus meiner Lehrzeit erinnere, bleiben physische Objekte im Magischen Raum zwar unversehrt, aber jede Form von Magie verschwindet in ihnen unwiederbringlich. Einschließlich der Reste irgendwelcher Auren. Auch wenn mein Fund spektakulär sein mag, hat er mich keinen Schritt weiter bei der Befreiung von Gesox gebracht. Und da mein Hauptverdächtiger durch den Schornstein geflüchtet ist, weiß ich auch nicht mehr, wie ich Gesox jetzt noch retten kann.

»Also muss ich wohl weiter herumgraben«, murmele ich, während ich ein Bier bestelle. Und während ich so nachdenke, wird mir plötzlich klar, dass sich die beiden Gauner, wie groß ihr Beitrag an diesen Verbrechen auch immer gewesen sein mag, den Plan bestimmt nicht selbst ausgedacht haben.

Bibendis hockt am Tresen, also stelle ich ihr ein paar Fragen.

»Wo hat Euer Vater diese Börse her?«

Bibendis weiß es nicht. Sie glaubt, dass er sie als junger Mann von seinen Reisen im Weiten Westen mitgebracht hat.

»Es ist ein äußerst seltener Gegenstand. Ihr wisst, dass es in Turai verboten ist, so etwas zu besitzen? Soweit ich weiß, gibt es nur zwei magische Beutel in der Stadt, und beide gehören dem König. Wenn Thalius damit erwischt worden wäre, dann hätte er sein Leben auf einer Strafgaleere beendet.«

Sie sind verboten, weil sie den König nervös machen. Es wäre damit zu einfach, um eine Audienz nachzusuchen und dann plötzlich ein Schwert aus der hohlen Hand zu zaubern. Und außerdem wäre es nicht das erste Mal, dass ein König so umgebracht worden wäre. Trotzdem ging Thalius vermutlich kein großes Risiko ein, als er auf diese Weise Boah in den Palast schmuggelte. Magische Beutel können zwar von Zauberern aufgespürt werden, aber nur unter großen Anstrengungen, und selbst dann nur, wenn sie gezielt danach suchen. Wer würde schon vermuten, dass ein heruntergekommener Hexer wie Thalius einen so seltenen und kostbaren Gegenstand besitzt?

Bibendis leert ihren Humpen und schnappt sich gleich den nächsten.

»Es war wohl so, Bibendis, dass die Person, die Euren Vater umgebracht hat, auch Rodinaax tötete. Ich hatte zwar zwei Verdächtige, aber an die komme ich jetzt nicht mehr heran. Vielleicht war ja noch jemand an dieser Sache beteiligt. Wusste irgendwer, dass er diese Börse besaß?«

Bibendis hat keine Ahnung. Sie weiß sowieso nicht sonderlich viel. Vom Sich-Betrinken versteht sie allerdings eine ganze Menge. Und die *Rächende Axt* ist ihr sehr rasch zur zweiten Heimat geworden. Ich biete ihr an, einen Mietlandauer zu rufen, der sie nach Thamlin zurückbringen könnte. Sie möchte aber lieber noch eine Weile bleiben. Als Zauberertochter aus Thamlin ist sie noch nie zuvor in einer Kaschemme auf der »falschen« Seite der Stadt gewesen. Es gefällt ihr sichtlich.

»Ich habe noch nie Bier getrunken. Zu Hause gab es immer nur Wein.«

Ich überlasse sie ihrem Bierchen und stapfe die Treppe zu meinem Büro hinauf. Kaum bin ich eingetreten, klopft es an der Außentür. Ich erkundige mich, wer da ist. Es sind, wie sich herausstellt, drei Mönche. Im Gegensatz zu ihren Berufskollegen von neulich fragen sie höflich, ob sie eintreten dürfen. Sie tragen gelbe Roben. Ich nehme an, dass es dann in Ordnung geht. Schließlich waren es die Roten, die bei mir eingebrochen sind. Also lasse ich sie herein. Es sind zwei junge Mönche und ein alter, ehrwürdiger. Die jungen bleiben respektvoll stehen, während ich rasch einen Stuhl freiräume, damit ihr Herr sich setzen kann. Trotz seines sichtlich hohen Alters geht er rasch und geschmeidig, und als er sich setzt, hält er sich gerade, als hätte er einen Besenstiel verschluckt.

Er grüßt mich mit einer viel kräftigeren Stimme, als man sie bei einem solch alten Mann erwarten würde. Der Bursche hat offenbar ein sehr gesundes Leben geführt. Vermutlich hat er weder getrunken noch Thazis geraucht.

»Vergebt uns, dass wir ohne jede Voranmeldung bei Euch hereinplatzen. Wir sind nicht oft in der Stadt, und ich dachte, es wäre das Beste, zu sehen, ob wir Euch vielleicht zufällig antreffen.«

Höflichkeit weckt bei mir grundsätzlich Misstrauen. Ich beäuge ihn argwöhnisch. »Wie kann ich Euch helfen?«

»Wir möchten Euch engagieren, eine Statue zu suchen«, sagt mein ehrwürdiges Mönchlein.

Na, was für ein Zufall. Da sitze ich ihm gegenüber und habe ein Zwei-Tonnen-Reiterstandbild in der Tasche. »Dann schießt mal los«, fordere ich ihn auf.

7. KAPITEL

Der alte Mönch heißt Heretius. Der Ehrwürdige Heretius. Die beiden anderen Mönche haben anscheinend keine Namen, jedenfalls werden sie mir nicht vorgestellt. Ich weiß nicht genau, ob ich die beiden Jüngeren nicht zwischen denen gesehen habe, die sich in Thalius Garten geprügelt haben. Mit ihren rasierten Schädeln und den gelben Roben sehen sie alle gleich aus. Ich erwähne den Vorfall jedoch nicht. Sie auch nicht.

Heretius erzählt mir eine interessante Geschichte. Er hat eine sehr sonore Stimme, die mich an die eines freundlichen alten Zauberers erinnert, der mich einmal unterrichtet hat. Er hat mir beigebracht zu schweben. Im Alter von fünfzehn konnte ich mich zehn Zentimeter über den Boden erheben. Hat aber nie lange gedauert. Und außerdem scheine ich diese Kunst sofort verloren zu haben, nachdem ich mit sechzehn mein erstes Bierchen zischte.

»Wir sind Angehörige des Wolkentempels. Wir leben und beten in einem Kloster in den Bergen.«

Ich nicke. In der entlegenen nördlichen Gebirgskette, die an Nioj grenzt, findet man viele isolierte religiöse Orden. Aber es ist schon lange her, seit ich das letzte Mal dort war. Genau genommen war das vor fünfzehn Jahren, während des letzten Krieges mit Nioj. Der Gedanke weckt einige sehr starke Erinnerungen in mir. Damals war Turai stärker, und zwar nicht nur deshalb, weil ich noch in der Armee war. Alle Bürger waren verpflichtet, Militärdienst zu leisten. Damals waren wir noch stolz darauf. Niemand kam in dieser Stadt zu etwas, wenn er nicht zuerst seinem Land gedient hatte. Jetzt kauft sich die halbe Stadt vom Militärdienst frei, und König Reeth-Lackal muss stattdessen Söldner anheuern. Viele unserer Senatoren haben noch nie ein Schwert in der Hand gehabt. Vor ein paar Jahren wäre das noch unerhört gewesen. Und es wird uns irgendwann ins Verderben stürzen.

Ich weiß noch, wie wir eines Tages weit oben in den Hügeln den Vormarsch der niojanischen Invasionstruppen zum Stillstand brachten. Wir vernichteten ihre Legionen und hielten einen Pass. Hauptmann Rallig war damals auch dabei. Er war ein junger Soldat, wie ich. Wir standen in einer Phalanx, die langen Speere in der Hand, und wenn sie zerbrochen waren, trieben wir die Niojaner mit unseren Schwertern zurück. Wir hätten sie ganz zurückgeworfen, wenn nicht einige ihrer Legionen einen anderen Pass erobert hätten und uns in die Flanke gefallen wären. Danach blieb uns nur ein verlustreicher Rückzug und ein verzweifelter Kampf direkt vor unseren Stadtmauern. Und selbst dort hielten wir sie noch auf, trotz der gewaltigen Überlegenheit ihrer Streitmacht. Die niojanische Armee war viermal so groß wie unsere – auch damals schon.

Schließlich wurden wir in die Stadt zurückgetrieben und belagert. An jeder Mauer standen Belagerungstürme und Leitern, und wir kämpften um unser Leben. Unsere Zauberer hatten ihre Zaubersprüche aufgebraucht und griffen zu den Waffen, um den Verteidigern Beistand zu leisten. Die Frauen der Stadt taten es ihnen nach. Selbst die Kinder machten mit, warfen Steine und Schieferstücke von den Mauern auf das Meer der Feinde, das von unten gegen die Wälle brandete. Und dann, gerade, als die Niojaner über die Mauern stürmen wollten, erreichte uns die Nachricht, dass die Orgks vom Westen her angriffen. Sie überrollten die Wüsteneien mit der größten Armee, die unsere Welt bis dato gesehen hatte. Orgks, Halb-Orgks, Trolle, Drachen, Zauberer, namenlose Bestien, kurzum alles, was sie unter der Herrschaft von Bergamotz dem Fürchterlichen hatten sammeln können, stürmte nach Westen. Er war der letzte große Orgk-Kriegsherr, dem es gelang, alle ihre Stämme zu vereinen. Und sie rückten gemeinsam gegen uns vor, um uns vom Antlitz der Erde zu fegen. Infolgedessen endete der Krieg zwischen Turai, der Liga der Stadtstaaten und Nioj recht unvermittelt. Stattdessen schlossen wir ein befristetes Bündnis und versuchten in einem verzweifelten Feldzug, die gewaltige orgkische Armee zurückzuwerfen. Hauptmann Rallig und ich kämpften plötzlich Seite an Seite mit irgendwelchen Niojanern, die noch vor ein paar Tagen mit allem Nachdruck versucht hatten, uns zu massakrieren.

Die Orgk-Kriege dauerten lange und forderten einen hohen Blutzoll. Die Kämpfe wüteten monatelang an unseren Grenzen und vor unseren Städten. Mit der Hilfe der Elfen gelang es uns schließlich, die Orgks zurückzuwerfen, aber um welchen Preis! Die Bevölkerung einiger Stadtstaaten hat sich nie wieder von diesen Verlusten erholt, während andere einstmals schöne, blühende Städte nur noch verlassene Ruinen sind. Seitdem herrscht ein höchst wackliger Friede. Wir haben sogar einen Friedensvertrag mit den Orgks unterschrieben und Botschafter ausgetauscht, aber dieser Zustand wird nicht lange anhalten. Das tut er nie. Orgks und Menschen hassen einander einfach zu sehr. Die Orgks verschwenden im Augenblick ihre Kräfte damit, sich gegenseitig zu dezimieren, aber sobald ein großer Führer auftaucht, der mächtig genug ist, sie zu vereinen, marschieren sie wieder.

Diese Hügelketten sind ein karges Land. Dafür ist es aber kühler als in der Stadt. Vermutlich ein ganz passabler Ort für Meditationen, denke ich. Ich verscheuche diese Kriegserinnerungen aus meinen Gedanken und konzentriere mich auf die Erzählung des Mönchs.

Die meisten religiösen Einrichtungen dort oben sind Ableger der Wahren Kirche, der einen staatlichen Religion in Turai. Aber einige wenige Klöster unterstehen nicht ihrer Autorität. Da Turai in religiösen Fragen freizügiger ist als einige andere Stadtstaaten, ist das normalerweise kein Problem, vorausgesetzt, sie laufen nicht herum, verbreiten Häresien oder sorgen für Unruhe. Wenn das vorkommt, entsendet der König ein Bataillon und treibt die Andersgläubigen aus dem Land. So freizügig sind wir in religiösen Dingen dann doch wieder nicht.

Vom Wolkentempel habe ich noch nie zuvor gehört.

»Wir sind erst vor kurzer Zeit gegründet worden«, erklärt der Mönch. »Bis zum letzten Jahr waren die anderen Mönche und ich Brüder des Sternentempels. Unglücklicherweise gab es dort eine Glaubensspaltung. Ich will nicht in die letzten Einzelheiten gehen, aber die Meinungsverschiedenheiten waren rein theologischer Natur. Mögen diese Fragen für uns auch von größter Wichtigkeit sein, so sind sie letztlich nicht wirklich bedeutsam.«

»Lasst mich ruhig entscheiden, was ich bedeutsam finde.«

»Wie Ihr wollt. Der Disput drehte sich um die Natur der Konsubstanzialität, die wiederum die genaue Art und Weise betrifft, wie sich die Göttlichkeit zur Substanz verhält, aus der die vergängliche Welt gemacht ist.«

»Ah. Verstehe. Ehm, gut, überspringen wir die Einzelheiten. Was ist passiert, nachdem Ihr angefangen habt, Euch zu streiten?«

»Eine große Verbitterung entstand und führte zu einer Abspaltung unter uns. Es bestand sogar die Gefahr eines blutigen Kampfes. Wir sind, wie Ihr vielleicht wisst, sowohl Mönche als auch Krieger. Die Fähigkeit zu kämpfen gehört zu unserer geistigen Ausbildung, und sie diszipliniert uns für die Anforderungen unseres Glaubens und der Opferdienste. Jedenfalls: Um diesen schrecklichen Disput zu einem Ende zu bringen, habe ich zusammen mit einigen anderen den Sternentempel verlassen und unser eigenes Kloster gegründet. Weit weg von unseren ehemaligen Brüdern.«

Heretius war nach Abt Vexial dem Sehenden der zweithöchste Mönch in dem Orden des Sternentempels gewesen. So wie Heretius die Sache schildert, verlief diese Abspaltung relativ glatt, aber ich hege da so meine Zweifel. Selbst wenn ein Abt die Vorstufe eines Heiligen sein mag, mag er es bestimmt trotzdem nicht, wenn plötzlich die Hälfte seiner Mönche verschwindet und jemand anderen zum Obermönch kürt.

Daher hatte ich also meine Zweifel, was die wahre Ursache für dieses Schisma gewesen sein könnte. Meiner Kenntnis der menschlichen Natur zufolge, die, wie ich zugeben muss, hauptsächlich auf dem Studium niederster Exemplare dieser armseligen Gattung beruht, sind scharfzüngige Diskurse über haarfeine Einzelheiten in jeder Organisation hinreichend gute Vorwände für einen saftigen Streit darüber, wer eigentlich das Sagen hat. So wie ich die Sache sehe, hat Heretius Vexial dem Sehenden die Führung des Ordens streitig gemacht. Das Resultat der demokratischen Abstimmung war offenbar zu knapp, um eine Entscheidung herbeizuführen, also ist er einfach gegangen und hat die Hälfte der Mönche mitgenommen.

Ich bin von dieser Geschichte über die streitenden Mönche bereits gelangweilt, als Heretius schließlich doch noch zum interessanten Punkt kommt.

»Während des Kampfes, der stattfand, bevor wir das Kloster verließen, wurde die Statue von Sankt Quaxinius, die auf einem Podest im Hof stand, umgeworfen und zerstört. Das war ein harter Schlag für uns alle. Die Statue war uralt und eine großartige Arbeit. Sie bestand aus Marmor, der aus dem Steinbruch von Juval stammte. Der Besitz einer Statue von Sankt Quaxinius ist für ein Kloster von Kampfmönchen absolut unabdingbar.«

Quaxinius war ein wehrhafter Heiliger, der vor einigen Hundert Jahren in einem Krieg mit den Orgks getötet worden ist. Folglich betrachten die Kampfmönche ihn als eine Quelle der Inspiration für ihre Art der Religionsausübung.

»Wir vom Wolkentempel mussten uns natürlich mit dem Schicksal abfinden, ein neues Kloster ohne eine Heiligenstatue zu gründen. Aber das war uns bekannt, und wir hatten bereits eine neue Statue in Auftrag gebeben. Da aus Juval kein

Marmor mehr importiert wird, bestellten wir eine Bronzestatue bei Rodinaax.«

Ich hebe die Brauen.

»Es hätte zwar noch einige Zeit bis zu ihrer Vollendung gebraucht, aber da Rodinaax jetzt tot ist, sind wir gezwungen, sie irgendwo anders in Auftrag zu geben, was natürlich eine weitere Verzögerung bedeutet. Bildhauer seiner Klasse sind rar, und sie haben meistens mehr als genug zu tun. Für unser eben flügge gewordenes Kloster ist das natürlich ein ernsthafter Rückschlag. Seid Ihr Euch der Dreifach-Mond-Konstellation in drei Monaten gewahr?«

»Das bin ich. Noch weiß ich genug aus meiner Zauberlehrlingszeit, dass ich das wichtigste astrologische Phänomen der Wahren Kirche kenne. Wenn die drei Monde sich etwa alle zehn Jahre in einer Reihe am Firmament auffädeln, ist das ein großes Ereignis. Wir veranstalten ein Fest. Alle singen Hymnen und betrinken sich beim Wagenrennen. Es hat mir immer sehr gefallen. Vor allem Letzteres.«

»Wenn wir keine Statue beim Beginn der Konjunktion aufweisen können, bedeutet das einen ernsthaften Gesichtsverlust.«

»Wie ernsthaft?«

Der Ehrwürdige Heretius dreht seinen jungen Gefährten den Kopf zu und macht eine kurze Bewegung mit den Augen. Die beiden verbeugen sich und ziehen sich zurück. Als wir allein sind, sieht er mich an.

»Sehr ernsthaft. Ohne Statue können wir unser Konjunktionsritual nicht abhalten. Falls Vexial der Sehende seine eigene Statue bis dahin ersetzt hat, könnten die Mönche vom Wolkentempel in eine höchst schwierige Lage geraten.«

»Schlicht gesagt: Keine Statue – keine Mönche – kein Abt?«

Er nickt.

»Aber Vexial und der Sternentempel haben doch auch keine Statue. Haben sie eine neue in Auftrag gegeben?«

»Das glaube ich nicht. Ich nehme stattdessen an, dass sie für den Diebstahl der Statue von Rodinaax verantwortlich sind.«

»Wollt Ihr damit sagen, dass Vexial, ein Abt, stillschweigend die Ermordung von Rodinaax geduldet hat, damit er sich eine Statue unter seinen ehrwürdigen Nagel reißen konnte?«

»Das ist sehr gut möglich. Vexial ist rücksichtslos. Ich glaube zwar nicht, dass seine Mönche vorsätzlich einen Mord planen würden, aber wer weiß, was misslungen sein kann, als sie versucht haben, sich der Statue zu bemächtigen, die für den Schrein bestimmt war? Oder aber er hat andere beauftragt, die diese Aufgabe für ihn ausführten und nicht wussten, was passieren würde. Wie auch immer, mit diesen beiden Dingen, dem Diebstahl und dem Mord, hat Vexial einen verheerenden Schlag gegen mich geführt. Rodinaax' Tod bedeutet für mich, dass unser eigenes Götterbildnis vielleicht nicht rechtzeitig fertig wird und er dagegen ein beeindruckendes neues für sein eigenes Kloster gewinnen kann. Wenn das noch so ist, wenn die Dreifach-Mond-Konstellation eintritt, dann wird sein Tempel über unseren herrschen.«

»Das heißt, Ihr hättet verloren?«

»Genau. Und ich möchte nicht, dass meine Gefolgsleute zu Vexial zurückkehren.«

Ich denke darüber nach, nehme mir ein Bier aus einem Kasten im Regal neben mir, öffne es, trinke es und denke weiter nach.

»Wozu genau wollt Ihr mich engagieren? Wenn ich die Statue finde, kann ich sie Euch nicht aushändigen. Sie ist für den Schrein gemacht worden und gehört der Stadt.«

Das ist dem Ehrwürdigen Heretius natürlich vollkommen klar. Es stört ihn auch gar nicht, wenn sie den Behörden zurückgegeben wird. Er will nur nicht, dass sie Vexial in die Finger fällt. Offenbar ist es nicht schlimm, wenn keiner von beiden eine Statue hat. Natürlich würde es Heretius ganz und gar nicht stören, wenn dabei noch herauskäme, dass Vexial der

Sehende hinter dem Mord steckt. Wenn ich das beweisen könnte, wäre Vexial aus dem Verkehr gezogen, und das würde Heretius kein bisschen bedauern.

»Wenn er nicht dahinter steckt und Ihr die Statue der Stadt zurückgebt, werden unsere beiden Tempel wenigstens an ihren eigenen Verdiensten gemessen werden.«

»Aber wenn niemand die Statue entdeckt und sie auf dem Podest im Sternentempel auftaucht, dann könnten Euch Eure jungen Mönche davonlaufen?«

Er nickt.

»Ihr wisst, dass ich bereits in dem Fall engagiert bin? Ich bin zwar nicht beauftragt worden, die Statue zu beschaffen, aber ich suche nach dem Mörder von Rodinaax.«

»Ist es nicht sehr wahrscheinlich, dass Ihr im Zuge Eurer Ermittlungen in diesem Mordfall auch die Statue findet?«

»Natürlich ist das sehr wahrscheinlich. Ich werde Vexial auch ins Gefängnis bringen, sollte sich herausstellen, dass er die Verantwortung für den Mord an dem Bildhauer trägt.«

Der Ehrwürdige Heretius wirkt keineswegs schockiert von der Aussicht, dass Vexial im Gefängnis landen könnte. Er betont nochmals seine Einschätzung, dass Vexial zu allem fähig sei. Dieser Konsubstanzialitäts-Disput muss recht heftig gewesen sein.

Ich will wissen, ob er eine Ahnung hat, wo die Statue sein könnte. Dass sie in meiner Tasche ist, errät er bestimmt nicht, aber ich bin trotzdem gespannt, wie viel Heretius weiß.

»Nein, aber ich glaube, dass sie den Sternentempel noch nicht erreicht hat.«

»Warum?«

»Ich verfüge über Mittel und Wege, Informationen von dort zu erhalten.«

»Ihr meint, Ihr habt ihm einen Kuckuck im Nest gelassen?«

»Wie bitte?«

»Ihr habt einen Spion im Kloster.«

Das möchte er dann doch lieber nicht beantworten.

»Also, Heretius, Ihr wollt im Grunde, dass ich Vexial daran hindere, diese Statue zu bekommen. Ihr engagiert mich dafür, dass ich sie finde und den Behörden zurückgebe.«

Er nickt. Ich kann keinen Grund finden, sein Geld nicht zu nehmen. Denn ich werde sie den Behörden sowieso zurückgeben, sobald ich keine Verwendung mehr für sie habe.

Ich nehme meine üblichen dreißig Gurans Vorschuss.

Dann frage ich ihn, ob er während seines Aufenthalts in Turai zufällig auf Mönche aus dem Sternentempel gestoßen ist. Das verneint er, der alte Lügner. Immerhin habe ich sie kämpfen sehen.

»Eines noch: Warum nennt man ihn Vexial den Sehenden? Ist er ein Prophet?«

»Nicht wirklich. Aber er sieht sehr weit – und zwar in alle Richtungen. Es gibt nicht viel, von dem er nichts weiß.«

Heretius verabschiedet sich. In der Tür stößt er mit Dandelion zusammen.

»Schicke Kutte«, sagt Dandelion und betrachtet bewundernd die gelbe Robe.

Heretius lächelt gezwungen und geht. Vermutlich hat er es nur seiner eisenharten Ausbildung zum Kampfmönch zu verdanken, dass er nicht unwillkürlich vor Dandelion zurückzuckt. Ich selbst starre mit unverhülltem Widerwillen auf ihre nackten Füße und die bunten Blumen in ihrem Haar.

»Astral Trippelmond lässt dir sagen, dass er dir bestimmt helfen kann«, berichtet sie.

Sie mochte Astral. Vor allem gefielen ihr sein Regenbogenmantel und der bunte Hut, den er zu bestimmten Gelegenheiten trägt.

»Ich weiß allerdings nicht, ob er viel von den Sternen weiß. Er hat mir nicht geglaubt, als ich ihm sagte, dass jeder, der im Zeichen des Drachen geboren worden ist, ein glückliches Jahr haben würde. Ich habe versprochen, ihn noch einmal zu besuchen und ihm davon zu erzählen.«

Armer Astral.

Dandelion fängt wieder an, von den Delfinen zu plappern. Offenbar leiden sie ohne ihren Heilstein wirklich sehr. Sie kann einfach nicht verstehen, warum ich nicht helfen will.

»Sie sind sehr aufgebracht darüber, dass du ihnen nicht helfen willst.«

»Ach was! Und woher weißt du das?«

»Na, sie haben es mir natürlich gesagt.«

Hmpf. Delfine können nicht wirklich sprechen. Es ist nur ein Ammenmärchen. Ich male mir das traurige Bild aus, wie Dandelion am Ufer des Meeres hockt und auf einige verwirrt dreinblickende Delfine einplappert. Die armen Delfine. Ich sage ihr, dass ich zu tun habe, und scheuche sie aus meinem Büro. Ich muss nachdenken.

Ich koste diesen seltenen Moment der Ruhe und des Friedens in vollen Zügen aus, ziehe meine Zauberbücher zurate und trichtere mir den Schlafzauber ins Gedächtnis. Unglücklicherweise ist es eine Eigenart der Magie, dass einem Magier die Zaubersprüche nicht im Gedächtnis bleiben, ganz gleich, wie gut er auch sein mag. Sobald man sie benutzt hat, verschwinden sie aus der Erinnerung, und man muss sie wieder aufs Neue lernen.

Kaum habe ich den Schlafzauber verinnerlicht, fühle ich mich besser. Ich habe nämlich so eine bedrohliche Ahnung, dass ich es über kurz oder lang mit Kampfmönchen zu tun bekomme. Und wie ich sie durch die Luft habe fliegen und nach den Köpfen ihrer Gegner treten sehen, gelüstet es mich keineswegs nach einer direkten Auseinandersetzung. Jeder, dem der Sinn danach steht, nach meinem Kopf zu treten, wird den Schlaf des Gerechten schlafen, noch bevor er auf dem Boden aufschlägt.

Matahari taucht auf. Ich deute an, dass sie in meiner Unterkunft etwa so willkommen ist wie ein Orgk bei einer Elfenhochzeit, und schmeiße sie hinaus.

»Geh, und verkriech dich in Makris Zimmer. Wenn du keinen Platz findest, hock dich auf Dandelions Schultern. Dann kannst du sie gleich fragen, ob dein Horoskop verrät, wie du aus der Stadt fliehen kannst.«

Ich setze mich mit einem frischen Bier in meinen Lieblingssessel und denke nach.

8. KAPITEL

Als ich Makri von Heretius berichte, ist sie beeindruckt. »Das ist doch genau der richtige Fall für dich, Thraxas. Jemand engagiert dich, damit du etwas suchst, das du schon gefunden hast. Ich nehme an, dass du es noch ein bisschen länger hinziehst, damit du mehr Honorar bekommst?«

»Sehr amüsant, Makri. Die Innungshochschule hat Bemerkenswertes bewirkt, jedenfalls was deinen Sarkasmus angeht. Ich habe ihm nicht erzählt, dass ich die Statue habe, weil ich sie noch brauche. Ich versuche nämlich immer noch, Gesox' Unschuld zu beweisen, schon vergessen? Und die Statue ist ein Beweisstück.«

Makri ist noch beeindruckter, als ich ihr die gewaltige Statue in dem kleinen Beutel zeige.

»Ich mag es, wie der Magische Raum aussieht. Alles ist so rot. Können wir hineingehen?«

»Auf keinen Fall. Es ist sehr gefährlich, den Magischen Raum zu betreten. Mein alter Lehrer hat es mir strengstens verboten.«

»Glaubst du, dass Vexial der Sehende Rodinaax erstochen hat?« Makri ist in alle Einzelheiten des Falles eingeweiht.

»Es sieht zumindest so aus, als könnte er dahinter stecken. Was mir ganz recht wäre. Falls ich das beweisen kann, hole ich damit Gesox aus dem Gefängnis und versetze Tholius einen empfindlichen Schlag. Aber all das erklärt trotzdem nicht, was die Statue hier in dem Beutel zu suchen hat. Warum ist sie in der Tasche dieses Zauberers gelandet? Wenn die Schläger, die versucht haben, mich umzubringen, in Vexials Diensten standen, warum haben sie ihm dann die Statue nicht gegeben?«

»Vielleicht konnten sie es einfach nicht erwarten, dich anzugreifen.«

»Möglich. Ich löse so ein Verlangen bei vielen Leuten aus. Aber wie kommen sie an den Beutel mit der Statue?«

»Vielleicht nur durch Zufall?«, vermutet Makri. »Vielleicht haben sie ihn gestohlen oder ihn in einer Kaschemme gekauft. Wer auch immer Thalius Scheelauge den Beutel weggenommen hat, muss nicht unbedingt gewusst haben, was sich darin befunden hat.«

Das ist allerdings möglich. Es wäre zwar ein ziemlich großer Zufall, aber es ist keineswegs ausgeschlossen, dass mein verblichener Widersacher Thalius ausgeraubt und sich dann nach ZwölfSeen begeben hat, um sich dort eine Weile zu verkriechen. Aber so ganz überzeugt bin ich noch nicht. Ich kann mir eher vorstellen, dass Bibendis ziemlich weit danebenliegt, wenn sie glaubt, dass ihr Vater wegen einer nicht bezahlten Boah-Lieferung sterben musste. Vermutlich war dieser Beutel hier der wahre Grund. Und das bedeutet, der Mörder ist eine ziemlich rücksichtslose Person. Denn er hätte nur getötet, um sich ein Mittel zu beschaffen, mit dem man eine Statue aus der Stadt schaffen kann, ohne dass jemand etwas davon merkt.

»Ich habe es hier mit einem brutalen Mörder zu tun, Makri. Er hat einen Zauberer umgebracht und auch noch den besten Bildhauer der Stadt. Weißt du, dass Thalius mit einer Armbrust getötet wurde?«

»Ich dachte, er wäre von einem Diener vergiftet worden.«

»Diese Version haben die Behörden in die Welt gesetzt. Er war in den Boah-Handel verwickelt. Vermutlich hat er das Zeug zu Prinz Frisen-Lackal in den Palast geschafft. Konsul Kahlius wollte sicher dem alten Skandal keine neue Nahrung geben. Es ist erst zwei Monate her, seit der Drogenkonsum des Prinzen beinah an die Öffentlichkeit gelangt ist. Erinnerst du dich noch an eine rücksichtslose Mörderin mit einem Hang zu Armbrüsten?«

»Sicher. Sarin die Gnadenlose.«

Genau. Sarin die Gnadenlose. Ich habe sie vor Jahren aus

der Stadt vertrieben, als sie noch nicht mehr als ein Großmaul war, das seinen Worten keine Taten folgen ließ. Aber kürzlich tauchte Sarin wieder auf und war erheblich gefährlicher. Sie hatte ihre Kampftechnik vier Jahre lang in einem Kloster bei Kampfmönchen verfeinert. Ich weise Makri auf die Verbindung zu den Kampfmönchen hin, und sie stimmt mir zu, dass wir es möglicherweise wieder mit Sarin zu tun haben.

»Bist du nach der letzten Lektion noch sehr scharf darauf, sie wieder zu sehen?«

»Was meinst du mit: ›nach der letzten Lektion‹?«, will ich wissen.

»Hat sie da nicht gewonnen?«

Für diese Unterstellung habe ich nur blanken Hohn übrig: »Gewonnen? Gegen mich? Also bitte, wirklich! Ich habe sie nur davonkommen lassen, weil ich gerade anderweitig beschäftigt war. Ich musste schließlich die ganze Stadt vor der Vernichtung bewahren! Wenn sie es wagen sollte, ihre Nase noch einmal hier zu zeigen, dann werde ich über sie kommen wie ein böser Zauberfluch. Außerdem war es ein sehr geschickter Schachzug, sie zu befreien. Damit erhöht sich die Belohnung, wenn ich sie diesmal endgültig festnagele. Diese kurz geschorene, armbrustschwingende Mörderin wird mir nicht zweimal durch die Lappen gehen!«

Makri zündet sich eine Thazis-Rolle an, inhaliert einige Male tief und reicht sie dann an mich weiter. Ich schenke uns etwas Kleeh ein. Makri tränen die Augen, als sie das scharfe Gesöff herunterkippt.

»Warum trinkst du bloß dieses Zeug?«, will sie wissen. »In den Sklavengruben hätten wir einen Aufstand angezettelt, wenn sie uns so etwas serviert hätten.«

»Das ist erstklassiger Kleeh. Willst du noch ein Glas?«

»Na klar.«

Draußen gibt es einen Aufruhr, als sich ein Steinmetz und ein Architekt in die Haare geraten. Ich höre, dass die Sprecher der Handwerker sich bei ihren Gilden beschwert haben, weil sie nur noch mit drittklassigem Material beliefert werden. Was allerdings keine große Überraschung ist. Der König hat die Staatskasse geöffnet, aus der viele Reparaturen in der Stadt bezahlt werden. Aber wenn erst einmal Prätoren, Präfekten, Angestellte und die Bruderschaft ihren Obolus abgezweigt haben, dürfte wohl kaum noch genug übrig sein, um gute Steine oder gar Marmor zu kaufen.

»Weißt du, Makri, die ganze Sache stinkt zum Himmel. Laut Aussage des Ehrwürdigen Heretius ist die Statue sehr wichtig, sowohl für den Wolkentempel als auch den Sternentempel, weil die jungen Mönche einen Abt ohne eine gute Statue von Sankt Quaxinius etwa genauso Ehrfurcht einflößend finden wie einen Eunuchen in einem Bordell. Aber ich weiß nicht, ob ich das glauben soll. Warum hat Heretius nicht daran gedacht, bevor er diesen Zwist vom Zaun brach und seinen eigenen Tempel gegründet hat?«

»Heretius hat doch gesagt, dass er seine eigene Statue bei Rodinaax bestellt hatte. Vexial könnte Rodinaax umgebracht haben, damit er die Statue nicht beendete oder damit er sie für sich selbst stehlen konnte.«

Das habe ich nicht bedacht. Trotzdem scheinen mir Zweifel angebracht. »Es könnte tatsächlich wahr sein. Aber jedenfalls hat der Ehrwürdige Heretius gelogen, als er behauptete, keine anderen Mönche in der Stadt getroffen zu haben. Wenn er in Wirklichkeit nur hinter der Statue her ist, um sie in seinen Tempel zu holen, und mich dafür benutzt, sie aufzuspüren? Er wäre nicht der erste Verbrecher, der mich als Spürhund einsetzen will, um etwas für ihn zu suchen.«

»Das hast du nun davon, dass du so gut darin bist, Sachen zu finden. Trotzdem, du hast die Statue, also solltest du dir keine allzu großen Sorgen über die Einzelheiten machen. Sorg einfach nur dafür, dass Heretius sie dir nicht stehlen kann. Und was willst du jetzt mit Gesox anfangen? Ich habe gehört, dass sein Verfahren in zwei Tagen beginnt.«

Ich runzle die Stirn. Plötzlich fühle ich die Hitze wieder

und bemerke die trockene, stickige Luft. In dieser verdammten Stadt ist jeder Sommer so. Man glaubt gerade, dass es unmöglich heißer werden kann, und schon klettert die Temperatur um ein paar weitere Grade. Zwei Flugratten lassen sich draußen auf das Fensterbrett fallen. Sie sind zu erschöpft, um noch weiterfliegen zu können. Ich starre sie mürrisch an. Die Viecher gehören nicht gerade zu meinen Lieblingstieren.

»Ich hatte eigentlich gehofft, dass Astral Trippelmond die Aura des Mörders aufspüren könnte, sobald ich die Statue gefunden habe. Aber da sie jetzt im Magischen Raum gewesen ist, wird das nicht funktionieren. Was mich wieder auf die eher profane Tätigkeit zurückwirft, Zeugen zu suchen. Ich muss mit Rodinaax' Frau sprechen. Was sie weiß, liefert zusammen mit Heretius' Aussage vielleicht genügend Beweise gegen Vexial den Sehenden.«

Es ist verwirrend, dass Lolitia bis jetzt noch nicht aufgetaucht ist. In dieser Stadt kann man nicht so einfach verschwinden, außer man ist sehr geschickt darin, seine Spuren zu verwischen. Und das kann ich mir bei ihr nicht vorstellen. Aber wenn sie keine anderen Verwandten hat außer ihrem Bruder und keine Freunde, von denen irgendjemand weiß, wohin will sie sich dann wenden? Pensionen kosten Geld. Außerdem hat sie die Zivilgarde sicher überprüft.

»Ich muss mit ihr sprechen. Vielleicht weiß sie aber auch, wer der Mörder ist, und hat jetzt Angst, sich zu zeigen.«

»Vielleicht weiß sie aber auch, wer der Mörder ist, und der Mörder fand es besser, sie deswegen gleich umzubringen«, spekuliert Makri. Ich muss zugeben, dass dies durchaus im Bereich des Möglichen liegt. Aber das Bild im Kuriya-Becken hat mir eher den Eindruck vermittelt, dass Lolitia noch am Leben ist. Und in einer weißen Villa lebt. Leider gibt es eine ganze Menge weißer Villen in Thamlin.

Wer auch immer Rodinaax ermordet hat, muss die magische Tasche zur Hand gehabt haben, um die Statue darin verschwinden zu lassen. Das macht es so gut wie sicher, dass

Thalius Scheelauge zuerst ermordet wurde. Mir schwindelt. Ich merke, dass ich mich wieder mal in zu viele Fällen auf einmal verstrickt habe – eine schlechte Angewohnheit von mir.

»Also löchere mich jetzt bloß nicht wegen der Delfine. Ich habe nicht mal Zeit genug, um überhaupt an sie zu denken. Und halt mir Matahari vom Hals. Die Bruderschaft verstärkt ihre Suchanstrengungen. Wir sollten lieber hoffen, dass Astral Trippelmond wirklich imstande ist, den Verstörungszauber zu verbessern, und wir sie weiterhin versteckt halten können. Vielleicht gelingt es uns ja, sie in ein oder zwei Tagen an einen sicheren Ort zu bringen.«

Makri hat läuten hören, dass sich das Gaststättengewerbe an höherer Stelle über die Garde beschwert hat, weil die bei der Suche nach dem Mörder des Gastwirtes versagt habe.

»Sie fordern, dass das Justizdomizil einen höherrangigen Zauberer auf den Fall ansetzt.«

»Na klasse. Und wie hast du das erfahren?«

»Bei einem Kränzchen der Vereinigung der Frauenzimmer. Eines unserer Mitglieder arbeitet als Köchin im Justizdomizil.«

Ich knurre. Zwar genießen Wirte keinen übermäßig hohen gesellschaftlichen Stellenwert in Turai, aber ihre Gewerbevertretung verfügt über verblüffend gute Verbindungen. Na ja, so verblüffend ist das wohl auch nicht. Selbst Prätoren und Senatoren heben eben gern mal einen. Und da das Gaststättengewerbe viele … hm, sagen wir Geschäftsinteressen mit der Bruderschaft und dem Freundeskreis teilt, ist man nicht gerade gut beraten, sich mit dieser Zunft anzulegen. Wenn sich jetzt auch noch die Zivilgarde engagierter mit dem Fall beschäftigt, stecke ich wirklich in der Klemme.

Und dann lauern da ja auch noch die Mönche. Vielleicht sogar Sarin die Gnadenlose. Ein weniger handfester Mann, als ich einer bin, würde sicher in die Knie gehen. Ich dagegen gehe nur nach unten, um mich mit Tanroses Eintopf und einem Bierchen zu stärken. Wenn ich losziehe und Rodinaax' flüchtige Witwe suche, brauche so viel Energie wie möglich.

Makri hat heute ihren freien Abend. Eigentlich will sie den Nachmittag damit verbringen, eine Rede für ihr Rhetorikseminar einzuüben. Und zwar vor Publikum. Ihr Vorhaben löst in der *Rächenden Axt* beträchtliche Heiterkeit aus. Einige herzlose Subjekte, wie ich zum Beispiel, weisen sogar darauf hin, dass Makris Stimme zwar ganz hervorragend dafür geeignet ist, in einer Gladiatorenarena heisere Todesdrohungen auszustoßen, aber weit weniger bis gar nicht für die Kunst der geschliffenen Rede taugt. Makri ignoriert den Spott, entschließt sich aber dennoch, ihre Rezitation zu verschieben und stattdessen mit mir auszugehen. Sie begründet das damit, dass es ihr in letzter Zeit an Bewegung mangele. Und mich vor einer Bande ausgeflippter Kampfmönche zu retten wäre, so sagt sie, genau die richtige Leibesübung.

Ich schnalle mir mein Schwert um und stecke ein Messer in die kleine Scheide, die an der Rückseite meines Gürtels eingearbeitet ist. Makri trägt ihre beiden Schwerter, die mehr oder weniger von ihrem Mantel verhüllt werden, und schiebt sich in jeden Stiefel ein langes Messer. Wie üblich fühlt sie sich ohne ihre Axt etwas nackt, aber es wäre zu auffällig, wenn sie die auch noch mitschleppen würde. Es gibt zwar keinen rechtlichen Grund, aus dem eine Frau nicht mit einer Axt in Turai spazieren gehen dürfte, aber es ist nicht unbedingt ein alltäglicher Anblick. Eine voll bewaffnete Makri, geschmeidig, stark und mit je einer Klinge pro Himmelsrichtung, bietet für die Zivilgarde einen höchst beunruhigenden Anblick. Normalerweise wird sie dann häufig angehalten und spontanen Verhören unterzogen, was ein wenig hinderlich ist, wenn wir gerade an einem Fall arbeiten. Außerdem bekommen wir, wenn Makri bis an die Zähne bewaffnet ist, keinen Zutritt zu den vornehmeren Etablissements.

Makri mault immer noch, während wir uns schon einen Weg durch Schlaglöcher, Fischköpfe und das breite Sortiment an anderem Abfall bahnen, das den Quintessenzweg verschönt.

»Man weiß nie, wann man eine Axt gebrauchen kann. Ich habe einmal in den Gladiatorengruben gegen vier Orgks gekämpft, als mein Schwert zerbrach. Mein anderes Schwert ist kurz danach im Brustkorb des zweiten Orgk stecken geblieben. Ich musste die beiden anderen mit meinem Messer erledigen, und als ich den letzten erstochen habe, ist mir die Klinge auch noch abgebrochen. Ich meine, das war doch Pech, oder? Es hätte sich allerdings auch um Zauberei handeln können, weil ich zu der Zeit schon unangefochtene Meisterin aller Klassen war. Einige Orgk-Lords waren eifersüchtig auf meinen Erfolg und sauer über die Art und Weise, wie ich ihre Gladiatoren reihenweise massakrierte. Und genau in dem Moment, als ich keine Waffe mehr hatte, haben sie diesen gewaltigen Troll in die Arena geworfen. Er hatte einen drei Meter langen Speer dabei und war mit einer Keule bewaffnet, die so groß war wie eine ausgewachsene Frau. Das zeigt es mal wieder.«

»Was zeigt es?«

»Dass man nie ohne seine Axt aus dem Haus gehen soll.«

»Wir müssen es einfach riskieren und hoffen, dass wir am Ende des Quintessenzweges keinem riesigen Troll begegnen. Was ist passiert? Hast du den Troll mit bloßen Händen erledigt?«

»Nein. Dafür sind Trolle zu stark. Ich bin die Wand zur Galerie der Orgk-Lords hochgeklettert. Sein Hauptleibwächter hat sich mir entgegengestellt, also habe ich ihm sein Schwert aus der Hand gewunden, ihn damit erschlagen und bin wieder zurück in die Arena gesprungen. Das ganze Hin und Her hat den Troll völlig überfordert, und so konnte ich ihn in Stücke hacken. Aber mittlerweile war der Orgk-Lord stinkesauer, weil ich seinen Lieblingsleibwächter umgebracht hatte, und hat den Rest seiner Leibgarde in die Arena geschickt. Es waren acht Orgks. Und alle trugen Kettenpanzer. Eine Weile stand die Sache ziemlich auf Messers Schneide. Immerhin haben die acht Kerle mich ziemlich herumgescheucht, und ich hatte nur ein Schwert, um mich zu verteidigen. Aber nachdem ich zwei umgesäbelt hatte, konnte ich ein zweites Schwert erbeuten. Und sobald ich erst wieder in jeder Hand ein Schwert hielt, habe ich sie einfach niedergemäht. Du hättest die Zuschauer sehen sollen. Die waren völlig aus dem Häuschen. Ich habe die längste stehende Ovation bekommen, die jemals einer Gladiatorin gewährt wurde.«

Ich werfe Makri einen kurzen Seitenblick zu. Als sie vor etwa einem Jahr in Turai auftauchte, war eine ihrer bemerkenswertesten Eigenschaften, dass sie nicht lügen konnte. Aber sie hat in letzter Zeit offenbar sehr schnell aufgeholt und viel gelernt, vor allem von mir.

»Ist diese Geschichte wahr? Oder übst du nur deine Rede für dein Rhetorikseminar?«

»Natürlich ist sie wahr. Warum sollte sie nicht wahr sein? Glaubst du etwa, ich könnte keine dreizehn Orgks und einen Troll erledigen? Aber wo du es gerade erwähnst ... Es wäre tatsächlich eine gute Rede.«

»Über welches Thema sollst du denn sprechen?«

»Wie lebe ich friedlich in einer feindlichen Welt.«

»Na, dann wünsche ich dir viel Glück!«

»Das werde ich brauchen. Mein letztes Rhetorik-Examen ist nicht besonders gut gelaufen.«

Wir lassen uns von einem Mietlandauer durch die Stadt kutschieren. Es ist so heiß wie im Orgkus, und es wird einfach nicht kühler, selbst wenn sich der Tag dem Ende zuneigt. Ich dirigiere den Kutscher zu der Mietskaserne, in der Gesox ein kleines Zimmerchen hat. Niemand in dem ganzen Haus scheint etwas über ihn zu wissen. Die Nachbarn haben ihn kaum gesehen und glauben auch nicht, dass er irgendwelche Verwandten hat. Außerdem hoffen sie inständig, dass er gehenkt wird. Schließlich hat er unseren berühmtesten Künstler umgebracht!

Ich durchsuche sein Zimmer, aber vergeblich. Weder finde ich etwas Interessantes, noch stoße ich auf etwas Verbotenes.

Es ist einfach nur eine schäbige kleine Bude für einen Bildhauer-Schüler, der sich nichts Besseres leisten kann. Die Bodendielen sind kahl. Die Wände sind rußig vom Kerzenrauch. Von oben ertönen die schrillen Schreie eines ungezogenen Görs und das hoffnungslose Gekreische einer überforderten Mutter. Es schüttelt mich.

»Lass uns bloß machen, dass wir hier rauskommen!«, sage ich. »Das deprimiert mich.«

Der arme Gesox. Keine Freunde und keine Verwandten. Und dann musste er ganz allein in diesem elenden Zimmerchen hausen. Ich kann nachvollziehen, dass er mit Rodinaax' Frau etwas Abwechslung von seinem trostlosen Dasein genießen wollte.

Wir wenden uns nach Norden. Wir wollen bei Lisutaris, der Herrin des Himmels, vorbeischauen. Lisutaris ist eine mächtige Zauberin, und sie hat nichts mit irgendwelchen Bonzen in Turai zu schaffen. Außerdem bezieht sie ein großes, unabhängiges Einkommen und muss weder im Justizdomizil noch im Palast arbeiten oder etwa Horoskope erstellen oder Glücksamulette für begüterte Bürger basteln. Das ist auch ganz gut so, denn Lisutaris hängt den ganzen Tag an ihrer Thazis-Wasserpfeife und befindet sich permanent in ihrem höchsteigenen Himmel.

Ich habe ihr vor einigen Monaten aus einer Kalamität geholfen, also ist sie vielleicht auch bereit, mir jetzt einen Gefallen zu tun, obwohl ich mich nicht darauf verlasse. Makri ist da weit optimistischer. Sie hat Lisutaris bei einigen Treffen der Vereinigung der Frauenzimmer getroffen, und die Zauberin war durchaus freundlich zu ihr. Ganz im Gegensatz zu einigen anderen vornehmen Damen, wie Makri knurrend ausführte. Selbst die Vereinigung der Frauenzimmer scheint nicht frei von Standesdünkel zu sein, vor allem gegen jemanden, der Orgk-Blut in seinen Adern hat. Einige Senatorengattinnen weigerten sich sogar rundheraus, sich mit Makri im selben Zimmer aufzuhalten.

Unser Mietlandauer stoppt in einer schmalen Straße, weil uns ein Gemüsekarren den Weg versperrt. Unser Kutscher bellt einige herzhafte Beschimpfungen, aber nichts passiert. Der andere Kutscher scheint verschwunden zu sein. Jedenfalls rührt sich der Karren nicht von der Stelle. Wir sehen uns um, während unser Kutscher sich an die schwierige Aufgabe macht, sein Gefährt in der schmalen Gasse zu wenden. Hinter uns stehen fünf Mönche in roten Roben. Sie haben uns durch dieses einfache Manöver in eine Sackgasse gelockt und versperren uns jetzt gelassen den Rückzug. Ein eher zierlicher Mönch mit einem jungenhaften Gesicht steht vor den vier anderen und winkt grüßend. Makri und ich springen aus dem Landauer und treten ihnen entgegen.

»Was wollt Ihr?«

»Die Statue von Sankt Quaxinius«, erwidert der kleine Mönch ruhig. Selbst seine Stimme ist gelassen. Und mir fällt auch auf, dass er im Gegensatz zum Rest der Bevölkerung in dieser Affenhitze überhaupt nicht schwitzt.

»Was habe ich damit zu schaffen?«

»Wir wissen, dass Ihr sie habt.«

Ich merke, wie ich die Geduld verliere. Was bildet sich dieser Knilch eigentlich ein? Er blockiert einfach meine Mietdroschke, während ich in einem wichtigen Auftrag unterwegs bin! Ich empfehle ihm, zum Orgkus zu fahren. Er tut mir nicht den Gefallen. Stattdessen bleibt er vollkommen entspannt stehen, was mich noch mehr in Rage bringt. Also versuche ich, ihn aus dem Weg zu schieben. Aber irgendwie weicht er mir aus. Jetzt verliere ich vollkommen die Beherrschung und versetze ihm einen wohl gezielten Schwinger in sein so aufreizend lächelndes Gesicht.

Mein Schlag geht jedoch ins Leere. Und dann schlägt er zu. Allerdings war der Hieb nicht auf mich gezielt, sondern auf die massive hölzerne Rückwand des Mietlandauers. Zu meiner Überraschung zerbirst das Holz unter der bloßen Faust des zierlichen Mannes splitternd in zwei Stücke.

»Wo befindet sich die Statue?«, wiederholt er.

Ich versuche, mein Schwert zu ziehen, aber noch bevor ich es aus der Scheide habe, trifft sein nächster Schlag mich, und ich segle rückwärts krachend in den Landauer. Ein Holzstück rammt mir in den Rücken, und ich sinke schwer atmend zu Boden.

Makri ist derweil zu dem Ergebnis gelangt, dass der kleine Mönch seinen Spaß gehabt hat, und zieht ihre Schwerter. Die Mönche zaubern einige merkwürdig rund geformte Klingen aus den weiten Ärmeln ihrer Kutten. Die Handgriffe sind mit einem langen Fingerschutz versehen. Die Roten benutzen sie, um Makris Klingen abzuwehren. Und es gelingt ihnen tatsächlich, Makris Schwerter zu blockieren. Das habe ich noch nie zuvor gesehen. Sie bewegen sich so unglaublich schnell, dass Makri im Handumdrehen umzingelt ist. Obwohl sie einen Hieb an der Schulter eines Gegners landen kann, wird sie von einem Tritt rücklings zu Boden geworfen. Sie konnte ihm nicht ausweichen. Sofort ist sie wieder auf den Beinen und landet selbst einen gut gezielten Tritt, bevor sie sich mit dem Rücken an eine Hauswand presst, damit niemand mehr hinter sie gelangen kann. Dort bleibt sie stehen und bildet mit ihren Schwertern einen undurchdringlichen Wall, während sie darauf wartet, dass die Gegner sie angreifen.

Ich rapple mich langsam wieder auf und gehe ein paar Schritte zur Seite, damit Makri mir nicht im Weg steht. Mein eigenes Schwert habe ich schon in meiner Hand, und ich würde trotz der beachtlichen Kampftechnik der Mönche mit Makri an meiner Seite jeden Tag gegen fünf Kerle antreten, ganz gleich, wie zierlich die sein mögen. Aber jetzt habe ich keine Zeit für Vergnügungen, und außerdem ist es zu heiß. Also lasse ich den Schlafzauber vom Stapel. Die fünf Mönche sinken augenblicklich zu Boden.

Makri wirbelt wütend zu mir herum. Ich weiß, dass sie diesen Einsatz von Magie als eine unehrenhafte Art und Weise ansieht, einen Kampf zu beenden, aber sie protestiert nicht.

Sie ist es wohl nicht gewöhnt, auf jemanden zu treffen, der hinter sie gelangen und ihr einen Tritt versetzen kann. Anscheinend hat sie das doch ziemlich beeindruckt.

Unser Kutscher ist viel mehr als nur beeindruckt. Er hockt bibbernd auf seinem Bock. Ich bitte ihn, den Gemüsekarren vor uns wegzufahren. Er gehorcht sofort, springt auf das Pferd und greift sich die Zügel, während ich die Mönche durchsuche. Aber ich finde nichts. Sie haben nicht mal Taschen in ihren Kutten, und keiner von ihnen hat einen Beutel dabei. Das Einzige, was sie mitführen, sind ihre merkwürdigen Klingen. Makri nimmt alle fünf für ihre Waffensammlung an sich.

Jetzt ist der Weg frei. Wir haben sicher nur ein paar Minuten, bis diese Kampfmönche wieder zu sich kommen. Weniger, wenn sie über eine kräftige Konstitution verfügen, was sie ja wahrscheinlich tun. Wir fahren so schnell, wie wir können, über die belebten Straßen.

Makri zieht vor Wut eine finstere Miene.

»Bist du wütend, dass ich sie schlafen gelegt habe?«

Sie schüttelt den Kopf.

»Nein, es ärgert mich, dass ich sie unterschätzt habe. Ich kann einfach nicht glauben, dass ich es zugelassen habe, mich von jemandem in den Rücken treten zu lassen.«

Damit verfällt sie für den Rest der Fahrt in brütendes Schweigen.

»Mach dir keine Sorgen«, rate ich ihr. »Du wirst ihnen zweifellos bald wieder begegnen. Dann bekommst du mehr als genug Gelegenheit, es ihnen heimzuzahlen.«

9. KAPITEL

Lisutaris, Herrin des Himmels, ist etwa in meinem Alter, hat sich allerdings erheblich besser gehalten. Vermutlich haben Zauberinnen, wohl im Gegensatz zu Hexen, ihre eigenen uralten Schönheitsrezepte, die ihnen gegen den Zahn der Zeit helfen. Aber mir hat noch keine auch nur eins davon verraten. Lisutaris hat ihr langes blondes Haar zu Zöpfen geflochten, die sich um ihren Kopf ringeln, bevor sie schließlich über ihre Schultern herabfallen. Diese Frisur wird von einer Art Tiara gehalten. Sie ist aus Silber, mit Perlen besetzt und entspricht dem Stil, den aristokratische Frauen bevorzugen.

Eine vornehme Turanierin widmet ihrem Haar viel Zeit und scheut dabei keine Mühe. Makri, die selbst stolze Trägerin einer gewaltigen, völlig ungebändigten Mähne ist, gießt bei jeder Gelegenheit jede Menge Hohn über solche Eitelkeit aus. Aber sie kann trotzdem nicht abstreiten, dass diese spezielle Frisur an Lisutaris sehr gut aussieht. Ebenso wie ihr auch der Regenbogenmantel sehr gut steht. Er ist offenbar von einem eleganteren Schnitt und von viel besserem Tuch als die Berufskleidung eines gewöhnlichen Zauberers.

Während meines letzten Besuches in Lisutaris' Heim hat draußen ein heulender Mob versucht, das Haus niederzubrennen, und überall lagen verwundete Zauberer auf dem Boden herum. Lisutaris lag zwar auch auf dem Boden, aber ihre Betäubung war auf ausführlichen Thazis-Konsum zurückzuführen und nicht auf eine Verletzung. Ich habe damals sogar einen Zauber in ihrem Arbeitszimmer gefunden, der das Wachstum der Pflanzen beschleunigt. Das erklärt vermutlich auch, wieso Lisutaris die meiste Zeit des Tages an ihrer großen Wasserpfeife hängt und den Rauch ihres besonders liebevoll gezogenen privaten Vorrats inhaliert.

Thazis ist in Turai immer noch illegal. Noch vor sechs Jahren hat die Zivilgarde Konsumenten strengstens verfolgt, wenn auch nur, um genug von dem Zeug sicherzustellen, damit sie es dann in aller Ruhe selbst qualmen konnten. Senatoren haben flammende Reden gegen die Legalisierung gehalten, den Gebrauch von Thazis verteufelt und es für den moralischen Verfall verantwortlich gemacht, der sich unaufhaltsam unter der Jugend unserer Nation breit mache. Und das alles, während sie selbst vollkommen zugedröhnt waren.

Doch seit Boah die Stadt überschwemmt, interessiert sich kein Mensch mehr für Thazis. Die meisten Leute nehmen die Droge als ein mildes Entspannungsmittel und als Gegengift für ihre Sorgen, obwohl nur wenige dieser Droge so enthusiastisch und ekstatisch anhängen wie Lisutaris. In bestimmten Kreisen ist sie dafür berühmt, dass sie eine neue Art Wasserpfeife erfunden hat, die einen höheren Durchzug erlaubt. Es könnte schlimmer sein. Wenigstens ist sie keine Boah-Süchtige. Dessen Konsum scheint zurzeit nämlich die beliebteste Freizeitbeschäftigung unter den Zauberern unserer Stadt zu sein.

Wir werden bei unserer Ankunft äußerst zuvorkommend empfangen. Ein Diener führt uns durch einen langen Flur in einen großen, luftigen Raum, mit grünen und goldenen Elfen-Gobelins an den Wänden und allen möglichen Pflanzen. Sie umgeben ein großes Panoramafenster, hinter dem man den weitläufigen Garten bewundern kann. In Thamlin hat jeder einen weitläufigen Garten, und dazu eine ganze Horde Gärtner auf der Gehaltsliste. Wenn nicht, ist man unten durch. Ein zweiter Diener bringt uns Wein und verkündet, dass Lisutaris gleich kommt.

Nach dem, was ich von der Villa gesehen habe, scheint auch Lisutaris vor der neuesten Mode klein beigegeben und einen Innenarchitekten verpflichtet zu haben. Vermutlich einen aus Ambientical. Ich kann mich noch an die Zeiten erinnern, als die Häuser von Zauberern mit endlosem Zauberkrimskrams voll gestopft waren, die auch keine noch so große Legion von Dienern lange staubfrei halten konnte. Aber eine modisch bewusste Frau wie Lisutaris war natürlich damit nicht mehr zufrieden. Seit die Goldminen den Wohlstand nach Turai bringen, kümmert sich jeder Vornehme in Thamlin vor allem um die Frage des Stils. Früher einmal ernteten Senatoren ihren Ruhm mit ihren Taten auf dem Schlachtfeld. Jetzt erringen sie ihn durch schick gestylte Wohnzimmer und besonders exquisit gepflegte Gärten. Mir gefällt das gar nicht, aber ich bin ja auch altmodisch. Außerdem habe ich keinen Garten.

Ich weiß nicht genau, wie ich Lisutaris mein Ansinnen vortragen soll. Es gehört sich nicht, einen Zauberer um Hilfe anzugehen, wenn man Leute sucht, es sei denn, dieser Zauberer bietet seine Dienste genau dafür an. Doch das tun nur wenige. Abgesehen von einigen Außenseitern wie mir, die ihre Ausbildung niemals abgeschlossen, ja kaum ernstlich begonnen haben, und Astral Trippelmond, der völlig in Ungnade gefallen ist, kümmern sich Zauberer in Turai selten um private kleine Unternehmungen. Entweder arbeiten sie für den König oder den Konsul oder tun das, was die Standardbeschäftigung unserer müßigen Oberschicht ist. Sie lassen arbeiten. Ermittlungen anzustellen ist weit unter ihrer Würde. Die Drecksarbeit überlässt man tunlichst der Zivilgarde. Oder mir. Wie der Rest der Bevölkerung sind auch Zauberer sehr erpicht auf die Wahrung ihres gesellschaftlichen Standes.

Das kurze Momentchen, bis Lisutaris kommt, entwickelt sich zu einer ausgewachsenen Ewigkeit. Und im selben Maß nimmt meine Geduld ab. Der Wein ist zwar hervorragend, aber ich habe keine Zeit, um ihn zu genießen. Makri brütet immer noch darüber, wie es geschehen konnte, dass ihr jemand in den Hintern getreten hat, und sitzt stocksteif auf ihrem Stuhl.

»Entspanne dich, Makri. Auch wenn du die Nummer eins bist, was Kämpfen angeht, bist du deshalb noch lange nicht unbesiegbar. Sie waren zu fünft, und sie waren alle sehr gut ausgebildet. Einige dieser Mönche haben ihr ganzes Leben in Klöstern verbracht und nichts anderes getan als gekämpft und gebetet.«

»Wenn wir uns das nächste Mal begegnen, haben sie allen Grund zu beten!«, verspricht Makri und stößt anschließend einige finstere Drohungen aus, was sie dann für sie auf Lager hat.

Lisutaris kommt schließlich doch noch. Ihr Blick wirkt irgendwie abwesend. Ein Diener führt sie zu einem Stuhl und versucht zu verbergen, dass er sie tatsächlich stützt. Ich seufze. Was hat dieser Zaubererberuf so an sich, dass seine Vertreter sich immer solchen Exzessen hingeben müssen?

»Kann ich Euch noch etwas bringen?«, fragt der Diener.

Ich bemerke, dass mein Humpen leer ist. »Noch eine Flasche Wein, wenn es geht.«

Lisutaris bekommt ihre Augen schließlich doch unter Kontrolle. Als sie Makri sieht, lächelt sie erkennend.

»Hallo ...«

»Makri.«

»Hallo ... Makri.«

Die Zauberin sieht mich an. Ich erkenne, dass sie keine Ahnung hat, wer ich bin. Also rufe ich ihr den Aufstand ins Gedächtnis.

»Ich habe Euch geohrfeigt.«

Na ja, das klingt ein bisschen missverständlich.

»Um Euch wach zu kriegen, meine ich. Damit Ihr das Feuer löscht.«

Sie schaut mich verständnislos an.

»Und dann habe ich den Mob zurückgehalten, der uns massakrieren wollte. Eigentlich haben Marihana und ich es zusammen gemacht. Prätor Zitzerius hat es später in seiner Lobrede als heldenhafte Tat gewürdigt.«

Lisutaris Blick ist immer noch bar jeden Verständnisses. »Meine Erinnerungen ... an diesen Tag sind etwas ... vernebelt. Es ist so viel passiert – das Feuer und die Aufstände –, und ich …«

Ihre Stimme verklingt, und ihr Blick gleitet zu den Elfengobelins. Lisutaris ist mit zierlichem Silberschmuck eindeutig elfischer Herkunft behängt und spielt gedankenverloren mit einer der schlanken Spangen, die ihre Handgelenke zieren. Wir sitzen schweigend da, während die Zauberin in einen der von Thazis inspirierten Träume versinkt, die sie in den Gobelins gefunden haben mag. Als erfahrene und angesehene Zauberin hat Lisutaris, Herrin des Himmels, natürlich einen großen Teil ihrer Lehrzeit unter den Elfen verbracht. Unsere Zauberer besuchen in ihren jungen Jahren alle die Südlichen lnseln, um zu studieren und zu lernen.

Ich selbst war auch auf den Südlichen Inseln, was nur wenige Turanianer von sich behaupten können. Die Inseln sind wunderschön. Und Verbrechen sind dort weitgehend unbekannt. Der Wein ist ausgezeichnet, nur Bier ist sehr schwer zu bekommen. Lisutaris glotzt weiter auf ihre Gobelins, und ich werde allmählich verlegen und auch ein bisschen gereizt. Ich habe dieser Frau vor ein paar Monaten das Leben gerettet. Es macht mir nichts aus, dass sie vergesslich ist, aber das erschwert es mir erheblich, sie um einen Gefallen zu bitten. Ich will die Frage gerade trotzdem stellen, als Makri mir zuvorkommt.

»Könnt Ihr uns helfen, jemanden zu suchen?«, fragt sie.

Die Herrin des Himmels reißt ihren Blick von den Gobelins los und richtet ihn auf Makri. Sie ist sichtlich überrascht. Makri hat natürlich keine Ahnung, wie ungezogen diese Frage ist.

»Ich soll nach jemandem … suchen?«

Einen Augenblick wirkt die Zauberin verärgert. Ich erwarte schon, dass sie uns gleich hinauswirft. Doch dann zuckt sie mit den Schultern und lächelt.

»Wenn Ihr gern möchtet. Wen sucht Ihr?«

Ich überlasse Makri die Erklärungen. Wie interessant! Anscheinend berechtigt ihre gemeinsame Mitgliedschaft bei der Vereinigung der Frauenzimmer sogar dazu, ein soziales Tabu zu brechen. Diese Frauenrechtlerinnen werden es sich eines Tages noch mit dem König und der Kirche verscherzen!

Lisutaris, Herrin des Himmels, greift gelassen zu einem seidenen Glockenstrang und bimmelt nach einem Diener. Von ihm lässt sie sich etwas Kuriya bringen. Er verschwindet und kommt augenblicklich mit einem goldenen Becken auf einem silbernen Tablett und einem kleinen goldenen Fläschchen zurück. Dann schiebt er einen kleinen Tisch vor Lisutaris und stellt das Tablett darauf, sodass sie es mühelos erreichen kann.

Lisutaris stärkt sich mit einem Schluck Wein, bevor sie das schwarze Kuriya aus dem Fläschchen in das Becken gießt. Ohne jede Vorbereitung wedelt sie mit der Hand über die Flüssigkeit. Innerhalb von Sekunden taucht ein Bild auf.

Ich beneide sie um ihre Macht. Ich brauche lange, um mich in den erforderlichen mentalen Zustand zu bringen, in dem ich ein Bildnis heraufbeschwören kann, und sie macht das aus dem Handgelenk und dann auch noch, während sie beinahe bis zur Besinnungslosigkeit berauscht ist. Ich hätte wohl doch eifriger studieren sollen!

»Ist dies das Haus, welches Ihr meint?«

Ich betrachte das Bild. Ja. Lisutaris konzentriert sich noch ein Weilchen länger.

»Es gehört einem Mann namens Osirius. Es befindet sich in der Nähe des Springbrunnens, der vor der südlichen Palastmauer steht.«

Ich danke Lisutaris überschwänglich. Sie blickt wieder in das dunkle Becken.

»Ich sehe, dass Osirius in letzter Zeit einige Schwierigkeiten hatte. Die Aura des Hauses ist gestört. Ich sehe auch, dass er unter einem anderen Namen bekannt ist.«

Zum ersten Mal wirkt sie, als müsse sie sich etwas anstrengen. »Konkavial?«, sagt sie schließlich. »Oder vielleicht Konvexial?«

»Nicht vielleicht Vexial?«, frage ich. »Vexial der Sehende?«

»Richtig. Vexial der Sehende. Na ja, mich sieht er jedenfalls nicht.«

Bei diesen Worten fängt die mächtige Zauberin vollkommen unpassenderweise zu kichern an und wirft sich schließlich vor Lachen kreischend auf ihrem Stuhl herum. Das Bildnis in dem Kuriya-Becken verblasst. Während ich mich noch über die unerwartete Entdeckung wundere, dass sich Rodinaax' Witwe im Stadthaus von Vexial dem Sehenden versteckt hält, lacht Lisutaris immer weiter, während sie unter Tränen die Worte herausstößt: »Er kann mich nicht sehen!«, was ihr offenbar unglaublich komisch vorkommt.

Sie zerrt an der Glockenschnur und befiehlt dem Diener, ihr die Wasserpfeife zu bringen. Und bietet uns an, das Pfeifchen mit ihr zu teilen. Makri will die Wasserpfeife unbedingt ausprobieren. Ich flüstere ihr zu, dass sie ziemlich blöde dastehen würde, wenn fünf feindselige Kampfmönche hinter ihr auftauchen, während sie von Lachkrämpfen geschüttelt wird.

Makris dunkle Augen werden bei dieser Vorstellung zu schwarzem Felsgestein, und sie lehnt das Angebot höflich ab. Wir danken Lisutaris, der Herrin des Himmels, und verabschieden uns. Draußen halten wir einen Mietlandauer an und fahren zur Südseite des Palastes. Hinter uns scheint Lisutaris das Leben im Allgemeinen immer noch höchst amüsant zu finden.

»Ist sie auch so auf euren Treffen?«, frage ich Makri.

»Ich darf keinem Mann von unseren Treffen was erzählen«, antwortet Makri.

»Weiß ich.«

Wir fahren weiter.

»Eigentlich ist sie noch viel schlimmer.« So viel zur Frauensolidarität. »Es überrascht mich, dass sie eine so gute Zauberin ist. Das war doch gute Zauberei, hab ich Recht?«

»Allerdings. Ich könnte solche Bilder nicht einmal heraufbeschwören, wenn ich einen Monat meditieren würde. Lisutaris ist genauso dekadent wie der Rest unserer Oberklasse, aber wenn es um Magie geht, ist sie unschlagbar. Außerdem hat sie wirklich einen ausgezeichneten Weinkeller. Wenn du ihr das nächste Mal bei einem Treffen begegnest, dann lade uns doch mal bei ihr zum Abendessen ein. Vielleicht holt sie dann die Flaschen mit den Elfenreben heraus. Übrigens, wo haltet ihr eure Treffen eigentlich ab?«

»Das darf ich nicht sagen.«

»Weißt du, dass Erzbischof Xaverius letzte Woche in seiner Rede vor dem Senat die Vereinigung der Frauenzimmer rundheraus als eine verruchte und gotteslästerliche Organisation verdammt hat?«

Makri sagt etwas Verruchtes und Gotteslästerliches über den Erzbischof.

Ein paar wichtige Persönlichkeiten fahren in schicken Kutschen an uns vorbei, aber ansonsten ist es hier auf den Straßen viel ruhiger als im Rest in der Stadt. Und auch viel sauberer. Selbst die Flugratten wirken proper. Makri überlegt laut, warum Vexial der Sehende, Mönch eines Klosters in den Bergen, eine Villa in Thamlin haben sollte. Das ist eine sehr gute Frage. Eine andere wäre: Warum ist Lolitia ausgerechnet dorthin geflohen?

Die Villa steht – wie nicht anders zu erwarten war – genau an der Stelle, zu der Lisutaris uns geschickt hat. Wir fahren vorbei, ohne anzuhalten. Es ist niemand zu sehen. Keine Sterbensseele, nicht mal ein Gärtner. Und auch keiner von der Sicherheits-Gilde. Es ist eigentlich üblich, dass solche Villen von einem eigenen Sicherheitsdienst bewacht werden, aber die Besitzer hier scheinen da eine Ausnahme zu machen.

In sicherer Entfernung bitte ich den Kutscher, uns abzusetzen. Makri und ich verlassen die Hauptstraße und verschwinden in einem Park, der meiner Meinung nach an die Rückseite des Hauses angrenzt. Nach einer mühevollen Krabbelei durch Dornenbüsche stehen wir vor einer massiven, drei Meter hohen Mauer, die von Metallspitzen gekrönt wird.

»Da sind wir. Das Haus ist auf der anderen Seite dieser Mauer.«

»Was machen wir jetzt?«

»Wir werfen einen Blick drauf?«

Die Hitze ist zwar immer noch erdrückend, aber ich fühle mich bestens. Wenn die Dinge sich zu sehr komplizieren, bin ich zwar rasch frustriert, aber wenn es um die Grundlagen der Ermittlungsarbeit geht, wie zum Beispiel, den Kopf über eine Mauer zu stecken und sich umzusehen, dann bin ich in meinem Element.

Im Park traten Kindermädchen und Tutoren, die ihre Mündel ausführten, beinah den jungen Armeehauptleuten auf die Zehen, die ihrerseits mit wohl behüteten jungen Damen flanierten. Aber hier sind wir so tief in das bewaldete Gebiet am Rand des Parks vorgedrungen, dass uns keiner mehr sehen kann. Makri bietet an, mich über die Mauer zu wuchten, aber ich beschließe, ihr keine Chance zu geben, mich wegen meines Gewichtes zu kritisieren, und stelle einen Baumstamm an die Wand, auf dem ich stehen kann. Damit bin ich groß genug, um über die Mauer zu spähen.

»Niemand in Sicht«, flüstere ich. »Los geht's!«

Makri sieht mich zweifelnd an. »Sicher?«

»Natürlich. Was hast du denn?«

»Keine Ahnung. Ich bin wahrscheinlich einfach nicht gewöhnt, über die Mauern von anderer Leute Grundstücke zu klettern.«

Das habe ich vergessen. Makri ist zwar eine unerschrockene Kämpferin, aber in den Grundlagen der Ermittlungsarbeit ist sie unerfahren. Und entsprechend auch darin, an Orten herumzuschnüffeln, an denen man absolut nichts zu suchen hat. Ich versichere ihr, dass ich so was jeden Tag vor dem Frühstück mache, lege meinen Umhang auf die Metallspitzen und ziehe mich über die Mauer. Auf der anderen Seite sinke ich leicht wie eine Feder zu Boden und gehe hinter einem Baum in Deckung. Sekunden später steht Makri neben mir. Es ist immer noch niemand zu sehen. Es wird rasch dunkel, als die Sonne in der Ferne hinter dem Dach des Palastes versinkt und ihre letzten Strahlen von den vergoldeten Turmspitzen reflektiert werden.

»Dringen wir einfach in die Villa ein? Was sagen wir, wenn man uns erwischt?«

»Wir denken uns eine Ausrede aus. Mir fällt immer was ein. Und lass dein Schwert in der Scheide. Wenn du jemanden umbringst, macht das die Sache nur komplizierter.«

Wir schleichen geduckt von Baum zu Baum, halten uns in Deckung und beobachten scharf die Gegend, während wir den langen Weg zur Villa zurücklegen.

»Ziemlich großer Garten!«, flüstert Makri.

»Das ist typisch für Thamlin. Meiner war riesig. Größer, als dass ich ihn zu Fuß ablaufen konnte.«

Jetzt bricht die Nacht schnell herein. Nur einer der Monde steht am Himmel, weit unten im Osten, und er wirft bloß ein spärliches Licht auf das Grundstück.

In der Nähe der Villa bieten einige große Büsche eine exzellente Deckung. Wir kriechen vor unserem entscheidenden Vorrücken auf die Villa zunächst in das Unterholz. Es ist mittlerweile dunkel, und immer noch brennt kein Licht im Haus. Das ist sehr merkwürdig. Selbst wenn der Eigentümer fort wäre, würden sich Diener um das Anwesen kümmern. Mich beschleicht ein leichtes Unbehagen. Wenn da drin etwa alle tot sein sollten, wäre es mir lieber, wenn nicht ich sie finden würde. Das passiert mir in letzter Zeit einfach zu häufig. Die Garde hat deswegen schon einen Spitznamen für mich: »Leichen-Säumen-Seinen-Pfad«-Thraxas.

Plötzlich öffnet sich die Hintertür, und einige Gestalten mit Kerzen in den Händen treten heraus. Sie schweigen. Ich renke mir fast die Augen aus, um zu erkennen, was da vor sich geht. Sie tragen etwas. Es sieht aus wie eine … Leiche. Natürlich. »Leichen-Säumen-Seinen-Pfad«-Thraxas hat wieder zugeschlagen. Ich bin sprungbereit und frage mich, in was ich da wieder gestolpert bin. Die Gestalten kommen auf uns zu. Es sind vier, und sie tragen einen fünften.

»Mönche«, flüstert Makri.

Sie hat recht. Kahlköpfige Mönche. Ich kann im Dunkeln leider die Farbe ihrer Kutten nicht erkennen. Sie kommen immer näher. Aber Nummer fünf lebt. Er bewegt sich, als die Mönche ihn behutsam auf den Boden legen, wo er sich aufrichtet und hinsetzt, als meditiere er. Schließlich knien sich die Mönche vor der Gestalt nieder, die sie abgesetzt haben, und starren ihn im dämmrigen Licht der Kerzen an. Aus ihrer ehrfürchtigen Haltung schließe ich, dass es sich bei der Person um Vexial den Sehenden handeln muss.

Meine Augen gewöhnen sich allmählich an das Dämmerlicht. Da tritt noch jemand an seine Seite. Die Person kann kein Mönch sein. Dafür hat sie zu viele Haare. Es ist eine junge Frau. Vermutlich Lolitia.

Vexial hebt die Hand, als wolle er sprechen und Aufmerksamkeit erheischen. Doch etwas lenkt ihn ab, und er hält inne. Dann dreht er den Kopf in unsere Richtung.

»Wer ist da?«, fragt er.

Wir erstarren. Ich schwöre, dass er uns in dieser Dunkelheit in der Deckung der Büsche unmöglich sehen konnte.

»Tretet hervor!«, befiehlt er. »Ihr könnt Euch vor Vexial dem Sehenden nicht verbergen.«

»Na gut«, erkläre ich und zeige mich in voller Lebensgröße. »Es wurde sowieso ein bisschen eng da drin. Ihr habt verdammt scharfe Augen. Aber das ist ja auch zu erwarten von … Vexial dem Sehenden.«

Die vier Mönche erheben sich sofort und bauen sich zwischen ihrem Anführer und mir auf.

»Was wollt Ihr?«, verlangt Vexial zu wissen. »Und was hat das zu bedeuten, dass Ihr uneingeladen in diesen Garten eindringt?«

Etwas ist merkwürdig an der Art, wie er da so hockt. Es scheint fast so, als würde die Frau an seiner Seite ihn in Wahrheit stützen. Mein erster Gedanke ist, dass ich mal wieder einen weiteren bedauerlichen Boah-Süchtigen vor Augen habe, aber seine Stimme ist dafür zu klar und zu sicher.

»Was ich will? Ein Wörtchen mit der jungen Dame reden, hauptsächlich. Und zwar über Gesox. Das ist der ehemalige Schüler des erst kürzlich verschiedenen Ehegatten dieser Dame, Rodinaax, und er ist jetzt ein im Kerker schmachtender Gefangener, der seinem Eil-Prozess und einer schnellen Hinrichtung entgegensieht. Und danach würde ich auch gern einige Worte mit Euch wechseln. Zum Beispiel darüber, warum Eure Mönche mich durch die ganze Stadt verfolgen, meine Zimmer durchwühlen und mir in dunklen Gassen auflauern!«

Noch mehr Mönche treten aus dem Haus und bauen sich in dem Dämmerlicht dicht hinter Vexial auf. Ich frage mich, wie viele sich wohl noch in der Villa aufhalten. Ich habe meinen Schlafzauber verbraucht und weiß nicht, mit wie vielen Kampfmönchen Makri und ich auf einmal fertig werden können.

Vexial will sprechen, hält aber erneut inne und stöhnt kaum hörbar auf. Sein Gesicht verzerrt sich. Offenbar hat er starke Schmerzen und ringt um seine Beherrschung. Seine Anhänger kümmern sich besorgt um ihn. Er ist eindeutig ein kranker Abt. Als Vexial vornübersinkt, nimmt Lolitia eine kleine Flasche aus ihrem Beutel und fängt an, seine Lippen und seine Stirn mit einer Flüssigkeit zu betupfen. Keiner der Mönche scheint eine Ahnung zu haben, was sie jetzt tun sollen. Sie sind alle jung, und ich merke, dass die Qualen ihres Anführers ihnen Angst einjagen. Ich trete vor und schiebe die Mönche beiseite.

»Was hat er denn?«

Lolitia sieht mich verzweifelt an. Niemand versucht, mich zu hindern, als ich die Kerze nehme und zu der Decke hinuntergreife, die über seinen Beinen liegt. Sie sind in einem bedauernswerten Zustand, verdreht und mehrfach gebrochen.

Zwar werden sie von Schienen und Bandagen gehalten, aber überall dringt Blut heraus, und die Haut ist an den Stellen, wo sie zu sehen ist, schwarz und vereitert. Es kann nicht mehr lange dauern, bis der Wundbrand einsetzt, falls er nicht schon längst in seinem Fleisch wütet. Ich würde sagen, dass Vexial der Sehende noch etwa einen Tag und eine Nacht zu leben hat, vielleicht sogar weniger.

10. KAPITEL

»Wir warten darauf, dass die Heiler endlich eintreffen«, erklärt mir Lolitia. Ihre Stimme klingt verzweifelt, beinah hoffnungslos. Zu Recht. Kein Heiler kann Vexial den Sehenden jetzt noch retten. Seine Beine sind so oft gebrochen, dass er sich vermutlich nur noch durch bloße Willenskraft und dank seiner strengen Ausbildung so lange am Leben halten konnte. Mit solchen Verletzungen hätten die meisten Menschen längst aufgegeben und wären gestorben.

»Was ist passiert?«

Lolitia antwortet nicht. Ich betrachte Vexial. Er schlägt für einen Moment die Augen auf und kämpft kurz gegen den Schmerz, dann sinkt sein Kopf nach vorn, und er verliert das Bewusstsein.

Noch mehr Lichter flammen im Haus auf, als die Heiler endlich eintreffen. Es sind zwei Frauen. Beide haben die grünen Segeltuchbeutel dabei, in denen die Heiler gewöhnlich ihre Medizin transportieren. Sie werden zusammen mit einem Mann in einem fließenden Umhang in den Garten geführt. Es sind eine Apothekerin, eine Kräuterkundige und ein Heiler. Na denn viel Glück.

Ich ziehe mich in Makris Versteck im Schatten zurück. Die Mönche umringen ihren Anführer, während die Heiler ihn untersuchen.

»Keine Chance«, murmele ich. »Sie hätten einen Bestattungsunternehmer holen sollen. Das würde ihnen eine Menge Zeit ersparen.«

Makri hat von Mönchen erst mal die Nase voll. Noch vor einer Stunde haben sie uns fast durch die ganze Stadt verfolgt. Und jetzt scheinen sie so besorgt um das Leiden ihres Anführers zu sein, dass sie uns keines Blickes mehr würdigen.

»Ich muss mit Lolitia sprechen. Sterbender Abt hin oder her, ich bin hier, um Gesox zu entlasten.«

Man hat für die Heiler Öllampen entzündet. Während sie ihren Geschäften nachgehen, steht Lolitia am Rand des Lichtkreises und wird von den Mönchen vollkommen ignoriert.

»Sie scheint nicht unbedingt in Plauderstimmung zu sein«, bemerkt Makri.

»Das hat mich noch nie abgehalten.«

»Willst du, dass ich mitkomme?«

»Ja. Vielleicht fühlt sie sich besser, wenn eine Frau dabei ist.«

»Selbst wenn es sich dabei um einen Orgk-Bastard mit spitzen Ohren handelt?«

»Ich bin sicher, dass ich so was nie zu dir gesagt habe!«

Wir gehen um die Heiler und die Mönche herum.

»Ich muss mit Euch sprechen.«

»Jetzt nicht«, lehnt Lolitia rundheraus ab.

Im Licht der Öllampen erkenne ich, dass sie sich ihren Ruf als umwerfende ZwölfSeen-Schönheit redlich verdient hat, aber ich bemerke auch ihre ungeheure Anspannung. Ihr Ehemann wurde vor wenigen Tagen ermordet. Trotzdem habe ich so das Gefühl, dass dieser Tod nicht unbedingt das ist, was sie am meisten belastet und umtreibt.

»Es muss jetzt sein. Es sei denn, Ihr wollt, dass Gesox gehenkt wird.«

Ihr Kopf ruckt hoch. »Gesox? Gehenkt? Warum?«

»Natürlich für den Mord an Rodinaax.«

»Das ist ja lächerlich. Er hätte Rodinaax niemals getötet.«

»Das habt Ihr aber nicht gesagt, als Ihr Gesox vor dem Leichnam habt stehen sehen. Ihr habt angeblich geschrien, dass er ihn erstochen hätte.«

Lolitia wischt diesen Einwand beiseite. »Ich konnte nicht klar denken. Wer hätte das schon gekonnt? Ich weiß nicht, wer meinen Ehemann ermordet hat, aber es war sicher nicht sein Schüler. Dafür war er viel zu loyal.«

»Aber es war sein Messer.«

»Dann muss jemand anders es benutzt haben.«

»Das glaubt mir die Wache niemals.« Ich frage sie, wer es getan haben könnte, aber sie gibt vor, keine Ahnung zu haben. Das glaube ich ihr wiederum nicht.

»Sagt mir, was da vor sich gegangen ist. Was ist in dem Atelier passiert? Und warum seid Ihr hierher geflüchtet? Welche Verbindung habt Ihr zu Vexial?«

Darauf bekomme ich keine Antwort.

»Ihr werdet Euch besser fühlen, wenn Ihr darüber sprecht«, füge ich salbungsvoll hinzu. Dieser Satz hat mir schon oft gute Dienste geleistet, aber bei Lolitia verpufft er scheinbar wirkungslos. Also ändere ich meine Taktik.

»Was ist mit Vexial geschehen?«

»Sie haben ihn angegriffen, während er meditierte.«

»Wer?«

»Heretius. Die Wolkentempler. Sie haben sich an ihn herangeschlichen und ihn von der Mauer geworfen.«

»Was ist denn da mit seinen seherischen Fähigkeiten passiert?«

»Vexial ist sehr religiös«, erwidert Lolitia empört. »Er lässt sich nicht ablenken, während er betet.«

Verstehe. Heretius hat mir eine ganz andere Version erzählt. Lolitias Bericht zufolge haben Heretius und seine Anhänger versucht, die Statue des Klosters zu stehlen, bevor sie in Schande verstoßen wurden. Die Statue ist dabei von der Mauer gestürzt. Aber Heretius ist später zurückgekehrt und wollte Vexial ermorden und ihm seine Anhänger wegnehmen. Während dieses Streits wurden die Mönche des Wolkentempels zwar zurückgeworfen, aber Vexial wurde dabei überrumpelt und selbst vom Wall gestürzt. Dabei erlitt er diese furchtbaren Verletzungen, an denen er jetzt vermutlich sterben muss.

»Die Mönche haben ihn in die Stadt gebracht und versucht, sein Leben zu retten.«

Die Verzweiflung auf ihrem Gesicht sagt ganz deutlich, dass sie weiß, wie hoffnungslos es ist. Jeder normale Mensch wäre schon längst gestorben. Kein Heiler, Kräuterkundiger oder Apotheker in ganz Turai kann Vexials zerschmetterte Beine wieder zusammenfügen. Und sie können auch seinen Wundbrand nicht stoppen, der ihn ganz sicher töten wird, falls er nicht zuvor dem Blutverlust erliegt. Selbst die Zauberer sind machtlos gegen Wundbrand.

Lolitia wird plötzlich zutraulich. Sie erzählt uns, dass sie sich schon vor etwa einem Jahrzehnt mit Vexial eingelassen hatte, als er noch ein armer junger Student war, der in einer Dachstube in ZwölfSeen lebte. Hier las er seine philosophischen Schriftrollen bei Kerzenlicht. Sie liebte ihn damals und liebt ihn immer noch. Als er in die Wildnis ging, um das Leben eines Mönchs zu führen, verzweifelte sie und glaubte, niemals wieder glücklich werden zu können. Schließlich landete sie mit Rodinaax vor dem Altar, weil sie keine besseren Aussichten hatte und ihre Eltern scharf darauf waren, von Geld und Ruhm eines berühmten und wohlhabenden Bildhauers zu profitieren.

Sie erzählt mir, dass sie zehn Jahre lang mit Rodinaax zusammengelebt hat. Während dieser Zeit war ihr Leben zwar behaglich, aber langweilig. Und so wäre es vielleicht auch geblieben, hätte sie nicht eine Nachricht von Vexial dem Sehenden erhalten, der sie bat, sie in einer Villa in Thamlin zu treffen.

Sie ging hin. Und sie begannen auch sofort ihre Affäre, denke ich jedenfalls, auch wenn sie das nicht sagt.

Das alles wirft eine Menge interessanter Fragen auf. Wie zum Beispiel kommt ein Abt aus einem Bergkloster an so viel Geld, dass er sich eine große Villa in Thamlin kaufen kann? Und was will er damit? Kampfmönche leben unter äußerst asketischen Bedingungen und formen ihren Verstand und ihre Körper mit strengen Übungen. Ich glaube kaum, dass die Orden für ihre Äbte Ausnahmen machen. Und sie dürfen auch keine falschen Namen annehmen, so tun, als wären sie Aristokraten, und in Villen in teuren Vierteln herumflegeln. Außerdem bezweifle ich stark, dass sie Affären mit verheirateten Ex-Freundinnen unterhalten dürfen, auch wenn verschiedene Sekten höchst unterschiedliche Standpunkte zu der Frage des Zölibats beziehen. Aber diese Fragen muss ich für den Moment hintanstellen und mich auf Gesox konzentrieren. Nachdem Lolitia sich mir erst etwas geöffnet hat, brechen bald all ihre Dämme, und sie erzählt mir alles, was sie weiß. Schlicht gesagt: Sie ist in das Atelier gekommen, sah Gesox über Rodinaax gebeugt und stellte fest, dass die Statue weg war.

Das deckt sich so weit mit der Geschichte, die auch die Zivilgarde kennt.

»Warum seid Ihr geflohen?«

»Ich habe Panik bekommen. Ich wusste, dass man über mich munkelte, dass ich eine Affäre hätte. Die Leute glaubten, ich träfe mich mit Gesox, dabei habe ich mich in Wirklichkeit mit Vexial getroffen. Ich fürchtete, die Gardisten würden mich beschuldigen, meinen Ehemann getötet zu haben, damit Gesox sein Geschäft übernehmen könnte. Also bin ich geflohen. Ich wusste nicht, dass man Gesox verdächtigt. Ich mag ihn und wollte ihm nicht schaden, aber ich musste einfach fliehen.«

»Das klingt, als wärt Ihr froh gewesen, die Chance zur Flucht zu bekommen.«

»Und wenn ich es war?«

Diese Worte spricht sie mit sehr viel Nachdruck. Vielleicht ist es ja fürchterlich unerträglich, mit einem reichen, berühmten und viel beschäftigten Bildhauer verheiratet zu sein.

»Ihr scheint nicht gerade von Gram gebeugt angesichts des Mordes an Eurem Gatten.«

»Ich bin traurig. Aber es gibt andere Dinge, die mich trauriger machen.«

»Was ist mit der Statue passiert?«

Lolitia behauptet, nichts darüber zu wissen. Wenn sie etwas von dem magischen Beutel weiß, lässt sie sich jedenfalls nichts davon anmerken. Ich weise sie darauf hin, dass der Dieb der Statue mit an Sicherheit grenzender Wahrscheinlichkeit der Mörder ihres Mannes sein muss und dass Vexial und der Sternentempel seit kurzem dringend eine Statue brauchen. Was Vexial zu einem sehr geeigneten Verdächtigen macht.

Sie schüttelt den Kopf. »Vexial hätte meinem Ehemann kein Leid angetan. Warum auch? Und außerdem, als Rodinaax' Statue verschwand, war Vexial bereits dem Tode nahe. Seine Mönche haben vier Tage gebraucht, um ihn aus den Bergen in die Stadt zu tragen.«

»Verletzt oder nicht, er hat seinen Mönchen immer noch den Befehl gegeben, die Stadt zu durchsuchen. Jedenfalls haben sie meine Zimmer auf den Kopf gestellt.«

»Davon weiß ich nichts.«

Vexial schreit vor Schmerz auf. Lolitia eilt zu ihm. Ich betrachte die jungen Mönche und versuche, deren Reaktion auf die junge Frau einzuschätzen. Sind sie sich ihrer Beziehung zu ihrem Anführer bewusst, oder hat sie ihnen irgendeine Geschichte untergeschoben? Ich kann keinerlei Anzeichen für Missbilligung auf ihren Mienen erkennen.

»Wirst du daraus schlau?«, frage ich Makri.

»Ich bin vollkommen verwirrt«, erwidert sie. »Wer hat nun Rodinaax umgebracht? Und wer hat die Statue gestohlen und sie in den magischen Beutel gestopft?«

Ich muss zugeben, dass ich nicht den leisesten Schimmer habe.

»Ich verstehe diese Frau nicht«, fährt Makri fort. »Wenn sie Rodinaax nicht heiraten wollte, warum hat sie es dann schließlich doch getan? So dringend brauchte sie keinen Ehemann. Sie hätte auch eine Stelle in Marzipixas Bäckerei annehmen können.«

»Ich halte Lolitia nicht für die Art Frau, die ihr Leben in einer Backstube verbringt.«

Die Heilungsversuche gehen unter dem Licht der Laternen weiter. Vexial taumelt ständig an der Grenze zur Bewusstlosigkeit hin und her. Schließlich fällt er in einen tiefen Schlaf oder vielleicht sogar in ein Koma. Der Heiler, die Kräuterkundige und die Apothekerin tauschen viel sagende Blicke. Vexial wird seine Toga sehr bald an den Nagel hängen. Einige der jüngeren Mönche haben Tränen in den Augen. Wäre ich ein taktvoller Mensch, würde ich sie ihrem Leid überlassen. Aber ich bin nicht taktvoll. Ich schnappe mir den wehenden Ärmel eines jungen Mönchs, in dem ich einen der Eindringlinge in meinem Büro zu erkennen glaube.

»Warum glaubt Ihr, dass ich die Statue habe?«

Er reißt sich los und läuft weg, zu seinen Gefährten. Ich befrage andere Mönche. Mit ähnlichen Ergebnissen.

»Hier wirst du nicht mehr viel in Erfahrung bringen, Thraxas«, erklärt Makri. »Sie machen sich alle nur Sorgen um Vexial. Eigentlich bin ich ziemlich wütend auf sie. Sie schulden mir noch einen Kampf.«

Wie auf ein Stichwort scheint plötzlich der friedliche Garten zu explodieren. Gelb gekleidete Mönche quellen über die Mauern. Sie sind offensichtlich nicht hier, um sich über Substanzialität zu unterhalten. Stattdessen stürzen sie sich auf die Mönche des Sternentempels, stoßen Kampfrufe aus, fuchteln mit kurzen Stöcken und mit ihren merkwürdig geformten Klingen herum. Die Sternenkrieger reagieren schnell und bilden einen menschlichen Schutzwall um Vexial. Ihre Brüder im Haus hören den Lärm und kommen ihnen hastig zu Hilfe. Schon bald prügeln sich etwa achtzig Mönche in dem gepflegten, parkähnlichen Garten herum. Sie schlagen aufeinander ein, treten sich und fliegen in der mir mittlerweile vertrauten akrobatischen Manier durch die Luft. Was für ein Anblick! Makri und ich ziehen uns auf gute Aussichtsplätze hinter den Büschen zurück. Die Ereignisse verwirren uns etwas. Ich gelange allmählich zu der Einsicht, dass hinter all dem vielleicht doch nur der Hass der beiden Tempel aufeinander steckt. Vielleicht müssen sie einfach die ganze Zeit kämpfen, und diese Statue ist für sie nur ein willkommener Anlass.

»Das ist ein sehr interessanter religiöser Disput«, sage ich leise zu Makri, als ein Mönch von einem Baum abprallt und unter lautem Krachen und Blätterrauschen im Busch nebenan landet. »Sie sollten das mal in der Wahren Kirche versuchen. Das würde die strenge Liturgie erheblich auflockern.«

In dem schlechten Licht kann ich es zwar nicht genau unterscheiden, aber ich meine mitten im dichtesten Gewühl den Ehrwürdigen Heretius zu entdecken. Wenn er das wirklich ist, dann hat er sich für sein Alter noch besser gehalten, als ich dachte. Ich schwöre, dass er fast drei Meter vom Boden hochspringt, über einen Gegner hinwegsegelt, ihn dabei tritt, und hinter einem anderen landet, den er sofort darauf mit einem weiteren Tritt seines ausgestreckten Beines umsäbelt. Dann wird er von einer Gruppe roter Mönche umringt und befreit sich mit einem gewaltigen Satz, aber erst, nachdem er zwei von ihnen rücklings in den Zierteich befördert hat.

Während die Mönche miteinander spielen, stoßen sie ständig Wut- und Schmerzensschreie aus. Manchmal blitzt eine Klinge auf, aber meist kämpfen sie mit bloßen Händen. Alle scheinen wild entschlossen zu sein, dem Ruf der Kampfmönche als Meister des unbewaffneten Kampfes gerecht zu werden. Ich zucke zusammen, als ein gewaltiger Schlag einen weiteren Novizen in die Büsche segeln lässt. Er bleibt bewusstlos zu unseren Füßen liegen.

»Pah, hättest halt besser auf deine Deckung achten sollen«, murmelt Makri. Ich vermute stark, dass sie das Spektakel insgeheim genießt.

»Wollen wir nicht mitmischen?«, fragt sie schließlich.

»Natürlich nicht! Warum sollten wir?«

»Weiß nicht. Ich dachte, wir sollten.«

»Nur weil irgendwo ein Kampf tobt, bedeutet das noch lange nicht, dass du dich einmischen musst, Makri.«

»Wahrscheinlich hast du Recht. Aber es kommt mir einfach unnatürlich vor, mich herauszuhalten.«

Die gelb gekleideten Mönche des Wolkentempels scheinen

mittlerweile die Oberhand gewonnen zu haben, vor allem durch die Anwesenheit des Ehrwürdigen Heretius, der seine Gegner vor sich hertreibt. Keiner der jungen, rot gewandeten Mönche kann seiner wilden Kampftechnik standhalten. Die Körper fliegen wortwörtlich vor ihm durch die Luft, wenn er einen jungen Novizen nach dem anderen aus dem Weg räumt. Er kämpft sich bis an Vexials Leibwache heran und macht keinerlei Anstalten aufzuhören. Seine Anhänger fächern aus und greifen jetzt aus allen Richtungen an.

Der Heiler, die Kräuterkundige und die Apothekerin haben sich klugerweise längst aus dem Staub gemacht, aber Lolitia harrt immer noch neben Vexial aus. Sie ist anscheinend bereit, ihn bis zum Letzten zu verteidigen. Die Macht der Liebe, denke ich. Damit gewinnt sie meine Anerkennung.

Die Brüder des Sternentempels errichten eine letzte, verzweifelte Verteidigungslinie. Sie sind mutig und weichen nicht zurück, aber Heretius ist einfach eine Nummer zu stark für sie. Er fegt sie zur Seite wie ein Drache, der durch eine Schwadron schlecht bezahlter Söldner stampft. Ob er Vexial töten will? Als ein Detektiv, der geschworen hat, das Gesetz aufrecht zu halten, sollte ich eigentlich versuchen, ein derartig schweres Verbrechen direkt vor meiner Nase zu verhindern. Andererseits muss ich meine Nase nicht in alles hineinstecken, wenn ich es recht bedenke.

Plötzlich spüre ich jemanden neben uns in den Büschen. Makri geht es ebenso. Wir drehen uns gleichzeitig zu der Stelle herum, an der sich eine dunkel gekleidete Gestalt lautlos bewegt. Sie bemerkt unsere Gegenwart, kümmert sich aber nicht um uns. Stattdessen hebt die Gestalt etwas hoch, das ich nicht sofort erkennen kann. Ein dunkler, tiefer Anschlag einer Saite ertönt, gefolgt von einem kurzen, summenden Ton. Dann schreit einer der gelben Mönche vor Schmerz auf und bricht zusammen. Ich erkenne das Summen. Eine Armbrust. Jetzt muss man mir die Gestalt im Schatten nicht mehr vorstellen.

»Sarin die Gnadenlose«, flüstere ich Makri zu.

Die Armbrust ist sowohl eine mächtige als auch eine höchst unhandliche Waffe. Sie ist sehr zweckdienlich, wenn man eine Stadt verteidigen will oder einen Angriff aus einer guten Deckung vorbringt, aber mitten im Schlachtgetümmel ist sie nicht sehr nützlich, weil es so lange dauert, sie zu laden. Aber Sarin schiebt in kürzerer Zeit, als ich es jemals bei jemandem gesehen habe, einen weiteren Bolzen in die Kehle. Sie feuert ihn ab und tötet einen zweiten Wolkentempler. Als der zweite Gelbe umfällt, wird seinen Ordensbrüdern klar, dass hier irgendwas nicht stimmt. Sie unterbrechen ihren Angriff kurz, weil sie zunächst nicht wissen, was es ist. Genug Zeit für den nächsten Bolzen. Und der nächste gelbe Mönch liegt tot am Boden.

»In die Büsche!«, ruft der Ehrwürdige Heretius und verleiht dem Befehl mit einer gebieterischen Handbewegung Nachdruck.

Die Unterbrechung genügt den Sternentemplern. Sie können sich neu formieren und bilden eine solide Verteidigungslinie um Vexial. Die Mönche des Wolkentempels laufen jetzt auf die Büsche zu. Ich beobachte, wie Sarin in aller Ruhe einen weiteren Bolzen einspannt. Diesmal zielt sie noch sorgfältiger. Und feuert auf Heretius.

Der auf eine Art und Weise reagiert, die vollkommen menschenunmöglich ist. Er fischt den Bolzen aus der Luft, bevor er ihn treffen kann. Mir klappen vor Erstaunen sämtliche Doppelkinne hinunter. Ein Armbrustbolzen hat, aus nächster Nähe abgefeuert, genug Durchschlagskraft, um zwei Wände zu durchdringen. Es ist eigentlich unmöglich, ihn im Flug aus der Luft zu greifen. Man kann ihn nicht mal sehen. Und trotzdem hat Heretius ihn gefangen wie eine flügellahme Schmeißfliege.

Seine Anhänger erreichen die Büsche. Ich trete weiter zurück in den Schatten. Sarin feuert ruhig einen weiteren Bolzen auf den nächsten Angreifer und beschäftigt den Rest der

Mönche dann mit einer waffenlosen Kampftechnik, die der ihren in nichts nachsteht. Ihre Prahlerei, dass sie vier Jahre in einem Kloster Kampftechniken gelernt hat, muss wohl stimmen. Sie hat es mit drei Gegnern zu tun und schlägt sich ausgezeichnet. Den ersten legt sie aufs Kreuz und umkreist die beiden anderen, sodass die keine Möglichkeit zum Angriff haben.

In der Ferne schrillen Pfeifen. Die Zivilgarde wurde alarmiert. Man kann in Thamlin eben keine Massenkeilerei vom Zaun brechen, ohne dass sich irgendein Nachbar von dem Lärm belästigt fühlt. Und wenn sich in Thamlin ein Nachbar beschwert, rückt sofort die Zivilgarde an. Schreie erklingen, und weitere Pfeifen sind zu hören, und vor dem Haus fährt polternd ein Pferdewagen vor. Sekunden später strömen Männer in den schwarzen Tuniken der Zivilgarde in den Garten.

»Wird Zeit, dass wir gehen.«

Wir beeilen uns und laufen in Gesellschaft einiger Mönche zur Mauer auf der anderen Seite. Ich glaube, dass ich noch eine Gestalt im Schatten sehe, eine kleine Gestalt, die eindeutig kein Mönch ist. Sie erinnert mich an jemanden, aber ich komme nicht darauf, an wen. Als wir die Mauer überwunden haben und im Park verschwinden, sind wir wieder allein.

»Das war vielleicht eine Nacht.«

»Und ein großartiger Kampf.«

Wir entfernen uns schnellstens von dem Schauplatz. Da ich einmal hier gewohnt habe, finde ich meinen Weg auch im Dunkeln. Ich führe uns zu einem kaum genutzten Weg zwischen zwei Villen, bis der Lärm allmählich abebbt. Wir haben einen langen Heimweg vor uns. In der Nacht ist der Verkehr zu Pferde in Turai verboten. Aber es ist noch zu heiß, als dass ein Fußmarsch gemütlich wäre, und mir ist klar, dass ich schon eine Weile nichts mehr gegessen und getrunken habe.

»Hast du genug erfahren, um Gesox zu entlasten?«, will Makri wissen.

»Das weiß ich nicht genau. Ich brauche eine Weile, bis ich

mir alles zurechtgelegt habe. Und im Augenblick brauche ich erst mal ein Bier. Warum gibt es hier eigentlich nicht mehr Tavernen? Wir kehren in die erste ein, an der wir vorbeikommen.«

Es ist schon lange nach Mitternacht, und von einem blühenden Nachtleben kann man in diesem Viertel nicht gerade sprechen. Wir finden erst eine offene Taverne, als wir Thamlin bereits verlassen haben und in den Jadetempel-Bezirk kommen. Hier ist es etwas lebendiger. Der Jadetempel-Bezirk hat seinen Namen, wie man sich denken kann, von einem alten Tempel mit Säulen aus Jade, der einmal vor dreihundert Jahren von den Elfen errichtet wurde, aus Dank, weil wir ihnen in einem Krieg gegen die Orgks geholfen haben. Turai hat von allen Städten der Liga das größte Kontingent an Kriegsschiffen geschickt, und wir haben die orgkische Armada in der berühmten Seeschlacht vor der Insel des Toten Drachen völlig aufgerieben. Das hat für die orgkische Herrschaft zur See für lange Zeit das Aus bedeutet. Turais Marine war in dieser Zeit hervorragend, trotz unserer relativ geringen Größe. Auch das ist nicht mehr so wie früher. Wir waren einmal ein wichtiges Mitglied in der Liga der Stadtstaaten. Das sind wir zwar theoretisch immer noch, aber alle wissen, dass es mit unserer Armee und unserer Marine nicht mehr weit her ist.

Mit der Liga allerdings auch nicht. Sie hat die kleineren Stadtstaaten in den letzten vierhundert Jahren vor Übergriffen unserer größeren Nachbarländer wie Nioj beschützt, aber in den letzten zwanzig Jahren zerfällt der Zusammenhalt zusehends. Im Moment sind wir in ständiger Alarmbereitschaft wegen der Silberminen, die an das Gebiet unseres angeblichen Bundesgenossen Mattesh im Süden angrenzen. Wenn wir mit denen in einen Krieg geraten, wird die Liga endgültig auseinander fallen, und Nioj wird uns einfach zum Frühstück verspeisen.

Im Jadetempel-Bezirk wohnen vor allem Menschen, die für die Regierung arbeiten, zumeist niedere Regierungsbeamte.

Wir finden schließlich eine Taverne, in der noch Licht brennt. Makri betrachtet sie skeptisch.

»Es ist alles in Ordnung«, sage ich und marschiere hinein.

Wir werden an der Tür von einem richtigen Hünen von Mann aufgehalten, dessen Muskeln nur notdürftig von einer grünen Tunika verhüllt werden. Sie weist ihn als Angehörigen der Sicherheits-Gilde aus, den man angestellt hat, um unerwünschte Subjekte fern zu halten. Das ist hier eine Taverne, keine Kaschemme wie die *Rächende Axt*. Gurdh braucht keinen Türsteher. Ihm ist jeder willkommen.

Die Tür ist von einer flackernden Fackel erleuchtet. In diesem Licht wirkt Makris Haut noch rötlicher als gewöhnlich. Der Wächter ist ein Koloss von einem Mann. Mit einem Hirn von der Größe einer Linse. Er streckt den Arm aus und hindert uns mit einem kurzen Grunzlaut am Eintreten.

»Keine Schwerter erlaubt«, knurrt er und wirft Makri einen viel sagenden Blick zu. »Und Orgks auch nicht.«

Makri antwortet auf ihre eigene, unnachahmliche Weise. Sie zögert keine Sekunde, holt aus und schlägt den Kerl mit einem gezielten Hieb auf das Kinn zu Boden.

Ich starre sie böse an. »Hätten wir das nicht wenigstens zuerst ausdiskutieren können?«

»Was gibt es denn da zu diskutieren? Er hat mich beleidigt!«

Stimmt auch wieder. Aber ich wollte so gern ein Bier.

»Wir finden schon noch eine andere Taverne«, beschwichtigt mich Makri.

Der Wächter liegt bewusstlos vor der Tür. Ich spiele mit dem Gedanken, den Körper wegzuzerren und einfach auf ein schnelles Bierchen in die Taverne zu gehen, entscheide mich jedoch dagegen. Es würde nur Ärger geben, wenn er aufwacht, solange ich noch am Tresen stehe.

Wir trotten weiter durch die heiße Nacht.

»Ich finde wirklich, du solltest an deinem Jähzorn arbeiten, Makri.«

»Ich fange morgen damit an. Aber das war doch ein erstklassiger Schwinger, oder?«

Makri hat wieder gute Laune und sieht nicht mehr so mürrisch aus wie eine niojanische Hure, was sie eindeutig getan hat, seit diese Mönche sie getreten hatten. Deshalb hat sie vermutlich auch den Türsteher niedergeschlagen. Sie war wohl einfach nur darauf erpicht, sich ein bisschen im Faustkampf zu üben, falls sie noch einmal den Mönchen begegnen sollte.

11. KAPITEL

Am nächsten Tag schlafe ich lange und wache mit schmerzenden Gliedern und einem mörderischen Brummschädel auf. Ich wuchte mich aus dem Bett und marschiere geradewegs zu meinem bescheidenen Vorrat von Lebatrana-Blättern. Die stammen von den Elfeninseln und helfen sehr wirkungsvoll gegen einen Kater. Ich habe sie von einem Elf ... erworben, der mich vor einigen Monaten engagiert hatte. Wie sich herausstellte, war er ein hinterhältiger Verbrecher und fand auch den verdienten Tod, aber wenigstens hat er etwas Nützliches hinterlassen.

Marihana, die Meuchelmörderin, hat ihn und seinen Kumpan umgebracht, und dieser Gedanke weckt eine Erinnerung. Diese kleine dunkle Gestalt, die ich gestern Abend im Garten gesehen habe, hat mich tatsächlich stark an Marihana erinnert. Es fehlt mir gerade noch, dass sich auch noch die Meuchelmördergenossenschaft in den Fall einmischt!

Das Lebatrana-Blatt wirkt sehr schnell. In dem Maß, in dem der Kater verschwindet, spüre ich, dass ich am ganzen Körper steif bin. Es war ein langer Nachhauseweg gestern Abend, der nur von einem ausgedehnten Aufenthalt in einer Kaschemme in Kushni unterbrochen wurde. Dort hatte Makri keinerlei Probleme hineinzukommen. Diese Kaschemme war derartig mies, dass sie wahrscheinlich nicht einmal den Orgk-König abgewiesen hätten, wenn er nur ein paar Gurans in der Tasche gehabt hätte. Kushni ist ein Viertel mitten in der Stadt. Es wird von Verbrechen heimgesucht und ist eine von Boah verseuchte Ansammlung von miesen Kaschemmen, Bordellen und Spielhöllen, um die sich die Bruderschaft und der Freundeskreis streiten und in dem sich sämtliche Nichtsnutze von Turai ein Stelldichein geben. Ich komme aufgrund meiner Arbeit oft hierher. Makri hat nicht viel Zeit für gesellschaftliche Vergnügungen und ist dementsprechend nicht so daran gewöhnt. Vermutlich hat sie die Stärke des Alkohols, der hier serviert wird, ein wenig überrascht. Sie behauptet zwar, dass sie nicht betrunken gewesen sei, aber ich schwöre, dass sie eine Viertelstunde gebraucht hat, um die Außentreppe hinaufzukommen, und vermutlich hätte sie es nicht einmal dann geschafft, wenn ich sie nicht den letzten Absatz getragen hätte.

Also bin ich etwas versöhnt, als Makri etwa gegen Mittag in mein Zimmer kriecht und um ein Lebatrana-Blatt bettelt. Sie trägt eine alte Decke und sieht aus, als hätte sie einen schlimmen Anfall von Pest. Es macht mir nichts aus, dass Makri die Nummer eins ist, wenn es ums Kämpfen geht, und dass sie bei ihrem Studium der Philosophie und der Rhetorik so schlau wie ein Elf sein kann. Aber ich hätte es nur schlecht verdaut, wenn sie mir auch noch im Trinken überlegen gewesen wäre.

Ihre Hand zittert, als sie einen Becher mit Wasser an die Lippen führt.

»Du siehst genauso grün aus wie das Blatt«, bemerke ich liebenswürdig. »Ich habe dir doch gesagt, dass dieser Berg-Kleeh zu stark für dich ist. Man braucht schon so einen starken Magen wie ich, wenn man dieses Gesöff herunterkippen will.«

»Aus was wird das hergestellt?«, krächzt Makri.

»Oh, aus Beeren, Wurzeln, Getreide ... Wer weiß? Oben in den Bergen destillieren sie so ziemlich alles, was ihnen gerade in die Hände fällt.«

Sie schüttelt sich. »Fühlst du dich denn nicht auch schlecht?«

»Natürlich nicht. Es braucht schon mehr als zwei Flaschen Berg-Kleeh, um irgendeine Wirkung bei mir zu zeigen. Ich war frisch und munter bei den Morgengebeten dabei.«

»Quatsch!« Makri zuckt zusammen, weil es sie anstrengt, zu sprechen. »Du warst einfach nur zuerst bei den Lebatrana-Blättern!«

Makri spült ihr Blatt mit einigen Schwierigkeiten herunter und lässt sich dann auf die Couch sinken. Sie legt den Arm über ihre Augen.

»Ich glaube nicht, dass ich es heute Morgen zur Theologievorlesung schaffe.«

Ich räume den Müll von meinem Tisch. Makri nimmt den Arm von den Augen und sieht mich gereizt an.

»Hör auf herumzuwühlen. Ich weiß, dass du mir nur zeigen willst, dass Trinken dir nichts ausmacht. Ich werde Dandelion umbringen!«

»Was?«

»Ich werde sie umbringen. Sobald ich mich wieder besser fühle, werde ich sie mit meiner Orgk-Klinge zu Tunfischhappen verarbeiten!«

Anscheinend hat Dandelion wieder angefangen, von den Delfinen zu schwadronieren. Makri hat zwar normalerweise Mitgefühl, aber in ihrem geschwächten Zustand fand sie es wohl schwer zu ertragen.

»Obwohl ich den Heilstein jetzt gut gebrauchen könnte. Ich werde nie wieder in Kushni trinken.«

Sie verfällt in Schweigen und wartet darauf, dass das Lebatrana-Blatt seine Wirkung tut. Trotz der morgendlichen Hitze hüllt sie sich kläglich in ihre Decke und sieht weiterhin grün aus. Die arme Makri. Ich erinnere sie lieber nicht daran, dass sie wirklich auf dem Schoß eines jungen Boah-Händlers gesessen und versucht hat, ihn zu küssen, bevor sie aus der Taverne geworfen wurde. Das heb ich mir für nachher auf, wenn sie wieder etwas kräftiger ist.

Unten sind Gurdh und Tanrose schon bei der Arbeit. Ich verschaffe mir einen Überblick über Tanroses Menü und stelle mir das Nötige für ein herzhaftes Frühstück zusammen. Ich wähle Fisch. Tanrose kocht sehr guten Fisch. Mir fällt auf, dass Gurdh sich bei meiner Bestellung leicht versteift. Fisch bereitet ihm immer schlechte Laune. Tranox, der örtliche Fischhändler, ein ziemlich wohlhabender Mann, jedenfalls nach dem Maßstab dieses Viertels, hat seit einer Weile ein Auge auf Tanrose geworfen und macht ihr immer ein gutes Angebot, wenn sie bei ihm einkauft. Das macht Gurdh eifersüchtig. Der arme alte Barbar. Obwohl er den größten Teil seines Lebens in der Weltgeschichte herumgegondelt ist und seine Dienste allen angeboten hat, die ihn bezahlen wollten, hat er das Wesen einer Liebesbeziehung immer noch nicht kapiert. Er ist völlig vernarrt in Tanrose, und zwar unheilbar. Sie hat nicht das Geringste dagegen, aber unglücklicherweise bringt Gurdh es nicht über sich, auch nur einen winzigen ersten Schritt zu tun. Er ist einfach zu sehr an sein Junggesellendasein gewöhnt. Gleichzeitig leidet er jedoch wie ein Hund, wenn der Fischhändler herüberkommt und Tanrose gewaltige Rabatte einräumt.

Als ich mein Frühstück beendet habe, ist Makri auch unten. Ihr Blick ist klar, und sie fühlt sich pudelwohl.

»Diese Blätter vom Lebatrana-Baum haben wirklich wundersame Kräfte«, erklärt sie. »Wie viele hast du davon?«

»Nicht viele. Und in Turai kann man sie so gut wie gar nicht bekommen. Wenn ich das nächste Mal einen Elfen als Klienten habe, lasse ich mir wieder einige als Bezahlung geben.«

Makri weist mich darauf hin, dass die Blätter eigentlich keine Bezahlung von meinem letzten Elfenklienten waren.

»Du hast sie dir einfach genommen, als wir ihn tot vorgefunden haben.«

»Das ist so ziemlich dasselbe.«

»Ich habe nur noch nebulöse Erinnerungen an unser gestriges Abenteuer. Haben wir tatsächlich Sarin getroffen, oder bilde ich mir das nur ein?«

»Wir haben sie getroffen. Und sie hat einige Mönche mit ihrer Armbrust erledigt. Ich habe schon versucht, mir einen Reim darauf zu machen, wie das alles zusammenhängt. Sie steht offensichtlich auf der Seite des Sternentempels. Ich vermute, dass sie einmal unter der Anleitung von Vexial ausgebildet wurde. Ob sie wohl Rodinaax getötet hat? Es wäre nur schwer zu beweisen, weil sie normalerweise zu raffiniert ist, um irgendwelches Beweismaterial zurückzulassen. Gesox wird heute vor Gericht gestellt. Und ich habe endlich die Erlaubnis bekommen, ihn zu sehen – was auch immer das noch bringen soll.«

»Wie kommt das?«

»Vizekonsul Zitzerius ist endlich wieder in der Stadt. Er hat es für mich arrangiert.«

Ich habe Zitzerius' Sohn vor einigen Monaten aus einer höchst misslichen Lage herausgeholfen.

»Das war wirklich mal ein guter Zug«, meint Makri anerkennend. »Er ist der erste Freund in einer einflussreichen Position, den du seit langer Zeit gewinnen konntest.«

»Das stimmt. Allerdings würde ich ihn nicht zu meinen Freunden zählen. Zitzerius ist viel zu streng, um wirklich Freunde zu haben. Außerdem hat er sicher nicht vergessen, dass ich ihn beleidigt habe, als ich betrunken war. Aber wenigstens hat er dafür gesorgt, dass meine Rechte respektiert werden, wenn es um Gerichtsangelegenheiten geht. Und Gesox braucht sicher Hilfe, ganz gleich von wem. Man hat ihm einen öffentlich bestellten Rechtsbeistand aufs Auge gedrückt. Das heißt, wenn ich nicht bald etwas Entlastendes finde, können sie ihn genauso gut gleich aufknüpfen.«

Makri geht nach draußen und befreit sich von etwas Fisch. Ich bestelle ein Mittagsbierchen und überdenke die Lage. Was zwischen den Mönchen vorgeht, kann ich nicht genau interpretieren. Offenbar war der Ehrwürdige Heretius nicht ganz ehrlich zu mir. Zum Beispiel hat er vergessen zu erwähnen, dass seine Anhänger Vexial den Sehenden tödlich verletzt haben. Was bedeutet das für mich? Ich habe immer noch die Tasche mit der Statue drin. Heretius hat mich engagiert, damit ich sie finde. Vielleicht ist es gar nicht so wichtig, wer wem was angetan hat, soweit es die Mönche angeht. Ich glaube, ich kassiere das Honorar in diesem Fall sowieso.

Aber meine Begegnung mit Sarin bereitet mir echten Kummer. Sie ist zweifellos eine gefährliche Frau. Falls Vexial stirbt, dürfte sich der Sternentempel auflösen und seine Anhänger zum Wolkentempel überlaufen. Wenn das jedoch nicht passiert und die roten Mönche kommen und weiter nach der Statue suchen, muss ich mich auch noch mit Sarin herumschlagen. Außerdem dürfen wir Thalius Scheelauge nicht vergessen. Wer hat ihn umgebracht? Er starb an einem Armbrustbolzen, was Sarin natürlich zur Königin der Verdächtigen macht. Aber es ist trotzdem nicht ausgeschlossen, dass jemand versucht, mit einem Trick seine Spuren zu verwischen.

»Ich habe den Kreis der Verdächtigen für den Mord an Rodinaax ziemlich eingeengt. Und zwar auf die Mönche des Sternentempels, die des Wolkentempels, auf seine Witwe Lolitia, auf Sarin die Gnadenlose und auf die Hausdiener. Macht alles in allem etwa hundert Personen. Wenn ich dafür sorgen kann, dass Gesox die nächsten ein, zwei Jahre nicht gehenkt wird, könnte ich den Kreis sogar auf eine einstellige Zahl reduzieren.«

Cimdy und Bertax waren schon früh mit ihrer Mandoline und ihrer Flöte unterwegs. Sie sehen, wie stets, ungewöhnlich aus. Sie tragen nicht nur die merkwürdigste Kollektion von bunten und zerfetzten Klamotten, die man in Turai je zu Gesicht bekommen hat, sondern auch ihr Haar spottet praktisch jeder Beschreibung. Sie tragen es lang und dicht und färben es mit Lebensmittelfarben und Kräutern in schrillen Farbtönen, die eigentlich nicht auf den Kopf irgendeines Lebewesens gehören. Und was die ganze Sache noch schlimmer macht: Offenbar haben sie auch mit ihren Piercings beträchtliche Fortschritte gemacht. Viele Leute in Turai haben durchbohrte Ohren. In manchen Kreisen gilt das sogar als Zeichen für die gehobene gesellschaftliche Stellung der Verstümmelten. Aber die jungen Cimdy und Bertax haben sich aus unerfindlichen Gründen sogar Ringe durch Nase und Lippen gezogen. Und am schockierendsten ist, dass sie auch in ihren Augenbrauen Ringe tragen. Diese Art von Körperschmuck hat man in von

Menschen besiedelten Gebieten noch nie gesehen, und vermutlich wäre sie selbst für ein orgkisches Hurenhaus zu bizarr. Vielleicht ist es Straßenmusikanten gestattet, ein wenig ... exzentrisch zu sein. Da Makri in einer orgkischen Gladiatorengrube aufgewachsen ist, mangelt es ihr natürlich an jeglichem Gespür fürs Schickliche. Sie hat die beiden vor einigen Monaten gebeten, ihr ebenfalls die Nase zu durchbohren. Ein absolut widerliches Verhalten, wie ich ihr sofort zu verstehen gegeben habe, und wohl auch kaum das Benehmen, das sie an den Tag legen sollte, wenn sie jemals die Kaiserliche Universität besuchen will. Selbst wenn die Universität auch so schon genug Gründe hat, sie nicht aufzunehmen, ist das kein Argument, ihr noch ein weiteres zu liefern. Aber Makri gefällt der Ring in ihrer Nase, und sie glaubt, dass es der Universität schon gelingen wird, sich daran zu gewöhnen.

Die jungen Musiker setzen sich müde an einen Tisch.

»Draußen steht ein Zauberer«, erklärt Cimdy.

»Und was macht er?«

»Er sieht verwirrt aus.«

»Und er steht mit dem neuen Bruderschaftsunterhäuptling zusammen«, fügt Bertax hinzu. »Diesem Donax.«

Das sind schlechte Nachrichten. Ich gehe zur Tür und werfe einen Blick hinaus. Der Zauberer ist jung, und obwohl sein Regenbogenumhang ihn als voll qualifizierten Zauberer ausweist, erkenne ich ihn nicht. Wahrscheinlich ist er noch nicht so lange qualifiziert. Neben ihm stehen Donax, Conax und einige andere Brüder der Bruderschaft. Sie alle blicken den Zauberer gespannt an.

Donax bemerkt mich und kommt über die staubige Straße auf mich zu.

Ich grüße ihn höflich. Er bedenkt mich mit einem eisigen Blick.

»Wir suchen nach Matahari.«

»Wer?«

»Die Hure, die den *Keilerschädel* niedergebrannt hat.«

»Vermutlich hat sie die Stadt längst verlassen.«

»Laut Zippius Feuerzähmer hat sie das nicht getan. Er vermutet, dass sie noch irgendwo hier in der Nähe ist.«

Ich betrachte den jungen Zauberer.

»Zippius Feuerzähmer? Er ist neu im Geschäft, richtig? Offenbar hat er sich erst kürzlich qualifiziert. Du weißt doch, Donax, dass man einem so jungen Zauberer nicht trauen kann. Er kommt frisch vom Zauberkollegium und glaubt, dass er alles weiß, aber es dauert eine Weile, bis man sich auf eine Stadt wie Turai eingestimmt hat. Er ist zwar Mataharis Aura bis hierher gefolgt, aber was soll's? Jeder weiß, dass sie hier irgendwo gewesen ist. Wenn alle über jemanden reden, dann kann das eine falsche Aura schaffen. Es genügt jedenfalls, um einen jungen Mann zu verwirren, der gerade erst in seinem Beruf angefangen hat. Matahari ist bestimmt schon lange weg. Wenn du sie aufspüren willst, dann solltest du einen erfahreneren Mann engagieren. Oder eine Frau. Lisutaris, die Herrin des Himmels, ist sehr gut, habe ich gehört.«

Donax hat überhaupt keine Lust auf ein Schwätzchen. Er sieht mich eher kühl an und teilt mir mit, dass die Bruderschaft meine Anwesenheit in diesem Viertel nur dulde, solange ich ihr nicht in die Quere gerate. Und wenn er herausfindet, dass ich etwas mit dem Verschwinden von Matahari zu tun habe, dann komme er über mich wie ein Böser Bann.

»In dem Fall solltest du lieber dafür sorgen, dass dich eine andere Stadt aufnimmt, und schnellstens dorthin verschwinden.«

»Ich werde es mir merken. Vielleicht kann mir Vizekonsul Zitzerius ja einen guten Tipp geben.« Übersetzt heißt das: He, Don Vito, ich hab auch ein paar einflussreiche Freunde in der Stadt!

»Schön. Vielleicht solltest du ihn lieber gleich fragen«, antwortet Donax. Übersetzt heißt das: He, Qualle, mich jagst du nicht ins Boxhorn!

Der junge Zippius Feuerzähmer steht immer noch auf der

Straße und wirkt verwirrt. Seine Kräfte haben ihn zwar bis hierher geführt, aber der verbesserte Verstörungszauber des listigen alten Astral Trippelmond hindert ihn daran, Matahari aufzuspüren. Donax geht zu ihm und redet kurz auf ihn ein. Er ist zu wichtig, um seine Zeit im Quintessenzweg zu vertrödeln, also verschwindet er, nachdem er seinen Männern befohlen hat, die Suche fortzusetzen. Conax wirft mir finstere Blicke zu. Er ist so groß, so gewalttätig und so blöd wie ein Orgk. Am liebsten wäre es ihm, Donax würde ihm befehlen, mich aus der Stadt zu treiben. Soll er es doch versuchen! Ich erwidere seinen finsteren Blick, bevor ich die Tür schließe und zu Makri zurückkehre.

»Wir müssen etwas in Sachen Matahari unternehmen. Die Bruderschaft rückt uns langsam auf die Pelle. Astral hat zwar ihren Zauberer neutralisiert, aber wenn die Zivilgarde den Alten Hasius Brillantinius herbeischafft, sind wir erledigt.«

»Und sie beobachten die *Rächende Axt* immer noch jede Nacht?«

Ich nicke. »Aber wir können Matahari vielleicht trotzdem irgendwie fortschaffen. Vielleicht kann Astral für uns ja einen Unsichtbarkeitszauber spinnen. Allerdings ist das eine ziemlich große Bitte. Astral hat schließlich noch andere Dinge zu erledigen. Wir können nicht von ihm erwarten, dass er Himmel, Hölle und die drei Monde in Bewegung setzt, um einer jungen Frau zu helfen, die er nicht einmal kennt. Vor allem dann nicht, wenn er damit Ärger mit der Bruderschaft riskiert.«

»Wenn wir sie heimlich wegschaffen«, fragt Makri, »wird sie dann immer noch von dem Verstörungszauber beschützt?«

»Nein.«

»Dann geht das nicht.«

»Was soll das heißen: ›Es geht nicht!‹?«, protestiere ich wütend. »Sie kann schließlich nicht für immer hier bleiben!«

»Wir können sie doch nicht einfach der Bruderschaft ausliefern.«

Vermutlich hat sie Recht. Es ist nicht so, dass Matahari mir plötzlich ans Herz gewachsen wäre ... Soweit ich sie kenne, ist sie eine eher kontaktscheue junge Frau. Aber es ginge mir gegen den Strich, irgendjemanden oder irgendetwas an Donax auszuliefern. Da mir nicht mehr viel zu sagen einfällt, flüchte ich mich in einige derbe Beschimpfungen darüber, dass Makri mich in eine solche ausweglose Lage manövriert hat.

Da bemerke ich, dass Bertax über seinem Essensteller eingeschlafen ist. Das Leben als Straßenmusiker ist alles andere als einfach. Außerdem fällt mir auf, dass Cimdy wütender ist als ein Troll mit Zahnschmerzen. Das kann eigentlich nur eines bedeuten: Bertax hatte ihr versprochen, vom Boah wegzukommen, wenn ich mich richtig erinnere. Und das ist eine sehr schwierige Angelegenheit. Ich schnappe mir ein Bierchen und nehme es mit nach oben. Dort lege ich mich auf die Couch, denke über Mönche und Statuen nach und döse langsam ein.

Ein leises Klopfen an der Tür weckt mich auf.

»Wer ist da?«

»Bibendis!«

Ich habe mich schon gefragt, wohin sie wohl abgetaucht sein mochte.

Ich gehe zur Tür und mache sie auf.

Bibendis ist da. Zusammen mit Sarin der Gnadenlosen. Die hat ein Messer dabei, und das hält sie Bibendis dekorativ an den schlanken Hals, während sie das Mädchen durch die Tür hereinschiebt.

»Du hättest einfach anklopfen können.«

»Ich konnte den Gedanken nicht ertragen, von dir schnöde abgewiesen zu werden«, antwortet Sarin, das Messer immer noch in der Hand.

Sarin die Gnadenlose ist eine große Frau mit ungewöhnlich kurzem Haar. Ihr ganzes Erscheinungsbild wirkt streng, bis auf die vielen Gold- und Silberreifen in ihren Ohren. Sie trägt ein Männerwams. Ihre Augen sind genauso schwarz wie Makris, allerdings funkeln sie längst nicht so freundlich. Sie starrt mich an, als überlege sie, ob sie mich auf der Stelle abstechen soll. Ich lege meine Hand auf den Schwertgriff, nur für den Fall.

»Ich suche nach einer Statue«, erklärt sie.

»Das ist im Augenblick ein ziemlich beliebter Zeitvertreib.«

»Also? Wo ist sie?«

»Keine Ahnung. Vermutlich redest du von der Statue, die verschwunden ist, als Rodinaax ermordet worden ist? Keiner weiß, wo die ist.«

»Ich denke, du weißt es.«

»Falsch gedacht.«

»Ich weiß, dass man dich angeworben hat, sie zu suchen.«

»Jetzt überraschst du mich wirklich, Sarin. Wie kommst du darauf, dass ich darüber mit dir rede?«

»Ich bringe dich um, wenn du es nicht tust.«

Sarin die Gnadenlose hat sich noch nie dadurch hervorgetan, dass sie unnötig raffinierte Pläne ausheckt.

»Du willst sie für den Sternentempel?«

»Richtig.«

Ich weise sie darauf hin, dass Vexial der Sehende schon sehr bald tot sein wird.

»Ich glaube, er wird überleben. Und selbst wenn nicht, werde ich seinen Anhängern helfen.«

Ich frage sie nach dem Grund. Und sie bestätigt meinen Verdacht. Sie hat von Vexial alles über Kampf und Meditation gelernt, also schuldet sie ihm Loyalität. Das hat nur einen kleinen Schönheitsfehler: Sarin die Gnadenlose empfindet nur einer einzigen Person gegenüber so etwas wie Loyalität: sich selbst.

»Hast du Rodinaax getötet?«

»Ich bin nicht hier, um deine Fragen zu beantworten. Ich will die Statue.«

»Die Statue wiegt zwei Tonnen. Wo sollte ich die verstecken?«

Ich beobachte genau ihr Gesicht, weil ich herausfinden will, ob sie von dem magischen Beutel weiß. Aber Sarin ist so eiskalt wie das Herz eines Orgks, und ihre Miene ist beinah unmöglich zu deuten.

»Habt Ihr meinen Vater umgebracht?«, platzt es aus Bibendis heraus.

»Und wer soll das gewesen sein?«

»Thalius Scheelauge.«

»Nein. Und fall mir nicht noch einmal ins Wort.«

Sarin widmet mir jetzt ihre ungeteilte Aufmerksamkeit. »Ich will diese Statue, ansonsten bringe ich dich um.«

»Danke für die Warnung. Ich verbringe liebend gern Zeit mit billigen Killern. Mit solchen, wie du einer bist. Mit der Armbrust um Ecken herumzuschleichen! Ich würde dich auf der Stelle einlochen lassen, wenn eine Belohnung auf deinen Kopf ausgesetzt wäre. Und jetzt verschwinde.«

Sarin wird wegen meiner Beleidigungen nicht einmal wütend. Sie verschwindet tatsächlich. Ich kümmere mich um Bibendis, die von der ganzen Sache reichlich mitgenommen scheint.

»Das könnte sehr gut die Frau gewesen sein, die Euren Vater ermordet hat und die keinen Wimpernschlag zögern würde, Euch ebenfalls aus dem Weg zu räumen. Also geht nicht mehr allein in irgendwelche Kaschemmen, sondern geht nach Hause!«

»Ich will nicht nach Hause gehen«, antwortet sie kläglich.

»Dann geht nach unten, und betrinkt Euch.«

Das lässt sich Bibendis nicht zweimal sagen. Ich nehme derweil den Beutel aus der Tasche und betrachte ihn. In diesem Beutel befindet sich eine gewaltige Statue, hinter der mittlerweile zahlreiche Leute her sind. Viel zu viele und viel zu eifrig, könnte man meinen. Also wirklich, wie faszinierend kann eine solche Statue schon sein? Es fällt mir immer schwerer, zu glauben, dass die Klöster sie wirklich nur für ihre religiösen Zeremonien brauchen. Es muss doch einfachere Möglichkeiten geben, an eine Statue zu kommen, selbst so kurzfristig. Warum sind dann alle so wild darauf, sie zu finden? Es ist schließlich nur ein Klumpen Bronze. Bronze ist zwar einigermaßen wertvoll, aber nicht so wertvoll, dass man dafür massenweise Leute töten würde. Allein die Zeit, die man braucht, um die Statue einzuschmelzen und abzutransportieren, wäre die ganze Mühe nicht wert.

Nachdem ich all diese verschiedenen Punkte überdacht habe, werde ich allmählich sehr misstrauisch, was dieses merkwürdige Reiterstandbild angeht.

12. KAPITEL

Du willst was tun?«

»Ich will die Statue zertrümmern. Bring mir einfach einen Vorschlaghammer!«

Makri macht sich Sorgen. »Ich weiß, dass du genervt bist. Aber es ist nicht nötig, deine Aggressionen an der Statue auszulassen. Manchmal hilft es schon, über seine Gefühle zu sprechen.«

»Ich lasse nichts an der Statue aus. Ich will nur herausfinden, was drin ist.«

»Ist sie denn nicht hohl?«

»Schon möglich. Aber allmählich regen sich da so meine Zweifel. Gut, es ist ein schönes Kunstwerk. Sicher, ein ganzes Kloster voller Kampfmönche braucht diese Statue, sonst können sie sich im Kloster nebenan nicht mehr sehen lassen. Und die Dreifach-Mond-Konjunktion steht auch vor der Tür. Aber warum ausgerechnet diese Statue? Die Wahre Kirche braucht niemanden, der ihre Zeremonien vor einer besonders schönen Statue beobachtet. Im Gegenteil. Sie sagen ganz ausdrücklich, dass Gläubige vor praktisch jeder alten Verkörperung der Heiligen beten können, weshalb die ärmsten Gläubigen die Dreifach-Mond-Konjunktion auch vor billigen Gipsstatuen feiern. Du kannst sie als Dutzendware auf dem Markt kaufen. Man sollte nicht glauben, dass ausgerechnet Kampfmönche, die für ihre asketische Strenge berühmt sind, unbedingt eine superschicke Statue von Turais angesagtestem Bildhauer benötigen.

Das ergibt keinen Sinn. Und was Sarin die Gnadenlose angeht: Sie sagt, sie will die Statue für den Sternentempel aus Zuneigung zu Vexial dem Sehenden haben. Wenn du das glaubst, dann kann man dir jeden Bären aufbinden. Die Frau empfindet so viel Zuneigung wie eine Paradies-Schlange.«

»Ich habe einmal mit bloßen Händen gegen eine Paradies-Schlange in der Arena gekämpft.«

»Makri! Kannst du endlich aufhören, jedes Mal in sentimentale Erinnerungen zu verfallen, wenn ich irgendeine wilde Spezies erwähne?«

»'tschuldigung.«

Je länger ich darüber nachdenke, desto mehr bin ich davon überzeugt, dass es sich hier nicht um eine gewöhnliche Statue handelt. Ich bin wild entschlossen, einen genaueren Blick darauf zu werfen. Beziehungsweise hinein. Und wenn ich das tue, breche ich erneut das Gesetz, denn es ist Häresie, sich in irgendeiner Weise an einer Statue von Sankt Quaxinius zu vergehen. Wenn die Wahre Kirche wüsste, dass ich vorhabe, dem guten Heiligen mit einem Vorschlaghammer auf den Bronzepelz zu rücken, würden sie mich flugs vor das religiöse Femegericht schleppen und mich umgehend auf eine Strafgaleere verfrachten.

»Wir dürfen uns von niemandem dabei erwischen lassen, sonst stecken wir in Schwierigkeiten. Sorg dafür, dass Bibendis, Matahari und Dandelion verschwinden, und hol mir ein einigermaßen schweres Werkzeug.«

Bibendis, Matahari und Dandelion. Allein bei der Erwähnung der Namen dieser Drei-Einfaltigkeit bekomme ich eine Gänsehaut. Wie konnte es dazu kommen, dass ich für diese drei jungen Frauen den Herbergsvater spiele? Und müssen es ausgerechnet eine Alkoholikerin, eine Hure und eine Naturfetischistin sein? Manchmal weiß ich wirklich nicht, wie weit die Stadt noch herabsinken soll.

»Als ich noch jung war, wäre man eingesperrt worden, wenn man mit Blumen im Haar und nackten Füßen herumgerannt wäre«, brumme ich, während ich nach unten auf den Hof hinter die Kaschemme gehe.

Es gibt dort einen Schuppen, in dem Cimdy und Bertax ihr Pferd unterstellen. Hinter dem Schuppen steht ihr Wohnkarren. Bei dem Anblick schüttelt es mich. Normale Menschen haben einfache, weiß gestrichene Wohnkarren. Vielleicht hängen sie ein kleines Bild von Sankt Quaxinius in einem gelben Rahmen daran, damit es ihnen Glück bringt. Cimdys und Bertax' Wohnkiste ist in Farben bemalt, die einem die Augäpfel versengen. Allmählich gehen mir diese drei jungen Frauen oben in meinen Räumen und dieses nichtsnutzige Pärchen hier unten auf die Nerven. Ich habe für diese Leute Wüsten durchquert und Schlachten geschlagen. Man sollte annehmen, dass sie einem dafür ein bisschen Respekt entgegenbringen. Zum Beispiel, sich normal kleiden und sich um einen Beruf bemühen!

Ich schnappe mir einen schweren Hammer aus Gurdhs Werkzeugvorrat und gehe wieder nach oben. Ich bin genau in der richtigen Stimmung, um irgendetwas kurz und klein zu schlagen. Eine große Statue von Sankt Quaxinius auf einem Pferderücken kommt da genau richtig.

In meinem Zimmer ziehe ich vorsichtig die Öffnung des Beutels auseinander. Der Kopf der Statue taucht aus dem Magischen Raum auf. Ich muss sehr vorsichtig sein. Einerseits muss ich genug von der Statue enthüllen, damit ich es zerschlagen kann, andererseits darf ich nicht zu viel herausholen. Denn wenn sie ganz in meinem Zimmer auftaucht, könnte sie einfach durch den Boden brechen und die Hälfte der Zecher unten in der Kaschemme erschlagen.

Makri hat immer noch ihre Bedenken gegen die ganze Operation.

»Es ist eine schöne Statue«, meint sie. »Hast du nicht selbst gesagt, dass sie ein wichtiges Kunstwerk ist? Rodinaax war ein großartiger Bildhauer. Ich finde es nicht richtig, eines seiner Werke zu zerstören. Vor allem nicht, weil dies das letzte ist, das er vor seiner Ermordung geschaffen hat.«

Ich wische ihren Einspruch beiseite. Sie studiert nicht einmal fünf Monate an der Innungshochschule und hält sich schon für eine Kunstexpertin.

»Halt Abstand.«

»Du wirst dir den Arm brechen.«

Daran habe ich nicht gedacht. Aber ich werde jetzt nicht klein beigeben. Aber ich nehme Abstand von Sankt Quaxinius' Kopf und ziele auf den kaum sichtbaren Punkt unter seinem Kinn, wo die Bronzeplatten zusammengefügt wurden. Ich schlage kräftig zu und lege all mein Gewicht in den Hieb. Und das ist eigentlich genug Gewicht.

Es ertönt ein gewaltiger Gong. Und es bleibt eine kleine Delle zurück. Ich schlage erneut zu. Die Delle wird größer. Nach dem dritten Schlag fällt die Bronzeplatte einfach ab und landet mit lautem Klappern zu meinen Füßen. Und da starrt uns wie ein Englein aus dem Himmel ein wunderhübsches Gesicht an. Ein Gesicht aus purem Gold!

Ich breche in ein wahres Triumphgeheul aus. »Gold! Da drin ist GOLD! Dahinter sind alle her!«

Ich bin so fröhlich wie ein betrunkener Söldner, weil ich der Sache endlich auf den Grund gegangen bin. »Das muss das Gold sein, das letzte Woche auf dem Weg von den Minen zu den Schatztruhen des Königs abhanden gekommen ist. Und auf mich wartet jetzt die Mutter der Belohnungen!«

Vor mir befindet sich ein goldener Kopf. Darunter, immer noch in Bronze gehüllt, dürfte sich der goldene Körper verstecken. Ich bezweifle, dass sich jemals so viel Gold auf einmal in ZwölfSeen befunden hat. Es ist von so hohem Wert, dass ich es nicht einmal abschätzen kann. Und keine Menschenseele weiß, dass ich es habe.

Makri und ich betrachten es nachdenklich.

»So viel Gold werde ich nie mehr zu Gesicht bekommen«, erkläre ich melancholisch.

»Bestimmt nicht.«

»Der König hat schon schrecklich viel Gold.«

»Und sie graben die ganze Zeit immer mehr aus dem Boden.«

Ich seufze und ziehe den Rand des Beutels wieder über die Statue. Es ist zwar ein sehr verlockender Gedanke, aber irgendjemand würde es früher oder später herausfinden. Für das Leben eines Flüchtigen bin ich zu alt.

»Ich glaube, ich möchte Turai im Moment auch nicht verlassen«, sagt Makri. »Die Stadt stinkt, aber sie hat die beste Universität im Westen.«

Die Statue ist im Magischen Raum verschwunden. Und ich stecke den Beutel wieder in meine Tasche.

»Ich nehme an, du könntest ihr einen Finger abhacken, bevor du sie zurückgibst?«

»Auf keinen Fall.«

Obwohl das eigentlich gar keine so schlechte Idee ist. Ich weiß ja, wie sich die finanzielle Lage entwickeln wird. Natürlich bekomme ich jetzt eine fette, fette Belohnung. Der König ist stinksauer über den Verlust seines Goldes, und der Palast hat tausend Gurans Belohnung für Informationen ausgesetzt, die zu der Wiederbeschaffung des Edelmetalls führen. Ich könnte mit dem Beutel auf der Stelle zum Palast marschieren und das Geld einfordern. Aber ich arbeite immer noch daran, Gesox zu entlasten und Thalius' Mörder zu finden. Das heißt, ich brauche die Statue noch.

»Glaubst du, dass die Mönche vom Sternen- und vom Wolkentempel wussten, dass das Gold da drin ist?«

»Ja.«

»Wer hat es denn hineingetan?«

»Das weiß ich noch nicht. Wer es auch war: Die Mönche wollen es unbedingt haben. Und Sarin auch. Also können wir uns jetzt darauf vorbereiten, dass hier bald die Hölle los sein wird.«

Diese Aussicht behagt Makri sehr. Ich hätte im Augenblick auch nichts dagegen. Ich bin nämlich gerade sehr zufrieden mit mir, weil ich endlich einen Teil des Geheimnisses lösen konnte. Ich nehme ein Messer, wirble es in die Luft, fange es am Griff auf und schiebe es in einer einzigen fließenden Bewegung in die Scheide. Dann hole ich mein Zauberbuch aus dem Regal und präge mir den Schlafzauber ein.

»Wenn sie die Statue haben wollen, müssen sie kommen und sie mir wegnehmen. Ich werde ihnen schon zeigen, wer die Nummer eins hier in der Gegend ist.«

Ich nehme eine Flasche Kleeh vom Tisch. Sie ist leer. Ich scheine im Moment einen ziemlich hohen Durchfluss zu haben.

Also hole ich eine neue aus meinem geheimen Vorrat unter der Couch und teile ein paar Gläser mit Makri. Sie schüttelt sich, als ihr das Zeug brennend die Kehle hinunterrinnt.

»Du verführst mich zu schlechten Angewohnheiten.«

»Was für schlechte Angewohnheiten? Was ist denn eigentlich so toll daran, gegen eine Paradies-Schlange zu kämpfen? Ich habe viele Paradies-Schlangen umgebracht, als wir durch den Dschungel marschiert sind. So schrecklich sind sie nun auch wieder nicht.«

»In den Orgk-Ländern werden sie viel größer. Und ihr Gift ist dort auch tödlicher.«

»Sicher.«

Die Sonne brennt vom Himmel, und ich würde den Nachmittag nur zu gern schlafend auf der Couch verbringen, aber ich muss arbeiten. Als ich mein Schwert umschnalle und hinausgehe, erinnere ich mich an meinen Schwur, dass ich diesen Sommer nicht arbeiten wollte. So viel dazu. Ich werde einfach eine dicke Belohnung für die Wiederbeschaffung des verlorenen Goldes einsacken und den Herbst und den Winter damit verbringen, Gurdhs Tresen festzuhalten und mit jedem hergelaufenen Barbaren Kriegsgeschichten auszutauschen.

Ich bemerke, dass zwei Mitglieder der Bruderschaft in der Gegend herumlungern und immer noch nach Matahari suchen. Und dann sehe ich noch jemanden, einen Detektiv aus der Oberstadt. Vermutlich hat ihn das Gaststättengewerbe engagiert. Ich runzle die Stirn. Jetzt fehlt eigentlich nur noch Sarin, die aus einer Mauernische hervorspringt und anfängt, mich mit Armbrustbolzen zu beschießen.

Die Gerichtshöfe befinden sich in der Nähe des Geschäftsviertels Goldener Halbmond. Das ist ein sehr wichtiger Teil der Stadt, und das Hauptgericht selbst ist ein prunkvolles Gebäude mit dreißig Säulen an der Front und einer Säulenhalle aus glänzendem weißem Marmor. Es liegt an einem großen öffentlichen Platz mit einem Springbrunnen und Statuen von allen möglichen Heiligen und längst verstorbenen Königen. Das ganze Ding wurde zum Lobpreis der Stadt vor etwa hundert Jahren von König Fritzius Lackal errichtet. Er hat damals Mattesh besiegt und genug Beute heimgebracht, um einiges davon unters Volk zu bringen.

Ich war oft hier, als ich noch Hoher Ermittler im Palast war. Die Angestellten haben mich freundlich gegrüßt, und die Advokaten des Justizdomizils sind zu mir gekommen und haben mich nach dem neuesten Stand meiner Ermittlungen gefragt. Diese Zeiten sind lange vorbei. Wenn mich jetzt noch einer erkennt, bemüht er sich, es möglichst zu verbergen. Es hat keinen Sinn, höflich zu einem Mann zu sein, der sein gesellschaftliches Ansehen und seinen Rang verloren hat. Und man kann kaum mehr an Ansehen verlieren, als ich es getan habe, als ich wegen unmoralischen Fehlverhaltens unter Alkoholeinfluss des Palastes verwiesen wurde.

Schließlich bekomme ich Gesox zu sehen. Er ist in einer Zelle im Verlies, hockt auf einer kleinen Holzbank und sieht aus, als hätte er längere Zeit weder geschlafen noch gegessen.

»Wie war Euer erster Prozesstag?«

»Mies.«

»Wie ist Euer öffentlich bestellter Rechtsbeistand?«

»Er liest immer noch die Fakten über den Fall.«

Gesox ist blass und merklich dünner als an dem Tag, an dem sie ihn verhaftet haben. Ich merke, dass er die Hoffnung aufgegeben hat. Ich versuche, ihn zu beruhigen, und sage ihm, dass ich einige Erfolg versprechende Spuren verfolge und dergleichen Ausflüchte mehr.

»Ich glaube, dass ich den wirklichen Mörder bald überführen kann.«

»Meint Ihr, Ihr schafft es, bevor ich gehenkt werde?«

»Natürlich.«

Das ist eine ungeschminkte Lüge. Der Prozess wird vermutlich nicht mehr länger als zwei Tage dauern. Wird Gesox verurteilt, dürfte er kurz danach auch hingerichtet werden. Turais Justiz verschwendet keine Zeit, wenn sie jemanden einmal für schuldig befunden hat. Als vollwertiger Bürger von Turai hat Gesox zwar das Recht, ein Gnadengesuch beim König einzureichen, aber dem König beliebte es noch nie, die Öffentlichkeit vor den Kopf zu stoßen. Er würde damit nur Senator Lohdius neue Munition liefern. Lohdius hält nämlich mit Vorliebe flammende Reden darüber, dass das Verbrechen in Turai zurzeit so sehr grassiere wie noch nie zuvor.

Ich frage Gesox eine Stunde lang intensiv aus und erfahre so gut wie nichts. Was ihn betraf, war es ein ganz normaler Tag in der Werkstatt, bis er Rodinaax mit einem Messer im Rücken fand.

»Wann habt Ihr das Messer zum letzten Mal benutzt?«

Das weiß er nicht mehr genau, aber er hat es häufig bei der Arbeit gebraucht, also musste natürlich seine Aura darauf zu finden sein. Ich rate ihm, sich keine Sorgen zu machen.

»Es gibt viele Möglichkeiten, die Aura eines Menschen auf einem Messer zu fälschen. Ich gehe der Sache auf den Grund.«

Dann überlege ich laut, ob Lolitia ihren Ehemann getötet haben könnte, aber das hält Gesox für sehr unwahrscheinlich. Er weiß zwar, dass sie sich gelangweilt hat, aber sie hat Rodinaax nicht gehasst. Im Gegenteil. Sie war ihm sogar sehr dankbar, dass sie nicht mehr in ZwölfSeen leben musste.

»Wisst Ihr etwas über gestohlenes Gold?«

Er sieht mich ausdruckslos an. Ich weihe ihn nicht in alle Einzelheiten über die goldene Statue ein, aber ich lasse ihn wissen, dass Rodinaax irgendwie in die Sache mit dem Goldraub verwickelt gewesen sein muss.

Gesox streitet vehement ab, dass der Bildhauer an diesem

Verbrechen beteiligt gewesen sein könnte. Ich bin sicher, dass Rodinaax auf keinen Fall die Bronzestatue in seinem Atelier mit dem Gold hat ausgießen können, ohne dass sein Schüler etwas davon bemerkt hätte, also rate ich ihm, hier keine Schau aufzuführen.

»Rodinaax ist tot, also müsst Ihr ihn nicht verteidigen. Und viel Zeit bleibt Euch auch nicht mehr. Wenn ich herausfinde, wo Rodinaax das Gold herbekommen hat, führt mich das vielleicht schneller zu seinem Mörder. Also, wenn Ihr etwas wisst, solltet Ihr das jetzt schleunigst ausspucken.«

Der arme, dünne, blasse Gesox scheint jetzt vollkommen zusammenzubrechen. Er sinkt auf dem harten hölzernen Stuhl zusammen, vergräbt den Kopf in den Händen und starrt auf den kahlen Zellenboden.

»Ich wusste, dass er damit nicht durchkommen würde«, meint er seufzend. »Und jetzt ist er tot. Wenn Ihr ihn bloßstellt, bleibt nicht einmal sein Ruf von ihm übrig.«

»Ihr schätzt seinen Ruf höher als Euer eigenes Leben?«

Gesox denkt darüber nach. Schließlich entscheidet er sich doch für sein Leben, aber es war offensichtlich eine knappe Entscheidung. Er hat keine Kraft mehr zu kämpfen. Ich glaube, dass er sogar schon angefangen hat, die Schlinge des Henkers als Erlösung zu betrachten. Es gefällt mir gar nicht, wenn meine Klienten so werden.

»Es war seine Spielleidenschaft, mit der alles begonnen hat.«

»Spielleidenschaft?«

»Rodinaax hat auf alles Mögliche gewettet. Während der Wagenrennen hat er das Stadion Superbius so gut wie nie verlassen. Und außerdem hat er bei Rennen außerhalb der Stadt gewettet. Dadurch hat er sich überall hoch verschuldet und konnte kaum noch eine Lieferung Marmor bekommen.«

Rodinaax wird mir allmählich sympathisch. Klingt so, als wäre er für einen Künstler gar kein so übler Typ gewesen.

»Hat er getrunken?«

»Viel zu viel.«

Na so was! Da denkt man, dass die Künstler ein langweiliger Haufen seien, und dann entpuppen sie sich plötzlich als ganz in Ordnung.

»Er hat eine Hypothek auf das Haus aufgenommen und war kurz davor, es zu verlieren. Lolitia wusste von alldem nichts. Er wollte unbedingt verhindern, dass sie es herausbekam.« Er lacht bedauernd. »Nicht, dass sie sich sonderlich darum gekümmert hätte. Der arme Rodinaax war vollkommen verrückt nach ihr, aber sie hat ihm eher die kalte Schulter gezeigt. Vermutlich war sie mit jemand anderem zusammen, aber ich weiß nicht, um wen es sich handelt. Die Leute denken, ich sei ihr Liebhaber, aber das stimmt nicht.«

Also war Rodinaax schwer verschuldet und dem Suff verfallen und hatte verzweifelt einen Ausweg aus seiner misslichen Lage gesucht. Natürlich musste er dann mehr als nur interessiert gewesen sein, als plötzlich die Lösung all seiner Probleme in Gestalt eines Besuchers auftauchte. Dieser stellte ihm die höchst ungewöhnliche Bitte, eine große Ladung Gold in einer Statue zu verstecken. Und zwar in der neuen Statue von Sankt Quaxinius, um genau zu sein.

»Warum ausgerechnet Sankt Quaxinius?«

»Weil es Gotteslästerung bedeuten würde, sich an der Statue eines Heiligen zu vergehen. Selbst wenn die Zauberer aus dem Justizdomizil die ganze Stadt nach dem verschwundenen Gold absuchten, würden sie sich hüten, in einer Statue von Sankt Quaxinius nachzusehen. Das wäre Blasphemie.«

Wohl wahr. Auf die Idee war ich noch gar nicht gekommen. Zauberer haben selbst in ihren besten Zeiten eine eher durchwachsene Beziehung zur Wahren Kirche. Kein Zauberer würde den Zorn der Kirche riskieren, indem er in ihrer heiligsten Ikone herumpult.

»Der Plan sah vor, das Gold in der Statue zu lassen, wenn sie vor der Stadt im Schrein installiert wurde, und es später wieder zu entfernen, nachdem sich die Aufregung etwas gelegt hatte. Rodinaax bekam genug Geld, um seine Schulden zu bezahlen und sein Geschäft wieder anzukurbeln.«

»Wer steckt dahinter?«

Das weiß Gesox nicht. Er hat die Person, die mit Rodinaax verhandelte, niemals zu Gesicht bekommen. Rodinaax hat ihn offenbar erst eingeweiht, als es ihm nicht mehr möglich war, die ganze Angelegenheit vor seinem Schüler zu verheimlichen. Aber Gesox ist recht vage, was die Einzelheiten angeht. Er hat keine Ahnung, wer Rodinaax getötet haben könnte. Er scheint sowieso so gut wie gar nichts Genaueres zu wissen, und ich kann auch über die Mönche und über Sarin nichts Verwertbares aus ihm herauskitzeln.

»Wer wusste noch von der Goldbeute?«

»Niemand. Rodinaax hat mich schwören lassen, niemandem etwas zu verraten. Und ich habe meinen Schwur gehalten. Bis jetzt.«

»Habt Ihr denn gar keine Bedenken gehabt, Euch in eine solch gefährliche Sache verwickeln zu lassen? Selbst wenn Rodinaax nicht ermordet worden wäre, wärt Ihr als Helfershelfer wegen Diebstahls des Goldes unseres Königs im Gefängnis gelandet.«

»Was sollte ich denn tun? Sollte ich etwa meinen Lehrer und Mentor verpfeifen? Kein anderer Bildhauer hätte mich jemals aufgenommen, damit ich meine Studien beenden konnte. Außerdem hätte ich sowieso Ärger mit den Bonzen bekommen. Niemand hätte mir geglaubt, dass ich nicht mit drinsteckte. Außerdem war Rodinaax der beste Künstler der Stadt. Einer der besten überhaupt. Ich wollte nicht dafür verantwortlich sein, diesen Mann auf eine Strafgaleere zu schicken.«

Ein Wächter kommt herein und sagt mir, dass meine Zeit abgelaufen sei. Ich schiebe Gesox unauffällig einige Thazis-Rollen zu, bevor ich gehe. Vielleicht heitern ihn die ja ein bisschen auf. Ich kümmere mich um meine Klienten. Es ist natürlich illegal, aber was können sie einem Burschen schon groß antun, der sowieso bald am Galgen baumeln wird?

»Ich werde Euch im Handumdrehen hier herausholen«, verspreche ich Gesox im Gehen. Wenigstens kann ich damit die Wache beeindrucken. Ein kurzer Anflug von Depression überkommt mich. Seit ich die ärmliche Stube in ZwölfSeen gesehen habe, in der Gesox hauste, und erfahren habe, dass er weder Freunde noch Familie hat, versuche ich mein Mitleid für ihn zu unterdrücken. Aber wenn man ihn da sitzen sieht, wie er auf den letzten Gang zum Galgen wartet, ist das völlig unmöglich.

»Du siehst ja so missgelaunt aus wie eine niojanische Nutte«, ertönt plötzlich eine kräftige Stimme neben mir.

Es ist Hauptmann Rallig. Ich sehe ihn finster an und wische den elenden Ausdruck von meinem Gesicht. Ich werde Hauptmann Rallig nicht das Vergnügen bereiten, ihm einzugestehen, dass ich anfange, meine Klienten zu bedauern. Er sagt mir, er habe mich gesucht.

»Versuchst du immer noch, Gesox herauszupauken? Ist das nicht ein bisschen spät, hm?«

»Ich wäre schon weitergekommen, wenn mich Präfekt Tholius bislang nicht sehr geschickt daran gehindert hätte, meinen Klienten zu sehen.«

Der Hauptmann zuckt mit den Schultern. »Tholius hat sich noch nie lange mit den Feinheiten des Gesetzes aufgehalten. Er ist ein Narr. Genau genommen ist er so blöd wie ein Orgk. Aber das spielt in diesem Fall keine Rolle, denn Gesox ist schuldig, wie du wahrscheinlich weißt.«

»Es gibt keinen Beweis dafür, dass er es getan hat.«

»Keinen Beweis? Sein Messer steckte dem Toten im Rücken, und seine Aura war überall drauf.«

»Kommt schon, Rallig. Es gibt viele Möglichkeiten, so was zu fälschen.«

»O nein. Es gibt nur sehr wenige Möglichkeiten, das zu bewerkstelligen. Und sie alle erfordern ein Klasse-1A-Zauber-Diplom. Willst du wirklich behaupten, dass einer der hochrangigen Zauberer zu Rodinaax ins Atelier gegangen ist, um dort dem Bildhauer ein Messer in den Rücken zu rammen und anschließend den Mord dem Schüler in die Schuhe zu schieben? Das ist sehr unwahrscheinlich. Und außerdem ist es auch nicht passiert, denn der Alte Hasius Brillantinius sagt, dass in dem Atelier keinerlei Zauberei vonstatten gegangen sei. Und auf sein Urteil vertrau ich immer noch mehr als auf deines. Das Gericht übrigens auch.«

»Und welches Motiv sollte Gesox gehabt haben?«

»Vermutlich Lolitia. Er hat seinen Arbeitgeber umgebracht und wollte es sich dann mit dessen Frau gemütlich machen. Das ist zwar nicht sonderlich raffiniert, aber auch nicht gänzlich aus der Luft gegriffen. Ich möchte dich daran erinnern, dass du selbst einige solcher Fälle gelöst hast, bevor man dich aus dem Palast geworfen hat. Akzeptiere es, Thraxas: In diesem Fall hast du eine Niete gezogen. Wenn du mittlerweile schon zu solchen albernen Tricks greifen musst, wie mir zum Beispiel einzureden, dass zwei Straßenräuber, die dich angegriffen haben, auch Rodinaax getötet hätten, wird es Zeit, dass du deine Detektiv-Toga ausziehst. Aber ich wollte eigentlich gar nicht mit dir über deine Zukunft sprechen. Was ist eigentlich mit den Mönchen los, die im Augenblick die Stadt heimsuchen?«

»Mönche suchen die Stadt heim? Das ist mir noch gar nicht aufgefallen.«

»Natürlich nicht, Thraxas. Nur hast du zufällig einen von ihnen als Klienten. Den Ehrwürdigen Heretius. Du solltest lieber aufpassen, dass du dem Burschen nicht quer kommst. Er war vor vierzig Jahren der Faustkampf-Champion der Nord-Armee. Ich habe gehört, dass das Alter ihm nicht viel hat anhaben können. Wofür hat er dich engagiert?«

Hauptmann Rallig sollte eigentlich wissen, dass ich niemals mit Angehörigen der Zivilgarde über meine beruflichen Angelegenheiten plaudere.

»Er hat mich nicht engagiert. Er ist nur vorbeigekommen, um mit mir ein bisschen über das Prinzip der Konsubstanzialität zu räsonieren.«

»Und was zum Teufel ist das?«

»Eine höchst komplizierte religiöse Theorie, in der es um die genaue Natur der Gottheit geht.«

»Sehr komisch, Thraxas, wirklich, zum Brüllen. Hast du das auch diskutiert, als du deinen fetten Hintern neulich nachts über die Mauer dieser Villa in Thamlin gewuchtet hast? Nun sieh mich nicht so überrascht an! Du bist nicht schwer zu identifizieren. Genauso wenig wie Makri. Die Wachen, die dich gesehen haben, meinten anerkennend, dass du dich für einen so alten Fettsack noch recht geschmeidig bewegst. Worum ging es bei dem Kampf?«

»Tut mir Leid, Hauptmann. Ich weiß wirklich nicht, worum es da ging. Makri und ich waren nur privat unterwegs, und wir sind rein zufällig in diese Bodenturnübung geraten.«

»Das hört sich gar nicht gut an, Thraxas. Was die Mönche auch immer vorhaben, du steckst mitten drin. Du bist im Augenblick ganz schön beschäftigt, was? Der Ehrwürdige Heretius, Thalius' Tochter, und dann auch noch – Matahari.«

Ich wäre beinah zusammengezuckt, als der Hauptmann diesen Namen nennt, aber ich beherrsche mich. Es bestürzt mich, dass Rallig von Matahari weiß, aber ich hätte es eigentlich erwarten können. Er ist ein guter Mann und hat viele Kontakte. Aber die Erkenntnis, dass mich jemand mit Matahari in Verbindung bringt, beunruhigt mich sehr.

»Wenn du sie versteckst, Thraxas, dann schreiest du förmlich nach Ärger. Sie hat eine Kaschemme niedergebrannt und einen Gastwirt getötet. Das bringt ihr mit Sicherheit einen Ausflug auf eine Strafgaleere ein. Aber sie wird es nicht mal bis zum Kai schaffen, wenn die Bruderschaft sie früher erwischt. Und du auch nicht. Was bekommst du dafür?«

Mir fällt keine schlagfertige Antwort ein, also halte ich den Mund.

»Wenn du weißt, wo sie ist, Thraxas, und dieses Wissen zurückhältst, dann solltest du dir das besser noch einmal überlegen. Sag es mir, und ich hole sie unauffällig ab.«

Schwache Erinnerungen an unseren gemeinsamen Kampf gegen die Niojaner und die Orgks scheinen sich in Rallig zu rühren. Denn er versucht tatsächlich, mir einen Gefallen zu tun und zu verhindern, dass ich auf die Abschussliste der Bruderschaft gerate. Auch wenn ich Matahari gern aus dem Weg hätte, würde ich natürlich niemals eine Freundin von Makri den Bütteln ausliefern. Ich schweige und mache Anstalten zu gehen.

»Ich glaube, du verhältst dich hierbei ziemlich unklug, Thraxas. Du hast dir schon viel zu viel vorgenommen. Diese Mönche reißen sich gegenseitig in Stücke. Aus welchem Grund auch immer du darin verwickelt bist, du wirst vermutlich auch unter die Räder geraten. Vor allem jetzt, nachdem Vexial wieder auf die Beine gekommen ist. Das ist wirklich ein verdammt gefährlicher Mann, dieser Vexial der Sehende.«

Ich glotze ihn erstaunt an. »Vexial der Sehende? Er ist wieder gesund? Vor ein paar Stunden stand er noch auf der Schwelle des Todes.«

»Schon möglich. Aber jetzt läuft er wieder quicklebendig herum. Ich habe ihn gesehen. Wir mussten ihn wegen des Kampfes in dem Garten verhören. Und ich weiß noch etwas, das ich einfach so an dich weitergebe: Er steht auf der Abschussliste der Meuchelmördergenossenschaft.«

»Woher wisst Ihr das?«

»Wir haben auch so unsere Quellen.«

»Wenn Ihr einen Spion in der Meuchelmördergenossenschaft habt, dann dürfte er sehr bald aus dem Verkehr gezogen werden. Hat man sie wirklich engagiert, um Vexial zu ermorden?«

»Ja. Ich würde mich aus der Sache heraushalten, wenn ich du wäre, Thraxas. Wenn du den finden willst, der Thalius Scheelauge umgebracht hat, dann wünsche ich dir viel Glück. Und das wünsche ich dir auch, wenn du etwas finden willst, um Gesox zu entlasten, obwohl der so schuldig ist wie ein Orgk im Hühnerstall. Aber vor den Mönchen solltest du dich hüten. Und wirf Matahari raus, bevor die Bruderschaft wirklich sauer wird oder das Justizdomizil einen ordentlichen Zauberer auf sie ansetzt.«

Ich verlasse die Gerichtshöfe mit einer Menge an Informationen, die ich erst mal verdauen muss. Vexial lebt. Das kann eigentlich nicht sein, aber es ist so. Und jetzt ist er offiziell zum Abschuss freigegeben. Aber wer hat die Meuchelmördergenossenschaft engagiert? Und warum? Verdammt sollen diese Mönche sein! Ich wünschte, ich hätte sie nie getroffen. Und Matahari verwünsche ich bei der Gelegenheit gleich mit. Wenn sie unbedingt eine Kaschemme niederbrennen musste, warum konnte sie nicht einfach anschließend auf ein Pferd steigen und die Stadt verlassen? Warum musste sie ausgerechnet in die *Rächende Axt* fliehen und mein Leben damit noch komplizierter machen, als es eh schon ist?

Ich wollte eigentlich Hauptmann Rallig fragen, ob er bei der Suche nach dem verschwundenen Gold schon weitergekommen sei. Das habe ich vergessen. Es ist zu heiß. Ich gehe in die nächste Kaschemme, schiebe mich durch einen Haufen von Schreibern und Advokaten und öffentlich bestellten Rechtsbeiständen der Gerichtshöfe zur Theke vor und bestelle mir ein Bier, um meinen Durst zu stillen. Und dann gleich noch eins, um meine Gedanken in Schwung zu bringen.

13. KAPITEL

Makri lässt sich auf meine Couch fallen. Der Schweiß rinnt ihr über die Schultern, und sie reibt sich die Haut, wo ihr Mini-Kettenhemd-Oberteil in der Hitze auf ihrer Haut scheuert.

»Blöde Klamotte!«, brummt sie.

Recht hat sie. In einem Kampf bietet das Oberteil so gut wie keinen Schutz. Dabei besitzt Makri eine exzellente leichte Leder-und-Ketten-Rüstung, die sie aus den Gladiatorengruben mitgebracht hat. Die Orgks sind äußerst geschickte Schmiede, und ihre Rüstungen sind mindestens so gut wie unsere. Vielleicht sogar so gut wie die der Elfen. Makris leichte Rüstung hält zwar die meisten Schwerter ab, aber sie verdreht einem nicht den Kopf. Und bringt einem auch kein Trinkgeld ein, deshalb trägt sie während der Arbeit diesen Mini-Kettendress. Das ist zwar ziemlich anstößig, denke ich, aber da Makri alle Männer in ZwölfSeen für Abschaum hält, bekümmert sie das letztendlich nicht. Allerdings ist sie wegen der Überbelegung ihres Zimmers langsam ein wenig bekümmert.

»Wirf doch Dandelion einfach hinaus«, rate ich ihr hoffnungsvoll.

»Nein. Ich sagte doch, dass sie bleiben könnte.«

»Wohnt sie denn nirgendwo?«

»Anscheinend nicht. Sie hat vorher am Strand geschlafen.«

»Na ja, da ist sie wenigstens in der Nähe ihrer Delfine.«

Makri will ihr Wort nicht zurücknehmen, also bleibt Dandelion erst einmal. Aber wenigstens räumt Makri ein, dass es anfängt, nervig zu werden. Dandelion will ihr unbedingt ein Horoskop erstellen, und Makri hat einfach keine Zeit für so etwas. Außerdem hat Dandelion irgendwelche parfümierten Kerzen angezündet, deren Wachs über Makris Axt gelaufen ist. Was für eine Frau, die ihrer Axt zärtlich zugetan ist, ziemlich ärgerlich ist.

»Warum tust du dir das an?«

»Weil ich sie irgendwie mag. Ich habe noch nie jemanden getroffen, der Bäume für genauso wichtig hält wie Menschen. Außerdem habe ich keine Freunde hier in der Stadt. Außer dir, denke ich mal. Es ist gut, auch mal mit jemand anderem reden zu können. Wenigstens ist sie zugänglicher als Matahari. Matahari sagt kein Wort. Man sollte eigentlich annehmen, dass sie freundlicher wäre, nachdem ich ihr das Leben gerettet habe.«

Ich äußere die Vermutung, dass Matahari vielleicht zu mitgenommen von ihrer Erfahrung als exotische Tänzerin ist, um noch freundlich zu irgendjemandem zu sein. Oder dass sie zu viel Angst vor der Bruderschaft hat, um große Lust auf Plaudereien zu verspüren.

»Vielleicht. Aber sie sitzt immer nur stumm da. Das ist etwas anstrengend. Wie kommt es eigentlich, dass ich auch noch Bibendis aufnehmen muss?«

»Ich glaube, dass sie einfach zu unglücklich darüber war, dass ihr Vater ermordet wurde, und deshalb keine Lust mehr hat, nach Hause zu gehen. Ich denke, dass man sich allein in einer großen Villa ziemlich einsam fühlen muss.«

»Könnte sie nicht hier schlafen?«

»Auf keinen Fall! Ich brauche die Couch unbedingt, falls ich es mal nicht bis in mein Schlafzimmer schaffe. Du bist einfach zu großherzig, Makri. Wenn du sie nicht um dich haben willst, wirf sie einfach hinaus. Schließlich will niemand sie umbringen!«

Makri knurrt nur. »Na ja, sie macht wenigstens keinen Ärger, sondern liegt nur den ganzen Tag betrunken herum.«

Es ist schon interessant, wie sie diese Gruppe von jungen Frauen um sich herumgeschart hat. Sie könnte bald ihre eigenen Treffen der Vereinigung der Frauenzimmer abhalten. Vorausgesetzt, die Bezeichnung Frauenzimmer passt auf diese

Küken. Aber wenn die Vereinigung sogar Makri aufgenommen hat, dann wird das schon in Ordnung gehen.

Makri sitzt bei mir, weil sie ihre Notizen für ihre nächste Vorlesung durchgehen will. Und in ihrem Zimmer ist es zu voll, sodass sie sich nicht konzentrieren kann.

»Was lernst du da?«

»Elfensprache.«

»Du sprichst doch schon Elfisch.«

»Nur die Umgangssprache. Ich lerne jetzt die Königliche Hochsprache.«

Ich bin nicht sicher, woher Makri eigentlich ihre Kenntnisse der Elfensprache bezogen hat. Sicher, sie ist zu einem Viertel Elf, aber ich vermute mal, dass ihr Elfenopa nicht bei ihr in den Gladiatorgruben gehockt und sie unterwiesen hat. Sie hat aber bisher nie ein Sterbenswörtchen über ihre Erziehung verlauten lassen, und ich habe auch niemals nachgehakt.

»Was ist das?« Sie bemerkt, dass ich ein Blatt Papyrus vor mir auf dem Schreibtisch liegen habe.

»Ich mache mir gerade eine Liste von allem, womit ich es zu tun habe. Das mache ich manchmal, wenn zu viele Dinge vorgehen, an die ich denken soll.«

Ich gebe sie ihr, und sie liest sie laut.

»Mönche, Statue, Goldraub, Rodinaax, Gesox, Thalius, Meuchelmördergenossenschaft, Matahari, Sarin, Vexial, Heretius. Du hast Recht, du musst an zu viele Dinge denken. Es ist schon komisch, wie anstrengend du diesen Sommer faulenzt.«

»Köstlicher Scherz.«

»Vexial kannst du jedenfalls streichen.«

»O nein. Er läuft herum und ist putzmunter.«

»Willst du mich veralbern?«

Ich versichere ihr, dass es stimmt. Makri ist genauso perplex, wie ich es war. Sie weiß so gut wie ich, dass Vexial mittlerweile längst tot sein müsste. Selbst wenn es ihm irgendwie gelungen wäre, dem Tod von der Schippe zu springen, müsste er sich zumindest für einige Monate erholen. Es ist einfach ausgeschlossen, dass er wieder völlig gesund und munter sein kann.

»Zauberei?«

»Kein Zauberer, von dem ich jemals gehört habe, kann einen vom Wundbrand kurieren und solche Wunden heilen. Ich weiß es schlichtweg nicht.«

»Und was hat die Meuchelmördergenossenschaft auf dieser Liste zu suchen?«

»Sie haben den Auftrag erhalten, Vexial zu töten. Ich weiß nicht, von wem, aber die Information selbst stammt aus einer sehr zuverlässigen Quelle. Jedenfalls ist der nach allem, was ich gehört habe, kein leichtes Ziel. Falls deine Busenfreundin Marihana den Zuschlag bekommen hat, sollte sie lieber aufpassen.«

Makri zuckt leicht zurück, als ich Marihana erwähne. Sie wartet darauf, dass nun unsere gewohnte Auseinandersetzung wegen dieses Themas folgt, aber der Augenblick verstreicht ohne Streit.

»Und pass auf, wenn du ausgehst. Sarin die Gnadenlose hat gedroht, ohne Warnung zu schießen, wenn ich die Statue nicht aushändige.«

»Das mache ich. Bist du denn kurz davor, etwas auszugraben, womit du Gesox' Namen rein waschen kannst?«

»Nicht wirklich. Ich verdächtige vor allem diese beiden Kerle, mit denen wir uns hier herumgeschlagen haben. Aber die sind jetzt vom Winde verweht, und ich habe keine Möglichkeit mehr, ihre Verbindung mit dem Verbrechen nachzuweisen. Und selbst wenn sie den Mord ausgeführt haben, dürfte jemand anders hinter seiner Planung stecken. Wenn ich wenigstens das beweisen könnte, würde ich den Schüler immer noch freibekommen. Alles dreht sich um diese Statue, und die deutet auf Vexial und den Sternentempel. Aber jetzt stellt sich heraus, dass sie voller Gold ist. Woher wollen wir also wissen, dass nicht von Anfang an jemand ganz anderes dahinter gesteckt hat? Vielleicht hat derjenige, der den Raub organisiert hat, sich mit Rodinaax überworfen und ihn dann umbringen lassen. Es könnte auch ein Zufall sein, dass ausgerechnet in diesem Moment der Sternentempel nach einer Statue suchte. Oder aber Vexial wusste von dem Gold und war die ganze Zeit an der Sache beteiligt. Ich weiß es einfach nicht. Aber ich kann auf keinen Fall vor Gericht auftreten und dort eine abstruse Geschichte von irgendwelchen Mönchen und Statuen zum Besten geben. Wenn der Konsul herausfindet, dass ich die ganze Zeit das Gold in Händen gehabt habe, würde er wohl eher mich hängen als Gesox freilassen.«

Ich trinke einen Schluck Bier und schiebe mir ein Stück Gebäck in den Mund, das ich mir aus Marzipixas erstklassiger Bäckerei geholt habe. »Ich brauche einfach eine Inspiration. Oder ein bisschen Glück. Eins von beiden würde genügen, ganz gleich, welches.«

»Wann werden sie Gesox hängen?«

»In zwei oder drei Tagen.«

»Na ja, dann musst du dich ja nicht beeilen. Trink ruhig noch ein Bierchen.«

Ich merke, dass Makris Sarkasmus mittlerweile ganz gut funktioniert. Sie widmet sich jetzt ihrem Elfen-Manuskript. Ich starre aus dem Fenster und warte auf eine Eingebung. Ich muss einfach zu viele Informationen erarbeiten, die ich nicht richtig sortieren kann. Kurz gesagt: Ich bin verwirrt. Also gehe ich nach unten und hole mir noch ein Bier.

Einige Stunden später starre ich immer noch aus dem Fenster, aber mittlerweile hat sich ein kleiner Hügel aus leeren Bierflaschen zu meinen Füßen gebildet. Makri, die in der Zwischenzeit eifrig gelesen hat, erhebt sich schließlich vom Boden und legt ihr Manuskript zu einem Stapel zusammen. Sie wirft einen kurzen Blick auf den Berg Altglas.

»Es ist immer wieder ein Vergnügen, dir beim Arbeiten zuzusehen«, meint sie und grinst. Dann geht sie nach unten in den Hinterhof, um vor ihrem Elfensprachkurs noch einige Waffenübungen zu absolvieren.

Ich seufze. Die Inspiration hat mich offensichtlich schnöde links liegen lassen. Dabei habe ich ihr wirklich alle Chancen gegeben, in mich zu dringen. Vermutlich sollte ich lieber hinausgehen und versuchen, ein bisschen auf den Busch zu klopfen. Ich werde Vexial den Sehenden besuchen. Selbst wenn ich nichts Neues über den Fall erfahre, kann er mir vielleicht etwas über seine geheimnisvolle Heilung verraten.

Ich hole mir einen riesigen Teller mit Eintopf und verschiedenen Gemüsen von Tanrose. Von draußen hört man schwach die typischen Geräusche, die eine junge Frau so macht, wenn sie einen Sparringspartner aus Holz mit einer Axt und verschiedenen Schwertern und Klingen angreift und zu Sägespänen verarbeitet.

»Makri hat mir gesagt, dass sie an der Innungshochschule gute Fortschritte macht«, bemerkt Tanrose.

»Ja. Sie wird bald mit der Königlichen Elfenfamilie in ihrer Hochsprache parlieren. Die Frage ist allerdings, ob die sie einer Antwort würdigen.«

Tanroses Eintopf bereitet mir diesmal nicht das übliche Vergnügen. Ich nehme mir noch einen Pfannkuchen extra und wische damit die Soße auf, aber ich bin nicht so richtig bei der Sache. Also trete ich mürrisch in die nachmittägliche Hitze hinaus und sehe zu, wen ich aufschrecken kann.

»Jedenfalls ist das immer noch besser, als auf einer Strafgaleere zu rudern«, knurre ich, während ich den Quintessenzweg entlangmarschiere.

An der ersten Ecke treffe ich auf eine Blase von Kuul-Tiens, die versuchen, wie harte Männer auszusehen. Sie starren mich an, als ich vorübergehe. Ich erwidere den Blick. Sie werden alle noch früh genug in der Bruderschaft landen, bereit, in die Welt des wahren Verbrechens einzutreten. Es sei denn, es bricht ein Krieg aus, und sie werden eingezogen. In dem Fall dürften die meisten von ihnen hopsgehen. Oder die Pest schlägt zu, wie vor einigen Jahren. Das ist auch eine sehr wirkungsvolle Methode, um die Population in den Elendsvierteln zu regulieren.

Ich finde rasch einen Mietlandauer und den Fahrer zu der Villa in Thamlin. Ich bin unentschlossen, ob ich versuchen soll, durch die Vordertür zu Vexial vorzudringen, oder mich lieber hintenherum anschleiche. Schließlich entscheide ich mich für den direkten Weg. Von Heimlichtuerei habe ich im Moment genug.

Der direkte Weg ist auch tatsächlich erfolgreich. Nachdem ich die Auffahrt hinaufmarschiert bin und laut genug an die Tür gehämmert habe, um den alten König Lazarius aufzuwecken, öffnet mir Lolitia höchstpersönlich. Es ist schon merkwürdig, dass sich hier überhaupt keine Bediensteten aufzuhalten scheinen. Vermutlich kümmern sich die Mönche selbst um alles. In jedem anderen Anwesen in Thamlin würde die Herrin des Hauses eher einen Migräneanfall erleiden, als selbst die Tür zu öffnen. Aber vermutlich macht Lolitia das nicht sonderlich viel aus. Schließlich stammt sie aus Zwölf-Seen.

Also teilt mir die Dame des Hauses mit, dass keiner zu Hause sei. Ihre Haltung an der Tür signalisiert sehr deutlich, dass ich keineswegs eingeladen werde, hereinzukommen und selbst nachzusehen. Aber mir fällt auf, dass sie glücklicher wirkt.

»Wie ich höre, geht es Vexial wieder gut.«

Sie nickt.

»Wie kommt das?«

»Durch seine gewaltigen Selbstheilungskräfte.«

»Verblüffende Kräfte, fürwahr. Ich bekomme fast Lust, selbst mit der Meditation anzufangen. Wo ist er? Sucht er Heretius?«

Wenn sie es weiß, sagt sie es jedenfalls nicht.

Ich erkläre ihr, dass ich ihr einige Fragen über Rodinaax stellen möchte. Sie will nicht mit mir reden, bis ich sie darauf hinweise, dass die Zivilgarde sie immer noch verhören will und ich keineswegs darüber erhaben bin, sie an diese auszuliefern. Das verschafft mir zwar Zutritt ins Haus, aber viel weiter komme ich nicht. Lolitia weiß angeblich nicht mehr als das, was sie mir schon erzählt hat. Sie weiß nicht, wer ihren Ehemann umgebracht hat, und sie scheint auch nichts von dem gestohlenen Gold zu wissen.

»Ihr wisst aber doch wenigstens, dass Rodinaax hoch verschuldet war?«

»War er nicht. Er war der erfolgreichste Bildhauer der ganzen Stadt. Er hatte genug Aufträge für die nächsten Jahre, und alle waren sehr gut bezahlt.«

»Vielleicht, aber er war dem Spiel verfallen. Soweit ich gehört habe, hat er eine Hypothek auf das Haus aufgenommen, um seine Buchmacher zu bezahlen, und war kurz davor, alles zu verlieren.«

Zum ersten Mal scheint Lolitia wirklich überrascht, doch dann meint sie ärgerlich, dass ich mich irren müsste.

»Rodinaax hat nicht gespielt. Wenn er es getan hätte, wäre er vielleicht nicht so langweilig gewesen. Und getrunken hat er auch nicht. Ich weiß nicht, mit wem Ihr geredet habt, aber nichts davon ist wahr.«

Also ist es Rodinaax gelungen, seine Schulden vor seiner Frau zu verbergen. Und auch seine Trunksucht. Glückspilz.

»Wenn er keine Schulden hatte, wieso hat er sich dann so beeilt, die Statue fertig zu bekommen?«

»Er hat sich nicht beeilt«, behauptet Lolitia. »Er war viel früher fertig. Wir haben sogar einige Tage Urlaub auf dem Land gemacht, unmittelbar bevor er getötet wurde. So eilig hatte er es! Und jetzt entschuldigt mich bitte. Ich habe noch einiges zu erledigen.«

»Was denn, zum Beispiel?«

»Packen. Ich gehe mit Vexial weg.«

»Ihr lasst Gesox einfach hängen?«

»Daran kann ich nichts ändern. Nichts, was ich den Wachen erzählen kann, würde ihm die Freiheit wiedergeben.«

»Wenn Vexial wegen Mordes verhaftet wird, dann würde das durchaus seine Zellentür öffnen.«

Sie verstummt, und ich bekomme nichts mehr aus ihr heraus. Es ist auch sehr gut möglich, dass sie nichts mehr zu erzählen hat. Bevor ich gehe, warne ich sie wegen der Meuchelmördergenossenschaft. Vexials Wohlergehen interessiert mich zwar eigentlich nicht, aber ich hasse die Meuchelmördergenossenschaft. Sie sind eine Bande eiskalter Killer, und ich lege ihnen Steine in den Weg, wo ich nur kann. Außerdem kann ich Vexial nicht vor Gericht schleppen, wenn sie ihn zu fassen bekommen.

»Vexial der Sehende kann gut auf sich selbst aufpassen.«

»Sicher kann er das. Aber gebt diese Information trotzdem weiter. Die Meuchelmördergenossenschaft ist kein Schützenverein. Wenn Marihana den Fall übernimmt, ist sein Leben keinen Pfifferling mehr wert. Sie wird sich nicht auf einen ehrlichen Kampf einlassen wie der Ehrwürdige Heretius. Sie schießt ihm einen Pfeil in den Rücken oder benutzt eine vergiftete Nadel, wenn er schläft.«

Als ich die Villa verlasse, habe ich das Gefühl, als wäre jemand in der Nähe, der nicht hierher gehört. Jemand oder etwas. Ich kann es nicht genau fassen. Die Sensibilität, die ich als Zauberer entwickelt habe, lässt mich selbst jetzt noch nicht völlig im Stich. Es würde mich nicht wundern, wenn da ein Meuchelmörder im Garten lauert. Na ja, ich habe Vexial gewarnt. Wenn er meine Warnung ignoriert, ist das sein Problem.

Vermutlich sollte ich mich wegen der Spielschulden erkundigen. Ich statte Zockox einen Besuch ab. Zockox ist Buchmacher und führt seine illegalen Geschäfte von einem Laden zwischen Pashish und ZwölfSeen aus. Er ist Mitglied der Bruderschaft, aber wir verstehen uns ganz gut, vor allem deshalb, weil ich viel Geld bei ihm verloren habe. Zu meiner Überraschung teilt mir Zockox mit, dass er niemals eine Wette von Rodinaax angenommen hat.

Ich weiß nicht, warum nicht. Wenn der Bildhauer spielen wollte, dann wäre Zockox genau der richtige Mann für ihn gewesen, um ein solches Geschäft abzuschließen. Und das ist nicht alles. Zockox ist fest davon überzeugt, dass er erfahren hätte, wenn Rodinaax bei irgendeinem anderen Buchmacher eine Wette abgeschlossen hätte.

»Ich kenne alle großen Spieler in Turai, Thraxas. Der Bildhauer war kein Spieler. Er war ein sehr bekannter Mann, und soweit ich weiß, hat er niemals auch nur eine einzige Wette abgeschlossen.«

Ich danke Zockox. Und vergesse nicht, ein paar Wetten abzuschließen, wenn ich schon mal da bin. Es ist zwar gerade keine Rennsaison in Turai, weil es für die Wagenrennen im Stadion Superbius zu heiß ist, aber es gibt ein kleines Kolosseum weiter unten an der Küste. Dort weht ein frischer Seewind, und sie veranstalten am Wochenende ein kleines Rennen. Ich wollte eigentlich dorthin gehen, bevor ich in diese Angelegenheit hier verwickelt wurde.

Meinen nächsten Zwischenstopp lege ich im öffentlichen Registraturbüro ein, das nicht weit von den Gerichtshöfen entfernt ist. Auch hier war ich einmal willkommen, aber jetzt tun die Büttel so, als hätten sie mich noch nie gesehen. Sollen sie doch zur Hölle fahren! Ich finde einen jungen Angestellten, der gerade Zeit hat, und wir durchsuchen die Rollen in der Registratur, bis wir das Dokument über Rodinaax' Haus in Pashish finden.

»Wem gehört es?«

»Rodinaax.«

»Und wer hält die Hypothek?«

»Niemand. Laut den Aufzeichnungen der Stadt liegt keine Hypothek auf dem Haus.«

Ich überzeuge mich selbst. Er hat Recht. Rodinaax gehörte das Haus. Hier finden sich keinerlei Hinweise darauf, dass er Schwierigkeiten mit seinen Finanzen gehabt hätte.

Keine Hypotheken und keine Spielschulden? Warum

glaubt Gesox dann, dass Rodinaax in Schwierigkeiten steckt? Das wird ja immer merkwürdiger. Ich begebe mich nach Hause und kaufe mir unterwegs eine Wassermelone. Ich esse sie im Gehen und veranstalte dabei eine ziemliche Schweinerei.

Dabei fällt mir etwas ein. Wenn Sarin die Gnadenlose ihre Drohung wahr macht, könnte ein Bolzen ihrer Armbrust mich genauso leicht durchschlagen wie die Wassermelone. Aber daran kann ich nicht viel ändern, außer vielleicht noch wachsamer zu sein und mich darauf zu verlassen, dass meine Sinne mir eine Art Warnung geben. In der Hitze kann ich nicht mit einem Brustpanzer herumlaufen. Das würde mich genauso schnell umbringen wie ein Armbrustbolzen. Ich könnte mir allerdings einen persönlichen Schutzzauber merken, aber es ist ein sehr komplizierter Zauber, und ich finde es im Moment eher schwierig, solche Dinge zu behalten. Außerdem muss ich den Schlafzauber zur Hand haben, wenn ich an einem Fall arbeite, und ich kann mir nicht beide Sprüche merken. So viel freie Geisteskapazität habe ich nicht mehr.

Schließlich spüre ich einen von Rodinaax' Dienern auf, seinen Kammerdiener. Die Wache hat ihn als einen unentbehrlichen Zeugen festhalten wollen, aber sein Vater hat einigen Einfluss in der Rittmeisterinnung und hat es geschafft, ihn herauszupauken. Er sagt mir nicht viel Neues, aber er bestätigt Lolitias Aussage, dass Rodinaax keineswegs in finanziellen Schwierigkeiten gesteckt habe. Die Statue sei pünktlich fertig gewesen, und von irgendwelchen Schulden wisse er nichts.

Außerdem habe der Kammerdiener Rodinaax und seine Frau auf ihrem Kurzurlaub nach Ferias begleitet. Das ist ein kleiner Urlaubsort an der Küste, wo es im Sommer erheblich kühler ist. Leute mit genügend Geld flüchten um diese Jahreszeit häufig dorthin. Die Glücklichen, denke ich, während mir der Schweiß in die Tunika rinnt und meine Ledersandalen sich anfühlen, als wären sie aus nassen Lumpen angefertigt.

Ob Rodinaax wohl ein Bankkonto hatte? Die meisten Leute in unserer Stadt haben nicht genug Geld, um sich ein Konto einzurichten, und die kleinen Geschäftsleute haben meist ihren eigenen Safe oder ein Versteck auf ihrem Grundstück. Aber ein relativ wohlhabender Mann wie Rodinaax könnte sehr gut ein Konto im Goldenen-Halbmond-Viertel haben, wo die Oberschicht ihren Geschäften nachgeht. Ich habe zwar nur wenig Kontakte in dieser Gegend, aber vielleicht finde ich ja doch etwas heraus. So könnte ich die Frage klären, ob Rodinaax nun Schulden hatte oder nicht. Ich bin sehr mit diesen Gedanken beschäftigt, deshalb bemerke ich Makri erst, als sie auf dem Quintessenzweg praktisch in mich hineinläuft.

»He, pass doch auf, wo du hingehst, Makri. Was ist los? Setzt dir die Hitze so zu?«

»Entschuldige.«

Sie erzählt mir, dass sie gerade erst von ihrer Vorlesung in Hoch-Elfisch zurückgekommen sei. Sie findet den Kurs sehr anstrengend, weil der Professor sie immer anschaut, als sollte sie eigentlich nicht da sein.

»Ich hasse ihn. Aber hör mal zu.«

Sie sagt etwas in der Königlich-Elfischen Hochsprache.

»Was bedeutet das?«

»Willkommen auf meinem Baum.«

»Sehr schön, Makri.«

»Bist du beeindruckt?«

»Ja. Das werden die Elfen auch sein, falls du jemals nach Süden segelst und anfängst, mit ihnen zu reden. Nur sehr wenige Menschen lernen die Königliche Elfenhochsprache.«

Und fast genauso wenig Menschen sprechen überhaupt Elfisch, obwohl die Elfen nichts dagegen haben, dass die Menschen es lernen. Makris Umgangselfisch ist ziemlich flüssig. und meines ist nicht allzu schlecht. Es gehört zum Studium eines Zauberlehrlings, und ich hatte außerdem die Chance, meine Sprachkenntnisse zu verbessern, als ich bei den Elfen war.

Das ist etwas, worum Makri mich beneidet. Um meinen Besuch der Südlichen Inseln. Nur wenige Menschen haben diese Reise unternommen. Wir treiben natürlich mit den Elfen Handel, aber abgesehen von den Schiffsbesatzungen würden nur sehr wenig Bürger so weit reisen. Ihnen erscheint die Reise viel zu gefährlich. Und außerdem auch nicht der Mühe wert. Wir mögen die Elfen zwar hier, aber die wiederum schätzen zu viele Besucher überhaupt nicht.

»Eines Tages werde ich dorthin segeln«, verkündet Makri.

Ich bin überrascht.

»Wie kommst du denn darauf? Der letzte Elf, den du gesehen hast, wurde leichenblass, als er dein Orgk-Blut gewittert hat. Du hast sogar geschworen, nie wieder ein Sterbenswörtchen mit einem Elf zu wechseln.«

»Na ja, eines Tages werden sie sich schon freuen, mich zu sehen.«

Vielleicht hat sie Recht. Für eine soziale Außenseiterin verfügt Makri über überraschend viel Talent, die Leute für sich einzunehmen. Das gilt auch für Fabelwesen. Als wir vor ein paar Monaten den Feenhain besucht haben, konnten die Kentauren gar nicht genug von ihr bekommen. Natürlich sind Kentauren ehrlich gesagt an allen Frauen interessiert, die so gut ausgestattet sind wie Makri, ganz gleich, welcher Rasse sie angehören.

»Cimdy hat sich einen Ring durch den Nabel gezogen«, erklärt Makri. »Das gefällt mir. Findest du, dass ich mir auch einen machen sollte?«

Dieser Themenwechsel überrumpelt mich total.

»Du hast mir doch einmal gesagt, dass es ein Tabu für Elfen sei, sich den Körper zu durchbohren«, meint Makri. »Hast du dir das nur ausgedacht?«

»Nein, das stimmt.«

»Na ja, ich kann den Ring ja immer noch herausnehmen, wenn es so weit ist. Was hältst du davon, wenn ich auch meine Brustwarzen durchbohre?«

»Das solltest du nur dann tun, wenn du die Elfen vollkommen in Panik versetzen willst. Und warum zum Teufel willst du es eigentlich tun? Niemand wird den Ring jemals zu sehen bekommen.«

Makri hat keine Liebhaber. Nie. Sie erklärt das damit, dass sie vielleicht Interesse hätte, wenn nicht alle Männer in ZwölfSeen so widerlich wären. Ich muss zugeben, dass sie da nicht ganz Unrecht hat.

»Cimdy hat ihre Brustwarzen durchbohrt. Sie hat mir gezeigt, wie ...«

»Könnten wir bitte das Thema wechseln? Ich plaudere gern mit dir über die Vorlesungen. Aber auf intime Einzelheiten von Körperverstümmelungen würde ich lieber verzichten.«

Makri gibt vor, verwirrt zu sein. »Ist das auch wieder eines von euren ›Zivilisationsdingen‹?«

Der Ruf zum Abendgebet, zum so genannten Sabbav, schreckt uns auf.

»Jetzt siehst du, was du angerichtet hast, Makri. Hättest du nicht angefangen, über dieses Körperdurchbohren zu reden, hätten wir es noch rechtzeitig vor den Gebeten nach Hause geschafft. Ich würde gern mit einem Bierchen in der Hand auf meiner Couch sitzen. Jetzt müssen wir uns in den Dreck knien und beten.«

Darum kommen wir nicht herum. Wo auch immer man sich befindet, wenn der Ruf von den hohen Türmen ertönt, betet man.

Die meisten Leute, die diese Verpflichtung ernster nehmen als Makri und ich, sind entweder nach Hause oder in einen Tempel gegangen. Entweder um zu beten oder um sich zu verstecken, bis alles vorbei ist. Aber es gibt noch einige andere Nachzügler. Wir knien uns zusammen mit den Leuten, die auf der Straße wohnen und nirgendwohin flüchten können, in den Dreck. Es ist ärgerlich. Vor allem, weil die *Rächende Axt* von hier aus zu sehen ist. Aber wir können nichts dagegen tun. Makri unterwirft sich diesem Akt der Demut besonders ungern, weil sie nicht an die Lehre der Wahren Kirche glaubt.

Aber Ausnahmen sind nicht erlaubt, und wenn man gegen dieses Gesetz verstößt, bedeutet das Gefängnis.

Ich murmele mich durch die Abendgebete. Die Sonne scheint immer noch heiß, und ich spüre schmerzhaft den harten Boden unter meinen Knien. Ich tröste mich mit dem Gedanken an Gurdhs Bier, das in wenigen Minuten auf mich wartet. Nach einer Weile, die mir wie eine Ewigkeit vorkommt, ertönt der Ruf, der das Ende der Gebete verkündet. Im selben Moment habe ich das starke Gefühl, dass irgendetwas überhaupt nicht stimmt. Ich spüre große Gefahr. Ich habe mich schon fast aufgerichtet, als ich mich noch einmal flach auf den Boden werfe.

Ein Armbrustbolzen schwirrt an mir vorbei, und ich spüre ein scharfes Ziehen an meinem Arm, als etwas daran zupft. Im Fallen stürze ich gegen Makri, und wir fallen übereinander. Ich blicke hoch. Mein Arm ist etwas blutig, aber ansonsten ist alles Ordnung.

»Diese verdammte Sarin!«, knurre ich und ziehe mein Schwert.

Da erst bemerke ich, dass Makri sich nicht rührt. Sie liegt mit dem Gesicht nach unten im Dreck. Ich rolle sie sanft herum. Ein Armbrustbolzen steckt in ihrer Brust. Sarins Armbrustbolzen sind etwa zwanzig Zentimeter lang. Dieser hier ist mindestens achtzehn Zentimeter in Makris Brust eingedrungen. Blut strömt aus der Wunde. Ich lege meine Hand an ihren Hals. Kein Puls mehr zu spüren. Rasch halte ich mein Ohr direkt an ihren Mund. Sie atmet nicht mehr. Der Bolzen, der ganz offensichtlich mir galt, hat sich tief in ihr Brustbein gebohrt. Makri ist tot.

14. KAPITEL

Zum ersten Mal in meinem Leben bin ich wie erstarrt vor Entsetzen. Ich sehe mich nicht um, ob Sarin noch in Sicht ist. Und ich komme nicht einmal auf die Idee, mich vor einem möglichen zweiten Bolzen in Sicherheit zu bringen. Ich starre nur Makri an, die tot vor mir auf der Straße liegt.

Einige Leute, die in unserer Nähe gebetet haben, rücken von uns ab. Ich achte nicht auf sie, als ich Makris Leichnam hochhebe und hilflos damit die wenigen Meter zur *Rächenden Axt* stolpere.

»Ruft die Garde!«, schreit jemand.

Aber die kann hier auch nichts mehr ausrichten. Ich kann nicht glauben, was soeben passiert ist. Makris Körper fühlt sich leicht an, und sie hängt schlaff in meinen Armen, als ich die letzten Schritte zur Kaschemme gehe. Blut rinnt aus ihrer Brust über meine Arme. Es ist noch früh am Abend, und in der Kaschemme ist es ruhig. Ich trete an den Tresen, an dem Gurdh seine Humpen poliert. Er sieht mich an, und ihm fällt beinah die Kinnlade herunter. Ich selbst stehe einfach dumm da und weiß nicht, was ich als Nächstes tun soll. Ich bringe kein Wort heraus.

Tanrose taucht auf.

»Makri ist tot«, sage ich schließlich.

Tanrose packt mich am Arm und führt mich nach hinten. Dort lege ich den Leichnam auf einen Tisch.

Gurdh ist genauso schockiert wie ich und kann auch nichts sagen. Tanrose will wissen, was passiert ist.

»Sarin hat sie erschossen«, erwidere ich.

Jetzt werde ich Sarin töten. Aber ich kann es nicht ertragen, Makris Leichnam zurückzulassen.

Tanrose beugt sich über sie. Ihre Augen füllen sich mit Tränen. Als der erste Schock endlich nachlässt, werden auch meine Augen ganz nass. Ich fühle mich elend. Gurdh stöhnt und sinkt verzweifelt auf einen Stuhl.

Ich sehe den Leichnam an.

»Sie darf einfach nicht tot sein!«, erkläre ich.

Plötzlich keucht Makri, und Blut läuft ihr aus dem Mund. Sie stöhnt schwach, und dann wird ihr Körper wieder ganz schlaff.

»Sie lebt noch!«, schreit Tanrose.

Ich verschwende keine Zeit mit Worten. Als Makri zum zweiten Mal hustet, bin ich schon unterwegs, um Chiruixa, die Heilerin, zu holen. Chiruixa wohnt ganz in der Nähe der Kaschemme. Sie ist eine sehr geschickte Frau und kümmert sich um die Wehwehchen und Kümmernisse der Armen von ZwölfSeen, ohne viel mehr dafür zu bekommen als einen Haufen Dankbarkeit. Ich renne, wie ich nicht mehr gelaufen bin, seit ich ein junger Soldat in der Armee war. Am Eingang zu Chiruixas Haus wartet schon eine lange Schlange Kranker, die zu ihr wollen. Ich dränge mich einfach an ihnen vorbei und stürme in die Wohnung. In einer Art Wartezimmer vergibt eine junge Frau Termine. Sie blickt hoch und will etwas sagen, aber ich bin an ihr vorbei und stehe im Behandlungszimmer, bevor sie auch nur ein Wort über die Lippen bringt.

Chiruixa beugt sich gerade über einen Patienten.

»Makri hat einen Armbrustbolzen in der Brust. Sie wird gleich sterben.«

Ich erwarte Widerstand und habe mich darauf vorbereitet, Chiruixa einfach hochzuheben, mir über die Schulter zu werfen und sie in die *Rächende Axt* zu schleppen. Doch stattdessen nickt sie, murmelt ihrem Patienten zu, dass er morgen wiederkommen soll, und schnappt sich ihren Heilerbeutel, bevor sie mit mir auf die Straße eilt. Wir laufen zur *Rächenden Axt* zurück, und ich treibe sie förmlich in das Hinterzimmer.

Makri gibt kein Lebenszeichen mehr von sich. Ihre Haut hat schon einen merkwürdigen Farbton angenommen.

Als Chiruixa den Armbrustbolzen sieht, der sich tief in Makris Brust gebohrt hat, sieht sie mich fragend an.

»Sie lebt noch«, erkläre ich. »Tut, was Ihr könnt. Ich hole Astral Trippelmond.«

Ich nehme den Hinterausgang, sattle in Windeseile Gurdhs altes Ross, springe darauf, ramme dem Gaul meine Hacken in die Flanken und galoppiere rücksichtslos den Quintessenzweg entlang, ohne auf die Fußgänger zu achten, die mir Unflätigkeiten zurufen, bevor ich sie niederreite. Ich schaffe es von ZwölfSeen nach Pashish in einer neuen Rekordzeit und verschwende keine Worte an Astrals Diener, als ich ihn aus dem Weg dränge und in die Gemächer seines Herrn stürme.

Weniger als eine Minute später sind wir wieder unterwegs, zurück zur *Rächenden Axt*. Astral ist zwar nicht auf Heilung spezialisiert, aber er hat viel Wissen und Macht. Ich bete, dass er helfen kann.

Das Pferd wiehert protestierend, als ich es gnadenlos vorantreibe. Als es mich und den Zauberer vor der Kaschemme absetzt, trabt es praktisch auf dem Zahnfleisch. Ich führe Astral rasch in das Hinterzimmer, wo Makri immer noch regungslos daliegt. Chiruixa beugt sich über sie. Es ist ihr gelungen, die Blutung zu stoppen.

»Lebt sie noch?«, will ich wissen.

»So grade eben.«

»Das ist eigentlich ein Wunder«, bemerkt Astral leise, als er die Wunde mustert, und Chiruixa pflichtet ihm bei. Astral zieht einen kleinen, durchsichtigen Kristall aus seiner Tasche. Es ist ein Lebensstein. Die meisten Zauberer haben einen bei sich. Wenn man ihn an die Haut einer Person hält, dann strahlt er grünlich. Es sei denn, diese Person ist tot. Dann strahlt er gar nicht. Astral drückt ihn auf Makris Stirn. Wir versuchen verzweifelt, eine Verfärbung des Kristalls zu entdecken. Zuerst passiert überhaupt nichts, doch dann erscheint quälend langsam ein flackerndes grünliches Schimmern.

Astral richtet sich auf. Er wirkt beunruhigt und scheint

nicht sprechen zu wollen. Ich fordere ihn auf, endlich mit der Sprache herauszurücken.

»Davon kann sich keiner erholen«, sagt er und blickt auf den Kristall, dessen Schimmern bereits wieder erloschen ist und der jetzt farblos auf Makris Stirn liegt.

Es scheint offenkundig, dass nur Makris große innere Stärke – eine Folge ihres gemischten Blutes – sie so lange am Leben gehalten hat. Doch selbst die versiegt allmählich.

»Zieht den Bolzen heraus!«, schreit Gurdh plötzlich, als seine Gefühle ihn überwältigen.

Chiruixa schüttelt den Kopf. Der Bolzen hat sich tief in ihr Brustbein gegraben. Jeder Versuch, ihn zu bewegen, würde Makri mit Sicherheit umbringen.

»Ich gebe ihr Amacia-Kräuter«, sagt die Heilerin. »Die werden sie stärken. Mehr kann ich nicht tun.«

Astral spricht einen Zauber über Makri aus. Ich erkenne in den Worten einen Spruch, der die Selbstheilungskräfte des Körpers verstärkt. Das ist sehr gut. Vor allem, wenn man die Pest hat. Aber es nützt nur wenig, wenn einem ein zwanzig Zentimeter langer Armbrustbolzen in der Brust steckt. Astral und Chiruixa haben nur noch wenig Hoffnung. Die Amacia-Kräuter und der Stärkungszauber werden das Unausweichliche nur hinauszögern. Die beiden können nicht abschätzen, wie lange Makri noch am Leben bleibt, weil sie eigentlich längst tot sein sollte. Und mir bleibt nichts übrig als zu warten, bis sie tot ist, und dann loszugehen und Sarin zu töten.

»Was ist denn hier los?«

Es ist Dandelion. Sie schreit vor Entsetzen auf, als sie Makri sieht. Ich bin viel zu aufgeregt, um mich darum zu kümmern. Meine Ärmel sind immer noch feucht von Makris Blut.

Dandelion klammert sich an mich. »Der Heilstein der Delfine!«

Die Lage ist so verzweifelt, dass ich bereit bin, selbst nach dem schwächsten Strohhalm zu greifen. »Der Heilstein? Gibt es den denn wirklich?«

»Natürlich gibt es ihn. Das sage ich dir doch schon die ganze Zeit. Er heilt alles, aber er ist gestohlen worden.«

Eine plötzliche Eingebung trifft mich wie ein Blitz. Sie hätte ruhig schon etwas früher einschlagen können. Vexial der Sehende. Er konnte sich unmöglich von diesen Wunden erholen, und trotzdem hat er es getan.

»Wie sieht der Heilstein aus?«, will ich wissen.

»Keine Ahnung.«

»Was meint Ihr mit: Keine Ahnung?«, brülle ich sie an.

Dandelion quiekt vor Schreck, weil sie glaubt, dass ich sie schlagen will. Ganz Unrecht hat sie damit nicht.

»Ich habe nie gefragt, wie er aussieht. Ich weiß nur, dass es ihr Heilstein ist.«

Ich will losstürmen und Vexial suchen, aber ich zwinge mich dazu, ruhig zu bleiben und nachzudenken. Es ist sinnlos, blindlings durch die Stadt zu rennen und gar nicht zu wissen, wonach ich suche. Die Delfine in der Bucht reden doch angeblich. Ein Ritt dorthin dauert zwanzig Minuten. Das ist zu lange.

»Ich könnte versuchen, sie vom Hafen aus zu rufen«, sagt Dandelion. »Manchmal sind sie nah genug, dass sie mich hören.«

Ich bin bereit, es auf einen Versuch ankommen zu lassen. Und ich frage Astral, ob er Vexial für mich aufspüren kann.

»Vielleicht, wenn Ihr etwas habt, das ihm gehört. Wenn nicht, dann eher nicht.«

Ich habe aber nichts. Jedenfalls nichts, was er berührt hat. Ich zermartere mir das Hirn nach einer Inspiration. Das Gold in der Statue. Wenn er hinter diesem frechen Raub steckt, könnte er es berührt haben.

Ich ziehe den magischen Beutel heraus und öffne ihn. Alle stehen noch unter dem Schock über das, was Makri widerfahren ist, also zucken sie nicht mal mit der Wimper, als plötzlich der Kopf der Statue auftaucht.

Astral Trippelmond schüttelt den Kopf. »Das ist sinnlos,

Thraxas. Es war in dem Magischen Raum. Jede Aura, die darauf gewesen sein mag, ist weggewischt.«

Ich gehe kurz hinaus und komme mit dem Vorschlaghammer wieder zurück. Damit zertrümmere ich noch mehr von der Bronzeschicht und enthülle ein frisches Stück Gold. »Wie wäre es damit? Es war die ganze Zeit bedeckt, während es da drin war.«

Astral streicht sich über seinen kurzen grauen Bart. »Daran könnte ich vielleicht etwas finden.«

»Tut, was Ihr könnt, und wartet dann am Ende des Mond-und-Sterne-Boulevards auf mich.«

Gurdhs altes Ross würde keinen weiteren Ausritt mit zwei Personen auf seinem Rücken überstehen. Ich eile den Quintessenzweg entlang und suche verzweifelt nach einem Mietlandauer. In dem ersten, der mir begegnet, hockt irgendein untergeordneter Stadtbüttel. Ich greife in die Zügel, bringe den Landauer zum Stehen und ziehe mein Schwert.

»Ich brauche eine Mitfahrgelegenheit«, erkläre ich.

Der Büttel springt heraus und stößt wilde Drohungen aus. Ich versetze ihm einen gezielten Hieb mit der flachen Klinge, und er plumpst wie ein Mehlsack zu Boden.

»Zum Hafen, und zwar dalli!«, befehle ich dem Kutscher.

Ich halte immer noch mein Schwert in der Hand. Der Mann bringt uns zum Hafen, und zwar dalli.

Dandelion erklärt mir, dass sie einmal vom Ende des Piers aus mit den Delfinen geredet hat. Wir fahren dorthin, vorbei an den Drei-Ruderern und den Zwei-Ruderern, die zum Löschen und Aufnehmen ihrer Fracht angelegt haben. Die gewaltigen Schiffe liegen in der Dunkelheit ruhig da, und auf jedem brennt nur eine kleine Hafenlaterne. Nachts patrouillieren normalerweise Sicherheitsleute, die für die Hafenbehörde arbeiten, über die Kais. Aber wir begegnen niemandem, als wir über den Pier laufen. Für gewöhnlich bewege ich mich nicht mehr sonderlich schnell zu Fuß fort, und ich spüre, wie mein Herz vor Anstrengung hämmert. Aber ich ignoriere es.

Dandelion stolpert und fällt hin. Ich ziehe sie hastig hoch. Sie hat sich den Fuß an einem scharfen Metallstück aufgeschnitten und hinterlässt einen blutigen Fußabdruck, als wir weiterlaufen. Am äußersten Ende des Hafens befindet sich ein Wellenbrecher, der weit bis aufs Meer hinausführt und den einlaufenden Schiffen Schutz vor dem Wind bietet. Wir bleiben erst stehen, als wir an seinem Ende angelangt sind.

»Also?«

Dandelion blickt auf das dunkle Meer hinaus. Die Sonne ist bereits untergegangen, und ihre letzten Strahlen färben das Wasser rot. Rot wie Wein, sagte einmal ein Elfenpoet. Dandelion neigt den Kopf ein wenig und stößt einige merkwürdige Laute aus, ein hohes Wimmern, gemischt mit Schnalzen und Gurgeln. Nichts passiert. Sie wiederholt die Laute. Ich werfe ihr einen wütenden Blick zu. Wenn das ihre Auffassung von einem kleinen Scherz sein sollte, werfe ich sie ins Meer.

»Wo bleiben die Delfine?« Ich schreie.

Sie stößt ein drittes Mal diese Laute aus. Ich will mich gerade herumdrehen und selbst nach Vexial suchen, als sie einen Schrei ausstößt und die Hand ausstreckt. Direkt unter uns hat ein Delfin seinen schlanken Kopf aus dem Wasser gestreckt und sieht Dandelion erwartungsvoll an.

»Was soll ich ihm sagen?«

»Dass ich hier bin, um ihren Heilstein zu suchen. Und sag ihm auch, dass ich es verdammt eilig habe.«

Sie gurgeln und schnalzen eine Ewigkeit miteinander, aber vermutlich ist das eine recht annehmbare Geschwindigkeit für ein Schwätzchen zwischen einem Delfin und einem Menschen. Schließlich dreht sich Dandelion zu mir herum und sagt, dass der Heilstein der Delfine etwa kreuzförmig sei, aus schwarzem Stein bestehe und etwa die Größe einer Männerhand hat. Das muss reichen.

»Er lag auf dem Altar in ihrem unterseeischen Tempel weit draußen in der Bucht. Ein Taucher hat ihn gestohlen, als sie alle draußen im Meer gespielt haben. Der Tempel ist …«

»Heb dir die Einzelheiten für später auf!«, knurre ich. Ich stürme davon und lasse die barfüßige Dandelion bei ihrem Delfin zurück.

Jetzt weiß ich wenigstens, wonach ich suchen muss. Falls Astral mit dem Gold in der Statue schon Fortschritte gemacht hat, weiß ich sogar, wo ich suchen muss. Der Magier wartet schon in einem Landauer an der Ecke Quintessenzweg und Mond-und-Sterne-Boulevard. Gurdh und seine Axt sind bei ihm.

»Glück gehabt?«

»Ja. Die Aura von Vexial dem Sehenden ist über das ganze Gold verteilt. Ich habe die Stadt durchsucht und ihn in Zwölf-Seen gefunden.«

»In ZwölfSeen? Seid Ihr sicher?«

»Allerdings. Er befindet sich in der offiziellen Residenz von Präfekt Tholius.«

Sieh mal einer an. Präfekt Tholius. Vermutlich fügt sich schließlich das eine nahtlos zum anderen, wenn ich erst mal Zeit habe, in Ruhe darüber nachzudenken.

»Was wollt Ihr jetzt tun?«, fragt der Zauberer.

»Ich suche den Heilstein. Und ich werde jeden töten, der sich mir in den Weg stellt.«

»Auf geht's!« Gurdh singt die Worte beinah.

Die schwere Axt schwingt an seiner Hüfte. Es ist gut, Gurdh dabeizuhaben, auch wenn es schon lange her ist, dass wir gemeinsam gekämpft haben. Ich erkläre Astral, dass er nicht mitkommen muss. Wenn er in eine Auseinandersetzung mit Präfekt Tholius gerät, könnte es sein, dass er nie wieder in die Zaubererinnung aufgenommen wird. Aber er will sich unseren Auftritt auf keinen Fall entgehen lassen. Wir haben keine Zeit, lange darüber zu diskutieren, also rasen wir in dem Landauer zu Tholius' offizieller Residenz im Ruhepfad. Sein Anwesen ist, abgesehen von der Kirche und den Öffentlichen Bädern, das einzige halbwegs anständige Haus in ZwölfSeen.

Unterwegs versuche ich, mir einen Plan zurechtzulegen, wie ich die Sache angehe. Ich habe nur leider keine Zeit, mir irgendetwas Schlaues auszudenken. Wenn ich großes Glück habe, wird Vexial den Heilstein der Delfine einfach so aushändigen, aber das ist eher unwahrscheinlich. Erstens wird er einen so nützlichen Gegenstand lieber für sich behalten wollen. Und außerdem müsste er dann öffentlich zugeben, ihn den Delfinen geraubt zu haben. Das ist kein Verbrechen in Turai, sondern etwas viel Schlimmeres, nämlich die Verletzung eines Tabus und damit das unwiderrufliche Ende seiner Karriere als Abt eines Klosters.

Ich koche vor Frustration, weil der dichte Verkehr unser Weiterkommen verzögert. Die Fahrt verläuft schweigend, denn wir wissen, dass jede Sekunde, die verstreicht, Makri unaufhaltsam ihrem Tod näher bringt.

Als wir endlich den Ruhepfad erreichen und in eine Seitenstraße einbiegen, die zur offiziellen Residenz führt, haben wir Glück. Präfekt Tholius höchstpersönlich kommt uns in Begleitung von Vexial dem Sehenden entgegen. Die beiden sind allein, ohne Leibwächter, und ziemlich überrascht, als wir mit glühenden Rädern neben ihnen anhalten und aus dem Landauer springen.

Der Präfekt ist vollkommen überrumpelt, als er sich plötzlich einem Detektiv, einem Barbaren und einem Magier gegenübersieht, die zu allem Überfluss auch noch recht aufgebracht zu sein scheinen. Er will wissen, was wir wollen.

»Den Heilstein. Und zwar auf der Stelle!«

»Wovon redet Ihr?«, erkundigt sich Tholius.

Ich beachte ihn nicht und wende mich an Vexial: »Den Heilstein!«

Gurdh schiebt sich neben mich und hebt die Axt. Vexial bereitet sich auf eine Verteidigung vor. Ich erinnere mich an seinen Ruf als Kämpfer. Dafür habe ich jetzt keine Zeit.

»Tötet ihn mit dem Herzinfarkt-Fluch!«, sage ich zu Astral Trippelmond.

Astral hebt drohend die Arme.

»Gebt ihm den verdammten Heilstein!«, schreit Tholius und fasst sich nervös an die Brust.

»Er hat keinen Herzinfarkt-Fluch memoriert!«, erwidert Vexial gelassen und beweist, dass er tatsächlich eine Menge sehen kann. Aber nicht alles. Als er drohend auf Astral zugeht, schlage ich ihm mit dem Knauf meiner Klinge auf den Hinterkopf. Er kippt um wie ein Sack Bohnen und bleibt bewusstlos liegen.

»Das konntest du wohl nicht sehen, hm?«, knurre ich. Ich durchsuche ihn, während Gurdh Anstalten macht, dem Präfekten mit seiner Axt den Hals zu rasieren.

»Du weißt ja wohl, dass dich eine Reise auf einer Strafgaleere erwartet?«, fragt Tholius erstickt voll ohnmächtiger Wut.

Ich finde den Heilstein. Er ist klein, schwarz und etwa wie ein Kreuz geformt.

»Dann sehen wir uns ja an Bord«, erwidere ich liebenswürdig. »Kommt mir ruhig in die Quere. Dann weise ich Euch Eure Beteiligung an der Geschichte mit der goldenen Statue nach.«

Tholius schaut mich bestürzt an und ringt plötzlich nach Worten. Es war natürlich nicht schwer zu erraten, dass Tholius etwas mit dem Gold und Vexial zu tun hatte. Das erklärt auch die Geschwindigkeit, mit der er Gesox verurteilen wollte, ohne dass allzu viele Fragen gestellt wurden. Es bringt eine Menge Sinn in viele Dinge, aber darüber kann ich später nachdenken.

Wir hüpfen wieder in den Landauer. Gurdh nimmt die Zügel, und wir donnern davon. Ich schiebe Astral den Stein zu, und er untersucht ihn, als wir so rasch wie möglich zum Quintessenzweg zurückrasen. Wir hinterlassen eine Staubfahne auf der ausgedörrten Erde, und vor uns springen Fußgänger eilig in die Büsche, als wir an ihnen vorbeifegen.

»Habt Ihr ihn schon durchschaut?«, frage ich den Zauberer. Bis zur *Rächenden Axt* ist es jetzt nicht mehr weit.

»Ich habe so etwas noch nie zuvor gesehen. Die Delfine behaupten, er wäre vom Himmel gefallen?« Er dreht den Stein in seinen Händen herum und mustert ihn sorgfältig.

»Ich habe wirklich keine Ahnung, was das ist. Aber er fühlt sich auf jeden Fall mächtig an.«

Es ist mittlerweile vollkommen dunkel, als wir wieder in der *Rächenden Axt* ankommen. Ich bin schätzungsweise eine knappe Stunde weg gewesen. Als ich mit den anderen ins Hinterzimmer laufe, wo Makri immer noch mit ihrer schrecklichen Brustverletzung auf dem Tisch liegt, schicke ich ein kurzes Stoßgebet zum Himmel. Mittlerweise drängeln sich Chiruixa, Tanrose, Dandelion, Bibendis, Cimdy und Bertax in dem Raum.

Nur Matahari ist nicht dabei. Sie wirken ziemlich elend.

»Ich habe den Stein!«

Wenn ich erwartet hatte, Hoffnung in den Gesichtern leuchten zu sehen, dann werde ich enttäuscht. Niemand zeigt auch nur das geringste Anzeichen von Hoffnung.

»Du bist zu spät gekommen«, meint Tanrose seufzend. »Makri ist gestorben.«

»Nein, ist sie nicht!«, widerspreche ich. »Sie sieht nur tot aus.«

Das tut sie allerdings wirklich.

»Sie hat eine sehr kräftige Konstitution«, fahre ich fort. »Elfenblut, Orgkblut, Menschenbl…!«

Chiruixa schüttelt den Kopf.

Astral Trippelmond legt seine Hand auf Makris Stirn und holt dann den Lebensstein heraus. Er berührt damit ihre Haut. Der Kristall glüht nicht, er glimmt nicht mehr.

»Versucht es mit dem Stein der Delfine!«, schreie ich.

Er legt ihn erst auf ihre Stirn und dann auf ihre Wunde. Er berührt damit die Stelle direkt unter ihrem Nabel, wo das Zentrum der Energie sitzt. Nichts passiert, außer das Cimdy laut aufschluchzt und zu Boden sinkt.

Astral sieht sich hilflos um. Ich nehme ihm den Heilstein

aus der Hand und versuche es selbst. Es passiert immer noch nichts, außer dass ich ein warmes Glühen in meinen Finger fühle, als ich den Stein berühre.

»Er funktioniert nicht. Er ist nur ein Stück Himmelsschrott.«

Astral ist ruhiger als ich und nimmt mir den Stein wieder ab. Dann bemerkt er, dass Dandelions Fuß immer noch von dem Vorfall auf dem Pier blutet, bückt sich und berührt die Wunde mit dem Stein. Vor unseren Augen verheilt sie wundersamer Weise. In wenigen Sekunden ist die Blutung gestoppt und regeneriert sich die Haut.

Der Stein funktioniert also. Und Makri ist immer noch tot.

»Ist sie wirklich tot?«, fragt Tanrose.

»Ich fürchte schon«, antwortet Astral, und Chiruixa nickt zustimmend. Ich nehme den Heilstein noch einmal in die Hand und lege ihn auf Makris Wunden. Nichts passiert. Ich bleibe wie vor den Kopf geschlagen eine lange Zeit dort stehen und warte, dass sie wieder lebendig wird. Doch das tut sie nicht. Mehr kann ich nicht tun.

Also hole ich mir einen Krug, gehe zum Zapfhahn, fülle den Humpen, leere ihn in einem Zug und fülle ihn wieder. Dann gehe ich zur Makri zurück und lasse mich vor den Tisch auf den Boden plumpsen. Niemand sagt etwas. Das einzige Geräusch ist Cimdys Schluchzen, in das nach und nach auch die anderen einfallen. Bibendis hat sich nüchtern getrunken und sitzt steif auf einem Stuhl. Sie hat eine Flasche Kleeh in der Hand und versucht anscheinend, sich wieder einen Rausch anzusaufen.

Mir schießt durch den Kopf, dass ich vermutlich den Fall mit der Statue und Rodinaax geklärt habe, aber ich bin jetzt wahrlich nicht in der Stimmung, das alles zusammenzusetzen. Ich habe nur zwei Dinge im Sinn. Erstens: Ich will mich betrinken. Und zweitens: Ich will Sarin die Gnadenlose erbarmungslos töten.

Draußen ertönen die Schritte von schweren Stiefeln.

Hauptmann Rallig kommt herein. Wenn er hier auftaucht, um mir auf die Nerven zu gehen, dann hat er sich genau den richtigen Moment ausgesucht. Ich stehe auf, um ihm gegenüberzutreten. Ein Sündenbock, an dem ich meine Wut auslassen kann, kommt mir gerade richtig.

Aber er will mir nicht auf die Nerven gehen. Er hat das mit Makri gehört. Jemand hat der Zivilgarde gemeldet, dass eine merkwürdige junge Frau im Quintessenzweg erschossen und von einem Fettsack weggeschleppt worden sei. Den Rest hat er sich zusammengereimt. Er ist hier, um Makri die letzte Ehre zu erweisen.

»Es tut mir sehr Leid«, sagt der Hauptmann und mustert traurig Makris Leiche. Cimdy schluchzt jetzt völlig haltlos, während ich unbeteiligt registriere, dass der Kopf ihres Freundes Bertax auf seinen Schultern wackelt und seine Augen den typischen leeren Ausdruck haben, der auf eine gewaltige Dosis Boah hinweist«.

»Wer war das?«

»Sarin die Gnadenlose.«

»Was steckt dahinter?«

»Das Gold des Königs«, erwidere ich. Es gibt keinen Grund mehr, etwas vor Hauptmann Rallig zu verheimlichen.

Ich führe den Hauptmann zur Vorderseite der Taverne, in der sich jetzt keinerlei Gäste mehr aufhalten. Dort hole ich den magischen Beutel heraus und öffne ihn. Die Statue erscheint. Und auch das Gold ist zu sehen. Es schimmert im Licht der Fackeln, die an der Wand hängen.

»Ist das etwa das Gold des Königs?«, fragt Rallig.

Ich nicke.

»Falsch. Es ist mein Gold.«

Das kommt von Vexial dem Sehenden. Er tritt vor, und hinter ihm strömen rot gewandete Mönche vom Sternentempel in die Kaschemme.

Die Tür zum Obergeschoss fliegt krachend auf.

»Die Statue gehört mir«, verkündet der Ehrwürdige Heretius vom oberen Treppenabsatz. Er ist die Außentreppe hinaufgestiegen und durch meine Zimmer in die Kaschemme eingedrungen. Hinter ihm sammeln sich die gelben Roben der Wolkentempelmönche.

Sie steigen schweigend die Treppe hinunter. Die Roten fächern sich auf, um sie würdig zu empfangen. Gurdh hat den kurzen Wortwechsel mitgehört und kommt herein, um nach dem Rechten zu sehen. Hauptmann Rallig sieht mich fragend an.

Die Vordertür fliegt krachend auf, als ihr jemand einen gewaltigen Tritt versetzt. Dramatisch hebt sich die massige Gestalt von Tholius, dem Präfekten von ZwölfSeen, gegen das Dunkel ab. Er schreitet an der Spitze einer großen bewaffneten Gruppe von Männern hinein. In einigen erkenne ich Zivilgardisten, obwohl keiner von ihnen Uniform trägt. Und auch Tholius hat heute auf seine gelb gesäumte Präfektentoga verzichtet. Vermutlich ist das kein offizieller Besuch. Dafür ist seine Absicht klar. Er will das Gold einkassieren und alle Zeugen umlegen.

Tholius' Augen überfliegen kurz die Szenerie.

»Alles raus!«, bellt er.

Keiner zuckt auch nur mit der Wimper. Seine Männer ziehen ihre Schwerter. Vexial der Sehende mustert ihn mit einem Blick, als wollte er abschätzen, ob sie immer noch Partner sind. Die Antwort könnte ich ihm auch geben. Ein Mann, der nicht einmal davor zurückschreckt, die Armen in ZwölfSeen auszuplündern, wird sicherlich nicht eine goldene Statue mit einem Hinterwäldler-Mönch teilen.

Draußen entsteht Unruhe, und im nächsten Moment betreten noch mehr Komparsen die Bühne. Es ist ein Haufen äußerst robust und gefährlich wirkender Männer, an deren Spitze Donax marschiert. Anscheinend hat er die härtesten Kämpfer von ZwölfSeen versammelt, und der Rest scheint der mörderische Abschaum aus den umliegenden Gegenden zu sein. Das verwirrt mich etwas. Wenn er Matahari bis zur *Rä-*

chenden Axt verfolgt hat, braucht er doch keine Armee, um sie abzuholen.

Donax ist leicht überrascht, als er die Sternentempler, die Wolkentempler, Präfekt Tholius und Hauptmann Rallig auf einem Haufen versammelt sieht, aber er erholt sich schnell. Schließlich lacht er sogar.

»Ich bin hier, um eine gestohlene Ladung Gold abzuholen«, verkündet er der versammelten Menge. »Wie ich sehe, bin ich nicht der Erste. Na gut. Ich rate euch allen zu verschwinden, wenn ihr nicht wollt, dass man euch ernstlich wehtut.« Er sieht Präfekt Tholius nachdrücklich an. Als Vertreter der Regierung sollte hier eigentlich Tholius die Verantwortung haben, aber in der Realität verfügt der Bruderschaftsunterhäuptling über weit mehr Macht als er. Tholius ist allerdings in der Kaschemme nicht auf sich allein gestellt, und er scheint ebenfalls nicht geneigt, sich sang- und klanglos zu verdrücken. Genauso wenig wie die Mönche.

Donax dreht sich zu mir um und grinst. »Wir haben das Gold gesucht, seit es gestohlen wurde. Und wir haben erfahren, dass die Mönche etwas damit zu tun haben. Außerdem hat uns jemand erzählt, dass du dich mit den Mönchen abgegeben hast, Thraxas.«

Er sieht mich scharf an. »Du solltest wissen, dass du nichts von dem, was in ZwölfSeen vorgeht, vor mir verbergen kannst. Wir wären sicher schneller hier gewesen, wenn du Matahari nicht mit dem Verstörungszauber geschützt hättest.«

»Habt Ihr sie umgebracht?«, will ich wissen.

»Umgebracht? Warum? Matahari arbeitet für mich, Fettsack. Und sie ist außerdem sehr gerissen. Wir haben uns gedacht, dass du uns zum Gold führen würdest. Sobald sie mitbekommen hat, wie du mit der Statue angegeben hast, ist sie zu mir gekommen und hat mir davon berichtet.«

Donax hätte damit nicht herumprahlen müssen, aber er liebt es, den Leuten unter die Nase reiben, wie er sie über den Tisch gezogen hat. Ein gefährlicher Charakterfehler.

»Ich habe gehört, dass dieses Orgk-Mädchen tot ist«, fügt Donax hinzu. »Tut mir Leid. Damit habe ich nichts zu tun. Aber jetzt solltet Ihr beiseite treten, während meine Leute die Statue mitnehmen.«

Hauptmann Rallig stellt sich dem Bruderschaftsunterhäuptling in den Weg. »Wie kommt Ihr darauf, dass Ihr die Statue mitnehmen könntet, Donax? Ich repräsentiere hier das Gesetz, und ich werde jeden Mann verhaften, der versucht, sie zu entfernen.«

Donax brüllt vor Lachen bei der Vorstellung, dass ein einfacher, einsamer Hauptmann der Garde einem Bruderschaftsunterhäuptling in die Quere kommen könnte, vor allem dann, wenn dieser spezielle Unterhäuptling von einem ganzen Haufen Kämpfer gedeckt wird. Sie lachen alle herzhaft. Das Gelächter geht mir auf die Nerven. Ich will kein Lachen hören, solange Makri tot nebenan liegt. Ich stelle mich neben den Hauptmann. Ich hatte eigentlich vorgehabt, Sarin zu töten, aber für den Augenblick würde ich auch damit vorlieb nehmen, diesen Abschaum hier abzuschlachten. Mir ist danach, jemanden umzulegen, und ich bin im Moment nicht allzu wählerisch.

»Holt Euch die Statue doch« sage ich und deute auf die Stelle, wo sie steht. Sie steckt noch halb im magischen Beutel.

Alle zögern. Sie wollen sehen, wer den ersten Zug macht. In diesem Moment kommt Bibendis aus dem Hinterzimmer. Sie würdigt uns keines Blickes, sondern schwankt trunken hinter den Tresen, fischt sich eine Flasche Kleeh vom Regal und schlurft schwankend wieder davon. Die Zielstrebigkeit dieser Frau ist wirklich bewundernswert.

Hauptmann Rallig verlangt erneut, dass alle verschwinden und dem Gesetz Folge leisten. Bei diesen Worten tritt Präfekt Tholius vor ihn hin und fordert den Hauptmann wütend auf, sich herauszuhalten. »ZwölfSeen untersteht meiner Gerichtsbarkeit.«

»Das ist richtig. Aber ich arbeite für das Justizdomizil, und ein Hauptmann der Garde hat die Verpflichtung, in der ganzen Stadt dem Gesetz Geltung zu verschaffen. Seid Ihr in offizieller Mission hier? Warum tragen Ihr und Eure Männer dann keine Uniform?«

Rallig wendet sich an den Ehrwürdigen Heretius, der ruhig am Fuß der Treppe wartet: »Und was wollt Ihr hier?«

Der Ehrwürdige Heretius schweigt.

»Sie sind alle wegen der Statue hier, Hauptmann«, erkläre ich.

»Selbst Tholius?«

»Vor allem Tholius. Er hat Vexial den Sehenden mit Informationen über den Goldtransport versorgt. Und außerdem hat er ihm ein hübsches Haus in Thamlin zur Verfügung gestellt, wo er sich mit Rodinaax' Frau treffen und ihr alle notwendigen Informationen entlocken konnte.«

»Tötet sie!«, befielt Tholius.

Die Hölle bricht los.

15. KAPITEL

Mit neunzehn Jahren wurde ich aus dem College für angehende Zauberer geworfen. Da ich weder Geld noch eine Familie hatte und mir auch sonst nichts Besseres einfiel, trat ich einer Kompanie von Söldnern bei, die unterwegs zu einem Krieg weit im Südosten waren, einem Krieg zwischen den kleinen Stadtstaaten von Juvental, Benfical und Real. Damals habe ich Gurdh kennen gelernt, einen großen Barbaren von etwa fünfundzwanzig Jahren, der aus dem eisigen Norden heruntergereist war und das Leben in den so genannten zivilisierten Ländern kennen lernen wollte. Jedenfalls hat er das damals behauptet, aber viele Jahre später gab er zu, dass er eigentlich von der einflussreichen Familie einer jungen Frau aus dem Land gejagt worden war, der er sich wohl ein wenig zu forsch genähert hatte.

Die Ereignisse im Süden waren sehr verwirrend für ihn. So viele kleine Städte, die sich gegenseitig bekriegten. Und um die ganze Situation noch schlimmer zu machen, hatte jede Stadt zwei Anwärter auf den Thron. Bei einer Gelegenheit hat unsere kleine Gruppe, die im Sold eines Prinzen von Juvental stand, mitten in einem dichten Wald einer anderen Gruppe von Söldnern aufgelauert, die ebenfalls einem Prinzen von Juvental dienten. Im selben Moment ist uns die Armee der Volksdemokratie von Benfical in den Rücken gefallen. Während Gurdh und ich immer noch überlegten, in welche Richtung wir unsere Speere eigentlich halten sollten, trafen die vereinten Kräfte des vor kurzem abgesetzten Königs von Real zusammen mit seinen Bundesgenossen, den Soldaten von Benfical, ein. Niemand wusste, was zum Teufel da eigentlich vor sich ging. In dem dunklen Wald wurden die Speerträger-Kompanien bald aufgesplittert, und unsere Ordnung löste sich bald auf. Was übrig blieb, war eine Masse von Männern, die mit irgendwelchen Gegnern, die sie kaum kannten, um ihr Leben kämpften. Panik setzte ein, als die verschiedenen Armeen in all der Verwirrung Freund und Feind gleichermaßen abschlachteten. Gurdh und ich konnten nichts tun, außer uns den Weg durch alles und jeden zurückzuschlagen, der oder das sich uns in den Weg stellte. Wir hofften, irgendwann ein verlassenes Fleckchen Erde zu finden, wo wir kurz rasten und uns sammeln konnten. Dann wollten wir uns zwei Pferde schnappen und sofort losreiten. Was wir schließlich auch taten.

Ich erinnere mich jetzt, vierundzwanzig Jahre später, als die Schlacht in der *Rächenden Axt* losbricht, wieder genau an diesen Tag. Alle wollen die Statue, aber nur der, der am Ende noch steht, wird sie mitnehmen können. Die Mönche des Wolkentempels und die des Sternentempels stürzen sich wütend aufeinander. Ihre Gier nach dem Gold verstärkt sogar noch ihre konfessionellen Unterschiede. Die der Bruderschaft, die stinksauer darüber ist, dass es jemand auch nur wagen konnte, in ihrem Revier einen kriminellen Akt zu begehen, ohne sie zu beteiligen, stürzen sich ebenfalls ins Getümmel. Die Bandenbrüder sind zwar keine ausgebildeten Kämpfer wie die Ordensbrüder, aber viele haben in der Armee gedient, und sie sind in dieser Art von engem Straßenkampf sehr gut geübt.

Präfekt Tholius wirft mittlerweile seine eigenen Leute ins Getümmel. Der Präfekt hat vielleicht am meisten zu verlieren, denn seine Position in der Stadt ist so gut wie unhaltbar. Sobald es sich herumspricht, dass er seine Finger bei dem Golddiebstahl mit im Spiel hatte, wird er schneller seines Amtes enthoben und auf einer Strafgaleere rudern, als er zwinkern kann. Präfekten können sich in Turai so ziemlich alles leisten, aber auf keinen Fall dürfen sie sich das Gold des Königs unter den Nagel reißen. Tholius ist umringt von seiner persönlichen Leibwache aus dienstfreien Zivilgardisten, und er ist fest entschlossen, entweder alle Zeugen seines Verbrechens auszulöschen oder sich aber mit der Beute in einem anderen Land niederzulassen, wo ihn der Arm des Gesetzes von Turai nicht erreichen kann.

Ich persönlich stecke natürlich wieder mittendrin. Dabei will ich die Statue überhaupt nicht. Ich wollte nur ein Verbrechen aufklären, aber seit Makris Tod ist dieses Anliegen auf meiner Prioritätenliste ziemlich weit nach unten gerutscht. Bei dem Gedanken daran, dass ihre Leiche nebenan liegt, packt mich eine Wut, wie ich sie schon lange nicht mehr gespürt habe. Ich bin sehr froh über die günstige Gelegenheit, meinen Zorn an jedem auszulassen, der mir in die Quere kommt.

Hauptmann Rallig ist der einzige offizielle Gesetzesvertreter in dieser Gegend und steht ziemlich unter Druck. Er kämpft Schulter an Schulter mit Gurdh und mir, und unsere Körper decken die halb entblößte Statue. Ein Mönch des Sternentempels bricht heulend unter einem Hieb von Ralligs Dienstwaffe zusammen. Wie ich sehe, hat der gute Hauptmann seine alte Kampftechnik nicht verlernt.

Vier Bruderschaftler stürzen sich auf uns. Ich pariere einen Schlag, ramme mein Schwert dem Gegner in den Oberschenkel und dann in seinen Bauch, als er stolpert. Gurdh hackt seinen Mann beinah in zwei Teile, und Rallig wehrt sehr geschickt einen Schlag ab, bevor er sein Schwert die Klinge seines Gegners entlanggleiten lässt, bis er sie schließlich in dessen Brust versenken kann. Der vierte Bruder weicht zurück, und wir genießen einen Moment der Ruhe in diesem Wahnsinn.

»Hättet Ihr nicht eine Kompanie Gardisten mitbringen können?«, knurre ich Rallig an.

»Ich wollte ihr nur die letzte Ehre erweisen« erwidert er. »Und wir müssen uns mal ernsthaft unterhalten, wenn das hier alles vorbei ist. Für was hältst du dich eigentlich? Einfach Beweise zurückzuhalten! Diese Statue hätte längst der Garde übergeben werden müssen.«

»Ich war gerade dabei«, grolle ich, aber dann müssen wir

unsere Unterhaltung verschieben. Gurdhs Einrichtung wird übel auseinander genommen, als die Kämpfer alles packen und als Waffe verwenden, was ihnen in die Finger kommt. Fackeln, Krüge, Stuhlbeine und ganze Bänke segeln durch die Luft. Tholius selbst schnappt sich einen langen Holztisch und wirft ihn in unsere Richtung, bevor er seine Männer weiter in Richtung der Statue treibt. Hauptmann Rallig geht unter der Wucht des Aufpralls zu Boden. Gurdh zerrt ihn aber gleich wieder hoch, während ich zwei Gegner mit meinem Dolch und meinem Schwert in Schach halte. Es herrscht ein heilloses Durcheinander. Ich verliere meine beiden Mitkämpfer aus den Augen, als eine Gruppe von Mönchen sich zwischen uns schiebt. Sie schreien und fluchen, während sie sich gleichzeitig gegenseitig wie verrückt treten und schlagen. Ich sehe mit an, wie ein junger Mönch einen Schwerthieb mit bloßen Händen abfängt, bevor er dann seinerseits mit einem Schlag dem angreifenden Bruderschaftsmann den Hals bricht, nur um gleich danach einem Schwerthieb in den Rücken zum Opfer zu fallen. Sein Gefährte schreit wütend auf, überspringt den nächsten Schwerthieb und tritt dem Mann dann so hart ins Gesicht, dass dessen Genick wie ein trockener Zweig bricht.

Vexial der Sehende und der Ehrwürdige Heretius versuchen, miteinander in den Clinch zu gehen, aber sie werden von einem Haufen von kämpfenden Körpern zwischen sich daran gehindert. Schließlich springt Heretius, dem man seine siebzig Jahre wahrhaftig nicht anmerkt, aus dem Stand mit einem gewaltigen Satz so hoch, dass jeder jüngere Mann vor Neid erblassen muss. Er macht einen Salto, während er durch die halbe Kaschemme segelt, räumt dann im Sinkflug einige Widersacher aus dem Weg und landet schließlich direkt vor Vexials Nase. Der gibt dem Alten sofort eins auf die Glocke. Das heißt, er versucht es, aber Heretius weicht geschickt aus. Dann beginnen sie einen packenden Zweikampf und zeigen dabei meisterhaft ihr Können, das sie sich ein Leben lang angeeignet haben. Aber keiner von ihnen gewinnt die Oberhand.

Erneut landet ein Tisch auf uns, und diesmal stürze ich. Gurdh kann gerade noch den Stoß eines Speeres ablenken, bevor der mich am Boden festnagelt. Ich springe auf und will mich verteidigen, aber unsere Situation wird immer hoffnungsloser. Wir sind nur zu dritt, und jetzt werden wir gleichzeitig von Tholius' Leuten und denen von Donax in die Mangel genommen, während sich zwischendrin ein Haufen wild gewordener Mönche tummelt. Wir sind inzwischen alle verletzt, und der Boden unter uns ist glitschig von unserem Blut. Überall liegen Leichen im Weg, und wir stolpern über sie, während wir immer fester gegen den gewaltigen Klumpen aus Bronze gedrückt werden.

Mir fällt ein, dass Astral Trippelmond immer noch irgendwo im Hinterzimmer sein muss, und ich frage mich, ob er vielleicht einen gewaltigen Zauberspruch vorbereitet, der uns aus dieser misslichen Lage befreien könnte. Aber wahrscheinlich nicht. Ich habe ihn so schnell von seiner Liegestatt entführt, dass er ganz sicher keine Zeit gehabt hat, irgendwelche Zaubersprüche auswendig zu lernen. Und er bräuchte ein Lehrbuch, um sich einen neuen einzuprägen. Wenn er vernünftig ist, dann hat er sich mit Bibendis und Dandelion durch die Hintertür aus dem Staub gemacht. Also können wir uns nur auf die Kraft unserer Schwerter verlassen, und die lässt allmählich nach. Ich benutze meine Klinge, um die Widersacher zu meiner Rechten zu beschäftigen, während ich gleichzeitig nach Kräften versuche, mit meinem Dolch Schläge von der Linken abzuwehren. Ich schmettere einen weiteren von Tholius' Leuten zu Boden, aber der Nächste steht sofort bereit. Lange halte ich das nicht mehr durch.

»Gib's zu, Thraxas, wenn du mit zwei Schwertern kämpfen musst, bist du genauso effektiv wie ein Eunuch in einem Bordell!«, ertönt eine vertraute Stimme in meinem Ohr.

Ich wirble herum. Es ist Makri. In der einen Hand hat sie ein Schwert und in der anderen eine Axt. Und sie sieht kerngesund aus!

»Was … Was … Was ist denn mit dir passiert?«

»Ich habe mich erholt.«

»Ach was! Du hast dir aber verdammt viel Zeit gelassen! Soll ich vielleicht ganz Turai allein niedermetzeln?«

Makri grinst und lässt ihr Schwert und ihre Axt wirbeln. Ihre unvergleichliche Gladiatoren-Kampftechnik räumt sehr schnell einen schönen Halbkreis um uns herum frei, was sehr angenehm ist. Als Gurdh sie sieht, ist er so überrascht, dass er sich den Kopf am Huf der Statue stößt. Er braucht eine Weile, bis er sich erholt hat.

»Makri!«, ruft er und hält sich den Schädel. »Du lebst!«

»Na klar doch!«, erwidert sie und versenkt ihr Schwert in der Brust eines rot gewandeten Mönchleins, das so unklug war, zu versuchen, mit einem Vierkantholz nach ihr zu schlagen. Hauptmann Rallig, Gurdh und ich fühlen uns durch Makris wundersame Auferstehung neu motiviert und schaffen es, die Horde vor uns nicht nur aufzuhalten, sondern sie sogar langsam zurückzudrängen. Mönche, Gauner und Gardisten werden wie Grashalme von Makris Schwert und Axt umgemäht. Sie massakriert ihre Gegner wie ein Dämon aus der Hölle, den man nach oben geschickt hat, um die Menschenernte einzufahren.

Ich habe den Eindruck, dass ihre Berührung mit dem Tod den Ärger darüber, dass ein Mönch sie kürzlich von hinten getreten hat, keineswegs lindern konnte. Sie kämpft mit einer Wildheit, die in Turai noch nie zuvor gesehen wurde. Kein Wunder, dass sich in der Arena Drachen, Trolle und ganze Schwadronen von Orgks an ihr aufgerieben haben.

Während der Kampf in der Gaststube weiter tobt, ringen die Äbte noch immer miteinander. Der Ehrwürdige Heretius und Vexial der Sehende sind sich einfach zu ebenbürtig. Sie haben aufgehört, aufeinander einzuprügeln und umkreisen sich jetzt wachsam. Schließlich tritt Tholius zwischen sie, hebt die Hände und blökt, was seine Stimmbänder hergeben. Der Präfekt hat durchaus eine demagogische Ader und ist sehr erfahren darin, vor einem johlendem Mob zu reden. Es gelingt ihm, sich die Aufmerksamkeit der Leute zu verschaffen.

»Hört mit diesem sinnlosen Kampf auf!«, schreit er. »Wir machen es ihnen nur noch einfacher!« Er deutet auf uns. »Vernichtet erst sie, danach können wir die Verteilung des Goldes auf vernünftige Art und Weise diskutieren.«

Die restlichen Mönche hören auf, sich zu prügeln und sehen zu uns herüber. Wir stehen vor der Statue. Die Bruderschaftler sehen Donax fragend an. Er nickt, als wolle er sein Einverständnis kundtun. Alle scheinen zu glauben, dass der Präfekt genau die richtige Idee hatte. Und damit fechten wir nicht mehr eines von vielen Gefechten in der Kaschemme aus, sondern finden uns plötzlich als einziges Ziel eines massiven Angriffs von allen Seiten wieder.

Die ganze Meute fächert sich auf und greift uns an. Wir haben keine Chance. Auf diesem engen Raum kann nicht einmal Makris überlegene Kampftechnik gegen eine solche Masse von Angreifern aus allen Richtungen helfen. Einige der behändesten Mönche sind bereits dabei, die Statue zu erklimmen, um uns dann von hinten anzugreifen. Andere nutzen die Gelegenheit und werfen kleine Wurfsterne auf uns, bevor sie uns mit ihren Schwertern angreifen. Keiner von uns trägt eine Rüstung, und Makri und ich erleiden bald schmerzhafte Wunden, als die Sterne sich in unsere Haut graben.

Es wird Zeit für ein paar zügige Gedankengänge. Darin bin ich verdammt gut.

»Der Magische Raum!«, schreie ich. »Alles rein!«

Ich springe auf den Sockel der Statue und wehre einen Mönch ab, der von oben herunterklettern wollte. Gurdh und Rallig haben zwar offensichtlich Bedenken, aber als die große Woge aus Menschenleibern über uns zusammenzubrechen droht, springen sie neben mich. Ich nehme den Rand des Beutels in die Hand und klettere in die purpurne Leere.

»Das gefällt mir gar nicht«, sagt Gurdh, als ich den Beutel über unseren Köpfen zusammenziehe.

»Ich wollte sowieso immer schon mal sehen, was sich hier drin verbirgt«, sagt Makri.

Und dann werden wir auch schon vollkommen in den Magischen Raum eingehüllt. Diese Dimension ist ganz anders als unsere. Hier können merkwürdige Dinge geschehen und merkwürdige Kreaturen leben. Für Menschen ist es an diesem Ort eigentlich eher ungesund.

Wir stürzen durch die dicke purpurne Atmosphäre. Flockige Wolken lachen uns hinterher. Schließlich landen wir sanft auf einer grünen Ebene. Eine gewaltige blaue Sonne brennt hoch oben. Neben uns steht die Statue in all ihrer Pracht. Sie weist keinerlei Spuren von meinen Schlägen mit dem Vorschlaghammer auf. Und auf der Bronzestatue neben Sankt Quaxinius hockt ... Marihana, die Meuchelmörderin.

»Willkommen im Magischen Raum«, sagt sie.

»Hallo, Marihana«, grüßt Makri zurück. »Was machst du denn hier?«

»Ich habe erfahren, dass du tot bist«, antwortet Marihana. »Ich wollte dir die letzte Ehre erweisen, aber dann warst du doch lebendig. Sehr gut. Als die Lage in der Kaschemme unübersichtlich wurde, bin ich hier hineingeschlüpft, um abzuwarten, bis sich alles wieder beruhigt hat. Ich hatte nicht damit gerechnet, dass Ihr mir Gesellschaft leistet.«

Ich starre sie misstrauisch an. Ich finde es ein wenig merkwürdig, dass wir so plötzlich auf Marihana stoßen. Soweit ich weiß, könnte sie schon seit Tagen im Magischen Raum sitzen. Vielleicht schleppe ich sie ja die ganze Zeit in meiner Hosentasche mit mir herum.

»Du bist gekommen, um Makri die letzte Ehre zu erweisen, ja? Du bist wohl eher wegen Vexial hier, was? Ich habe gehört, dass er auf eurer Abschussliste steht.«

»Die Meuchelmördergenossenschaft diskutiert ihre Angelegenheiten nicht mit Außenstehenden«, erwidert Marihana kühl.

Sie ist eine sehr gelassene Frau, diese Marihana. Und äußerst schwer aus der Reserve zu locken. Sie ist klein und sehr blass. Das sind Meuchelmörder oft. Sie sind sogar die einzigen blassen Leute in ganz Turai, abgesehen von einigen vornehmen aristokratischen Damen, die sich aus modischen Gründen die Sonne vom Teint halten. Wie sie so auf dem Pferd sitzt, mit ihrem zierlichen Körper und dem schwarzen Umhang, sieht sie aus wie ein spielendes Kind. Jedenfalls wirkt sie überhaupt nicht gefährlich, obwohl sie die Nummer drei in der Meuchelmördergenossenschaft ist. Wir haben es hier mit einer Frau zu tun, die angeblich in einer einzigen Nacht einen Senator, einen Zauberer und einen Orgk-Lord umgebracht hat.

Ich bin keineswegs erfreut darüber, ihr wieder zu begegnen. Ich verabscheue diese kaltblütigen Meuchelmörder, eben weil sie kaltblütige Meuchelmörder sind. Die Tatsache, dass sie aufgrund der schützenden Hände einiger einflussreicher Politiker in Turai trotz ihrer schweren Verbrechen ungestraft herumlaufen können, macht sie mir auch nicht gerade sympathischer.

Es wirkt ziemlich überstürzt von ihr, diesen Magischen Raum zu betreten. Weiß sie eigentlich, dass man von diesem Ort hier nicht so einfach wegkommt?

»Wieso lebst du, Makri?«, erkundigt sich Gurdh. Diese Frage hatte ich gerade selbst stellen wollen, bevor ich von Marihana abgelenkt wurde.

Makri zuckt mit den Schultern. Sie ist mit einem Stein auf ihrer Brust und einem Armbrustbolzen daneben aufgewacht. Sie hat nicht mal eine Narbe davongetragen. Ich erinnere mich, dass ich den Stein einfach auf ihrem Körper habe liegen lassen. Das war wohl auch gut so. Anscheinend hat er bei ihr länger gebraucht als bei Vexial, was auch nicht weiter überraschend ist. Immerhin war sie schon so weit im Jenseits, dass nicht einmal Astrals Lebensstein ihre Lebensgeister registrieren konnte. Das ist schon was, diese gemischte Blutgruppe, denke ich. Ich werde nie wieder glauben, dass Makri tot ist, es sei denn, ich sehe, wie ihr Sarg in ein Grab gesenkt wird. Und vielleicht nicht mal dann.

»Es ist ein verblüffendes Artefakt, dieser Heilstein der Delfine«, sage ich. »Ob ich ihn zurückgeben soll?«

»Natürlich musst du ihn zurückgeben. Die Delfine haben dich schließlich engagiert, damit du ihn findest!«

»Aber wir haben nicht über das Honorar gesprochen. Wenn sie mir Tunfisch anbieten, lehne ich dankend ab.«

Hauptmann Rallig spekuliert, ob sie mich vielleicht mit einem versunkenen Schatz entlohnen würden, obwohl der allgemeine Konsens dahin geht, dass die Delfine Turai schließlich Glück bringen und ich besser nicht mal daran denken sollte, von ihnen Geld zu fordern.

»Außerdem haben sie mich geheilt«, erklärt Makri. »Ich fühle mich großartig.«

»Vermutlich hättest du dich nach einer ausgiebigen Nachtruhe selbst geheilt.«

Makri blickt zum Himmel. »Hübsche blaue Sonne, muss ich schon sagen. Huch, sie ist gerade grün geworden. Was passiert sonst noch so im Magischen Raum?«

Die Bronzefigur von Sankt Quaxinius dreht sich plötzlich zu Marihana um.

»Runter von meinem Ross!«, befiehlt er.

»Alles Mögliche passiert.« Ich seufze. »Es ist wirklich kein allzu gemütlicher Ort.«

Selbst Marihana, die in jeder Form von Verheimlichung ausgebildet ist, sowohl körperlicher als auch mentaler, kann nicht ihre Überraschung darüber verbergen, dass sie von einer Statue herumkommandiert wird. Sie springt gewandt von dem Bronzepferd und mustert den Heiligen misstrauisch. Der verfällt wieder in ehernes Schweigen.

»Hat er wirklich gesprochen?«, will Gurdh wissen. Er hebt nervös die Axt. Als Barbar fühlt er sich natürlich mit keiner Art von Magie besonders wohl, und das hier muss ihn außerordentlich befremden.

»Ja. Hier spricht so ziemlich alles.«

Wir betrachten die ständig wechselnden Farben der Landschaft.

»Ist das der Ort, an den man gelangt, wenn man die Pilze isst, die Bertax immer im Wald sammelt?«, erkundigt sich Makri.

Diese Frage verstehe ich nicht. Ich weiß nichts von Pilzen, die Bertax im Wald sammelt.

»Nun gut, jetzt sind wir hier. Und was machen wir jetzt?«, fragt Hauptmann Rallig. Er ist einfach ein Pragmatiker, der nicht lange herumstehen und die Aussicht bewundern kann.

»Übrigens, ist der Beutel in der Außenwelt immer noch zu sehen?«

»Ja.«

»Und wir sind drin?«

»Ja.«

»Und wenn jemand ihn aufhebt und ins Feuer wirft?«

»Wer würde das tun? Immerhin ist eine goldene Statue drin.«

»Präfekt Tholius könnte sich vielleicht entschließen, auf die goldene Statue zu verzichten und dafür seinen Hintern zu retten, wenn er mit einem Schlag alle Zeugen für seine Verbrechen loswerden kann.«

Ich muss zugeben, dass dies ein sehr beunruhigender Gedanke ist.

»Kannst du uns schnellstens hier herausbringen?«

Bevor ich antworten kann, marschiert eine gewaltige Sau auf zwei Beinen an uns vorbei. Sie grüßt uns höflich. Gurdh hebt seine Axt, was die Sau mit Missfallen bemerkt.

»Ach so? Ihr wollt mich wohl zu Wurst verarbeiten, was? Typisch Mensch. Schlachtet die Sau, ohne auch nur einen einzigen Gedanken dabei zu verschwenden. Wie würde es Euch wohl gefallen, wenn Ihr friedlich Euren Geschäften nachgeht und plötzlich jemand vorbeikommt, Euch schlachtet, ausbluten lässt, verwurstet und auffrisst, hm?«

»Der menschlichen Rasse wurde die Vorherrschaft über das Tierreich gewährt«, salbadert Sankt Quaxinius vom hohen Ross aus.

»Na, von mir jedenfalls nicht«, kontert das Schwein und fängt an, mit dem Heiligen zu streiten.

Ich bin immer noch sehr froh, dass Makri am Leben ist, aber als ich darüber nachdenke, dass ich den Sommer eigentlich ruhig verbringen, ein paar Bierchen schlürfen und dabei im Schatten sitzen wollte, werde ich etwas depressiv. Stattdessen finde ich mich im Magischen Raum wieder, höre einer theologischen Debatte zu, die zwischen einem bronzenen Heiligen mit Goldkern und einer auf dem Hinterschinken laufenden Sau geführt wird, während draußen die Hälfte von Turais Killerelite mit dem Schwert in der Hand auf meine Rückkehr wartet.

Das Schwein verschwindet sang- und klanglos, als plötzlich Körper vom Himmel herunterregnen. Erst halte ich es für noch mehr magische Kreaturen. Doch als die Körper ins Gras sinken, das mittlerweile in strahlendem Orange leuchtet, wird mir klar, dass Tholius, Donax und die Mönche uns in den Magischen Raum gefolgt sind. Ihre Gier nach Gold kennt keine Grenzen. Wir heben müde unsere Waffen, um den Kampf fortzusetzen.

16. KAPITEL

Unsere Widersacher landen auf dem Boden und sehen sich verwirrt und etwas desorientiert um. Aber es dauert nicht lange, bis sie alle wieder wissen, wo oben und unten ist, denn Heretius, Vexial, Donax und Tholius rufen sie rasch zur Ordnung.

»Tötet sie!«, bellt Tholius. Hm. Hatten wir das nicht gerade erst?

In diesem Moment tut sich der Boden vor unseren Füßen auf, und ein reißender Fluss wird sichtbar. Er trennt uns von unseren Verfolgern. Als sie sich von ihrem ersten Schrecken erholt haben, schauen sie uns schon über einen fünfzehn Meter breiten, rasend schnell fließenden Strom hinweg an. Ich muss lachen. Diese Wendung des Schicksals gefällt mir. Ich schlendere dichter ans Ufer.

»Hallo, Tholius!«, rufe ich. »Lust auf ein Bad?«

Tholius ist nicht sonderlich erfreut. Vexial der Sehende hingegen wirkt völlig unbeeindruckt.

»Den Fluss wird es nicht lange geben.«

»Ich würde mich nicht allzu sehr darauf verlassen, dass Eure seherischen Kräfte hier drinnen funktionieren, Vexial. Der Magische Raum ist sehr verwirrend, selbst für einen Mann wie Euch. Übrigens, Gratulation zu Eurer Genesung. Da Eure Beine wieder gesund sind, könnt Ihr jetzt wenigstens selbst zum Galgen gehen. Übrigens war es etwas überstürzt von Euch, uns so einfach zu folgen. Es zeigt nur, dass Ihr gieriger auf das Gold seid, als Euch gut tut. Oder könnt Ihr auch sehen, wie Ihr den Magischen Raum wieder verlassen werdet?«

Den verunsicherten Mienen auf den Gesichtern unserer Widersacher vom anderen Ufer entnehme ich, dass sie darüber noch gar nicht nachgedacht haben. Unser Gespräch wird an dieser Stelle aber jäh von einem kurzen, jedoch äußerst heftigen Froschschauer unterbrochen.

»Also, Tholius!«, rufe ich, nachdem der letzte Frosch fröhlich weggehüpft ist. »Wie lautet Euer Plan?«

»Ich werde dich umbringen!«, dröhnt er zurück.

»Das ist vielleicht gar kein so schlechter Plan. Es kommt natürlich auf den Standpunkt an. Eine Alternative wäre, sich Hauptmann Rallig hier neben mir zu ergeben und den Konsequenzen Eurer illegalen Handlungen zu stellen.«

Dazu hat Tholius keine rechte Lust. Sein eigener Plan gefällt ihm besser. Trotz ihrer hohen Verluste in der Kaschemme haben der Präfekt und Donax immer noch genug Bewaffnete bei sich. Dasselbe gilt auch für Vexial den Sehenden und den Ehrwürdigen Heretius. Also sind sie gemeinsam vermutlich sehr wohl in der Lage, Tholius' Plan in die Tat umzusetzen, falls der Fluss ebenso plötzlich verschwindet, wie er aufgetaucht ist. Ich spiele weiter den Zuversichtlichen und fahre fort, Tholius von der sicheren Seite des Flusses aus zu beleidigen.

Hauptmann Rallig kratzt sich am Kopf. Es ärgert mich, dass er anscheinend nicht das kleinste graue Härchen hat. Mein Haar ist genauso lang wie seins, aber es sieht allmählich strähnig aus. Andererseits ist mein Schnurrbart immer noch erheblich eindrucksvoller als seiner – übrigens immer schon.

»Thraxas, wie wäre es, wenn du mich in die Einzelheiten der Geschichte einweihst. Ich meine, nur für den Fall, dass wir hier lebendig herauskommen, und für den noch unwahrscheinlicheren Fall, dass ich dich nicht sofort in den Kerker werfe, weil du das Gold des Königs vor der Garde versteckt hast. Ich bin eigentlich nur vorbeigekommen, um dir mein Beileid zum Tod deiner Freundin auszusprechen. Dass ich bei dir die halbe Unterwelt der Stadt und einen Haufen Kampfmönche vorfinden würde, die sich um einen gestohlenen Schatz balgen, habe ich nicht erwartet, sonst hätte ich ein paar Leute mitgebracht. Ich vermute, dass dies alles mit dem Mord an Rodinaax zu tun hat?«

»Natürlich. Es ist höchst komplizierte Angelegenheit. Ich will sie für Euch etwas vereinfachen. Diese beiden Mönchsorden rivalisieren miteinander. Vexial der Sehende ist der Abt des Sternentempels, und der Ehrwürdige Heretius steht dem Wolkentempel vor. Sie kämpfen gegeneinander, und zwar teilweise wegen religiöser Unstimmigkeiten, aber hauptsächlich, um zu klären, wer von ihnen die Nummer eins ist. Wahrscheinlich schlägt einem das einsame Leben in den Bergen irgendwann auf das Gemüt. Erinnert Ihr Euch daran, wie heiß es damals gewesen ist, als wir die Niojaner an dem Pass aufgehalten haben?«

»Verschon mich jetzt mit irgendwelchen Niojanern an irgendeinem Pass. Was ist mit den Mönchen los?«

»Sie haben, wie gesagt, hauptsächlich miteinander gekämpft. Und dann haben sie sich gespalten. Daraufhin fehlte plötzlich beiden Tempeln eine Statue. Was Vexial den Sehenden auf eine sehr gute Idee brachte. Er wollte die Statue stehlen, die Rodinaax gerade für Turai anfertigte, damit er Heretius so überlegen wäre und vielleicht sogar die Mönche des Wolkentempels dazu bewegen könnte, zum Sternentempel zurückzukehren. Doch dann kam Sarin die Gnadenlose mit einer noch viel besseren Idee zu Vexial. Sie kannte Präfekt Tholius noch aus der Zeit, als sie Boah in die Stadt schmuggelte. Tholius nahm Bestechungsgeld von ihr, damit er beide Augen zudrückte, eine durchaus übliche Praxis unter den Bonzen unserer Stadt. Euch selbst ausgenommen, natürlich. Ob die ursprüngliche Idee von Tholius oder Sarin stammt, weiß ich nicht. Aber einem von beiden ist aufgefallen, dass die Route der Goldtransporte aus den Minen des Königs recht nahe an Vexials Kloster vorbeiführt.

Diese Route war natürlich ein streng gehütetes Geheimnis. Die Strecken und die Zeiten wurden nur in magiesicheren Räumen besprochen, die zu diesem Zweck extra vom Roten

Elfentuch geschützt wurden. Aber Präfekt Tholius hat offenbar gute Kontakte zum Palast und erfuhr so, für wann der nächste Transport geplant war. Er gab die Einzelheiten umgehend an Sarin weiter, die sie wiederum flugs Vexial überbrachte. Also überfielen die Mönche vom Sternentempel den Goldtransport und meuchelten dabei die Wachen.

Und dann hatten sie eine wirklich brillante Idee. Statt mit dem Gold in den Bergen zu verschwinden, wo sie schon bald von den Palast-Zauberern aufgespürt worden wären, brachten sie das Gold direkt nach Turai und versteckten es in Rodinaax' Statue. Euch ist doch klar, wie sicher es dort war?«

»Aber natürlich.« Schlauer Bursche, unser Hauptmann Rallig. »Kein Zauberer würde in einer Statue von Sankt Quaxinius nachsehen. Das wäre Blasphemie!«

»Genau. Der Plan war, das Gold so lange in der Statue zu belassen, bis sie am Schrein aufgestellt wurde. Wenn sich dann die Aufregung gelegt hätte, würde Vexial die Statue stehlen und das Gold herausholen. Wenn er die Statue wieder zusammensetzte, hatte er sowohl das Gold als auch eine neue Statue. Ich persönlich glaube, dass er sich über Blasphemie nicht allzu viele Sorgen macht.

Weshalb die Dinge dann auch schief liefen. Der Ehrwürdige Heretius nämlich hatte einen Spion im Sternentempel, und er entdeckte, was hier los war. Von da an war er ebenfalls hinter dem Gold und der Statue her. Der Wolkentempel griff den Sternentempel an, und dabei wurde Vexial beinah getötet. Er musste in die Stadt kommen, um sich wieder zu heilen. Mittlerweile hatte jedoch der Ehrwürdige Heretius herausbekommen, dass das Gold in Turai war, und auch, dass es sich vermutlich in Rodinaax' Statue befand. Er kam zu spät, um es abzufangen, also engagierte er mich, um es zu suchen. Mir war nicht klar, dass das Gold in der Statue war, aber natürlich merkte ich, dass da etwas Merkwürdiges vorging.«

Ich werfe einen kurzen Blick über den Fluss. Die Mönche starren feindselig zurück. Glauben sie wirklich, dass sie ihrer

Religion mit diesem Verhalten dienen? Wahrscheinlich, wenn Vexial und Heretius es ihnen nur fest genug eintrichtern. Ein Schwarm silberner Vögel fliegt über unsere Köpfe hinweg. Vor unseren Augen werden die Tiere golden und dann weiß. Himmlische Musik erklingt vom Himmel, und dann vergnügen sich plötzlich flauschige Kaninchen zu unseren Füßen. Anscheinend ist gerade Spielzeit im Magischen Raum.

»Aber Vexial und Tholius haben einen wirklich schweren Fehler begangen: Sie haben sich mit Sarin der Gnadenlosen eingelassen. Denn kaum befand sich das Gold in der Statue und Vexial lag verkrüppelt und dem Tode nah in den Bergen, beschloss sie, dass es viel besser wäre, wenn sie das Gold nicht mit so vielen Leuten teilen müsste.

Sarin die Gnadenlose ist eine verdammt kluge Frau. Zwar vollkommen herz-, aber keineswegs hirnlos. Im Gegenteil. Sie wusste, dass die Zauberer vom Palast und aus dem Justizdomizil nach dem Gold suchten. Der Alte Hasius Brillantinius hat höchstpersönlich Rodinaax' Haus abgesucht. Sie konnte die Statue auch nicht auf einen Karren verfrachten und aus der Stadt kutschieren. Sie wäre dabei sofort entdeckt worden. Also hat sie nach einer Möglichkeit gesucht, wie sie das Gold sicher wegschaffen konnte. Und dabei ist sie auf den magischen Beutel gestoßen. Solche Beutel sind zwar selten, aber sie wusste, wo sie einen finden konnte. Dank ihrer Tage als Boah-Händlerin. Sie erinnerte sich daran, dass der alte Tholius Scheelauge, der als Zauberer nicht mehr viel hergab, in einem solchen magischen Beutel seinen Boah-Nachschub in den Palast karrte. Also ging sie hin, tötete ihn und stahl den Beutel. Und dann stahl sie auch noch die Statue, glaube ich jedenfalls. Sie ließ ein paar gelbe Blumenblätter zurück, um die Ermittler in die Irre zu führen. Die Wolkentempelmönche tragen bei zeremoniellen Anlässen Ketten aus gelben Blüten. Ich nehme an, das ist ihre Auffassung von einem Witz.

Doch dann ist etwas Ungewöhnliches passiert. Sarin muss doch irgendeinen Funken Menschlichkeit in ihrem elenden

Herzen entdeckt haben. Denn als sie hörte, dass Vexial in die Stadt gebracht wurde, damit er dort sterben könnte, ging sie zurück, um ihn zu besuchen. Da sie lange Jahre seine Schülerin gewesen ist, scheint sie von seinem Leiden nicht ungerührt geblieben zu sein. Ich habe gesehen, wie sie versuchte, Heretius umzubringen, also muss sie etwas für Vexial empfinden. Sarin tötet normalerweise nur zu ihrem eigenen Vorteil. Also denke ich mir, dass sie etwas für ihren alten Lehrer empfindet. Allerdings nicht genug, als dass sie ihn nicht dennoch beraubt hätte.«

»Wenn Vexial im Sterben lag, dann hat sie ihn nicht wirklich beraubt, denke ich«, unterbricht mich Makri.

Ich sehe sie finster an.

»Diese ganzen Logik- und Rhetorikkurse sind schlecht für dich, Makri. Du solltest lieber weiter die Wilde spielen. Sarin hat dich vor einigen Stunden praktisch umgebracht. Sei's drum. Sie war jedenfalls zu gerissen, um den Beutel mit der Statue zu Vexial mitzunehmen, als sie ihn besuchte. Er ist ein Sehender und hätte vielleicht erkannt, dass sie das Gold bei sich hatte. Also ließ sie den Beutel bei den beiden Männern, die für sie die Statue hineinsteckten. Das war eine Aufgabe, die sie nicht allein bewerkstelligen konnte. Man kann zwar den Beutel über die Statue ziehen, aber man braucht Hilfe, um sie anzuheben, sodass man den Beutel verschnüren kann. Vermutlich hat sie ihren beiden Komplizen befohlen, für einen oder zwei Tage zu verschwinden und sich dann wieder mit ihr zu treffen.

Unglücklicherweise landeten sie ausgerechnet in der *Rächenden Axt*, einem eigentlich ganz geeigneten Platz, wenn man mal kurz untertauchen will. Wenn ich nicht den einen Halunken für einige Jahre auf die Strafgaleeren gebracht hätte, weswegen er immer noch nach Rache dürstete. Sie wurden beide bei dem Kampf getötet, was ihren Tod allerdings nur einige Tage vorverlegte. Sarin hätte sich ihrer mit Sicherheit auch entledigt, wenn sie ihre Dienste nicht mehr benötigt hätte.

Dadurch geriet ich mitten ins Getümmel. Sobald Sarin erfuhr, wo die Männer getötet worden waren, wusste sie auch, dass ich an der Sache beteiligt gewesen sein muss, und vermutete darüber hinaus, dass ich wahrscheinlich den Beutel hatte. Seitdem war sie hinter mir her. Ebenso die Mönche des Sternentempels. Ob Sarin Vexial eine Geschichte erzählt hat, die erklärte, warum ich den Beutel habe, oder ob seine seherischen Kräfte ihn zu mir führten, weiß ich nicht. Jedenfalls setzten sich auch bald die gelben Mönche auf meine Fährte, als ihre Spione berichteten, was los war.«

Ich werfe einen Blick auf ein Kaninchen, das mit meinen Zehen spielt, und sehe dann in den Himmel hinauf, an dem ein gewaltiger Komet seine Bahn zieht.

»Tja, Hauptmann, während die Zivilgarde hilflos herumstocherte und keine Ahnung hatte, wo sich das Gold befand, und diese Leute hinter ihm herhetzten, habe ich es für den König in Sicherheit gebracht. Also verschont mich jetzt bloß mit diesem albernen Vorwurf, dass ich Beweise zurückgehalten hätte. Ich habe einen Fall gelöst, der Euch sicherlich eine Degradierung zum einfachen Gardisten eingebracht hätte, wenn Ihr ihn nicht aufgeklärt hättet.«

Aus den Augenwinkeln bemerke ich Tholius. Er kommt rasch näher. Und zwar viel näher.

»Mist! Warum hat mir keiner gesagt, dass der Fluss austrocknet?«

»Wir waren alle zu fasziniert von deinem Vortrag«, bemerkt Makri.

»Das ist nicht der richtige Moment für eine von deinen Sarkasmus-Übungen.«

»Nein, ich meine es ernst. Ich liebe es, wenn du die Fäden so elegant entwirrst.«

Der Fluss ist jetzt nur noch etwa drei Meter breit, und die Mönche beginnen herüberzuwaten.

»Lauft!«, befiehlt der Hauptmann.

Wir laufen. Die Sonne mag ja grün sein, aber das hindert sie nicht daran, so heiß zu brennen, als schiene sie in der orgkischen Hölle. Ich schwitze bald wie ein Schwein und ringe keuchend nach Luft. Wenn wir den Wald aus gelben Bäumen erreichen könnten, dann hätten wir wenigstens etwas Deckung. Doch der Wald verschwindet plötzlich. Er löst sich einfach in Luft auf. Verdammter Magischer Raum! Neben der Statue von Sankt Quaxinius bleibe ich stehen.

»Greift die Ungläubigen an!«, fordere ich ihn auf und deute auf die Horde der Verfolger. Der Heilige rührt sich nicht vom Fleck. So viel zu dieser Idee, denke ich verärgert und laufe weiter.

Ein gewaltiger Palast erhebt sich in der Ferne.

»Zum Schloss!«, ruft Hauptmann Rallig.

Wir laufen zum Schloss. Es löst sich aber ebenfalls in Luft auf, sobald wir näher kommen.

»Zum Orgkus damit!«, ruft Makri, bleibt stehen, zieht ihr Schwert und wendet sich zu den Verfolgern um. »Ich gehe keinen Schritt mehr.«

»Bitte, Makri, nicht ausgerechnet jetzt!«

Makri setzt ihre Füße fest auf den Boden, hält Schwert und Axt in der Hand und wartet darauf, dass unsere Verfolger uns erreichen.

»Warum kannst du nicht einfach weglaufen wie jeder normale Mensch?«, erkundige ich mich entnervt.

»Weil es unehrenhaft ist.«

»Ach ja? Und wie war es um die Ehre in den orgkischen Gladiatorengruben bestellt, hm?«

»Nicht gut. Aber ich laufe nicht mehr weg. Basta.«

Ich seufze und ziehe mein Schwert. »Na gut. Ich bin sowieso zu fertig, um noch weiterzulaufen. Jedenfalls hätte ich nicht gedacht, dass ich einmal mein Leben im Kampf unter einer grünen Sonne verlieren ...«

»Sie ist zinnoberrot.«

» ... unter einer zinnoberroten Chamäleon-Sonne verlieren würde.«

Hauptmann Rallig und Gurdh finden es wohl ihrerseits unehrenhaft, uns alleine sterben zu lassen, also bleiben sie ebenfalls stehen und bauen sich neben uns auf.

»Ich werde zu alt für dieses Herumgehopse«, verkündet Gurdh mit einem Grinsen. Das erinnert mich wieder daran, was für ein guter, fröhlicher Kumpel er damals war, als wir beide noch als Söldner gedient haben.

»Ich auch«, erwidere ich. »Und auch zu fett. Na ja, wir sind schon aus schlimmeren Klemmen entkommen als aus dieser.«

»Und ob. Erinnerst du dich noch an das niojanische Flussboot, dessen Besatzung uns für Krokodile gehalten hat?«

Wir brüllen vor Lachen bei dieser Erinnerung. Allerdings bezweifele ich, dass wir irgendjemanden damit hinters Licht führen können. Tholius und die anderen sind jetzt schon sehr nah. Da sie ihre Kräfte nun vereint haben und ihren Angriff konzentrieren, dürfte es sie wohl nicht allzu viel Zeit kosten, uns zu erledigen. Wir haben keinerlei Deckung, und selbst Makris bemerkenswerte Kampftechnik wird die Mönche nicht daran hindern können, uns zu umzingeln und mit Wurfsternen zu bespicken. Makri trägt nur ihren Kettendress. Keiner von uns ist durch eine Rüstung geschützt. Wir werden zwar eine Menge von ihnen mit ins Grab nehmen, aber letzten Endes werden sie gewinnen.

Das sprechende Schwein taucht wieder neben uns auf. »Greif die Häretiker an!«, sage ich ohne viel Hoffnung.

»Tut mir Leid, ich habe Urlaub«, erwidert das Schwein und verduftet.

»Was für eine Zeitverschwendung das alles ist«, sage ich wütend. »Man sollte eigentlich annehmen, dass ein Drache herbeifliegt, um uns zu beschützen. Aber nein, alles, was wir bekommen, ist ein Schwein, das über Theologie palavert und anschließend in Urlaub geht.«

Ich unterbreche meine schwachsinnigen Ausführungen, weil mir in diesem Moment etwas klar wird.

»Makri, ich weiß jetzt, wer Rodinaax getötet hat.«

Im selben Moment landet der Ehrwürdige Heretius direkt vor mir. Es gelingt ihm irgendwie, mein Schwert mit der flachen Hand abzufangen und mich mit einem Tritt mehrere Meter hoch in die Luft zu befördern. Das schmerzt. Ich wappne mich gegen den sicher viel größeren Schmerz der Landung, als mich eine gewaltige Windbö erfasst und in die Zweige eines Baumes weht, der aus dem Nichts aufgetaucht ist. Im nächsten Augenblick sprießen von überallher Bäume aus dem Boden hoch, und ein plötzlich einsetzender Sturm von willkürlichen magischen Aktionen macht es vollkommen unmöglich, sich mit irgendjemandem zu prügeln. Wilde, grellbunte Insekten schwirren heran und belästigen uns, während der Wind einen gewaltigen Hagelschauer auf unsere Köpfe niederprasseln lässt. Ich bemerke Marihana, die gelassen im Baum nebenan hockt und wartet. Ob Vexial weiß, dass er auf der Abschussliste der Meuchelmörderinnung steht?

Der Kampf wird wegen der wild tobenden magischen Kräfte zur bloßen Farce. Die Bäume verschwinden plötzlich wieder, aber bevor jemand ans Kämpfen denken kann, sprießt ein Vulkan aus dem Boden.

Wir alle werden etwas nervös und fragen uns, ob der wütend aussehende Vulkan wohl verschwindet, bevor er ausbricht. Rauch strömt aus seiner Spitze, und Lava sickert langsam aus seinen Flanken. Die Erde fängt an zu beben.

Hauptmann Rallig betrachtet erst den rasch wachsenden Vulkan, dann blickt er mich an.

»Wie kommen wir hier heraus?«, fragt er. Diese Frage wird von Präfekt Tholius beinah im selben Atemzug gestellt, natürlich im Befehlston. Der Boden bebt, und die glühende Lava fließt jetzt in breiten Strömen auf uns zu. Donax ist wirklich ein furchtloser Mann, der nicht nachgibt, aber seine Bruderschaftskumpane wirken etwas nervös.

»Gute Frage. Und eine, an die Präfekt Tholius hätte denken sollen, bevor er uns hierher folgte. Es ist nicht einfach, aus dem Magischen Raum zu entkommen. Was ist mit Euch?«, rufe ich Vexial dem Sehenden zu. »Habt Ihr vielleicht einen Vorschlag?«

Der Vulkan bricht aus.

»Bringt uns hier raus!«, brüllt Tholius.

»Warum sollte ich das tun? Ihr wollt uns doch sowieso töten, wenn wir wieder in der Kaschemme sind.«

Ich wende mich zu Donax um.

»Es kommt mir wenig sinnvoll vor, uns alle nach Zwölf-Seen zurückzubringen, wenn die Bruderschaft mir anschließend den Orgkus heiß macht, richtig?«

Donax scheint immer noch keine Angst zu haben, sondern denkt eine Sekunde oder zwei nach und zuckt dann mit den Schultern.

»Wahrscheinlich hast du Recht, Detektiv. Aber ich bin gar nicht so wütend auf dich. Wir wollen nur das Gold, und das gebe ich nicht so leicht auf. Aber wenn du uns hier herausbringst, dann vergesse ich, dass du uns Widerstand geleistet hast.«

Geschmolzene Lava strömt jetzt in einem breiten Fluss aus dem Vulkan, und Felsbrocken fliegen uns um die Ohren. Es wird jeden Augenblick eine gewaltige Explosion geben, und dann wird Thraxas, der Magische Detektiv, im Stadtstaat von Turai niemals mehr sein Unwesen treiben.

»Was ist mit Euch, Präfekt?«, rufe ich Tholius zu. »Seid Ihr bereit, die *Rächende Axt* auf der Stelle zu verlassen, wenn ich uns dorthin zurückbringe?«

Tholius hat nicht so viel Rückgrat wie Donax.

»Ja!«, schreit er. »Schafft uns bloß hier raus!«

»Und was Euch betrifft, Vexial und Heretius, Ihr solltet besser im Namen von Sankt Quaxinius versprechen, dass Ihr uns nichts Böses antut, wenn wir zurückkehren.«

Vexial und Heretius nicken. Ich sehe den Ausdruck in Ralligs Blick, der mir deutlich sagt, was er von all diesen Beteuerungen hält. Ich stimme ihm natürlich zu, aber ich muss einfach das Beste hoffen. Der Vulkan macht keinerlei Anzeichen zu verschwinden, und man kann im Magischen Raum genauso leicht sterben wie irgendwo anders. Wenn ich uns aus diesem Raum wegschaffe, dann muss ich die anderen alle mitnehmen, auch wenn ich stark versucht wäre, sie hier zu lassen, wenn ich nur könnte.

Ich wende mich Makri zu.

»Wo ist Marihana?«

Das weiß sie nicht. Die Meuchelmörderin hat sich irgendwo versteckt. Es gibt eine ohrenbetäubende Explosion, und Felsen in der Größe von Häusern fallen um uns herum zu Boden. Asche regnet vom Himmel. Es ist plötzlich sehr schwierig, zu atmen.

»Bringt uns hier heraus!«, schreien ein Dutzend Stimmen im Chor.

»Na gut. Wo ist mein belegtes Brot?«

Ich krame in meinem Beutel herum und ziehe eines der Brote heraus, die Tanrose mir als Stärkung für einen Tag voller Ermittlungen gemacht hat. Nach all dem Herumgerenne sieht es etwas mitgenommen aus, aber es würde als Mittagessen genügen, wenn ich wirklich hungrig wäre.

Alle starren mich ungläubig an.

»Thraxas, jetzt ist wirklich nicht der richtige Moment, dir deinen verdammten Wanst voll zu schlagen!«, schreit Hauptmann Rallig wütend, während die glühende Lava bereits anfängt, unsere Zehen zu grillen.

»Er verhöhnt uns!«, knurrt Tholius. »Ich erledige ihn, bevor der Vulkan mich erledigt!«

Ich bleibe ganz ruhig, während ich die oberste Scheibe von dem belegten Brot entferne. Darunter befindet sich eine Schicht von Tanroses hausgemachtem Fleisch. Ich kratze ein paar Salzkörner von dem Fleisch ab. Der Vulkan explodiert noch heftiger als vorher. Eine zwei Meter hohe Wand aus Lava quillt über den Rand und rast förmlich auf uns zu. Junge Mönche fallen schreiend auf die Knie und beten.

Ich werfe das Salz zu Boden. Es gibt einen noch lauteren

Knall, und die ganze Welt schüttelt sich unter einem fantastischen Erdstoß. Plötzlich bricht das Beben ab, die Luft schimmert, und der Magische Raum fängt an zu schmelzen. Wir finden uns zwar betäubt, ansonsten aber unversehrt und gesund in der *Rächenden Axt* wieder. Kein Schwein hält uns Vorträge. Der Vulkan ist futsch. Gurdh sieht mich fragend an.

»Wie …?«

»Salz. Das ist das absolut Unerträgliche für den Magischen Raum. Es zerstört ihn. Diesen kleinen Trick habe ich auf meinen Reisen um die Welt gelernt. Der magische Beutel hat aufgehört zu existieren. Nur Fremdkörper wie wir und die Statue konnten überleben. Sind alle in Ordnung?«

Die Mönche rappeln sich langsam vom Boden hoch. Sie sind zwar noch benommen, aber auch erleichtert darüber, dass sie immer noch leben. Allerdings wirkt niemand sonderlich entspannt. Wenn man nur eine Sekunde vom Tod durch eine gewaltige Vulkanexplosion getrennt ist und sich in der nächsten in einer heruntergekommenen Kaschemme in ZwölfSeen wieder findet, braucht man eine Weile, um diese plötzliche Entwicklung zu verarbeiten.

Präfekt Tholius gehört zu den Ersten, die mit der neuen Situation umgehen können. Kein Wunder. Er überzeugt sich kurz, dass sein Bundesgenosse Donax unversehrt ist, erkennt dann, dass er noch eine ganze Anzahl von Leuten hinter sich hat, die in halbwegs erträglicher Verfassung sind, dreht sich um und deutet auf mich.

»Tötet diesen Mann!«, befiehlt er.

Allmählich habe ich das satt.

Die Mönche halten sich zurück. Sie wissen nicht genau, ob sie sich da einmischen sollen. Und in dem Moment, als Gurdh, Makri, Rallig und ich überdrüssig die Waffen heben und jeder für sich überlegt, ob es nicht eine einfachere Methode gibt, sein Geld zu verdienen, in dem Moment fallen beinah alle in der Kaschemme zu Boden und bleiben bewusstlos dort liegen.

Makri und ich glotzen verständnislos auf die durcheinander gewürfelte Menschenmasse von Mönchen, Bütteln und Ganoven, die anscheinend alle friedlich ihr Mittagsschläfchen halten. Die einzige Person außer uns, die noch steht, ist Donax.

»Was ist passiert?«

»Sind wir noch im Magischen Raum?«, erkundigt sich Makri.

»Ihr befindet Euch wieder in der *Rächenden Axt*«, beantwortet Astral Trippelmond ihre Frage und taucht oben an der Treppe auf. Wie ich sehe, hat er sich ein Bierchen gezapft.

»Sehr gut, Thraxas. Ich habe mir schon Sorgen gemacht, als Ihr alle Magischen Raum verschwunden seid. Das ist kein guter Ort für Euch. Aber ich dachte mir, dass Ihr vermutlich unbeschadet herauskommen würdet. Salz?«

Ich nicke.

»Ich habe einen Blick in Euer Zauberbuch geworfen«, fährt der Zauberer fort. »Es ist zwar nicht mehr das neueste, aber es tut seine Dienste. Ich dachte, Ihr könntet etwas Hilfe brauchen, wenn Ihr zurückkommt, deshalb habe ich den Schlafzauber vorbereitet.«

Er mustert Makri. »Wie ich sehe, funktionieren Eure Zauberschutzamulette ganz ausgezeichnet.«

Makri und ich tragen beide Zauberschutzamulette um den Hals. Sie bestehen aus Rotem Elfentuch, das ungeheuer wirksam ist. Es ist in Kupferkugeln und Draht eingewoben und von Astral selbst bearbeitet worden. Wir haben sie erst vor einigen Monaten erbeutet – glücklicherweise, muss ich sagen, denn ein Zauberschutzamulett ist für einen Mann in meiner Berufssparte lebenswichtig. Nachdem ich mein letztes verpfändet habe, war ich ein leichtes Ziel für jeden boshaften Zauberer, der mir über den Weg lief. Zauberschutzamulette sind sehr seltene Gegenstände und außerdem enorm teuer, und nur die wichtigsten Beamten wie zum Beispiel der Konsul besitzen eines. Das erklärt auch, warum Hauptmann Rallig jetzt schlafend zu meinen Füßen liegt, zusammen mit Gurdh und allen anderen, die von Astrals Bann niedergestreckt worden sind.

»Der arme Rallig. Sie sollten ihn besser bezahlen. Gut mitgedacht, Astral.«

Donax ist ein sehr wichtiger Bruder in der Unterwelt, also hat er natürlich auch ein Amulett. Er ist zwar noch bei Bewusstsein, aber man merkt ihm deutlich an, dass er nicht weiß, was er als Nächstes tun soll. Ich schlage ihm vor, zu gehen, bevor ich die Garde rufe und die alle einkassieren, die irgendwie mit dem Diebstahl des Goldes des Königs zu tun haben. Das Gesicht des Gauners bleibt zwar unbewegt, aber dieses Mal muss er seine Niederlage eingestehen. Da er sich mit mir, Makri und Astral Trippelmond auseinander setzen müsste, kann er unmöglich die Statue erbeuten, und auch wenn er sehr viel Einfluss bei den Hohen der Stadt hat, möchte er wohl nicht direkt mit dem Goldraub in Verbindung gebracht werden. Die gnadenlosen königlichen Vergeltungsmaßnahmen würde selbst die Bruderschaft nicht unbeschadet überstehen.

Er dreht sich um und verschwindet, ohne ein weiteres Wort zu verlieren. Jetzt müssen wir entscheiden, was wir mit den anderen tun, bevor sie wieder zu sich kommen. Makri schlägt vor, die Anführer zu töten, während sie noch schlafen. Ich muss zwar zugeben, dass dies ein durchaus vernünftiger Gedanke ist, überlege aber, ob es vielleicht einen weniger drastischen Weg gibt, uns in Sicherheit zu bringen.

Plötzlich hören wir ein leises Geräusch, und Marihana taucht hinter einer Statue auf. Sie trägt eine einfache schwarze Halskette, das übliche Schutzamulett der Meuchelmörder. Marihana besitzt wirklich die geradezu unheimliche Fähigkeit, zu verschwinden und wieder aufzutauchen, ohne dass man es mitbekommt.

»Ich bin froh, dass Ihr noch lebt«, sagt sie zu Makri und geht ruhig in Richtung Tür.

»Mach dir bloß keine Umstände. Du brauchst dich nicht bei mir zu bedanken!«, rufe ich ihr nach.

»Wofür auch? Ich wusste, wie man aus dem Magischen Raum entkommen kann. Ich hatte selbst ein wenig Salz bei mir.«

Marihana scheint von der ganzen Angelegenheit absolut ungerührt. Sie bleibt wirklich noch in der größten Krise völlig ruhig, das muss ich ihr lassen.

»Ist das tatsächlich das Gold des Königs?«, fragt sie und deutet auf die Statue.

Mein Blick folgt ihrer ausgestreckten Hand, und ich nicke. »Das ist es.«

»Gut gemacht«, sagt Marihana. »Wieder ein Verbrechen, das dank eurer überragenden Fähigkeiten als Detektiv aufgeklärt wurde.«

Damit verschwindet sie durch die Vordertür. Ich starre ihr misstrauisch hinterher.

»Merkwürdig.«

»Sie hat dir nur ein Kompliment gemacht«, meint Makri.

»Eben, das ist ja das Merkwürdige. Warum? Die Meuchelmördergenossenschaft verschwendet keine Zeit auf Komplimente. Na, macht nichts. Was sollen wir jetzt tun? Wir haben noch etwa zehn Minuten, bis alle wach sind. Ich habe wirklich keine Lust mehr, ständig von allen herumgejagt zu werden. Mir reicht es.«

Ich habe die ganze Angelegenheit satt. Es ging damit los, dass ich den armen Gesox herauspauken wollte. Und was hat mir das eingebracht? Wenn mich das nächste Mal ein Präfekt beleidigt, sollte ich besser nachdenken, bevor ich die Beherrschung verliere. Aber wahrscheinlich werde ich das nicht tun.

Aber ich muss mir jetzt rasch etwas einfallen lassen. Tholius wird sich wie ein Böser Bann auf mich stürzen, sobald er wieder aufwacht. Wir könnten also gleich wieder von vorn anfangen, nur dass wir jetzt, da ich den Magischen Raum zerstört habe, keine Fluchtmöglichkeit mehr hätten.

»Ihr könntet die Kaschemme verlassen, bevor sie aufwachen«, schlägt Astral Trippelmond vor. »Ich kann Euch beschützen.«

Aber diese Idee gefällt mir nicht besonders. Ich habe keine Lust, mich zu verstecken.

»Ich könnte den Schlafzauber auswendig lernen und sie dann sofort wieder schlafen legen.«

»Das stimmt. Aber dann werden wir den ganzen Tag hier sein. Und die Garde will bestimmt ausführlich mit diesen Leuten plaudern. Es ist sinnlos, die Station am Hafen zu alarmieren. Tholius hat dort das Sagen, und sie werden uns einfach nur ins Verlies werfen. Ich bezweifle, dass wir dann jemals wieder lebendig herauskämen. Aber wir könnten Hauptmann Ralligs Station benachrichtigen. Wenn seine Leute erfahren, dass er in Schwierigkeiten steckt, dann kommen sie bestimmt.«

»Was ist mit der Statue?«

»Ohne den magischen Beutel kann sie niemand einfach so von hier wegtragen.«

Das bedeutet zwar, dass wir den schlafenden Gurdh zurücklassen müssen, aber er ist in Sicherheit, solange Astral Trippelmond die Lage im Auge behält. Außerdem sind sie ja sowieso nicht hinter Gurdh her. Makri und ich verschwinden. Ich habe ein merkwürdiges Gefühl, als ich an Vexial dem Sehenden vorbeigehe. Ein sehr merkwürdiges Gefühl. Ich bücke mich und untersuche ihn.

»Er ist tot.«

»Tot?«

Ein schlanker Wurfpfeil steckt in seiner Brust. Er ist gerade tief genug eingedrungen, um sein Herz zu erreichen. Eine typische Meuchelmörderwaffe. Ich schüttele den Kopf.

»Deshalb hat Marihana uns dazu gebracht, zur Statue zu schauen.«

Man muss die Geschicklichkeit dieser Frau wirklich bewundern. In den wenigen Sekunden, die ich abgelenkt war, hat sie einen Pfeil in Vexials Brust geworfen und ihn sozusagen im Vorübergehen erledigt. Und niemand kann behaupten, er habe es mit angesehen.

»Niemand entkommt der Meuchelmördergenossenschaft«, erkläre ich und seufze. »Kommt, holen wir die Garde.«

Ich kenne die meisten Gardisten in Ralligs Station, was nicht heißen soll, dass ich ein häufiger oder gar willkommener Gast wäre. Hauptmann Rallig hat ihnen ausdrücklich verboten, mir Informationen zu geben. Aber als ich hineinmarschiere und erkläre, das Ihr Hauptmann augenblicklich schlafend in der *Rächenden Axt* liegt, zusammen mit der Bruderschaft, Tholius und zwei Tempelladungen von Kampfmönchen, die nur darauf warten, ihn anzugreifen, und darüber hinaus auch noch das verschwundene Gold des Königs daneben steht, leert sich die Station bemerkenswert rasch. Ich lege unterwegs einen Zwischenstopp ein und benachrichtige Prätor Zitzerius. Wenn es eine Belohnung für die Wiederbeschaffung des Goldes gibt, dann möchte ich mir meinen Anteil nicht von irgendeinem gierigen Zivilgardisten wegschnappen lassen.

Es dauert zwanzig Minuten, um den Rundgang zu erledigen.

Als wir wieder in der Kaschemme ankommen, sind sämtliche Widersacher verschwunden.

Astral wirkt etwas beschämt. »Tut mir Leid, ich hatte keinen Bann mehr übrig, um sie damit aufzuhalten.«

Hauptmann Rallig gähnt immer noch. Er schaut Astral Trippelmond ärgerlich an, weil der ihn schlafen gelegt hat, gibt aber zu, dass der Zauberer unter diesen Umständen nichts anderes tun konnte.

»Ihr solltet Euch ein Zauberschutzamulett zulegen, Hauptmann.«

»Von meinem Gehalt?«

Rallig bellt einen Befehl, und ein paar Männer hasten mit den neuesten Neuigkeiten zum Justizdomizil und zum Palast.

»Glaubt Ihr, dass Präfekt Tholius in der Stadt bleibt und versucht, sich mit seinen Verbindungen herauszubluffen?«

»Das bezweifle ich. Diesmal hat er die Sache vermasselt. Selbst seine Beziehungen werden ihm nicht helfen, weil er den König bestohlen hat. Ich vermute, dass er schon längst seinen Ranzen geschnürt und die Stadt verlassen hat. Dasselbe gilt vermutlich für die Mönche. War die Bruderschaft an dem Diebstahl beteiligt?«

Ich schüttele den Kopf. Sie haben nur versucht, abzugreifen, was ging. Vermutlich gibt es keine Möglichkeit, Donax etwas anzuhängen, jedenfalls nicht bei der Menge von Bestechungsgeldern, die die Bruderschaft aufwenden kann, um so jede Geschworenenversammlung zu kaufen. Außerdem kann ich mir keinen Geschworenen vorstellen, der ihn verurteilen würde, weil er einen Ermittler und einen Hauptmann der Garde in mörderischer Absicht in einen Magischen Raum verfolgt hat. Schon seit langer Zeit gilt in juristischen Kreisen als ausgemacht, dass im Magischen Raum keine Stadtrechte gelten.

Ein paar Gardisten wickeln Vexials Leiche ein, um ihn in das Leichenschauhaus zu karren. Als Hauptmann Rallig den Pfeil in Vexials Brust sieht, muss man ihm nicht erst sagen, was passiert ist.

»Marihana? Hast du gesehen, wie sie es getan hat?«

Ich schüttle den Kopf. »Dafür ist sie viel zu gerissen.«

»Ich hasse diese Mörder«, knurrt der Hauptmann. »Ich würde sie liebend gern alle am Galgen baumeln sehen.«

Er weiß natürlich, dass diese Aussicht sehr gering ist. Die Meuchelmördergenossenschaft genießt viel zu viel Schutz, weil der Senat selbst gelegentlich Aufträge an sie vergibt. So auch der König – wird jedenfalls gemunkelt. Zudem hinterlassen sie an den Tatorten so gut wie nie Spuren. Wenn die Gardisten einen Zauberer bitten würden, den Pfeil zu untersuchen, würde sich bestimmt herausstellen, dass er mit Fragmenten des Roten Elfentuchs bedeckt oder in irgendeiner anderen Weise, die nur die Meuchelmördergenossenschaft kennt, manipuliert ist, damit man keine verräterische Aura darauf feststellen kann. Wenn man versuchen wollte, Marihana des Mordes an Vexial zu überführen, könnte man sich genauso gut daran machen, den Wind zu fangen.

Rallig nimmt dankend ein Bier von Gurdh. Es verstößt zwar gegen Vorschriften, wenn Gardisten im Dienst trinken, aber sie kümmern sich nicht sonderlich um diese Regel. Der Hauptmann ist sicherlich sehr erfreut darüber, dass er das Gold wieder beschafft hat, aber ich merke, dass er alles andere als glücklich ist.

»Ich gehe davon aus, dass du jetzt keine Zeit verschwendest und dem Gericht unverzüglich alle Beweise für Gesox' Unschuld an Rodinaax' Ermordung vorlegst.«

Der Hauptmann hasst es, wenn ich die Garde in dieser Weise vorführe.

Ich leere mein Bier. »Ich zumindest werde jetzt sofort zu ihm gehen.«

Bibendis und Dandelion tauchen mit Bertax und Cimdy im Schlepptau auf. Sie haben sich offensichtlich in dem Wagen hinter der Kaschemme versteckt. Hauptmann Rallig betrachtet sie eingehend.

»Nehmt weiter Boah, und es wird Euch töten«, knurrt er.

»Wenn ich das nicht schon vorher erledige«, füge ich hinzu.

Bibendis war schon als Säuferin schlimm genug. Wenn sie jetzt auch noch Boah nimmt, dann kann sie die Villa ihres Vaters genauso gut gleich verkaufen und auf der Straße leben.

Es würde ihr eine Menge Zeit ersparen. Cimdy und Bertax auf der anderen Seite müssen sich ihr Geld derart mühsam verdienen, dass ich nicht verstehen kann, wieso sie alles davon an diese nutzlose Droge verschwenden. An Dandelion überrascht mich gar nichts. Ich nehme den Heilstein aus der Tasche und reiche ihn ihr, aber selbst das bringt wenig Leben in ihre ausdruckslosen Augen.

»Bringt das zu den Delfinen, wenn Ihr wieder genug Energie habt.«

Ich bitte Makri, mit mir zu den Gerichtshöfen zu kommen.

»Glaubst du, dass Sarin noch in der Nähe ist?«

Ich schüttle den Kopf. Sarin wird mittlerweile wissen, dass das Gold ihrem Zugriff entzogen ist. Sie wird uns wohl keine Schwierigkeiten mehr machen.

»Vielleicht will sie ja Rache nehmen, weil Vexial getötet wurde.«

»Das glaube ich nicht. Ihre Loyalität ihrem alten Lehrer gegenüber wird sicher nicht so weit gehen. Sarin ist vollkommen auf ihre eigenen Ziele konzentriert. Außerdem war es nicht unsere Schuld, das Vexial seine Toga abgeben musste. Es war Heretius, der die Meuchelmördergenossenschaft angeheuert hat. Weißt du, ich hatte eigentlich immer den Eindruck, dass Töten Sarins einzige Leidenschaft ist. Deshalb frage ich mich, wozu sie das Gold eigentlich haben wollte. Vermutlich würde sie gar nicht wissen, was sie damit anfangen sollte. Ich werde sie töten, wenn ich ihr das nächste Mal begegne.«

Makri deutet an, dass Sarin mich gar nicht mehr brauchen wird, um sich umbringen zu lassen, wenn sie, Makri, ihr vorher selbst begegnet. Sie geht nach oben und zieht sich ihr Wams an, bevor wir auf die Straße treten.

»Hübsche Figur«, sagt Hauptmann Rallig, als sie weg ist.

»Schon möglich«, erwidere ich.

»Schon möglich? Vor zwanzig Jahren hättest du den Mond angeheult, wenn sie in diesem Dress an dir vorbeigegangen wäre, Orgk-Blut hin oder her.«

»Vor zwanzig Jahren war ich nicht alt, übergewichtig und voller Bier.«

Ich bin total erschöpft. Hauptmann Rallig nimmt uns in einem Garde-Landauer mit zu den Gerichtshöfen. Es ist eine schweigsame Fahrt unter der Morgensonne. Vermutlich sollte ich so fröhlich sein wie ein betrunkener Söldner, nachdem ich wider jede Wahrscheinlichkeit die ganze Sache heil überstanden habe, aber ich möchte eigentlich nur noch eins: schlafen.

17. KAPITEL

Wir kommen etwa eine Stunde vor Beginn des letzten Prozesstages bei Gericht an. Die Sonne brennt schon wieder unerträglich heiß vom Himmel herunter. In der Stadt hat sich seit Tagen nicht mehr das geringste Lüftchen geregt. Die Flugratten hocken träge auf den Statuen im Forum und schlagen matt mit den Flügeln. Mir rinnt der Schweiß ins Innere der Tunika. Ich habe die Hitze allmählich satt. Und ich habe es auch satt, die Hitze satt zu haben. Rallig leidet in seiner schwarzen Uniform mindestens genauso wie ich. Mir fällt auf, dass die Wachen und Beamten des Gerichts ihn immer noch mit Respekt behandeln. Er ist zwar von Rhizinius aus dem Palast geworfen worden, aber sie wissen alle, dass der Hauptmann zehnmal so viel wert ist wie der Ex-Vizekonsul.

Draußen auf dem Forum versammeln sich immer mehr Leute, die auf den Beginn des Gerichtstages warten. Darunter befinden sich armselige kleine Gauner, die sich auf eine Kreuzfahrt hinter einem Ruder freuen dürfen, und auch wohlhabende Kaufleute von der Ehrenwerten Kaufmannschaft, die einem viel komplizierteren Prozess wegen Wirtschaftskriminalität entgegensehen. Es gibt sogar ein Paar goldhaariger und grün gekleideter Elfen, die mit einem Advokaten und dessen Assistenten an einem Springbrunnen sitzen und sich über einige alte Schriftrollen beugen.

»Sie sind bei einem Handel mit einer Schiffladung Silber über ihre spitzen Ohren gehauen worden«, informiert uns der Hauptmann. »Warum diese Elfen immer noch erwarten, dass Turanier ehrlich sind, geht über meinen Horizont.«

Makri grüßt sie im Vorbeigehen in der Königlichen Sprache. Die beiden Elfen springen alarmiert auf die Füße, weil sie vermuten, dass irgendein wichtiger Elfenlord unerwartet in die Stadt gekommen ist. Als ihnen klar wird, wer sie da begrüßt hat, fallen sie vor Verblüffung fast hintenüber. Makri grinst zufrieden und schlendert weiter.

»Ich habe wirklich gedacht, dass es Gesox war, der Rodinaax getötet hat«, sagt Hauptmann Rallig, als er uns zu den Zellen unter dem Gerichtsgebäude führt. »Er ist so ein armseliger kleiner Kerl, dass ich fast Mitleid mit ihm hatte – was mich natürlich nicht daran gehindert hätte, ihn aufzuknüpfen. Diesmal muss ich dir wirklich Abbitte leisten, Thraxas.«

Ein armseliger kleiner Kerl beschreibt ziemlich genau den Anblick, der uns erwartet, als wir Gesox endlich erreichen. Es ist der letzte Prozesstag, und er weiß, dass er bald schuldig gesprochen und gehenkt werden wird. Als wir in die Zelle kommen, liegt er auf seiner Pritsche. Frische Hoffnung leuchtet auf seinem Gesicht auf, als er mich sieht.

»Thraxas! Ich dachte schon, Ihr hättet mich aufgegeben.«

»Ich gebe niemals einen Klienten auf«, erkläre ich ihm. »Und ich verliere auch nicht häufig einen.«

Ich halte inne und sehe mich verlegen in der Zelle um. Sie ist vollkommen kahl, und ich kann meinen Blick nur auf Gesox richten.

»Obwohl Ihr, technisch gesehen, gar nicht mein Klient seid. Präfekt Tholius hat Euch weggeschleppt, bevor Ihr mir einen Vorschuss zahlen konntet, und wir sind nie dazu gekommen, unsere Abmachung formell zu bestätigen. Was sehr bedauerlich ist.«

»Wie meint Ihr das?«

»Wenn Ihr mein Klient wärt, dann hätte ich vielleicht mehr Bedenken. Denn es ist sehr unwahrscheinlich, dass ich einen meiner Klienten dem Gericht ausliefere. Es geht mir gegen den Strich. Selbst wenn mein Klient sich als schuldig entpuppt, würde ich ihn eher auf einem schnellen Pferd aus der Stadt schicken, als ihn auszuliefern. Aber da Ihr nicht wirklich mein Klient seid und da Ihr Rodinaax tatsächlich getötet habt …«

Ich hebe hilflos die Hände, Handflächen nach oben.

Entsetzen malt sich auf Gesox' Gesicht ab. »Ich habe ihn nicht umgebracht!«

Ich bin müde, und ich komme mir eklig vor, weil ich das tun muss. Ich will es schnell hinter mich bringen.

»Tut mir Leid, Gesox. Ich habe alle anderen Möglichkeiten abgeklopft. Ich habe mich sogar mit Mördern, Mönchen, der Bruderschaft und Gott weiß wem noch angelegt. Makri ist dabei beinah getötet worden, und viele andere sind gestorben. Als Ihr angefangen habt, mit so viel gestohlenem Gold herumzuhantieren, ist Euch die Sache offensichtlich sehr schnell über den Kopf gewachsen. Ihr hättet Euch lieber heraushalten sollen. Ihr müsst gewusst haben, dass die ganze Geschichte einige Nummern zu groß für Euch war und Ihr so enden würdet.«

»Willst du damit sagen, dass Gesox schuldig ist?«, erkundigt sich Hauptmann Rallig.

»Leider ja. Rodinaax wusste gar nichts von dem Goldraub. Es gab auch keinen Grund für ihn, sich dafür zu interessieren. Seine Geschäfte liefen gut. Er hatte weder Spielschulden noch Alkoholprobleme. Das hat sich Gesox nur ausgedacht, um dem Bildhauer ein Motiv unterzuschieben, das erklären sollte, warum er das Verbrechen begangen haben sollte. Aber es war nicht Rodinaax, zu dem Vexial mit dem Vorschlag kam, das Gold in der Statue zu verstecken. Es war Gesox.«

Ich starre den Schüler an, und er erwidert den Blick hilflos wie ein Eichhörnchen.

»Warum habt Ihr es getan?«

Dem armen Gesox scheint es die Sprache verschlagen zu haben. Makri und Hauptmann Rallig sehen interessiert zu.

»Eigentlich spielt es auch gar keine Rolle, warum Ihr es getan habt. Vielleicht wolltet Ihr einfach nur mehr Geld. Rodinaax hat Euch nicht gut bezahlt. Ich habe Euer Zimmer in ZwölfSeen gesehen. Vielleicht hat Lolitia Euch sogar ermutigt. Ihr wärt nicht der erste Schüler, der von der Herrin des

Hauses vom rechten Weg abgebracht wurde, weil sie ihren Ehemann aus dem Weg schaffen wollte. Aber falls Lolitia wirklich etwas damit zu tun hatte, dann wollte sie bestimmt nicht, dass Ihr Rodinaax umbringt.«

Ich wende mich zum Hauptmann um. »Sie ist mit Rodinaax in Urlaub gefahren.«

»Was?«

»In Urlaub. Als das Gold gestohlen wurde. Sie haben sich vor der Hitze nach Ferias geflüchtet. Aber als Gesox in meinem Büro auftauchte, erzählte er mir, dass er und Rodinaax seit Tagen rund um die Uhr an der Statue gearbeitet hätten. Und während Rodinaax weg war, erledigte Gesox die Angelegenheit mit dem Gold. Ich bin erst dahinter gekommen, als wir im Magischen Raum waren. Da hatte ich so etwas wie eine Eingebung.«

Ich halte es für unnötig, zu erwähnen, dass es das sprechende Schwein war, das mich an Rodinaax' Urlaub erinnerte.

»Wie gesagt, Rodinaax wusste nichts von dem Gold. Gesox hat es in die Statue gepackt, als sein Lehrer weg war. Vexial hat alles zusammen mit ihm arrangiert. Und erst als Sarins Männer kamen, um nach dem Gold zu sehen, erfuhr Rodinaax, was gespielt wurde. Er war nämlich vorzeitig von einem Termin zurückgekommen und platzte herein, als sie die Statue gerade in den magischen Beutel packten. Da hat Gesox ihn umgebracht. Er hat einfach sein Messer benutzt. Schlicht und ergreifend. Unglücklicherweise kam auch Lolitia zurück und schrie Zeter und Mordio, bevor er sein Messer wieder herausziehen konnte. Als ihm klar wurde, dass es nicht unbedingt das Schlaueste war, ein Messer, auf dem seine Aura war, in einer Leiche stecken zu lassen, floh er. Er war aber nicht mutig genug, um aus der Stadt zu flüchten, also kam er in mein Büro. Was das einzige Kluge war, das er getan hat«, füge ich mürrisch hinzu. »Ich habe in gewissen Kreisen nämlich den Ruf, Klienten auch aus den hoffnungslosesten Umständen zu befreien.«

Mehr habe ich dazu nicht zu sagen. Doch als ich mich herumdrehe und gehen will, hält mich Hauptmann Rallig an meiner Tunika fest.

»Du meinst, du hast diesen ganzen Zinnober ohne jeden Grund vom Zaun gebrochen, Thraxas? Gesox hat Rodinaax also tatsächlich erstochen? So wie es die Garde schon von Anfang an behauptet?«

»Tja, manchmal findet Ihr eben auch ein Korn.«

»Na herzlichen Dank, dass du uns durch diesen verdammten Magischen Raum gezerrt und uns beinah umgebracht hast!«

»Ich habe immerhin das Gold wieder beschafft, schon vergessen?«

Aber Hauptmann Rallig lässt sich auch dadurch nicht versöhnen. »Ich habe übrigens nicht überhört, dass du gesagt hast, du würdest deine schuldigen Klienten normalerweise auf schnellstem Weg aus der Stadt schaffen«, bemerkt er bissig. »Versuch das noch mal, und ich komme über dich wie ein Böser Bann.«

Ich gehe rasch hinaus, weil ich Gesox' Blick nicht begegnen will. Ich habe es so eilig, das Gebäude zu verlassen, dass ich praktisch renne, bis ich schließlich den Ausgang erreiche. Als es Makri endlich gelingt, mich einzuholen, habe ich schon fast die nächste Taverne erreicht.

»Nimm es nicht schwer«, sagt sie und bestellt sich ein Bier, um mir Gesellschaft zu leisten. »Es ist nicht deine Schuld, dass dein Klient sich als schuldig entpuppt hat.«

»Trotzdem bereitet es mir ein schlechtes Gefühl.«

»Hättest du ihn wirklich aus der Stadt gebracht, wenn er dir einen Vorschuss bezahlt hätte?«

»Vielleicht. Es hat mir noch nie gefallen, einen Klienten auszuliefern. Wenn sich das rumspricht, ist das sehr schlecht fürs Geschäft. Aber Gesox hat es verdient. Es war ziemlich kaltblütig von ihm, Rodinaax umzubringen. Der Bildhauer hat ihn vielleicht nicht gut bezahlt, aber er hat nichts getan, weswegen er den Tod verdient hätte.«

Ich stürze mein Bier herunter und bestelle gleich noch eins. Bei dieser Hitze und meiner Erschöpfung und wegen des traurigen Endes meiner Bemühungen bin ich nicht gerade in bester Stimmung. Ich bin wütend auf Gesox und auch auf mich, weil ich auf sein weinerliches Gesicht hereingefallen bin. Außerdem ist mir die Vorstellung peinlich, dass Hauptmann Rallig seinen Kumpeln von der Garde gerade erzählt, dass sie die ganze Zeit Recht hatten und dass dem alten Thraxas allmählich die Dinge aus der Hand gleiten.

Darüber hinaus ist Hauptmann Rallig jetzt auch noch wütend auf mich, und er ist durchaus in der Lage, mir das Leben schwer zu machen. Die Bruderschaft ist auch nicht begeistert von mir. Sie haben mich mit Matahari wirklich reingelegt. Es war clever von Donax, mir einen Spion ins Fell zu setzen. Ich nehme an, dass der *Keilerschädel* nur zufällig abgebrannt ist und Donax danach sofort seine Chance erkannte, jemanden in die *Rächende Axt* einzuschleusen. Ich könnte es als Kompliment auffassen, dass er im selben Moment, als er von dem Gold und den Mönchen hörte, glaubte, dass ich der Mann wäre, der es findet. Am schlimmsten finde ich, dass ich zu blöd war, um schon früher Misstrauen zu schöpfen. Die ganze Zeit sind die Bruderschaft und ihr zahmer Zauberer herumgelatscht und haben so getan, als suchten sie Matahari, und in Wirklichkeit suchten sie nach dem Gold. Nur dass Astral einen Verstörungszauber über meine Wohnung gelegt hatte, hielt sie in Schach. Jedenfalls so lange, wie es dauerte, bis ich auf die glorreiche Idee kam, das Gold direkt vor Matahari hervorzuzaubern. Und bei diesem Gedanken werde ich sauer auf Makri. Sie hat Matahari Schutz angeboten, als sie vorgab, flüchtig zu sein. Ich will gerade meinen Ärger an ihr auslassen, als mir wieder einfällt, wie froh ich bin, dass sie nicht tot ist. Vermutlich sollte ich das auch erwähnen.

»Ich bin froh, dass du nicht tot bist«, erkläre ich.

»Danke. Aber du klingst nicht sehr froh.«

»Das bin ich aber. Es war nur nicht sehr schlau von dir, einen Spion der Bruderschaft ins Haus zu lassen.«

»Ich wusste nicht, das Matahari eine Spionin war.«

Ich setze Makri kurz darüber in Kenntnis, dass sie uns unweigerlich in größte Schwierigkeiten bringen wird, wenn sie darauf besteht, jeden Streuner, der nach einem Zufluchtsort sucht, in unser Haus zu holen.

»Aber es sind nicht so große Schwierigkeiten wie die, in die du uns bringst, wenn du dich um Klienten reißt, die eines Mordes schuldig sind«, kontert Makri gereizt. »Dabei hättest du ihn nicht einmal annehmen müssen. Du warst einfach nur beleidigt, weil Tholius deine kostbare Würde verletzt hat.«

»Meine kostbare Würde? Ich habe deine blöde Fixierung auf deine eigene Ehre auch langsam satt. Du hättest uns vorhin im Magischen Raum beinah umgebracht, weil du dich geweigert hast wegzulaufen, obwohl wir eigentlich keine Chance hatten. Gute Kämpfer wissen, wann sie sich zurückziehen müssen.«

»Du brauchst mir nichts von gutem Kämpfen zu erzählen!«, schnappt Makri zurück. »Wenn ich nicht mein halbes Leben lang gut gekämpft hätte, dann wärst du längst tot und begraben!«

»Ach tatsächlich?«, höhne ich und schlage mit der Faust auf den Tisch. »Du meinst, nur weil du ein paar Orgk-Gladiatoren niedermetzeln kannst, bist du die Nummer eins hier? Ich habe schon gekämpft, bevor du geboren wurdest.«

Makri ist jetzt richtig in Fahrt. Die Hitze setzt ihr anscheinend ebenfalls zu. Gäste rücken unauffällig von uns ab, weil sie sich fragen, ob wir die Auseinandersetzung wohl gleich mit den Schwertern weiterführen werden.

»Vielleicht solltest du dich in Anbetracht deines hohen Alters ja allmählich aus diesem Geschäft zurückziehen«, schlägt Makri vor. »Konzentriere deine Aktivitäten doch ausschließlich aufs Trinken.«

»Na, das gefällt mir aber. Wenn dich das nächste Mal jemand als Zielobjekt für einen Armbrustbolzen auswählt, dann erwarte nicht, dass ich dir noch mal das Leben rette!«

»Wenn du mich nicht überhaupt erst gestoßen hättest, wäre ich ihm entgangen, und niemand hätte irgendjemandem das Leben retten müssen.«

Makri und ich stehen uns jetzt Nase an Nase gegenüber und starren uns wütend in die Augen.

»Ach ja!«, brülle ich. »Dass du getroffen wurdest, hat nicht daran gelegen, dass ich dich gestoßen hatte. Es war das Boah, das deine Reaktionen verlangsamt hat!«

»Ich habe kein Boah genommen!«, schreit Makri.

»Ach nein? Ich habe dich aber stolpern sehen, als wir uns im Quintessenzweg begegnet sind. Wie lange hast du denn im Wohnkarren von Cimdy und Bertax mit Bibendis und Dandelion zusammengehockt?«

Makri ist fuchsteufelswild. Die Trinker, die vor uns zurückweichen, räumen jetzt einen weiten Kreis um uns frei.

»Du fetter Säufer!«, kreischt sie.

»Nenn du mich nicht fett, du spitzohrige Boah-Süchtige!«, erwidere ich genauso gut vernehmlich.

»Wie kannst du es wagen, so etwas zu sagen?«

»Ach, habe ich deine Gefühle verletzt? Warum gehst du nicht und weinst dich bei deiner Freundin Marihana aus? Sie ist doch immer auf neue Informationen aus!«

Eine Sekunde sieht Makri aus, als wollte sie gleich nach dem Schwert greifen. Stattdessen knallt sie ihren Humpen so heftig auf den Tresen, dass der Henkel abbricht, und stürmt aus der Kaschemme.

Ich schreie ihr noch einige wenig schmeichelhafte Beschimpfungen hinterher.

»Noch ein Bier!«, befehle ich dem Wirt. Der überlegt anscheinend kurz, ob er mich auffordern soll, die Taverne zu verlassen, aber ein Blick in mein Gesicht belehrt ihn eines Besseren. Er bringt mir das bestellte Getränk.

Ich bin so wütend wie ein angeschossener Drache. Ich

kann es einfach nicht ertragen, dass Gesox schuldig ist, nachdem ich mich durchgerungen hatte, an seine Unschuld zu glauben. Ich fühle mich etwas besser, weil ich jemanden anschreien konnte. Ich trinke mein Bier aus und lasse mir noch eins geben. Dem folgt das nächste. Dann fängt die Gästeschaft an, mich zu langweilen. Also stoße ich einige Beleidigungen gegen Advokaten aus und schwanke gen Osten nach Kushni. Dort betrinke ich mich hemmungslos mit drei Söldnern aus Misan und einem professionellen Würfelspieler aus dem Weiten Westen und kann schließlich doch noch vergessen, worüber ich so wütend bin.

18. KAPITEL

Ich wache unter einem Busch auf. Irgendwann in der letzten Nacht muss ich in einen kleinen Park gekrochen und eingeschlafen sein. Wenigstens war ich noch genug bei Bewusstsein, um mich nicht einfach in die Gosse zu rollen.

Ich stinke nach Bier, Schweiß und zahlreichen anderen, namenlosen Gerüchen, die ich von der Straße aufgelesen habe. In der ganzen Zeit, als ich Mönche in der Stadt herumgescheucht habe, habe ich ganz vergessen, mich zu waschen. Wenn ich nicht bald die Bäder von ZwölfSeen besuche, werden sie mich als Gesundheitsrisiko entsorgen. Ein paar Bettler sehen mich ausdruckslos an, als ich mich mühsam aufrapple. Ich werfe kurz einen prüfenden Blick auf meine Geldbörse. Sie ist noch da. Ich grüße die Bettler mit einem fröhlichen »Guten Morgen« und mache mich auf den Weg zurück nach ZwölfSeen.

Alles in allem fühle ich mich einigermaßen gut in Form. Ich habe keinen Kater. Ein Blatt vom Lebatrana-Baum scheint einen mehrere Tage lang vor einem Brummschädel zu schützen. Ich sollte nach Süden segeln und eine Schiffsladung davon importieren. In einer Stadt wie dieser hier müsste ich damit ein Vermögen machen. Außerdem bin ich mit dem Leben etwas versöhnter. Gut, Gesox wird gehenkt. Das ist wohl kaum meine Schuld. Und wenn mir die Garde und die Bruderschaft auf den Zehen stehen, dann sollen sie doch. Ich bin bis jetzt ja auch ganz gut mit sehr wenigen Bundesgenossen ausgekommen. Vermutlich kann ich auch so weitermachen.

Also befinde ich mich während meines Rückweges zur *Rächenden Axt* in einer einigermaßen optimistischen Stimmung. Wenn man auf Selbstläuterung aus ist, geht doch nichts über ein ordentliches Saufgelage mit einigen Söldnern. Ihr

Anführer war so groß wie ein Ochse und so blöd wie ein Orgk, aber er war sehr freigiebig und nur allzu gern bereit, einem alten Soldaten mit einer Menge Kampferfahrung ein Bier auszugeben. Ich erinnere mich an einen Witz, den einer der anderen Söldner über zwei niojanische Nutten und einen Elfenlord gemacht hat, und lache laut.

Plötzlich merke ich, dass ich bereits in Pashish bin. Als ich in die Straße der Engel einbiege, eine schmale Straße mit Mietshäusern auf beiden Seiten, fällt mir wieder ein, dass der Ehrwürdige Heretius für seinen Aufenthalt in Turai diese Adresse angegeben hatte. Es ist sicher keine besonders gesunde Gegend, aber für einen Kampfmönch wohl ganz in Ordnung. Oben in den Bergen sind sie sicher weit Schlimmeres gewohnt.

Ich frage mich, ob Heretius wohl noch in der Stadt ist, und überlege, ob ich vielleicht bei ihm vorbeischauen sollte. Er schuldet mir Geld, wenn ich genauer darüber nachdenke. Ich habe die Statue gefunden. Die Dinge sind zwar nicht so gelaufen, wie er es geplant hatte, aber dafür kann ich nichts. Mir ist zwar klar, dass er mich vermutlich nicht bezahlen wird, aber wenigstens gibt mir das die Möglichkeit, ihm zu erzählen, was ich von Leuten halte, die mich engagieren und dabei anlügen und dann auch noch Meuchelmörder anheuern, um den ganzen Dreck aufzuwischen.

Das Gebäude ist nicht so schlecht wie viele andere in Turai, aber mit seinen zerbröselnden Steinen und den sonnengebleichten Balken ist es wahrhaftig keine Bleibe, in der ich gern hausen würde. Kinder haben ihre Namen in den Stein eingeritzt, und die Haustür hängt schief in den Angeln. Wie alle anderen Haustüren in Turai ist auch diese weiß gestrichen, aber nach dem Aussehen des Gebäudes zu urteilen, hat das den Bewohnern auch kein Glück gebracht. Ich stoße sie auf. Die Fackeln sind gelöscht, und das Treppenhaus liegt im Dunkeln. Ich gehe hinauf. Heretius hat mir gesagt, dass er ganz oben wohnt. Als ich den obersten Treppenabsatz erreiche, ist es so dunkel, dass ich nicht mal mehr die Hand vor Augen sehe. Ich ertaste mit ausgestreckten Armen den Weg bis zur Tür und pralle schließlich dagegen. Es ertönt ein Fluch, als sie aufschwingt und dabei offenbar heftig gegen eine dahinter stehende Person schlägt. Dann ertönt das Geräusch eines Körpers, der schwer zu Boden stürzt. Im nächsten Augenblick stürme ich mit gezücktem Schwert durch den Eingang. Die Stimme kenne ich.

Dahinter liegt Sarin die Gnadenlose und bemüht sich gerade, wieder auf die Füße zu kommen. Ich setze ihr meine Schwertspitze an die Kehle. Das ist nur als kleine Aufforderung gedacht, schön liegen zu bleiben. Das Licht aus dem Hinterzimmer strömt in den Flur, und ich blicke finster auf Sarin hinunter. Aus den Augenwinkeln sehe ich etwas Gelbes. Ich riskiere einen kurzen Seitenblick. Sieht aus wie ein gelbes Kleiderbündel, das halb in dem einen Raum liegt, halb in dem anderen.

»Das war der Ehrenwerte Heretius, nehme ich an?«

Sarin antwortet nicht. Ich warne sie davor, auch nur den leisesten Mucks zu machen.

»Ich würde dir zu gern mein Schwert durch den Hals stechen.«

»Warum tust du es dann nicht?«

Das weiß ich selbst nicht, wirklich nicht. Ich werfe der gelb gekleideten Leiche noch einen Seitenblick zu. »Das Gold ist längst futsch. Warum hast du ihn umgebracht?«

»Er hat die Meuchelmörder engagiert, um Vexial zu töten.«

»Und wenn schon? Was geht es dich an?«

Sarin antwortet nicht. Bei jedem anderen hätte ich es sofort akzeptiert. Man kann nicht zulassen, dass der eigene Lehrer getötet wird, und nichts dagegen unternehmen. Jedenfalls nicht, wenn man viele Jahre in einem Bergkloster gelebt und unter seiner Anleitung gelernt hat. Ich habe nur nicht erwartet, dass Sarin zu Emotionen fähig ist. Andererseits hat sie ihn aber auch besucht, als er im Sterben lag.

»Du hast also Vexial gerächt. Und trotzdem warst du bereit, ihn bei dem Goldgeschäft übers Ohr zu hauen. Du wärst damit doch allein aus der Stadt verschwunden.«

»Natürlich.«

»Du bist wirklich so kalt wie das Herz eines Orgks, Sarin.«

Ich überlege, was ich tun soll. Der Dramaturg Zufall hat die ganze Szene so arrangiert, dass die Frau, die umzubringen ich gestern Abend noch geschworen habe, jetzt meiner Gnade ausgeliefert ist. Ich bin einfach nur hereingestürmt und habe sie umgeworfen. Und sie hat anscheinend gerade erst Heretius umgebracht, meinen Klienten. Aber das war auch kein toller Klient. Ich habe nicht vor, Heretius zu rächen. Aber da ist noch die Sache mit Bibendis' Vater. Ich muss seinen Mörder noch aufspüren.

»Und da liegst du nun. Ich kann vielleicht der Garde nicht beweisen, dass du Thalius getötet hast, aber seine Tochter wird vielleicht zufrieden sein, wenn ich ihr sage, dass die Mörderin ihres Vaters ebenfalls tot ist.«

Ich drücke mein Schwert noch ein bisschen tiefer in ihre Kehle. Sarin sieht mich verächtlich an. Sie scheint einfach nicht in der Lage zu sein, Furcht zu zeigen. Vielleicht empfindet sie dieses Gefühl ja überhaupt nicht mehr. Und ihre nächsten Worte bestätigen diese Annahme, denn obwohl sie hilflos am Boden liegt und nur der Bruchteil eines Zentimeters sie noch vom Tod trennt, hat sie keinerlei Bedenken, mich zu beschimpfen.

»Thraxas, du bist ein Stümper und ein Narr! Warum dich jemand engagiert, Ermittlungen anzustellen, begreife ich einfach nicht. Ich habe Thalius nicht getötet! Was nicht heißt, dass ich davor zurückgeschreckt wäre, wenn es etwas gebracht hätte. Niemand würde ihn vermissen außer seiner versoffenen Tochter. Aber es war nicht nötig, ihn zu töten. Ich habe seinen magischen Beutel gestohlen, als er bewusstlos im Boah-Rausch lag. Ich wusste, wo er ihn aufbewahrte, also war das eine sehr einfache Angelegenheit. Aber da die Mönche des Wolkentempels von den Plänen des Sternentempels erfahren hatten, waren sie mir in die Stadt gefolgt. Vermutlich hat der Ehrwürdige Heretius Thalius Scheelauge später selbst getötet.«

»Du erwartest, dass ich dir das glaube?«

»Es kümmert mich nicht, ob du mir das glaubst. Aber wenn du dir seine Robe genauer ansiehst, wirst du etwas Interessantes finden.«

Ich lasse mein Schwert an Sarins Kehle. Erneut frage ich mich, warum diese Mörderin trotz ihrer einfachen Männerkleidung und ihres kurz geschorenen Haupthaares so viele Ohrringe trägt. Irgendwie wirkt das unpassend. Ich schiebe mit meinem Fuß Heretius' gelbe Robe von seiner Brust. Ein Beutel fällt heraus. Er ist zwar flach, aber lang und gebogen wie die Brust des Mönchs. Ich strecke meine Hand aus und untersuche ihn. Er ist voll mit weißem Pulver.

»Boah?«

»Richtig. Hast du nicht bemerkt, dass dein Klient ein Boah-Süchtiger war?«

»Nicht so wie er herumsprang und kämpfte, nein.«

»Nun, er war einer. Deshalb hat auch Vexial das Kloster übernommen und Heretius hinausgeworfen. Und deshalb konnte Heretius auch nicht widerstehen, dem alten Thalius seinen Vorrat abzunehmen, als er mir dorthin gefolgt ist. Dabei hat er ihn getötet.«

Ich starre Sarin an. Sie ist eine rücksichtslose Mörderin und empfindet keinerlei Reue wegen ihrer Taten, und genau deshalb glaube ich auch nicht, dass sie mich in diesem Punkt belügen würde. Aber mir gefallen die Konsequenzen ihrer Worte nicht. Gestern hatte ich noch drei Klienten. Heute wird einer gehenkt, und der andere, ebenfalls tot, scheint den Vater der dritten Klientin getötet zu haben. Das ist mal wieder der Fluch von »Leichen-Säumen-Seinen-Pfad«-Thraxas. Wenn sich das herumspricht, wird mein Geschäft völlig zum Erliegen kommen. Aber wenigstens erklärt das ein wenig Sarins Vorgehensweise.

»Du wusstest, dass Heretius eine Lieferung Boah besaß. Das ist leicht zu verkaufen. Und würde dich für das Gold entschädigen. Deshalb hast du ihn getötet, und nicht, um Vexial zu rächen.«

»Die beiden Dinge hingen glücklicherweise zusammen.«

Was für ein Durcheinander. Boah, Gold, Kampfmönche und Sarin die Gnadenlose. Vermutlich werde ich niemals ganz dahinter kommen, wie alles zusammenhing. Sarin lauert nur auf eine Möglichkeit, unter meinem Schwert herauszutauchen, aber ich achte sorgfältig darauf, ihr keine zu geben.

»Du hast beinah Makri getötet.«

»Der Bolzen galt dir. Ich hätte dich getötet, wenn dein persönlicher Schutzzauber den Bolzen nicht abgelenkt hätte.«

Ich sage ihr nicht, dass ich keinen persönlichen Schutzzauber mit mir herumtrage und dem Bolzen nur durch Glück entkommen bin. Sarin starrt mich trotzig vom Boden aus an. Ich glaube, eine Spur von Spott in ihrem Blick erkennen zu können. Sie weiß, dass ich sie nicht kaltblütig töten kann. Das kann ich einfach nicht. Ich habe das alles so satt. Ich schiebe mein Schwert in die Scheide. Sarin springt gewandt auf die Füße.

»Du bist ein Narr«, sagt sie.

»Das sagtest du schon.«

»Wenn du mir noch einmal in die Quere kommst, bringe ich dich um.«

»Das ist auch nichts Neues.«

»Ist Makri tot?«

»Nein.«

Vielleicht freut es sie sogar, das zu hören. Es ist schwer zu entscheiden. Sie hebt ihre Armbrust vom Boden auf und nimmt auch den Beutel mit Boah an sich.

»Dank dir, Detektiv, werde ich mich nicht am Gold des Königs bereichern können. Also muss dies hier genügen.«

Ich unternehme keinen Versuch, sie daran zu hindern. Sarin schlüpft durch die Tür und verschwindet.

Ich werfe einen Blick zu Heretius' Leichnam. »Hast du Thalius wirklich getötet?«, frage ich ihn, aber er antwortet mir nicht. Natürlich nicht. »Es war eine sehr dumme Idee, die Meuchelmördergenossenschaft zu engagieren, damit sie Vexial umbringen«, fahre ich fort. Es ist angenehm, einen Leichnam zu belehren. Er widerspricht nicht. »Es ist immer eine dumme Idee, die Meuchelmörder zu engagieren. Sie töten deine Feinde, sicher, aber die Sache hört niemals an der Stelle auf. Es gibt immer einen, der sich rächen will.«

Ein Armbrustbolzen ist tief in seine Brust eingedrungen. Trotz seines Alters wirkt sein Gesicht im Tod beinah heiter. Soll ich die Wohnung durchsuchen? Besser nicht. Soll doch jemand anders die Sache klären.

Mein Optimismus ist wieder verschwunden. »Leichen-Säumen-Seinen-Pfad«-Thraxas hat wieder zugeschlagen. Anscheinend kann ich keinen Schritt in dieser Stadt tun, ohne über einen Toten zu stolpern. Es wäre nicht so schlimm, wenn es nicht alles Leute wären, mit denen ich irgendwie zu tun hatte. Gesox wird bald baumeln. Vexial und Heretius sind tot. Heretius hat Bibendis' Vater umgebracht, zumindest ist das sehr wahrscheinlich. Ich seufze und gehe nach Hause. Draußen ist es so heiß wie in der orgkischen Hölle. Warum hat hier überhaupt jemand eine Stadt gebaut? Ein Bettler streckt seinen verwelkten Arm nach mir aus. Ich lasse eine kleine Münze hineinfallen. Dann schicke ich eine anonyme Nachricht vom nächsten Botenzunft-Posten los und lasse darin Hauptmann Rallig den Aufenthaltsort von Heretius' Leichnam wissen.

Vermutlich hätte ich Sarin töten sollen, als ich die Chance dazu hatte. Jetzt werde ich in irgendeinem zukünftigen Fall erneut auf sie stoßen, und sie wird dann aller Wahrscheinlichkeit nach mir einen Bolzen in den Wanst jagen. Ich grinse spöttisch. Wenigstens glaubt sie, dass ich einen persönlichen Schutzzauber mit mir herumtrage. Vermutlich denkt das jeder. Immerhin bin ich ein magischer Detektiv oder gebe es zumindest vor. Aber ich habe weiß Gott nicht mehr die Energie, diesen Zauber die ganze Zeit im Kopf zu behalten.

Ich konnte sie nicht einfach umbringen. Ich konnte es nicht über mich bringen, ihr kaltblütig mein Schwert durch den Hals zu rammen. In den letzten paar Tagen habe ich genug Tote gesehen.

Ich mache einen Abstecher zu den Bädern, wasche mich und kämpfe mich dann an den Baustellen im Quintessenzweg vorbei. Steinmetze verfluchen ihre Lehrlinge, während diese angestrengt versuchen, schwere Steinquader auf Gerüste zu wuchten, und Vorarbeiter brüllen wütend Zimmermänner und Klempner an, die sich in der Hitze abmühen. Es ist eine wahre Erleichterung, endlich nach Hause zu kommen.

Makri säubert gerade die Tische.

»He, Makri, kennst du schon den Witz mit dem Elfenlord und den beiden niojanischen Nutten?«

Makri straft mich mit Missachtung und stapft wütend davon.

Mist! Ich habe den Streit vergessen. Schlagartig fällt mir alles wieder ein. Habe ich sie wirklich eine spitzohrige Boah-Süchtige gescholten? Ich seufze. Jetzt werde ich auf keinen Fall mehr in Ruhe ein Bierchen zischen können.

Dandelion kreuzt auf. Genau die hat mir gerade noch gefehlt.

Sie lächelt mich entzückt an und reicht mir eine kleine Börse aus billigem Stoff. Mein Name ist hineingestickt.

»Sie kommt von den Delfinen«, erklärt sie. »Na ja, die Börse ist von mir. Aber was drin ist, kommt von den Delfinen. Es ist ihr Dank dafür, dass du ihren Heilstein wieder beschafft hast.«

Ich mache die Börse auf. Drinnen liegen fünf antike Goldmünzen, die sehr lange Zeit im Wasser gelegen haben, und außerdem ein kleiner grüner Edelstein. Ich nehme eine der Münzen in die Hand. Sie trägt das Abbild von König DeMarkius. Viele sieht man davon nicht mehr, schon gar nicht in

ZwölfSeen. Sie sind etwa fünfzig Gurans wert. Mal fünf macht zweihundertfünfzig Gurans. Das ist in meinem Beruf eine gute Bezahlung. Meine übliche Anzahlung beträgt nur dreißig Gurans. Und dann auch noch der Edelstein. Ich werde ihn von Pump, dem Pfandleiher, schätzen lassen.

»Richtet den Delfinen meinen besten Dank aus«, sage ich Dandelion. »Und sagt ihnen auch, dass dies eine sehr großzügige Bezahlung ist.«

»Ich wusste, dass du der richtige Mann warst, um ihnen zu helfen«, behauptet Dandelion. Dann plappert sie weiter davon, dass mein Horoskop irgendwelche Sternenkonstellationen aufweise, die auf Mitgefühl für Delfine hindeuteten. Ich habe keine Puste mehr, um sie zu beschimpfen, also verabschiede ich mich einfach höflich und gehe hinauf zu meiner Zimmerflucht. Dort setze ich mich an den Schreibtisch und starre ins Leere. Mir fällt auf, wie hungrig ich bin. Ich brauche etwas von Tanroses Eintopf. Wenn ich jetzt wieder hinuntergehe, wird Makri mich wahrscheinlich mit dem Mopp aufspießen. Aber dann fällt mir ein, dass jetzt ihr Rhetorikseminar stattfindet. Also beschließe ich, das Risiko einzugehen.

Tanrose häuft mir eine große Portion Eintopf auf meinen Teller und gibt mir auch einen Teller mit Pfannkuchen, mit denen ich die Soße auftunken kann. Als ich mir noch vier oder fünf Pastetchen aussuche, um die Mahlzeit abzurunden, wirft sie mir einen merkwürdigen Blick zu.

»Makri ist sauer.«

»Das habe ich bemerkt.«

»Warum hast du sie beschuldigt, Boah-süchtig zu sein?«

»Ich hatte schlechte Laune.«

Das ist in meinen Ohren eine vollkommen hinlängliche Erklärung, aber Tanrose sieht das offenbar anders.

»Kein Wunder, dass sie beleidigt war. Und ihr dann noch zu unterstellen, dass sie Informationen an die Meuchelmördergenossenschaft weitergibt! Du weißt genau, wie loyal Makri ist!«

Ich hebe hilflos meine Hände. »Ich habe sie nicht beschuldigt, Informationen weiterzugeben. Ich habe es nur angedeutet. Es war im Eifer des Moments. Ich hatte gerade eben einen Klienten an den Galgen geschickt. Was erwartet sie da von mir? Soll ich deswegen vielleicht in Jubel ausbrechen? Außerdem hat sie mich auch recht ausführlich beschimpft.«

»Du bist erwachsen, Thraxas«, erklärt Tanrose. »Und du kennst fast die Hälfte der Leute in Turai. Du kannst überall hingehen, um deinen Ärger abzulassen. Ich denke, dass du ein paar Beleidigungen gelassen an dir abgleiten lassen könntest. Makri ist jung und immer noch eine Fremde, und sie hat viel Ärger wegen ihres Orgk-Blutes. Vermutlich ist sie auf dich angewiesen.«

»Auf mich angewiesen? Und was ist mit all ihren reichen Freundinnen in der Vereinigung der Frauenzimmer?«

»Ich bezweifle stark, dass sie die zu ihren Freundinnen zählen kann.«

»Na fein. Aber ich bin eine Art Freund, ja? Und jetzt soll ich mich auch noch schuldig fühlen, hm? Verdammt, was schlägst du vor?«

»Bring ihr Blumen«, erwidert Tanrose wie aus der Pistole geschossen.

Dafür habe ich nur Spott übrig. »Tanrose, du setzt viel zu viel Glauben in die heilende Wirkung eines Blumenstraußes. Ich muss zugeben, dass er letztes Mal wie ein Zauberamulett gewirkt hat, als Makri aufgeregt war, aber das war eindeutig ein Sonderfall.«

Ich hatte sie aus Versehen mit einem Schlafzauber mitten in einem Kampf vor ihrem Widersacher schlafen gelegt, und natürlich regt das eine Frau, die so scharf aufs Kämpfen ist wie Makri, mächtig auf. Also habe ich Tanroses Rat befolgt, und zu meiner Überraschung hat mich Makri umarmt, als ich ihr einen ziemlich mickrigen Blumenstrauß überreicht habe. Dann ist sie in Tränen ausgebrochen und aus dem Zimmer gelaufen. Ein Verhalten, das nach Tanroses Deutung bedeutete, das alles wieder gut war. Aber das konnte nur funktionieren, weil ihr niemals zuvor jemand Blumen geschenkt hatte. So dumm, zweimal darauf hereinzufallen, ist sie nicht.

»Versuch es einfach«, erklärt Tanrose.

Ich seufze. Wenn Tanrose nichts Besseres einfällt, dann ist die Lage vermutlich hoffnungslos.

Makri platzt durch die Vordertür.

»Ein großartiges Rhetorikseminar!«, ruft sie der Köchin zu und sieht mich an der Bar sitzen. Also geht sie an mir vorbei und murmelt etwas davon, dass sie unbedingt lüften müsste, um den üblen Gestank zu vertreiben.

»Zum Teufel damit!«, knurre ich und stürme hinaus, nicht erfreut über das, was vor mir liegt. Floxos, der Blumenverkäufer, führt seinen Laden an der Ecke vom Quintessenzweg bereits seit dreißig Jahren, ohne auf mich als Kunden angewiesen zu sein. Als ich dann vor ein paar Monaten das erste Mal angerauscht kam, um Blumen für Makri zu holen, habe ich praktisch einen Volksauflauf verursacht. Diesmal ist es genauso schlimm.

»Heh, Tranox!«, schreit er dem Fischhändler zu. »Thraxas kauft wieder Blumen!«

»Hat wohl immer noch seine Freundin, hm?«, erwidert Tranox so laut, dass die ganze Straße mithören muss.

»So isses richtich, Thraxas!«, kreischt Nitribix, eine der gefragtesten Huren von ZwölfSeen.

»Das ist mal ein richtiges Mannsbild!«, keift ihre Gefährtin, sehr zur Belustigung der Bauarbeiter auf dem nächsten Gerüst, die einige höchst zotige Bemerkungen beisteuern.

Ich eile nach Hause. Ich weiß, dass es nicht mehr klappen wird. Ich werde Tanrose einige bittere Worte zuflüstern, wenn Makri mir diesen Blumenstrauß in den Schlund gestopft haben wird. Ich stürme in die *Rächende Axt,* wo Makri Tanrose gerade von ihrem Rhetorikkurs erzählt. Rasch und ohne etwas zu sagen drücke ich ihr den Strauß in die Hand, marschiere sofort weiter an die Bar. Dort hämmere ich mit der Faust auf den Tresen und verlange heiser nach einem Bier und einem großen Glas Kleeh. Ich muss zugeben, dass es mir dabei an einer gewissen Eleganz mangelt.

Beinah augenblicklich tippt mir jemand auf die Schulter. Sie umarmt mich, bricht in Tränen aus und stürzt aus dem Gastraum. Ich erinnere mich an das letzte Mal und bin ziemlich sicher, dass es ein gutes Zeichen ist, aber ich lasse es mir von Tanrose sicherheitshalber noch einmal bestätigen.

»Bedeutet das, alles wird gut?«

»Aber ja doch.«

Mir kommt das alles höchst merkwürdig vor.

»Weißt du, Tanrose, irgendwie finde ich das höchst merkwürdig. Was zum Teufel ist so Besonderes an einem Blumenstrauß?«

»Vieles, wenn du einen großen Teil deines Lebens in einer orgkischen Gladiatorengrube verbracht hast. Ich kann mir kaum vorstellen, dass es dort viele Blumen gibt. Makri hat vermutlich noch nie zuvor ein Geschenk bekommen.«

Das denke ich auch.

»Glaubst du, dass es auch bei meiner Frau gewirkt hätte?«

»Auf jeden Fall hätte es nicht geschadet. Hast du ihr denn niemals Blumen geschenkt?«

»Selbstverständlich nicht. Ich wusste ja nicht, dass ich das hätte tun sollen. Ich wünschte, ich hätte dich schon gekannt, als ich noch jünger war, Tanrose. Das hätte alles viel einfacher gemacht.«

Ich nehme mein Bier und eine neue Portion Eintopf und lasse mich an meinen Lieblingstisch plumpsen. Dabei denke ich über das rätselhafte Wesen der Frauen nach. Ich glaube, es ist vielleicht gar nicht mein Fehler, dass ich nie mit ihnen klargekommen bin. Denn über dieses wichtige Thema hat man uns an der Zaubererschule nie etwas beigebracht.

19. KAPITEL

Die Dinge normalisieren sich allmählich wieder, womit ich sagen will, es bleibt heiß. Auf den Straßen wimmelt es von Bauarbeitern, und ich gebe jeden Gedanken an Arbeit für den Rest des Sommers auf. *Der Berühmte Und Wahrheitsgetreue Chronist* kommt mit seinen Artikeln über die Affäre um die mit Gold gefüllte Statue kaum noch nach, und auch ich komme in der Berichterstattung sehr vorteilhaft weg. Das ist leider immer gut fürs Geschäft.

Ich schaffe es sogar, einen Batzen von der Belohnung für die Wiederbeschaffung des Goldes zu ergattern – obwohl der natürlich längst nicht so groß ist, wie er eigentlich hätte sein sollen. Aber nachdem Gardisten, Advokaten, die Angestellten des Prätors und untergeordnete Stadtbüttel ihren Obolus abgezwackt haben, bleibt nicht mehr viel für den Mann übrig, der das Gold eigentlich gefunden hat. Und ich musste mich bei Vizekonsul Zitzerius mächtig ins Zeug legen, um selbst dieses vergleichsweise Almosen zu ergattern.

Wir sitzen hinten im Hof, wo Cimdy und Bertax Mandoline und Flöte spielen. Die Kaschemme ist im Augenblick menschenleer. Dandelion lebt wieder am Strand, und Bibendis ist nach Thamlin zurückgekehrt. Sie trinkt weniger und leitet stattdessen eine Zweigstelle der Vereinigung für Frauenzimmer, Abteilung wohlhabende Vorstadtdamen. Jedenfalls erzählt mir das Makri.

»War es nun Vexial oder Heretius, der diese ganze Sache angefangen hat?«

»Ich weiß es wirklich nicht. Als alles vorbei war, konnte man das nicht mehr so genau sagen. Es ist schwer, zu entscheiden, wer was getan hat oder wer von beiden schlimmer war. Als ich als Detektiv angefangen habe, dachte ich noch, jeder Fall müsste ein Verbrechen am Anfang und eine Lösung am Ende haben, aber manchmal ist es nicht so einfach. Hier ist nur ein Haufen Leute herumgelaufen, von denen sich die einen schlimmer aufgeführt haben als die anderen, und am Ende wussten sie alle nicht mehr genau, wer eigentlich was getan hat. Trotzdem würde ich sagen, alle haben verdient, was sie bekommen haben, vor allem Gesox.«

Er wurde letzte Woche aufgeknüpft. Ich habe es mir geschenkt, der Hinrichtung beizuwohnen. Lolitia ist wieder in Pashish. Sie vermisst wahrscheinlich Vexial mehr als Rodinaax, denke ich. Wenigstens besitzt sie noch Rodinaax' wertvolle Statuen, die ihr das Alter versüßen werden.

»Weißt du eigentlich, dass ich von keinem dieser Leute bezahlt worden bin? Abgesehen einmal von den Delfinen, natürlich. Dieses ganze Herumhetzen im Magischen Raum, dem Tod aus Sarins Armbrust ins Auge zu sehen, und alles ohne jede Aufwandsentschädigung. Ich lasse wirklich allmählich nach. So werde ich niemals aus ZwölfSeen herauskommen.«

»Das wird dir vielleicht dabei helfen«, meint Makri und holt etwas aus dem Beutel, den sie um den Hals trägt. Es ist ein goldener Finger. »Ich habe ihn der Statue abgehackt, als wir aus dem Magischen Raum herausgekommen sind«, erklärt sie. »Ich dachte, wir hätten eine Belohnung verdient. Ich teile ihn mit dir!«

»Gut mitgedacht!«

Ich betrachte den goldenen Mittelfinger. Die Hälfte davon ergibt einen schönen Batzen Gurans. So schlecht habe ich gar nicht abgeschnitten. Ein paar nette Fälle im Winter, vielleicht etwas lukrative Arbeit für die Transport-Gilde oder sogar für den Ehrenwerten Verein der Kaufmannschaft, und ich schaffe es doch noch, mich auf immer von ZwölfSeen zu verabschieden. Der Sommer ist hier die Hölle, und der Winter ist auch nicht viel besser. Und in der schwülen Regenzeit, die uns in einem Monat bevorsteht, verwandeln sich die Straßen in reißende Flüsse, und Bettler ertrinken vor unseren Augen. Ich kann den Gedanken daran kaum ertragen.

Aber das muss ich im Augenblick auch nicht. Ich hole mir einen Riesenhumpen »Zünftiger-Zunftmann«-Bier vom Tresen und lege mich wieder in den Schatten. Während ich der einlullenden Musik von Cimdy und Bertax zuhöre, verwehen alle Gedanken an Mönche, Mörder und Marodeure, und ich döse friedlich ein.

ENDE

Das Wagenrennen

1. Kapitel

Ich verlasse die Gerichtshöfe, und es regnet noch immer. Ein gewaltiger Donnerschlag lässt den Himmel erbeben. Ich antworte mit einem gereizten Knurren.

»Na großartig! Der Richter hat mir gerade meine ganzen Ersparnisse abgeknöpft, es ist Regenzeit, und jetzt fangen auch noch die Stürme an!«

Der Himmel zeigt mir sein hässliches Gesicht. Meines sieht nicht viel besser aus. Ich kann mich nicht daran erinnern, jemals schlechtere Laune gehabt zu haben. Ex-Vizekonsul Rhizinius ist es diesmal tatsächlich gelungen, mich hereinzulegen. Wenn ich ihm jemals in einer dunklen Gasse begegne, ramme ich ihm einen alten, rostigen Dolch in seinen Wanst. Aber was heißt hier dunkel? Sie muss gar nicht dunkel sein, die Gasse. Einfach nur eine kleine Seitenstraße würde genügen.

»Du hast doch noch ein bisschen Geld übrig«, bemerkt Makri.

»Ich habe das bisschen leider bei den Wagenrennen in der Provinz verloren.«

»Wie viel genau war das bisschen?«

Ich schüttle den Kopf. Makri interpretiert das ganz richtig. Es bedeutet: alles, was ich hatte. Blitze zucken am Himmel. Der Regen prasselt heftiger als je zuvor herunter. Eine kleine Gestalt mit einer ekligen Visage taucht im Portal der Gerichtshöfe auf. Das Weiß ihrer Bonzentoga blitzt unter dem pelzgeschmückten Saum ihres Umhangs hervor. Senator Rhizinius, ehemaliger Vizekonsul von Turai. Und noch Leiter der Palastwache. Acht Palastwächter flankieren ihn.

Ich spiele kurz mit dem Gedanken, mich trotzdem zu ihm durchzuschlagen, kann mich aber gerade noch beherrschen. Es ist auch nicht nötig.

Rhizinius schiebt sein schmales Rattengesicht heran. »Du hast verdammt viel Glück gehabt, Thraxas«, sagt er verächtlich. »Der Richter war viel zu nachsichtig mit dir. Wenn es nach mir gegangen wäre, würdest du jetzt auf einer Strafgaleere rudern.«

»Ach wirklich? Wenn Ihr mir noch länger auf die Nerven geht, Rattenfresse, könnt Ihr Eure Toga vorzeitig an den Haken hängen.«

»Droh mir nicht, Fettsack!«, zischt Rhizinius. »Oder ich schleife dich so schnell wieder vor Gericht, dass dir schwindlig wird. Ich bin immer noch der Anführer der Palastwache. Solltest du auch nur einen winzigen Schritt vom Pfad des Gesetzes abweichen, komme ich über dich wie ein böser Bann. Deine Zukunft in Turai ist zu Ende. Ich rate dir dringend, die Stadt zu verlassen, solange du noch kannst.«

Ich starre Rhizinius hasserfüllt an. Vor einer Weile habe ich ihm tatsächlich eins ausgewischt. Im Zuge einer Ermittlung im letzten Sommer habe ich seinen politischen Ambitionen einen empfindlichen Dämpfer versetzt und dafür gesorgt, dass er die Wahlen zum Vizekonsul verloren hat. Das freut mich immer noch.

»Kommt mir nicht in die Quere«, knurre ich ihn an. »Eure Aufpasser werden mich nicht daran hindern können, Euch die Eingeweide aufzuschlitzen, wenn mir danach zumute ist.«

Ich lasse meine Hand wie unabsichtlich zum Schwert an meiner Seite gleiten. Rhizinius zuckt ein wenig zusammen. Er weiß, dass ich dazu in der Lage wäre. Aber er erholt sich rasch.

»Ich glaube«, sagt er höhnisch, »du wirst bald feststellen,

dass du dir da eine ziemlich dicke Suppe eingebrockt hast und es dir kaum leisten kannst, herumzulaufen und deine Vorgesetzten zu bedrohen.«

Mit diesen Worten lässt Rhizinius mich stehen. Seine Wachen folgen ihm in einem schönen Gänsemarsch.

»Jedenfalls verstehst du es gut, dir einflussreiche Freunde zu machen«, bemerkt Makri. Sie lädt mich zu einem Bierchen ein, und wir hasten durch den Regen in eine Taverne am Rand der Gerichtshöfe. Dort stählen die Angeklagten ihre Nerven vor den Verfahren, und die Advokaten versaufen anschließend ihre Honorare.

»Wie lange, sagtest du, dauert diese Regenzeit?« Makri lebt noch nicht lange in Turai und hat sich noch nicht so richtig an unsere Jahreszeiten gewöhnt.

»Etwa einen Monat. Und jetzt, da die Stürme angefangen haben, wird es noch schlimmer. Letztes Jahr musste Ghurd die Wände der *Rächenden Axt* sogar mit Sandsäcken verstärken.«

Makri und ich wohnen in der *Rächenden Axt*. Das ist eine Kaschemme in ZwölfSeen. Es ist zwar kein sonderlich vornehmer Platz zum Leben, aber so einen Ort findet man in ZwölfSeen sowieso nicht. Im rauen Hafenviertel von Turai strandet man, wenn das Leben es nicht besonders gut mit einem meint. Wenn man zum Beispiel ein gut bezahlter Hoher Ermittler im Kaiserlichen Palast ist, der wegen angeblicher Trunkenheit, Insubordination und was man mir sonst noch angehängt hat, unehrenhaft aus dem Dienst entlassen wurde.

Rhizinius war mein Vorgesetzter. Er hasste mich schon damals, und seit ich ihm letzten Sommer seine Karriere vermasselt habe, ist es noch schlimmer geworden. Ich habe geholfen, den Ruf einer königlichen Prinzessin zu retten und den Sohn des Gegenspielers von Rhizinius vor einer schwerwiegenden Anklage bewahrt. Rhizinius hat daraufhin prompt die Wahlen zum Vizekonsul verloren. Ich wusste zwar, dass er sich an mir rächen wollte, aber ich hätte nie gedacht, dass er so weit gehen würde, seine Stellung im Palast zu missbrauchen, um mich vor Gericht zu zerren und mich wegen Tätlichkeit gegen einen Büttel des Gesetzes anzuklagen.

»Was hätte ich denn tun sollen?«, beschwere ich mich, während ich meinen Krug vom Mund nehme und ihn zum Nachfüllen hochhalte. »Ich brauchte diesen Miet-Landauer dringend. Hätte ich einfach dastehen und höflich ›Bitte-Bitte‹ sagen sollen? Also habe ich den Kerl einfach herausgezerrt und ihn ein bisschen zerzaust. Woher hätte ich wissen sollen, dass es sich bei ihm um den Assistenten des Prätors handelte, der für den König in geheimer Mission unterwegs war? Er hat ja nicht mal eine Toga getragen!«

Ich koche fast vor Wut über diese himmelschreiende Ungerechtigkeit.

»Ich hatte eigentlich darauf gebaut, während der Regenzeit nicht arbeiten zu müssen. Ich hasse es, im Regen zu ermitteln. Aber weil ich jetzt pleite bin, bleibt mir wohl nichts anderes übrig.«

Ghurd, ein in die Jahre gekommener Barbar und der Besitzer der *Rächenden Axt*, ist ein alter Kampfgefährte von mir. Wir waren beide Soldaten und Söldner. Und er zeigt sehr viel Toleranz, dass er einen Privatdetektiv wie mich als Mieter duldet. Erst letzten Monat wurde die Kaschemme praktisch zu Kleinholz verarbeitet, als die Bruderschaft, die örtliche Vertretung des organisierten Verbrechens in Turai, sich mit zwei rivalisierenden Orden von Kampfmönchen eine Schlacht in der Bar geliefert hat. Ghurd findet, dass ich in Anbetracht dieser Umstände wenigstens pünktlich die Miete zahlen könnte. Was ich auch vorgehabt hatte, wenn ich mich nicht bei den letzten Wagenrennen in der Provinz so unglücklich verspekuliert hätte.

»Hast du denn schon jemals bei einem Rennen gewonnen?«

»Aber natürlich. Ich gewinne sogar recht häufig.«

Dafür hat Makri nur Hohn übrig. Sie behauptet, dass sie mehr bei den Wagenrennen gewinnen könnte als ich, indem sie einfach blindlings einen Wurfpfeil auf das Wettformular schleudert. Ich erinnere sie daran, dass sie eine ignorante Barbarin mit Orgk-Blut in den Adern ist, die so wenig von unserer Zivilisation weiß, dass sie es immer noch merkwürdig findet, beim Essen Besteck zu benutzen.

»Halt dich an das, was du kannst, Makri.«

»Und das wäre?«

»Leute massakrieren, zum Beispiel. Das beherrschst du wirklich.«

Makri akzeptiert das Kompliment widerspruchslos. Schließlich stimmt das auch. Seitdem Makri letztes Jahr aus den Gladiatorengruben der Orgks geflüchtet ist und sich in die Zivilisation gestürzt hat, beweist sie immer wieder ihre Unbesiegbarkeit im Schwertkampf. Das war mir bei so mancher Gelegenheit von unschätzbarem Nutzen, wenn meine Ermittlungen ungemütlich wurden. Und das kommt oft vor. Während des Angriffs der Kampfmönche hat Makri ihre Fertigkeiten in solch einer wilden und verheerenden Art unter Beweis gestellt, dass selbst Hauptmann Rallig nur noch verwundert den Kopf schütteln konnte. Und Hauptmann Rallig hat seinerzeit eine Menge Kämpfe miterlebt.

»Aber überlegene Kampftechnik zählt auf der Rennbahn nicht. Das Problem war, dass diese Rennen in der Provinz geschmiert waren. Man kann den Zauberern bei diesen kleinen Veranstaltungen einfach nicht trauen. Nicht wie denen hier in der Stadt. Jetzt, wo Melis die Reine als Stadionzauberin arbeitet, ist es hundertprozentig sicher, dass keinerlei Bestechungen oder Schwindeleien möglich sind. Sie ist praktisch die einzige ehrliche Person in Turai. Und sie sorgt dafür, dass im Stadion Superbius keine kriminelle Magie zum Zuge kommt. Aber diese kleine Veranstaltung in der Provinz war ein Witz! Ich schwöre dir, dass der Wagen, der letztes Jahr gewonnen hat, nicht einmal aus dem Stall gekommen wäre, wenn nicht jemand den Pferden mit einem Richtungsbann den Weg gezeigt hätte. Ich hätte es besser wissen müssen, statt darauf zu setzen. Andererseits habe ich nicht erwartet, dass mich Rhizinius in der darauf folgenden Woche vor Gericht schleppt.«

»Es hätte noch schlimmer kommen können«, sagt Makri und zahlt für mein drittes Bier. »Du könntest genauso gut hinter dem Ruder einer Strafgaleere sitzen. Rhizinius muss dich wirklich ziemlich hassen. Wie schlimm hast du dich denn eigentlich bei seiner Hochzeit benommen?«

»Ziemlich schlimm«, gebe ich zu. »Aber wenn er gewollt hätte, dass seine Gäste sich benehmen, dann hätte er nicht so viel Wein spendieren sollen. Das war dieses starke Zeug, das sie von den Elfeninseln hierher schiffen. Und seine Braut hätte sich züchtiger anziehen sollen. Ihr Kleid war alles andere als sittsam.«

Ich starre mürrisch auf den Tresen. Die Jahre seit diesem unseligen Vorfall bei der Hochzeit waren ziemlich hart für mich. Und jetzt muss ich auch noch dringend einen Fall an Land ziehen. Mist. Ich hasse es wirklich, während der Regenzeit zu arbeiten.

Draußen gießt es in Strömen, und über meinem Kopf donnert es. Ich sehe einen Zauberer auf uns zukommen. In seinem Regenbogenumhang ist er kaum zu übersehen. Es ist ein großer Mann mit einem schweren Stock in der Hand. Vor mir bleibt er stehen, schiebt seine Kapuze zurück und enthüllt stählern blickende Augen und ein breites, energisches Kinn. Für einen Moment hört mein Herz auf zu schlagen. Vor mir steht Georgius Drachentöter. Ich dachte eigentlich, dass er die Stadt längst verlassen hätte.

»Ich werde dich töten, Thraxas«, sagt er mit seiner tiefen, sonoren Stimme.

»Was denn, jetzt sofort? Oder irgendwann später, wenn Ihr nichts Besseres vorhabt?«

Georgius fixiert mich noch ein oder zwei Sekunden mit seinem eisenharten Blick, wendet sich dann schwungvoll ab und rauscht ohne ein weiteres Wort davon.

Makri beschattet mit der Hand ihre Augen, als wollte sie etwas am fernen Horizont erspähen.

»Was soll denn das?«

»Ich will nur herausfinden, von wo der nächste tödliche Feind kommt.«

»Sehr komisch, Rhizinius und jetzt auch noch Georgius. Irgendwann, pah!«

Georgius Drachentöter ist ein mächtiger Zauberer, der mit dem Freundeskreis unter einer Decke steckt. Das ist Turais zweite Vertretung des organisierten Verbrechens, die ihre Kreise vorwiegend im Norden der Stadt zieht. Komischerweise habe ich dem guten Georgius im Sommer ebenfalls übel mitgespielt. Überhaupt war der Sommer in dieser Hinsicht wirklich herausragend. Ich habe seinen Plan vereitelt, das Rote Elfentuch zu stehlen. Und ich habe ihm auch einen Schwinger verpasst, wenn ich mich recht entsinne. Allerdings war er zu der Zeit gerade unpässlich, was seine Zauberkräfte anging.

Nirgendwo ist ein freier Landauer zu ergattern, also trotten wir zu Fuß durch den Regen nach Hause. Der Staat nimmt mir als Strafe meine ganzen Ersparnisse ab, und zwei gefährliche Feinde drohen mir mit dem Tod.

»Es wäre ja alles nicht so schlimm, wenn ich wenigstens als Detektiv etwas verdienen würde.«

»Das tust du doch«, meint Makri. »Aber du investierst das meiste in Bier und verspielst den Rest.«

Makri selbst arbeitet sehr hart. Sie schiebt Schichten als Kellnerin in der *Rächenden Axt*, um sich die Gebühr für ihre Vorlesungen an der Innungshochschule zu verdienen. Und sie ist sich auch nicht zu schade, mir gelegentlich die Irrtümer meiner Lebensführung unter die Nase zu reiben. Das soll nicht heißen, dass Makri etwa keine Fehler hätte. Ich vermute sehr stark, dass sie mit Boah herumexperimentiert, einer sehr gefährlichen Droge, welche die halbe Stadt in ihren Krallen hält. Auch wenn Makri es vehement abstreitet.

»Lass mich mal unter diesen magischen Regenmantel«, sagt sie.

»Von wegen«, erwidere ich. »Ich brauche ihn mehr als du. Wenn ich schon von der Palastwache und einem tödlichen Zauberer aufs Korn genommen werde, dann will ich es wenigstens bis dahin gemütlich haben.«

Ich wickle mich fester in meinen magischen Regenmantel. Makri schneidet eine Grimasse. Merkwürdig. In ihrem kurzen Leben hat sie praktisch gegen alle bekannten Arten von Biestern und Kriegern gekämpft und sie auch besiegt. Sie würde sich, ohne mit der Wimper zu zucken, einer noch so übermächtigen Anzahl von Gegnern stellen, aber schon bei leicht erhöhter Luftfeuchtigkeit stellt sie sich an.

»Blöder Regen, blöder!«, knurrt sie. »In den Gladiatorengruben war es wenigstens trocken. Ich hasse diese Heiße Regenzeit. Wieso kann es gleichzeitig so heiß sein wie im Orgkus und so nass wie auf der Decke einer Meerjungfrau?«

Sie zieht sich ihren dünnen Mantel über ihre gewaltige Mähne. Sollte sie versuchen, mir damit ein schlechtes Gewissen zu machen, ist das vergebliche Liebesmüh. Ich habe nicht jahrelang Zauberei studiert und gelernt, wie man einen magischen Regenmantel erzaubert, nur um ihn dann, wenn es regnet, der ersten Person in die Hand zu drücken, die mich darum bittet.

»Wohin gehen wir eigentlich?«, erkundigt sich Makri, als ich eine Abkürzung durch ein Gewirr von gewundenen Seitengassen einschlage.

»Ich mache einen Abstecher beim Ehrlichen Mox.«

»Beim Ehrlichen Mox, dem Buchmacher? Aber ist das Stadion Superbius während der Regenzeit nicht geschlossen?«

»Es gibt ein Rennen in Juval. Dort ist es zu dieser Jahreszeit trocken.«

Juval ist eine kleine Nation und ebenfalls Mitglied in der Liga der Stadtstaaten, zu der auch Turai gehört. Es liegt zweihundert Stadien südöstlich von Turai. Makri wundert sich, wie ich bei einem Wagenrennen wetten kann, das so weit entfernt stattfindet. Ich erkläre ihr, dass die Buchmacher in Turai sich zusammengeschlossen und einen Zauberer engagiert haben, der die Ergebnisse von einem anderen Zauberer übermittelt bekommt, der an der Rennstrecke steht. Unter den Spielern in Turai ist es durchaus üblich, bei diesen Rennen zu wetten. Makri ist beeindruckt, auch wenn es sie etwas überrascht, dass sich Zauberer mit solchen Praktiken abgeben.

»Ich dachte, sie würden sich nur höheren Aufgaben widmen.«

»Na ja, es sind meistens jüngere Zauberlehrlinge, die diese Arbeit übernehmen. Die Zaubererinnung sieht das zwar nicht gern, aber was soll's. Es ist eine gute Übung, was das Übersenden von Nachrichten angeht. In Kriegszeiten kann das sehr wichtig sein.«

»Hast du neulich noch nicht genug verloren?«

»Deshalb muss ich es ja unbedingt zurückgewinnen. Ich habe eine eiserne Reserve für eben diesen Fall zurückgelegt.«

Mox, der Buchmacher, ist wie immer hocherfreut, mich zu sehen. Er hat die Starter des nächsten Rennens in Juval auf einer Kreidetafel aufgemalt. Ich studiere ihre Quoten.

»Woher weißt du, dass die Zauberer alles ehrlich übermitteln?«, fragt Makri.

Ich muss zugeben, dass dies ein Problem sein kann. Es ist bekannt, dass einige Zauberer bei Rennen unehrlich gewesen sind, aber dieses Risiko kann ich eingehen. In Juval hatte ich noch nie Ärger. Es ist eine kleine Strecke, und normalerweise starten nur vier Wagen pro Rennen. Und ich sehe niemanden und nichts, der oder das den Favoriten, einen feinen Wagen aus Samserika, schlagen könnte. Er heißt der Glorreiche Krieger. Die Quote ist eins zu eins, also setze ich zwanzig Gurans auf ihn.

»Du verschwendest nur dein Geld«, meint Makri spöttisch.

»Ach ja? Mal sehen, was du sagst, wenn ich morgen meine zwanzig Gurans Gewinn einstreiche.«

2. Kapitel

Wir trotten den Mond-und-Sterne-Boulevard entlang, bis wir in ZwölfSeen ankommen. An den Gerichtshöfen prasselt der Regen auf die Statuen der verblichenen Könige und Helden von Turai herunter und läuft dann über Marmorbürgersteige in gut gereinigte Rinnen. In den vornehmeren Stadtteilen Turais gelten öffentliche Einrichtungen wie zum Beispiel Kanalisation als ein Wunderwerk der Ingenieurkunst. In ZwölfSeen findet man so was nicht. Hier verwandelt der Wolkenbruch die Straßen in eine Schlammpiste. Nach zehn Tagen Dauerregen sieht es hier ziemlich schlimm aus. Und dabei haben wir noch zwanzig Tage vor uns. ZwölfSeen ist in der Heißen Regenzeit die reinste Hölle.

»Meine Schicht fängt in zwei Minuten an, und ich bin so nass wie die Decke einer Meerjungfrau!«, beschwert sich Makri und zischt los, sich trockenlegen und umziehen.

Ich steige die Außentreppe hinauf, die direkt vom Quintessenzweg in mein Büro führt. An meiner Tür hängt ein Schild: *Bester Magischer Detektiv des Stadtstaats von Turai*. Der Regen wäscht die Farbe ab, wo sie im Sommer unter der Hitze anfing abzublättern. Magischer Detektiv. Guter Witz. Ich habe als Zauberlehrling angefangen, aber das ist lange her. Meine Zauberkräfte bewegen sich auf dem niedrigsten Niveau und sind fast nur Taschenspielertricks, wenn man sie mit den Fähigkeiten der großen Hexenmeister von Turai vergleicht.

Ich sollte wegen dieses Schildes irgendwas unternehmen. Es sieht schäbig aus. Andererseits bin ich wahrscheinlich auch der billigste magische Detektiv in ganz Turai, aber es ist ja nicht nötig, das allen gleich auf die Nase zu binden. Ich bin dreiundvierzig, übergewichtig, bar jeden Ehrgeizes, und ich neige zu ausgedehnten Saufgelagen. Ich übernehme die Art Fälle, bei der die Zivilgarde nicht weiterkommt, für die Art Klienten, die sich keinen hochklassigen Detektiv aus den besseren Stadtteilen leisten können. Ich nehme zehn Gurans pro Tag zuzüglich Spesen, ein Honorar, das mich niemals reich machen wird.

Dabei schien es gerade besser zu werden. Ich habe diesen Sommer einige wichtige Fälle gelöst und eine hübsche Belohnung eingestrichen. Außerdem habe ich in bestimmten Kreisen meinen Ruf aufpoliert. Mit etwas Glück hätte ich vielleicht auch ZwölfSeen endlich den Rücken kehren und in ein angeseheneres Viertel ziehen können. Aber nachdem ich vor Gericht geschleift und wegen Tätlichkeit gegen einen Bonzen des Königs verurteilt wurde, kann ich wieder von vorn anfangen. Jetzt habe ich kein Geld mehr und dafür einen miesen Ruf.

Es ist drückend schwül. Die Heiße Regenzeit ist wirklich unerträglich. Hier draußen ist es so warm wie in einem Dampfbad. Wenn ich nicht meinen magischen Regenmantel hätte, würde ich es wohl nicht aushalten. Da meine Zauberkraft mittlerweile so sehr nachgelassen hat, kann ich mir normalerweise nur einen oder höchstens zwei Zaubersprüche merken. Meistens entscheide ich mich für den Schlafzauber, der mögliche Gegner wirkungsvoll außer Gefecht setzt, und dann noch für einen kleinen Bann, der zur Ablenkung eine Explosion erzeugt. Die Zeiten, als ich noch mit Unsichtbarkeit und Schwerelosigkeit jonglierte, sind lange vorbei. Und im Augenblick konzentriert sich meine ganze magische Energie auf die Aufgabe, trocken zu bleiben. Sollte ich zufällig auf fünf oder sechs Gegner stoßen, muss ich mich wohl auf meine Geschicklichkeit im Umgang mit dem Schwert verlassen.

Mein Büro sieht aus wie ein Schweinestall. Ich befördere mit einem gezielten Tritt Müll unter den Tisch und hole mir ein Bier aus der Spüle. Dann lasse ich mich auf das Sofa fallen und verfluche die Ungerechtigkeit des Lebens. Ich habe in den letzten Orgk-Kriegen für diese verdammte Stadt gekämpft und dabei geholfen, diese wilde Horde zurückzutreiben, die uns aus dem Osten zu überrollen drohte. Ganz zu schweigen von den großartigen Diensten, die ich der Stadt in dem Krieg davor leistete, gegen Nioj. Unsere Feinde im Norden waren über die Bergpässe marschiert und hätten uns beinah ins Meer geworfen. Und? Zeigt sich jemand dafür dankbar? Von wegen. Zum Teufel mit ihnen!

Jemand klopft an die Außentür.

»Zum Teufel mit euch allen!«, schreie ich.

Das Klopfen wiederholt sich. Ich habe nicht die geringste Lust auf Gesellschaft, stoße einen weiteren Fluch aus, leere mein Bier und hole aus, um die Flasche gegen die Tür zu schleudern. In diesem Augenblick geht sie auf, und Senator Mursius marschiert herein. Er ist einer der größten Kriegshelden Turais und war mein alter Kommandeur in der Armee. Er ist groß, hält sich gerade, hat silbergraues Haar und sieht für einen Fünfzigjährigen noch sehr energisch aus. Und im Moment ziemlich gereizt.

»Was hat das zu bedeuten?« Seine Stimme versetzt mich geradewegs auf den Exerzierplatz. »Ich bin es nicht gewohnt, dass mich ehemalige Soldaten so respektlos behandeln!«

Ich rapple mich hoch. Senator Mursius ist so ziemlich der letzte Mensch, den ich als Gast in meinem Büro erwartet hätte. Normalerweise statten mir Turais große Kriegshelden keine Besuche ab. Wir haben vor bestimmt mindestens fünfzehn Jahren das letzte Mal miteinander geredet. Wahrscheinlich war das damals, als die Einheit, die Mursius befehligte, eine Bresche in der Stadtmauer hielt, die von der Belagerungsarmee der Orgks geschlagen worden war. Ich war einer der unglücklichen Soldaten, die diesen menschlichen Schild bildeten, der die Feinde zurückgehalten hatte. Natürlich habe ich Mursius seitdem häufiger gesehen, aber nur in einer der Logen im Theater oder im Stadion Superbius, die für die Senatoren reserviert sind. Aber ich bezweifle, dass er mich damals wahrgenommen hat.

Und jetzt, wo er es tut, scheine ich ihn auch nicht sonderlich zu beeindrucken.

»Du warst immer schon eine armselige Karikatur von einem Soldaten«, bellt er. »Wie ich sehe, hat die Zeit daran nichts geändert.«

Mursius ist immer noch ein stattlicher Mann und trägt seine weiße Senatorentoga mit majestätischer Würde. Ich trage Unterwäsche, was meine Lage vermutlich nicht unbedingt verbessert. Also streife ich mir meine zerknitterte Toga über und räume Müll von einem Stuhl.

»Wollt Ihr Euch nicht setzen, Senator Mursius?«

»Du hast ganz schön zugenommen«, sagt er und mustert meine Taille mit dem Blick, den er früher für rüpelhafte Rekruten reserviert hatte. »Und du bist ganz schön heruntergekommen.«

Anscheinend weiß er alles über meinen Fall. Aber er ist keineswegs mitleidlos. Als aufrechter Soldat hat er nur wenig für Palastintrigen übrig.

»Dieser Palast ist das reinste Vipernnest. Du hättest da erst gar keine Stellung annehmen sollen. Warum hast du es trotzdem getan?«

»Die Bezahlung war gut.«

»Wie ich sehe, hat es dir ja viel genutzt.« Er sieht sich in meinem schäbigen Büro um. »Hat Rhizinius dich vor Gericht ausgenommen?«

Ich nicke.

»Rhizinius ist eine Schlange. Er hat in seinem ganzen Leben kein einziges Mal gekämpft. Und von solchen Leuten wird Turai heutzutage regiert! Ich nehme an, du suchst Arbeit?«

Ich nicke wieder.

»Gut. Ich brauche die Dienste eines Detektivs. Es handelt sich um nichts allzu Kompliziertes, glaube ich wenigstens. Ich hätte normalerweise jemanden engagiert, der in der Nähe wohnt, aber ich dachte, du brauchst vielleicht etwas zu tun.«

Ich frage ihn, wie er eigentlich auf diesen Gedanken gekommen ist, und er erwidert, dass er die Leute im Auge behält, die unter ihm gekämpft haben.

»Du hast dich damals bei dem Kampf um die Mauerbresche nicht schlecht angestellt, Thraxas. Ich fände es schade, wenn du verhungern müsstest. Auch wenn das, wie ich sehe, wohl eine Weile dauern würde. Und du hast einen guten Ruf als Detektiv. Vorausgesetzt, du bist nüchtern. Wie lange kannst du nüchtern bleiben?«

»Praktisch die ganze Zeit, solange ein Fall es erfordert.«

Jemand klopft an die Innentür, die zu der Kaschemme hinunterführt. Bevor ich etwas sagen kann, fliegt sie auf. Makri hat immer noch nicht ganz begriffen, was das Wort Privatsphäre bedeutet. Man muss es ihr nachsehen. Immerhin ist sie als Sklavin in einer Gladiatorengrube aufgewachsen.

Jedenfalls zeigt Senator Mursius zum ersten Mal so etwas wie Überraschung. Makri bietet auch einen sehr überraschenden Anblick, wenn man nicht auf sie vorbereitet ist. Sie ist zwar nur wenig größer als eine durchschnittliche turanianische Frau, aber sie hält sich gerade wie eine Kriegerin. Sie ist grazil und stark wie eine Wildkatze aus dem simnianischen Dschungel, hat große dunkle, beinah schwarze Augen, eine gewaltige dunkle Mähne und ein ausgesprochen hübsches Gesicht. Aber was jeden, der zum ersten Mal seinen Fuß in die *Rächende Axt* setzt, am meisten beeindruckt, ist Makris atemberaubende Figur. Und zu übersehen sind ihre Reize auch nicht, weil sie einen winzigen Kettenhemd-Zweiteiler trägt, wenn sie als Kellnerin arbeitet. Ihr Hintergedanke ist natürlich der, dass ihre nackte Haut ihr jede Menge Trinkgeld von den Hafenarbeitern, Seeleuten und Söldnern einbringt, die den größten Teil von Ghurds Kunden ausmachen.

Was den Leuten normalerweise als Nächstes an Makri auffällt, ist ihre etwas dunklere Hautfarbe. Makri ist zu einem Viertel Orgk, und das bedeutet Ärger. Sie ist auch ein Viertel Elf, was in Turai kein Problem ist, denn alle lieben die Elfen. Aber ihr Orgk-Blut bringt sie in alle möglichen Schwierigkeiten. Jeder in Turai hasst die Orgks. Auch wenn wir derzeit Frieden mit ihnen haben und sogar einen richtigen Friedensvertrag unterzeichnet und Botschafter ausgetauscht haben, ist die Zeit noch nicht vergessen, als sie unsere Stadt belagerten.

All das bedeutet, dass Makri mit ihrem Anteil Orgk-Blut in Turai nicht gern gesehen wird. Die Säufer in der Kaschemme haben sich mittlerweile zwar daran gewöhnt, aber Makri wird immer noch der Zutritt zu den etwas vornehmeren Tavernen der Oberstadt und zu vielen offiziellen Gebäuden verwehrt. Ich würde mir vermutlich sogar ernstlich Sorgen um sie machen, wenn sie nicht die wahrscheinlich beste Kämpferin in Turai wäre, vielleicht sogar im ganzen Weiten Westen. Ich habe den größten Teil meines Lebens mit dem Schwert in der Faust verbracht, aber ich wüsste nicht, wann mir jemand begegnet wäre, der gefährlicher mit einem Schwert, einer Axt oder irgendwas anderem gekämpft hätte, das ihr gerade zwischen die Finger gekommen ist.

Senator Mursius starrt sie überrascht an. Es herrscht verlegenes Schweigen.

»Ich habe auch spitze Ohren«, erklärt Makri. Das stimmt, aber sie sind normalerweise unter ihrem gewaltigen Haarschopf versteckt.

»Entschuldigt mich«, sagt der Senator etwas verlegen. Dann betrachtet er das Schwert an ihrer Hüfte. »Eine orgkische Klinge?«

Makri nickt. »Die habe ich mitgebracht.«

Mursius mustert die Klinge interessiert. Als Berufssoldat ist er natürlich immer an Waffen interessiert.

»Ausgezeichnete Arbeit«, sagt er anerkennend. »Die Orgks sind glänzende Waffenschmiede, ganz gleich, was die Leute sagen. Sie sind mindestens so gut wie die besten menschlichen Schmiede. Woher, sagt Ihr, habt Ihr sie mitgebracht?«

»Aus den orgkischen Gladiatorengruben. Ich habe dort gekämpft. Bevor ich den Orgk-Lord getötet habe, der mein Besitzer war, seinen Hofstaat niedermetzelte, über eine Steilklippe entkam und stattdessen eine Stelle als Kellnerin angenommen habe.«

»Klingt sehr interessant. Aber Eure Kleidung scheint mir einer Kämpferin nicht angemessen zu sein.«

»Da habt Ihr Recht«, stimmt Makri ihm zu. »Nur eine Närrin würde in so einem knappen Oberteil kämpfen. Aber es bringt mir viel Trinkgeld ein. Wenn ich arbeite, verstecke ich das Schwert hinter dem Tresen.« Mit diesen Worten verschwindet sie nach unten.

»Eine sehr interessante Frau«, erklärt Mursius. »Ist sie Halb-Orgk?«

»Viertel-Orgk. Und Viertel-Elf. Und zur Hälfte Mensch, auch wenn sie sich nicht wie einer benimmt.«

Der Senator beäugt mich interessiert. Anscheinend überlegt er, ob er wirklich einen Detektiv engagieren möchte, der eine Beziehung mit einer Viertel-Orgk hat. Dabei braucht er sich darüber gar keine Gedanken zu machen. Ich habe keine Beziehung mit Makri, übrigens auch nicht mit irgendeiner anderen Frau. Und zwar schon ziemlich lange nicht mehr. Ich habe den Frauen abgeschworen, seit meine Alte mich vor einigen Jahren wegen eines jungen Zauberlehrlings verlassen hat. Stattdessen trinke ich. Na ja, ich habe schon mit dem Trinken angefangen, bevor sie mich verlassen hat, aber danach hatte ich noch viel mehr Zeit dafür.

»Also, wie kann ich Euch helfen?«

Der Senator berichtet, dass er Opfer eines Einbruchs geworden sei. In seinem Landhaus. Es liegt an der Küste, in der Nähe von Ferias. Wie alle wohlhabenden Bürger leistet sich der Senator ein Stadthaus und ein Landhaus, wohin er sich zurückziehen kann, wenn das Wetter hier zu bedrückend ist.

»Der Schaden hält sich in Grenzen. In der Villa befand sich nur wenig Geld, aber einige Kunstgegenstände sind verschwunden, und die hätte ich gern wieder. Vor allem möchte ich, dass du ein Gemälde wiederbeschaffst, das mir sehr am Herzen liegt.«

Wenn ich an den alten, jüngeren Mursius denke, der mit dem blutigen Schwert in der Hand durch die Orgk-Linien gestürmt ist, fällt es mir schwer, ihn mir als Kunstliebhaber vorzustellen. Aber bei diesen Aristokraten weiß man eben nie. Die Männer von Mursius' Generation sind selbstverständlich in den Krieg gezogen und haben tapfer gekämpft, aber sie haben auch ihren gesellschaftlichen Schliff bekommen. Damals herrschte in der aristokratischen Klasse die

Vorstellung, dass es wichtig sei, jeden Aspekt der Persönlichkeit auszuformen. Aber damals war Turai auch noch anders. Seit die Goldminen im Norden ungeheuren Wohlstand brachten und der Drogenhandel das Boah aus dem Süden in die Stadt trug, ist Turai sowohl reicher als auch korrupter geworden. Heute verbringen junge Aristokraten ihre Zeit mit Ausschweifungen und kaufen sich vom Militärdienst frei.

»Was hat die Zivilgarde diesbezüglich unternommen?«

»Ich habe sie nicht informiert.«

Ich ziehe eine Braue nach oben. Normalerweise wäre es der erste Schritt gewesen, die Garde zu rufen. Es sei denn, die ganze Sache hätte einen delikaten Aspekt, den Mursius lieber nicht in der Öffentlichkeit breitgetreten haben wollte. Ich habe so etwas schon erwartet. Die Leute kommen meistens nur dann zu mir, wenn sie in einer verzweifelten Lage sind.

»Ich habe sie nicht gerufen«, fährt Mursius fort, »weil ich stark vermute, dass meine Frau hinter dem Diebstahl steckt.«

»Eure Frau?«

Der Senator drückt seinen dringenden Wunsch aus, dass seine Enthüllungen unter uns bleiben. Ich versichere ihn meiner Diskretion. Ich habe zwar viele Fehler, aber ich plappere niemals über meine Klienten, selbst wenn mich das ins Gefängnis bringt. Was es oft genug tut.

Der Regen prasselt gegen die Fensterläden und übertönt den Lärm von der Straße. Das ist das einzig Gute an der Heißen Regenzeit. Sie hält die kreischenden Gören, die sich sonst auf den Straßen tummeln, in den Häusern.

»Wir haben uns schon seit langem auseinander gelebt und sind nur noch zusammen, weil es uns besser passt, uns nicht scheiden zu lassen. Das verstehst du sicherlich.«

Natürlich. In einer derartig unmoralischen Stadt wie

Turai, in der man beinah alles und jeden kaufen kann, legt die Öffentlichkeit immer noch einen verblüffend hohen Wert auf die moralische Integrität unserer öffentlichen Bonzen. Wenn ein Senator in eine schmutzige Scheidungsaffäre verwickelt wird, kann das seiner Karriere sehr schaden und seine Chancen abrupt beenden, die Leiter des Erfolgs über die Stufen Präfekt, Prätor, Vizekonsul und Konsul hinaufzuklettern. Aus diesem Grund versuchen sie gern, ihre Probleme zu vertuschen und von den Skandalpapyri fern zu halten. Ihre Frauen machen da normalerweise auch mit. Es ist ihnen erheblich lieber, verheiratet zu bleiben und ihren Wohlstand und ihren gesellschaftlichen Status zu behalten, als zu riskieren, sich auf dem allgemeinen Fleischmarkt wieder zu finden.

»Und warum hat sie Euch ausgeraubt?«

»Meine Frau braucht häufig dringend Geld.«

»Gebt Ihr ihr denn keine Zuwendungen?«

»Nicht für Boah, nein.«

Klar doch. Nicht für Boah. Das ergibt Sinn. Seit die südlichen Handelswege erschlossen wurden, ist dieses höchst gefährliche Rauschmittel in unsere Stadt geströmt. Seine Wirkung auf die Bevölkerung ist dramatisch. Bettler, Seeleute, Schüler, Huren, Handlungsreisende und reiche junge Dinger ... Alle Arten von Menschen, die sich früher einmal damit zufrieden gegeben haben, ihre Leiden mit Bier und dem gelegentlichen Genuss der erheblich milderen Droge Thazis zu dämpfen, verbringen jetzt ihre Tage verloren in den Fängen der mächtigen Träume des Boah. Unglücklicherweise ist Boah aber genauso teuer wie suchterregend. Wenn man seine Dosis intus hat, ist man so wohlgemut wie ein Elf im Baum, aber wenn sie nachlässt, fühlt man sich echt mies. Meist sind die Konsumenten, die die Hälfte ihres Lebens im Rausch dieser Droge verbringen, dazu gezwungen, die andere Hälfte ihres Lebens der Beschaffung von Geld für noch mehr Boah zu widmen.

Seit Boah Turai überschwemmt, hat sich die Kriminalitätsrate jeglicher Kontrolle entzogen. In manchen Stadtteilen kann man sich nachts nicht mehr draußen aufhalten, ohne Angst vor einem Überfall haben zu müssen. Die Stadt geht vor die Hunde. Die Armen verzweifeln, und die Reichen degenerieren. Eines Tages wird König Etzelus von Nioj sich aus dem Norden auf uns stürzen und uns von der Erdplatte fegen.

»Ist sie ernsthaft süchtig?«

»Ja. Sie hat versucht, etwas dagegen zu tun, aber …«

Er breitet hilflos die Arme aus.

»In den letzten sechs Monaten hat sie in dem Landhaus gelebt. Es war ihre Idee. Sie meinte, es würde ihr helfen, die Sucht zu überwinden. Nach dem, was mir die Dienstboten erzählt haben, hat es wohl nicht geklappt. Ich habe es mit Doktoren, Zauberern, Heilern und allem nur Erdenklichen ausprobiert. Aber nichts hat gewirkt. Sie ist immer wieder rückfällig geworden. Schließlich habe ich ihr die Geldmittel beschnitten und ihr nur einen Diener mit Lebensmitteln geschickt.«

»Und das Ergebnis war, dass Eure Gattin Familienerbstücke verkauft hat, um ihre Sucht zu finanzieren?«

»So sieht es aus.«

Ich lehne mich auf meinem Stuhl zurück und nehme eine Thazisrolle aus der Schublade. Ich biete auch dem Senator eine an, aber er lehnt ab. Ihr Genuss ist zwar immer noch illegal, aber seit Boah die Stadt überschwemmt, kümmert sich keiner mehr darum. Ich zünde sie an und inhaliere.

»Was genau soll ich für Euch tun?«

»Suche meine Sachen. Vor allem das Gemälde. Und zwar ohne die Wache oder die Skandalpapyri mit hineinzuziehen.«

Der Senator erzählt mir geradeheraus, sozusagen von Mann zu Mann, dass er von den Traditionalisten dazu gedrängt wird, sich nächstes Jahr für den Posten des Präfekten zu bewerben. Er ist fünfzig Jahre alt, also wird es allmählich Zeit, seine politische Karriere ins Rollen zu bringen. Als ehemaliger Kriegsheld, und da er sowohl beim Mob, bei den Snobs als auch beim König einen Stein im Brett hat, dürfte seine Wahl nur eine Formsache sein. Es sei denn, sein Ruf würde durch einen Skandal beschmutzt. Die Volkspartei, die mächtige Opposition im Senat, die von Senator Lohdius angeführt wird, würde keine Sekunde zögern, jeglichen erdenklichen Schmutz, und sei es auch nur der unter den Fingernägeln ihrer Gegner, gegen ihre Widersacher zu schleudern.

Ich denke darüber nach. Der Auftrag bedeutet, im Regen die Stadt zu verlassen. Das ist eine recht unerfreuliche Aussicht, weil das offene Land sich bei dem Wetter in eine Sumpflandschaft verwandelt. Aber abgesehen davon hört es sich ganz gut an. Offenbar sind in diesen Fall keine kriminellen Banden verwickelt. Und keine verrückten Zauberer, die mich fertig machen wollen. Ich muss einfach nur herausfinden, was Mursius' Frau mit den Sachen angestellt hat, und sie wiederbeschaffen. Das kriege ich hin. Und ich brauche das Geld. Also übernehme ich den Fall.

Der Senator informiert mich über die notwendigen Einzelheiten und steht dann auf. Er bleibt an der Tür stehen und blickt sich im Zimmer um. »Wie ich gehört habe, hast du viel Geld bei einem Wagenrennen in der Provinz verloren.«

Ich runzle die Stirn. Mir war zwar klar, dass der Senator mich überprüfen würde, aber niemand mag es besonders, wenn sich seine Spielverluste so weit herumsprechen.

»Ich gebe dir einen guten Tipp für das Turas-Gedächtnis-Rennen.«

Ich beuge mich vor. Das interessiert mich brennend.

»Auch ich werde einen Wagen in das Turas-Gedächtnis-Rennen schicken«, sagt der Senator. »Er heißt Sturm auf die Zitadelle. Wette darauf. Er wird gewinnen.«

Ich lehne mich enttäuscht zurück. So heiß war sein Tipp doch nicht.

»Euer Wagen soll das Turas-Gedächtnis-Rennen gewinnen? Entschuldigt, Senator, Ihr hattet zwar in der Vergangenheit einige gute Pferde, aber bei diesem Rennen fährt ein Elfenwagen mit. Jeder weiß, dass Mondheller Bach gewinnen wird. Sie nehmen nicht einmal mehr Wetten darauf an!«

Der Senator tritt leise an meinen Schreibtisch. »Sturm auf die Zitadelle wird gewinnen«, sagt er ziemlich nachdrücklich. »Wenn du deine Verluste wettmachen willst, dann setz alles darauf, was du hast.«

Mit diesen Worten geht er davon. Ich nehme mir einen Guran von dem Vorschuss, den er auf dem Tisch liegen gelassen hat, und gehe nach unten. Dort hole ich mir eine Flasche von Ghurds bestem Bier und denke über Senatorengattinnen und die mächtige, Sucht erzeugende Wirkung von Boah nach. Ich habe es selbst versucht, als ich jünger war, aber es gefiel mir nicht sonderlich. Vermutlich bin ich einfach nicht geeignet für solche Drogen. Ich trinke rasch mein Bier aus, spüle es mit einer zweiten Flasche herunter und nehme eine dritte mit hinauf in mein Büro.

Auf meinem Schreibtisch liegt ein Brief. Merkwürdig. Ich breche das Siegel und lese ihn. Da steht: *Thraxas, dein Tod ist nah!*

Ich starre auf die Buchstaben. Auch wenn ich an Todesdrohungen gewöhnt bin, heißt das noch lange nicht, dass sie mir gefallen. Ich überprüfe die Außentür. Sie ist verschlossen. Ich bin nicht sicher, ob niemand die Treppe hinaufgekommen ist, während ich unten am Tresen war. Ich halte mir den Brief unter die Nase und suche nach Spuren von Zauberei. Rieche ich da nicht etwas? Wahrscheinlich.

Unwillkürlich betaste ich das Schutzamulett an meinem Hals. Es ist neu. Hoffentlich wirkt es.

Ich bin zwar ziemlich müde, als ich mich auf den Weg zu Mox mache, aber dort erfahre ich, dass mein Wagen gewonnen hat, und ich sammle meine zwanzig Gurans Gewinn ein. Die Todesdrohung ist vergessen. Anschließend kann ich es nicht lassen, vor Makri ein bisschen zu prahlen.

»Tja, man muss zwar ab und zu Verluste einstecken, aber am Ende setzt sich die Klasse durch. Wenn es um die beste Nase für sichere Sieger geht, bin ich die unumstrittene Nummer eins hier in der Gegend. Und ich habe auch noch einen heißen Tipp für morgen. Du solltest mitmachen, wenn du schnell etwas Geld gewinnen willst, Makri. Es ist auf jeden Fall einfacher, als zu kellnern.«

3. Kapitel

»Wie hoch schätzt du die Chancen von Sturm auf die Zitadelle beim Turas-Gedächtnis-Rennen ein?«, frage ich Ghurd, als er mir noch ein Bier reicht. Sein Bizeps tritt hervor, als er mir den Krug über den Tresen schiebt. Sein langes Haar ist zwar mittlerweile fast vollkommen ergraut, aber er ist immer noch so kräftig wie ein Ochsengespann.

»Keine Chance«, antwortet er. »Die Elfen schicken keinen Wagen den ganzen Weg von den Südlichen Inseln hier herauf, wenn sie nicht hundertprozentig sicher sind, dass er auch gewinnt.«

Ich nicke. Das denken alle in Turai. Senator Mursius hat zu seiner besten Zeit einige gute Wagen ins Rennen geschickt, aber auch er wird diese Elfen nicht schlagen können.

Alle warten auf die Wagenrennen in der ersten trockenen Woche nach dem Regen. Dann wird das Turas-Fest gefeiert. Nachdem er einige wilde Stämme besiegt und verschiedene andere Heldentaten vollbracht hatte, gründete der legendäre Turas die Stadt Turai. Die Spiele zu seinen Ehren finden jedes Jahr statt. Sie heitern die Bewohner auf, bevor die grimmige Winterzeit einsetzt. Dieses Jahr werden die Festlichkeiten in einem noch größeren Rahmen begangen als normalerweise, weil sie mit der Dreifach-Mond-Konjunktion zusammenfallen, was nur alle fünfzehn Jahre vorkommt.

Natürlich wette ich auch bei diesem Fest, allerdings hatte ich nicht vor, meine Gurans beim letzten und prestigeträchtigsten Lauf zu opfern, dem Turas-Gedächtnis-Rennen. Nicht, wo die Elfen Mondheller Bach in den Wettkampf schicken. Für den Wagen ist das praktisch ein Schaulaufen. Er gehört Fidel-al-Ambra, einem großen Elfenlord und einem ganz besonderen Freund Turais. Vor fünfzehn Jahren hat Fidel-al-Ambra ein Regiment Elfenkrieger durch die orgkischen Linien geführt, um Turai zu Hilfe zu eilen. Er ist gerade in dem Moment angekommen, als die Orgks Breschen in unsere Stadtmauer gehauen haben und viele verzweifelte turanianische Soldaten, wie zum Beispiel ich, versucht haben, sie aufzuhalten. Er hat damals die Stadt gerettet, und das haben wir ihm niemals vergessen. Seitdem hat er uns mehrmals besucht, als Ehrengast des Königs. Wegen seiner engen Beziehung zu der Stadt hat er diesmal auch einen Wagen in das Turas-Gedächtnis-Rennen geschickt.

Das freut uns. Wir alle hier lieben Elfen. Das Einzige, was ein bisschen stört, ist, dass dieser Elfenwagen das ursprünglich ernsthafte Rennen mehr oder weniger zu einer Schauveranstaltung degradiert. Wir können hier oben nicht solche Pferde züchten, wie es die Elfen auf ihren Südlichen Inseln tun.

Und trotzdem ... Wie jeder ordentliche Spieler bin ich immer interessiert, wenn mir jemand einen Tipp gibt. Ich habe neben Senator Mursius gestanden, als die Orgks eine Bresche in die Ostwand der Stadtmauer geschlagen haben, und habe gesehen, wie er sich Mann gegen Mann ihrer wilden Streitmacht entgegengestemmt hat, welche über die Trümmer in die Stadt flutete. Hätte Mursius uns nicht angefeuert, hätten wir niemals so lange ausgehalten, bis die Elfen ankamen.

»Mursius ist kein Mann, der seine Hoffnung auf einen aussichtslosen Fall setzt«, erkläre ich Ghurd, der damals auch dabei gewesen ist.

»Stimmt. Aber die Besitzer von Rennstreitwagen glauben immer, dass ihre eigene Karre am Ende vorn liegt«, gibt

Ghurd zurück. »Du hast schon reichlich Geld bei den Rennen verloren. Es gibt keinen Grund, noch mehr hinterherzuwerfen.«

Ghurd und ich verlieren uns in Erinnerungen an den Krieg. Das tun wir in letzter Zeit häufiger. Die baldige Ankunft von Fidel-al-Ambra hat offenbar unser Gedächtnis angeregt. Orgks, Drachen, Mauern, die unter dem Angriff der Zauberer zerbröseln, brennende Gebäude, die verzweifelte Schlacht, das Schmettern der Fanfaren und das unerwartete Eintreffen der Elfen. Selbst mit ihrer Hilfe war es alles andere als einfach, die Orgks zu besiegen. Die Schlacht dauerte den ganzen Tag und die ganze Nacht und auch noch den nächsten Tag. Das war vielleicht ein Erlebnis! Also denke ich, dass Ghurd und ich das Recht haben, mit unserer Rolle dabei ein wenig anzugeben. Ganz gleich, ob die Zuhörer stöhnen, wenn wir unsere alten Kriegserlebnisse herauskramen und sie ordentlich lüften.

Natürlich hat Ghurd Recht, was die Rennen angeht. Aber trotzdem … Mursius ist so spitz wie ein Elfenohr, wenn es um Wagenrennen geht. Er hat viel Erfolg gehabt. Ich fühle, wie ich in Versuchung gerate. Aber ich verbanne den Gedanken daran nachdrücklich aus meinem Kopf und widme mich wieder den Aufgaben, die vor mir liegen. Vor allem der, die verschwundenen Kunstwerke von Senator Mursius wiederzubeschaffen. Ghurd hat zwei gute Pferde im Stall stehen, und ich bitte den Stallburschen, eins für mich zu satteln, während Tanrose, Kaschemmenköchin und Objekt von Ghurds barbarischer Begierde, einen Korb mit Reiseproviant für mich packt. Ich binde mein langes Haar zurück, schiebe es in mein Wams und wickle mich in meinen Umhang.

Als ich gerade gehen will, betritt Makri die Kaschemme.

»Ich bin so nass wie die Decke einer Meerjungfrau«, erklärt sie, nicht zum ersten Mal übrigens. »Diese Stadt hat wirklich ein verrücktes Klima. Wenn es nicht zu heiß ist, ist es zu nass. Und jetzt ist es auch noch beides gleichzeitig.«

Ich muss ihr Recht geben. Das Wetter in Turai ist oft unangenehm. Vier Monate lang glüht die Sonne unbarmherzig vom Himmel herunter, einen Monat lang herrscht die Heiße Regenzeit, und dann folgt etwa einen Monat lang ein angenehm temperierter Herbst. Anschließend warten vier Monate extreme, beißende Kälte auf uns. Danach gibt es eine weitere Regenzeit, diesmal aber eine kalte, die wieder einen Monat dauert, bevor der einmonatige Frühling anbricht, der wiederum sehr erfreulich ist.

»Das macht summa summarum zwei angenehme Monate im Jahr«, knurrt Makri.

»Wenigstens kommen die Jahreszeiten regelmäßig.«

»Warum hat ausgerechnet hier jemand eine Stadt bauen wollen?«

»Weil es einen guten Hafen gibt. Und wir liegen an den Haupthandelsrouten.«

Makri flucht in uraltem Elfisch. Sie lernt gerade die Königliche Hoch-Elfensprache auf ihrer Innungshochschule und will ein bisschen üben.

»Damit will ich natürlich nicht behaupten, dass die Elfen jemals das Wetter verfluchen. Das hat man mir jedenfalls gesagt«, erklärt sie schnell. »Offenbar hocken sie einfach nur auf ihren Bäumen und denken, dass das nur eine weitere schöne Seite der Natur ist. Blöde Elfen!«

Makri sprach bereits fließend gemeines Elfisch, als sie in Turai ankam. Vermutlich hatte sie das von ihrem elfischen Großvater gelernt, auch wenn ich niemals gefragt habe, wer das war. Makri hat es auch niemals erklärt. Und sie spricht auch nicht über ihre orgkischen Großeltern. Danach würde ich sie auch nicht fragen. Jedenfalls haben sich sowohl mein

Elfisch als auch mein Orgkisch erheblich verbessert, seit sie da ist.

Ich frage sie, warum sie im Regen herumgelaufen ist. Sie antwortet, dass sie nach Pflanzen gesucht hat.

»Warum das denn?«

»Für den Kurs in Naturgeschichte an der Innungshochschule. Die Professoren wollen, dass wir irgendwelche interessanten heimischen Pflanzen studieren.«

»Das könnte in ZwölfSeen ziemlich schwierig werden. Hier gibt es so gut wie keine.«

»Weiß ich. Ich wollte in den kleinen Park an der Sankt-Rominius-Gasse gehen. Bedauerlicherweise ist der Park verschwunden. Jemand hat einen Block mit Mietshäusern darauf errichtet.«

König Reeth-Lackal hat strikte Vorschriften erlassen, wie viele Parks seinen Untertanen zustehen. Selbst die ärmsten Gegenden sollen offene Grünflächen haben, damit sich die Bewohner auf friedliche Weise Bewegung verschaffen und ihre Kümmernisse eine Weile vergessen können. Bedauerlicherweise haben die Präfekten, welche die Bauplanungen in den verschiedenen Stadtvierteln kontrollieren, die Angewohnheit, ihre Augen zuzudrücken, wenn sie von Grundstücksspekulanten ordentlich geschmiert werden. Mittlerweile ist es so schlimm, dass es kaum noch freie Flächen in ZwölfSeen gibt. Der letzte Präfekt, Tholius, war genauso korrupt wie alle anderen. Allerdings musste er neulich aus der Stadt fliehen, weil man ihn dabei erwischt hatte, wie er versuchte, etwas vom Gold des Königs in seine eigenen Taschen umzufüllen. Und ganz offenbar hat Drinius, sein Nachfolger, es dann kaum erwarten können, in seine eigenen Taschen zu wirtschaften. Man erkennt in Turai Menschen aristokratischer Abstammung an der Namensendung »ius«. Aber dieses Merkmal wäre eigentlich unnötig, weil man das auch an ihrer erstaunlichen Neigung bemerken könnte, sich für jeden Dienst, den sie einem erweisen, bezahlen zu lassen. »Es läuft geschmiert wie ein Senator«, heißt es im Volksmund. Ganz anders dagegen verhält es sich bei den einfachen Bürgern der Arbeiterklasse, deren Namen für gewöhnlich auf »ox« oder »ax« enden. Wie zum Beispiel bei »Thraxas«. Das sind durch die Bank ehrliche Häute.

»Ich mache eine kleine Landpartie«, erkläre ich Makri. »Komm doch mit, und studier unterwegs die Flora.«

Makri denkt laut darüber nach. Sie hat den Rest des Tages ohnehin frei und könnte außerdem ein bisschen Bewegung gebrauchen.

»Gut, ich komme mit, wenn ich den magischen Regenmantel mit dir teilen darf!«, sagt sie listig. »Ich brauche irgendwelche interessanten Pflanzen. Wenn ich bei dieser Aufgabe scheitere, wird sich Professor Toarius auf mich stürzen wie ein böser Bann.«

Sie blickt finster drein. Von ihrem früheren Gejammer weiß ich, dass Professor Toarius ganz oben auf der langen Liste der Angestellten von der Innungshochschule steht, die glauben, dass die Hochschule ein wesentlich angenehmerer Ort wäre, wenn Makri ihn nicht heimsuchen würde. Er hat ihr verboten, die Kurse in ihrem Kettendress zu besuchen, wegen des Aufsehens, das sie erregt. Selbst das Männerwams, das sie stattdessen trug, konnte ihn nicht zufrieden stellen.

»Er hat gesagt, es zeigt zu viel von meinen Schenkeln. Ist das denn in Turai verboten?«

»Nein. Aber es lenkt die jungen Männer zu sehr ab, die versuchen, Philosophie zu studieren.«

Jetzt muss sie sich in einen riesigen Umhang hüllen, bevor sie zur Hochschule geht, und das selbst wenn die Sonne vom Himmel brennt und es heißer ist als in der orgkischen Hölle. Was es den ganzen Sommer lang ist.

»Professor Toarius ist so kalt wie das Herz eines Orgks«, knurrt Makri und geht nach oben, ihre Axt holen.

Aber sie hat durchgehalten. Sie arbeitet schwer, in der Taverne und auch an der Innungshochschule, wo die Söhne der niederen Klassen unterrichtet werden. Sie will unbedingt auf die Kaiserliche Universität gehen. Was, wie ich häufig betont habe, vollkommen unmöglich ist. Die Universität akzeptiert nicht einmal vornehme weibliche Studenten, und erst recht keine, die Orgkblut in den Adern haben. Die Kaiserliche Universität ist eine Institution, die nur für die Leibesfrüchte unseres Hochadels reserviert ist, und so exklusiv, dass selbst die reichsten Kaufleute massive Schwierigkeiten haben, ihre Sprösslinge dort unterzubringen. Sie ist außerdem ein Symbol für die vollkommene Kontrolle, welche unsere herrschende Elite innehat. Das dürfte es Makri noch mehr erschweren, sie jemals zu besuchen. Trotzdem gibt sie nicht auf. »Die Innungshochschule hat sich auch geweigert, bis ich darauf bestanden habe«, entgegnet sie. Man muss ihre Hartnäckigkeit wirklich bewundern.

Sie kommt die Treppe herunter, bewaffnet mit ihrer Axt, mit zwei Schwertern, einem Messer im Stiefel und einem Beutel mit Wurfsternen. Das ist eine sehr beliebte Waffe der Meuchelmördergenossenschaft, mit der Makri in letzter Zeit etwas herumexperimentiert hat.

»Makri, du willst doch nur ein paar Blümchen pflücken. Wen zum Teufel erwartest du da draußen?«

»Das kann man nie wissen. Jedes Mal, wenn ich dir bei einem Fall helfe, wird die Sache viel schlimmer als erwartet. Ich habe nicht vergessen, dass wir einmal einen entlaufenen Hund gesucht haben. Und, was ist passiert? Wir wurden in einen Kampf mit Piraten verwickelt. Denk nur daran, was passiert ist, als ich das letzte Mal ohne meine Axt ausgegangen bin. Ich habe einen Armbrustbolzen in die Brust bekommen und bin beinahe gestorben.«

»Und wir hätten dich schrecklich vermisst. Also gehen wir.«

»Ich habe diesen Umschlag auf der Treppe gefunden. Er ist an dich adressiert.«

Du wirst die Heiße Regenzeit nicht überstehen, verspricht mir die Botschaft. Als wenn ich das nicht selbst wüsste!

»Wieder eine Todesdrohung?«

Ich nicke. Ich hätte Georgius Drachentöter umbringen sollen, als ich die Chance dazu hatte.

Draußen ist es immer noch heiß. Der Regen ist noch heftiger geworden, und mein alter Umhang hält mich etwa dreißig Sekunden lang trocken. Makri dagegen kuschelt sich behaglich in meinen magischen Regenmantel.

»Der Regen ist gar nicht so schlimm, wenn man sich erst einmal daran gewöhnt hat«, sagt sie. »Wohin gehen wir?«

»Nach Ferias. Das ist ein exklusiver kleiner Ferienort an der Küste.«

»Warum reiten wir dann nicht zum Westtor?«

»Ich will noch kurz bei Mox vorbeischauen. Ich habe einen heißen Tipp bekommen.«

Makri nickt. Sie hält zwar nicht viel von meiner Wettleidenschaft, aber es hat sie ganz schön beeindruckt, als ich mit meinen zwanzig Gurans Gewinn nach Hause gekommen bin.

In Mox' kleinem, schmutzigem Büro drängen sich die Wetter in ihren feuchten und schmutzigen Togen und Umhängen, die übliche Tracht der gewöhnlichen Turanianer. Die meisten Angehörigen der niederen Klassen, mich eingeschlossen, tragen Grau. Einige der abenteuerlichen jüngeren Leute wagen sich gelegentlich an bunte Kleidung heran, aber exotische Kleidung ist für die meisten Leute viel zu teuer. Und Weiß tragen nur die oberen Klassen.

Ab und zu tritt ein Bote ein. Er bringt die neuesten Ergebnisse des Zauberers von der Rennbahn in Juval mit. Hunderte von Stadien entfernt. Ich will auf das erste Rennen morgen setzen, falls ich es nicht mehr rechtzeitig zurück in die Stadt schaffe. Auch wenn ich darauf achte, nichts zu verraten, bin ich praktisch außer mir vor Begeisterung. Ich habe mich seit langem auf dieses Rennen gefreut. Das hier ist meine Lebensversicherung.

Die Wetten auf die vier Wagen in dem Rennen stehen eins zu eins, sechs zu vier, sechs zu eins und acht zu eins. Als ernsthafter Spieler, der ich bin, werfe ich natürlich mein Geld nicht irgendwelchen Außenseitern hinterher, aber ich weiß zufällig, dass Trollverstümmler, der mit sechs zu eins gehandelt wird, eine besonders gute Chance in diesem Rennen hat. Ich flüstere Makri den Grund dafür ins Ohr.

»Ich kenne den Besitzer. Ich habe mit ihm getrunken, bevor er nach Süden gegangen ist. Er hat diesen Wagen in Reserve gehalten und ihn gut versteckt. Mir hat er erzählt, dass er noch nie ein besseres Pferdegespann trainiert hätte. Deshalb geht er damit auch nach Juval, wo ihn keiner kennt. Er wird eine Menge Geld machen, wenn er bei sechs zu eins setzt, und ich auch.«

Mox ist etwas überrascht, als ich zuversichtlich meine vierzig Gurans auf Trollverstümmler setze. Draußen, vor seinem Büro, führe ich im Regen einen kleinen Freudentanz auf.

»Zweihundertvierzig Gurans für Thraxas, danke vielmals.«

»Und wenn er verliert?«, erkundigt Makri sich beiläufig, als sie sich auf ihr Pferd schwingt.

»Nie im Leben. Vertrau mir. Ich weiß, was ich tue.«

Das Gewitter ist vorbeigezogen, aber es wird noch genug davon geben. Der Ritt nach Ferias dauert ungefähr zwei Stunden. Schon als wir die Stadtmauern von Turai erreichen, ist meine gute Laune über die gewinnträchtige Wette verpufft, und ich bedauere stattdessen, dass ich diesen Fall angenommen habe. Auf halbem Weg nach Ferias erwäge ich ernsthaft umzukehren.

»Das ist wirklich mies!«, fluche ich. »Ich fühle mich etwa so schlecht wie eine niojanische Hure! Ich bin nicht mehr so nass gewesen, seit Ghurd und ich im Krieg unter einem niojanischen Floß hindurchgeschwommen sind und sie dann überrumpelt haben. Und damals war ich ein ganzes Stück jünger.«

Wir legen einen kurzen Zwischenstopp ein, um etwas zu essen, und suchen dabei Schutz unter einem Baum. Makri sieht sich derweil nach irgendwelchen interessanten Pflanzen um.

»Vermutlich gibt es genug interessante Pflanzen in dem Garten von Mursius' Villa. Stiehl doch einfach dort eine.«

Wir reiten weiter.

»Was willst du eigentlich machen, wenn wir erst mal da sind? Wird seine Frau es nicht etwas unverschämt finden, wenn du einfach hereinmarschierst und wissen willst, wo und an wen sie ihre Beute verscherbelt hat?«

Ich betrachte Makri interessiert. Als sie in Turai ankam, hatte sie nicht die geringste Vorstellung davon, was unverschämt bedeutete. Diese Vorlesungen scheinen sie wirklich allmählich zu zivilisieren.

»Möglich. Aber Mursius ist das egal. In ihrer Beziehung spielt Höflichkeit schon lange keine tragende Rolle mehr. Er will einfach nur seine Kunstwerke wiederhaben.«

Der Regen prasselt auf uns herunter. Ich verfluche Rhizinius ausgiebig. Wenn er mich nicht vor Gericht gezerrt hätte, müsste ich das hier nicht ertragen. Ein Glück, dass er wenigstens nicht mehr Vizekonsul ist. Diesen Posten hat jetzt Zitzerius inne, der zu den Traditionalisten gehört, der Partei, die den König unterstützt. Sie verlieren zwar gegen die Populären immer mehr an Boden, aber Zitzerius' Sieg hat die Welle zunächst einmal aufgehalten. Und ich hatte dabei meine Hand im Spiel. Dank meiner cleveren Arbeit ist kein einziger Schlammspritzer auf Zitzerius' makellosem Ruf gelandet. Was nicht heißen soll, dass ich die Traditionalisten besonders unterstütze. Es gibt so einiges, was für die Populären spricht. Für die gewöhnlichen Leute wäre es sicher großartig, wenn sie etwas vom immensen Wohlstand der Stadt abbekämen. Bedauerlicherweise werden die Populären von Senator Lohdius angeführt, der ein genauso ungeschminkter tyrannischer Ehrgeizling ist wie alle, die eine Amtstoga überstreifen.

»Wieso hat Zitzerius eigentlich seinen Einfluss nicht genutzt, um dich vor Gericht zu schützen?«, erkundigt sich Makri. »Er ist jetzt immerhin Vizekonsul und schuldet dir einen großen Gefallen.«

Damit trifft sie einen wunden Punkt. Ein Besuch bei Zitzerius war das Erste, was ich unternommen hatte, als sich die Schwierigkeiten abzeichneten. Aber natürlich muss ausgerechnet Zitzerius der einzige Mann in Turai sein, der absolut unbestechlich und gleichzeitig ein eingefleischter Verfechter des Gesetzes ist. Er hat zwar Mitgefühl für mein Anliegen bekundet, sich aber rundheraus geweigert, die Anklage vom Tisch zu fegen. Weil, wie er in seiner wunderschön modulierten Rednerstimme formulierte, ich ja tatsächlich schuldig wäre. Ich habe den Vertreter des Königs tatsächlich aus seinem Landauer gezerrt und ihn zu Boden geschleudert. Die Tatsache, dass ich das Fahrzeug dringend brauchte, war nach Zitzerius' wohl durchdachter rechtlicher Überzeugung keine ausreichende Rechtfertigung, um einen Mitbürger zusammenzuschlagen.

»War klar, dass dir ausgerechnet der einzige Beamte einen Gefallen schuldet, der zu ehrlich ist, um das Recht deinetwegen zu beugen.«

Wir nähern uns Ferias, einer willkürlichen Ansammlung von großen Landhäusern, kommen aber nur langsam voran. Der Boden ist aufgewühlt und schlammig, und einige Flüsse sind so angeschwollen, dass wir nur unter großen Schwierigkeiten hinüberkommen. Es ist schon lange her, seit ich das letzte Mal hier war. Als ich noch Hoher Ermittler im Palast war, kam ich regelmäßig als Gast von verschiedenen Senatoren, Prätoren und wohlhabenden Zauberern hierher. Jetzt bin ich hier etwa so willkommen wie ein Orgk auf einer Elfenhochzeit.

Wir haben mittlerweile schon späten Nachmittag. Meine Laune sinkt immer mehr. Es regnet riesige Tropfen. Nach zwei Stunden fühlt es sich an, als prasselten mir Felsbrocken auf den Kopf. Ich erkläre Makri, dass ich jetzt wieder mit dem Regenmantel dran bin, und wir tauschen.

»Wenn du als Zauberer etwas taugen würdest, könntest du zwei davon machen.«

»Wenn ich als Zauberer etwas taugen würde, würde ich nicht durch den Regen reiten, sondern säße in einer großen Villa in Thamlin und würde Horoskope für Prinzessinnen und Höflinge erstellen und das Leben ansonsten genießen. Ich hätte fleißiger lernen sollen, als ich Zauberlehrling war.«

Wir reiten einen kleinen Hügel hinauf, und in der Ferne sehen wir Mursius' Villa. Plötzlich wiehert mein Pferd und scheut. Ich versuche, es wieder unter Kontrolle zu bekommen, aber die nassen Zügel rutschen mir aus der Hand, und ich stürze zu Boden. Ich rappele mich hoch, rutsche im

Schlamm aus und verfluche das dumme Vieh, was das Zeug hält. In dem Moment treten ohne jede Vorwarnung drei große Orgks mit gezückten Schwertern hinter den Bäumen hervor.

4. Kapitel

Das kann doch gar nicht sein! In den von Menschen besiedelten Ländern laufen keine Orgks frei herum. Und schon gar nicht in Ferias, der Sommerfrische der Stinkreichen.

Orgks sind größer als Menschen und ganz allgemein etwas stärker. Außerdem habe ich noch keinen getroffen, der nicht wild gewesen wäre. Aber da ich ihnen nur auf dem Schlachtfeld begegnet bin, vermute ich, dass es vielleicht auch einige gibt, die nicht wild sind. Vielleicht bleiben die Poeten der Orgks ja lieber zu Hause. Doch das bezweifle ich. Die meisten Menschen halten die Orgks für so dumm wie Tiere, dafür habe ich jedoch noch keinerlei Anhaltspunkte gefunden. Ihre Botschafter zum Beispiel haben sich oft als sehr gerissene Unterhändler erwiesen, und Bergamotz, der Fürchterliche, der große Orgk-Führer, der vor fünfzehn Jahren alle orgkischen Stämme vereinte und sie gegen den Westen führte, war ein brillanter Stratege und General. Selbst die vereinten Kräfte von Elfen und Menschen konnten ihn nur durch eine Kombination von Glück, Zauberei und Verzweiflung besiegen.

Makri hasst die Orgks mehr als jeder andere. Dennoch weigert sie sich zuzugeben, dass die menschliche Zivilisation weiter entwickelt ist. Sie behauptet, dass, im Gegensatz zu der im Westen vorherrschenden Meinung, Orgks durchaus Musik, Literatur und sogar eine Art Theater kennen. Dort werden langatmige Vorstellungen verschiedener religiöser Rituale aufgeführt. Wenn das stimmt, ist uns das vollständig unbekannt. Die einzige Musik, die wir von ihnen kennen, sind ihre wilden Kriegsgesänge, die sie schmettern, wenn sie in die Schlacht ziehen, und die grauenvoll kreischende Pfeifenmusik, die sie auf den Rücken ihrer Drachen veranstalten. Orgks können im Gegensatz zu Menschen Drachen züchten und kontrollieren. Sie haben dunkle Haut und tragen ihr Haar lang. Diesen Stil bevorzugen nur die niederen Klassen in Turai. Außerdem kleiden sie sich in schäbige schwarze Kleidung mit Quasten. Sie mögen Silberschmuck und sind ausgezeichnete Waffenschmiede. Sie hassen die Menschen und verstehen es, zu kämpfen. Das kann ich auch. In diesem Fall ist das auch ein ziemliches Glück, denn ich trage keinen Zauberspruch in meinem Gedächtnis. Also zücke ich Schwert und Dolch und gehe in die Kampfhocke.

Die drei Orgks tragen die Gewänder junger Krieger, schwarze Helme und Wämse, und haben ihre Waffen im Gürtel an den Hüften. Aber bis jetzt machen sie keine Anstalten, uns anzugreifen. Das ist seltsam. Orgks und Menschen sind erbitterte Feinde. Normalerweise verschwenden wir keine Zeit, wenn wir aufeinander treffen, sondern töten uns einfach gegenseitig. Ich überlege, ob es sich lohnt, sie zu fragen, was sie hier tun.

Doch diese Chance bekomme ich nicht. Makris Hass auf Orgks lässt keinen Raum für eine Plauderei. Entschlossen reitet sie einen von ihnen nieder und springt dann vom Pferd, um sich den anderen zu stellen. Sie hat Axt und Schwert schon in den Händen, als sie den Boden berührt. Der erste Orgk verliert seinen Kopf, bevor er sich auch nur rühren kann. Dem zweiten gelingt es, sein Schwert zu ziehen, aber Makri schlitzt ihm die Eingeweide auf, und er fällt tot zu Boden. Ich bin normalerweise nicht der Mann, der seine Gefährten allein kämpfen lässt, aber ich habe gar keine Chance mitzumetzeln. Noch während sich der dritte Orgk aufrappelt, zieht Makri einen Wurfstern aus ihrem Beutel und schleudert ihn mit tödlicher Genauigkeit gegen seine Kehle.

Nach wenigen Sekunden ist alles vorbei. Die drei Orgks liegen tot zu unseren Füßen. Eine Frau, die sieben Jahre in den orgkischen Gladiatorengruben überlebt hat, und fünf davon als ungeschlagener Champion, ist wirklich nur schwer zu besiegen.

Makri stapft misstrauisch herum, späht durch den Regen und schnüffelt in der Luft, ob vielleicht noch andere Orgks im Unterholz herumlungern.

Es scheinen keine mehr da zu sein. Eigentlich hätten selbst die drei gar nicht da sein dürfen. Die orgkischen Stämme leben weit weg im Osten. Und sie flanieren kaum freiwillig in den Menschenländern herum. Jede Bewegung einer Orgk-Streitmacht diesseits der Ödnis, die unsere Länder trennt, wäre von Menschenzauberern entdeckt worden, die regelmäßig genau danach suchen.

Was sie hier wohl gemacht haben? Irgendetwas an ihrem Verhalten war merkwürdig. Wir steigen wieder auf und reiten eilig weiter.

Mursius' Villa wird von einer langen weißen Mauer umgeben. Ein schweres Eisengitter schützt den Vordereingang, hinter dem ein gelangweilt wirkendes Mitglied der Sicherheitsgilde lehnt. Ich nenne meinen Namen, und er nickt, als hätte er mich erwartet. Er öffnet das Tor, und wir reiten hinein. Als ich ihm von den Orgks berichte, sieht er mich vollkommen ungläubig an. Ich versichere ihm, dass es stimmt.

»Drei Orgk-Krieger. Oben auf dem Hügel. Wir haben sie erledigt. Wir sollten lieber dafür sorgen, dass das örtliche Militär die Gegend absucht, nur für den Fall, dass noch mehr da sind.«

Als ihm klar wird, dass es mir ernst ist, läuft er los, um Alarm zu schlagen, während Makri und ich zum Haus weiterreiten. Der ausgedehnte Garten der Villa steht nach den Regenfällen der letzten Woche teilweise unter Wasser. Zwei Bedienstete führen unsere Pferde zu den Ställen.

Auch diese Begegnung mit den Orgks kann mich nicht von meiner Mission abbringen. Schließlich muss ich Geld verdienen. Die Befehle von Mursius lauten, dass ich mit seiner Frau reden und herausfinden soll, an wen sie die Kunstwerke verkauft hat. Er hat mir nicht nahe gelegt, besonders subtil vorzugehen. Das habe ich auch nicht vor. Ich werde nur kurz ein paar Fragen stellen, herausfinden, wo die Beute ist, und sie dann wiederbeschaffen.

Aber schon der erste Teil meines Plans, nur kurz ein paar Fragen zu stellen, schlägt fehl, als eine freundliche junge Frau mir mitteilt, dass Sarija, Mursius' Gattin, im Moment niemanden empfangen kann.

Ich wische den Einwand mit einer energischen Handbewegung beiseite. »Mursius hat mich geschickt.«

»Das weiß ich«, erwidert sie. »Aber Ihr könnt jetzt nicht zu ihr.«

»Und warum nicht?«

»Weil sie besinnungslos im Boah-Rausch auf dem Bett liegt.«

Ich starre die junge Frau überrascht an. Eigentlich hätte ich etwas mehr Feingefühl erwartet.

Sie zuckt mit den Schultern. »Es ist die Wahrheit. Ich werde dafür bezahlt, damit ich auf sie aufpasse, nicht dafür, dass ich lüge.«

Ich gewinne den nachhaltigen Eindruck, dass sie die Nase davon voll hat, das Kindermädchen für Sarija zu spielen.

»Wollt Ihr vielleicht warten? Wahrscheinlich hat sie sich in ein paar Stunden erholt. Ihr könnt Euch in den Gästezimmern abtrocknen. Ich lasse Euch von einem Diener Erfrischungen bringen.«

Der Name der jungen Frau ist Carilis. Sie ist auf eine nichts sagende Art ganz hübsch, spricht sehr gebildet, wie Turais Oberschicht, und ist eher teuer gekleidet. Sie trägt eines dieser langen weißen Gewänder, für die man auf dem Markt ein Vermögen bezahlen muss. Offenbar hat Makris Auftauchen sie ein bisschen durcheinander gebracht. Warum spielt sie wohl Krankenschwester für eine Senatorengattin?

Kurz danach wärme ich mich vor einem Kaminfeuer auf, während Makri in den großen Bottichen vor dem Panoramafenster herumwühlt. Vor uns steht ein Tablett mit Essen und auf dem Tisch eine Flasche Wein. Wir warten eine Weile, was mir ganz recht ist. Schließlich werde ich nach Stunden bezahlt, und wenn ich von diesen Stunden einige damit zubringe, im Trockenen zu sitzen und zu essen und zu trinken, werde ich den Teufel tun und mich darüber beschweren. Ich habe es mir gerade so richtig gemütlich gemacht, als die Tür aufgeht und eine Frau hereinkommt. Sie ist so bleich wie ein Gespenst und sieht auch genauso gesund aus.

»Ich bin Sarija«, sagt sie. »Und Ihr solltet Euch langsam aus meinem Haus scheren.«

Sie greift sich die Weinflasche. Eine Sekunde fürchte ich schon, dass sie sie mir an den Kopf wirft. Senatorenfrauen sind berüchtigt für ihre Wutausbrüche. Stattdessen setzt sie die Flasche an die Lippen und nimmt einen tiefen Schluck. Dann hustet sie heftig, kotzt auf einen sehr teuer aussehenden Teppich und fällt ohnmächtig zu Boden.

Wir starren auf ihren Körper, der in einer Pfütze von Wein, Erbrochenem und zerbrochenem Glas liegt.

»Ich werde nie in diese Politiker-Kaste passen«, sagt Makri.

Ich schüttle den Kopf. »Senatorenfrauen. Sie benehmen sich mit jedem Jahr schlimmer.«

Ich spiele mit dem Gedanken, ihr aufzuhelfen, aber ich bin nicht in der richtigen Stimmung. Stattdessen stecke ich meinen Kopf durch die Tür in den Flur und rufe nach jemandem, der ihr helfen soll. In dem Moment biegt ein Armeehauptmann mit acht Bewaffneten um die Ecke. Das ist entschieden mehr Hilfe, als ich erwartet habe. Der Pförtner begleitet sie.

»Das ist er.«

Der Hauptmann trägt über seiner roten Toga eine silberne Brustplatte. Er ist triefend nass und wirkt nicht besonders freundlich.

»Was sollte dieser alberne Scherz mit dem Orgks?«, will er wissen.

Ich versichere ihm, dass es keineswegs ein alberner Scherz gewesen ist. Die Orgks waren da, und Makri hat sie getötet.

»Makri?«

Ich führe ihn ins Zimmer. Als der Hauptmann mit einer auf dem Boden ausgestreckten Senatorengattin und einer jungen Frau in einem knappen Kettendress konfrontiert wird, die eine Axt über der Schulter hängen hat, wird er noch aufgeregter.

»Was zum Teufel geht hier vor?«, erkundigt er sich.

»Ich guck' ja nur«, erwidert Makri und tritt vorsichtig vom Fensterbrett weg.

»Keine Angst«, beruhige ich sie. »Sie sind nicht wegen der Pflanzen hier.«

Der Hauptmann tritt neben Sarija. Ich fürchte schon, dass er einige Erklärungen von uns haben will, aber glücklicherweise taucht in diesem Moment Carilis auf. Der Hauptmann scheint sie zu kennen und sagt nichts, als sich das Mädchen um die Frau des Senators kümmert. Er wendet sich wieder an mich.

»Also?«

»Wir haben hier etwas für Senator Mursius zu erledigen. Und dabei sind wir auf einige Orgks gestoßen. Habt Ihr ihre Leichen nicht gefunden?«

Hat er nicht. Und Kampfspuren hat er ebenfalls nicht gefunden, ja nicht einmal einen Fußabdruck.

»Der Regen muss alles weggespült haben.«

»Wie passend. Und kann der Regen auch ihre Aura wegspülen?«

»Nein, das kann er nicht.«

»Eben. Wir waren mit einem Zauberer da. Einer wichtigen Persönlichkeit in Ferias. Der Mann war absolut nicht erfreut darüber, dass die Armee ihn an einem Tag wie diesem aus dem Haus getrieben hat. Er wollte es sich gerade mit einem Glas Wein und einem neuen Buch mit Zaubersprüchen gemütlich machen. Wir haben ihm gesagt, es wäre wichtig. Ein unerwarteter Zusammenstoß mit Orgks.« Der Hauptmann starrt mich grimmig an. »Der Zauberer konnte nicht mal den Hauch einer Orgk-Aura entdecken. Wie erklärt Ihr Euch das?«

»Vielleicht ist er aus der Übung.«

»Aus der Übung?«, schreit der Hauptmann. »Ich spreche von Kemlath Orgk-Schlächter! Im Krieg hat er so viele Orgks aufgespürt, dass er das Stadion Superbius mit ihnen hätte füllen können!«

»Wirklich? Kemlath Orgk-Schlächter? Ich wusste gar nicht, dass der hier lebt.«

»Jetzt wisst Ihr es! Und er ist überhaupt nicht erfreut darüber, dass man ihn aus seiner Villa treibt und auf eine vergebliche Orgk-Jagd schickt. Dank Euch ist die ganze Gegend in Aufruhr. Ich habe den Nachmittag über bis zu meinen Knien im Schlamm gewühlt, statt warm und trocken im Lager zu sitzen.«

Er lässt sich noch eine Weile darüber aus, und das in einer bildhaften Sprache, die er vor einer Dienstbotin vornehmer Herkunft besser nicht gebrauchen sollte. Ich bin fest davon überzeugt, dass er Makri und mich der Zivilgarde übergeben wird, nur um uns eine Lektion zu erteilen. Aber schließlich hat er genug Dampf abgelassen und befiehlt uns einfach nur, zu verschwinden und niemals zurückzukommen.

»Sollten wir Euch hier noch einmal sehen, wird Euch das Leid tun.«

»Was ist mit unseren Ermittlungen?«, erkundigt sich Makri.

Der Hauptmann wendet sich an seinen Sergeanten. »So weit ist Turai mittlerweile heruntergekommen. Die Stadt ist völlig dekadent. Dort arbeiten schon Orgk-Weibchen in Kettenhemden als Detektive.«

Einen Augenblick fürchte ich, dass Makri vor Wut gleich explodiert. Ich hebe rasch den magischen Regenmantel auf und werfe ihn ihr zu.

»Gut, Hauptmann. Tut mir Leid, wenn wir euch Ungelegenheiten bereitet haben. Wir sind schon unterwegs.«

Ich schaffe Makri, so schnell ich kann, aus dem Zimmer und nach draußen.

»Wenn du acht Soldaten angreifst, wird uns das nur noch mehr Scherereien einbringen.«

Wir holen unsere Pferde und machen uns auf den Weg zurück nach Turai. Es regnet wie aus Eimern. Makri hat so schlechte Laune, weil der Hauptmann sie eine Orgk genannt hat, dass ich ihr den magischen Regenmantel überlasse. Mittlerweile bin ich so nass wie die Decke einer Meerjungfrau. Was für eine Zeitverschwendung! Als wir an der Stelle vorbeikommen, an der die Orgks uns überfallen haben, halte ich mein Pferd an und schnüffle in der Luft. Ich besitze noch genug meiner alten Zauberkräfte, um die Aura von Orgks auch noch wahrnehmen zu können, wenn sie selbst schon eine Weile verschwunden sind.

»Nichts«, knurre ich. »Sie ist weg. Jemand hat sie mit Magie gelöscht.«

Ein gewaltiger Blitz zuckt über den Himmel. Schon wieder ein Gewitter. Der Ritt nach Hause wird zwei Stunden dauern. Das ist eine lange Reise in diesem strömenden Regen, und sie hat mir nichts weiter eingebracht, als dass mich eine Senatorengattin voll gekotzt hat.

»Hallo, Thraxas!«

Diese Stimme kenne ich. Ein Zauberer tritt unter den schützenden Zweigen eines Baumes hervor. Er trägt den prächtigsten Regenbogenumhang, den ich je gesehen habe.

»Ich kann das Wetter einfach nicht kontrollieren!«, dröhnt er. Diese laute, herzliche Stimme habe ich schon seit über fünfzehn Jahren nicht mehr gehört.

»Kemlath!«

»Bist du gut in Wetterzaubern?«, fragt er mich.

»Ich kann gar nicht gut zaubern«, gebe ich zu. »Ich habe meine Studien nach dem Krieg nicht mehr aufgenommen.«

Ich stelle Makri vor. Kemlath ist ein mächtiger Zauberer und erkennt natürlich sofort, dass sie ein Viertel-Orgk ist, aber diesmal spielt das keine Rolle. Er ist ein großer, herzlicher Mann mit einem langen schwarzen Bart und überhäuft mit Gold- und Silberschmuck. Anscheinend ist es ihm ganz gut gegangen, seit wir uns das letzte Mal gesehen haben.

»Kemlath und ich haben in den letzten Orgk-Kriegen nebeneinander gekämpft«, erkläre ich Makri. Die ist von diesem großen, bunten Fremden ziemlich verwirrt. Den Namen Orgk-Schlächter hat er sich aufgrund der großartigen militärischen Wirkung seiner Zaubersprüche verdient. Er hat so manchen Orgk vorzeitig unter die Erde gebracht und die orgkischen Kriegsdrachen nur so vom Himmel regnen lassen. Anschließend wurde er von der Stadt hoch geehrt und ein mächtiger Mann in der Zauberergilde. Außerdem war er mutig. Er hat sich nicht einfach hinter seiner Zauberei versteckt. Als ihm seine Zaubersprüche ausgegangen waren, was irgendwann jedem Zauberer während dieser unbarmherzigen Angriffe passierte, hat er sich ein Schwert gegriffen und uns bei unserer letzten verzweifelten Verteidigung zur Seite gestanden.

»Was führt dich her?«

Ich erzähle ihm, dass ich einen Auftrag für Senator Mursius zu erledigen habe. »Ich wusste nicht, dass Ihr nach Ferias übergesiedelt seid.«

»Ja. Es gefällt mir hier an der Küste ganz gut. Das Klima ist milder, einmal abgesehen von diesem verdammten Regen, und ich habe mir eine Villa gebaut. Vor ein paar Jahren hatte ich die Stadt satt. Sie ist nicht mehr das, was sie einmal war.«

Da muss ich ihm zustimmen.

»Was war das für eine Geschichte mit den Orgks?«, fragt er mich.

Ich erzähle sie ihm.

Er nickt. »Thraxas, wenn du nicht ein alter Kampfgefährte wärst, würde ich sagen, du lügst oder halluzinierst. Aber dafür kenne ich dich zu gut. Wenn du sagst, dass du hier auf Orgks gestoßen bist, genügt mir das. Aber ich kann keine Spur von ihnen entdecken. Und Orgks aufzuspüren ist immerhin meine Spezialität. Ich würde schwören, dass ich feststellen könnte, wenn ein Orgk hier gewesen wäre. Ganz gleich, wie sorgfältig ein anderer Zauberer die Gegend von allen Spuren gesäubert hätte.«

Es regnet weiter wie aus Kübeln. Kemlath lädt uns in seine Villa ein. Wir lehnen, wenn auch zögernd, ab. Wir müssen beide nach Turai zurück. Kemlath verspricht, die Angelegenheit etwas genauer unter die Lupe zu nehmen und mir Bericht zu erstatten, wenn er etwas herausfindet.

»Du weißt ja jetzt, wo ich wohne. Besuch mich unbedingt!«, sagt er beim Abschied.

»Kein schlechter Kerl für einen Zauberer«, bemerkt Makri, als wir losreiten.

»Er ist einer der Besten«, stimme ich ihr zu. »Ich habe ihn immer gemocht. Wenn das Wetter besser wird, werde ich seine Einladung annehmen. Als Zauberer des Königs mit Wohnsitz Ferias muss er ziemlich reich sein. Hast du diesen Haufen Gold- und Silberschmuck gesehen, den er trug?«

Es ist schon spät in der Nacht, als wir die Stadt erreichen. Unsere Pferde sind von dem anstrengenden Ritt durch den Matsch erschöpft. Die Stadttore sind bei unserer Ankunft zwar schon geschlossen, aber wir kennen den Torwächter, und er lässt uns hinein.

»So spät noch bei der Arbeit, Thraxas?«, ruft er uns von seinem luftigen Beobachtungspunkt aus zu.

»Na klar.«

»Und wie läuft's?«

»Besser, als auf einer Strafgaleere zu rudern.«

Makri ist wie immer davon beeindruckt, wie viele Leute ich kenne. Die meisten Menschen südlich des Flusses kennen Thraxas.

Es ist zwar verboten, nachts durch die Stadt zu reiten, aber wir sind so nass und fühlen uns so mies, dass wir es riskieren. Wir bekommen auch kaum Patrouillen der Zivilgarde zu Gesicht, während das Gewitter immer noch über unseren Köpfen grummelt und es Bindfäden regnet.

In der *Rächenden Axt* ist das nächtliche Saufgelage in vollem Gang. Angefeuert wird es von anzüglichen Liedern, die von Cimdy und Bertax angestimmt werden, zwei Straßenmusikern, die in einem Pferdekarren hinter der Kaschemme hausen. Tagsüber treten sie auf den Straßen auf, und nachts spielen und trinken sie in der Kaschemme. Ghurd gibt ihnen freie Getränke, weil sie die Gäste unterhalten. Irgendwie macht mich das etwas eifersüchtig, als ich mir ein Bier hole und er es auf meiner Schiefertafel ankreidet. Wenn ich nicht bald im Mursius-Fall Fortschritte mache, dürfte ich Schwierigkeiten bekommen, am Monatsende meine Rechnung bezahlen zu können.

Makri holt sich auch ein Bier und setzt sich zu mir an den Tisch.

»Das war die reinste Zeitverschwendung.«

Sie nickt zustimmend. »Aber dafür habe ich das hier eingesammelt.« Sie zieht einige kleine Pflanzen aus ihrem Beutel. Sie haben winzige blaue Blüten. So etwas habe ich noch nie gesehen.

»Die sind ziemlich ungewöhnlich, denke ich. Ich habe sie aus dem Fensterkasten genommen, während die Soldaten dich durch die Mangel gedreht haben.«

»Gut gemacht. Hoffentlich ist dein Professor zufrieden.«

Wir erörtern, was die Orgks wohl in Ferias vorgehabt haben. Makri will wissen, ob ich den Vorfall den Behörden melden werde. Ich schüttle den Kopf. Schließlich wird die Stadt nicht angegriffen, also steckte wohl eine Privatangelegenheit eines der reichen Bürger von Ferias dahinter. Wahrscheinlich hatte es etwas mit Boah zu tun. Eine Menge von dem Zeug kommt aus dem Osten zu uns. Ich wüsste zwar nicht, warum sich jemand das Leben unnötig schwer machen sollte, indem er Orgks zu Hilfe ruft, aber wer weiß schon, was hinter den geschlossenen Portalen eines solchen Ortes vorgeht?

Ich nehme mir ein Bier und ein bisschen von der Pastete, die Tanrose noch vom Abendessen übrig hat. Cimdy und

Bertrax legen eine kleine Pause ein und leisten mir Gesellschaft. Sie geben mir etwas von ihrem Thazis. Irgendwie schaffen sie es, immer an das beste Thazis in der Stadt zu kommen. Ich entspanne mich allmählich. Der heutige Tag war zwar eine völlige Zeitverschwendung, aber wenigstens sitze ich gemütlich im Trockenen, habe ein Bier vor mir und bin in angenehmer Gesellschaft. Ich habe bei meinen Fällen schon erheblich Schlimmeres erlebt.

Makri hat sich wieder in ihre Männerkleidung geworfen. Einige Seeleute fragen sie lautstark, wo denn ihr Kettendress ist. Makri erwidert ebenso laut, dass sie heute Abend nicht arbeitet. Die Männer sind enttäuscht. Ihr fällt auf, dass ich trotz des anstrengenden Tages fröhlich bin. Ich erkläre ihr, dass ich immer gute Laune habe, wenn ich zweihundertvierzig Gurans gewinne. Sie bleibt skeptisch.

»Du könntest auch verlieren. Er war nicht einmal der Favorit.«

»Trollverstümmler wird nicht verlieren. Ich habe dir doch gesagt, dass ich den Besitzer kenne. Es ist der mit Abstand beste Wagen in diesem Rennen. Es steht nur deshalb sechs zu eins, weil man unten in Juval noch nie etwas von ihm gehört hat. Es ist die sicherste Wette, die ich seit Jahren platziert habe. Wenn du auch nur einen Funken Verstand hättest, würdest du morgen früh losgehen und auch darauf setzen.«

Makri scheint das nicht zu gefallen. Das sind die typischen Schwierigkeiten mit Leuten, die nur ihre Arbeit kennen. Sie ärgern sich, wenn man ohne Mühe ein bisschen Geld verdient.

5. Kapitel

Am nächsten Tag schlafe ich lange und werde erst von dem Lärm in meinem Büro aufgeschreckt. Meine Zimmerflucht besteht nur aus zwei Räumen. Der eine ist zum Schlafen und der andere zum Arbeiten. Er mag ja klein sein, aber er gehört trotzdem zu meiner Privatsphäre. Ich stehe lautlos auf und schleiche mit dem Schwert in der Hand zur Verbindungstür. Es ist tatsächlich jemand da. Ich stürme in den Raum, bereit, die Eindringlinge zu stellen.

Es ist Makri. Offenbar sucht sie etwas unter meinem Sofa.

»Was zum Teufel machst du unter meinem Sofa?«, will ich wissen. Ich bin alles andere als erfreut darüber, dass mich jemand nach dem Trinkgelage der letzten Nacht geweckt hat.

Makri springt auf. Ihr Gesicht ist wutverzerrt. »Du Idiot!«, schreit sie und bedenkt mich mit einigen barschen Schimpfwörtern. Ich bin noch nicht ganz wach und verstehe sie zunächst nicht.

»Was habe ich getan?«

»Ich habe deinetwegen mein Geld verloren!«

»Welches Geld?«

»Das Geld, das ich für die Vereinigung der Frauenzimmer gesammelt habe!«

Makri beschimpft mich weiter. Ich verstehe immer noch nicht, worüber sie redet, bis ich das Wort Trollverstümmler aus ihrer Tirade heraushöre.

»Trollverstümmler? Sprichst du über das Rennen in Juval?«

»Natürlich spreche ich über das Rennen. Du hast gesagt,

Trollverstümmler könnte nicht verlieren! Du und deine blöden Tipps!«

»Er hat nicht gewonnen?«

»Nein, hat er nicht!«, schreit Makri. »Gleich in der ersten Kurve ist ihm ein Rad abgefallen! Und ich bin heute früh extra noch losgegangen und habe mein ganzes Geld darauf gesetzt!«

Das sind allerdings vernichtende Neuigkeiten. Ich sinke auf das Sofa. »Bist du sicher?«

Makri ist sicher. Sie war unten bei Mox und hat mit angesehen, wie die Wetter, die auf den Favoriten gesetzt hatten, ihre Gewinne einstrichen. Das hat sie nicht sonderlich erfreut. Ich bin immer noch wie betäubt von diesen schrecklichen Neuigkeiten und versuche, mich gegen Makris Anschuldigungen zu verteidigen.

»Ich habe dich nicht gezwungen, dein ganzes Geld darauf zu setzen, stimmt's? Die Lage ist schon schlimm genug für mich. Trollverstümmler geschlagen! Ich kann es nicht glauben. Ich habe mich auf diesen Wagen verlassen. Da muss irgendeine schmutzige Zauberei in Juval im Gange gewesen sein!«

»Das Einzige, was im Gange ist, ist deine Unfähigkeit, einen Gewinner zu erkennen! Ich hätte niemals auf dich hören sollen. Was soll ich jetzt tun? Ich bin pleite und brauche fünfzig Gurans – und zwar heute noch!«

Jetzt endlich werde ich aus Makris Verhalten schlau. Unter meinem Sofa ist nämlich ein Fünfzig-Guran-Stück versteckt. Es ist meine eiserne Notreserve und eigentlich geheim.

»Das suchst du also unter meinem Sofa?«

»Ja.«

»Und du hast dir vorgestellt, dass du das Geld einfach nehmen kannst, während ich schlafe?«

»Ja.«

»Und wie kommst du darauf?«

»Weil ich durch deine Schuld mein Geld verloren habe und es jetzt sofort wiederhaben muss. Ich habe es der Vereinigung für heute versprochen.«

Diese Bemerkung ist so verrückt, dass es mir schlichtweg den Atem verschlägt.

»Du hast es der Vereinigung versprochen? Den Frauenzimmern? Du hast dieser Bande von Vetteln fünfzig Gurans von meinem Geld versprochen?«

»Nein«, gibt Makri hitzig zurück. »Es muss nicht von deinem Geld sein. Hauptsache, es sind fünfzig Gurans. Und außerdem sind die Frauenzimmer keine Bande von alten Vetteln. Es macht dir doch nichts aus, es mir zu borgen, oder? Du weißt, dass ich es dir zurückgebe. Das ist das Mindeste, was du unter diesen Umständen tun kannst.«

»Diese fünfzig Gurans sind meine eiserne Reserve!«, brülle ich, während ich Makri vom Sofa wegzerre. »Wenn du auch nur in ihre Nähe kommst, verprügele ich dich wie einen Hund. Du schuldest mir schon vierzig Gurans, die ich dir letztes Semester geliehen habe, damit du deine Studiengebühren bezahlen konntest.«

Makri ist jetzt aufgebrachter als ein wütender Drache. Ich auch.

»Wie kannst du es wagen, mein Büro auszurauben! Glaubst du, dass ich mein letztes Geld dieser verrückten Frauenorganisation in den Rachen werfen würde? Bist du übergeschnappt?«

»Ich wollte es doch nur borgen«, protestiert Makri und wischt sich den Staub von den Knien.

»Warum brauchst du überhaupt fünfzig Gurans für die Vereinigung?«

»Das ist das Geld, das ich für sie gesammelt habe. Ich

habe zwei Monate dafür gebraucht. Du weißt selbst, wie hart es hier in ZwölfSeen zugeht. Alle sind arm, und die Männer wollen sowieso nichts geben. Ich musste Himmel, Erde und die drei Monde in Bewegung setzen, bis ich diese Summe überhaupt zusammenbekommen habe. Es war einfacher, Drachen zu bekämpfen.«

»Erzähl mir nichts von Drachenkämpfen!«, kontere ich. »Ich habe schon gegen Drachen gekämpft, als du noch gar nicht geboren warst.«

Irgendwie scheine ich etwas vom Thema abzukommen. Ich konzentriere mich wieder darauf, die Vereinigung der Frauenzimmer zu beschimpfen. Die ist zwar nicht direkt illegal, aber bei einem großen Teil der Stadt nicht sonderlich angesehen. Vor allem nicht bei dem männlichen Teil.

Der König mag sie nicht, die Wahre Kirche schäumt von den Kanzeln gegen sie, und der Senat hat sie als aufrührerisch gebrandmarkt. Die Vereinigung wurde gegründet, um die Stellung der Frauen in der Stadt zu verbessern. Nach einem eher zähen Start erfährt sie wachsende Unterstützung aus den unmöglichsten Ecken der Bevölkerung. Zwar gibt es keine offizielle Mitgliederliste, aber ich weiß, dass Prinzessin Du-Lakal sie unterstützt, ebenso viele mächtige Zauberinnen.

Die Zauberergilde lässt Frauen zu. Die meisten anderen Gilden tun das nicht, ein Zustand, den die Vereinigung unbedingt verbessern möchte. Oder verschlechtern, das hängt vom Standpunkt ab. Das erste Ziel der Vereinigung ist es, offiziell von dem Verehrten Verbund der Innungen anerkannt zu werden. Aber das ist eine teure Angelegenheit, die sie eine Menge Gebühren und Bestechungsgelder kosten wird. Ich glaube, Makri hat von fünfzigtausend Gurans gesprochen.

»Also, kann ich es mir leihen?«

»Natürlich kannst du es dir *nicht* leihen! Wenn du der Vereinigung das Geld versprochen hast, hättest du es nicht verspielen sollen. Das ist unmoralisch.«

»Halt du mir keine Vorträge über Moral, du Betrüger!«, schreit Makri.

Ich muss unwillkürlich lachen. »Also, du hast dein Geld bei einer Wette auf einen Wagen verloren. Sehr amüsant. Miss Sparsamkeit persönlich hat ihr Geld verspielt. Die Königin des vernünftigen Verhaltens hat ihr Bargeld beim Rennen verprasst.«

Makri verträgt diesen Spott überhaupt nicht gut. »Es war deine Schuld, du Orgk-Schätzchen! Ich hätte niemals auf diesen Wagen gesetzt, wenn du nicht gesagt hättest, dass es eine sichere Wette wäre.«

Makri ist wütend auf mich, weil ich ihr einen schlechten Tipp gegeben habe, aber noch wütender ist sie auf sich selbst, weil sie das Geld verloren hat. Sie musste hart arbeiten, um sich den Respekt der ansässigen Geschäftsfrauen zu verdienen, und diese Geschichte wird ihrem Ruf sicher nicht gerade dienlich sein.

»Ich muss das Geld bis zum Mittag zu Marzipixa, der Bäckerin, bringen! Du musst mir einfach helfen!«

Mit einer lässigen Handbewegung wische ich ihre Bitte beiseite. »Ich verzeihe dir, dass du versucht hast, mein Büro zu durchwühlen. Ich schreibe es der Unüberlegtheit deiner Jugend zu. Aber lass dir das eine Lehre sein. Verspiele nie dein letztes Geld beim Rennen.«

Makri starrt mich an. Ich erwidere ungerührt ihren Blick.

»Ich habe wirklich schwer dafür gearbeitet, um das Geld zusammenzubekommen. Und ich habe dich vor Gericht unterstützt. Ich zahle es dir zurück.«

Ich schüttle meinen Kopf.

»Komm schon, Thraxas! Es sieht dir gar nicht ähnlich,

dich so knauserig wie ein Pontifex anzustellen, wenn es um Geld geht.«

»Ich brauche diese fünfzig Gurans selbst«, erkläre ich ihr.

»Wofür?«

»Um mein Geld von Mox zurückzugewinnen. Und jetzt verschwinde. Ich muss allein sein und die schlechten Nachrichten über Trollverstümmler verarbeiten.«

Jemand klopft an die Außentür. Makri verschwindet. Sie wirkt entmutigt. Ich schüttle den Kopf. Also wirklich! Als wenn ich meine letzten fünfzig Gurans der Vereinigung der Frauenzimmer geben würde. Was für ein Witz!

Wieder ertönt das Klopfen. Diesmal lauter und dringlicher. Normalerweise ist meine Türe mit einem Schließbann gesichert. Es ist ein üblicher Minderzauber, den ich beliebig oft verwenden kann, ohne ihn jedes Mal neu auffrischen zu müssen wie einen der großen Zauber. Allerdings kann er auch von Leuten angewendet werden, die keine Ahnung von den Geheimen Künsten haben. Er ist zwar einigermaßen wirksam gegen kleine Diebe, aber jemanden, der fest entschlossen ist, kann er nicht abhalten. Vor einigen Monaten ist Marihana, die Meuchelmörderin, uneingeladen hier eingedrungen. Der Bann hat sie kaum länger als eine Sekunde aufgehalten. Ich murmele die entsprechenden Anrufungen, und die Tür schwingt auf.

Es ist Carilis, die nicht gerade übermäßig hingebungsvolle Krankenschwester, der wir gestern in Ferias begegnet sind. Ihre eleganten schwarzen Stiefel sind schlammbedeckt, und von ihrem teuren blauen Umhang tropft das Wasser.

Sie kommt herein und sieht sich missbilligend um. »Was für ein Durcheinander!«

»Wenn ich gewusst hätte, dass Ihr kommt, hätte ich vorher sauber gemacht.«

»Wie könnt Ihr überhaupt in einem solchen Dreck leben? Das ist ja widerlich.«

Ich werfe ihr einen finsteren Blick zu. Es ekelt mich beinahe selbst.

»Seid Ihr hergekommen, um mir einen Vortrag über den Zustand meines Büros zu halten?«

»Tut das nicht sowieso jeder?«

»Einige Leute sind dafür zu gut erzogen. Und die anderen haben meistens zu viele Probleme, um sich darum zu kümmern.«

»Ich finde es jedenfalls sehr abstoßend. Ihr solltet etwas dagegen unternehmen.«

»Das mache ich gerne. Und vorher zerre ich Euch an Eurem Ohr nach draußen, wenn Ihr nicht zur Sache kommt. Was wollt Ihr?«

Sie starrt mich an, als wäre ich gerade unter einem Stein hervorgekrabbelt. Trotzdem schluckt sie den Rest ihrer Kritik herunter und kommt zum Geschäft.

»Mursius' Habseligkeiten.«

»Was ist damit?«

»Hat er Euch beauftragt, sie zu finden?«

»Vielleicht.«

Sie beugt sich über den Tisch und lässt einen Fetzen Papier vor mich auf die Platte fallen. »Ihr findet sie dort, wenn Ihr Euch beeilt«, sagt sie. Dann macht sie kehrt und verschwindet, ohne mich eines weiteren Blickes zu würdigen.

Ich betrachte das Papier. Eine Adresse steht darauf. Es ist die eines alten Lagerhauses in der Nähe der Hafenanlagen.

Ich hole meinen magischen Regenmantel. Der Fall löst sich möglicherweise viel einfacher, als ich dachte.

Es hat aufgehört zu regnen, und vom Meer weht eine heiße Brise herüber, die den Dampf von den Straßen aufsteigen lässt. Die Flugratten, kleine schwarze Vögel, welche die

Stadt verseuchen, riskieren ein leises Zwitschern und verlassen ihren hohen Sitz auf den Dächern der Gebäude. In der Heißen Regenzeit lungern sie gewöhnlich genauso übellaunig herum wie alle anderen Lebewesen in Turai.

Erst als ich den Quintessenzweg schon fast hinter mir habe, fällt mir auf, dass ich gar nicht gefrühstückt habe. Aber ich bin hungrig. Außerdem naht die Zeit für die Gebete. Ich haste durch den Schlamm, weil ich unbedingt in einem geschlossenen Raum sein will, bevor Sabbam, der Ruf zum Morgengebet, mich erwischt. Er schallt so regelmäßig wie ein Uhrwerk jeden Morgen durch die Stadt. Alle Bürger sind gesetzlich verpflichtet, niederzuknien und zu beten, ganz gleich, wo sie sich befinden. Jeder, der bei einem Verstoß erwischt wird, wird wegen Gottlosigkeit angeklagt. Und davon kann sich niemand freikaufen. Natürlich versuchen die meisten Bürger, während der Gebete an geeigneten Orten zu sein. Aber wenn man auf der offenen Straße von dem Ruf überrascht wird, muss man dort beten. Und das dreimal am Tag. Das verschlechtert meine Laune noch mehr. Aber es könnte noch viel schlimmer sein. Oben in Nioj wird es erheblich strikter gehandhabt. Dort werden die Menschen sechsmal am Tag zum Gebet gerufen. Als ich das letzte Mal in einem Fall dort ermittelt habe, taten mir die Knie einen ganzen Monat lang weh.

Ich schaffe es bis zum Hafen und schlage den Weg zum Lagerhaus ein. Doch bevor ich es erreiche, ertönt der Ruf vom Turm der nächstgelegenen Kirche. Ich muss mich hinknien und beten. Ich koche vor Wut. Solche Dinge machen einem den Beruf eines Detektivs schwer. Wenn in diesem Lagerhaus etwas faul ist, wird der Übeltäter genug Zeit haben, es zu vertuschen, bevor ich endlich hereinkomme.

Auf der Pier knien überall die Hafenarbeiter nieder, also kann ich es nicht riskieren, den Ruf zu ignorieren. Ich würde sicher angezeigt und vor den besonderen Gerichtshof des Klerus gezerrt werden, von dem gottloses Verhalten geahndet wird. Bischof Gabrielius, der Kopf der hiesigen Wahren Kirche, würde die Gelegenheit nur allzu gern nutzen, mich auf eine ausgedehnte Reise auf einer Strafgaleere zu schicken. Er hat mir noch nicht verziehen, dass ich Anfang des Jahres ein ruchloses Unternehmen zum Scheitern gebracht habe, in das er verwickelt war.

Als ich mich hinknie, fängt es wieder an zu regnen. Ich ziehe meinen Regenmantel fester um mich. Wie soll jemand unter solchen Bedingungen beten? Endlich sind die Gebete vorbei. Ich gehe rasch zum Lagerhaus und dränge mich durch die Tür. Drinnen gibt es zwar Ställe und Futtertröge für das Vieh, aber es sind keine Tiere da. Ich folge meinem Instinkt und steige die Metalltreppe hoch, an deren Ende sich das Büro des Lagerverwalters befinden sollte. Das liegt auch dort, aber von einem Verwalter fehlt jede Spur. Es ist überhaupt niemand zu sehen.

Die Tür ist abgeschlossen. Ich stoße den üblichen Öffnungszauber aus, und sie fliegt auf. Ich trete ein. Bis auf einen schmalen Lichtstrahl, der durch die Fensterläden dringt, ist es dunkel. Ich reiße die Läden auf. Licht strömt herein, und ich sehe mich um. In dem Raum stapeln sich Kunstwerke. Etwa zehn Skulpturen stehen da, einige Gemälde und etwas, das wie eine sehr schöne antike Kiste aussieht. Sie hat Intarsien aus Gold und Elfenbein. Ich nicke und kann eine gewisse Befriedigung nicht unterdrücken. Wenn es um Ermittlungen geht, bin ich eindeutig der Beste. Man engagiert Thraxas, um verschwundene Kunstwerke wiederzubeschaffen, und was tut er? Er findet die verschwundenen Kunstwerke gleich am nächsten Tag.

Die Sachen sehen kostbar aus. Die kleine Statue eines Elfenmädchens könnte sogar von Xixias sein, dem berühmten turanianischen Bildhauer, der im letzten Jahrhundert lebte und dessen Werke jetzt einen hohen Wert haben. Ich betrachte die Gemälde. Auch sie sind wertvoll. Eines fällt mir sofort ins Auge. Es ist das Bild, auf dessen Wiederbeschaffung Mursius besonderes Gewicht legte. Es zeigt eine Gruppe junger Männer, von denen Mursius einer ist. Er trägt eine Hauptmannsuniform und steht mitten in einer Gruppe von Soldaten. Sie sind alle uniformiert, haben Schwerter an ihren Hüften und Speere über ihren Schultern. Die Bildunterschrift lautet: *Offiziere des Vierten Regiments des Königs nach der erfolgreichen Verteidigung von Turai gegen die Orgkischen Eindringlinge.*

Ich war auch dabei und habe meinen Beitrag bei der Verteidigung geleistet. Mich hat hinterher keiner gemalt.

Wenn ich auch nur im Geringsten mit dieser Möglichkeit gerechnet hätte, hätte ich mir einen Tragezauber ins Gedächtnis geladen. Dann wäre ich in der Lage gewesen, die Beute mit nach Hause zu schleppen. Habe ich aber nicht. Was bedeutet, dass ich ein Transportmittel brauche, und zwar schnell. Ich stürme aus dem Lagerhaus und sehe mich um. Die Hafenarbeiter entladen gerade Kisten mit Elfenwein aus einem kleinen Schiff, das an der Pier festgemacht hat. Ich gehe zum Vorarbeiter, den ich flüchtig aus der *Rächenden Axt* kenne, und frage ihn, ob ich seinen Pferdewagen borgen kann.

Er schüttelt den Kopf. Ich ziehe zehn Gurans aus der Tasche. Er schüttelt den Kopf. Ich zaubere zehn weitere Gurans aus derselben Quelle. Er befiehlt seinen Männern, eine Pause zu machen.

»Bring ihn in einer halben Stunde zurück«, sagt er und verstaut die zwanzig Gurans in seiner Tasche. Das ist ein ganz schönes Sümmchen, um sich einen Pferdewagen auszuleihen. Aber ich bin sicher, dass Senator Mursius diese

Spesen nicht beanstandet. Als ich mit dem Gespann zum Warenhaus kutschiere, spüre ich plötzlich etwas Ungewöhnliches. Ich kann es nicht benennen, es ist einfach ungewöhnlich. Ich halte an und versuche, es zu identifizieren. Zauberei? Ich weiß es nicht, die Spur ist zu schwach für meine Sinne. Ein Donnerschlag stört meine Konzentration, aber das Gefühl überkommt mich sofort wieder, nachdem ich das Lagerhaus betreten habe, und es wird schnell stärker. Alles sieht aus wie vorher, aber ich weiß, dass etwas passiert ist. Hier riecht es nach Magie. Ich ziehe mein Schwert und schleiche leise die Treppe hinauf.

Vor der Bürotür bleibe ich stehen. Meine Sinne spielen verrückt. Ich hole tief Luft, trete die Tür mit aller Kraft auf und stürme mit erhobenem Schwert hinein. Aber es ist niemand da. Der Raum ist leer. Und wenn ich sage leer, meine ich leer. Von den Skulpturen und den Gemälden ist nichts mehr zu sehen. Mist!

Ich fluche laut. In den wenigen Minuten, die ich draußen war, hat mich ein Zauberer hereingelegt. Ich mache meiner Enttäuschung mit einem Tritt gegen eine Schranktür Luft. Sie schwingt langsam auf, getrieben von einem schweren Gewicht dahinter. Entsetzt sehe ich mit an, wie ein Körper nach vorne kippt und mir vor die Füße fällt. Es ist Senator Mursius. Er blutet aus einer Wunde am Rücken. Und er ist tot.

Ich stehe da, starre dumm auf den Leichnam und versuche herauszufinden, was passiert ist. Plötzlich trampeln schwere Stiefel die Treppe hinauf. Ich habe keine Zeit mehr zu fliehen und wüsste auch nicht, wo ich mich verstecken sollte. Ein ganzer Zug Zivilgardisten platzt in das Büro. Als sie mich neben dem Toten stehen sehen, umringen sie mich mit gezückten Schwertern. Ihr Hauptmann bückt sich und untersucht den Leichnam.

»Es ist Senator Mursius!«, ruft er.

Ich werde auf der Stelle verhaftet. Eine Minute später hocke ich schon in einem geschlossenen Karren und bin unterwegs zur Hauptwache von ZwölfSeen.

»Du steckst mächtig in der Gülle«, murmelt einer der Gardisten.

Senator Mursius war ein Held in Turai. Und man muss kein Genie sein, um darauf zu kommen, dass ich der Hauptverdächtige für den Mord an ihm bin. Ich stecke tatsächlich in der Gülle. Als ich aus der Karre und in eine Zelle geführt werde, zucken Blitze über den Himmel.

Ich hatte Recht. Normalerweise wenden meine Fälle sich zum Schlechten. Und dieser hier entwickelt sich ganz besonders mies.

6. Kapitel

Auf der Wache wirft man mich in eine unterirdische Zelle, in der es so heiß ist wie in der orgkischen Hölle und so stinkt wie in einem Abwasserkanal. Die Gardisten kennen mich alle, aber niemand wird mir einen Gefallen tun. Außer vielleicht Inkorruptox, aber der ist nirgendwo zu sehen. Zivilgardisten mögen keine Detektive. Und mich mögen sie schon gar nicht. Die Garde steht unter dem Befehl des jeweiligen Stadtteil-Präfekten. Der letzte Präfekt von ZwölfSeen, Calvinius, war so korrupt, dass man mir eigentlich einen Orden hätte verleihen müssen, weil ich ihn aus der Stadt getrieben habe. Aber die Gardisten schätzen es nicht, wenn ein Detektiv ihnen den Nachschub an Bestechungsgeldern kappt. Ich habe zwar bis jetzt den Ersatz für Calvinius, Drinius, noch nicht persönlich kennen gelernt, aber ich bezweifle, dass er auch nur einen Deut besser ist.

Eine Weile verhört mich ein Sergeant. Ich versichere ihm, das ich nichts mit dem Mord zu tun habe, und verspreche, dass ich ihm die ganze Geschichte erzähle, wenn mein Anwalt eintrifft. Er verrät mir, dass dies wahrscheinlich noch etwas dauern wird.

»Warum habt Ihr den Senator getötet?«, erkundigt er sich.

Ich schüttle müde den Kopf. Wenn er mir meine Beteuerungen die ersten zehn Male nicht geglaubt hat, werde ich ihn wohl jetzt auch nicht überzeugen können. Also halte ich die Klappe und warte, bis jemand anderes kommt. Jeder, der verhaftet wird, hat das Recht auf einen Pflichtverteidiger. Das heißt aber noch lange nicht, dass man auch wirklich einen bekommt. Sie überschlagen sich in ZwölfSeen nicht gerade mit dem Respekt vor den Bürgerrechten. Ich sollte mir unbedingt einen Rechtsanwalt auf Honorarbasis halten, aber ich kann es mir nicht leisten.

Es ist zwar offensichtlich, dass Carilis mich in diese Falle hat stolpern lassen, aber ich habe nicht den leisesten Schimmer, aus welchem Grund. Die Tür geht auf, und Präfekt Drinius marschiert herein. Sein Rang wird von dem gelben Saum an seiner Toga angezeigt. Er ist groß und schlank, hat ein Raubvogelgesicht und kurz geschorenes dunkles Haar. Er ist bestimmt nicht viel älter als ich. Ich kann mir vorstellen, dass er im Krieg gekämpft hat, was einiges über seinen Charakter aussagt. Viele andere Bonzen der Stadt haben sich davor gedrückt. Er hat die wohlklingende Stimme des Aristokraten, in dessen Schule Rhetorik Pflichtfach gewesen ist.

»Habt Ihr Senator Mursius getötet?«

»Nein.«

»Erklärt mir, was Ihr in dem Lagerhaus gewollt habt.«

Ich wiederhole meine Forderung nach einem Rechtsbeistand. Es ist nicht gut, Aussagen vor der Garde zu machen, ohne dass ein Anwalt dabei ist. Außerdem möchte ich Mursius' Ruf nicht dadurch schmälern, dass ich die Wahrheit über seine Frau in die Öffentlichkeit trage. Auch wenn Mursius tot ist, fühle ich mich verpflichtet, den guten Namen meines Klienten zu schützen.

Drinius klärt mich auf, dass ich einen Rechtsbeistand bekomme, wenn er die Bereitschaft verspürt, mir einen zu stellen. »Ich kenne Euren Ruf, Thraxas. Es bereitet Euch immenses Vergnügen, Euch in die Angelegenheiten der Zivilgarde zu mischen. Aber jetzt habe ich hier das Kommando, und ich werde Euch das nicht gestatten.«

»Ihr solltet mir lieber dankbar sein. Ihr hättet diesen Posten nicht bekommen, wenn ich Calvinius' Korruption nicht aufgedeckt hätte.«

Drinius unterdrückt fast ein Schmunzeln. »Vielleicht. Wie ich hörte, war sogar der Konsul selbst hocherfreut, aber wie Ihr zweifellos wisst, hat das Eure Beliebtheit bei der Zivilgarde nicht gerade gesteigert.«

»Ich habe mich niemals wirklich mit den Gardisten verstanden. Ich versuche es zwar immer wieder, aber sie mögen mich einfach nicht.«

Drinius winkt seinen Schreiber heran. »Nimm zu den Akten, dass der Gefangene sich weigert, eine Aussage abzugeben.«

Der Schreiber notiert es, und Drinius schickt ihn zusammen mit dem Sergeanten hinaus.

»Thraxas, normalerweise ziehe ich keine voreiligen Schlüsse. Ihr habt vielleicht eine gute Erklärung für das, was Ihr in diesem Lagerhaus getan habt. Aber so wie die Dinge stehen, sieht es schlecht für Euch aus. Ihr wurdet neben Mursius' Leichnam gefunden. Er war unmittelbar zuvor gestorben. Der Zauberer der Garde hat das Büro untersucht und keine Spur gefunden, dass noch jemand anderes dort gewesen wäre. Nicht die geringste. Sondern nur die Auren von Euch und Mursius. Also?«

»Also hat er sich geirrt.«

»Das wage ich zu bezweifeln. Außerdem hat unser Zauberer berichtet, dass in dem ganzen Gebiet keine Zauberei ausgeübt wurde.«

Das überrascht mich jetzt doch etwas. Ich habe nicht erwartet, dass der Präfekt versuchen würde, mich mit einer solch offensichtlichen Unwahrheit hereinzulegen. In dem Raum roch es nach Zauberei, und sie hätte noch lange, nachdem ich gegangen war, nachweisbar sein müssen.

Drinius bemerkt meine Überraschung. »Wollt Ihr ernstlich behaupten, dass dort Zauberei eingesetzt wurde? Wenn ja, lügt Ihr. Man hat keine Spur davon gefunden. In diesem Punkt ist sich unser Zauberer ziemlich sicher. Bleibt Ihr und Senator Mursius. Und der ist tot. Wollt Ihr noch etwas sagen?«

»Ja. Wie wäre es mit etwas zu essen? Ich habe heute noch nichts zu mir genommen.«

Drinius zuckt mit den Schultern und geht.

Ein Gardist schließt die Zelle ab und beschimpft mich durch das vergitterte Loch in der Tür. »Es lief gut unter Calvinius. Dann musstest du deine Nase hineinstecken. Dafür werden wir dich jetzt hängen.«

Ich werde aus Drinius nicht schlau. Eigentlich hatte ich angenommen, dass er ein ganz normaler korrupter Präfekt wäre. Aber in Wirklichkeit scheint er gar nicht so unvernünftig zu sein. Nur, warum hat er sich die Mühe gemacht, mir auf die Nase zu binden, dass in dem Lagerhaus keine Zauberei benutzt worden sei? Damit kommt er vor Gericht nicht durch. Kein Zauberer der Garde würde wegen so einer Bagatelle einen Meineid leisten. Und noch Wochen nach dem Vorfall könnte ein wirklich guter Zauberer für die Verteidigung beweisen, dass man am Tatort Zauberei verwendet hat. Dann sähe der Zauberer der Garde vor Gericht ziemlich blöd aus, und die Zauberergilde würde ihn in der Luft zerreißen, weil er seine Fähigkeiten missbraucht hat. Merkwürdig.

Die Tür geht auf. Frühstück. Brot, Käse und Wasser. Alles frisch. Vielleicht ist Drinius ja gar nicht so schlecht. Präfekt Calvinius hätte mich jedenfalls verhungern lassen.

Ich frage mich, wer den Senator getötet hat. Genau genommen sollte ich mich eigentlich gar nicht darum kümmern. Ich arbeite schließlich nur, wenn ich bezahlt werde. Der Senator hat mich engagiert, damit ich seine Kunstwerke wiederbeschaffe. Ich habe sie entdeckt. Und dann sind sie wieder verschwunden. Aber jetzt ist er tot, und es ist niemand mehr da, der mich dafür bezahlt, sie noch einmal zu suchen. Also habe ich streng genommen nichts mehr damit zu tun. Es sei denn natürlich, sie klagen mich wegen Mordes an, und ich muss meine Unschuld beweisen. Ich seufze. Wenn das passiert, wird es wahrscheinlich so enden, dass ich ermittle, ohne dass mich jemand bezahlt. Privatdetektiv. Was für ein Leben!

Erneut öffnet sich die Tür. Gardist Inkorruptox kommt herein. Ich habe dem jungen Mann früher einmal geholfen, und er schuldet mir ein paar Gefälligkeiten.

»Thraxas«, sagt er drängend. »Du steckst ernsthaft in Schwierigkeiten.«

»Das sagen die andern auch!«

»Ich kann nicht hier bleiben. Aber ich kann eine Nachricht zur *Rächenden Axt* schicken.«

Er verschwindet wieder. Es wird immer heißer, und in mir wächst die Lust auf frisches Bier. Die Rufe zum Sabbab, dem Nachmittagsgebet, schallen durch die Stadt. Ich knie mich hin und bete. Es ist überflüssig, der Garde noch einen Vorwand mehr zu geben, mich drangsalieren zu können. Kurz danach geht die Tür abermals auf.

»Besuch für dich.«

Makri kommt herein. Die Tür wird hinter ihr geschlossen.

»Wieder im Kerker, Thraxas? Sie sollten deinen Namen an die Tür schreiben.«

»Sehr komisch. Wie bist du hereingekommen?«

»Ich habe mich als deine Frau ausgegeben. Und dass sie mir geglaubt haben, spricht nicht gerade für deinen Ruf. Oder für meinen, ganz wie man es nimmt.«

»Danke jedenfalls, dass du gekommen bist. Du musst für mich ...«

Makri unterbricht mich. »Lass mich raten. Der Fall, an dem du gerade arbeitest, ist völlig schief gelaufen. Du hast den Präfekten unseres Viertels gegen dich aufgebracht, und um die Sache noch schlimmer zu machen, bist du jetzt der Hauptverdächtige in einem Mordfall. Du brauchst einen Anwalt, aber sie gewähren dir keinen Pflichtverteidiger, also willst du, dass ich dir einen besorge. Richtig?«

»Haargenau.«

»Ist schon komisch, dass es immer so läuft«, meint Makri und grinst.

Ghurd und Tanrose finden, dass Makri ein sehr attraktives Lächeln hat. Das kann ich wirklich nicht nachvollziehen.

»Hast du Gosax irgendwo gesehen?«

Makri schnaubt verächtlich.

»Gosax? Diesen Gauner? Der ist genauso nützlich wie ein Eunuch in einem Bordell.«

»Schon möglich, aber er ist der einzige Anwalt, den ich mir leisten kann.«

Makri sieht mich ernst an. »Ich habe Kerk getroffen.«

Kerk ist ein Boah-Abhängiger und Händler, der mir gelegentlich Informationen zusteckt, die er unterwegs aufgeschnappt hat.

»Er sagt, dass du diesmal wirklich in Schwierigkeiten steckst.«

»Das sagen alle. Und warum meint Kerk das?«

»Weil Senator Mursius ein Held von Turai war und die Garde glaubt, dass du ihn ermordet hast. Du bist zwar in der Vergangenheit oft irrtümlich ins Gefängnis geworfen worden, Thraxas, aber diesmal glauben sie, dass sie wirklich einen Grund haben. Hast du ihn umgebracht?«

»Natürlich nicht! Warum sollte ich?«

Makri zuckt mit den Schultern. »Wer weiß? Vielleicht hat

dich jemand dafür bezahlt. Nach dem Debakel mit Trollverstümmler brauchtest du schließlich einen neuen Einsatz für den großen Renntag.«

»Irgendwie hast du mir besser gefallen, Makri, als du gerade erst in der Stadt angekommen warst und noch nicht gelernt hattest, wie man die ganze Zeit schlaue Bemerkungen macht. Ich habe keine Ahnung, wer Mursius getötet hat, aber als ich da war, stank es förmlich nach Zauberei. Und jetzt erzählt mir die Garde, dass ihre eigenen Zauberer angeblich keine Spuren von Magie entdecken konnten. Was bedeutet, dass sie entweder ganz unverschämt lügen oder ich es mit jemandem zu tun habe, der große Zauberkräfte besitzt. Sie müssen jedenfalls groß genug sein, dass er alle Spuren seiner Handlungen verwischen kann. Und das ist nicht leicht.«

Makris Hand gleitet unwillkürlich zu ihrer Hüfte. Sie musste ihr Schwert am Eingang abgeben, und ohne ihre Waffe fühlt sie sich nicht wohl.

»Du solltest dir einen guten Anwalt nehmen«, sagt sie.

»Makri, führst du etwas im Schilde?«

»Natürlich nicht. Mir liegt nur dein Wohlergehen am Herzen. Ich besorge dir einen guten Anwalt. Übrigens, könntest du mir Geld leihen?«

Besonderes Feingefühl hat Makri jedenfalls noch nicht entwickelt.

»Hast du die fünfzig Gurans etwa noch nicht aus meinem Zimmer genommen?«

»Nein«, erwidert Makri. »Ich wollte es tun, aber dann ist mir klar geworden, dass Sermonatius es nicht gutheißen würde.«

Sermonatius ist ein Philosoph, der manchmal an der Innungshochschule unterrichtet. Er ist ziemlich berühmt. Seine Vorlesungen sind kostenlos, und er selbst wirkt ziemlich ungekünstelt. Im Gegensatz zu einigen der Scharlatane, die hier sonst so herumlaufen. Makri mag ihn. Ich fühle mich in seiner Gegenwart nicht wohl.

»Ich habe Marzipixa erzählt, dass ich das gesammelte Geld einer Frau geliehen habe, die in Schwierigkeiten steckte. Ich würde es in einigen Tagen wieder zurückbekommen. Ich habe ihr sechzig Gurans versprochen.«

»Ich dachte, du schuldest ihnen fünfzig.«

»Marzipixa wirkte so enttäuscht, also habe ich getan, als hätte ich zehn extra gesammelt.«

Makri zieht ein Blatt Papier aus ihrem Wams. Es ist ein Formular von Mox.

»Leih mir dreißig«, sagt sie. »Und such diesmal einen guten Wagen aus.«

»Ich habe nur noch zwanzig«, gestehe ich.

»Und was ist mit deiner Notfallreserve?«

»Ich rede von meiner Notfallreserve.« Ich spüre, dass Makri mir vorwerfen will, dass ich mein Geld vertrinke. Also erkläre ich ihr, dass ich am Hafen ein saftiges Bestechungsgeld zahlen musste. »Und zu allem Überfluss sind meine Stiefel im Regen kaputtgegangen. Weißt du, wie teuer ein paar Stiefel sind? Außerdem kann ich dir nur zehn leihen. Nicht zu vergessen die vierzig, die du mir schon schuldest.«

Makri nickt und fährt sich mit den Fingern durch ihr nasses, zerzaustes Haar.

»Kennst du einen guten Anwalt?«

»Keinen, der mir einen Gefallen tun würde«, gebe ich zu.

»Was ist mit Zitzerius?«

»Der ist Vizekonsul.«

»Aber ist er nicht auch Anwalt? Ich bin sicher, dass mir einige seiner Plädoyers in meinen Rechtsvorlesungen untergekommen sind.«

Ich erkläre ihr, dass Zitzerius zwar ein sehr guter Anwalt

ist, aber dass man einen solchen Mann nicht einfach nach ZwölfSeen schleppen kann, damit er einen aus dem Kerker holt.

»Er übernimmt nur Fälle von nationaler Bedeutung.«

»Mal sehen, was ich tun kann«, sagt sie.

Ich überfliege derweil das Formular mit den heutigen Rennen in Juval. Der beste Wagen ist Orgk-Zertrümmerer, ein guter Wagen, der mir in der Vergangenheit einige Gurans eingebracht hat. Bedauerlicherweise ist er haushoher Favorit, und die Wetten stehen fünf zu vier. Als ich Makri erkläre, dies bedeutet, sie gewinnt nur vier Gurans, wenn sie fünf einsetzt, ist sie etwas enttäuscht. Aber meiner Meinung nach lohnt es sich nicht, auf einen anderen Wagen zu setzen, vor allem nicht, weil wir es uns nicht leisten können, ein Risiko einzugehen.

»Ich hoffe, diesmal liegst du richtig, Thraxas. Ich werde meine zehn Gurans setzen. Wenn ich acht gewinne, ist es immerhin ein Anfang.«

Ich bitte sie, die gleiche Wette auch für mich abzugeben. Makri hämmert an die Tür, um den Gardisten zu rufen. Er lässt sie hinaus.

»Wie ist es denn so, mit einer Halb-Orgk verheiratet zu sein?«, fragt er mich, als sie weg ist.

»Sie ist nur ein Viertel-Orgk«, gebe ich zurück.

»Vermutlich bist du besser dran, wenn du hingerichtet wirst«, meint er und schlägt die Tür zu.

Ich schmore einige Stunden in der Zelle. Niemand lässt sich blicken. Schließlich hungert mich so nach Gesellschaft, dass ich schon froh wäre, wenn sie mich wieder verhören würden. Doch es geschieht nichts weiter, als dass mir ein Gardist mit unbewegtem Gesicht Brot, Käse und Wasser bringt. Vielleicht versuchen Sie ja, mich durch Langeweile zu einem Geständnis zu bringen.

Schließlich kommt Drinius wieder. Er sieht aus, als hätte er große Sorgen, und betrachtet mich einige Sekunden, bevor er etwas sagt.

»Euer Anwalt ist da.«

»Gut.«

»Ich wusste gar nicht, dass Ihr von Vizekonsul Zitzerius vertreten werdet.«

Ich auch nicht. Ich kann es nicht fassen, dass Makri es geschafft hat, ihn hierher zu bringen. Kein Wunder, dass Drinius besorgt wirkt. Wenn man am Anfang seiner politischen Karriere in Turai steht, möchte man nicht ausgerechnet vom Vizekonsul dabei erwischt werden, wie man einen Gefangenen misshandelt. Zitzerius ist zwar nicht gerade sehr herzlich, dafür hält er sich strengstens an die Buchstaben des Gesetzes.

Der Präfekt geht hinaus, und Zitzerius kommt herein. Er trägt die grün gesäumte Toga, die seinen Rang anzeigt. Seine Sandalen sind trotz des Regens ziemlich trocken. Natürlich wird ein Mann wie Zitzerius von einer Kutsche hierher gefahren und von einem Lakaien mit einem Regenschirm bis zur Tür begleitet. Vielleicht haben sie sogar einen Teppich ausgelegt, damit er sich die Füße nicht schmutzig macht.

»Wie ich höre, braucht Ihr einen Anwalt.« Irgendwie klingt er ironisch.

Vizekonsul Zitzerius ist der bei weitem beste Redner in der Stadt und hat als Verteidiger vor Gericht zahllose sensationelle Fälle gewonnen. Er ist zwar nicht der Liebling der Massen, aber alle respektieren ihn wegen seiner unnahbaren Aufrichtigkeit. Obwohl er eine Bastion der Traditionalisten und ein glühender Anhänger der königlichen Familie ist, hat er nie gezögert, auch Gegner des Königshauses vor Gericht zu verteidigen, wenn sie unschuldig waren. Aber auch wenn alle Zitzerius vertrauen, ist er trotzdem nicht beliebt. Er ist zu streng und strahlt zu wenig Wärme aus, als dass die Massen ihn wirklich in ihr Herz schließen könnten. Und für die Aristokraten ist seine Abstammung nicht vornehm genug. Er weiß, wie brillant er ist, und das merkt man. Und er hat sich den Respekt seiner Umwelt ganz allein erarbeitet. Ob es ihn stört, dass niemand ihn besonders mag? Wahrscheinlich.

Ich danke ihm für sein Kommen und sage ihm, wie froh ich bin, dass ich einer so hoch geschätzten Persönlichkeit wie ihm bei seinen Schwierigkeiten helfen konnte. Er setzt mich barsch darüber in Kenntnis, dass er nicht gekommen sei, weil er mir etwas schulde.

»Ihr wurdet für Eure Dienste mehr als großzügig bezahlt. Ihr solltet keine Gefallen von mir erwarten, Thraxas. Wenn Ihr es tut, werdet Ihr enttäuscht sein.«

Ich bin schon enttäuscht. »Warum seid Ihr dann hier?«

Er erklärt mir, dass er damit Makri für einen Dienst entgilt. Ich sehe ihn verständnislos an. Einen Dienst? Makri?

»Meine Dienstkutsche ist im Schlamm stecken geblieben, als wir über die Allee der Königlichen gefahren sind. Einige Randalierer der Populären haben die Gelegenheit genutzt, um mich mit Schlamm und Steinen zu bewerfen. Meine Lage war ausgesprochen unangenehm. Glücklicherweise tauchte in dem Moment Eure Freundin auf und wies meine Peiniger auf eine wirklich höchst überzeugende Art und Weise in die Schranken.«

Diese Art von politischer Gewalt ist in Turai an der Tagesordnung. Und wenn die Wahlen vor der Tür stehen, nehmen die Leute statt der Steine Schwerter.

»Mit dem Ergebnis, dass ich ihrer Bitte entsprochen habe, Euch zu helfen. Um der Wahrheit die Ehre zu geben, habe ich das auch gar nicht ungern getan. Ich habe in letzter Zeit häufiger an Euch gedacht. Ich glaube, Ihr könnt mir zu

Diensten sein. Doch das kann warten. Zuerst einmal muss ich Euch aus dieser Zelle herausholen. Schildert mir die Umstände Eurer Verhaftung.«

Ich berichte ihm die ganze Geschichte, ohne etwas zu verschweigen.

»In diesem Fall haben sie nichts in der Hand, um Euch hier festzuhalten. Die Anklage gegen Euch beruht ausschließlich auf Indizien. Ich werde sofort Eure Freilassung veranlassen.«

Er verlässt meine Zelle. Und veranlasst meine sofortige Freilassung. Aber man befiehlt mir, mich in der Stadt aufzuhalten. Wir verlassen die Wache.

»Danke, Zitzerius. Und was jetzt?«

»Wir haben jetzt eine Verabredung mit Makri in der *Rächenden Axt*. Kommt.«

Er führt mich zu seiner Dienstkutsche, die uns langsam durch die schlammigen Straßen von ZwölfSeen schaukelt.

»Sie ist eine interessante Frau«, sagt der Vizekonsul plötzlich.

»Wer?«

»Makri. Ist das ihr einziger Name?«

»Soweit ich weiß, ja.«

»Ich wollte einen Erlass herausgeben, der alle Leute aus der Stadt verbannt, die Orgk-Blut in ihren Adern haben. Sie verursachen nur Ärger und sind selten loyale Bürger. Aber vielleicht halte ich ihn noch eine Weile zurück.«

Irgendwie überrascht mich das nicht. Makri verfügt über diese merkwürdige Eigenschaft, sich mit den unwahrscheinlichsten Leuten bekannt zu machen. Normalerweise führe ich dies einfach auf ihre üppigen Formen zurück. Doch anscheinend liegt es nicht nur daran. Zitzerius steht wirklich nicht in dem Ruf, sich von irgendeiner jungen, wohlgeformten Frau beeindrucken zu lassen, dennoch scheint er für Makri eingenommen zu sein.

Wir halten vor der *Rächenden Axt*. Die Händler versuchen immer noch mürrisch, ihre billigen Waren zu verkaufen, und die Prostituierten versuchen ihr Glück immer noch bei jeder Menschenseele, die genug Mumm hat, dem Wetter zu trotzen. Die Bettler wissen sowieso nicht, wohin sie sonst gehen sollten. Also hocken sie mutlos und elend im Dreck, heimatlos, hoffnungslos und missgebildet. Ihr Anblick würde jeden mitfühlenden Menschen rühren, außer natürlich die Bewohner von ZwölfSeen, die sie jeden Tag vor Augen haben.

Zu meinem Ärger wählt Kerk ausgerechnet diesen Moment, um mir aufzulauern. Kerk handelt mit Boah, aber er ist leider einer seiner besten Kunden. Er ist um die dreißig Jahre, hager, und er hat große, ausdrucksvolle Augen. Vermutlich verdankt er sie einem Schuss Elfenblut, zweifellos das Ergebnis einer flüchtigen Vereinigung eines Elfen auf der Durchreise und einer Hure aus ZwölfSeen. Wahrscheinlich wollen sich selbst Elfen ab und zu amüsieren, wenn sie nicht gerade in ihren Bäumen hocken und Sterne und Regenbögen besingen.

Zitzerius sieht angewidert mit an, wie der heruntergekommene Kerk sich vor mir aufbaut. Ich sage ihm, dass ich gerade unpässlich bin. Sollte er jedoch zufällig etwas über Mursius' verschwundene Kunstwerke hören, wäre ich sehr interessiert. Ich drücke ihm eine kleine Münze in die Hand, die er mit einem verächtlichen Blick bedenkt, bevor er durch den Schlamm und den Regen davonstapft.

Drinnen wartet Makri schon auf uns. Anscheinend ist sie sehr zufrieden mit sich.

»Danke für den Anwalt. Hast du die Wette platziert?«

Sie nickt. Ich mache einen schnellen Abstecher an den Tresen. Vizekonsul hin oder her, ich habe den ganzen Tag noch nicht ordentlich gegessen. Brot und Käse sind nicht annähernd ausreichend, um den gesegneten Appetit eines Mannes meiner Größe zu stillen. Und ich möchte nicht wissen, wie lange es her ist, seit ich mein letztes Bier getrunken habe. Ich bestelle eine hübsche Auswahl von Tanroses Speisekarte sowie einen extragroßen Krug »Zünftiger Zunftmann« und mache mich dann so schnell wie möglich über beides her.

Zitzerius ist mehr an den Senat und die Gerichtshöfe gewöhnt als an ZwölfSeen. Er fühlt sich in dieser Kaschemme sichtlich unwohl. Alle starren ihn an und fragen sich, was ein so wichtiger Mann wie er hier wohl will. Er besteht darauf, dass wir uns augenblicklich in mein Büro zurückziehen. Ich nicke, lege aber einen kurzen Halt ein, um mir noch einen »Zünftigen Zunftmann« mitzunehmen. Man kann von mir nicht erwarten, dass ich ordentlich funktioniere, wenn ich länger kein Bier habe. Das geht einfach nicht.

7. Kapitel

Zitzerius' saubere weiße Toga fällt in meinem schäbigen Büro auf wie ein Leuchtfeuer.

»Kommen wir zum Geschäft«, verkündet er. »Ich brauche die Dienste eines Mannes, der sich auf der Schattenseite dieser Stadt auskennt, jemanden, der auch in den Wagenrennen und ihren Mechanismen bewandert ist. Dafür seid Ihr höchst qualifiziert, glaube ich.«

»Absolut.«

»Seit unserer letzten Begegnung, Thraxas, habe ich Eure Karriere verfolgt. Obwohl Ihr ein bemerkenswert schlechter Zauberlehrling wart und keinen regelmäßigen Beruf über eine längere Zeit behalten konntet, habt Ihr in der Armee gut gedient. Senator Mursius selbst hielt große Stücke auf Eure Fähigkeit als Kämpfer. Es ist sehr schade, dass Ihr Euch in Eurem Leben als Zivilist nicht genauso verhalten konntet.« Er fixiert mich mit einem strengen Blick. »Eure Zeit als Hoher Ermittler im Palast war geprägt von Perioden der Trunkenheit und des Ungehorsams. Und was hat Euch dieses Verhalten eingebracht?« Er weist mit einer schwungvollen Handbewegung auf mein armseliges Büro. »Habt Ihr denn nicht einmal eine Dienstmagd, die für Euch putzt?«

Ich kann mir keine Dienstmagd leisten, aber das werde ich vor Zitzerius nicht zugeben. Also halte ich die Klappe.

»Na ja, das ist schließlich Eure Angelegenheit. Wenn Ihr Eure Talente lieber vergeuden wollt, statt sie zum Wohl unserer Nation einzusetzen, kann Euch niemand davon abhalten. Aber ich glaube, dass Ihr mir vielleicht trotzdem von Nutzen sein könntet, und ich möchte Euch engagieren.«

Er wendet sich an Makri. »Und Ihr wärt dabei vielleicht ebenfalls ganz nützlich. Ich darf wohl davon ausgehen, dass Ihr fließend Orgkisch sprecht, und zwar sowohl das gemeine Orgkisch als auch das Nieder-Orgkisch, das man in der Ödnis benutzt?«

Makri nickt, obwohl sie die Augen zusammenkneift, als Zitzerius von den Orgks redet.

Der Vizekonsul dreht sich wieder zu mir um. »Ihr kennt ja das Turas-Gedächtnis-Rennen, bei dem auch ein Wagen des Elfenlords Fidel-al-Ambra mitfahren wird. Er ist immer ein großer Freund Turais gewesen.«

»Natürlich. Darauf freue ich mich auch schon. Die ganze Stadt freut sich darauf.«

»Dann überrascht es Euch vielleicht, wenn Ihr erfahrt, dass Lord Rezaz Caseg ebenfalls einen Wagen in dieses Rennen schicken wird.«

Ich runzle die Stirn. »Lord Rezaz Caseg? Den Namen habe ich noch nie gehört.«

»Ihr kennt ihn vielleicht besser als Rezaz, den Schlächter.«

Ich fahre erstaunt hoch und verspritze dabei Bier im ganzen Raum. »Rezaz, der Schlächter? *Der* Lord Rezaz? Aber das ist ein Orgk, um Himmels willen! Als er das letzte Mal hier war, hat er uns fast von der Landkarte gewischt. Was wollt Ihr damit sagen, dass er einen Wagen ins Rennen schicken will?«

Das ist das Verrückteste, was ich je gehört habe. Ein Orgk will einen Rennwagen in das Turas-Gedächtnis-Rennen schicken? Und dann handelt es sich auch noch ausgerechnet um Rezaz, den Schlächter! Er war einer der wildesten und blutrünstigsten Kriegslords, die jemals menschliche Siedlungen verwüstet haben. Und zu unserem Pech war er auch einer der gerissensten Generäle, die jemals eine menschliche Armee vernichtet haben. Er war der bei weitem beste Kommandeur in der Armee von König Bergamotz, dem Fürchterlichen, der alle orgkischen Länder vereinigt und sie gegen uns geführt hat. Ich schlage mit der Faust auf den Tisch.

»Mehr braucht Ihr gar nicht zu sagen, Vizekonsul. Sagt mir nur, was ich zu tun habe, und betrachtet die Sache als erledigt. Ich werde verhindern, dass dieser Orgk die Stadt überhaupt erreicht. Ihr könnt Euch vollkommen auf mich verlassen!«

Zitzerius bedenkt mich wieder mit diesem stählernen Blick. »Das ist aber nicht das, was ich von Euch will. Ich will nicht, dass Ihr ihn daran hindert, die Stadt zu erreichen. Sondern ich engagiere Euch, damit Ihr Euch um die Orgks kümmert, solange sie hier sind. Es wird vielleicht Versuche geben, ihren Wagen zu sabotieren. Ich brauche jemanden, der das verhindert und dafür sorgt, dass man sie korrekt behandelt.«

Es kommt nicht oft vor, dass ich sprachlos bin. Aber jetzt fehlen mir die Worte. Ich kann nicht einmal meine Lippen bewegen. Ich stehe nur da und überlege, wer von uns jetzt verrückt geworden ist. Makri geht es nicht besser. Sie hat sogar ihr Schwert gezogen und sieht sich misstrauisch um, als erwarte sie, dass jeden Moment ein Orgk hereinkommen könnte.

»Anscheinend überrascht Euch das«, sagt Zitzerius in das Schweigen.

Ich fühle mich ganz schwach, taste nach meinem Bier und versuche, eine Antwort zu formulieren. Gleichzeitig suche ich nach Anzeichen von Zauberei, falls der Mann vor mir vielleicht gar nicht wirklich Zitzerius ist, sondern ein magischer Hochstapler, der mich foppen soll. Schließlich stammle ich ein paar Worte.

»Das meint Ihr doch nicht im Ernst. Rezaz, der Schlächter, kann doch nicht wirklich einen Wagen im Turas-Gedächtnis-Rennen melden! Und wenn doch, könnt Ihr unmöglich von mir erwarten, Kindermädchen für einen Orgk zu spielen! Schon gar nicht für *diesen* Orgk. Er hat die Angriffe angeführt, bei denen die Bresche in die Mauer geschlagen wurde. Ich war dabei. Und ich habe fast alle meine Bekannten an die Soldaten dieses Schlächters verloren.«

»Die Zeiten ändern sich«, gibt der Vizekonsul zurück.

»Ich weiß, ich weiß. Aber so sehr nun auch wieder nicht. Gut, wir haben gerade Frieden, aber für wie lange? Der Botschafter der Orgks zeigt sich nie in der Öffentlichkeit, weil er fürchtet, einen Aufstand zu verursachen. Und dieser Orgk-Lord will mitten ins Stadion Superbius hineinmarschieren und einen Wagen melden? Warum? Und was hält der König davon?«

»Der König befürwortet diese Idee nachdrücklich. Versteht Ihr, Thraxas, eine Stadt zu regieren zwingt uns zu vielen merkwürdigen Allianzen. Und zufällig ist es in diesem Moment wichtig für Turais Interessen, dass wir gute Beziehungen mit Lord Rezaz Caseg aufrechterhalten. Wusstet Ihr, dass die Erkundung und Erforschung verschiedener Erzvorkommen im äußersten Nordosten unseres Landes ein derartiges Ausmaß angenommen haben, dass wir demnächst einige neue Kupferminen eröffnen werden?«

»Nein.«

»Die Erschließung wurde seit einigen Jahren kontinuierlich betrieben und zahlt sich jetzt endlich aus. Ihr werdet zugeben, dass dies für unseren Stadtstaat immens wichtig ist. Da wir so klein sind, hängt unsere Sicherheit von unserem Wohlstand ab. Natürlich seid Ihr darüber im Bilde, dass es seit einigen Jahren Grenzstreitigkeiten mit Nioj gibt?«

Nioj ist unser nördlicher Nachbar und findet immer irgendeinen Grund, um einen Grenzstreit vom Zaun zu brechen. Beide Nationen haben Goldminen an unseren gemeinsamen Grenzen, und sie würden sie nur allzu gern in ihre Hände bekommen. Vor dem letzten Orgk-Krieg hat Nioj sogar Turai überfallen. Nur die Kriegserklärung der Orgks hat diesen Waffengang beendet, weil wir Menschen gezwungen waren, unsere Fehden zu vergessen und uns gegen den gemeinsamen gefährlichen Feind zu vereinen.

»Es ist jedenfalls wieder ein neuer Streit über dieses Gebiet aufgeflammt. Obwohl die Kupfervorkommen sich ganz eindeutig auf einem Gebiet befinden, das historisch zu Turai gehört, ist Nioj dort eingedrungen und hat vielleicht sogar vor, das Land für sich selbst zu beanspruchen.«

Zitzerius zieht eine Landkarte aus seiner Toga und breitet sie auf meinem Schreibtisch aus. Er deutet auf das bergige Gebiet, wo der nordöstliche Teil unseres Landes an den weit größeren Staat von Nioj grenzt.

»Daran schließt sich Carsan an, eine Region, die hauptsächlich von Nomadenstämmen bewohnt wird, die sich jedoch kaum als Staat verstehen. Genau genommen befindet sich Carsan unter dem Einfluss seines östlichen Nachbarn Soraz, das in der Ödnis zwischen uns und den Orgks liegt. Und dessen wahrer Herrscher ist Lord Rezaz Caseg. Um es einfach auszudrücken: Wir brauchen die Unterstützung von Carsan, wenn wir die Kupferminen halten wollen. Und wir bekommen keinen Nachschub von dort, es sei denn, Soraz erlaubt es.«

»Also müssen wir Lord Rezaz Caseg um den Bart gehen?«

Ich werfe einen Blick auf die Karte. Soraz scheint so weit weg zu sein.

»Brauchen wir wirklich Nachschub von denen? Was ist mit der Liga der Stadtstaaten?« Vor etwa hundert Jahren haben sich alle kleinen Stadtstaaten in unserem Gebiet zusammengeschlossen, um sich vor den großen, räuberischen Ländern wie zum Beispiel Nioj zu schützen.

»Aus dieser Richtung können wir kaum auf Hilfe hoffen.«

Das wusste ich zugegebenermaßen schon, bevor ich überhaupt gefragt hatte. Die Liga zerfällt seit fast einem Jahrzehnt. Sie wird von dem Egoismus ihrer Mitglieder vernichtet, einschließlich dem Turais.

»Versteht Ihr jetzt, warum wir den Orgk-Lord umschmeicheln wollen?«

»So in etwa. Aber es gefällt mir nicht.«

»Was Euch gefällt, interessiert weder den König noch den Konsul.«

»Das ist mir auch klar. Aber was hat das alles mit dem Wagenrennen zu tun?«

»Lord Rezaz Caseg ist offensichtlich selbst ein sehr geschickter Rennfahrer. Außerdem hat er uns durch diplomatische Kanäle wissen lassen, dass er den Elfenlord Fidel-al-Ambra keineswegs vergessen hat. Sie haben vor den Mauern Turais Mann gegen Mann gegeneinander gekämpft, aber bevor von einem der beiden ein tödlicher Schlag versetzt werden konnte, wurden sie in dem allgemeinen Gedränge getrennt. Rezaz meint, dass er Lord Fidel-al-Ambra als Soldaten durchaus schätzt und dass er sich sehr freuen würde, gegen ihn im Stadion anzutreten.

Der König glaubt, dass Rezaz möglicherweise andere Motive haben könnte. Zu Hause in Soraz setzt ihm sein Rivale, Prinz Kalazar, mächtig zu. Der Prinz wird von Makeza, dem Donnerer, unterstützt, einem sehr mächtigen orgkischen Zauberer. Gemeinsam ist es ihnen gelungen, eine große Zahl von Anhängern hinter sich zu scharen. Wir glauben, dass Lord Rezaz möglicherweise versuchen könnte, sein Prestige zu verbessern, indem er den elfischen Wagen besiegt. Außerdem darf er keinerlei Instabilität in dieser Region zulassen, wenn ein so mächtiger Rivale wie Prinz Kalazar im Hintergrund auf seine Chance lauert. Sollte unsere Abmachung den Frieden sichern, werden alle davon profitieren.«

Ich kann mir nicht vorstellen, dass es uns jemals einen Vorteil bringen wird, wenn wir mit Orgks zusammenarbeiten. Aber Zitzerius ist an meiner Meinung nicht sonderlich interessiert.

»Die Ankunft eines orgkischen Rennwagens und der Mannschaft dürfte eine Menge Unruhe in der Stadt auslösen«, fährt Zitzerius fort. »Möglicherweise wird sich Widerstand regen.«

»Möglicherweise Widerstand? Es wird einen Aufstand geben!«

»Überlasst Aufstände ruhig der Regierung. Kümmert Ihr Euch um Sabotage. Sollte etwas schief gehen, bekommt Ihr vielleicht die Chance, Eure Fähigkeiten als Detektiv einzusetzen, um das zu korrigieren. Der König verlässt sich auf Euch.«

Zitzerius dreht sich zu Makri um. »Ihr werdet es gewiss zu schätzen wissen, warum ich auch Eure Hilfe benötige. Nur sehr wenig Menschen in Turai haben Eure profunde Kenntnis der orgkischen Sprache. Dies, zusammen mit Euren Fertigkeiten als Kämpferin, macht Euch zu der idealen Person, um Thraxas bei dieser möglicherweise schwierigen Aufgabe zu helfen.«

Makri hat die ganze Zeit sprachlos daneben gestanden. Jetzt hebt sie leicht ihr Schwert. In Gegenwart eines Vizekonsuls ist das allein schon eine unverzeihliche Verletzung der Etikette. Und dann spuckt sie auch noch auf den Boden.

»Ich würde eher Euch, den König und alle seine Kinder umbringen, bevor ich einen Orgk beschützen würde.«

Noch klarer kann man es wohl nicht ausdrücken.

Zitzerius wirkt trotzdem etwas verwirrt. »Hasst Ihr Orgks denn so sehr?«

»Allerdings!«, faucht Makri. »Ich wurde in einer orgkischen Gladiatorengrube geboren und musste dort als Sklavin leben, bis ich vor etwa einem Jahr meinen Orgk-Lord und die meisten Mitglieder seines Haushalts getötet habe. Und, Thraxas, wenn du diesen Auftrag annimmst, dann siehst du mich nie wieder.«

»Ich nehme ihn natürlich nicht an!«, beeile ich mich nachdrücklich zu versichern. »Die Leute reden schon von dem Unglück, das über Turai hereinbrechen wird, weil wir orgkische Botschafter hier haben. Wenn jetzt noch mehr von ihnen kommen, wird man ihnen die Schuld für alles, was passiert, in die Schuhe schieben. Sei es an einer zerbrochenen Tasse oder an einem Kindstod. Senator Lohdius' Volkspartei wird die Bevölkerung nicht einmal zu einem Aufstand anstacheln müssen. Das macht die ganz von alleine. Und jeder, der versucht, die Orgks zu beschützen, wird sehr schnell feststellen, wie wenig lebenswert sein Dasein noch ist. Er wird der meistgehasste Mann in der Stadt werden. Ich soll einen Orgk beschützen? Ohne mich!«

Zitzerius beugt sich vor. »O doch, Thraxas, das werdet Ihr. Sonst verliert Ihr Eure Detektivlizenz.«

»Das ist nicht gerecht!«

»Nicht gerecht? Ich bezweifle, dass der König sich über so eine unbedeutende Ungerechtigkeit übermäßig den Kopf zerbrechen wird, wenn seine ausdrücklichen Wünsche ignoriert werden. Ich selbst würde zwar keine Übertretung des Gesetzes zulassen, aber denkt nach. Ihr seid erst kürzlich rechtskräftig verurteilt worden, weil Ihr einen Beamten des Königs angegriffen habt. Und im Moment seid Ihr auf Bewährung frei und steht unter dem Verdacht, Senator Mursius ermordet zu haben. Es wäre vollkommen angemessen und gerecht, Eure Lizenz einzuziehen. Ich werde aber ein Auge zudrücken, vorausgesetzt, Ihr entsprecht meinen Wünschen. Und darüber hinaus werdet Ihr gut bezahlt.«

»Denkt Ihr denn gar nicht daran, dass Orgks heimtückische, hinterhältige und mörderische Tiere sind, die uns liebend gern vom Angesicht der Erde hinwegfegen würden?« Ich koche vor Wut.

»Im Augenblick sehen wir das anders«, antwortet der Vizekonsul. »Wir brauchen das Kupfer.«

Ich frage ihn, wann die Orgks ankommen.

»Der Wagen wird in etwa einer Woche per Schiff gebracht. Lord Rezaz befindet sich bereits in der Stadt. Sein Wagenlenker ebenfalls. Wir haben sie vor ein paar Tagen diskret hereingeschafft. Aber erwähnt das ja niemandem gegenüber.«

Ich werde mich hüten. Der Gedanke, dass Rezaz, der Schlächter, sich wirklich in diesem Moment in Turai aufhält, lässt mich vor Wut zittern.

Zitzerius wendet sich an Makri. »Wie geht es Professor Toarius?«

»Wie bitte?« Makri ist überrascht.

»Eurem Professor an der Innungshochschule. Wie ich höre, mag er Euch nicht besonders.«

»Woher wisst Ihr das?«

»Er hat es mir erzählt, als er letzte Woche mit mir zusammen zu Abend gegessen hat.«

Makri tritt unbehaglich von einem Fuß auf den anderen. Die Wendung, die das Gespräch nimmt, gefällt ihr ganz und gar nicht.

»Er schätzt es wohl nicht sonderlich, wenn Frauen die Innungshochschule besuchen, und würde es lieber sehen, wenn Ihr fernbliebet. Er kann Euch jederzeit durchfallen lassen, und genau das hat er auch vor.«

»Aber ich bin eine gute Studentin!«

»Das bezweifle ich nicht. Bedauerlicherweise hat der Professor aber das letzte Wort in dieser Sache. Schließlich überstrahlt sein akademischer Ruf den aller anderen an der Hochschule. Er wurde vom Konsul höchstpersönlich von der Kaiserlichen Universität dorthin versetzt, um den niederen Klassen zu schmeicheln. Wenn er sich weigert, Euch bestehen zu lassen, werdet Ihr nicht versetzt. Wenn das geschieht, werdet Ihr niemals die Qualifikation bekommen, die Ihr für den Besuch der Kaiserlichen Universität braucht.«

Makri macht einen Schritt auf Zitzerius zu. Sie sagt ihm geradeheraus, dass es ihr gar nicht gefällt, wenn sie zu etwas erpresst wird. Zitzerius antwortet mit einem gelassenen Schulterzucken. Ihm ist augenscheinlich egal, ob ihr das gefällt oder nicht.

»Wollt Ihr damit sagen, dass Ihr mich an die Universität bringt, wenn ich Euch helfe?«

»Nein. Die Kaiserliche Universität akzeptiert keine Frauen. Und auch niemanden, der Orgk-Blut in seinen Adern hat. So etwas könnte ich Euch nicht versprechen. Aber ich werde Professor Toarius überreden, Euch an der Hochschule bestehen zu lassen. Vorausgesetzt natürlich, dass Eure Arbeit akzeptabel ist. Wie ich aus anderen Quellen höre, sind Eure Leistungen tatsächlich recht ansehnlich.«

Zitzerius steht auf. »Und wenn es dann dazu kommt, werde ich mich vielleicht überzeugen lassen, meinen Einfluss geltend zu machen, was Eure Zulassung an der Kaiserlichen Universität angeht. Vielleicht bin ich bis dahin ja Konsul. Zufälligerweise bin ich ebenfalls ein sehr guter Freund des Professors, der für die Zulassungen verantwortlich ist. Wer kann schon voraussagen, wie er reagiert, wenn der Konsul der Institution zusätzliche Mittel in Aussicht stellt? Bis dahin, lebt wohl. In den nächsten Tagen schicke ich Euch meinen Assistenten mit den Einzelheiten meines Ersuchens.«

Er geht hinaus.

Makri schreit vor Wut und schleudert ihr Schwert mit der Klinge voran in mein Sofa.

»Ich weigere mich, einen Orgk zu beschützen!«, schreit sie.

»Ich auch«, stimme ich ihr zu.

Wir zünden uns jeder eine Thazisrolle an, um uns zu beruhigen. Ich taste unter dem Schreibtisch nach meinem Vorrat an Kleeh, dem Schnaps, der hier gebrannt wird. Es gibt Momente, in denen Bier nicht genügt. Der Kleeh brennt mir in der Kehle. Makri verzieht ihr Gesicht und reicht mir das Glas, damit ich es nachfülle. Wir sitzen schweigend da und denken über die Ereignisse des Tages nach. Der Regen hämmert gegen die Fensterläden. Es wird langsam dunkel. Nach einer Weile bricht Makri das Schweigen.

»Was willst du machen, wenn man dir deine Lizenz wegnimmt?«

»Das weiß ich nicht. Und was wirst du tun, wenn du bei den Prüfungen in der Hochschule durchfällst?«

»Das weiß ich nicht.«

Wir bleiben eine Weile schweigend sitzen und rauchen mehr Thazis.

»Es ist nicht fair«, sagt Makri schließlich. »Ich will keinen Orgk beschützen.«

»Ich auch nicht.« Ich seufze. »Aber es sieht aus, als hätten wir keine Wahl. Vielleicht müssen wir ja gar nichts tun. Wenn die Orgks keine Probleme haben, wird Zitzerius unsere Dienste nicht brauchen.«

»Und wie wahrscheinlich ist das?«

»Nicht sehr wahrscheinlich«, gebe ich zu. »Sobald der Wagen ankommt, wird sich die ganze Stadt aufregen. Der

Schlächter wird in Stücke gehauen werden, und wir bekommen dann die Aufgabe, der Sache nachzugehen.«

Damit will eigentlich keiner von uns etwas zu tun haben, aber Zitzerius hat uns keine Wahl gelassen.

Ich schenke uns noch etwas Kleeh nach. Makri schüttelt sich, als sie ihn herunterkippt.

»Warum kaufst du dieses Feuerwasser?«

»Das ist erstklassiger Kleeh. Und er tut einem gut. Weißt du, ich habe schon vor langer Zeit gelernt, dass merkwürdige Dinge passieren können. Aber ich hätte niemals erwartet, dass ich irgendwann Kindermädchen für einen Orgk-Lord beim Turas-Gedächtnis-Rennen spielen würde. Ich bin müde. Ich sollte mich lieber schlafen legen, bevor noch etwas Schlimmeres passiert.«

Jemand klopft leise an die Außentür. Sie geht auf. Herein marschiert die zierliche, dunkel gekleidete Marihana. Ich grabsche verzweifelt nach meinem Schwert. Marihana ist die Nummer drei der Meuchelmördergenossenschaft. Als ich sie das letzte Mal gesehen habe, hat sie den Abt eines Tempels von Kampfmönchen mit einem Wurfpfeil niedergestreckt. Sie hat ihn schneller ins Paradies geschickt, als er erwartet hatte. Ich bereite mich darauf vor, mich zu verteidigen.

»Entspann dich, Detektiv«, sagt sie mit ihrer leisen Stimme. »Wäre ich geschäftlich hier, hätte ich nicht angeklopft.«

Ich starre sie an und habe mittlerweile das Schwert richtig herum in der Hand. »Was willst du dann hier?«

»Ich will Makri besuchen.«

»Einfach nur … besuchen?«

»Richtig.«

Marihana schaut Makri an. Die wirkt verwirrt, steht aber auf und geht mit Marihana auf ihr Zimmer. Merkwürdig. Ich wusste gar nicht, dass Meuchelmörder auch private Kontakte pflegen.

Im nächsten Moment fliegt die Tür auf. Ich wirble herum, um mich dem neuen Eindringling zu stellen. Es ist Sarija, Witwe des verstorbenen Senator Mursius. Sie stolpert und fällt der Länge nach hin. Sie ist nass bis auf die Knochen. Ihr Gesicht ist hager und gelblich. Außerdem stinkt sie nach Boah, ein Geruch, der selbst unter den verschiedenen unerfreulichen Düften auszumachen ist, die von der Straße in mein Büro dringen.

»Ich will Euch engagieren, den Mörder meines Ehemanns zu suchen.« Mit diesen Worten wird sie in meinen Armen ohnmächtig. Ich lege sie aufs Sofa, gehe zur Tür, schließe sie und murmele meinen Schließbann. Zusätzlich verbarrikadiere ich sie mit einem Stuhl.

»Es ist mir egal, wer es ist«, knurre ich. »Aber hier kommt heute Nacht jedenfalls keiner mehr herein.«

Da fällt mir auf, dass jemand einen Umschlag unter der Tür hindurchgeschoben hat. Wann ist das passiert? Ich hebe ihn auf und lese die Nachricht.

Du wirst sterben, bevor die Regenzeit zu Ende ist, steht da.

»Das ist so gut wie sicher, wenn die Geschichte so weiterläuft«, brumme ich, knülle das Papier zusammen und werfe es in den Mülleimer.

8. Kapitel

Der Vizekonsul erpresst mich dazu, einen verhassten orgkischen Feind zu beschützen. Eine Meuchelmörderin ist gerade vorbeigekommen, um Makri einen Besuch abzustatten. Die süchtige Witwe vom Senator Mursius ist in meinem Büro zusammengebrochen, nachdem sie mich aufgefordert hat, herauszufinden, wer ihren Ehemann getötet hat. Dabei bin ich doch der Hauptverdächtige. Und jetzt bekomme ich noch eine Morddrohung. Ich stürme die Treppe hinunter, um mir ein Bier zu holen.

In der Kaschemme drängeln sich die durstigen Hafenarbeiter, die sich nach ihrem harten Tagwerk ein bisschen Entspannung gönnen wollen. Ich drücke mich an einigen Söldnern vorbei, die ein derbes Trinklied grölen, und arbeite mich bis zum Tresen durch.

Ghurd und ich kennen uns schon lange. Ein Blick in mein Gesicht genügt, und er weiß, dass ich Ärger habe.

»Du siehst so elend aus wie eine niojanische Hure. Ist die Garde immer noch wegen Senator Mursius hinter dir her?«

»Viel schlimmer«, antworte ich. Ich beuge mich vor und flüstere es ihm ins Ohr. Er sieht mich erstaunt an und stößt einen barbarischen Fluch aus, als ich ihm von Zitzerius erzähle.

»Du solltest dich langsam mit dem Gedanken anfreunden, in eine andere Stadt zu ziehen. Gibt es denn noch Stadtstaaten, wo du nicht vom Gesetz gesucht wirst?«

»Ein paar. Aber keine guten. Dieser Vizekonsul ist so kalt wie das Herz eines Orgks. Wie kann er es wagen, mich einfach so zu erpressen?«

Tanrose rührt in einem Kessel mit Suppe. Ich bitte sie, nach oben zu gehen und nach Sarija zu sehen. Tanrose ist nicht nur eine exzellente Köchin, sondern versteht sich auch auf Kräutertränke und kann die kleinen Wunden behandeln, die das Leben so schlägt. Seit Boah die Stadt überschwemmt, hat sie sogar gelernt, mit einer Überdosis umzugehen.

Im Flur treffen wir Makri und Marihana. Marihana ist so klein, blass und wirkt so kindlich, dass es schwer fällt, ihre Erscheinung mit ihrem Ruf in Einklang zu bringen. Aber alle Geschichten über sie sind wahr. Die Leute reden immer noch hinter vorgehaltener Hand über diese kleine, unscheinbare Gestalt, der es gelungen ist, an einhundert simnianischen Soldaten vorbeizukommen. Anschließend ist sie über die Dachbalken des privaten Speisesaals unseres Konsuls geklettert und hat von dort einen Pfeil in das Herz des simnianischen Botschafters gefeuert. Und zwar genau in dem Moment, als er seinen undurchdringlichen magischen Umhang öffnete, um sich zu kratzen. Der Botschafter hatte jede Menge Schutz bei sich. Ich war damals noch bei der Palastwache und hätte geschworen, dass man nicht an ihn herankommen könnte. Es wurden viele Fragen gestellt, vor allen Dingen von den Simnianern, aber niemand wurde jemals für diesen Mord zur Rechenschaft gezogen. Der König schwor den Simnianern, dass er den Mörder aufspüren würde, aber da seine eigenen Leute Marihana insgeheim für diesen Auftrag engagiert hatten, gediehen die Ermittlungen nicht sehr weit.

Marihana ist beunruhigend gut darin, Leute umzubringen. Ich mag sie nicht. Ich mag überhaupt keine Meuchelmörder, basta. Eine Weile habe ich sogar vermutet, dass Makri den Meuchelmördern näher stehen könnte, als sie zugibt. Dieser Besuch scheint das zu bestätigen. Vermutlich hat er etwas mit der Vereinigung der Frauenzimmer zu tun, die Marihana heimlich unterstützt, wie ich glaube. Diese Meuchelmörder sind völlig unberechenbar. Man kann weder ihre Gefühle noch ihre Motive erkennen. Kein Wunder. Schließlich sind sie darauf abgerichtet, sie nicht zu zeigen.

Makri verabschiedet sich von Marihana und folgt mir in mein Büro, wo Tanrose Sarija auf die Seite gedreht hat, damit sie nicht an ihrem eigenen Erbrochenen erstickt. Ich runzle die Stirn. Es ist mir zwar egal, ob sie sich übergibt oder nicht, aber mir wäre es lieber, wenn sie es nicht in meinem Büro täte. Es ist auch so schon unordentlich genug.

Meine letzte Klientin, eine reiche Frau namens Bibendis, war eine hoffnungslose Trinkerin. Und jetzt habe ich die boahsüchtige Witwe eines Senators als Klientin. Was ist bloß mit diesen aristokratischen Frauen los? Sie besitzen alle hübsche Villen oben in Thamlin und können mit Geld nur so um sich werfen. Man sollte meinen, das müsste genügen.

Tanrose ist davon überzeugt, dass es Sarija morgen früh wieder gut geht. Also decke ich sie zu und lasse sie auf dem Sofa liegen. Danach verabschiede ich mich von Makri und Tanrose, gehe in mein Schlafzimmer, verschließe die Tür, versiegle sie mit einem Bann und gehe schlafen. Für heute reicht es mir. Bedauerlicherweise schlafe ich sehr schlecht. In meinen Träumen marschieren gewaltige Orgk-Armeen durch die Ödnis. Sie werden von Rezaz, dem Schlächter, angeführt und sind unterwegs, um Turai zu vernichten.

Ich wache verschwitzt auf und werde von der Hitze der Stadt beinah erdrückt. Ich höre noch die Schreie meiner Kameraden, als sie unter den Klingen der Orgks und den Angriffen ihrer Zauberer fallen. Ich war damals ein einfacher Soldat. Ghurd hat neben mir gekämpft, nachdem er sich als Söldner bei uns verpflichtet hatte. Wir standen neben Mursius und einigen wenigen Überlebenden, hielten grimmig durch, den Tod vor Augen. Eine bunt gemischte Gruppe von Überlebenden der verschiedenen Regimenter war am Ostwall postiert worden, um ihn zu verteidigen, bevor er von den Katapulten und dem Drachenfeuer der Angreifer in Stücke gehauen wurde. Kemlath Orgk-Schlächter war damals bei uns. Trotz seiner jungen Jahre hatte er sich bereits einen beachtlichen Ruf wegen der zerstörerischen Macht seiner Zauberei errungen. Er hatte viele Orgk-Bataillone mit seiner Magie zerstreut und vernichtet. Aber schließlich war seine Zauberkraft erschöpft, und nun stand er nur mit einem Schwert bewaffnet neben uns. Er schlug sich jedoch tapfer und war für einen Zauberer ein sehr guter Kämpfer.

Ich erinnere mich auch noch an Hauptmann Rallig, der damals auch noch ein einfacher Soldat war. Sein langes goldblondes Haar hatte er zu einem Zopf zurückgebunden. Er war gerade dabei, Steine auf unsere Feinde zu werfen, ein letztes Aufflackern des Widerstands. Sein Speer war zerborsten und sein Schwert bei dem letzten Angriff zersprungen. Gerade als die Orgks ansetzten, uns zu überrennen, ertönten elfische Fanfaren. Ihr Schmettern war trotz des fürchterlichen Schlachtlärms deutlich zu hören. Wir hatten die Hoffnung schon fast aufgegeben und wurden nun doch noch durch die Ankunft des Elfenlords Fidel-al-Ambra gerettet. Er befehligte die Vereinten Elfischen Streitkräfte der Südlichen Inseln, die in der Nacht die Seeblockade der Orgks durchbrochen hatten und unmittelbar vor den Mauern der Stadt gelandet waren.

Als die Elfen die orgkische Armee so plötzlich in deren Rücken angriffen, löste sich diese in heilloser Flucht auf. Die Elfen hetzten viele von den Orgks zu Tode. Die meisten von uns Verteidigern waren jedoch zu schwer verwundet oder zu erschöpft, um sich daran zu beteiligen. Ich weiß nur noch, dass ich einen Krug mit Kleeh aus einer brennenden

Kaschemme rettete und mich so betrank, dass Ghurd mich stützen musste, als der Konsul kam, um uns für unsere heldenhaften Bemühungen zu gratulieren.

Und jetzt schicken Rezaz, der Schlächter, und Fidel-al-Ambra ihre Streitwagen gegeneinander ins Rennen. Was für Zeiten!

Ich kann nicht wieder einschlafen. Wer hat Mursius getötet? Und warum? Nur wegen der gestohlenen Kunstwerke? Die scheinen mir kaum einen ausreichenden Grund zu liefern. Was hat er überhaupt in dem Lagerhaus gewollt? Es ist durchaus möglich, dass er einige Kunstwerke irgendwie selbst aufgespürt hat und von dem Dieb ermordet worden ist, damit er ihn nicht identifizieren konnte. Aber so richtig bin ich davon nicht überzeugt. Außerdem: Was ist danach mit den Kunstwerken passiert? Ich weiß, dass sie mittels Zauberei aus dem Lagerhaus verschwunden sind, aber das ergibt keinen Sinn. Jeder Zauberer, der mächtig genug ist, um so etwas zu bewerkstelligen, hat es einfach nicht nötig, herumzulaufen und ein paar Statuen und Gemälde zu stehlen. Er wäre längst stolzer Besitzer einer eigenen Sammlung.

Zum Glück gibt es nicht viele kriminelle Zauberer hier in der Gegend. Die Zaubererinnung kontrolliert ihre Mitglieder streng. Allerdings ist da noch Georgius Drachentöter. Er scheint das Gesetz zu übertreten, wann immer es ihm passt, obwohl er bis jetzt noch nie wegen eines Verbrechens verurteilt worden ist. Ich vermute stark, dass die Todesdrohungen von ihm stammen. Das sind die kleinen armseligen Bosheiten, die er genießt. Vielleicht sollen sie mich von seinen ruchlosen Plänen ablenken. Aber er verschwendet seine Zeit. Ich habe sowieso keine Ahnung, wie seine ruchlosen Pläne aussehen.

Ich höre dem prasselnden Regen zu. In ein paar Tagen werden die Straßen Kanälen ähneln, und kein Fahrzeug mit

Rädern wird sie noch passieren können. Ich stehe auf, zünde meine Laterne an und gehe nach nebenan. Sarija schläft immer noch auf dem Sofa. Ein Maskierter mit einem Schwert in der Hand beugt sich über sie und will ihr gerade die Kehle durchschneiden. Das habe ich nicht erwartet.

Ich werfe meine Lampe in seine Richtung. Er wehrt sie mit dem Arm ab, und sie zersplittert am Boden. Jetzt ist es stockdunkel im Zimmer, und ich bin mit einem bewaffneten Widersacher eingesperrt. Bevor meine Augen sich an die Dunkelheit gewöhnt haben, höre ich, wie er mich anspringt. Also werfe ich mich zur Seite, stoße gegen etwas und stürze schwer zu Boden.

Im nächsten Moment bin ich wieder auf den Füßen, und da meine Augen sich an die Dunkelheit gewöhnt haben, sehe ich, wie mein Angreifer versucht, mich zu umgehen. Ich lasse ihn in dem Glauben, dass ich ihn nicht gesehen habe. Er stößt mit dem Schwert nach mir, aber ich bin darauf vorbereitet und weiche ihm aus. Dann packe ich sein Handgelenk, und er knurrt überrascht. Ich ziehe ihn heran.

»Du kämpfst besser, als du aussiehst, Fettsack«, knurrt er und versetzt meinem Schienbein einen Tritt. Das tut weh, aber ich lasse ihn nicht los, bis ich ihn zu mir hochgezogen habe. Dann schlage ich ihm ins Gesicht. Er schreit vor Schmerz, als seine Nase bricht. Das gefällt mir.

Er fuchtelt mit dem Schwert herum, ist jetzt aber unkonzentriert. Ich warte ruhig auf meine Chance. Erneut stürzt er sich auf mich. Ich springe geschickt über die reglose Gestalt von Sarija, und er stolpert über sie. Dann schnappe ich mir einen Dolch von meinem Schreibtisch und schleudere ihn gegen den Kerl. Er trifft ihn in der Brust, und er fällt tot um.

Ich betrachte den Leichnam. Er war kein guter Kämpfer und hätte es sich überlegen sollen, bevor er sich mit mir anlegt. Schließlich habe ich viel Erfahrung.

Makri stürmt herein, nackt und nur mit ihrem Schwert in der Hand. Anscheinend hat der Lärm sie alarmiert.

»Wer ist das?«

»Das weiß ich nicht.«

Ich zünde eine Lampe an, damit wir besser sehen können. Aber klüger werde ich nicht. Es ist irgendein unbekannter Kerl, den ich noch nie zuvor gesehen habe.

»Was ist passiert?«

»Ich habe ihn dabei überrascht, wie er Sarija töten wollte.«

Die ist nicht einmal aufgewacht. Dieses Boah scheint ziemlich wirkungsvoll. Vielleicht würde ich ja besser schlafen, wenn ich es auch nähme.

Ich schleppe den Leichnam aus meinem Büro auf die Straße, wo ich ihn in einer Gasse liegen lasse. Ich will diesen Vorfall nicht der Zivilgarde melden, weil die das nur als Vorwand nehmen würde, mir das Leben noch schwerer zu machen. Der Regen wäscht sofort alle meine Fußspuren weg, was nicht etwa heißen soll, dass die Gardisten sich lange damit aufhalten würden, nach Spuren zu suchen. In ZwölfSeen ist es ganz normal, ab und zu einen Toten in einer Gasse zu finden. Als ich zurückkomme, hat Makri sich ein Wams übergezogen.

»Hättest du das nicht schon tun können, bevor du hereingekommen bist?«

»Warum denn?«

»Das ist wieder so eine Frage der Etikette. Hier bei uns stürmen junge Frauen nicht splitternackt in die Räume von irgendwelchen Männern.«

»Das würdest du nicht sagen, wenn sie zu viert gewesen wären und du meine Hilfe gebraucht hättest.«

»Wahrscheinlich nicht. Trägst du denn nie etwas, wenn du schläfst?«

»Nein. Du?«

»Natürlich. Nackt schlafen nur die Barbaren. Das ist so, als wenn du mit den Fingern essen würdest.«

»Und wenn du mit jemandem im Bett bist?«

»Nimmt man trotzdem Besteck.«

Makri meint, wenn sie schon wach ist, kann sie auch die wenigen Stunden bis zum Tagesanbruch nutzen, um ein bisschen Philosophie zu lernen. Sie besucht eine öffentliche Vorlesung von Sermonatius im Forum. Seitdem rätselt sie über die ewigen Formen.

»Glaubst du, dass wirklich irgendwo im Universum eine große, perfekte Axt existiert, von der meine eigene nur ein blasses Abbild ist?«

»Nein.«

»Sermonatius behauptet das aber. Und er ist der weiseste Mann im Westen.«

»Wer sagt das?«

»Alle sagen das.«

Ich will einen Witz machen, verkneife mir die Bemerkung aber lieber. Makri liebt ihre Philosophievorlesung und regt sich mächtig auf, wenn ich mich darüber lustig mache. Da sie mir eben noch zu Hilfe kommen wollte, sollte ich wohl eine Weile nett zu ihr sein. Sie will wissen, ob ich Sarijas Fall übernehme. Das werde ich, falls Sarija jemals wieder aufwacht.

»Ich brauche das Geld. Außerdem will ich auch wissen, wer Senator Mursius umgebracht hat. Er war immerhin mein Kommandeur. Das schulde ich ihm. Was wollte denn Marihana?«

»Einen Tipp, was Wetten angeht.«

»Wetten? Marihana? Wieso?«

»Das ist privat«, erwidert Makri zögernd.

»Warum sollte sie ausgerechnet dich fragen, wenn sie einen Tipp haben will?«

»Warum nicht? Immerhin bin ich eine Frau, die gerade acht Gurans mit Orgk-Zertrümmerer gewonnen hat.«

Der Wagen hat das Rennen souverän gewonnen und Makri und mir jeweils acht Gurans eingebracht.

»Damit habe ich jetzt achtzehn Gurans«, sagt Makri. »Wie lautet die nächste Wette?«

Anscheinend will Makri mir nichts von Marihana erzählen, also lasse ich das Thema zunächst auf sich beruhen. Makri nimmt das Wettblatt für morgen von meinem Schreibtisch und faltet es auf.

»Bist du plötzlich scharf auf Wagenrennen?«

»Ich habe keine Wahl. Wenn ich nicht ganz schnell zu diesen sechzig Gurans komme, kriege ich Ärger mit der Vereinigung der Frauenzimmer. Und eigentlich ist das alles sowieso deine Schuld.«

Ich verspreche ihr, mir die Favoriten für die nächsten Rennen anzusehen.

Als der Morgen graut, wacht Sarija auf. Sie sieht ganz schön mitgenommen aus, jedenfalls für eine Frau, die genug Geld hat, um sich das beste Essen, die besten Kosmetika und den besten Frisör von Turai leisten zu können. Ich versuche sie zu bewegen, ein bisschen zu frühstücken, aber sie hat keinen Appetit. Sie würgt kaum einen Bissen Brot hinunter. Ich dagegen frühstücke ausgiebig und frage sie dann nach weiteren Einzelheiten über den Fall.

»Ich werde den Mörder finden. Das muss ich auch, denn schließlich bin ich der Hauptverdächtige.«

Sarija will wissen, ob ich ihren Mann getötet habe. Ich versichere ihr, dass ich es nicht war. Sie scheint mir zu glauben.

»Und wen verdächtigt Ihr?«

Ich muss zugeben, dass ich keinen richtigen Verdächtigen habe. Abgesehen vielleicht einmal von ihr selbst.

»Ich? Warum ich?«

»Ihr seid sicher nicht besonders gut miteinander ausgekommen. Er wollte Euch kein Geld mehr geben, falls Ihr es für Boah ausgeben würdet. Daraufhin habt Ihr einige Kunstwerke verkauft, und er hat einen Detektiv engagiert, um sie wiederzubeschaffen. Ich würde mal sagen, das alles zusammen lässt nicht gerade auf ein besonders harmonisches Eheleben schließen.«

Sie räumt zwar ein, dass dies der Wahrheit entspricht, beharrt aber darauf, dass sie keinen Grund hatte, Mursius zu töten.

Das stimmt nicht ganz, werfe ich ein. Wenn Mursius sich nicht eingemischt hätte, wäre das ganze Familienvermögen in Sarijas Hände gefallen und hätte ihr einen unbegrenzten Konsum von Boah erlaubt. Die Droge hat sich in Turai bereits viele Male als ausreichendes Motiv für einen Mord erwiesen. Ich frage sie, wo sie war, als Mursius umgebracht worden ist.

»In Ferias. Die Dienstboten können das bezeugen.«

»Dienstboten können immer alles bezeugen. Hat Euch auch jemand gesehen, der nicht in Eurem Haushalt lebt?«

Sie schüttelt den Kopf. Anscheinend ist ihr noch gar nicht der Gedanke gekommen, dass sie ebenfalls verdächtig sein könnte. »Sicher kann mich irgendein Zauberer von jedem Verdacht rein waschen?«

»Vielleicht. Mächtige Zauberer wie der Alte Hasius Brillantinius können manchmal in die Vergangenheit zurückblicken und sehen, was passiert ist. Aber das ist schwierig. Es hängt von der richtigen Mondkonstellation ab, und zwar sowohl zur Tatzeit als auch zur Zeit der Nachfrage. Und die Aussagen sind häufig nicht sehr verlässlich. Deshalb gibt es immer noch Menschen wie mich, die gewisse Vorfälle untersuchen. Wisst Ihr, warum mich Carilis gestern besucht hat?«

Als ich Carilis erwähne, verzieht Sarija das Gesicht. »Keine Ahnung.«

»Ihr mögt Carilis nicht?«

»Mein Ehemann hat sie mir geschickt, damit ich kein Boah mehr nehme. Natürlich mag ich sie nicht. Und ich glaube, sie hat es sich in den Kopf gesetzt, mich zu verdrängen.«

»Euch zu verdrängen? Als Mursius' Ehefrau?«

Sarija nickt. »Deshalb konnte ich immer noch Boah kaufen. Carilis sollte es eigentlich verhindern, aber sie hat ein Auge zugedrückt. Wahrscheinlich hoffte sie, ich würde an einer Überdosis sterben, damit sie an meine Stelle treten könnte. Wahrscheinlich fand sie es an der Zeit, eine gute Partie zu machen. Sie stammt aus einer vornehmen Familie, aber ihr Vater hat sein ganzes Geld bei irgendeinem Skandal mit Grundstücksspekulationen verloren. Mursius und er waren Vettern. Also hat er sie aufgenommen.«

Verstehe. Ich habe mich schon gefragt, warum eine so offensichtlich aristokratische Frau wie Carilis als Kindermädchen arbeitet.

»Habt Ihr jemals daran gedacht, vom Boah loszukommen?«

»Jeden Tag. Aber das ist nicht so einfach.«

Ich unterhalte mich noch eine Weile mit ihr. Jetzt, da sie bei klarem Verstand ist, wirkt sie gar nicht mehr so unsympathisch. Im Gegenteil, ich mag sie sogar, vor allem, als sie mir erzählt, welche Schwierigkeiten sie nach der Hochzeit mit Mursius' Verwandtschaft hatte. Sarija stammt aus einer deutlich niederen Klasse als der Senator, und seine Verwandten konnten sie ganz und gar nicht leiden.

»Meine Mutter war eine Tänzerin aus Simnia. Ich habe die Tradition beibehalten und in der *Meerjungfrau* gearbeitet. Die Kaschemme war damals ein ziemlich rauer Platz für ein Mädchen.«

»Das ist sie immer noch. Es ist so ziemlich die rüdeste Kaschemme in ganz ZwölfSeen. Ich verstehe jetzt, warum Mursius' Sippe Euch nicht mochte. Wann habt Ihr Euch kennen gelernt?«

»Während der Orgk-Kriege. Ihr wisst ja, dass die Klassentrennung eine Weile aufgeweicht war, als die Orgks vor den Toren standen. Mursius kam mit einigen seiner Untergebenen in die Kaschemme, wenn sie dienstfrei hatten. Dort haben wir uns ineinander verliebt. Als der Krieg zu Ende war, kam er nach ZwölfSeen zurück, entführte mich in seiner Kutsche und heiratete mich. Das hatte ich nicht erwartet. Eine Weile ging alles gut ...« Sie hob die Hände. »Aber seine Familie hat mich niemals akzeptiert.«

Das kann ich nachfühlen. Ich habe unter den Verwandten meiner Frau ebenso gelitten. Man kann den Geburtsstand der Turanianer an ihren Namensendungen erkennen. Die Namen von vornehmen Frauen enden normalerweise auf »is«, wie zum Beispiel in Carilis. Niemand würde Sarija für eine Aristokratin halten, nicht einmal, wenn sie sich wie eine benehmen würde.

»Habt Ihr ein Bier?«

Ich reiche ihr eins.

Sie trinkt es genüsslich. »Wusstet Ihr, dass die Oberklasse nur Wein trinkt? Ich habe seit Jahren kein Bier mehr getrunken.«

Ich sage ihr nichts von dem Mann, den ich überrascht habe, als er versuchte, ihr die Kehle durchzuschneiden. Vielleicht war es ja nur ein Einbrecher mit einer besonders miesen Angewohnheit. Aber ich bezweifle es.

Sie leert die Flasche zügig und bittet um eine zweite. Sie wird mir immer sympathischer. Jeder Bierfreund ist auch mein Freund. Hoffentlich hat nicht sie Mursius umgebracht. Wir plaudern noch eine Weile über ihn. Plötzlich fängt sie an zu weinen. Nicht hysterisch, sondern einfach nur ruhig und traurig.

Ich hasse es, wenn meine Klienten heulen, vor allem, wenn es sich um Frauen handelt. Ich weiß dann nie, was ich machen soll. Ich tätschele ihre Hand. Aber das ist nicht besonders wirkungsvoll.

»Ich werde den Mörder finden«, verspreche ich ihr.

Das scheint sie ein bisschen zu trösten, aber es kann ihre Tränen nicht stoppen.

Ein offizieller Bote vom Senat trifft ein. Ich reiße die Schriftrolle auf und lese sie müde.

Kommt sofort zum Stadion Superbius, steht da. Zitzerius hat unterschrieben. Vermutlich hat er schlechte Nachrichten für mich, aber eigentlich bin ich ganz froh, dass ich jetzt einen Grund habe, vor Sarijas Tränen zu flüchten.

9. Kapitel

Das Stadion Superbius liegt direkt vor dem Osttor außerhalb der Stadtmauern. Es ist die größte Arena von allen Städten in der Liga der Stadtstaaten. Die Wagenrennbahn ist die längste in diesem Teil der Welt. Natürlich ist die von Samserika länger, aber Samserika liegt im Weiten Westen und ist viel größer als Turai.

Ich reite durch die Lustgärten zum Osttor. Normalerweise genieße ich diese Strecke, aber da die Lustgärten zur Hälfte unter Wasser stehen, bieten sie einen ziemlich armseligen Anblick. Außerdem bedrücken mich die Gedanken an den Grund, aus dem Zitzerius mich zu sich gerufen haben könnte. Ich vermute stark, dass ich einem Orgk vorgestellt werden soll. Darüber hinaus bin ich mittlerweile so nass wie die Decke einer Meerjungfrau, weil ich auf meinen magischen Regenmantel verzichtet habe. Stattdessen habe ich meine zauberischen Fähigkeiten damit erschöpft, mir den Schlafzauber ins Gedächtnis zu rufen. Lord Rezaz mag ja auf Einladung des Königs hier sein, aber ich werde trotzdem keinem Orgk ohne geeignete Vorsichtsmaßnahmen entgegentreten.

Prinz Frisen-Lackal besitzt eine Villa direkt neben dem Stadion, und hier hält sich Lord Rezaz auf. Noch weiß niemand in der Stadt, dass der Schlächter hier ist. Ein Gardist führt mich zu Zitzerius.

»Wir haben ein Problem«, verkündet der Vizekonsul zur Begrüßung.

»Schon?«

»Ich fürchte, ja. Kommt mit.«

Er führt mich durch die Villa. Sie ist genauso protzig wie erwartet, aber ich bin nicht in der Stimmung, Kommentare über die schicke Möblierung abzugeben. Bevor ich mich richtig sammeln kann, hat Zitzerius mich schon in einen großen Empfangssaal geführt. Am Fenster steht der Orgk, den ich das letzte Mal am Fuß unserer geborstenen Stadtmauer gesehen habe, und zwar vor etwa fünfzehn Jahren.

»Lord Rezaz Caseg«, sagt Zitzerius und stellt mich anschließend vor.

Lord Rezaz ist groß, selbst für einen Orgk, und er sieht noch ziemlich genau so aus, wie ich ihn erinnere. Etwas verknitterter vielleicht, aber das ist schwer zu sagen. Orgks sehen immer irgendwie verknittert aus. Trotz seines hohen Rangs trägt er nur die schlichte schwarze Tunika eines Orgk-Kriegers. Darüber allerdings hat er einen prächtigen roten Umhang geworfen, und in der Hand hält er einen goldenen Amtsstab. Neben ihm stehen zwei weitere Orgks. Die sind für ihre Rasse eher kleinwüchsig. Sie haben dunkles, zerzaustes Haar, was normal ist, und der eine trägt die schwarze Kleidung eines Kriegers. Er sieht hinterhältig und gemein aus. Der andere ist unbewaffnet. Wie sich herausstellt, ist das Rezaz' Wagenlenker.

Ich fühle mich außerordentlich unwohl. Ich bin zusammen mit drei Orgks in einem Zimmer, und der einzige Mensch, der mir helfen könnte, ist Zitzerius. Der Vizekonsul war noch nie ein großer Kämpfer, nicht einmal in seiner Jugend. Ich werde das Gefühl nicht los, dass diese Orgks mich angreifen wollen, diplomatische Mission hin oder her, und bereite den Schlafzauber vor.

»Ich erinnere mich an Euch.« Lord Rezaz' Stimme erschreckt mich.

»Ihr erinnert Euch an mich?«

»Damals, an der Mauerbresche. Ihr habt dort gekämpft.

Ich habe Euch gesehen. Allerdings wart Ihr damals erheblich dünner.«

Das erschreckt mich noch mehr, und außerdem bin ich etwas gereizt. Das Letzte, was ich erwartet habe, ist, dass er blöde Bemerkungen über mein Gewicht macht.

»Es freut mich, dass der Mann, der uns helfen soll, ein Krieger ist«, fährt der Orgk-Lord fort.

Zitzerius scheint hocherfreut, dass es sich so gut anlässt. Ein Diener bringt Wein. Bevor ich herkam, hatte ich beschlossen, solche Gesten abzulehnen. Ich will nicht mit einem Orgk trinken, habe ich zu Ghurd gesagt. Jetzt pfeife ich darauf und nehme ein Glas. Es hat keinen Sinn, mir selbst das Leben schwer zu machen.

»Würde mir vielleicht jemand erzählen, um welches Problem es sich handelt?«

»Sabotage«, sagt der Vizekonsul.

»Jetzt schon? Der Wagen ist doch noch nicht einmal hier.«

»Der Gebetsteppich meines Wagenlenkers ist entwendet worden«, erklärt Lord Rezaz. »Und ohne ihn kann er nicht fahren.«

Ich starre sie verständnislos an. »Sein Gebetsteppich?«

»Ein orgkischer Wagenlenker muss seinen Gebetsteppich unter seine Füße legen, bevor er sich in den Wettkampf begibt. Ohne ihn kann er nicht fahren. Und letzte Nacht hat jemand den Teppich meines Wagenlenkers gestohlen.«

»Könnt ihr ihm denn keinen neuen knüpfen?«

Dumme Frage. Anscheinend bekommt jeder Orgk seinen eigenen Gebetsteppich von einem Priester, wenn er in das richtige Alter kommt. Ihn zu verlieren ist eine ernste Sache. Einen Ersatz kann er nur von einem orgkischen Tempel bekommen, und der nächstgelegene Tempel der Orgks ist einige Wochenritte entfernt. Da ich nichts über orgkische Religion weiß, ist das alles Neuland für mich. Ich war mir nicht einmal sicher, ob sie überhaupt beten.

Ich drehe mich zu Zitzerius um. »Wird diese Villa denn nicht bewacht?«

»Sie wird sogar schwer bewacht. Trotzdem ist der Diebstahl passiert.«

»Wir haben natürlich damit gerechnet, dass es während unseres Aufenthalts einige Schwierigkeiten geben würde«, erklärt Lord Rezaz. »Aber wir haben nicht vorausgesehen, dass unsere Religion besudelt und wir beraubt würden, sobald wir in Turai ankommen. Und das, obwohl wir unter dem Schutz des Königs stehen.«

Zitzerius wirkt besorgt. Er sieht seine Kupferminen vor seiner Nase verschwinden und mit den Minen auch seine Gunst beim König.

Ich frage den Vizekonsul, ob ein Zauberer bereits an dem Fall arbeitet. Er wirkt etwas verlegen und gibt schließlich zu, dass er bisher gezögert hat, einen Zauberer zu Hilfe zu nehmen. Anscheinend fürchtet er, dass jeder Zauberer ihn in die Wüste schicken würde, wenn er ihn bitten würde, einen Gebetsteppich zu suchen. Die Wahre Kirche in Turai verfolgt jede Zauberei mit äußerstem Misstrauen, infolgedessen hütet sich die Zaubererinnung vor jeder Aktion, die möglicherweise als blasphemisch interpretiert werden könnte. Trotzdem verspricht er mir, zu versuchen, die Hilfe eines Zauberers zu bekommen. Allerdings rät er mir, mittlerweile ruhig schon mal mit den Nachforschungen anzufangen.

»Wer wusste, dass Lord Rezaz in Turai ist?«

»Der König und seine Familie. Der Konsul und ich. Das sind alle, abgesehen einmal von dem Bataillon, das ihn in die Stadt begleitet hat. Doch das sind die loyalsten Truppen, über die der König verfügt.«

In Turai sind nur wenige Menschen so loyal, dass man sie

nicht kaufen kann. Natürlich sage ich das nicht laut, weil ich uns nicht vor einem Orgk schlecht machen will. Ich wende mich an Rezaz.

»Gut. Ihr weiht mich besser in die Einzelheiten ein.«

Er sieht mich unbewegt an.

»So was tun Detektive. Sie lassen sich Einzelheiten schildern. Habt Ihr in Eurem Land keine Detektive?«

»Nein«, antwortet der Orgk-Lord. »Bei uns gibt es nichts zu ermitteln. Und in meinem Land wäre auch keiner so dumm, den Gebetsteppich meines Wagenlenkers zu stehlen.«

Ich lasse mir noch mehr Informationen geben. Und ich trinke noch mehr Wein. Es ist ein ausgezeichneter Jahrgang. Bald kommt es mir auch nicht mehr so schlimm vor, mit drei Orgks in einem Raum zu sein. Schließlich verabschiede ich mich. Während Zitzerius mich zur Tür begleitet, hält er mir einen Vortrag über die Bedeutung dieser Angelegenheit. Allmählich gewinne ich den Eindruck, dass Zitzerius es geradezu genießt, wenn er mir einen Vortrag über die Bedeutung von irgendeiner Angelegenheit halten kann.

Zu Hause wartet Kerk vor meiner Tür auf mich. Er wirkt wie ein Mann, der dringend Boah braucht. Selbst der Regen kann den Gestank nicht ganz aus seinen Kleidern waschen.

Er hat mir eine kleine Bronzetasse mitgebracht, die gerade erst bei einem der zahllosen Hehler von ZwölfSeen aufgetaucht ist. Er glaubt, dass sie aus Mursius' Sammlung stammen könnte. In Wirklichkeit hat er nicht den blassesten Schimmer, woher sie stammt. Er hat mir einfach das erste einigermaßen passende Ding mitgebracht, das ihm in die Finger gefallen ist. Um sich ein bisschen Geld zu beschaffen. Ihm wäre es sogar völlig gleichgültig, wenn die Tasse erst gestern hergestellt worden wäre.

Ich mache ihm deutlich, dass ich nicht beeindruckt bin,

zahle ihm jedoch eine kleine Summe für seine Mühe. Als er weg ist, lächle ich zufrieden. Ich erinnere mich an diese Tasse. Sie war bei den Gemälden und den Skulpturen in dem Lagerhaus.

»Sie stammt aus dem letzten Jahrhundert, aus dem fernen Samserika, wenn ich mich nicht irre«, erkläre ich Makri. »Sie gehörte Mursius. Ich glaube sogar, dass er mir damit einmal auf den Kopf geschlagen hat, als ich während des Wachdienstes eingeschlafen bin.«

»Sicher, Thraxas, du weißt ja, dass ich immer an deinen Kriegsgeschichten interessiert bin. Hast du das Wettformular schon angesehen?«

»Makri, deine Verwandlung von einer strengen Moralistin zu einer Zockerin der Rennbahn geschieht etwas plötzlich. Gib mir eine Chance, mich langsam daran zu gewöhnen.«

»Dazu haben wir keine Zeit«, erwidert Makri. »Ich muss bald diese sechzig Gurans übergeben. Die Frauen fangen schon an zu reden.«

Ich hole das neueste Wettformular von Mox hervor. Es ist feucht, wie im Augenblick alles in der Stadt. Makri und ich müssen mehr bezahlen, wenn wir die Formulare mitnehmen. Papyrus ist nicht gerade billig in Turai. Und Wettformulare werden, wie zum Beispiel auch die Exemplare von *Der Berühmte und Wahrheitsgetreue Chronist,* von einem Schreiber verfasst und dann von einem Zauberer kopiert. In Mox' Fall von Lehrlingen, was man an den Schreibfehlern unschwer erkennen kann.

»Mal sehen. Im ersten Rennen gefällt mir gar nichts. Im zweiten auch nicht. Vielleicht im dritten: Schwert der Vergeltung sechs zu vier. Das ist ein guter Wagen.«

»Was ist mit Burg des Untergangs?«, erkundigt sich Makri misstrauisch. Burg des Untergangs ist der Eins-zu-eins

Favorit, und sie scheut vor allem zurück, was riskant erscheint.

Ich schüttle den Kopf. Eines der Pferde hat sich in der letzten Saison ein Bein verletzt, und ich glaube nicht, dass es sich schon gänzlich erholt hat.

»Schwert der Vergeltung ist letztes Jahr zwei gute Rennen gelaufen. Sie trainieren mit ihm im Westen. Ich glaube, dass er gewinnen wird.«

»Das kann ich nur hoffen«, knurrt Makri. »Mein Leben war schon anstrengend genug, bevor du dafür gesorgt hast, dass ich mir jetzt auch noch über Wagenrennen den Kopf zerbrechen muss.«

Sie drückt mir ihre achtzehn Guran in die Hand. »Bist du sicher, dass der Stadionzauberer in Juval ehrlich ist?«, erkundigt sie sich.

»Ich glaube schon. Jedenfalls ehrlicher, als Astral Trippelmond war. Eigentlich bin ich nur hingegangen, um mich mit Lord Rezaz Caseg zu treffen.«

Makri zuckt überrascht zurück. »Was?«

»Zum Stadion. Er wohnt in der Villa des Prinzen.«

Makri will gerade ihre unausweichliche schlechte Laune bekommen, weil ich den Orgk erwähnt habe, doch ich wische das einfach zur Seite und erzähle ihr, was heute passiert ist.

»Gut«, sagt sie. »Vielleicht gehen sie jetzt ja nach Hause.«

»Leider nicht. Sie bleiben. Und ich werde Ihnen helfen, den Gebetsteppich zu finden. Ein seltsames Verbrechen. Jedenfalls nicht das, was ich erwartet hätte.«

Makri widerspricht und weist darauf hin, dass es sogar ein sehr kluges Verbrechen war. »Wie könnte man besser dafür sorgen, dass die Orgks nicht an dem Rennen teilnehmen? Wenn jemand den Wagen sabotiert, nachdem er angekommen ist, könnte man ihn reparieren. Vermutlich würde der König Rezaz die Dienste aller Wagenbauer in Turai zur Verfügung stellen. Und selbst bei den Pferden könnte man wenig ausrichten, weil Zitzerius gesagt hat, dass sie noch ein weiteres Gespann als Reserve mitbringen. Aber der Gebetsteppich ist ein sehr kluges Ziel. Kein orgkischer Wagenlenker würde ohne seinen Teppich fahren. Denn wenn er in dem Rennen stirbt, kommt er ohne nicht in den Himmel. Und bei diesem Wetter besteht keine Chance, einen neuen nach Turai zu bringen, jedenfalls nicht rechtzeitig. Wusstest du das denn nicht, das mit den orgkischen Wagenlenkern und ihren Gebetsteppichen?«

»Nein, ich wusste es nicht, und auch sonst niemand in Turai, außer der Person, die ihn gestohlen hat. Warum hast du das nicht früher erwähnt?«

Makri wirkt gereizt. »Niemand hat mich danach gefragt. Ich laufe nicht herum und halte Vorträge über Orgks. Es ist nicht meine Schuld, dass hier niemand etwas über ihre Kultur weiß.«

»Jedenfalls ist es ein Glück, dass du so viel darüber weißt, Makri. Denn du wirst mir helfen, sie zu finden. Widerspruch zwecklos. Du weißt, dass du keine Wahl hast. Wenn der orgkische Wagen nicht fahren kann, wird Rezaz seinen Schutz von den Kupferminen abziehen. Und Zitzerius wird wie ein böser Bann über uns kommen. Ich werde meine Lizenz verlieren, und du wirst die Hochschule nicht schaffen. Zunächst muss ich herausfinden, wer in der Stadt nicht will, dass der Orgk-Wagen startet.«

»Das dürfte wohl so ziemlich jeder sein.«

»Allerdings. Das macht die Sache etwas schwierig. Aber dieser Jemand muss einen triftigeren Grund haben als alle anderen. Und wer weiß schon genug über Orgks, um so einen Diebstahl durchzuführen? Es gibt nicht viele Menschen, die genug über die orgkische Kultur wissen, dass ihnen die Wirkung klar wäre, die es hat, wenn man ihnen den Gebetsteppich stiehlt.«

Makris Wut verraucht, doch dafür wirkt sie jetzt deprimiert. Ihre Rolle in dieser Geschichte mit den Orgks setzt ihr richtig zu. Sie denkt nicht gern an ihre Zeit als Gladiatorensklavin zurück. »Ich komme ganz gut mit ihnen zurecht, wenn ich sie einfach umbringen kann. Aber diese Art von Kollaboration halte ich nicht aus.«

Das kann ich nachvollziehen. Mir gefällt das auch nicht. Und außerdem habe ich noch den Mord an Mursius aufzuklären. Das heißt, ich muss noch länger in diesem peinigenden Regen herumlaufen und Leuten Fragen stellen, die sie nicht beantworten wollen. Ich verwünsche Rhizinius nicht zum ersten Mal.

Mit der Bronzetasse will ich Astral Trippelmond einen Besuch abstatten. Er ist ein guter Zauberer und findet vielleicht etwas darüber heraus. Doch bevor ich dazu komme, taucht Hauptmann Rallig auf. Er ist der Befehlshaber der kleinen Wachstation der Garde am Hafen. Der Hauptmann und ich kennen uns schon lange. Wir waren in der Armee in derselben Einheit und haben erst gegen die Niojaner und dann gegen die Orgks gekämpft. Wenn wir uns allerdings jetzt treffen, bereite ich ihm meistens Ärger. Er glaubt, dass ich sofort zur Garde kommen sollte, wenn ich bei meinen Ermittlungen auf etwas stoße. Doch das tue ich nur sehr selten.

Wie der Zufall es wollte, erfuhren unsere beiden Karrieren etwa zur selben Zeit einen drastischen Einbruch. Während ich von meinem Posten als Hoher Ermittler der Palastwache gefeuert wurde, verlor der Hauptmann seine beschauliche Stellung im Justizdomizil. Es hatte etwas mit den politischen Machenschaften von Rhizinius zu tun, der damals noch Vizekonsul war. Der Hauptmann landete wieder beim

Streifendienst, was ihm überhaupt nicht gefällt. Die kleine Wachstation am Hafen ist außerdem alles andere als ein betulicher Ort und ganz gewiss keine angemessene Belohnung für einen Mann, der tapfer für seine Stadt gekämpft hat. Aber in diesem korrupten Moloch, zu dem Turai degeneriert ist, werden nur jene befördert, die gute Beziehungen haben, und nicht jene, die der Stadt gut gedient haben. Das versetzt den Hauptmann so gut wie immer in schlechte Laune, und die Woge von Verbrechen, die durch Boah ausgelöst wurde, tut ein Übriges.

Meistens freue ich mich, meinen alten Kampfgefährten zu sehen, auch wenn sein Besuch größtenteils Kummer verheißt.

»Du steckst in der Gülle«, begrüßt mich Hauptmann Rallig denn auch prompt.

»Gülle ist meine zweite Natur«, erwidere ich verbindlich.

Aber das bringt mir nicht mal ein Lächeln ein. »Sagt dir der Name Lisox etwas?«

Ich schüttle den Kopf.

»Ein kleiner Schläger. Wir haben ihn eben erst tot in einer Gasse gefunden, nicht weit von hier. Er hatte eine Messerwunde in der Brust. Laut unseres medizinischen Experten war es eine Wunde von einem Wurfmesser, keine Stichwunde. Es gibt nicht viele, die ein Messer so genau werfen können, Thraxas. Es ist eine hohe Kunst.« Er schaut mich scharf an.

»Viele Männer haben das in der Armee gelernt«, erinnere ich ihn.

»Aber nicht viele können es so gut wie du.«

»Ich glaube, es war die Bruderschaft. Sie haben hier in der Gegend ein Monopol auf Verbrechen. Ihr wisst doch, wie sehr sie es hassen, wenn sich irgendwelche unabhängigen Kerle hier hereinzudrängen versuchen.«

»Würdest du dein Messer herausgeben, damit ein Zauberer es untersuchen kann?«

»Aber natürlich. Leider habe ich mein Messer seit einiger Zeit nicht mehr gesehen. Ich habe es verloren und bin noch nicht dazu gekommen, es zu ersetzen.«

»Vielleicht sollten wir dann lieber einen Zauberer der Garde vom Justizdomizil kommen lassen, damit er die Aura des Leichnams untersucht. Vielleicht findet er ja eine Verbindung zu deinem Büro.«

»Nun kommt schon, Hauptmann. Das Justizdomizil schickt doch keinen Erste-Klasse-Zauberer los, damit er die Aura von irgendeinem toten Vagabunden untersucht, der in ZwölfSeen gefunden wurde.«

»Wahrscheinlich nicht«, pflichtet mir Hauptmann Rallig bei. Er ist eben Realist. »Warum erzählst du mir nicht einfach, was los war?«

Ich schweige still.

»Was sollte das eigentlich, irgendwelche Orgks in Ferias zu melden?«

Damit überrascht er mich. »Ich habe welche getroffen. Ihr erwartet doch nicht, dass ich sie ignoriere?«

»Jedenfalls hat kein anderer sie gesehen. Ich habe gehört, dass Kemlath Orgk-Schlächter selbst dort war. Wenn er sagt, dass dort keine Orgks gewesen sind, sind dort keine Orgks gewesen.«

Der Hauptmann wirkt nachdenklich. Ich weiß, dass er im Moment ähnliche Erinnerungen durchlebt wie ich. Erinnerungen an den jungen Kemlath und wie er mit uns an der Mauerbresche gekämpft hat.

»Ihr wisst ja, Hauptmann, dass ich mir so eine Geschichte nicht ausdenken würde. Ich weiß nicht, warum Kemlath keine Spur gefunden hat. Jemand muss die Gegend mit Zauberei gesäubert haben. Es tat gut, den alten Kemlath wieder zu sehen. Erinnert Ihr Euch noch an den Tag, als er einen Kriegsdrachen heruntergeholt hat und Ghurd wütend war, weil er sein Zelt platt gemacht hat?«

»Vergiss diese Kriegsgeschichten. Was wolltest du überhaupt da draußen in Ferias?«

»Ich habe für Senator Mursius gearbeitet. Abgesehen davon fällt Ferias nicht in Eure Zuständigkeit.«

»Der Senator ist im Hafen ermordet worden. Das gehört zu meinem Gebiet. Und Präfekt Drinius glaubt, dass du ihn getötet hast.«

»Was wissen Präfekten schon von irgendwas?«

»Drinius ist wesentlich klüger als Calvinius. Wieso hast du eigentlich plötzlich den Vizekonsul auf deiner Seite?«

»Zitzerius ist immer bereit, einem ehrlichen Bürger zu helfen.«

»Eben. Und warum hilft er dir dann?«

Darauf erübrigt sich eine Antwort. Ich biete dem Hauptmann ein Bier an, aber er möchte keines.

Rallig ist etwa so alt wie ich, hat sich aber viel besser gehalten. Er ist groß, kräftig und hat breite Schultern. Sein Haar hängt in einem langen Zopf über seinen Rücken. Meines auch, aber meines ist braun, fast grau, und das des Hauptmanns ist immer noch blond. Er ist ein Frauentyp, jedenfalls war er das einmal, bevor ihn die steigende Verbrechensquote so erschöpft hat, dass er zu müde ist, um etwas anderes zu tun, als zu arbeiten und zu schlafen.

»Als die Garde das letzte Mal auf Lisox stieß, arbeitete er für Georgius Drachentöter. Den kennst du doch noch? Vielleicht steuerst du ja gerade volle Kraft den nächsten Fettnapf an, Thraxas. Na, willst du mir vielleicht jetzt etwas erzählen?«

»Da gibt es nichts zu erzählen.«

»Dann komm aber nicht angelaufen und schrei um Hilfe,

wenn Georgius dir auf den Hacken sitzt. Und sollte ich feststellen, dass du in diesem Fall aus der Reihe tanzt, komme ich über dich wie ein böser Bann. Ich habe schon genug Probleme, auch ohne dein Zutun.« Er wirft sich seinen schweren, wasserdichten Umhang über die Schultern. »Ich hasse die Heiße Regenzeit. Es schüttet wie aus Eimern, und ich schwitze trotzdem wie ein Schwein. Sollte ich noch einmal durch den Quintessenzweg waten müssen, um dir einen Besuch abzustatten, werde ich alles andere als erfreut sein.«

Dieses Wetter sollte eigentlich verboten werden. Wir schreiben den dreizehnten Tag der Heißen Regenzeit. Siebzehn liegen noch vor uns. Makri hatte Recht. Was für ein unmöglicher Ort für die Gründung einer Stadt.

Ich überdenke die Neuigkeiten. Georgius Drachentöter. Er ist ein mächtiger Zauberer. Zwar nicht nach den Maßstäben der ganz Großen, aber er ist wesentlich mächtiger als ich. Es scheint sehr wahrscheinlich, dass er hinter den Morddrohungen steckt. Und nun schleicht sich einer seiner Schläger in mein Büro und schreckt die Bewohner auf. Es ist bekannt, dass Georgius mit dem kriminellen Freundeskreis unter einer Decke steckt. Allerdings konnte man ihn nie wegen irgendeiner Sache verurteilen. Dafür ist er viel zu klug und hat zu viele Verbindungen. Ich frühstücke und überlege, was das alles eigentlich soll.

In letzter Zeit hatte ich einige merkwürdige Erlebnisse. Zunächst einmal diese Orgks in Ferias. Dann hat mich Carilis zum Lagerhaus geführt, wo ich den toten Mursius gefunden habe. Ich habe die verschwundenen Kunstwerke gefunden und sofort wieder verloren. Natürlich war da Zauberei im Spiel, auch wenn die Garde keine Spur davon gefunden hat. Und jetzt erhalte ich Morddrohungen. Unwillkürlich betaste ich meinen Glücksbringer, ein Halsband. Es besteht aus Rotem Elfentuch, das eine Barriere gegen Magie bildet. Ich habe das sichere Gefühl, dass Georgius Drachentöter hinter all dem steckt. Wenn das stimmt, werde ich ihn festnageln.

Was wohl Marihana von Makri will? Aber ich kann nicht darüber nachdenken, solange ich mit dem Gebetsteppich beschäftigt bin. Nur, wo soll ich anfangen? Praktisch die ganze Stadt wäre bereit, die Orgks zu sabotieren. Aber eigentlich sollte niemand wissen, wo sie sich aufhalten. Das Sinnvollste scheint mir, herauszufinden, wer dennoch davon wusste.

Ich setze Kuriya ein, ohne Erfolg. Kuriya ist eine dunkle Flüssigkeit aus dem Weiten Westen. In dieser geheimnisvollen Substanz kann ein erfahrener Anwender manchmal Ereignisse sehen, die sich in der Vergangenheit ereignet haben. Es ist unglaublich teuer, und ich habe lange gezögert, bevor ich meinen Vorrat vor einiger Zeit aufgefüllt habe. Trotzdem scheint es eine Verschwendung gewesen zu sein, weil ich eine Niete gezogen habe. Vielleicht gibt es da ja auch nichts zu sehen. Oder aber ich kann mich nicht in die erforderliche Trance versetzen, weil mir so viel im Kopf herumgeht. Wie auch immer, als ich mich hinsetze, mich so gut konzentriere wie möglich und in dieses Becken mit Flüssigkeit starre, sehe ich nichts weiter als ein Becken mit Flüssigkeit.

Man kann dasselbe Kuriya nicht zweimal benutzen. Ich gieße es weg und verfluche die Verschwendung. Anschließend nutze ich meine zauberischen Fähigkeiten, um meinen magischen Regenmantel aufzufrischen, und gehe hinaus.

Es regnet in Strömen. Erst will ich Carilis ausfindig machen und herausfinden, woher sie wusste, dass Mursius' Kunstwerke in dem Lagerhaus waren. Und danach statte ich Astral Trippelmond einen Besuch ab und zeige ihm die Bronzetasse.

Ein junger Kerl verkauft an der nächsten Straßenecke den

Berühmten und Wahrheitsgetreuen Chronisten. Wie immer ist er hastig von einem Schreiberling zusammengeschmiert und dann von einem Zauberlehrling kopiert worden. Er rühmt sich damit, über alle wichtigen Ereignisse in der Stadt zu berichten, aber in Wirklichkeit konzentriert er sich hauptsächlich auf die Skandale und berichtet in allen Einzelheiten über die verstohlenen Treffen zwischen Senatorensöhnen und bekannten Schauspielerinnen und dergleichen. Ich bemerke, dass der Verkäufer ausgesprochen fröhlich aussieht, als er seinen Stand aufbaut.

Dann legt er den Kopf in den Nacken und schreit: »Orgks in Turai! Ein orgkischer Wagen soll im Turas-Gedächtnis-Rennen an den Start gehen!«

Nur selten hatte der Schrei eines Zeitungsjungen einen derartigen Effekt. Selbst als der *Chronist* irrtümlich verkündet hatte, dass Prinz Frisen-Lackal an einer Überdosis Boah gestorben wäre, sind die Leute nicht so schnell durch den Regen gelaufen, um sich ein Exemplar des Nachrichtenpapyrus zu sichern. Kein Wunder, dass der Verkäufer so fröhlich ist.

Als sich herumspricht, dass Rezaz, der Schlächter, wirklich einen orgkischen Wagen für das Rennen gemeldet hat, gibt es sofort einen Aufstand. Die Leute ignorieren den Regen, strömen aus ihren Häusern und verlassen ihre Arbeitsplätze, um ihrem Ärger Luft zu machen. Schon bald sammelt sich ein wütender Mob, und es erheben sich zornige Stimmen. In der Menge befinden sich wie üblich Querulanten und Kriminelle, aber neben ihnen auch viele aufrechte Bürger, die von den schockierenden Nachrichten aufgewühlt sind. Bis auf die Botschafter, die auf dem Gelände des Kaiserlichen Palastes versteckt gehalten werden, hat kein Orgk jemals Turai betreten.

»Tod den Orgks!«

»Tötet sie!«

»Keine Orgks in Turai!«

»Die Stadt wird verflucht werden!«

Der oberste Repräsentant des Königs in ZwölfSeen ist Präfekt Drinius. Sein Haus liegt in der Nähe der Wachstation im Ruhepfad, und die Leute marschieren langsam in diese Richtung. Vermutlich sind die Neuigkeiten ohne Wissen der Behörden durchgesickert, weil die Garde auf Schwierigkeiten nicht vorbereitet scheint und nur langsam reagiert.

Die Armen von Turai sind zwar immer geneigt, einen kleinen Aufstand anzuzetteln, aber es ist nicht leicht, in diesem Regen einen auf die Beine zu stellen. Als die Zivilgarde schließlich das Ausmaß des Problems erkennt und beginnt, sich in dem Gebiet zu sammeln, wird sie wenigstens nicht von irgendwelchen brennenden Gebäuden daran gehindert.

Wie jeder andere bin auch ich an einem ordentlichen Aufstand interessiert, doch ich sollte wohl besser mit meiner Ermittlung weitermachen. Wenn die Garde das Viertel abriegelt, stecke ich in ZwölfSeen fest. Aber ich muss mich in die vornehmeren Viertel vorarbeiten, wenn ich Carilis finden will. Ich dränge mich durch die Menge. Daran bin ich gewohnt. Erst in diesem Sommer gab es einen gewaltigen Aufruhr in der Stadt, nachdem Harm, der Mörderische, ein besonders boshafter Halb-Orgk-Zauberer, den Acht-Meilen-Terror auf Turai losgelassen hatte. Selbst jetzt sind die Schäden noch nicht ganz repariert. Die Arbeiter werden weitermachen, sobald der Regen aufgehört hat.

Mir bereitet der Gedanke Kummer, dass meine Rolle in der ganzen Angelegenheit ebenfalls schneller bekannt werden könnte als erwartet, wenn jetzt schon die Pläne des Konsuls durchgesickert sind, einem Orgk-Wagen den Start bei einem Rennen in Turai zu erlauben. Es dürfte mir die Suche nach dem Gebetsteppich erheblich erschweren. Vermutlich sollte ich besser gleich Astral Trippelmond fragen, ob er mir mit einem geeigneten Zauberspruch aushelfen kann, die *Rächende Axt* davor zu schützen, von einem verärgerten Mob bis auf die Grundmauern niedergebrannt zu werden.

Die ersten Ziegelsteine fliegen. Die Meute wird allmählich aggressiver, und der Lärm, den sie veranstaltet, genügt, um den alten König Kiben von den Toten aufzuwecken. Schließlich lasse ich den Quintessenzweg hinter mir und biege in den Mond-und-Sterne-Boulevard ein. Der führt mich nach Pashish, einem Viertel, das zwar auch arm, aber gewöhnlich ruhiger ist als ZwölfSeen. Doch selbst hier wälzen sich ärgerliche Menschenmassen über die Straßen. Schwadronen der Garde sind unterwegs und halten mit ihren Schilden und vorgestreckten Speeren den Mob in Schach. Konsul Kahlius ist das Objekt der wüsten Kritik, weil er so etwas zugelassen hat. Einige beschimpfen sogar den König, woraufhin ich über die Klugheit seiner Politik nachdenke. Vermutlich brauchen Majestät das Kupfer dringend, aber diese Sache hier bringt den Populären nur noch mehr Zulauf, und die wollen die Monarchie schließlich abschaffen. Ich stehe plötzlich neben Litanex, dem jungen örtlichen Pontifex, dem Vertreter der Wahren Kirche. Er beteiligt sich natürlich nicht an dem Aufstand, weil er ja schließlich Priester ist, aber er ist von den Nachrichten sichtlich aufgebracht.

»Eine Schande!«, schreit er.

»Absolut!«, stimme ich ihm zu. »Orgks in der Stadt! Das ist einfach widerlich! Ich nehme an, dass die Wahre Kirche nicht sonderlich erfreut darüber ist?«

»Natürlich nicht! Wir werden sie vertreiben!«

»Und trotzdem«, füge ich hinzu, »wer weiß? Vielleicht beten sie ja sogar denselben Gott an wie wir.«

Dem Pontifex bleibt bei dieser Gotteslästerung geradezu

die Luft weg. Er schreit mich an, dass die Orgks keinen Gott anbeten, von dem er wüsste.

Ich entschuldige mich wegen meiner Dummheit. Der Pontifex entfernt sich. Hier haben wir jedenfalls einen Mann, der offensichtlich nichts von orgkischen Gebetsteppichen weiß.

Ich mühe mich weiter. Als ich das Geschäfts- und Marktviertel erreiche, ebbt zwar die Gewalttätigkeit ein wenig ab, aber selbst hier ist die Atmosphäre aufgeladen und gereizt. Die Neuigkeiten haben sich in der ganzen Stadt verbreitet, und den reichen Händlern gefällt das kein bisschen besser als den armen Arbeitern. In Turai hassen alle die Orgks.

Die Hitze, die sich in den letzten Tagen immer weiter aufgebaut hat, entlädt sich jetzt in einem heftigen Gewitter. Der Himmel scheint in einer ganzen Reihe von Blitzen zu explodieren, und der Donner tobt über die ganze Stadt. Der Regen ist so heftig, dass ich kaum sehen kann, wohin ich gehe. Ich muss in einem Torbogen Schutz suchen.

Dort finde ich mich neben einem gut gekleideten Mann wieder, einem Advokaten, nach dem Schnitt seines Umhangs und seines Wamses zu urteilen.

»Wir sind verflucht«, sagt er und schüttelt den Kopf, während der Sturm über uns tobt. »Man kann nicht einfach irgendwelche Orgks in die Stadt einladen und dann glauben, dass nichts Schlimmes passiert.«

»Vielleicht hat der König ja einen guten Grund dafür?«, merke ich an.

Der Advokat starrt mich wütend an. »Orgk-Schätzchen!«, faucht er und schreitet würdevoll in den Regen hinaus. Anscheinend zieht er den peinigenden Wolkenbruch der Gesellschaft eines Mannes vor, dem es nichts ausmacht, dass ein paar Orgks zu Besuch gekommen sind.

Ich starre mürrisch in den Regen hinaus. Ich kann mir schon jetzt genau ausmalen, wie anstrengend die nächsten Wochen werden.

10. Kapitel

Carilis wohnt wieder in Mursius' Villa in Thamlin, in der Nähe des Palastes. Früher einmal habe ich auch hier gelebt. In meinem alten Haus wohnt jetzt ein Palastzauberer. Er ist zwar boahsüchtig, aber er hängt es nicht an die große Glocke. Und er lebt einigermaßen bequem davon, dass er Horoskope für ehrgeizige Höflinge erstellt. Viele Zauberer in Turai stammen aus reichen Familien. Die wenigen, die arbeiten müssen, verdienen ihr Geld in der Regel mit sinnlosen Tätigkeiten und frönen ansonsten den Lastern aller Reichen. Vergleichsweise wenige bemühen sich, Gutes für die Stadt zu tun – wie zum Beispiel der Alte Hasius Brillantinius, der Oberste Ermittlungszauberer im Justizdomizil, oder Melis, die Reine, die als Zauberin im Stadion Superbius arbeitet.

Ein Diener führt mich herein. Carilis lacht, als sie mich sieht.

»Was ist denn so komisch?«

»Ihr. Ihr seid so fett, und Eure Füße sind nass.«

»Vielleicht könnt Ihr mir mit ein paar Neuigkeiten weiterhelfen, die ich nicht schon kenne.«

»Und das wäre?«

Bisher ist kein Diener gekommen und hat mir Wein angeboten oder mir auch nur meinen Umhang abgenommen. Ich lasse ihn einfach auf einen Stuhl fallen. Er ist immer noch trocken. Guter Zauber.

»Zum Beispiel, wer Mursius umgebracht hat.«

»Soweit ich weiß, seid Ihr ein Hauptverdächtiger.«

»Nur in den Augen des Gesetzes. Aber wer hat es wirklich getan?«

Carilis hat keine Ahnung, und sie behauptet außerdem, dass sie viel zu aufgeregt sei, um darüber zu reden. Ob das daran liegt, dass sie in Mursius ihren Liebhaber oder ihren Versorger verloren hat, weiß ich nicht.

»Woher wusstet Ihr, dass Mursius' Kunstwerke sich in dem Lagerhaus befinden?«

Das will sie mir nicht sagen.

»Hattet Ihr eine Affäre mit Senator Mursius?«, frage ich, um sie ein bisschen aufzurütteln.

»Nein«, gibt sie ziemlich ungerüttelt zurück.

»Sarija vermutet aber das Gegenteil.«

»Was kann diese boahsüchtige Närrin schon wissen?«

»Redet man so über seine Arbeitgeberin?«

»Nicht Sarija hat mich angestellt, sondern Mursius. Und es hat mir auch keineswegs gefallen, auf seine Frau aufzupassen.«

Das glaube ich gern. Keiner jungen Aristokratin würde es gefallen, zu einem schlichten Dienstmädchen zu werden. Das ist ein schrecklicher Statusverlust, und Status ist für solche Leute sehr wichtig.

»Wenn Ihr herausfinden wollt, wer Mursius getötet hat, solltet Ihr lieber ehrlich sein. Die Garde wird jedenfalls nichts herausfinden.«

»Ich kann mir irgendwie auch nicht vorstellen, dass Ihr etwas herausfindet, Fettsack!«

Für eine vornehme junge Dame hat sie ziemlich schlechte Manieren. Ich sage ihr auf den Kopf zu, dass ich sie verdächtige, mich hereingelegt zu haben. Das macht sie wütend.

»Wollt Ihr damit sagen, dass ich etwas damit zu tun hatte? Ich habe versucht, Mursius zu helfen. Wenn Ihr Eure Aufgabe gut erledigt hättet, wäre er noch am Leben.«

Sie dreht sich auf dem Absatz herum und stolziert hinaus.

Das Gespräch ist zu Ende. Auf dem Weg nach draußen nehme ich einen Pfirsich aus einer Fruchtschale und stopfe ihn mir in den Mund. Es ist ja nicht nötig, dass der Besuch vollkommen vergeblich gewesen ist. Trotzdem habe ich nicht viel erfahren, außer der Tatsache, dass Carilis immer noch in Mursius' Haus lebt. Aber da ihr Arbeitgeber jetzt tot ist, dürfte es nicht mehr lange dauern, bis Sarija sie hinauswirft.

Das Gewitter hat nachgelassen, der Regen prasselt jedoch unvermindert weiter. Hier in Thamlin ist die Wirkung nicht so schlimm. Der größte Teil des Wassers fließt vom Pflaster der Straßen und Bürgersteige in die Kanäle ab. Und hier werden die Häuser auch nicht sofort einstürzen, wenn der Boden unter ihnen nachgibt, wie es in ZwölfSeen jedes Jahr passiert.

Mein Mantel ist noch trocken, aber meine Schuhe sind klatschnass. Und die drückende Hitze lässt mir den Schweiß in Bächen über den Rücken laufen. Ein Karren hält neben mir. Seine Räder rumpeln dumpf auf den gepflasterten Straßen. Präfekt Drinius steigt aus, flankiert von drei Zivilgardisten.

»Ihr steht unter Arrest«, sagt er.

»Schön«, gebe ich zurück. »Ich hatte den Regen sowieso satt. Wie lautet die Anklage?«

»Mord. Wir haben das Messer gefunden, mit dem Senator Mursius getötet worden ist. Und jetzt ratet einmal, wessen Aura auf dem Handgriff ist.«

»Die von Erzbischof Xaverius?«

»Falsch. Die Eure.«

Die Gardisten werfen mich hinten in den Wagen.

»Lasst ihn nicht aus den Augen. Wenn er versucht, einen Zauberspruch auszustoßen, benutzt eure Schwerter.«

Sie haben offenbar keine Ahnung, dass ich meine ganze magische Fähigkeit daran verschwendet habe, trocken zu bleiben. Die Gardisten behalten mich jedenfalls sorgfältig im Auge, während wir nach Westen durch Thamlin rumpeln. Der Weg führt leicht bergauf und schlängelt sich durch das bewaldete Gebiet, das zum Palast führt. Das Justizdomizil, das Hauptquartier der Zivilgarde, befindet sich direkt außerhalb des Palastgeländes.

Was das jetzt wieder soll, verstehe ich sowieso nicht, also versuche ich es auch erst gar nicht. Ich bin ein wichtiger Mann in der Stadt, wenigstens einige Wochen lang. Der Vizekonsul braucht mich, damit ich auf die Orgks aufpasse. Er wird mich auch vor dieser fadenscheinigen Anklage schützen, die Drinius und Rhizinius ausgeheckt haben.

Das Justizdomizil ist ein großes Gebäude und bietet einen prächtigen Anblick, auch wenn man es in diesem Regen nicht sehen kann. Als ich noch Hoher Ermittler im Palast war, kannte ich hier alle. Und das, obwohl Palastwache und Zivilgarde Rivalen sind und normalerweise nie zusammenarbeiten. Es dauert ein paar Minuten, bis wir hineingelangen. Der Zauberer, der uns hereinlässt, braucht eine Ewigkeit, um den Zauberspruch hervorzustammeln, der die Türen öffnet und hinter uns auch wieder schließt. Wegen der Unruhen in der Stadt haben sie die Sicherheitsstufe erhöht.

Ich werde öfter mal in den Kerker geworfen, aber zweimal in zwei Tagen ist neuer Rekord. Wenn das so weitergeht, bekomme ich gar nichts geregelt. Dieser blöde Rhizinius hat es wirklich auf mich abgesehen! Plötzlich bemerke ich, wie dringend ich ein Bier brauche und wie lange es dauern wird, bevor ich eins bekomme. Wenn man erst einmal in einer Zelle sitzt, haben sie es mit dem Verhör nicht so eilig. Sie hängen der Theorie an, dass man leichter gefügig zu machen wäre, wenn man genug Zeit hat, über seine Lage nachzudenken. Für die meisten Leute mag das ja zutreffen, aber ich war schon viel zu oft im Gefängnis, als dass ich mich davon noch aus der Ruhe bringen lassen würde. Außerdem erweist sich diese kleine Zwangspause als gar nicht so schlecht. Es sitzt nämlich schon jemand in meiner Zelle, der ebenfalls ein großer Anhänger von Wagenrennen ist. Als er mir mitteilt, dass Schwert der Vergeltung einen Start-Ziel-Sieg hingelegt hat, bin ich so erfreut, dass ich meine Lage als Gefangener beinahe vergesse. Ich habe zusammen mit Makri sechs zu vier gewettet, das heißt, wir haben beide siebenundzwanzig Gurans gewonnen. Makri kommt ihren benötigten sechzig Gurans immer näher. Noch zwei, drei Gewinne, und sie lässt mich endlich in Ruhe. Und darüber hinaus verfüge ich dann über ein vernünftiges Sümmchen, mit dem ich beim Turas-Gedächtnis-Rennen wetten kann.

Nach kurzer Zeit sind mein Zellengenosse Drasius und ich in ein Gespräch über das bevorstehende Rennen vertieft. Er ist Bankier, der seine Klienten nicht ganz davon überzeugen konnte, dass seine Kontoführung vollkommen ehrlich war. Er hat gerade erst gehört, dass ein orgkischer Rennwagen in die Stadt kommt, und ist felsenfest davon überzeugt, dass er den Elfen das Siegen schwer machen wird.

Zum ersten Mal dämmert es mir, dass uns hier tatsächlich ein interessanter sportlicher Wettkampf ins Haus steht. Ich war so sehr von meiner unfreiwilligen Rolle in der Angelegenheit in Beschlag genommen, dass ich darüber noch gar nicht nachgedacht habe. Mondheller Bach dürfte sicherlich eine außergewöhnliche Quadriga sein. Lord Fidel-al-Ambra hätte den Wagen sonst gewiss nicht den weiten Weg von den Südlichen Inseln hierher geschickt. Ich habe viele Elfenwagen gesehen und kaum einen erlebt, der nicht alles Staub schlucken lassen konnte, was wir Menschen aufzubieten haben. Angeblich können die elfischen Pferdelenker mit ihren Pferden flüstern, was ihnen einen ziemlichen Vorteil verleihen dürfte. Andererseits, was ist mit dem Orgk-Gespann?

Ich hätte dem Wagen eigentlich keine Siegchance eingeräumt, aber Drasius, der Bankier, weist mich darauf hin, dass Lord Rezaz Caseg wohl kaum eine Quadriga herschicken würde, wenn sie keine Gewinnchance hätte.

»Warum sollte er das tun? Er will sich an dem Elfenlord rächen. Dann würde er ja wohl kaum eine lahme Krücke melden, die auf jeden Fall verliert. Vermutlich lohnt es sich, eine beträchtliche Summe bei den Buchmachern in die Orgks zu investieren.«

Allmählich kann ich mir ein Bild davon machen, warum Drasius Probleme mit seinen Kunden gehabt haben könnte. Aber was er sagt, ergibt Sinn. Die einzige Reaktion, die ich bisher auf diese Angelegenheit erhalten habe, war der ungeschminkte Hass meiner aufrührerischen Mitbürger auf die Orgks. Es überrascht mich ein wenig, auf jemanden zu stoßen, der mehr an der sportlichen Facette interessiert ist. Das weckt auch mein Interesse als Sportsmann. Klar, die Orgks sind unsere verhassten Feinde, und sicher, nur ein toter Orgk ist ein guter Orgk und so weiter und so fort, aber andererseits ist ein Wagenrennen ein Wagenrennen, und ich liebe Wagenrennen mehr als ein Senator Bestechungsgelder.

»Wir werden eine gute Quote auf die Orgks bekommen«, fährt Drasius fort. »Selbst wenn die Buchmacher seine Quote festsetzen, wird der Wagen nicht viele Anhänger in Turai finden. Vielleicht werden die Buchmacher die Quote sogar ein wenig in die Höhe treiben, um so mehr Wettbegeisterte anzuziehen.«

Das stimmt. Die Orgks sind unbeliebt, also müssen sie hoch gehandelt werden. Buchmacher setzen ihre Quoten teilweise nach der Chance fest, die sie dem Wagen geben. Aber die Menge der Wetter auf einen Wagen wird ebenfalls in Betracht gezogen. Ein beliebter Wagenlenker kann eine Menge Wetter auf sich ziehen, selbst wenn er nicht den besten Wagen fährt. Wenn das geschieht, müssen die Buchmacher die Quote senken, nur für den Fall, dass er zufällig gewinnt. Und umgekehrt wird ein guter Wagen mit einer hohen Gewinnchance, auf den aber niemand setzen möchte, eine höhere Quote haben. In der Regel kommt so etwas nicht vor. Denn warum sollte ein Wagen mit einer hohen Gewinnchance nicht beliebt sein? Aber bei den Orgks könnte sich ein besonderer Fall ergeben. Selbst wenn ihr Wagen gewinnt, glaube ich kaum, dass er von vielen Turanianern unterstützt wird, weil wir die Orgks hassen. Vielleicht bietet sich hier eine gute Gelegenheit. Oder, um es unverblümter zu sagen, es ist vielleicht eine sehr gute Idee, auf die Orgks zu setzen. Ich hasse sie zwar so sehr wie alle anderen, aber man muss die Dinge realistisch betrachten. Auf jeden Fall spornt mich dieser Aspekt erneut an, ihren Gebetsteppich zu suchen.

»Vermutlich wird Senator Mursius' Wagen einige Anhänger finden, die aus sentimentalen Gründen auf ihn setzen. Aber nur ein Narr würde auf ihn und gegen die Elfen wetten«, sagt Drasius.

Ich hatte vergessen, dass ja auch Mursius' Wagen noch im Rennen ist.

»Wusstet Ihr das denn nicht? Seine Frau hat den Stall übernommen.«

Das ist interessant. Man muss Sarija dafür bewundern. Mursius' Wagen ist bei weitem der beste menschliche Wagen in Turai. Die Öffentlichkeit wäre enttäuscht, wenn er nicht starten würde.

»Wenigstens geht es bei dem Rennen jetzt fair zu«, sagt Drasius.

»Wie meint ihr das?«

»Es sind Gerüchte im Umlauf, dass der Freundeskreis irgendeine Schweinerei geplant hat, aber ich bezweifle, dass sie jetzt noch eine krumme Tour versuchen werden. Nicht, wenn der Orgk-Wagen kommt. Der lenkt viel zu viel Aufmerksamkeit auf sich.«

»Ich wüsste nicht, wie sie überhaupt eine Gaunerei planen könnten«, widerspreche ich.

Wettbetrügereien, das Präparieren von Pferden und verschiedene andere Versuche, ehrliche Wetter wie mich zu betrügen, sind in den Rennen in der Provinz nicht unbekannt. Aber so etwas kann man im Stadion Superbius nicht machen. Dafür wird es zu sorgfältig kontrolliert. Melis, die Reine, gelobt sei ihr Name, ist Stadionzauberin, und sie sorgt dafür, dass alles mit rechten Dingen zugeht. Melis ist mächtig, klug und absolut unbestechlich. Daher ist sie auch die einzige Person in der ganzen Stadt, der alle trauen. Und vielleicht noch Zitzerius. Seit Melis Astral Trippelmonds Stellung übernommen hat, gab es nicht einmal mehr auch nur den Hauch eines Skandals im Stadion.

Drasius stimmt mir zu. »Es ist auf jeden Fall besser geworden. Ich habe eine Menge Geld verloren, als dieser Gauner Astral noch nach dem Rechten sehen sollte. Dieser Mistkerl!«

Astral Trippelmond wurde beschuldigt, zauberische Einmischung bei den Rennen nicht gemeldet zu haben, nachdem man ihn mit hohen Summen bestochen hatte. Ich habe bei seiner Verteidigung geholfen. Seine Unschuld konnte ich allerdings nicht beweisen, was auch schwierig gewesen wäre. Schließlich war er so schuldig wie der Teufel selbst. Aber ich habe die Beweise so verwässert, dass er zurücktreten konnte, ohne dass man ihn vor Gericht gestellt hat. Ich war zwar genauso wütend wie alle anderen über die Vorstellung, dass im Stadion betrogen wurde, aber Astral war mein Freund. Und außerdem hat er mich sehr gut bezahlt. Doch davon erwähne ich Drasius gegenüber lieber nichts.

»Seit Melis den Posten übernommen hat, sind alle Rennen gerecht verlaufen. Trotzdem habe ich gehört, dass der Freundeskreis irgendetwas vorhat.«

Der Freundeskreis kontrolliert den Norden der Stadt. Es ist nicht ausgeschlossen, dass er einen Versuch unternehmen könnte, einen Coup zu landen, aber ich wüsste nicht, wie er Melis, der Reinen, Sand in die Augen streuen wollte.

Als ein Gardist kommt und Drasius wegführt, bedauere ich, dass er geht.

»Es hat mich sehr gefreut, eine Zelle mit Euch teilen zu dürfen!«, rufe ich ihm nach. »Vergesst meinen Namen nicht. Wenn Ihr Hilfe braucht, kommt einfach vorbei.«

Nicht lange danach werde ich zu Prätor Samilius geführt. Für einen kleinen Stadtstaat hat Turai entschieden zu viele Bonzen. Wir werden zwar vom König regiert, aber unter ihm tummelt sich eine große Menge von gewählten Staatsbonzen, die alle um die Macht rangeln. Nach dem König kommt der Konsul, dem der Vizekonsul folgt, und dann gibt es vier Prätoren. Einer von ihnen, Prätor Samilius, ist Chef der Zivilgarde und hat sein Büro im Justizdomizil. Dann gibt es noch zehn Präfekten, einen vielköpfigen Senat, der ihnen gute Ratschläge gibt. Nicht zu vergessen die vielen einflussreichen Interessengruppen, die jede Menge politischen Druck ausüben, wie zum Beispiel der Ehrenwerte Verein der Kaufmannschaft, der Verehrte Verbund der Innungen und die Wahre Kirche, ganz zu schweigen von der Armee, die in Friedenszeiten die Zivilgarde ist, und zu guter Letzt die Palastwache.

So war es nicht immer. Vor fünfzig Jahren gab es nur den König, ein paar Bonzen und einen ganzen Haufen loyaler Untertanen, die bereit waren, für Turai zu kämpfen. Wir waren arm, aber stark. Jetzt sind wir reich und schwach. Es ist nur eine Frage der Zeit, wann Nioj kommt und uns vom Antlitz der Erde wischt.

Prätor Samilius ist nach unserem Maßstab nicht übermäßig korrupt, aber er ist ein harter Mann und hat wenig Mitleid für die gebeutelten Massen. Außerdem ist er ein berüchtigter Snob. Wie viele andere Angehörige unserer Oberklasse hat er einige ziemlich dekadente fremdartige Angewohnheiten angenommen, aber er hat wenigstens im Krieg gekämpft. Also ist er alles andere als verweichlicht, trotz seines schwabbeligen Bauchs und der Speckrolle an seinem Hals.

»Schneidet ihr ZwölfSeeler Euch denn nie die Haare?«, eröffnet er unser kleines Scharmützel.

»Diese Saison tragen wir es lang«, kontere ich schlagfertig.

Das Haar des Prätors ist kurz geschoren, grau und in einem ausgezeichneten Zustand. Seine Nägel sind perfekt manikürt, und er duftet nach Parfüm. Er sieht mich angewidert an.

»Wir sollten sie wirklich waschen, bevor wir sie in mein Büro lassen«, knurrt er seinem Sekretär zu.

Dann nimmt er ein Blatt Papier von seinem Schreibtisch und wirft es auf den Schreibtisch vor mir.

»Was ist das?«

»Euer Geständnis. Unterschreibt es.«

Jetzt muss ich aber doch lachen, das erste Mal heute.

»Was soll ich denn gestehen?«

Der Prätor kneift die Augen zusammen. »Das wisst Ihr genau.«

Ich schweige. Samilius rückt seinen Fettwanst auf dem Stuhl zurecht, beißt ein Stück von einem Pfirsich ab und wirft den saftigen Rest in den Mülleimer.

»Thraxas, Ihr bringt mich nicht dazu, dass ich grob mit Euch werde. Es wäre reine Zeitverschwendung. Eure Aura war auf dem Messer, mit dem Senator Mursius getötet worden ist.«

»Wer sagt das?«

»Der Alte Hasius Brillantinius.«

Das versetzt mir einen Schock, aber ich lasse es mir nicht anmerken. Der Alte Hasius Brillantinius ist der Oberste Ermittlungszauberer der Zivilgarde. Er ist sozusagen unfehlbar, und es ist beinah unmöglich, ihn zu überlisten. Und was die Sache noch schlimmer macht: Er ist unbestechlich. Ich schweige beharrlich weiter.

»Habt Ihr nichts zu sagen? Ihr wollt keinen Advokaten? Vielleicht erwartet Ihr, dass der Vizekonsul Euch zu Hilfe kommt?« Er lacht leise. »Der wird sich hier nicht einmischen. Das könnte sehr schlecht für seinen Ruf sein. Ihr befindet Euch nämlich auf direktem Weg zum Galgen. Selbst Zitzerius und seine famose Redekunst werden Euch vor Gericht nicht helfen. Nicht in dieser Sache. Nicht, wenn Ihr am Tatort angetroffen worden seid und Hasius Eure Aura auf der Tatwaffe gefunden hat. Warum macht Ihr Euch den Rest Eures Lebens nicht einfacher und unterschreibt Euer Geständnis?«

Ich schweige.

»Na gut«, sagt der Prätor.

Er unterschreibt umständlich einige offizielle Dokumente und informiert mich dann, dass ich wegen des Mordes an Senator Mursius angeklagt werde. Man wird mich in Gewahrsam halten, bis ich vor Gericht gestellt werde, wo mir dann der Prozess gemacht wird. Die Gardisten führen mich in meine Zelle zurück. Die ganze Sache gefällt mir überhaupt nicht. Ich habe mich darauf verlassen, dass Zitzerius mich hier herausholt, aber Samilius hat natürlich Recht. Ganz gleich, wie gern der Vizekonsul mir zu Hilfe kommen will, er wird sich nicht rühren, wenn es so gut wie sicher ist, dass ich Mursius getötet habe. Das wäre für ihn politisch verheerend.

Aber verstehen kann ich das alles nicht. Hasius behauptet, meine Aura wäre auf meinem Messer. Wie kann das sein? Ein wirklich guter Zauberer kann eine Aura zwar fälschen, aber nicht hundertprozentig, und außerdem ist es sehr schwierig. Und es ist beinahe unmöglich, Hasius zu foppen. Er mag ja schon fast hundert Jahre alt sein, aber was die Magie angeht, macht ihm so leicht keiner was vor. Wenn jemand mein Messer gestohlen und damit Mursius umgebracht hat, dann ist natürlich meine Aura darauf. Aber es müsste auch die des Täters darauf sein. Hasius hat jedoch nur meine Aura gefunden. Mit jeder weiteren Sekunde sieht die Sache schlimmer aus. Ein Geschworenengericht würde mich aufgrund dieser Beweise verurteilen. Und wenn ich unter den Geschworenen säße, würde ich mich auch verurteilen.

Der Ruf zum Gebet schallt durch das Justizdomizil. Ich knie mich hin und bete. Es scheint mir das Klügste zu sein. Ich bin kaum fertig, als die Tür aufgeht.

»Vizekonsul Zitzerius und Regierungszauberer Kemlath Orgk-Schlächter besuchen Thraxas!«, bellt der Gardist und drückt sein bisschen Brust heraus, als er Haltung annimmt.

Ich springe hoch. »Kemlath! Was bin ich froh, Euch zu sehen! Und Euch auch, Vizekonsul!«

Zitzerius sieht mich streng an. »Seid Ihr eigentlich unfähig, Euch für mehr als einen Tag vom Gefängnis fern zu halten? Ich wäre nicht hier, wenn mich Kemlath nicht dazu überredet hätte. Wie stichhaltig sind die Beweise gegen Euch?«

»Sehr stichhaltig«, gebe ich zu. »Ich war da, als Mursius getötet worden ist, und jetzt hat der Alte Hasius Brillantinius auch noch meine Aura auf der Mordwaffe gefunden.«

»Und was habt Ihr zu Eurer Verteidigung vorzubringen?«

»Ich war's nicht.«

»Ist das alles?«

»Was könnte ich sonst sagen?«

»Das hängt davon ab, wie viel Euch daran liegt, dem Galgen zu entkommen. Die ganze Angelegenheit kommt mir sehr ungelegen, Thraxas. Ich brauche Euch, damit Ihr diesen Gebetsteppich sucht.«

»Es gibt nichts, was ich lieber tun würde. Aber was soll ich machen, wenn Rhizinius und seine Leute hinter mir her sind?«

»Wollt Ihr damit sagen, dass Rhizinius diese Beweise manipuliert hat?«

»Irgendjemand hat sie jedenfalls manipuliert.«

»Davon bin ich auch überzeugt«, stimmt mir Kemlath Orgk-Schlächter zu. »Deshalb habe ich Zitzerius überredet herzukommen. Ein alter Soldat wie Thraxas würde niemals seinen Ex-Kommandeur ermorden. Wer weiß, was mit diesem angeblichen Beweis passiert ist?«

Zitzerius wirkt nicht sonderlich überzeugt. Als Vizekonsul kann er nicht seine ganze Zeit damit zubringen, in aller Öffentlichkeit die Fäden zu ziehen, damit ein Mann aus dem Gefängnis freikommt, der sich dann als der Mörder eines turanianischen Kriegshelden entpuppt. Das wäre politischer Selbstmord. Andererseits verlässt er sich darauf, dass ich ihm den Gebetsteppich des orgkischen Wagenlenkers wiederbeschaffe.

»In Anbetracht von Kemlath Orgk-Schlächters Meinung, dass der Beweis gegen Euch manipuliert worden sein könnte, bin ich bereit, noch einmal meinen Einfluss zu Euren Gunsten geltend zu machen. Ich werde Prätor Samilius instruieren, Euch freizulassen.«

Ich danke ihm ergebenst. Er tut meinen Dank mit einer kurzen Handbewegung ab. »Versucht einfach nur, Euch diesmal von jedem Ärger fern zu halten.«

Dann dreht er sich zu Kemlath um. »Teilt mir bitte umgehend Eure Ergebnisse mit. Es ist absolut vorrangig, dass Ihr so rasch wie möglich etwas herausfindet. Bei einer derartig erdrückenden Beweislage kann selbst ich Thraxas nicht allzu lange vor dem Gefängnis bewahren.«

11. Kapitel

Prätor Samilius ist so wütend wie ein Troll mit Zahnweh. »Wenn Ihr versucht, aus der Stadt zu türmen, lasse ich Euch am Stadttor in Stücke hacken!«

Mordprozesse werden bei uns nicht während der Heißen Regenzeit und auch nicht während irgendwelcher Festlichkeiten durchgeführt. Aber sobald es aufhört zu regnen und das Turas- und das Dreifach-Mond-Konstellations-Fest vorbei sind, werde ich vor Gericht gestellt.

»Zitzerius wird Euch nicht ewig vor mir schützen können.«

»Samilius«, antworte ich so würdevoll wie möglich. »Zitzerius muss mich auch nicht vor Euch beschützen. Als Prätor seid Ihr etwa so gut zu gebrauchen wie ein Eunuch in einem Bordell, mal abgesehen davon, dass Ihr so dumm seid wie ein Orgk. Meldet Euch bei mir, wann immer Ihr wollt. Und jetzt einen guten Tag noch.«

Kemlath erwartet mich vor dem Justizdomizil. Er zieht seinen Mantel fester um sich, als ihm auffällt, dass ich nicht nass werde.

»Benutzt Ihr einen Eurer Zaubersprüche, um Euch gegen den Regen zu schützen?«

»Ich benutze meinen einzigen Zauberspruch dafür.«

»Euren einzigen Zauberspruch? Tragt Ihr nicht noch ein paar mit Euch herum, damit sie Euch bei Euren Geschäften helfen? Ein paar Kampfsprüche und vielleicht auch einen, um versteckte Dokumente lesen zu können?«

Ich gebe zu, dass ich zurzeit nicht mehr als einen Zauberspruch in meinem Gedächtnis herumtragen kann. »Es nimmt alle meine Kräfte in Anspruch, dass ich trocken bleibe. Allerdings erzähle ich nicht überall herum, wie wenig Magie ich benutzen kann. Wie ist übrigens Eurer Meinung nach meine Aura auf das Messer gekommen?«

Kemlath kann das auch nicht so recht erklären. Aber ihm ist klar, dass der Alte Hasius Brillantinius nicht leicht zu übertölpeln ist. »Es gibt natürlich Möglichkeiten. Ich kümmere mich darum. Mal sehen, was ich herausfinde. Bis dahin solltet Ihr mir alles erzählen. Vielleicht bekomme ich so ein paar Hinweise, wer Euch angreift.«

Ich bin Kemlath sehr dankbar. Wir haben zwar zusammen gekämpft, aber das war vor langer Zeit, und er schuldet mir nichts.

In Thamlin findet man immer Miet-Landauer, im Gegensatz zu ZwölfSeen. Und die Kutscher sind alles andere als erpicht darauf, einen in das Hafenviertel zu fahren.

»In die nächste Kaschemme«, weise ich den Fahrer an. »Und danach in die Königliche Bibliothek.«

Kemlath ist überrascht. »Wollt Ihr Euch etwa weiterbilden?«

»Nein, ich will mich unterhalten.«

Der Kutscher hält an einer eleganten Gaststätte am Rand der bewaldeten Hügel zwischen dem Palastgebiet und Thamlin. Die Gäste sitzen in intimen Nischen und schlürfen Wein. Es handelt sich hauptsächlich um hohe Palastbedienstete und Bonzen, um ein oder zwei Senatoren und ihre Sekretäre, und ich kann sogar ein paar Zauberer sehen. Ich schnappe mir eine Kellnerin und bestelle den größten Krug mit Bier, den sie haben. Anschließend schärfe ich ihr ein, ihn so lange nachzufüllen, bis ich sage, dass sie aufhören kann.

»Und etwas zu essen«, füge ich hinzu.

Ich habe hier häufig gegessen, als ich noch im Palast gearbeitet habe. Damals hatten sie einen sehr guten Koch. Ich hoffe, dass er immer noch hier arbeitet.

Die Kellnerin bringt mir eine Speisekarte.

»Bringt mir alles. Und noch etwas Brot extra.«

»Eine Möglichkeit, eine Aura zu fälschen ...«, beginnt Kemlath.

Ich unterbreche ihn mit einer Handbewegung. »Ich bin zu hungrig. Wartet noch einen Moment.«

Ich trinke meinen Krug in einem Zug aus, setze den zweiten an und bedeute der Kellnerin, den auch gleich wieder nachzufüllen. Die ersten Gänge des Essens kommen. Brot und irgendwelche raffinierten Fisch-Vorspeisen. Ich kann nicht genug von der Speise mit dem kleinen Löffel aufschaufeln, den man mir gegeben hat, also benutze ich meine Finger und nehme auch noch das Brot zu Hilfe.

»Mehr Bier«, sage ich zur Kellnerin, bevor sie mir entwischen kann. »Schnell. Und bringt bei der Gelegenheit gleich den nächsten Gang mit.«

Sie lächelt. Zweifellos wissen die Angestellten einen Gast zu schätzen, der einen gesegneten Appetit hat. In der Gaststätte ist es angenehm kühl. Ich habe mich schon seit Wochen nicht mehr so wohl gefühlt. Die Kellnerin kommt mit einem kleinen Rollwagen an, auf dem sechs Hauptgerichte und eine appetitliche Auswahl von Beilagen stehen. Sie sieht mich fragend an.

»Lasst den Wagen einfach stehen«, sage ich. »Und bringt mir noch ein Bier. Habt Ihr denn keine größeren Krüge?«

Kemlath sieht mir überrascht zu, wie ich mich über die Speisen auf dem Wagen hermache. Er selbst nippt an einem Glas Wein und stochert auf seinem kleinen Teller mit geröstetem Hühnchen herum.

»Ich muss auf meinen Magen achten«, sagt er beinah entschuldigend.

Typisch Zauberei. Sie kann einem nicht mal einen gesunden Appetit und eine gute Verdauung garantieren.

»Kann ich Euch noch etwas bringen?«, will die Kellnerin wissen. Ich bitte sie, noch einmal einen Wagen mit Hauptgerichten aufzufahren.

»Aber macht diesmal die Teller voller. Und eine Nachspeise von jeder Sorte. Und noch etwas Brot. Habt Ihr mir schon ein frisches Bier gebracht? Bringt mir lieber noch eins.«

Ich löse meinen Gürtel, und er fällt klappernd zu Boden. Ich achte nicht darauf, sondern esse weiter. Allmählich fange ich an, mich wieder wie ein Mensch zu fühlen.

»Noch mehr Bier«, bitte ich die Kellnerin.

Ich bemerke, dass der Küchenjunge mir bewundernd zusieht.

»Es scheint schon eine Weile her zu sein, seit sie einen guten Esser hier bewirtet haben«, murmele ich Kemlath zu. Dann widme ich mich der reichhaltigen Nachspeise.

Als ich noch ein Bier in mich hineingieße und ein paar Reste vertilge, kommt der Küchenchef an unseren Tisch.

»Thraxas!« Er streckt erfreut die Hände in die Luft. »Ich hätte wissen müssen, dass Ihr es seid! Wir haben Euch vermisst!«

Als wir wieder hinausgehen, ist der Kutscher so nass wie die Decke einer Meerjungfrau und sieht so elend aus wie eine niojanische Hure. Kutscher und Miet-Landauer sind berüchtigt für ihre schlechte Laune.

»Zur Bibliothek«, fordere ich ihn auf.

»Ich habe noch nie jemanden mit einem solchen Appetit gesehen«, sagt Kemlath bewundernd, als wir losfahren.

»Ich brauche viel Energie. Schließlich habe ich ernsthafte Ermittlungen zu führen. Und da ich im Augenblick immer wieder im Gefängnis lande, weiß ich nie, wann ich meine nächste Mahlzeit bekomme.«

Ich nehme einen Schluck aus der Flasche, die ich mitgenommen habe. Ich muss sie austrinken, bevor wir in die Königliche Bibliothek kommen. Ich weiß aus Erfahrung, dass die Bibliothekare sehr empfindlich sind, wenn sich jemand ihren Büchern und Manuskripten mit einer Flasche Bier in der Hand nähert.

»Wen wollt Ihr da treffen?«, will Kemlath wissen, als das gewaltige marmorne Gebäude in Sicht kommt.

»Makri.«

»Ist sie die Frau, die die Orgks getötet hat? Kann sie denn lesen?«

»Und ob sie lesen kann. Und lasst sie nur nicht hören, dass Ihr das anzweifelt. Makri ist eine hingebungsvolle Intellektuelle, und sie reagiert sehr empfindlich auf Männer, die sie damit aufziehen. Abgesehen von mir natürlich, aber immerhin habe ich ihr die Fähigkeiten beigebracht, die sie brauchte, um in der großen Stadt zu überleben.«

»Warum wollt Ihr sie denn jetzt treffen?«

»Weil sie klug ist. Ich werde ihr erzählen, was passiert ist. Vielleicht hat sie eine Idee. Außerdem habe ich gute Neuigkeiten für sie.«

Zu dieser Tageszeit lernt Makri in der Regel in der Bibliothek. Es überrascht natürlich nicht, dass die Angestellten ziemlich bestürzt waren, als eine junge Frau mit Orgk-Blut plötzlich auftauchte und nach Manuskripten über Philosophie und Rhetorik fragte. Da aber die Bibliothek grundsätzlich allen Leuten offen steht, die die Innungshochschule besuchen, mussten sie Makri zulassen. Mittlerweile haben sich die Bibliothekare an sie gewöhnt und freuen sich sogar, Makri zu sehen. Sie mögen jeden, der ihre Arbeit zu schätzen weiß.

Ich lasse Kemlath im Landauer zurück, nachdem ich mich mit ihm eine Stunde später in der *Rächenden Axt* verabredet habe. Die Königliche Bibliothek ist riesig. Sie besteht aus zwei großen Trakten, die von einer gewaltigen Kuppel in der Mitte verbunden werden, und beherbergt eine der schönsten Büchersammlungen im ganzen Westen.

»Bitte gebt Euren nassen Umhang an der Garderobe ab«, bittet mich der Pförtner.

»Er ist vollkommen trocken«, erwiderte ich und deute darauf.

Das beeindruckt ihn. Alle anderen in der Stadt sind vollkommen durchnässt, und ich spaziere trocken und voller Wohlbehagen herum. Was für ein großartiger Zauberspruch!

Ich gehe in die ausgedehnte Philosophie-Abteilung, die sich im rückwärtigen Teil des Gebäudes befindet. Es stehen und liegen Tausende von Büchern und Manuskripten herum. Kleinere Büsten von Königen, Heiligen und Helden schmücken Nischen in den Wänden, und die Decke ist mit einem großartigen Fresko bemalt, das zeigt, wie Sankt Quaxinius die Orgks vertreibt. Der große Usax hat es gemalt, der beste Künstler, den Turai jemals hervorgebracht hat. Er lebte vor etwa hundert Jahren. Eine Menge Kultur für ein einziges Gebäude. Makri gefällt es. Ich war noch nie hier, bis Makri in die Stadt gekommen ist.

Das war auch einer der Gründe, aus dem sie sich für Turai entschieden hatte. Viel Kultur. Sie hatte darüber hinaus gehört, dass es hier jede Menge Kämpfe gab. Mit beiden Vermutungen lag sie richtig, aber sie hatte nicht erwartet, dass wir so degeneriert wären, wie sie sagt. Andererseits hatte sie auch nicht erwartet, dass allein ihre Figur ihr so viel Geld einbringen würde. Während ihrer Zeit als Gladiatorin wusste sie nicht einmal, wie toll sie aussah. Orgks finden Menschenfrauen nicht sonderlich attraktiv, also hat es ihr keiner gesagt.

Ich finde sie über eine alte Schriftrolle gebeugt. Sie sieht mich misstrauisch an.

»Hast du irgendwo ein Bier versteckt?«

»Natürlich nicht.«

»Letztes Mal hattest du eines. Die Bibliothekarin hat sich mächtig aufgeregt.«

»Diesmal habe ich jedenfalls keines dabei.«

»Du bist nicht sonderlich rücksichtsvoll, Thraxas. Ich muss hier lernen. Dein letzter Auftritt hier war für mich sehr unangenehm, wie du wohl weißt. Das Letzte, was ich gebrauchen kann, ist, dass du betrunken hier ankommst und Bier über die Manuskripte gießt.«

»Meine Güte, Makri, ich bin gerade aus dem Gefängnis entlassen worden. Ich arbeite an einem Mordfall. Würdest du dir bitte einen anderen Zeitpunkt aussuchen, um mir einen Vortrag zu halten? Ich habe gute Nachrichten für dich.«

Eine Bibliothekarin in einer wallenden Toga eilt auf mich zu und fordert mich auf, leise zu sein und die anderen Leser nicht zu stören. Makri wirft mir einen gereizten Blick zu, steht auf und führt mich in einen kleineren Raum, wo wir uns ungestört unterhalten können.

»Was für gute Nachrichten?«

»Schwert der Vergeltung hat gewonnen.«

Makri stößt einen Freudenschrei aus und tanzt praktisch um den Tisch herum. Ich bin sehr zufrieden mit mir.

»Siehst du? Habe ich dir nicht gesagt, dass ich die Gewinner herauspicken kann? Für einen Mann mit meinem Talent ist das so einfach, wie einen Senator zu bestechen. Gut, ich habe gelegentlich auch mal einen schlechten Tag, aber wenn du Hilfe beim Wagenrennen brauchst, ist Thraxas genau der richtige Mann für dich.«

Makri zählt ihre Gewinne zusammen.

»Siebenundzwanzig Gurans. Und achtzehn hatte ich

schon. Und dir schulde ich noch zehn. Also bleiben fünfunddreißig für mich übrig. Wann findet das Rennen in Juval noch einmal statt?«

»In ein paar Tagen. Ich kann ja einen Blick auf die Wettformulare werfen, wenn du bei Mox vorbeigehst und sie abholst.«

»Die Formulare werden immer nass, wenn ich von Mox zurückkomme«, erklärt Makri listig. »Leih mir deinen magischen Umhang.«

Ich reiche ihn ihr seufzend. »Großartiger Zauber«, erklärt Makri und wickelt sich behaglich in den Umhang ein. »Was gibt es Neues in der Mordsache?«

Makri hört mir eine Weile zu, während ich ihr die neuesten Ergebnisse schildere. »Ich habe immer noch nichts über Lisox herausgefunden, den Kerl, der versucht hat, Sarija zu töten. Hauptmann Rallig hat gesagt, er habe für Georgius Drachentöter gearbeitet. Erinnerst du dich noch an ihn?«

»Natürlich. Wahrscheinlich steckt der hinter all dem«, sagt sie. »Er kann dich nicht leiden, und er ist ein Zauberer.«

»Vielleicht. Er ist zwar sehr mächtig, aber ich glaube nicht, dass seine Zauberei genügt, um den Alten Hasius Brillantinius zu täuschen, was die Mordwaffe angeht. Allerdings könnte er sich verbessert haben. Auf jeden Fall ist er mein Hauptverdächtiger.«

»Du steckst wirklich in Schwierigkeiten.« Makri schüttelt den Kopf.

»Allerdings. Es ist zwar normal, dass die Garde mich jedes Verbrechens verdächtigt, für das sie keinen besseren Verdächtigen finden kann. Aber diesmal will mich jemand richtig reinreiten. Selbst Zitzerius zweifelt an mir. Wenn ich den Fall nicht bald knacken kann, stecke ich ganz schön in der Klemme. Ich weiß nicht einmal, ob das alles mit dem Mord zu tun hat oder mit Rhizinius' Feldzug gegen mich.«

Makri will wissen, ob ich irgendwelche guten Spuren habe. Das muss ich leider verneinen. Bei Carilis habe ich auch keine Fortschritte gemacht. Der nächste Schritt dürfte wohl sein, mit Mursius' Frau Sarija zu sprechen.

»Wahrscheinlich ist sie wieder bis unter die Kopfhaut voll mit Boah. Es geht mir an die Nieren, wenn ich versuchen muss, etwas Vernünftiges aus Boahsüchtigen herauszubekommen.«

»Vielleicht nimmt sie ja jetzt nicht so viel Boah, da sie doch Mursius' Wagen beim Turas-Gedächtnis-Rennen starten lassen will.«

Es überrascht mich, dass Makri so etwas sagt. »Wie hast du davon erfahren?«

»Die ganze Stadt spricht darüber. Selbst die Studenten an der Hochschule reden von nichts anderem. Alle denken nur an das Rennen zwischen Elfen und Orgks. Hat Sarijas Wagen denn überhaupt eine Chance?«

»Überhaupt keine. Du wolltest doch nicht etwa darauf setzen?«

»Vielleicht.«

»Setze auf die Elfen. Sie werden gewinnen, es sei denn, der Wagen der Orgks wäre erheblich besser, als wir erwarten. Falls er überhaupt an den Start geht. Bis jetzt bin ich noch keinen Schritt weitergekommen, was diesen Gebetsteppich angeht. Ich hoffe, dass Zitzerius einen Zauberer überreden kann, ihn zu suchen. Wie gehen Orgks eigentlich mit Wagen um? Damals im Krieg haben sie sich ziemlich geschickt angestellt.«

»Sie sind gut«, sagt Makri. »Einige können auch ganz ausgezeichnet mit Pferden umgehen. Es würde mich nicht überraschen, wenn Rezaz, der Schlächter, ein verdammt heißes Gespann nach Turai bringt.«

Mir fällt auf, dass Makri trotz ihres Hasses auf alles, was

mit Orgks zu tun hat, von der Aufregung um das Rennen angesteckt worden ist. Bevor ich gehe, frage ich sie, ob sie eine Ahnung hat, wie ich den Gebetsteppich finden könnte. Aber da kann sie mir nicht weiterhelfen.

Ich besuche meinen Freund Astral Trippelmond, aber auch das erweist sich als ein vergeblicher Versuch. Er kann mir nichts über die Bronzetasse verraten, die Kerk mir gebracht hatte.

»Sie ist magisch gesäubert worden.«

So ziemlich an jeder Sache, über die ich gerade Erkundigungen einziehen will, hat jemand herumgezaubert. Diese verdammten Zauberer.

Ich bitte Astral, in die Zeit zurückzublicken und etwas über die drei Orgks herauszufinden, denen ich in Ferias begegnet bin, aber auch hier ziehe ich eine Niete.

»Wer es auch war, der da sauber gemacht hat, er ist zu mächtig für mich, Thraxas«, sagt er. Er wirkt mürrisch, weil er bei diesem Regen zusammen mit uns anderen in der Stadt festsitzt und keine schöne Villa in Ferias hat, wohin er sich wie die anderen Zauberer zurückziehen kann.

»Wie viel können Turais Zauberer über Orks wissen? Speziell über ihre Religion?«

»Haben Orgks denn eine Religion?«, erkundigt sich Astral.

»Vielleicht. Du weißt schon, mit Tempeln und Bischöfen und solchen Dingen. Und vor allem mit Gebetsteppichen.«

Astral kichert. »Das bezweifle ich. Sie sind viel zu wild, um irgendwelche Zeit aufs Beten zu verschwenden.«

Also scheinen selbst unsere Zauberer nichts von orgkischen Gebeten zu wissen. Aber jemand in dieser Stadt hat etwas gewusst. Immerhin so viel, dass er ihren Gebetsteppich stehlen konnte.

In ZwölfSeen hat sich der Aufruhr noch nicht ganz gelegt.

Die Zivilgarde hat zwar für Ruhe gesorgt, aber man spürt die dumpfe Wut noch überall. Die Trinker in der *Rächenden Axt* stoßen leise Flüche gegen den König und den Konsul aus, weil die das alles zugelassen haben.

»Ich habe nicht mein Leben im Kampf gegen die Orgks riskiert, damit sie jetzt ihren Wagen beim Turas-Gedächtnis-Rennen laufen lassen können«, knurrt der alte Parax, der Schuhmacher. Seine Saufkumpane nicken zustimmend.

Ich kann mich nicht daran erinnern, dass Parax damals sein Leben riskiert hätte. Wenn ich mich recht erinnere, hat er sich während des Krieges auf dem Dachboden seiner Mutter versteckt. Aber er hat ein gutes Gespür für die Stimmung in der *Rächenden Axt*. Selbst Ghurd ist durcheinander. Als Barbar, der er ja nun einmal ist, hat er sich nie lange mit komplizierter Strategie aufgehalten. O nein. Er bevorzugt stattdessen die Devise, dass man jeden Orgk töten sollte, über den man stolpert.

»Vielleicht haben wir Rezaz nur hierher gelockt, damit wir ihm auflauern können«, sagt er hoffnungsvoll.

Makri zwängt ihren Prachtkörper in ihren Kettendress, aber die schlechte Stimmung, die heute in der Kaschemme herrscht, ist wenig förderlich für das Trinkgeld. Ein Trinker nach dem anderen kommt in die Kaschemme, flucht auf den Regen, verflucht die Orgks und hockt sich brütend hinter eine Flasche Bier. Selbst als Makri zu einem Trick greift und ein paar Glieder aus dem Kettendress entfernt, bringt das nicht viel. Obwohl das Oberteil jetzt so winzig ist, dass sie genauso gut nackt herumlaufen könnte.

»Diese Kupferminen mögen ja gut für die Schatzkiste des Königs sein, aber sie ruinieren mein Einkommen«, beschwert sie sich und knallt einigen Hafenarbeitern ihre Bierkrüge auf den Tisch. Die Männer würdigen sie jedoch kaum eines Blickes.

Ein paar Gäste fragen mich, wie meine Jagd auf Mursius' Mörder läuft. Sie wissen, dass die Garde mich verdächtigt, aber wenigstens in der *Rächenden Axt* hält mich niemand für einen Mörder. Ich erwidere, dass ich gut vorankomme.

»Mursius wusste, wie man Orgks behandeln muss«, sagt Parax. »Man wirft sie von den Zinnen, genau das macht man mit Orgks.« Er springt auf und schlägt mit der Faust auf den Tisch.

»Ich würde jeden umbringen, der einem Orgk hilft!«, johlt er.

»Wir werden sehr beliebt sein, wenn sich unsere Rolle erst einmal herumspricht«, flüstert Makri mir im Vorbeigehen zu.

Kemlath kommt herein. Sein prächtiger Regenbogenumhang erregt viel Aufsehen in der *Rächenden Axt*. Hierher verirren sich nur wenige erstklassige Zauberer. Und bei seiner Körpergröße, mit seinem jovialen Lachen und seiner Sammlung von goldenen Halsketten ist Kemlath nur schwer zu übersehen. Allein der Schmuck würde schon jede Menge Aufmerksamkeit auf sich ziehen, weil normalerweise niemand dumm genug wäre, durch ZwölfSeen zu marschieren und seine Wertsachen so zur Schau zu stellen. Kemlath dagegen ist vollkommen sicher. Niemand würde versuchen, einen Zauberer auszurauben. Nicht einmal ein Süchtiger wäre dazu bereit. Die Regeln der Zaubererinnung erlauben ihren Mitgliedern, auf persönliche Angriffe so scharf wie nötig zu reagieren. Und ein aufgebrachter Zauberer könnte sehr leicht zu der Einschätzung gelangen, es wäre nötig, den Übeltäter zu einem Stück Räucherschinken werden zu lassen.

Kemlath ist vorbeigekommen, um sich die neuesten Ereignisse ausführlich schildern zu lassen und zu versuchen, ob er etwas mit seinen zauberischen Mitteln erreichen kann.

»Eine gute Kaschemme«, sagt er, als ich ihn in mein Büro führe. »Riecht es hier eigentlich etwas verbrannt?«

Jetzt nehme ich es auch wahr. Im Flur qualmt es, und der Gestank quillt unter meiner Bürotür hervor. Ich stürze hinein. Mein Schreibtisch brennt. Mein Schreibtisch?

Ich schnappe mir den Eimer unter dem Spülstein, aber er ist leer. Ich habe in letzter Zeit kein Wasser zum Baden hochgebracht. Das war nicht nötig, bei dem ganzen Regen.

»Schon gut!«, ruft Kemlath und stößt ein Machtwort aus. Das Feuer erlischt mit einem Schlag. Wieder einmal bedaure ich, dass ich als Zauberlehrling nicht immer fleißig studiert habe. Ich öffne die Außentüren, und der Rauch verzieht sich langsam. Er vermischt sich mit dem Dampf, der von der Straße aufsteigt, als die Sonne in einer kleinen Regenpause vom Himmel brennt.

In die Oberfläche des Schreibtischs ist eine Nachricht eingebrannt. Die Buchstaben sind krakelig und schwarz.

Versuch nicht, die Kunstwerke zu finden!, steht da.

Ich starre die Warnung an. Eine merkwürdige Nachricht.

»Es ist nicht leicht, so eine brennende Nachricht zu schicken«, meint Kemlatz nachdenklich. »Er muss ein mächtiger Zauberer sein. Oder sie.«

»Er oder sie wird jedenfalls eine unangenehme Überraschung erleben, wenn ich sie endlich erwische«, knurre ich. »Niemand verbrennt meinen Schreibtisch und kommt ungeschoren davon. Ich soll die Kunstwerke nicht suchen? Also wirklich! Ich werde sie finden und sie ihm oder ihr in den Rachen schieben.«

Kemlath sieht sich um und sucht eine Spur, aus der er schließen könnte, woher der Angriff kam. Ob wirklich Georgius dahinter steckt? Wenn ja, dann hat er sich erheblich verbessert. Makri meint, sie hätte ihn letzte Woche in der Königlichen Bibliothek gesehen. Vielleicht studiert er ja.

Ich nehme einen Schluck Kleeh und bemerke zu meiner Enttäuschung, dass es meine letzte Flasche ist. Ich habe jetzt nur sehr wenig Geld übrig, und kaum drehe ich mich um, werde ich gewarnt, angegriffen, verhaftet und beinah zu Tode gequält. Gleichzeitig mache ich selbst keinerlei Fortschritte, und Sarija überhäuft mich mit Nachrichten, in denen sie mich fragt, was ich wegen des Mordes an Mursius unternehmen will. Ich habe ihr eine Nachricht zurückgeschickt, in der ich behaupte, dass ich alles tue, was ich kann. Was bedeutet, dass ich allmählich wohl auch etwas unternehmen sollte.

12. Kapitel

Bedauerlicherweise schaffe ich in der folgenden Woche nur wenig. Es regnet weiter wie aus Eimern, und die Straßen verwandeln sich in die reinsten Schlammbäche. Meine Ermittlungen enden ständig in irgendwelchen Sackgassen. Es regnet jetzt seit zweiundzwanzig Tagen, und ich bin weder Mursius' Mörder noch dem Gebetsteppich auch nur einen Schritt näher gekommen. Zitzerius löchert mich mit Fragen, wann ich denn endlich Ergebnisse vorzeigen kann, und mir gehen so langsam die Ausflüchte aus.

Ich habe die Repräsentanten so ziemlich jeder denkbaren Gruppe von Leuten in Turai befragt, was sie über die Religion der Orgks wissen. Herausgekommen ist gar nichts. Den Ehrenwerten Verein der Kaufmannschaft, die Zaubererinnung, die Garde, die Bruderschaft, die Transportgilde, die Wahre Kirche, die Goldschmiede und viele andere habe ich befragt. Offenbar weiß niemand in Turai genug über die Orgks, um überhaupt auf die Idee zu kommen, dass sie eine Religion haben. Ganz zu schweigen davon, dass einer dadurch auf die Idee kommen würde, ihrem Wagenlenker den Gebetsteppich zu stehlen. Ich frage mich allmählich, ob die ganze Sache nicht bloßer Zufall ist. Vielleicht hat ja jemand den Teppich nur gestohlen, um trockene Füße zu behalten. Darüber hinaus ist diese ganze Fragerei sehr schlecht für meinen Ruf, jedenfalls solange die Bewohner unserer Stadt schon bei der Erwähnung von Orgks so gereizt reagieren wie im Moment.

Ich müsste nicht so hoffnungslos herumraten, wenn Zitzerius mir etwas Nützliches mitteilen könnte. Aber das kann er nicht. Es wurde kein Verdächtiger in der Nähe der Villa des Prinzen gesehen. Und auch als der Alte Hasius Brillantinius den Tatort untersuchte, konnte er nichts finden.

»Wie kommt es, dass Zauberer nie etwas finden können?«, heule ich mich bei Makri aus. »In der verdammten Stadt wimmelt es von Zauberern, aber jedes Mal, wenn sich ein Verbrechen ereignet und ich etwas Hilfe gebrauchen könnte, können sie nichts tun. Entweder stehen die Monde in der falschen Konstellation, oder die ganze Gegend ist wie durch Zauberei gesäubert worden. Was nutzen einem die ganzen Zauberer, wenn sie nichts weiter tun können, als Horoskope für Dienstmädchen zu berechnen? Wenn ich dagegen einer Sache beschuldigt werde, ist es natürlich etwas anderes. Dann heißt es: ›Wir haben Thraxas' Aura auf dem Messer gefunden, also ab mit ihm in den Kerker.‹ Verdammt sollen sie sein! Ich hasse sie.«

»Kemlath auch?«

Ich gebe zu, dass ich Kemlath nicht hasse. Wenigstens versucht er, mir zu helfen. Jedenfalls ist er ständig in meiner Nähe, obwohl ich ihn allmählich verdächtige, dass er noch mehr will als nur, mir zu helfen.

»Ich glaube, er hat sich in Sarija verliebt«, spekuliere ich.

»In Sarija? Rangiert die denn nicht gesellschaftlich viel zu weit unter ihm? Und tu mir bloß den Gefallen, und verzichte auf eine deiner anzüglichen Bemerkungen.«

»Wer weiß? Zauberer sind in dieser Angelegenheit nicht ganz so engstirnig wie die anderen Aristokraten. Und Kemlath kommt eigentlich aus dem Weiten Westen, genau wie Astral. Jedenfalls verbringt er viel Zeit mit Sarija. Angeblich will er ihr helfen, vom Boah freizukommen.«

Makri glaubt, dass das bei Mursius' Witwe funktionieren könnte. »Es kann aber auch daran liegen, dass du sie stattdessen von Bier abhängig gemacht hast.«

»Das ist jedenfalls wesentlich gesünder. Und baut sie auf. Sie wird ihre ganze Energie brauchen, wenn sie Sturm auf die Zitadelle im Turas-Gedächtnis-Rennen starten lassen will.«

Ich starre missmutig aus dem Fenster. Magischer Regenmantel oder nicht, ich kann es einfach nicht ertragen, wieder hinaus in den Regen zu gehen. Gestern ist das Aquädukt nach ZwölfSeen unter dem Gewicht der Wassermassen zusammengebrochen. Arbeiter der örtlichen Niederlassung des Verehrten Verbunds der Innungen sind gerade dabei, es zu reparieren. Die Innungen geben Präfekt Drinius die Schuld an dem mangelhaften Zustand des Aquädukts. Der Präfekt wiederum wirft den Innungen vor, die Löhne ihrer Arbeiter künstlich in die Höhe treiben zu wollen. Es drohen Streiks und Prozesse. Während der Heißen Regenzeit ist das eigentlich ganz normal, trägt aber dennoch zur allgemeinen finsteren Stimmung bei.

Kerks Hehler behauptet, er wisse nichts von einer Bronzetasse. Er hat keine weiteren Kunstwerke in seinem Lager und will nicht einmal zugeben, dass die Tasse aus seinem Geschäft gekommen ist. Da er unter dem Schutz der Bruderschaft steht, kann ich ihn auch schlecht unter Druck setzen. Ich bitte Kerk, mich zu benachrichtigen, wenn noch etwas auf dem Markt auftaucht.

Weder Astral noch Kemlath haben etwas über die Tasse in Erfahrung bringen können, und ich bin im Mordfall Mursius keinen Schritt weitergekommen. Dabei habe ich es nicht einmal versäumt, Carilis und sogar Sarija zu überprüfen, obwohl Letztere meine Klientin ist. Aber auch da hat sich nichts Brauchbares ergeben. Selbst die Befragung der Dienstboten, der Verwandten, der ansässigen Ladenbesitzer und verschiedener anderer Personen hat den Verdacht nicht erhärten können, dass Carilis eine Affäre mit Senator Mursius hatte. Einige halten es für gut möglich. Andere wiederum nicht. Und keiner weiß es genau. Doch selbst wenn sie eine Affäre gehabt hätten, was bedeutet das schon? Es ist nichts Besonderes, wenn ein Senator eine Affäre mit einer anderen Frau hat. Wenn diese Frau dann auch noch jung, attraktiv und damit beschäftigt ist, die drogenverseuchte Hülle von Mursius' Ehefrau zu versorgen, scheint eine Affäre sogar sehr wahrscheinlich zu sein. Aber das liefert keineswegs ein stichhaltiges Motiv dafür, dass der Mann auch ermordet wurde. Selbst wenn seine Frau Sarija so eifersüchtig gewesen wäre, dass sie sich lange genug auf den Füßen hätte halten können, um den Mord überhaupt zu bewerkstelligen.

Carilis lässt sich verleugnen und weigert sich, mit mir zu sprechen. Sie will mir nicht sagen, woher sie wusste, wo die Kunstwerke versteckt gewesen sind. Ich glaube, sie hat Angst.

Ich habe keine Ahnung, was Mursius eigentlich in dem Lagerhaus wollte. Niemand hat mir bisher einen Hinweis darauf liefern können, dass er sich jemals merkwürdig verhalten hätte. Sein Privatsekretär behauptet, er wisse nicht, was Mursius an diesem Tag getan hat.

»Der Senator hat mir an dem Tag freigegeben«, erzählt er mir. Was für eine glückliche Fügung, allerdings für ihn, nicht für mich.

Gardist Inkorruptox verrät mir, dass mich die Zivilgarde immer noch für den Mörder hält. Aus diesem Grund werden unter dem Druck von Rhizinius und Samilius die Ermittlungen fortgesetzt, um vielleicht noch mehr Beweise auszugraben, mit denen sie mich festnageln können. Aber bis jetzt haben sie nichts Neues gefunden. Der Fall liefert dem *Berühmten und Wahrheitsgetreuen Chronisten* genug Material, um sich darüber auszulassen, obwohl der Papyrus seine Spalten hauptsächlich damit vergeudet, über die unmittelbar bevorstehende Ankunft des orgkischen Rennwagens zu lamentieren. Die Stadt kommt darüber nicht zur Ruhe. Die Wahre Kirche regt sich besonders auf, und ihre Pontifexe halten von ihren Kanzeln dröhnende Schmähreden. Selbst Erzbischof Xaverius gesteht im kleinen Kreis, dass ihn das nicht besonders glücklich macht, obwohl er ein überzeugter Anhänger des Königs ist.

Auf eine sehr interessante Tatsache bin ich schließlich doch noch gestoßen. Drasius, der Bankier, ist offenbar nicht der Einzige, der die Gerüchte gehört hatte, dass der Freundeskreis während des Turas-Gedächtnis-Rennens einen Wettbetrug plant. Jedenfalls hat sich die Geschichte in der Wettgemeinde der Stadt schnell herumgesprochen. Das beweist zwar nichts, weil solche Gerüchte unter Turais paranoiden Wettern an der Tagesordnung sind, aber es ist schon allein deshalb interessant, weil Georgius Drachentöter bekanntermaßen mit dem Freundeskreis unter einer Decke steckt. Und ein Mann mit seinen magischen Kräften dürfte zweifellos bei diesem Coup beteiligt sein. Ich habe zwischenzeitlich zwei weitere zauberhafte Warnungen erhalten, vermutlich von Georgius, also bin ich im Augenblick an allem interessiert, was ihn betrifft.

Ich denke über das Turas-Gedächtnis-Rennen nach. Obwohl Senator Mursius wusste, dass die Elfen einen Wagen bei den Rennen melden würden, hat er mir geraten, alles, was ich zusammenkratzen kann, auf Sturm auf die Zitadelle zu setzen. Warum war er so überzeugt von dem Sieg seines Wagens? War er möglicherweise an diesem Plan beteiligt? Hat der Freundeskreis vielleicht geplant, Sturm auf die Zitadelle zum Sieg zu verhelfen? Das bezweifle ich zwar, aber ich kann diesen Gedanken nicht ganz außer Acht lassen. Genauso wenig wie die andere Möglichkeit, dass Mursius einfach nur irgendwie in die Sache hineingeraten ist und vom

Freundeskreis ermordet wurde, um ihn zum Schweigen zu bringen. Trotzdem, nichts deutet konkret in diese Richtung.

Ich verziehe mich mit einem Krug Bier in den Schankraum.

Makri bringt mir noch einen, nachdem sie ihre Schicht beendet hat. Ihr fällt auf, dass meine Laune sich nicht bessert, als das Bier kommt.

»Keine Fortschritte?«

»Nichts.«

»Kann ich mir den magischen Regenmantel für die Vorlesungen heute Abend ausleihen?«

»Von mir aus.«

»Wirklich?«

»Ich habe keine Verwendung dafür. Ich habe alles abgeklappert und nichts gefunden. Ich werde einfach hier sitzen bleiben und mich besaufen, bis Prätor Samilius kommt und mich wegen Mordes verhaftet.«

»Und wann wird das passieren?«

»Wahrscheinlich unmittelbar bevor mich Georgius mit einem Zauberspruch umbringt.«

»Komm schon, Thraxas«, sagt Makri. »Es bringt doch nichts, sich hier zu verkriechen und wie eine niojanische Hure herumzujammern.«

»Schön«, sage ich. »Du hast mich enorm aufgeheitert. Jetzt bin ich so glücklich wie ein betrunkener Söldner.«

»Werd nur nicht gleich böse auf mich«, beschwert sich Makri.

Im Augenblick ist Makri schnell gereizt. Der ständige Regen, ihre anstrengenden Studien und die vielen Schichten, die sie arbeiten muss, setzen ihr zu. Und sie hat die sechzig Gurans immer noch nicht zusammen, die sie Marzipixa versprochen hat. Die Rennserie in Juval ist zu Ende gegangen, ohne dass wir noch einen Wagen gefunden hätten, auf den zu setzen sich gelohnt hätte. Makri hat Ghurd gebeten, ihr etwas zu leihen. Aber Ghurds Geschäfte sind in letzter Zeit auch nicht besonders gut gelaufen. Außerdem muss er noch die Kosten für das Dach aufbringen, das von den Stürmen der letzten Woche einige Schäden davongetragen hat. Jedenfalls behauptet er das. Ich dagegen vermute eher, dass Ghurd einfach keine Lust hat, sein Geld indirekt an die Vereinigung der Frauenzimmer zu verleihen. In den nördlichen barbarischen Ländern, aus denen Ghurd stammt, rangieren Frauen in der kurzen sozialen Hackordnung noch unter den Pferden. Und ihm fällt es schwer, sich an unsere doch etwas zivilisiertere Kultur zu gewöhnen.

Makris einzige Hoffnung, die sechzig Gurans noch rechtzeitig zusammenzukratzen, ruht jetzt auf einer weiteren Rennserie im südlichen Simnia. Trotzdem werden diese sechzig Gurans die Vereinigung der Frauenzimmer nicht sehr viel weiter bringen. Sie stehen nämlich vor einem gewaltigen Problem, was ihren Versuch angeht, sich vom Konzil des Verehrten Verbunds anerkennen zu lassen. Sie brauchen dringend Geld, um einen Prätor zu bestechen, der für die Innungsangelegenheiten zuständig ist. Und sie brauchen es schnell, weil sich sonst die ganze Angelegenheit um ein weiteres Jahr verzögert. Die Ortsgruppe ist mit ihren Sammelbüchsen in ZwölfSeen herumgelaufen, aber für ihre Mühe nur sehr spärlich belohnt worden. Vielleicht spenden die reichen Frauen in Thamlin ja mehr. Wenn ich mich recht erinnere, ist sogar Lisutaris, die Herrin des Himmels, ein eingeschriebenes Frauenzimmer. Sie ist eine sehr mächtige Zauberin.

»Lasst euch doch von Lisutaris Geld heranzaubern«, schlage ich Makri vor.

»Könnte sie das denn tun?« Makri ist Feuer und Flamme bei der Vorstellung.

»Natürlich nicht«, gebe ich zurück und amüsiere mich königlich über Makris Naivität.

Makri stürmt beleidigt davon. Wie meine Ex-Frau schon ganz richtig sagte, lasse ich nur ungern einen Tag verstreichen, ohne jemandem gehörig auf die Zehen zu treten. Ich hole mir noch ein Bier und lasse mich auf meinen Stuhl zurückfallen.

Parax, der Schuhmacher, stolpert herein. »Verdammt, bin ich nass«, sagt er. »Daran sind bestimmt die Orgks schuld.«

Parax ist ein Vollidiot. Wir haben den zweiundzwanzigsten Tag der Heißen Regenzeit. Und er weiß so gut wie jeder andere hier, dass sie noch acht Tage dauern wird, Orgks hin oder her. Ghurd sagt ihm das auch.

»Diesmal regnet es aber heftiger als üblich«, widerspricht Parax halsstarrig und behauptet, dass wir verflucht seien. Was er wohl sagen würde, wenn er wüsste, dass Rezaz, der Schlächter, schon in der Stadt ist.

Ich studiere die Wettformulare für die Wagen in dem bevorstehenden Rennen in Simnia. Es liegt südlich von Turai, und es ist dort ebenfalls heiß. Eigentlich ein bisschen zu heiß für Rennen, aber wenigstens haben sie keine Heiße Regenzeit. Ich wünschte, ich wäre jetzt da und weit weg von dieser feuchten, stinkenden, korrupten und von Verbrechen geschüttelten Stadt.

Ich drehe das Blatt Papier um, auf dem die Rennwagen aufgeführt sind, um die andere Seite zu lesen. Aber da stehen keine Wagennamen, sondern nur eine Nachricht in roter Tinte: *Pass auf, Thraxas, deine Zeit läuft rasch ab!*

Ich werfe das Blatt wütend auf den Tisch. Das geht zu weit! Jetzt kann ich nicht einmal Wettformulare lesen, ohne dass eine magische Warnung sie versaut.

Später taucht Kemlath Orgk-Schlächter auf, und ich zeige ihm die Nachricht.

»Könnt Ihr daraus etwas ersehen?«

Bis jetzt hat Kemlath nicht sicher sagen können, von wem die magischen Warnungen gekommen sind. Jetzt starrt er angestrengt auf das Dokument. »Ich glaube, er wird leichtsinnig«, erklärt er schließlich. »Ich würde zwar vor Gericht nicht meinen Ruf dafür aufs Spiel setzen, aber ich glaube, diese Nachricht weist schwache Spuren von Georgius Drachentöter auf.«

Ich schlage mit der Faust auf den Tisch. »Aha! Georgius also! Er versucht, mich von den Ermittlungen abzubringen.«

Kemlath trägt wie immer jede Menge Schmuck. Goldketten, silberne Anhänger und einen auffälligen antiken Ring mit einem wundervollen blauen Stein. Er spendiert mir ein Bier und fragt, wie der Fall läuft. Ich gestehe, dass ich nur sehr geringe Fortschritte mache.

»Irgendwie bekomme ich die Sache nicht so richtig in den Griff. Aber ich hoffe trotzdem, dass noch mehr von Mursius' Kunstwerken auftauchen. Wenn die Tasse aufgetaucht ist, gibt es keinen Grund, warum nicht auch noch ein paar andere Stücke ihren Weg auf den Markt finden sollten. Und sobald sie das tun, bekomme ich vielleicht einen roten Faden in die Hand.«

»Also glaubt Ihr, dass dieselbe Person, die diese Kunstwerke gestohlen hat, auch Mursius ermordete?«

»Das ist sehr wahrscheinlich. Entweder das, oder sie weiß, wer es getan hat.«

»Und Ihr haltet Georgius für den Täter?«

Ich nicke. »Man hat ihn noch nie wegen irgendetwas verurteilen können. Er wiegt sich wegen seiner Zauberkräfte und seiner aristokratischen Verbindungen in Sicherheit. Nun, da irrt er sich. Wenn er Mursius getötet hat, werde ich ihn festnageln.«

»Ihr wart immer schon ein sehr hartnäckiger Soldat«, erklärt Kemlath. Das nehme ich als Kompliment dankend an, zusammen mit dem Bier.

Drei Tage später frage ich mich allmählich, ob Parax nicht doch Recht hatte, als er behauptete, wir wären verflucht. Der Regen ist heftiger als je zuvor. Sonst gibt es immer wieder kurze Perioden, in denen er aufhört, die Sonne scheint und die Stadt die Chance bekommt, Luft zu holen. Dieses Jahr scheinen die Regenfälle jedoch erbarmungslos zu sein. Das Leben in ZwölfSeen wird zusehends unerträglich. Der Quintessenzweg ist ein Schlammsee, und einige der kleinen Straßen, die von ihm abzweigen, sind vollkommen unpassierbar. Einige Gebäude sind bereits zusammengebrochen, nachdem ihre Fundamente unterhöhlt waren. Wohin man auch sieht, überall versuchen die Leute verzweifelt, die Gebäude abzustützen, Dächer zu reparieren oder den Schlamm aus ihren Wohnungen zu schöpfen. Der Handel in der Stadt ist fast völlig zum Erliegen gekommen, und die Wut über die Orgks liegt wie eine siedende Wolke über Turai.

Währenddessen gibt es derartig schreckliche Gewitter, dass unsere nicht so nervenstarken Bürger anfangen, in den alten Prophezeiungen zu blättern, und sich fragen, ob das Ende der Welt naht. Makri erhebt wütend ihr Schwert gegen den Himmel, während sie auf dem Hinterhof den Elementen trotzt und ihre Kampfübungen absolviert.

Ich erhalte noch eine magische Warnung. Diesmal wird sie direkt in meinen Bierkrug gehext, was ich als persönlichen Affront werte. Meine Miete ist zwar fällig, aber dieses eine Mal sieht Ghurd ein, dass es nicht meine Schuld ist, wenn ich nicht rechtzeitig zahlen kann. Ich bin im Moment nicht der Einzige, der Schwierigkeiten hat, seinen Lebensunterhalt zu verdienen. Straßenverkäufer, Boten, Huren, Kutscher – alle beugen sich den Elementen und bleiben in ihren Häusern hocken, wo sie darauf warten, dass sich das Wetter ändert.

»Ich bin durch die halbe Stadt gelatscht und habe nach diesem verdammten Gebetsteppich gesucht«, erkläre ich Makri. »Das ist einer der frustrierendsten Fälle, die mir jemals untergekommen sind.«

»Was ist mit Mursius' Mörder?«

»Das ist ebenfalls einer der frustrierendsten Fälle, die mir jemals untergekommen sind. Weißt du …«

»Ja, schon klar«, unterbricht Makri mich. »Also, auf wen setzen wir im ersten Rennen in Simnia?«

»Danke für deine Hilfe. Wohlan, das erste Rennen in Simnia. Ich vermute, dass der zweite Favorit im ersten Rennen eine recht annehmbare Wette ist.«

»Nur annehmbar? Mir fallen bald keine Entschuldigungen mehr für Marzipixa ein. Auf dem Treffen letzte Nacht haben mich alle ganz merwürdig angesehen. Glaubst du, sie wissen, dass ich das Geld verspielt habe?«

»Das bezweifle ich. Wer würde dir schon unterstellen, dass du dich nicht vollkommen untadelig und aufrichtig verhalten würdest? Schließlich bist du eine entflohene Sklavin aus den Gladiatorengruben und hast Orgk-Blut in den Adern.«

Wir machen uns auf den Weg zu Mox.

»Du könntest mir deinen magischen Regenmantel leihen.«

»Nein, der gehört mir. Wer opfert jeden Tag einen Zauberspruch dafür?«

Ich habe auch meine Gründe, warum ich dringend beim Rennen gewinnen muss. Mir geht das Geld aus, und bald habe ich nicht einmal mehr genug für meinen täglichen Nachschub an Bier.

»Ich funktioniere einfach nicht ohne Bier.«

»Bist du nicht derselbe, der immer über diese Boahsüchtigen herzieht, weil sie ihr Leben an diese Droge verschwenden?«

»Das ist nicht dasselbe«, informiere ich meine altkluge junge Gefährtin. »Bier ist ein ganz normaler Teil eines gesunden Ernährungsplans, vor allem für einen Mann wie mich. Bier gehört zu unserem kulturellen Erbe. Boah dagegen ist etwas für Degenerierte. Lass uns gehen.«

Wir treten hinaus in den Sumpf, der einmal der Quintessenzweg gewesen ist. Eine Sturmböe bläst feuchten Wind vom Meer ins Landesinnere. Der Regen schlägt mir ins Gesicht, und am Himmel zucken Blitze. Ich beiße die Zähne zusammen und kämpfe mich weiter. Mox' Wettbüro liegt nahe am Hafen, direkt neben Pumps Pfandhaus, einer anderen Einrichtung, bei der ich guter Kunde bin. Trotz des schlechten Wetters werden morgen die Geschäfte dort wieder wie üblich laufen. Pump kann immer auf eine große Zahl von traurigen Stammkunden zurückgreifen, die versuchen, ein bisschen Geld für ihren Lebensunterhalt zu bekommen.

Nachdem Makri am Anfang willkürlich auf jeden Wagen mit guten Quoten gesetzt hat, hat sie ihre Strategie jetzt geändert und wird vorsichtiger. Deshalb nimmt sie auch meinen Vorschlag an, eine kleinere Summe auf Bärenköder zu setzen: fünfzehn ihrer fünfunddreißig Gurans. Bärenköder steht eins zu eins, also wird sie fünfzehn Gurans gewinnen. Damit ist sie fast am Ziel. Ich setze eine ähnlich bescheidene Summe.

Als wir das Wettbüro verlassen, geraten wir in eine große Menschentraube. Die Leute wirken ziemlich fröhlich, jedenfalls so fröhlich, wie man sein kann, wenn die Blitze die Dächer zu versengen drohen und peitschende Regenböen einen an die Hauswände drücken.

»Was ist denn los?«, rufe ich dem nächsten Passanten zu.

»Die Elfen kommen an!«, schreit er durch den Lärm zurück.

Natürlich! Heute sollte das Schiff mit dem Elfenwagen am Hafen anlegen. Alles ist unterwegs zu den Docks. Das kann ich mir nicht entgehen lassen. Wie jeder echte Wetter möchte ich den Elfenwagen und die Pferde sehen, um mir eine Meinung über ihre Chancen bei dem Rennen bilden zu können. Und es ist nicht nur die Spielleidenschaft, die die Leute aus den trockenen Häusern lockt. Alle mögen die Elfen, und Lord Fidel-al-Ambra wird in Turai immer noch als Held verehrt.

Am Hafen drängeln sich die Menschen und starren sich die Augen aus dem Kopf, um als Erste das Elfenschiff zu entdecken. Man hat sogar ein Podium errichtet, auf dem die Willkommensreden gehalten werden. Keiner scheint sich Sorgen zu machen, dass die Elfen vielleicht nicht rechtzeitig ankommen könnten. Ihre Geschicklichkeit beim Segeln ist berühmt, und vermutlich haben sie Zauberei eingesetzt, um unterwegs die Wogen zu glätten. Auf jeden Fall wird kurz darauf der Schrei laut, dass ein Segel am Horizont zu sehen ist. Die Vorfreude breitet sich wie eine Seuche in der Menge aus. Alle vergessen ihr regendurchnässtes Elend, als die grünen Segel am Horizont größer werden, während sich das Elfenschiff dem Hafen nähert.

Als die Elfen die Segel reffen und in den Hafen steuern, ertönen die ersten Hochrufe, die zu einem lauten Gebrüll anschwellen, als Lord Fidel-al-Ambra selbst an Deck gesichtet wird. Seine Stirn schmückt ein silbernes Band, und sein grüner Umhang weht im Wind. Neben ihm stehen mehrere Diener, alle groß und hübsch anzusehen. Als das Schiff an der Pier anlegt, winken die elfischen Seeleute der Menge zu.

Elfen sind hoch gewachsen, schön, und sie haben goldfarbene Augen. Für gewöhnlich tragen sie Grün. Ihre Ohren laufen am oberen Ende etwas spitz zu. Einen Elf erkennt man sofort. Und es freut mich, sie zu sehen. Noch mehr freut es mich, wenn ich darüber nachdenke, dass die Wetten auf den Elfenwagen möglicherweise so weit steigen, dass es sich lohnt, darauf zu setzen, wenn die Buchmacher dem Orgk-Wagen ebenfalls eine Chance geben.

Konsul Kahlius, Turais wichtigster Beamter, heißt die Elfen im Namen des Königs willkommen. Er steht auf dem Podium, während ein Diener einen Schirm über ihn hält. Aber da der Sturm immer noch heult, kürzt er seine Rede drastisch ab und begrüßt einfach die Elfen in der Stadt. Er dankt ihnen noch einmal für ihre Hilfe in der Vergangenheit, wünscht ihnen viel Glück beim Rennen und verschwindet dann mit Lord Fidel in einem Konvoi offizieller Kutschen. Die Menge applaudiert, und die Leute verrenken sich fast ihre Hälse, um zu verfolgen, wie der Rennwagen ausgeladen wird. Die Pferde schnauben verängstigt, als sie in speziellen Halterungen vom Schiff auf die Pier heruntergelassen werden. Aber die Pferdeknechte der Elfen sprechen mit ihnen und beruhigen sie, bevor sie in einem nahe gelegenen Lagerhaus in Sicherheit gebracht werden. Mir fällt auf, dass es dasselbe Lagerhaus ist, in dem Senator Mursius ermordet worden ist.

Ob unsere frisch angekommenen Elfen wissen, dass sie gegen einen Orgk-Wagen antreten müssen? Ich folge ihnen, als einige junge Elfen den Wagen in das Lagerhaus rollen. Sie sind geschmeidig und kräftig und zeigen keinerlei Nachwirkungen von ihrer langen Reise von den Südlichen Inseln über das raue Meer nach Turai.

Makri hat all das schweigend verfolgt. Sie hat gemischte Gefühle, was Elfen angeht. Einerseits fühlt sie sich zu Elfen hingezogen. Das liegt nicht nur daran, dass sie selbst ein

Viertel-Elf ist, sondern auch daran, dass sie alle Männer in Turai für Abschaum hält. Andererseits können Elfen sie mächtig in Rage bringen, weil sie immer sehr abweisend auf ihren Anteil Orgk-Blut reagieren.

Der Wagen ist sicher im Lagerhaus verstaut. Ich stehe an der Tür und spähe an den Dienern vorbei ins Innere. Es gelingt mir, mich an einem Elf vorbeizuschieben, der von Makri abgelenkt wird, und ich sehe mich kurz in der Halle um. Es kann kein Zufall sein, dass der Elfenwagen ausgerechnet an den Platz gebracht worden ist, an dem Mursius ermordet wurde.

Zivilgardisten sind abgestellt, um für Ruhe zu sorgen und zu verhindern, dass jemand den Wagen berührt. Einer von ihnen entdeckt mich und fordert mich auf zu verschwinden.

»Was wollt Ihr hier?«

»Nichts«, knurre ich, auch wenn das nicht ganz stimmt. Ich starre nämlich gerade auf die Wand des Lagerhauses, wo mir ein paar winzige verschränkte Hände aufgefallen sind, die etwas ungelenk in die Holzbohlen geritzt worden sind. Natürlich sind solche Schmierereien hier in der Stadt kein ungewöhnlicher Anblick. Aber mit diesem Zeichen ist es etwas anderes, denke ich, während die Gardisten mich und den Rest der zu neugierigen Leute hinauswerfen. Zwei verschränkte Hände sind das Symbol des Freundeskreises. Aber eigentlich lässt der sich in ZwölfSeen nicht blicken, weil dieses Viertel von der Bruderschaft kontrolliert wird. Wenn ein Mitglied des Freudeskreises in ZwölfSeen herumlaufen würde, wäre er bald tot. Aber wer, wenn kein Mann vom Freundeskreis, würde ein solches Zeichen hier einritzen? Die Bruderschaft ist so mächtig hier im Süden der Stadt, dass nicht einmal ein gelangweilter Jugendlicher es riskieren würde. Wenn man die Wände mit Zeichen vom Freundeskreis beschmutzt, dann ist es sehr wahrscheinlich, dass einem das eine deftige Tracht Prügel einbringt, oder Schlimmeres.

Draußen plaudert Makri auf Elfisch mit einem jungen Elf. Das regennasse Haar klebt so fest an ihrem Schädel, dass ihre spitzen Ohren zu sehen sind. Der Elf wirkt fasziniert, gleichzeitig aber auch beunruhigt. Kurz darauf ruft ihn sein Kommandeur, und er eilt hastig davon.

Ich berichte Makris von dem Zeichen des Freundeskreises. Waren Mitglieder des Freundeskreises in dem Lagerhaus, in dem Mursius ermordet wurde? An dem Ort, an dem die Pferde der Elfen und ihr Wagen jetzt verstaut werden, bis sie in die Ställe des Stadions gebracht werden?

»Kommst du mit nach Hause, oder willst du hier warten, bis noch mehr Elfen auftauchen?«

»Blöde Elfen«, erwidert Makri und eilt davon. In der Menge setzt sich die Meinung durch, dass der Orgk-Fluch jetzt von uns genommen ist, nachdem Lord Fidel-al-Ambra angekommen ist. Ich hole Makri ein. Sie hat schlechte Laune, nachdem sie die Elfen getroffen hat. Die arme Makri. Die Elfen werden sie niemals wie eine lange verschollene Schwester willkommen heißen.

Am Ende des Quintessenzwegs spüre ich Magie in unmittelbarer Nähe und wirble herum, falls ich angegriffen werde. Direkt hinter mir schreitet ein großer Mann in einem grauen Umhang auf mich zu. Er hat zwar den Kopf gesenkt, aber ich erkenne ihn trotzdem. Es ist Georgius Drachentöter. Als er vorbeigeht, packe ich seinen Arm. Angesichts von Georgius' Macht mag das etwas überstürzt scheinen, aber ich bin immer noch wütend über den Schaden an meinem persönlichen Krug. Georgius blickt überrascht hoch.

»Hast wohl deinen Regenbogenumhang zu Hause gelassen, was?«

»Thraxas! Wie kannst du es wagen, mich anzufassen?

Verspürst du etwa das Verlangen, in die nächste Welt gefegt zu werden?«

»Und wieso wagst du es, mir magische Warnungen zu schicken?«, kontere ich. »Dieser Bierkrug war mir sehr lieb. Und es hat mir auch nicht gefallen, dass du mein ganzes Wettformular voll gekritzelt hast.«

»Bist du verrückt geworden?«, schreit mich der Zauberer an. »Ich habe keine Zeit für deine armseligen Albernheiten. Stirb!«

Er hebt den Arm, um mir einen Zauberspruch entgegenzuschleudern. Ich wappne mich und hoffe, dass mein Schutzamulett gut funktioniert. Aber ich bekomme keine Gelegenheit, das herauszufinden: Bevor Georgius auch nur eine Silbe hervorbringt, schlägt Makri ihm mit ihrem Schwertgriff auf den Hinterkopf. Er sinkt bewusstlos zu Boden.

»Gute Arbeit, Makri.«

»Das habe ich gebraucht«, erwidert sie. Ihre Laune scheint sich etwas gebessert zu haben. Wir lassen Georgius im Schlamm liegen.

»Das wird ihn lehren, sich mit mir anzulegen.«

In der *Rächenden Axt* warten vier Zivilgardisten und der Gehilfe eines Prätors auf mich. Der Bonze reicht mir ein Blatt Papier, in dem ich darüber informiert werde, dass ich mich am Tag nach dem Ende des Festes zur Dreifach-Mond-Konstellation vor Gericht einzufinden habe.

»Habt Ihr Lust, mir ein Bier zu spendieren, um das zu feiern?«, frage ich den Gehilfen des Prätors.

Er hat offensichtlich keine Lust und verschwindet.

»Hat man dich wegen des Mordes angeklagt?«, will Makri wissen.

»Nicht wirklich. Zitzerius hat es geschafft, die Sache hinauszuzögern. Ich komme erst vor den Untersuchungsrichter, der sich die Beweise ansehen wird.«

»Und was passiert dann?«

»Der wird mich dann wegen Mordes anklagen.«

Später erfahre ich, dass Bärenköder einen klaren Sieg nach Hause gefahren hat. Das bringt mir genug Geld ein, um mir ein paar Bier leisten zu können, und Makri addiert weitere fünfzehn Gurans zu ihrer Summe. Sie hat jetzt fünfzig Gurans zusammen und braucht nur noch zehn.

»Hör auf, hier rumzusitzen und Bier in dich hineinzuschütten«, unterbricht Makri mich bei meiner nächtlichen Entspannungsübung. »Wirf lieber einen Blick auf die Wettformulare.«

Ich seufze. Das Leben war einfacher, als Makri Wetten noch missbilligte. Zitzerius' Adlatus, oder vielmehr sein Gehilfe, reitet draußen vor und will die letzten Neuigkeiten wissen. Der Vize-Konsul ist mächtig aufgeregt, weil ich keinerlei Fortschritte bei der Wiederbeschaffung des Gebetsteppichs mache. Lord Rezaz Caseg wird mit jeder Sekunde unglücklicher über den Verlust seines Wagenlenkers und könnte jeden Tag die Stadt verlassen. Ich sage dem Mann, dass ich alles unternehme, was in meiner Macht steht. Allerdings habe ich gerade ein Bier in der einen und ein Wettformular in der anderen Hand, was ihm möglicherweise einen falschen Eindruck vermittelt. Jedenfalls wirkt er nicht sonderlich beeindruckt, als er wieder fortreitet.

13. Kapitel

Auch während der nächsten paar Tage komme ich nicht weiter. Ich sitze gerade missmutig an meinem Schreibtisch und halte eine Flasche Bier in der Hand, als ich draußen im Flur Stimmen höre: Makris Stimme und eine andere, leisere. Ich schleiche an die Türe und lege mein Ohr daran. Die andere Stimme gehört Marihana. Macht die Meuchelmörderin etwa schon wieder einen Freundschaftsbesuch?

»Ich habe fünfzehn Gurans mit Bärenköder gewonnen«, erzählt Makri ihr gerade. »Er war Favorit in Simnia. Nach einem langsamen Start hat er noch mit drei Längen Vorsprung gewonnen. Bärenköder startet immer langsam. Ich habe mir nie Sorgen gemacht.«

»Ich wusste gar nicht, dass du dich so gut beim Wagenrennen auskennst«, erwidert Marihana. Sie klingt beeindruckt.

»Ich habe hier und da etwas aufgeschnappt«, gibt Makri zurück. »Wenn du zum Turas-Gedächtnis-Rennen mitkommst, zeige ich dir, wie es funktioniert.«

Ich reiße die Tür auf. »Hörst du endlich auf, mit dieser Meuchelmörderin vor meiner Türe über Wagenrennen zu diskutieren? Ich versuche zu arbeiten.«

»Was ist dir denn über die Leber gelaufen?«, will Makri wissen.

»Das da!«, fauche ich und deute auf Marihana. »Ihr mögt ja Busenfreundinnen sein, aber mir läuft bei ihrem Anblick jedes Mal eine Gänsehaut über den Rücken. Seit wann wetten Meuchelmörder beim Wagenrennen? Solltest du nicht eigentlich unterwegs sein und Leute ermorden?«

Marihana mustert mich ruhig und geht dann ohne ein

weiteres Wort davon. Makri folgt ihr. Wieso ist Marihana in letzter Zeit eigentlich so freundlich zu ihr?

»Und außerdem habe ich Bärenköder ausgesucht!«, schreie ich den beiden hinterher.

Ich hole meinen magischen Regenmantel heraus. Es wird Zeit, der Bruderschaft einen Besuch abzustatten. Sie hat sehr viel Macht in Turai. Vor etwa zweihundert Jahren war sie nichts weiter als ein Haufen kleiner Ganoven, die in der Hafengegend ihr Unwesen getrieben haben. Jetzt sind sie eine der mächtigsten Interessengruppen im ganzen Stadtstaat. Seit Boah die Stadt überflutet und damit gewaltige Gewinne erbracht werden, hat sich eine ganz neue Klasse von Menschen etabliert, die vom Verbrechen lebt, und der Einfluss der Bruderschaft ist alarmierend gestiegen. Sie steckt hinter den meisten kriminellen Aktionen im Süden der Stadt, hat ihre Finger aber auch in vielen legalen Geschäften. Viele unserer Bankhäuser werden zum Beispiel verdächtigt, mit Boah-Geldern ihre Unternehmen zu finanzieren. Und wenn ein Senator in seiner Rede ein besonderes Unternehmen begünstigt, kann man nie ganz ausschließen, dass er von der Bruderschaft beeinflusst wird.

Ich bin zwar zu unbedeutend, um die Bruderschaft wirklich zu ärgern, aber deshalb mag sie mich noch lange nicht. Donax, ihr Unterhäuptling in ZwölfSeen, war besonders unzufrieden mit mir, als ich ihn daran gehindert habe, sich mit dem Gold des Königs aus dem Staub zu machen. Ursprünglich war es von Calvinius, unserem ehemaligen Präsidenten, gestohlen worden. Damals hat mich Donax gewarnt, ihm nicht mehr in die Quere zu kommen. So erscheint es vermutlich unklug von mir, der *Meerjungfrau* einen Besuch abzustatten und zu verlangen, zu ihm vorgelassen zu werden. Es ist ZwölfSeens gefährlichste Kaschemme und das örtliche Hauptquartier der Bruderschaft.

Einige Handlanger schicken nach einer kurzen Beratung eine Nachricht nach oben. Conax, ein ganz übler Schläger, mit dem ich in der Vergangenheit einige Male aneinander geraten bin, taucht am Fuß der Treppe auf und führt mich nach oben. Er begleitet mich in einen großen Raum, wo Donax an einem Tisch sitzt. Ich grüße ihn freundlich und setze mich hin, ohne abzuwarten, bis er mich dazu auffordert.

Er starrt mich einige Minuten schweigend an. Der Tisch, hinter dem er sitzt, ist sehr ausladend und mit wunderbaren Schnitzereien verziert. An den Wänden hängen wertvolle Gobelins, die Szenen aus Turais ruhmreicher Vergangenheit zeigen. Donax ist zwar nicht so angeberisch wie die meisten anderen Unterhäuptlinge, aber er muss seine Besucher doch auf seine Macht hinweisen.

»Habe ich dir nicht empfohlen, mir nicht mehr in die Quere zu kommen, Detektiv?«, fragt er schließlich.

»Gut möglich«, gebe ich zurück. »Aber früher oder später sagen mir das die meisten Leute.«

»Also, was willst du?«

»Ein bisschen über den Freundeskreis plaudern.«

Jetzt habe ich seine Aufmerksamkeit. Der Wirkungskreis des Freundeskreises liegt weit außerhalb meines Viertels. Ich habe keinerlei Kontakte zu ihm. Deshalb hoffe ich, dass ich durch die Bruderschaft etwas über ihn in Erfahrung bringen kann. Auch wenn sie mich nicht mag, den Freundeskreis mag sie noch viel weniger.

»Also?«, sagt Donax.

Ich fühle Conax' Blicke in meinem Rücken. Als wir uns das letzte Mal begegnet sind, saß ich auf einem Pferd und habe ihn einfach über den Haufen geritten. Diesen Liebesdienst würde er mir gerne heimzahlen.

»Ich glaube, sie haben am Hafen irgendwas geplant. Ich dachte, du wüsstest vielleicht etwas darüber.«

»Seit wann bespricht die Bruderschaft ihre Angelegenheiten mit billigen Detektiven?«

»Ich will dich nicht bitten, deine Angelegenheiten mit mir zu besprechen. Ich rede vom Freundeskreis. Ich nehme an, du weißt nicht zufällig etwas über das Lagerhaus, in dem Mursius ermordet worden ist?«

Ich schildere ihm meinen Verdacht, dass der Freundeskreis vielleicht in diesem Lagerhaus gewesen ist. Donax fragt mich, ob ich abgesehen von dieser Wandschmiererei noch irgendwelche anderen Beweise habe.

»Nein, aber es passt mehr oder weniger alles zusammen. Du hast sicher die Gerüchte gehört, dass der Freundeskreis irgendeinen Wettbetrug plant. Senator Mursius hatte seinen Rennwagen beim Turas-Gedächtnis-Rennen gemeldet. Seine gestohlenen Kunstwerke sind in diesem Lagerhaus gelandet. Er auch, und zwar tot. Und dann stellt es sich zufällig als dasselbe Lagerhaus heraus, in dem der Rennwagen der Elfen gelagert wird, nachdem er ausgeladen worden ist. Ich weiß nicht, was das alles bedeutet, aber auf mich wirkt das nicht wie ein Zufall.«

Donax denkt über meine Worte nach. Wie alle Unterhäuptlinge der Bruderschaft ist er zwar gewalttätig, aber nicht dumm. Wenn der Freundeskreis heimlich in seinem Territorium operiert hat, dann will er natürlich alles darüber wissen.

»Und was willst du von mir, Detektiv?«

»Informationen. Im Austausch für das, was ich dir erzählt habe. Und zwar alles, was du über das Lagerhaus weißt oder erfährst. Dafür verrate ich dir alles, was ich über die Aktivitäten des Freundeskreises in ZwölfSeen herausfinde.«

Donax schweigt eine Weile. Man hört nur den Regen, der draußen gegen die Wände prasselt. Schließlich nickt er. »Einverstanden.« Er sieht mich durchdringend an. »Wie ich gehört habe, ist es für dich bei den Rennen nicht gerade gut gelaufen.«

Donax will mich damit beeindrucken, dass er meine Verluste kennt. Ich zucke mit den Schultern und wirke alles andere als beeindruckt.

»Du wirst in der Stadt bald nicht mehr sonderlich beliebt sein«, fährt er fort. »Niemand mag Leute, die auf Orgks aufpassen.«

Das ist ein Tiefschlag. Ich fluche innerlich. Aber vermutlich musste es sich irgendwann herumsprechen. Doch diesmal kann ich mein Unbehagen nicht vollkommen verbergen. Donax lächelt. Jedenfalls glaube ich, dass das fast unmerkliche Zucken seiner Lippen ein Lächeln sein soll. Conax führt mich hinaus.

»Eines Tages werde ich dich umlegen, Fettsack«, gibt er mir zum Abschied mit auf den Weg.

Ich würdige ihn keiner Antwort. Ich habe inzwischen zu viele Todesdrohungen erhalten, um für jede eine schlagfertige Antwort parat haben zu können.

Es regnet heftiger als je zuvor. Die Heiße Regenzeit ist fast zu Ende. Der Quintessenzweg steht so hoch unter Wasser, dass man Hunde und kleine Kinder darin ertränken könnte. Es gibt ohnehin zu viele Hunde und kleine Kinder hier im Viertel. Für den Rückweg zur *Rächenden Axt* brauche ich ziemlich lange. Unter meinem Umhang läuft mir der Schweiß über den Körper. Ich hasse diese Heiße Regenzeit. Zum Glück ist heute der letzte Tag. Laut unserem Kalender soll morgen der Regen aufhören. Dann steht uns ein Monat angenehmes Herbstwetter bevor, bis der Winter anfängt.

Die Aussicht auf das Ende des Regens hebt die Stimmung der Einwohner von Turai ein wenig. Gedämpft wird die gute Laune nur von dem Wissen, dass dies auch der Tag ist, an dem der Orgk-Rennwagen ankommen soll. Da die Landroute nach Osten um diese Jahreszeit unpassierbar ist, werden die Orgks per Schiff kommen, wie die Elfen. Allerdings müssen sie wohl auf ein Empfangskomitee verzichten. Zwölf-Seen wimmelt von Zivilgardisten, die für Ruhe sorgen sollen. Obwohl es die Idee des Königs war, hat er offensichtlich nicht vor, sich in den Augen der Öffentlichkeit zu erniedrigen, indem er die Orgks persönlich begrüßt. Selbst Konsul Kahlius scheint sich von ihnen distanzieren zu wollen. Als einzige offizielle Vertreter der Regierung werden Zitzerius und Melis, die Reine, unsere Stadionzauberin, die Orgks willkommen heißen.

Am Fuß der Treppe zu meinem Büro stolpere ich beinahe über Hauptmann Rallig. »Erwarte nicht, dass die Garde dich in diesem Fall beschützen wird«, verkündet er zur Begrüßung.

»Offensichtlich habt Ihr die Neuigkeiten bereits gehört.«

»Und ob. Ich hätte nie gedacht, dass ich einmal den Tag erleben müsste, an dem du Orgks bewachst, Thraxas.«

»Ich auch nicht.«

»Warum tust du es dann?«

Das erkläre ich dem Hauptmann lieber oben in meinem Büro. Er versteht zwar, dass ich unter Zwang gehandelt habe, glaubt jedoch nicht, dass unser Durchschnitts-Turanianer allzu viel Verständnis dafür aufbringen wird. »Die Skandalpapyri werden es so darstellen, als hättest du dich freiwillig dafür gemeldet.«

Der Hauptmann tritt ans Fenster und blickt hinaus in den Regen. »Das ist der letzte Tag. Gott sei Dank.« Ich frage ihn, ob er heute Abend in der *Rächenden Axt* vorbeikommt. Es gibt immer eine ausgedehnte Feier in der letzten Nacht der Heißen Regenzeit, und der Hauptmann ist einem kleinen Fest gegenüber selten abgeneigt. Aber diesmal schüttelt er den Kopf.

»Ich habe Dienst. Sie haben allen die Freizeit gestrichen. Die Stadt ist unruhig. Der Regen verhütet zwar einen offenen Aufruhr, aber niemand ist besonders froh darüber, dass die Orgks kommen. Es gefällt mir gar nicht, wie sich die Dinge entwickeln, Thraxas. Es passieren einfach zu viele merkwürdige Sachen. Weißt du, dass Gerüchte kursieren, dass der Freundeskreis einen Wettbetrug plant?«

»Ja, das habe ich gehört.«

»Ich habe sogar flüstern hören, dass die Meuchelmörder eine Wette platzieren wollen, wusstest du das auch? Es scheint fast so, als hätte eine Art Wettfieber die Stadt ergriffen, seit sich herumgesprochen hat, dass Elfen und Orgks bei dem Rennen antreten.«

Der Hauptmann kippt den Rest von seinem Kleeh hinunter, bindet seinen Umhang zu und verschwindet unvermittelt. Melis, die Reine, wird alle Hände voll zu tun haben, wenn sie dafür sorgen will, dass alles mit rechten Dingen zugeht. Wo wir gerade von ihr sprechen. Eigentlich wird sie erst heute in der Stadt zurückerwartet. Sie war auf einer Goodwill-Reise im Westen unterwegs, in Samserika, wo sie sich in Magie weitergebildet hat. Aber sie soll schließlich die Orgk-Mannschaft in unserer Stadt willkommen heißen.

Es klopft an der Tür. Ich öffne sie mit dem Schwert in der Hand, weil ich mit allem rechne. Vor mir steht ein heruntergekommener Bote, der mir eine Papyrusrolle reicht und anschließend sofort verschwindet. Ich rolle sie auf und lese.

Habe noch mehr Kunstwerke gefunden, steht darauf. Kerks Unterschrift steht darunter. Gut. Wenigstens eine Sache, die sich einigermaßen zufrieden stellend entwickelt.

Makri kommt herein. »Gehen wir zu Mox?«

»Willst du nicht lieber mit deiner Meuchelmörder-Freundin hingehen?«, stichele ich.

Aber Makri lässt sich nicht provozieren. Also schleichen

wir den Quintessenzweg entlang, und uns bleibt auch nichts anderes übrig. Der wolkenbruchartige Regen schränkt die Sicht beinah vollkommen ein. Zudem ist Marzipixa, die Bäckerin, wütend auf Makri, weil sie die versprochenen sechzig Gurans immer noch nicht abgegeben hat.

»Ich habe die Vereinigung der Frauenzimmer wirklich beleidigt. Es ist die Hölle. Letzte Nacht hat Kelima, die Teppichweberin, gesagt, sie hätte gehört, dass gewisse Mitglieder Geld der Vereinigung verspielt hätten. Sie wollte wissen, was Marzipixa unternehmen würde, um diese Mitglieder aus Turai zu vertreiben.«

»Vielleicht hat sie dich ja gar nicht gemeint«, erwidere ich. »Du bist bestimmt nicht das einzige Mitglied der Vereinigung der Frauenzimmer, das sein Geld zu den Buchmachern getragen hat.«

»Ich bin mir ziemlich sicher, dass jemand mich angeschwärzt hat.«

»Mich brauchst du gar nicht so anzusehen. Der einzige Kontakt, den ich zur Vereinigung der Frauenzimmer habe, besteht in meiner täglichen Bestellung von zwei großen Fleischpasteten und drei Laib Brot in Marzipixas Bäckerei. Sieh es ein, Makri, du warst einfach nicht diskret genug. Jeder hat sehen können, wie du beim Ehrlichen Mox ein und aus gegangen bist.«

Makri verzieht fast schon ängstlich ihr Gesicht. »Wie konnte ich da nur hineingeraten?«, fragt sie und starrt mich anklagend an.

Wir wollen noch schnell eine Wette platzieren, bevor wir zu dem Empfangskomitee für die Orgks stoßen. Makris fünfzig Gurans sind auf dreißig zusammengeschmolzen. Schuld daran war die armselige Vorstellung des Favoriten im letzten Rennen in Simnia. Makri hat den halben Abend damit zugebracht, alle Pferde, Rennwagen und Stadien zu verfluchen, und wollte wissen, ob der Zauberer in Simnia wirklich ehrlich ist.

»Sollte ich herausfinden, dass er sich bestechen lässt, dann reite ich selbst nach Simnia und nehme ihn aus wie ein Schwein!«, wütet sie. Willkommen im Club der übrigen Wetter in Turai, Schätzchen! Irgendwie dringt einem dieses Vokabular früher oder später ins Blut. Auf den Straßen wimmelt es von Zivilgardisten, und der Palast hat Karrenladungen von Wachtrupps geschickt, die ihnen helfen sollen, falls es ernsthafte Schwierigkeiten gibt.

Als wir Mox' Bude betreten, kühlt sich die Atmosphäre hier merklich ab. Anscheinend verbreiten sich die Neuigkeiten über meinen vermaledeiten Auftrag wie ein Lauffeuer.

»Er kann einfach die Finger nicht von den Orgks lassen«, flüstert jemand.

»Er hat sogar eine mitgebracht«, flüstert jemand anders.

Makris Augen glühen, und ihre Hand zuckt zu ihrem Schwert. Sie ist kurz davor, ein Blutbad anzurichten, weil man sie eine Orgk genannt hat. Doch dann fällt ihr wieder ein, was sie hier will, und sie reißt sich zusammen. Sie muss dringend dreißig Gurans gewinnen, und das kann sie kaum, wenn sie Mox' Bude und alle, die sich unglücklicherweise darin aufhalten, in ihre Bestandteile zerlegt. Ihre Nerven sind schon angespannt genug wegen der Wette, die sie platzieren will. Sieg oder Tod steht bei eins zu eins, aber er ist nur ein Mitfavorit, und ich bin von seinen Siegchancen nicht hundertprozentig überzeugt. Aber Makri hat keine Wahl. Ihr zerrinnt die Zeit zwischen den Fingern, und sie muss jetzt ihre ganzen restlichen dreißig Gurans setzen. Dann kann sie nur noch hoffen, dass der Wagen gewinnt.

»Wie schade, dass du den Gebetsteppich nicht gefunden hast, Thraxas. Der Orgk-Wagen wäre eine Wette wert gewesen.«

Wir warten in der Schlange. Vor mir steht ein großes, hässliches Individuum, das ich noch nie zuvor gesehen habe. Es dreht sich plötzlich um und schleudert mir die Worte »Orgk-Schätzchen« ins Gesicht.

Ich halte mich eisern zurück, Makri ebenfalls. Ich will keinen Streit vom Zaun brechen, jedenfalls nicht, bevor wir die Wette platziert haben.

»Ich greife nur dem König ein bisschen unter die Arme«, erwidere ich liebenswürdig. Aber auch das kann den Klotz nicht friedlich stimmen. Schließlich plustere ich mich auf und versuche, mir das Ansehen eines Zauberers zu geben, der gleich jeden in die Hölle fahren lässt, der sich nicht vorsieht. Das wirkt manchmal, weil die meisten Menschen in ZwölfSeen nicht wissen, wie schwach meine Zauberkräfte wirklich sind. Viele feindselige Blicke folgen mir, während ich in der Schlange langsam weiterrücke. Mox erwartet mich mürrisch hinter seinem Tresen. Obwohl ich seit Jahren einer seiner besten Kunden bin, weigert er sich, mich zu grüßen, und nimmt meine Wette wortlos entgegen.

Sobald wir draußen sind, sehe ich zu, so schnell wie möglich von der Wettbude wegzukommen. Makri folgt mir auf dem Fuß.

»Das ist wirklich schlimm. Zitzerius soll verdammt sein!«

Makri ist sauer darüber, wie man sie behandelt hat. Wenn dieser Wagen nicht gewinnt, sagt sie, dann will sie zurückgehen und alle umbringen, die sich zufällig zur falschen Zeit am falschen Ort befinden, weil sie es gewagt haben, sie eine Orgk zu nennen.

»Und wenn der Wagen gewinnt?«

»Dann lass ich vielleicht einige am Leben.«

Da wir schon einmal hier sind, können wir auch einen Blick auf den Orgk-Wagen werfen, der so viel Aufregung verursacht. Der Regen prasselt noch immer vom Himmel, und auf dem Meer braut sich ein weiterer Sturm zusammen, der uns bald um die Ohren blasen wird. Als wir den Hafen erreichen, hat sich der Himmel schon verdunkelt, und die Menschen jammern mal wieder, dass wir verflucht seien.

»Gott wird uns zerstören, weil wir sie in der Stadt willkommen heißen«, schreit ein junger Pontifex, der die Menge auffordert, zu bereuen, solange sie noch die Chance dazu haben.

Man kann durch die Regenschleier so wenig sehen, dass das Schiff der Orgks erst bemerkt wird, als seine monströsen schwarzen Segel unmittelbar an der Hafenmündung aus der grauen Dunkelheit auftauchen. Die Menge schreit vor Wut auf, und Zivilgarde und Soldaten bemühen sich, die Ruhe zu bewahren. Ein gewaltiger Donnerschlag lässt die Pier erzittern, und der Regen prasselt wie Hagel herab. Während das Schiff langsam neben die Pier gleitet, tauchen plötzlich Lord Rezaz Caseg und seine Bediensteten auf, um ihre Orgk-Gefährten zu begrüßen. Sein schwarzer Umhang bläht sich im Wind. Sein Gesicht verbirgt sich unter seinem schwarz-goldenen Helm. Nur mit Stockschlägen können die Soldaten die wütende Menge im Zaum halten.

Plötzlich schießen von dem Podium, das für das Empfangskomitee errichtet worden ist, grüne und blaue Lichtstrahlen in die Luft hinauf. Ihr Leuchten wird intensiver, bevor sie zu Sternen explodieren, die über den Köpfen der Menge schweben. Einen Augenblick scheinen sie in der regennassen Luft auf der Stelle zu verweilen, bevor sie sich in riesige gelbe Blumen verwandeln, die langsam in den Wolken verschwinden. Die Menge beruhigt sich, als ihre Aufmerksamkeit von dem schönen Feuerwerk abgelenkt wird.

Melis, die Reine, tritt auf dem Podium vor, ihren Zauberstab in der Hand. Ich habe meinen eigenen Leuchtstab dabei. Er hängt an meinem Gürtel und ist im Vergleich zu dem von Melis eher kümmerlich. Die Menge applaudiert. Melis, die Reine, ist sehr beliebt beim Volk. Als sie die Hände hebt, wird die Menge beinah friedlich, und die Orgks können ohne Schwierigkeiten das Schiff verlassen.

»Netter Trick«, sage ich leise zu Makri. »Hoffen wir, dass sie beim Turas-Gedächtnis-Rennen genauso gut in Form ist.«

Wir sehen, wie Lord Rezaz seinen Helm absetzt und vortritt, um Melis zu begrüßen. Er wird von acht Orgk-Kriegern flankiert. Mittlerweile ist Zitzerius an Melis' Seite aufgetaucht. Er hebt die Hände mit den Handflächen nach außen, der formale Gruß. Mir fällt auf, dass Melis ihren Umhang offensichtlich auch mit einem Trockenheitszauber präpariert hat, was wirklich schlau ist. Der arme alte Zitzerius dagegen wird ziemlich nass. Seine Toga klebt förmlich an seinem knochigen Körper.

Die Menschenmenge sieht immer noch verärgert, aber gleichzeitig auch fasziniert zu. Viele unserer jüngeren Mitbürger haben noch nie einen Orgk gesehen. Der Orgk-Lord tritt mit mehr Würde, als ich ihm zugetraut hätte, vor und begrüßt seine Landsleute und Melis. Die Reden sind ausgesprochen kurz. Alle wissen, dass es keine gute Idee wäre, diese Zeremonie hier auszudehnen.

Lord Rezaz murmelt einen Befehl, der von seinen Dienern an die Mannschaft des Schiffes überbracht wird. Eine riesige geschlossene Kiste wird vom Schiff auf die Pier gesenkt. Der orgkische Rennwagen. Helfer binden die Hengste der Orgks in die speziellen Halterungen, die am Hafen für das Entladen von Vieh benutzt werden.

Zur Enttäuschung der Menge wird der Wagen in das Lagerhaus gebracht, ohne dass jemand einen Blick darauf hätte werfen können. Da die Orgks nun mal da sind und es keinen unterhaltsamen Aufstand gegeben hat, wollen nicht wenige Zuschauer wenigstens einen Blick auf den Wagen erhaschen. Und sei es auch nur, damit sie besser beurteilen können, wie sie wetten sollen. Die Pferde jedenfalls sind ziemlich beeindruckend. Sie sind gewaltig und pechschwarz, rollen wild ihre Augen und haben lange, perfekt gepflegte Mähnen.

»Sie sind da«, sagt jemand an meinem Ohr.

Es ist Kemlath. Für ihn muss das wirklich merkwürdig sein. Er war einer der berühmtesten Orgk-Schlächter und ist nun gezwunge mit anzusehen, wie seine ehemaligen Feinde als Gäste des Königs in die Stadt einziehen.

Melis, Zitzerius und die Orgks fahren in einem langen Konvoi von Kutschen davon. Die Soldaten rücken vor, um die Menge auseinander zu treiben. Wir gehen zur *Rächenden Axt* zurück und machen vorher noch einen kleinen Abstecher beim Ehrlichen Mox.

In dem Moment, in dem wir seine Wettbude betreten, weiß ich, dass wir verloren haben. Das habe ich im Gefühl. Immer. Ich werfe einen Blick auf die Tafel, auf die Mox soeben die Rennergebnisse notiert. Sie sind direkt von dem Zauberer in Simnia gekommen. Sieg oder Tod hat um eine Kopflänge verloren.

Makri lässt den Kopf hängen, und wir gehen hinaus.

»Wart ihr am Hafen bei euren Orgk-Freunden?«, verhöhnt uns ein großer Hafenarbeiter. Er hat Arme wie Baumstämme und dazu passende Fäuste. Makri wirbelt so schnell auf ihrem Absatz herum, dass man nicht genau sehen kann, was sie eigentlich tut. Aber die Wirkung sieht man. Sie hat ihren Arm beinah bis zum Ellbogen in der Magengrube des Hafenarbeiters versenkt. Er reißt den Mund auf, aber kein Laut kommt heraus. Schließlich bricht er auf dem Boden zusammen. Makri geht langsam und würdevoll hinaus. Ich haste hinter ihr her. Kemlath ist beeindruckt.

»Sehr gute Technik«, sagt er. Aber Makri hat zu schlechte Laune, um das Kompliment anzunehmen. Stattdessen verwünscht sie wortreich den Regen.

»Morgen wird es wieder sonnig«, verspreche ich ihr.

»Aber Geld habe ich dann trotzdem nicht«, erklärt Makri. »Ich kann nicht glauben, dass ich all das durchgemacht habe und jetzt trotzdem wieder an dem Punkt stehe, an dem ich angefangen habe. Bei diesen Wagenrennen wird betrogen.«

Eine Frau mit einem Korb taucht vor uns auf. Makri taucht rasch in eine Seitengasse ab, damit sie von ihr nicht gesehen wird.

»Ein Mitglied der Vereinigung der Frauenzimmer?«, erkundige ich mich, als sie weg ist.

»Das war Coxi, die Fischfrau. Sie ist sehr militant.«

Wir kämpfen uns durch den Schlamm nach Hause. Ich biete Makri sogar meinen magischen Regenmantel an, aber sie lehnt ab. Sie wäre so nass, sagt sie, dass es jetzt auch keine Rolle mehr spielt.

14. Kapitel

In der *Rächenden Axt* warten schon zwei Nachrichten auf mich. Die eine ist in magischen Buchstaben in meiner Haustür eingebrannt und lautet: *Sieh dich vor, dein Tod ist nah*. Jetzt muss ich auch noch die Tür neu streichen lassen. Wenigstens hat der Regen das Feuer gelöscht.

Die andere kommt von Zitzerius. Darin informiert er mich, dass Lord Rezaz erneut damit gedroht hat, die Stadt zu verlassen, wenn er nicht schnellstens den Gebetsteppich seines Wagenlenkers zurückbekommt. Da sein Wagen jetzt da ist, möchte er schließlich auch etwas trainieren.

Ich stoße eine Verwünschung aus. Wir haben die letzte Nacht der Heißen Regenzeit. Alle feiern. Können sie einem denn nicht einmal einen Tag Ruhe gönnen? Und wie soll ich diesen verdammten Gebetsteppich finden? Wenn er für die Orgks so wichtig ist, warum haben sie dann nicht besser darauf aufgepasst? Zitzerius lässt mir ausrichten, dass es noch zwei Wochen dauern wird, bis die drei Monde wieder in der richtigen Konstellation stehen, damit der Alte Hasius Brillantinius einen Blick zurück in die Zeit werfen kann.

Ich bin unterwegs in der Oberstadt und überlege, was ich als Nächstes tun soll. Erst mal genehmige ich mir ein paar Bier in einer kleinen Taverne, die von den jungen Schülern der örtlichen Silberschmiede besucht wird. Aber die Inspiration lässt auf sich warten. Also beschließe ich, Makri einen Besuch in der Bibliothek abzustatten. Vielleicht hat sie ja eine gute Idee. Sie hockt vor einem Haufen alter Schriftrollen, ist aber noch immer nicht über den Verlust ihres Geldes hinweg, sodass ihr nichts einfällt.

»Das ist der letzte Tag der Regenzeit. Heute Nacht wird mächtig gefeiert.«

»Mir ist nicht nach Feiern zumute«, erwidert Makri.

»Mir genauso wenig.«

Ein Gelehrter mit einem Vollbart am Nebentisch sieht uns strafend an, und wir senken unsere Stimmen. Ich werfe einen Blick auf die Rolle, die vor Makri liegt. Sie heißt *Vergleichende Religion* und ist eine tödlich langweilige Abhandlung über die Unterschiede der religiösen Praxis zwischen Turai und seinen Nachbarn. In Turai beten wir dreimal am Tag, in Nioj wird sechsmal gebetet und in Mattesh viermal. Faszinierendes Zeug.

Plötzlich habe ich eine Idee. Ich beuge mich vor und flüstere Makri ins Ohr. »Ob es in dieser Bibliothek etwas über orgkische Religion gibt?«

Das weiß Makri nicht. »Aber wenn jemals etwas darüber geschrieben worden ist, dann ist es hier. Warum?«

»Nenn es die plötzliche Eingebung des Detektivs«, fabuliere ich.

Es gibt einen großen, umfassenden Katalog, den Makri durchblättert. Schließlich kennt sie sich besser darin aus. Nach einer Weile findet sie schließlich einen Eintrag, der uns weiterhilft.

»Es gibt eine Schriftrolle über orgkische Religion, eine einzige. Sie wurde im letzten Jahrhundert von einem Gelehrten verfasst, von dem ich noch nie etwas gehört habe.«

Makri führt mich zu einem großen Tresen, hinter dem die Bibliothekare sitzen. Er ist mit den Gemälden von Heiligen verziert; die meisten von ihnen lesen in Manuskripten. Makri nähert sich einem jungen Mann und bittet ihn um die entsprechende Schriftrolle. Er errötet und geht los, um sie zu suchen.

»Er ist in mich verliebt«, flüstert Makri.

Der Angestellte braucht ziemlich lange. Als er schließlich zurückkommt, hält er eine kleine Rolle in der Hand. Es ist die Summe des Wissens über die orgkische Religion in ganz Turai. Ich nehme sie mit an einen Tisch und rolle sie langsam auf. Sie ist staubig und alt, aber mir fällt auf, dass es frische Fingerabdrücke in dem Staub gibt.

»Hier. Kapitel drei. Gebetsteppiche.«

Es beinhaltet eine ausführliche Beschreibung über die Rolle von Gebetsteppichen in den orgkischen Ländern. Ich lese sie durch.

»›Ihre Bedeutung erstreckt sich selbst noch auf die Klasse der Wagenlenker, die ihren Wagen nur dann fahren, wenn sie mit beiden Füßen fest auf ihrer Matte stehen. Dies nicht zu tun, würde bedeuten, dass sie es riskieren, an einen Ort der Verdammnis geschickt zu werden, wenn sie während der Fahrt bei einem Unfall sterben‹ – Also, wie klingt das?«

Ich bitte Makri, den jungen Bibliothekar zu fragen, ob irgendjemand die Schriftrolle in letzter Zeit ausgeliehen hat. Ich sehe, wie er erneut errötet und anschließend einige Unterlagen durchsieht. Makri kommt kurz darauf an unseren Tisch zurück.

»Pontifex Litanex«, sagt sie. »Er hat sie in der letzten Woche ausgeliehen. Soweit der Bibliothekar weiß, war der Pontifex der Erste, der sich die Rolle in den letzten fünfzig Jahren angeschaut hat.«

Ich stehe auf. »Ein plötzlicher Durchbruch.«

»Sieht ganz so aus«, stimmt Makri mir zu. »Wie bist du darauf gekommen?«

»Eine Eingebung. Manchmal ist meine Intuition so scharf wie ein Elfenohr. Gehen wir.«

Makri begleitet mich aus der Bibliothek. Sie kann sich nicht auf ihre Studien konzentrieren, weil sie sich wegen des Geldes Sorgen macht.

»Vergiss das Geld. Zitzerius wird mir eine hübsche Summe zahlen, wenn ich den Gebetsteppich zurückbringe. Dann gebe ich dir deinen Anteil.«

Wir halten einen Miet-Landauer an und lassen uns nach ZwölfSeen zurückfahren. Ich frage Makri, warum sie mit Marihana über Wagenrennen geredet hat, aber sie antwortet nur ausweichend, und ich dränge nicht weiter. Ich bin viel zu erleichtert, dass ich endlich Fortschritte mache. Pontifex Litanex. Derselbe Mann, der noch vor kurzem behauptet hat, dass die Orgks nicht einmal eine Religion hätten. Und dann sitzt er hier und liest alles darüber. Zweifellos hat er danach den Gebetsteppich gestohlen. Jedenfalls würde das Sinn ergeben. Der Wahren Kirche war es immer schon zuzutrauen, die Orgks zu sabotieren. Und der Pontifex ist ein ehrgeiziger junger Mann. Sollte Bischof Gabrielius sich nach Freiwilligen umgesehen haben, war er sicher in der vordersten Reihe zu finden.

Litanex lebt in einem kleinen Haus auf einem Grundstück der Kirche in der Sankt-Völlinius-Straße. Wir marschieren einfach hin und klopfen an die Tür. Sie schwingt auf. Ich ziehe mein Schwert und taste mich vorsichtig weiter. Mir fällt auf, wie nüchtern das Haus möbliert ist. Ganz im Gegensatz zu dem prächtigen Anwesen, in dem Bischof Gabrielius haust. Trotz des dämmrigen Lichts brennen keine Lampen, also ziehe ich meinen Leuchtzauberstab und spreche den Befehl, uns mehr Licht zu geben.

Wir hören ein Stöhnen aus einem der Räume, die vom Flur abgehen. Als wir das Wohnzimmer erreichen, bemüht sich Litanex gerade, vom Boden aufzustehen. Neben ihm liegt eine dicke Kerze, und es sieht so aus, als wäre er damit zu Boden geschlagen worden. Ich taste nach seinem Puls und untersuche seine Wunde.

»Halb so schlimm.«

Litanex stöhnt wieder und versucht, die Benommenheit abzuschütteln.

»Hatte dieser Überfall mit einem bestimmten orgkischen Gebetsteppich zu tun?«, frage ich ihn schneidend.

Der Pontifex tastet nach dem Stuhl hinter sich. Aber er ist leer. »Er ist weg«, sagt er und bricht wieder auf dem Boden zusammen.

»Wer hat Euch befohlen, ihn zu stehlen?«, frage ich, aber Litanex antwortet nicht mehr, sondern wird wieder ohnmächtig. Ich sehe mich kurz um, kann aber nichts Interessantes entdecken.

»Zu spät«, sage ich leise zu Makri. »Wenigstens sind wir auf der richtigen Fährte.«

Ich lasse dem Bischof durch einen Boten eine Nachricht überbringen, in der ich ihn darüber informiere, dass sein Pontifex möglicherweise ein oder zwei Tage keine Gottesdienste abhalten kann. Einen anderen Boten schicke ich mit der ausführlichen Schilderung der Ereignisse zu Zitzerius. So erfährt der wenigstens, wie fleißig ich bin.

»Wer hat ihn deiner Meinung nach gestohlen?«, erkundigt sich Makri.

»Keine Ahnung. Ich denke morgen darüber nach. Jetzt wird es Zeit für Essen, Bier und die Feier.«

Nach dieser klugen Ermittlung habe ich wohl ein Anrecht auf eine kleine Entspannung. Also gehen wir zurück zur *Rächenden Axt.* Ich genehmige mir ein frühes Bier und einen Happen zu essen. Dann mache ich ein Nickerchen, um mich auf die zweifellos anstrengende Nacht vorzubereiten.

Als die Mitternacht den letzten Tag der Heißen Regenzeit beschließt, sind überall in der Stadt die Feierlichkeiten in vollem Gange. Und nirgendwo versteht man sich besser darauf als in der *Rächenden Axt.* Genau genommen vor allem an einem Tisch der Kaschemme. Cimby und Bertax hocken mit Flöte und Mandoline auf dem Tresen und spielen auf. Sie sehen so merkwürdig aus wie immer. Niemand sonst in Turai kann sich gepiercter Augenbrauen rühmen, und sie färben sich sogar ihr Haar bunt. Ich wusste gar nicht, dass so etwas möglich ist, bis die beiden damit ankamen. Als ich sie zum ersten Mal gesehen habe, war das ein ganz schöner Schock für mich. Jetzt singen sie mit den Zechern derbe Kehrreime beliebter Lieder, während Ghurd, Makri, Tanrose und zwei weitere Kellner, die speziell für diesen Abend engagiert worden sind, ein Bier nach dem anderen zapfen.

In der Bar drängeln sich grölende Söldner, tanzende Hafenarbeiter, betrunkene Fischverkäufer und fröhliche Arbeiter. Alle, einschließlich meiner Person, vergessen in dieser Nacht ihre Sorgen. Draußen prasselt immer noch der Regen, aber morgen werden die Wolken verschwinden, die Sonne wird scheinen, und die Vorbereitungen für das Turas-Gedächtnis-Rennen sowie die Feierlichkeiten für die Dreifach-Mond-Konstellation werden beginnen. Ich denke nicht mehr an Mursius, an Orgks, Gebetsteppiche, Todesdrohungen und irgendwelche Verbrechen im Allgemeinen, sondern konzentriere mich darauf, so viele Krüge »Zünftiger Zunftmann« wie nur möglich in mich hineinzuschütten.

Neben mir sitzt Kemlath. Er ist so wohlgemut wie ein Elf im Baum. »Seit den Feierlichkeiten zum Ende des Krieges habe ich mich nicht mehr so gut amüsiert«, erklärt er mir. »Ich habe ganz vergessen, wie schön so eine ausgelassene Nacht in einer Kaschemme eigentlich ist.«

Eine junge Prostituierte sitzt auf seinem Schoß und bewundert seinen Regenbogenumhang und seinen kostbaren Schmuck. Kemlath nimmt eines seiner Armbänder ab und schenkt es ihr. Der große Zauberer ist sehr großzügig, und er spendiert allen Getränke. Natürlich lieben ihn alle dafür. Die einzige Person, die nicht lächelt, ist Makri. Sie hat kein

Geld, und Marzipixa, die Bäckerin, sitzt unübersehbar an der Bar. Das ist sehr peinlich für Makri.

»Was ist denn deiner Freundin über die Leber gelaufen?«, erkundigt sich Kemlath.

Ich erkläre ihm, dass Makri das Geld verwettet hat, das sie für die Vereinigung der Frauenzimmer gesammelt hatte.

Kemlath grölt vor Lachen. »Die Vereinigung der Frauenzimmer!«, dröhnt er. »Eine Bande von alten Vetteln. Sie sind die reinste Plage!« Er lacht noch mehr und hält Makri an, als die gerade mit einem Tablett voller Bierkrüge an unserem Tisch vorbeirauscht. Sie runzelt die Stirn.

»Kein Grund, ärgerlich zu sein!«, ruft Kemlath. Er stößt mit seinem Leuchtzauberstab auf den Boden und zaubert damit einen Regenbogen in den Schankraum. Alle jubeln, aber Makri rührt keine Miene. Kemlath greift in irgendeine Falte seines gewaltigen Umhangs und zieht eine prall gefüllte Geldbörse heraus.

»Wie viel schuldest du ihnen denn?«

»Sechzig Gurans.«

»Eine Frau wie du sollte niemandem sechzig Gurans schulden!«, sagt Kemlath. Dann meint er noch, er habe eine solch beeindruckende Demonstration eines Kampfes mit bloßer Hand, wie Makri sie heute Abend in Mox' Wettbude vorgeführt hat, nicht mehr gesehen, seit er selbst drei Orgks von den Zinnen der Stadtmauern geworfen hätte, weil ihm seine Zaubersprüche ausgegangen waren. Ohne zu zögern, zählt der Zauberer zwölf Fünf-Guran-Stücke auf den Tisch und reicht sie Makri. Die ist viel zu klug, um ein solches Geschenk abzulehnen. Sie schnappt sich das Geld, stopft es in ihre Geldbörse und schlängelt sich dann durch die Menge, um ihre Biere zu verteilen. Danach kämpft sie sich zu Marzipixa und ihren Freundinnen zum Tresen durch. Durch die Thazis-Schwaden sehe ich, wie sie das

Geld übergibt. Marzipixas Reaktion und Makris Lächeln nach zu urteilen, scheint es zu funktionieren. Makri darf sich wieder in der Gunst der Vereinigung der Frauenzimmer sonnen.

Sie kämpft sich zu uns zurück.

»Danke«, sagt sie zu Kemlath. »Ich zahle es Euch irgendwann zurück.«

»Nur keine überflüssige Eile«, erwidert der Zauberer.

Ein misstrauischer Ausdruck huscht über Makris Gesicht, als sie überlegt, was genau Kemlath wohl für seine sechzig Gurans erwartet. Aber er sieht nicht so aus, als wollte er überhaupt etwas zurückhaben. Der Zauberer lässt sich einfach von der guten Atmosphäre in der *Rächenden Axt* mitreißen. So kann es einem manchmal gehen, wenn man nur die verfeinerten und eher langweiligen Vergnügungen der Oberklasse gewöhnt ist.

Jetzt ist also auch Makri glücklich. Es ist heiß in der Kaschemme, und der Schweiß läuft ihr über ihre nackte Haut. Makri hat festgestellt, dass schweißglänzende Haut anscheinend auch das Trinkgeld anschwellen lässt, und ist sofort auf die Idee gekommen, es zu ihrem Vorteil zu nutzen. Die Geldbörse, die an einer langen Schnur um ihren Hals hängt, platzt fast aus den Nähten.

»Ich wollte dir eigentlich Vorwürfe wegen meiner Verluste beim Wagenrennen machen«, verrät sie mir. »Darauf kann ich jetzt verzichten. Aber ein mieser Wetter bist du trotzdem.«

»Unsinn. Habe ich dir nicht auch eine ganze Menge Gewinner ausgesucht? Niemand hat immer nur Glück. Warte nur bis zum Turas-Gedächtnis-Rennen. An diesem Tag werde ich die Rennstrecke als ein reicher Mann verlassen. Die Verluste, die ich den Buchmachern an diesem Tag zufügen werde, hat das Stadion Superbius noch nicht erlebt.«

Makri grinst. »Wirst du nicht alle Hände voll zu tun haben, auf die Orgks aufzupassen?«

»Erinnere mich bloß nicht daran. Sie werden nicht einmal zum Rennen antreten, wenn ich diesen Gebetsteppich nicht bald finde. Aber da ich jetzt den ersten Schritt getan habe, kann es eigentlich nur noch eine Frage der Zeit sein, bis ich ihn aufspüre. Du kennst mich ja, ich bin sehr hartnäckig.«

Ghurd macht eine kleine Pause und leistet Kemlath und mir Gesellschaft. Wir tauschen Kriegsgeschichten aus. Die Ankunft von Lord Rezaz hat eine Menge Erinnerungen geweckt, und wir plaudern über dies und das, bis Ghurd ein neues Fass Bier aus dem Keller holen muss.

Eine Frau plumpst mir auf den Schoß. Es ist Sarija. Ihr Umhang ist nass und schmutzig, und sie steht vollkommen unter Boah.

»Ich dachte mir schon, dass Ihr Euch hier in ZwölfSeen zu amüsieren versteht«, sagt sie und rutscht von meinem Schoß auf den Boden. Kemlath hilft ihr auf einen Stuhl.

»Wo kann eine Frau hier ein Bier bekommen?«, ruft sie und hämmert mit der Hand auf den Tisch, bis Makri auftaucht.

»Eure Figur hätte ich auch gern«, bemerkt Sarija. »Aber bringt mir trotzdem ein Bier.«

Eine feuchte Hand klopft mir auf die Schulter. Sie gehört Kerk, der gerade hereingekommen ist. Er sieht ziemlich mies aus und hält sich nicht lange mit Förmlichkeiten auf, sondern drückt mir die kleine Büste eines Elfen in die Hand.

»Die stammt auch aus Mursius' Kunstsammlung!«, schreit er, um sich in dem Lärm verständlich zu machen. »Ich habe sie bei Axa gefunden.«

Axa ist ein Hehler, der in der Hafengegend arbeitet.

Kerk streckt die Hand aus, um sich bezahlen zu lassen.

Auf seinem Gesicht malt sich der gehetzte Ausdruck ab, den Menschen tragen, die mehr als alles andere in der Welt eine Dosis Boah brauchen. Ich benötige ein paar Sekunden, bis es mir aufällt. Dann nicke ich benommen und suche in meinem Geldbeutel nach ein paar Gurans. Vermutlich bezahle ich viel zu viel. Jedenfalls verschwindet Kerk wortlos. Ich werfe einen kurzen Blick auf die Büste und stopfe sie dann in meinen Beutel.

»Noch ein Beweisstück?«, erkundigt sich Kemlath neugierig. »Soll ich es überprüfen?«

»Morgen«, antworte ich. »Bis dahin kann es warten.«

Kemlath drückt seine Verwunderung über meine Gelassenheit aus.

Ich hebe die Hände. »Das ist schon in Ordnung. Wisst Ihr, Kemlath, die Kriminellen in dieser Stadt sind nicht wirklich gerissen. Sie hinterlassen immer irgendeine Spur. Dann denken sie, dass ich irgendwas wahnsinnig Schlaues tun müsste, damit ich sie erwische. Aus diesem Grund tue ich weiter so, als wäre ich ein magischer Detektiv, obwohl ich kaum der Zauberei mächtig bin. Es ist einfach gut für meinen Ruf. Es gefällt mir, dass die Leute glauben, ich würde Himmel, Erde und die drei Monde bewegen, um solche Ganoven hinter Gitter zu bringen. In Wirklichkeit folge ich einfach nur ihrer Fährte, bis ich sie eingeholt habe.«

»Und wenn du einmal auf jemanden triffst, der wirklich gerissen ist?«

»Das ist bis jetzt noch nicht vorgekommen. Noch ein Bier?«

Die Feier dauert die ganze Nacht. Kemlath zeigt mir den Trick, wie man Regenbogen aus einem Leuchtzauberstab zaubern kann. Daraufhin fülle ich die ganze Kaschemme mit Regenbogen, lasse sie die Beine der Leute hinauflaufen, in ihre Getränke scheinen und amüsiere mich königlich. Es ist schon Jahre her, seit jemand mir einen neuen Zaubertrick gezeigt hat. Sarija trinkt Bier bis zur Bewusstlosigkeit und schläft dann auf Kemlaths Schoß ein. Ich rauche so viel Thazis, dass ich nicht einmal mehr in die Trinklieder der Soldaten einstimmen kann, die Ghurd anstimmt.

»Du bist in Ordnung«, erzähle ich Kemlath lallend und lege ihm den Arm um die Schulter. »Du bist einer der Besten. Die anderen Zauberer sind alle verklemmte Snobs. Ich hasse sie. Aber du, du bist ein Soldat. Dich mochte ich immer schon.«

Auch Makri ist glücklich. Sie ist wieder in der Gnade der Vereinigung der Frauenzimmer und kassiert Unmengen von Trinkgeld. Sie gleitet mühelos durch die Menge, serviert den Gästen Bier und schlägt jedem auf die Finger, dessen Hände sich auf ihre nackte Haut zu verirren drohen. Aber das tut sie in einer für Makri beinah liebevollen Art und Weise. Sie bricht nämlich niemandem auch nur einen einzigen Knochen. In einer kleinen Pause setzt sie sich zu uns und plaudert mit Kemlath, der ziemlich von ihr angetan zu sein scheint. Und da der große Zauberer ganz eindeutig erheblich kultivierter ist als der gemeine ZwölfSeen-Säufer, findet Makri ihn ebenfalls interessant. Sie erzählt ihm von ihren aktuellen Projekten an der Innungshochschule und erwähnt auch die Pflanzen, die sie für ihren Naturkundekurs aus Ferias mitgebracht hat.

»Sie sind sehr merkwürdig«, sagt sie. »Selbst mein Tutor weiß nicht genau, was das für Pflanzen sind.«

Etwas regt sich in meinem Unterbewusstsein. Ich versuche, es zu ignorieren. Ich will nicht, dass irgendwo irgendetwas an mir nagt, wenn ich mich gerade amüsiere. Ich trinke noch ein Bier. Aber es nutzt nichts, es nagt weiter. Warum züchtete Mursius unbekannte Pflanzen auf seinem Fensterbrett? Vermutlich aus keinem besonderen Grund. Ich trinke noch ein Bier. Aber es hat keinen Sinn. Das Nagen hört einfach nicht auf. Manchmal hasse ich diese Intuitionen. Sie lassen es einfach nicht zu, dass ich mich amüsiere. Ich wuchte mich schließlich aus meinem Stuhl und schleppe mich nach oben in Makris Zimmer. Es ist extrem sparsam eingerichtet, weil Makri nur wenig besitzt. Eigentlich nennt sie nur einen Umhang, ein paar Bücher und jede Menge Waffen ihr Eigen. Im Gegensatz zu mir ist Makri sehr ordentlich und hat ihre wenigen Habseligkeiten fein säuberlich in dem Raum verteilt.

Die Pflanzen hat sie in kleine Blumentöpfe neben dem Fenster eingepflanzt. Ich nehme einen mit, trage ihn nach unten und kämpfe mich durch die Menschenmenge zu der Stelle, wo Chiruixa, die Heilerin, und die Kräuterfrau Cospali an einem Tisch sitzen. Es sind beides ungewöhnliche Frauen, weil sie eigene Geschäfte in ZwölfSeen führen. Das tun nur sehr wenige Frauen. Und beide haben von Anfang an die Vereinigung der Frauenzimmer unterstützt, wahrscheinlich, weil man ihnen die Aufnahme in die Handelsgenossenschaft verweigert, was schlecht für ihr Geschäft ist.

»Hat eine von euch diese Pflanze schon einmal gesehen?«

Sie untersuchen sie. Chiruixa schüttelt den Kopf, aber Cospali vermutet, dass sie vielleicht zur Gattung der Coix-Pflanzen gehören könnte, die man im Weiten Westen für die Behandlung von Delirien benutzt.

»Und was wäre ihre Wirkung, wenn man sie einem Pferd verabreicht?«

»Wohl eher beruhigend, falls es sich um dieselbe Sorte Pflanze handelt.«

Ich arbeite mich zu Makri und Kemlath zurück und schlage Makri vor Begeisterung etwas zu heftig auf die Schulter.

»He! Willst du mir den Arm brechen?«

»Entschuldigung.«

Ich schwenke die Pflanzen. »Weißt du, wofür die gut sind?«

»Nein.«

»Um Pferde zu betäuben, dafür sind sie gut. Deshalb war Mursius so sicher, was seine Chancen in dem Rennen anging. Er hatte vor, die anderen Pferde mit dieser Pflanze zu betäuben.«

Sarija hockt neben uns. Ich frage sie nach den Pflanzen, aber sie ist zu betrunken, um eine vernünftige Antwort herauszubringen. Ich schüttle sie an der Schulter. Plötzlich packt Kemlath meinen Arm mit einem eisernen Griff.

»Tu das nicht«, sagt er leise.

Sie haben zusammen getrunken. Und offensichtlich verfügt der Zauberer über erheblich bessere Manieren als ich.

Er entschuldigt sich sofort für seinen scharfen Ton mir gegenüber, weist mich aber darauf hin, dass Sarija im Augenblick eine harte Zeit durchmacht und das Recht hat, sich ein wenig zu entspannen. Ich bin sicher, dass Kemlath sich für sie interessiert.

Aber ich vertraue meiner Intuition. Senator Mursius, der Kriegsheld von Turai, hatte einige undurchsichtige Geschäfte bei den Rennen geplant. Ob Sarija davon wusste? Sie hat immerhin vor, Mursius' Wagen für das Rennen zu melden. Will sie den geplanten Betrug ihres verblichenen Mannes etwa selbst in die Tat umsetzen? Im Moment scheint sie zwar unfähig zu sein, auch nur einem Kind Süßigkeiten anzudrehen, ganz zu schweigen davon, eine groß angelegte Betrugsaktion durchzuführen, aber wer weiß, vielleicht hat der Senator ja andere engagiert, die für ihn die Arbeit erledigen. Er könnte zum Beispiel mit dem Freundeskreis zusammenarbeiten.

Ich habe jedoch zu viel Bier getrunken, um die Sache ordentlich zu durchdenken. Morgen wird mir schon etwas einfallen.

Cimdy und Bertax stimmen einen wilden Rhythmus an, der laut genug ist, um den alten König Kiben zu wecken, und die Kneipe vibriert, als die Säufer mit ihren Krügen im Takt auf die Tische schlagen. Ich schließe mich aus vollem Herzen an und stampfe zur Musik mit meinem Stab auf den Boden. Dabei sende ich Regenbogen in alle Richtungen. Morgen hört der Regen auf. Alle sind glücklich.

Das Letzte, woran ich mich erinnere, ist, dass ich die Zaubererinnung beschimpfe, weil sie zu versnobt ist, einen ehrlichen Handwerker wie mich als Mitglied aufzunehmen. Anschließend bin ich über den König, den Konsul und den Vizekonsul hergezogen, weil sie nicht in der Lage wären, die Stadt ordentlich zu regieren. Danach versinkt alles in einem gnädigen Nebel, und ich schlafe auf dem Stuhl ein, einen Krug Bier in der einen und eine Thazisrolle in der anderen Hand.

15. Kapitel

Ich wache auf dem Stuhl auf. Mein Rücken schmerzt, und ich habe einen steifen Hals. Ich bin einfach zu alt, um auf Stühlen einzuschlafen. Sarija schläft sogar auf dem Boden. Sie ist in Kemlaths Regenbogenmantel gehüllt, und der Zauberer schlummert neben ihr. Den Arm hat er beschützend um sie gelegt. Überall liegen Gäste herum. Sonst achtet Ghurd immer peinlichst darauf, die *Rächende Axt* abends auszufegen, aber da er selbst bewusstlos auf dem Tresen liegt, hatte er wohl nicht mehr die Energie dafür.

Ich wühle in meinem Beutel nach der kleinen Statue, die Kerk mir gestern Abend gebracht hat. Sie ist weg.

Gedämpftes Licht dringt durch die Fenster. Ich höre den Regen prasseln. Merkwürdig. Die Heiße Regenzeit hat doch gestern Abend aufgehört.

Ich bahne mir den Weg zur Tür. Tatsächlich, es regnet immer noch, und der Himmel ist grau! Ich kann mich nicht daran erinnern, dass so etwas schon einmal passiert ist, solange ich in Turai lebe. Die Jahreszeiten mögen hier zwar grimmig sein, aber sie sind ausgesprochen regelmäßig. Ich habe Kopfschmerzen und fühle mich wie durch den Wolf gedreht. Ich brauche dringend ein Lebatrana-Blatt. Also stapfe ich nach oben, um eins zu holen.

Makri krabbelt am oberen Treppenabsatz entlang und sieht aus, als müsse sie jeden Moment sterben. Sie stöhnt, als ich auftauche.

»Ich hätte niemals in diese Stadt kommen sollen. Ihr seid alle dekadent. Mir brummt der Schädel. Hast du noch ein Blatt übrig?«

Ich nicke. Sie folgt mir ins Zimmer, und ich hole einen kleinen Beutel aus der Schreibtischschublade. Darin befinden sich meine restlichen etwa zwanzig Lebatrana-Blätter. Ich habe sie vor ein paar Monaten einem toten Elf abgenommen. Er kam ums Leben, als er versucht hat, Marihana aufs Kreuz zu legen. Bevor er dem Irrglauben nachgab, er könne die Meuchelmördergenossenschaft überlisten, war er ein Heiler und benutzte diese Lebatrana-Blätter, um alle möglichen Sorten von Krankheiten zu kurieren. Ich persönlich finde sie höchst wirksam gegen einen Kater. Und außerdem sind sie das Beste, was mir ein Elf jemals gegeben hat.

Makri würgt mühsam ihr Blatt herunter. Dann warten wir schweigend darauf, dass die Medizin wirkt.

»Ist dir die neue Drohung an der Wand schon aufgefallen?«, fragt Makri nach einer Weile.

Ist sie noch nicht, nein.

Lass die Finger von der Ermittlung im Mordfall Mursius, steht da. Die Nachricht ist mit Blut geschrieben. Oder einer magischen Imitation von Blut. Hoffentlich kann ich sie abwaschen.

Unterzeichnet ist sie mit dem Buchstaben G. Das bedeutet wahrscheinlich Georgius Drachentöter. Ich frage mich nur, warum er nicht einfach zuschlägt, statt mir ständig diese albernen Nachrichten zu schicken. Ich berichte Makri, dass in der Nacht die Büste des Elfen verschwunden ist.

»Ich bin selbst schuld. Man sollte nicht nach zu viel Biergenuss einschlafen, solange man wichtige Beweise mit sich herumschleppt. Das war das Erste, was ich als Detektiv gelernt habe.«

»Glaubst du, dass sich Georgius in der Nacht hier hereingeschlichen und die Büste gestohlen hat?«

»Vielleicht. Das würde zu seinem miesen Charakter passen, wenn er nicht wie alle anderen feiern würde.«

Wir verfallen wieder in stummes Brüten. »Gott sei Dank gibt es diese Blätter«, sagt Makri etwas später, als sie allmählich wieder Farbe im Gesicht hat. »Aber du solltest etwas vorsichtiger sein. Sie gehen allmählich zur Neige.«

»Ich weiß. Ich werde wohl eine Expedition zu den Südlichen Inseln unternehmen müssen, um mir Nachschub zu holen.«

Die märchenhaften Südlichen Inseln, das Heim der Elfen. Sie sind sehr weit weg und höchst schwierig zu erreichen. Man braucht ein sehr gut ausgestattetes Schiff, um den Ozean zu überqueren, außerdem sind die Elfen sehr wählerisch, was ihre Besucher angeht. Ich bin vor langer Zeit einmal dort gewesen, und nur sehr wenige andere Turanianer sind meinem Beispiel gefolgt. Makri und ich lächeln bei der Vorstellung, einfach dorthin zu segeln, um sich ein Mittel gegen Kater zu besorgen.

»Ist dir eigentlich aufgefallen, dass es noch regnet?«

»O nein!«, ruft Makri und rennt zur Tür. Sie starrt wütend auf den Regen und fängt an zu lamentieren, als wäre es meine Schuld. »Du hast gesagt, dass er aufhören würde. Ich ertrage diesen Regen nicht mehr. Was stimmt mit dieser Stadt nicht?«

Darauf weiß ich auch keine Antwort. So etwas ist bisher ja noch nie vorgekommen.

Die Feierstimmung verpufft augenblicklich, und die ganze Stadt verfällt wieder in Depression. Der unablässige Regen wird als schlimmes Omen betrachtet. Zum Glück muss man nicht lange nach dem Grund suchen.

»Die Orgks sind schuld«, dröhnt Bischof Gabrielius. »Der Regen wird uns alle hinwegspülen!«

Der Bischof hält eine sehr wirkungsvolle Predigt, die erheblich leidenschaftlicher ist, als man sie sonst in der Sankt-Völlinius-Kirche zu hören bekommt. Obwohl ich das eigentlich kaum beurteilen kann. Ich gehe nie zur Kirche und bin auch heute nur hier, um Bischof Gabrielius zu fragen, was ihm eigentlich eingefallen ist, den Diebstahl des Gebetsteppichs zu befehlen.

Aber die Befragung verläuft sehr unbefriedigend. Der Bischof weigert sich schlichtweg, irgendeine Beteiligung an dem Diebstahl des Gebetsteppichs zuzugeben.

»Es ist einfach lächerlich, anzunehmen, dass Pontifex Litanex diesen Gebetsteppich aus einer schwer bewachten Villa hätte stehlen können.«

»Ihr habt überall in der Stadt viel Einfluss, Bischof. Jedenfalls genügt er, um einen einfachen Gardisten dazu zu bringen, eine Auge zuzudrücken, wenn es nötig ist.«

Gabrielius leugnet weiter. Angeblich hat er keine Ahnung von orgkischer Religion, und als ich ihm verrate, dass Pontifex Litanex in der kaiserlichen Bibliothek etwas darüber gelesen hat, erwidert der Bischof, es ginge ihn nichts an, was seine jungen Pontifexe in ihrer Freizeit lesen würden.

Ich will von ihm wissen, wer Litanex niedergeschlagen und sich mit dem Gebetsteppich aus dem Staub gemacht hat. Erneut verweigert der Bischof eine Antwort. Ich kann nicht mit Gewissheit sagen, ob er die Sabotage an den Orgks aus religiösen Gründen angeordnet hat oder ob ein raffinierter politischer Plan dahinter steckt. Manchmal überraschen die Mitglieder der Wahren Kirche mich damit, dass sie sich bei ihren fragwürdigen Handlungen tatsächlich von Glaubensgründen leiten lassen. Allerdings kommt das nicht sehr häufig vor.

Wie auch immer, der Bischof weiß angeblich nicht, wo sich der Gebetsteppich jetzt befindet. Aber er droht mir, dass er mich wegen des Einbruchs in Litanex' Haus vor Gericht zerren wird, wenn ich die Angelegenheit weiter verfolge. Darauf erwidere ich nur, dass er sich mit seiner Drohung gefälligst hinten anstellen soll.

»Ihr scheint tatsächlich in beträchtlichen Schwierigkeiten zu sein«, bemerkt der Bischof boshaft. Er reicht mir eine Ausgabe des *Berühmten Und Wahrheitsgetreuen Chronisten*. Der Papyrus widmet eine ganze Seite der schockierenden Tatsache, dass es weiter regnet, und stimmt in den allgemeinen Aufschrei mit ein, dass daran die Ankunft von Lord Rezaz und seinem verfluchten Wagen die Schuld trägt. *Nur die Wahre Kirche setzt sich für die Menschen ein*, behauptet das Blatt und macht der Sturheit unseres Bischofs Komplimente. Schöne Werbung für Gabrielius. Ich drehe die Seite um. Bedauerlicherweise ist die ganze Rückseite ausschließlich meiner Person gewidmet.

Wie kann es passieren, heißt es hier, *dass der Hauptverdächtige für den Mord an dem turanianischen Nationalhelden Senator Mursius von der Regierung beauftragt worden ist, das offizielle orgkische Rennwagen-Team zu beschützen? Hört die Korruption in dieser Stadt denn niemals auf? In jeder ehrlichen Zivilisation würde der Detektiv Thraxas in diesem Moment längst die Stufen zum Galgen hinaufsteigen, um seine gerechte Strafe zu erhalten. Stattdessen wird er auch noch vom König bezahlt, um diese elenden Feinde der Menschlichkeit zu beschützen. Es ist schon schlimm genug, dass die Zivilgarde trotz all der Machtmittel des Staates, die ihr zur Verfügung stehen, immer noch keine Verurteilung möglich gemacht hat. Und genauso unerträglich ist es in einer zivilisierten Gesellschaft, dass der Hauptverdächtige, Thraxas, ein Mann von – man muss es leider sagen – höchst zweifelhaftem Charakter …*

… und so weiter und so fort. Es ist ein ausgesprochen ausführlicher Artikel. Sogar ich hatte vergessen, dass ich einmal vor Gericht gezerrt wurde, weil ich einen Laib Brot gestohlen hatte, als alle mit ihren Morgengebeten beschäftigt waren. Damals war ich allerdings noch sehr jung und kam mit einer ernsten Warnung davon.

»Ich würde sagen, Ihr habt schon genug Ärger am Hals, auch ohne einem Bischof der Wahren Kirche auf die Nerven zu gehen«, erklärt Gabrielius und winkt einen Diener heran, damit der mich hinausführt.

Wohin ich auch gehe, begegnet man mir mürrisch. Selbst Marzipixa scheint sauer auf mich zu sein, als ich bei ihr einige Vorräte kaufe. Allerdings könnte das auch die Folge der nächtlichen Feierei sein. Gardist Inkorruptox ist überrascht, mich überhaupt zu sehen.

»Ich hatte mich schon gefragt, warum sie dich aus dem Gefängnis entlassen haben. Du hast also für Zitzerius gearbeitet.«

»Das stimmt. Hast du etwas wegen des Lagerhauses herausgefunden?«

Hat er nicht. Aber wenn er etwas erfährt, will er mir eine Nachricht schicken.

»Hast du denn eine Ahnung, wer gestern Abend in das Haus des Pontifex eingebrochen ist?«

Es liegt keine Meldung über einen Einbruch beim Pontifex vor. Vermutlich war das nicht anders zu erwarten. Trotzdem verblüfft es mich ein wenig. Es war schon schwierig genug, eine Person zu finden, die genug über die Orgks wusste, um auf die Idee zu kommen, diesen Gebetsteppich zu stehlen. Woher wusste nun jemand anders plötzlich ebenfalls genug, um ihn dann wiederum Litanex zu entwenden? Es kann doch nicht die ganze Stadt plötzlich orgkische Religion studiert haben! Die Bibliothek besitzt schließlich nur eine Rolle.

Ich statte der *Meerjungfrau* einen Besuch ab. Donax, der Unterhäuptling, wirkt beinah entzückt, mich zu sehen.

»Du hattest Recht, Detektiv. Der Freundeskreis hat ZwölfSeen infiltriert. Vier ihrer Leute haben eine Woche lang in diesem Lagerhaus gearbeitet. Sie haben sich als gewöhnliche Arbeiter ausgegeben.«

Allerdings weiß Donax nicht genau, was sie dort gemacht haben. Er vermutet jedoch, dass es mit der Ankunft der beiden Rennwagen zu tun hatte. Sowohl der elfische Rennwagen wie der orgkische wurden vorübergehend in eben diesem Lagerhaus verstaut.

»Das habe ich mir selbst schon gedacht. Und ich glaube auch, ich weiß, was sie vorhatten. Eine Betäubungsaktion.«

Donax wirkt nicht überzeugt. »Betäuben? Beim Gedächtnis-Rennen? Unmöglich, Detektiv. Der Stallmeister des Königs inspiziert jedes einzelne Pferd der Konkurrenten, und Melis, die Reine, sucht sowohl nach Betäubungsmitteln als auch nach Zauberei. An denen könnte man kein betäubtes Pferd vorbeischmuggeln.«

»Normalerweise nicht. Aber ich glaube, der Freundeskreis hat sich diesmal etwas ganz Besonderes ausgedacht. Vor allen Dingen, was die Giftpflanze betrifft.«

Ich hole ein kleines Stück der Pflanze aus meiner Tasche, die Makri von Mursius' Villa mitgenommen hat, und reiche sie ihm.

»Sie stammt aus dem Weiten Westen. Ich weiß, sie sieht nach nichts Besonderem aus. Aber ich habe so eine Ahnung, dass sie ein sehr wirkungsvolles Beruhigungsmittel bei Pferden ist. Außerdem ist sie hier in Turai so gut wie unbekannt. Es scheint sehr wahrscheinlich, dass sowohl der Wagen der Elfen als auch der der Orgks wie Schnecken über die Bahn schleichen werden, wenn es dem Freundeskreis gelänge, den Gespannen die entsprechende Dosis dieser Pflanze zu verabreichen. Und weder Melis, die Reine, noch der Stallmeister würden etwas merken.«

Donax starrt das grüne Blatt an. »Ich lasse es untersuchen«, verspricht er.

Die Bruderschaft verlässt sich meist zwar lieber auf Muskeln als auf Magie, aber sie greift auf Zauberei zurück, wenn sie welche braucht.

»Und? Wer steckt dahinter?«

Ich gebe zu, dass ich es nicht genau weiß, aber ich vermute, dass es Senator Mursius gewesen sein muss. Schließlich stammt die Pflanze aus seinem Haus.

»Das ergibt auch Sinn«, fahre ich fort. »Wenn der Freundeskreis so etwas plant, wer wäre dann besser geeignet, für sie zu arbeiten, als der Mann, der den stärksten menschlichen Wagen stellt? Mursius war sehr zuversichtlich, was seine Chancen bei dem Rennen anging, viel zu zuversichtlich für einen Mann, dessen Wagen gegen ein Elfengespann antritt. Ich weiß, dass auch Georgius Drachentöter in die Sache verwickelt ist. Vielleicht ist er sogar der Mörder. Vielleicht haben sie sich wegen ihrer Anteile zerstritten. Solche Leute tun das immer.«

Donax schüttelt traurig den Kopf. Nicht einmal ein Verbrecher mag es, wenn ein Kriegsheld als Betrüger beim Wagenrennen entlarvt wird.

»Vielleicht war er ja nicht bei Sinnen«, sage ich. »Er hatte Probleme mit seiner Frau.«

»Wie ich höre, meldet seine Frau den Wagen trotzdem zum Rennen. Außerdem weiß ich, dass sie Boah nimmt. Glaubst du, dass sie diese Betrügerei weiter durchführen will?«

»Das weiß ich nicht, aber ich bezweifle es. Außerdem werde ich Melis, der Reinen, einige Blätter geben. Wenn sie die Pflanze erst einmal untersucht hat, wird man sie damit nicht mehr täuschen können.«

Donax lächelt. Ich kann mich nicht erinnern, so etwas jemals zuvor bei ihm gesehen zu haben. »Gratuliere, Detektiv. Du hast eine Operation des Freundeskreises auffliegen lassen. Das gefällt mir. Ich werde meinen Männern befehlen, auf Georgius zu achten. Wir werden dafür sorgen, dass er sich nicht mehr hier in die Gegend traut.«

Als ich die *Meerjungfrau* verlasse, ist mir klar, dass ich noch nie so ein produktives Treffen mit der Bruderschaft erlebt habe. Donax glaubt vielleicht sogar, dass er mir einen Gefallen schuldet.

Ich gehe zum Palast, um Zitzerius aufzusuchen. Die Straßen sind für Wagen unpassierbar, und ich muss den ganzen Mond-und-Sterne-Boulevard entlangmarschieren, bis ich einen Miet-Landauer finde, der mich zum Palast bringt. Er sieht immer noch prachtvoll aus, trotz des Wolkenbruchs, aber selbst hier verlieren die Gärtner die Schlacht gegen die Gewalt des Regens. Große Teile des Geländes stehen unter Wasser. Die zahlreichen Bonzen, die hier arbeiten, haben sich fest in ihre Umhänge gehüllt und laufen gesenkten Kopfes vorüber. Sie wirken kein bisschen glücklicher als die gewöhnlichen Bürger von ZwölfSeen. Zitzerius begrüßt mich energisch. Der Vizekonsul ist vielleicht die einzige Person in der ganzen Stadt, die sich nicht um das Wetter kümmert. Er kommt sofort zur Sache.

»Ich muss in einer Stunde vor Gericht. Ich verteidige einen Senator in einem Korruptionsfall, also kann ich Euch leider nicht allzu viel Zeit widmen. Habt Ihr den Gebetsteppich gefunden?«

»Fast.«

»Fast reicht nicht.«

Ich berichte ihm die ganze Geschichte von Litanex und Gabrielius.

Zitzerius nickt.

»Die Wahre Kirche wird lernen müssen, dass sie sich nicht in Staatsangelegenheiten mischen darf. Und wer hat Eurer Meinung nach Litanex den Teppich entwendet?«

»Ich habe keinen Verdächtigen. Das alles ist sehr merkwürdig, Vizekonsul. Wer nur kann noch von der Bedeutung dieses Teppichs gewusst haben?«

Der König übt immer mehr Druck auf Zitzerius und den Konsul aus. Zitzerius ist zwar objektiv genug, anzuerkennen, dass ich mein Bestes gegeben habe. Aber er braucht jetzt mehr als das.

»Wir müssen diesen Teppich bis morgen finden. Wenn Ihr es nicht schafft, verlieren wir die Kupferminen.«

Bevor ich gehe, verrate ich ihm ein paar Einzelheiten vom Fall Mursius. Er nimmt die Neuigkeiten über den Senator und dessen Betrugsversuch gelassen auf.

»Früher einmal hätte mich das schockiert. Aber das tut es heute nicht mehr. In Turai kann mich nichts mehr überraschen.«

Letzten Sommer habe ich Zitzerius geholfen, als sein Sohn Boah an Prinz Frisen-Lackal geliefert hat, unseren Thronfolger. Natürlich hegt Zitzerius keine Illusionen mehr über den Zustand unserer Nation. Anders gesagt: Er hält sie für verrottet.

Auf meine Bitte hin hat der Vizekonsul einen Angestellten angewiesen, Mursius' Finanzen unter die Lupe zu nehmen. Wie sich herausstellt, steckte der Senator in großen finanziellen Schwierigkeiten. Er hatte eine große Summe Geldes bei Spekulationen verloren und wurde schwer getroffen, als einige Schiffe, die er zusammen mit anderen versichert hatte, in einem der Stürme letztes Jahr gesunken sind. Der größte Teil seines Landes war mit einer Hypothek belastet, und er hatte mehr Schulden, als er jemals bezahlen konnte.

Armer Senator Mursius. Der Mann hat die Orgks aus unserer Stadt vertrieben und ist ein Held geworden. Fünfzehn Jahre später ist er pleite und seine Frau boahsüchtig. Kein

Wunder, dass er versucht hat, beim Wagenrennen zu betrügen.

Als ich anschließend wieder bei Zitzerius auftauche, lässt er seine Staatskarosse vorfahren, und wir kutschieren zur Wahre-Schönheit-Chaussee, wo die Zauberer wohnen. Hier besitzt Melis eine große Villa. Sie ist zwar luxuriös, aber nicht protzig.

Melis entstammt einem alten Zauberergeschlecht und ist selbst eine mächtige Vertreterin ihrer Zunft. In der Öffentlichkeit wurde sie bekannt, als sie zur Stadionzauberin berufen wurde. Seitdem hat sie sich auch zum Liebling der Massen gemausert. Alle vertrauen Melis. Sie ist etwa so alt wie ich und hat auch im letzten Krieg mitgekämpft. Das haben alle unsere Zauberer, selbst die Zauberlehrlinge. Sie stand neben ihrem Vater, als er von einer Drachenflamme getötet wurde, also kann ich mir vorstellen, dass es ihr nicht besonders gefällt, dem Orgk-Lord zu helfen. Ich erkläre Melis, der Reinen, Mursius' Pläne, beim Rennen zu betrügen, und gebe ihr ein Blatt von der Pflanze. Sie ist zwar sehr dankbar, gibt allerdings nicht zu, dass sie sich davon hätte täuschen lassen können.

»Ich hätte bestimmt gemerkt, dass irgendetwas nicht stimmt. Das ist für mich so einfach, wie einen Senator zu bestechen.«

Zauberer haben immer eine sehr hohe Meinung von ihren eigenen Fähigkeiten.

»Wen seht ihr beim großen Rennen vorne?«, frage ich sie.

Sie lacht. »Es ist mir nicht erlaubt, zu spekulieren.«

Ich informiere sie über die neuesten Entwicklungen und gebe zu, dass ich immer noch nicht weiß, wo ich als Nächstes nach dem Gebetsteppich suchen soll.

»Vermutlich ist Rezaz, der Schlächter, nicht sonderlich erfreut«, sage ich.

»Das ist er ganz und gar nicht«, antwortet Lord Rezaz Caseg, während er den Raum betritt.

Ich werfe Melis einen strafenden Blick zu. Sie hätte mir sagen müssen, dass der Orgk-Lord im Nebenraum steht und lauscht. Wenn ich gewusst hätte, dass er mich hört, hätte ich seinen korrekten Titel und nicht seinen Kosenamen benutzt.

»Also, Detektiv, bisher habt Ihr den Gebetsteppich meines Wagenlenkers nicht finden können?«

»Das stimmt.«

»Dann werden wir die Stadt morgen verlassen.«

»Dafür besteht keine Notwendigkeit«, erwidert Zitzerius ruhig. »Ihr könnt Thraxas vertrauen. Er wird den fraglichen Gegenstand finden.«

Zitzerius verkündet das zwar vollkommen zuversichtlich, aber ich weiß, dass er es nicht wirklich glaubt. Lord Rezaz wirkt nachdenklich. Wir kramen alle unsere besten Manieren aus, sodass man glauben könnte, es handele sich um ein Treffen alter Freunde. Vizekonsul Zitzerius, Melis, die Reine, und Lord Rezaz Caseg in der weißen Toga, dem Regenbogenumhang und dem schwarzen Mantel geben ein höchst würdevolles Bild ab. Nur mir fällt es verdammt schwer, Ruhe zu bewahren. Ich schaffe es so lange, bis Rezaz' Bediensteter, ein kleiner, muskulöser Orgk mit einem Schwert an jeder Seite, eine abfällige Bemerkung zu seinem Lord macht.

Es sprechen nur sehr wenige Leute in Turai Orgkisch. Mit Makris Hilfe ist meines ziemlich flüssig geworden. Die Bemerkung seines Bediensteten löst ein winziges Lächeln bei Lord Caseg aus. Ich wende mich wütend an Zitzerius. »Das reicht, ich gehe. Ich weigere mich, für einen Orgk zu arbeiten, der behauptet, ich wäre zu fett, um meine eigenen Füße sehen zu können.«

Danach bedenke ich den kleinen Orgk mit einer ausgesucht bösartigen Beleidigung, ebenfalls auf Niederorgkisch, die ich irgendwann mal von Makri aufgeschnappt habe.

»Wie könnt Ihr es wagen, so etwas über meine Mutter zu sagen!«, fährt er hoch und zieht sein Schwert.

Das lasse ich mir nicht zweimal sagen. Es reicht mir sowieso mit der Höflichkeit den Orgks gegenüber. So, wie es jetzt aussieht, gefällt es mir wesentlich besser.

»Aber bitte!«, ruft Zitzerius und tritt zwischen uns. Gleichzeitig geht die Tür auf, und Lord Fidel-al-Ambra kommt mit seinen Elfendienern herein. Der Anblick von mir und dem Orgk, die sich mit gezückten Schwertern gegenüberstehen, überrascht ihn anscheinend.

»Was ist denn hier los?«, erkundigt sich der Elfenlord.

»Ich möchte Euch den Mann vorstellen, der dafür sorgen soll, dass die Orgks angemessen behandelt werden«, bemerkt Melis.

Alle starren mich an. Ich habe immer noch mein Schwert in der Hand und komme mir plötzlich ziemlich blöd vor.

»Er hat angefangen!«, ist das Einzige, was mir spontan einfällt.

Der Vizekonsul wirft mir einen Blick zu, der Bände spricht. Ich stecke mein Schwert wieder weg, während Zitzerius Fidel erklärt, was vorgefallen ist.

Die beiden Lords verbeugen sich höflich voreinander.

»Es war eine wahrhaft heldenhafte Schlacht, damals unter diesen Mauern«, erklärt Rezaz. »Ich habe sehr bedauert, dass meine Bundesgenossen so dumm waren, Euren Schiffen zu ermöglichen anzulegen. Wäre ich der Oberkommandierende unserer Streitkräfte gewesen, hätte ich es zu verhindern gewusst.«

Der Elfenlord steckt diese Bemerkung ohne Kommentar weg. Beide Lords sind sehr mächtig und viel zu erfahren und gewieft, um sich durch irgendwelche Gefühlsausbrüche eine

Blöße zu geben. Sie hassen sich zwar bis aufs Blut, aber sie werden es nicht zeigen, jedenfalls nicht hier.

»Wie ich gehört habe, ist Euer Rennwagen ein ausgesprochen schönes Fahrzeug«, versetzt Fidel höflich.

»Das ist er. Er ist mein ganzer Stolz und meine Freude in diesen Zeiten, in denen sich Krieger friedliche Beschäftigungen suchen müssen. Ich freue mich schon sehr auf das Rennen.«

Sie fangen ein Gespräch darüber an, aber ich achte nicht darauf. Ich bin immer noch verstimmt, weil der Orgk auf mein Gewicht angespielt hat. So kommt es, dass ich bei dieser denkwürdigen Gelegenheit, der ersten in der überlieferten Geschichte, in der Orgks, Elfen und Menschen miteinander plaudern, ohne dass um sie herum ein Gemetzel tobt, mürrisch aus dem Fenster in den Regen hinausstarre und Wein trinke.

Ein dezentes Hüsteln von Zitzerius reißt mich aus meinen trübseligen Gedanken.

»Und, stimmt Ihr dem zu?«

Ich mustere ihn verständnislos. »Entschuldigung, ich habe nicht zugehört.«

Zitzerius beherrscht sich. »Es wurde vorgeschlagen, dass Melis, Azgiz und Lothian mit Euch aufbrechen und den Gebetsteppich suchen.«

»Azgiz und Lothlan? Wer ist das denn?«

Ein großer, junger Elf tritt vor, verbeugt sich und stellt sich vor. »Lothlan.«

»Mein persönlicher Schwertkämpfer«, sagt Lord Fidel.

Der Orgk, der mich beleidigt hat, tritt ebenfalls vor.

»Azgiz«, knurrt er. »Persönlicher Schwertkämpfer von Lord Rezaz Caseg.«

Ich drehe mich zu Zitzerius um. »Ihr wollt, dass ich mit einem Orgk und einem Elfen im Schlepptau durch die Stadt spaziere und nach einem Gebetsteppich suche? Keine Chance.«

»Welche Wahl haben wir denn? Ich weiß es zu schätzen, dass Ihr ihn aufgespürt habt. Lord Rezaz tut das ebenfalls. Wenn Ihr nicht so mit Eurem Wein beschäftigt gewesen wärt, hättet Ihr vielleicht gehört, wie er Eure Fähigkeiten als Detektiv gelobt hat. Aber die Zeit drängt. Melis und Lothlan sollten beide in der Lage sein, jeden orgkischen Gegenstand aufzuspüren. Und es ist nur vernünftig, das Azgiz Euch ebenfalls begleitet.«

»Ist Euch denn gar nicht die Idee gekommen, dass wir nicht gerade unauffällig aussehen? So haben wir kaum eine Chance, unbemerkt irgendwohin zu gelangen.«

»Melis kann ihren Regenbogenumhang hier lassen. Azgiz und Lothlan können sich Kapuzen über den Kopf ziehen. Für weitere Einwendungen haben wir keine Zeit. Ihr müsst den Gebetsteppich vor morgen früh finden. Und jetzt geht.«

So kommt es, dass ich plötzlich mit einer Stadionzauberin, einem Orgk und einem Elf durch die Stadt streife. Vermutlich ein weiteres bemerkenswertes und historisches Ereignis. Noch nie zuvor haben Orgks und Elfen kooperiert. Und keiner von den beiden wirkt auch besonders glücklich darüber.

Ich teile ihnen mit, dass wir zuerst Makri abholen müssen. Ich weigere mich, die drei alleine zu begleiten. Gott weiß, was passieren wird. Außerdem möchte ich mir um nichts in der Welt Makris Miene entgehen lassen, wenn ich mit einem Orgk im Schlepptau bei ihr auftauche. Falls sie ihm auf der Stelle den Kopf abschlägt, können wir immer noch aus der Stadt fliehen. Wenigstens kämen wir so aus dem Regen heraus.

»Das ist Eure Schuld«, erkläre ich dem Orgk, als wir gehen.

»Was ist meine Schuld?«

»Der Regen. Ihr habt die Stadt verflucht.«

»Regen kann einen Orgk nicht stören.«

»Klar, weil Ihr nichts merkt«, fauche ich.

Das ist nicht gerade eine besonders schlimme Beleidigung. Wenn ich erst ein paar Bier getrunken habe, fällt mir bestimmt noch etwas Besseres ein.

16. Kapitel

Es regnet unaufhörlich weiter. Einige Gebiete von Turai stehen mittlerweile fast einen Meter unter Wasser. Und Teile von ZwölfSeen kann man nur noch mit einem Floß erreichen. Ganze Gemeinden mussten evakuiert und ihre Bewohner in höher gelegene Gebiete gebracht werden. In den Lagerhäusern der ganzen Stadt hocken bedauernswerte Grüppchen von Flüchtlingen, krank, nass und hungrig. Die Todesziffer der Ertrunkenen ist die höchste, die jemals bekannt wurde, und in vielen Bezirken gibt es keine Lebensmittel mehr.

Alle leiden. Selbst das wohl durchdachte Abwassersystem in Thamlin wird mit den Wassermassen nicht mehr fertig, und die Gärten der Reichen haben sich in Sumpfland verwandelt. Mittlerweile wird allerorten um das Ende der Regenfälle gebetet. Selbst ich habe mit eingestimmt. Denn wenn das so weitergehen sollte, wird das Turas-Gedächtnis-Rennen abgesagt. Die Wettkämpfe sollen in zwei Tagen beginnen, aber die Wagen können bei so einem Wetter nicht fahren.

Wir bilden eine merkwürdige Gruppe, als wir in mein Büro marschieren. Ein stattlicher Detektiv und drei geheimnisvolle Gestalten mit Kapuzen. Melis geht zwischen Lothlan und Azgiz. Sie hat Angst, dass die traditionelle Feindschaft zwischen Orgks und Elfen dazu führen könnte, dass sie unsere Mission vergessen und anfangen, miteinander zu kämpfen. Lothlan hat bereits durchblicken lassen, dass es ihm schwer fällt, auf derselben Straße zu gehen wie ein Orgk, und Azgiz hat unverhohlen kundgetan, dass er lieber in die glühenden

Gruben des Orgkus hinabsteigen würde, als mit einem Elf zusammenzuarbeiten. Und ich selbst bin gezwungen, meine besten Manieren herauszukehren. Melis hat mir nämlich versprochen, dass sie mir im Stadium Superbius Hausverbot erteilen wird, wenn ich Streit anfange. Als wir mein Büro betreten, krabbelt Makri gerade unter dem Sofa herum.

»Ich wollte nur gerade ... wollte ich«, stammelt sie.

»Schon gut, du wirst gebraucht.«

»Wofür?«

»Wir suchen einen Gebetsteppich. Wenn ich mich recht entsinne, kennst du ja Melis, die Reine, bereits. Gestatte mir, dir Lothlan, den Elf, und Azgiz, den Orgk, vorzustellen. Und mach jetzt keinen Wirbel, dafür haben wir keine Zeit.«

Makri ist entsetzt, als der Orgk und der Elf ihre Kapuzen zurückziehen. »Das kann doch nicht dein Ernst sein!«, meint sie.

Was die Sache noch schlimmer macht, ist Azgiz' ausgesprochen freundliche Begrüßung, während Lothlan, der Elf, Makri misstrauisch beäugt.

»Ich habe Euch in der Arena kämpfen sehen«, erklärt der Orgk.

Er sieht mich an. »Sie ist niemals besiegt worden. Und ging als einer der besten Gladiatorenkämpfer in die Geschichte ein.« Er verbeugt sich vor ihr.

Makri weiß nicht, wie sie auf dieses Kompliment reagieren soll. Also nimmt sie Zuflucht zu dem, was sie kennt, und rennt in ihr Zimmer, um ein paar Waffen zusammenzusuchen.

Lothlans Elfensinne erkennen Makris Herkunft. Er wirkt angewidert. »Orgk und Elf und Mensch? Man hat diese Mischung für unmöglich gehalten.«

»Ja, sie ist wirklich ein wahres Weltwunder.«

Makri taucht wieder auf. Sie ist mit einer grimmigen Miene, einem Schwert an jeder Hüfte, einer Axt an ihrem Gürtel sowie mit Messern in Hosenbund und Stiefeln bewaffnet. Um den Hals trägt sie einen Beutel mit Wurfsternen.

»Was wolltest du eigentlich unter meinem Sofa?«, erkundige ich mich beiläufig, als wir die schlammige Straße überqueren.

»Ich brauche Geld.«

»Lernt ihr denn in diesen Ethikvorlesungen keine Moral?«

»Reden wir von was anderem. Wie kommst du dazu, Orgks in die *Rächende Axt* zu schleppen?«

Ich erkläre ihr die Einzelheiten.

»Das ist verrückt. Es wäre einfacher für Zitzerius, mich in der Universität einzuschreiben«, sagt Makri. »Hast du gesehen, wie dieser blöde Elf mich ignoriert?«

Ich nicke. »Der Orgk war wenigstens höflich. Er sagte, du wärst die beste Gladiatorin gewesen.«

Makri verzieht nur ihr Gesicht. Sie begegnet nicht gern jemandem, der sie in der Gladiatorenarena hat kämpfen sehen. Dadurch fühlt sie sich zu sehr an ihre Tage als Sklavin erinnert.

Mittlerweile haben wir die Sankt-Völlinius-Kirche erreicht.

»Ich habe den Gebetsteppich bis zum Haus des Pontifex verfolgen können.«

»Und nun?«, erkundigt sich Melis, die Reine.

Ich muss zugeben, dass ich keine Ahnung habe.

»Warum habt Ihr uns dann hierher geführt?«

»Wohin hätte ich Euch sonst bringen sollen? Ich habe niemals behauptet, dass ich wüsste, wo der Teppich jetzt ist. Ihr und Zitzerius wolltet, dass wir losmarschieren und danach suchen. Und dies hier ist sein letzter bekannter Aufenthaltsort. Jetzt seid Ihr dran.«

Melis dreht sich fragend zu Lothlan um.

»Anscheinend habe ich die Funktion eines Detektivs bisher missverstanden«, bemerkt der Elf trocken. Er schnüffelt in der Luft und versucht eine Spur von orgkischen Artefakten aufzunehmen. »Es ist sinnlos«, sagt er und schüttelt den Kopf. »Ich kann nichts wahrnehmen. Hier riecht es schon zu stark nach Orgk.« Er wirft einen viel sagenden Blick auf Azgiz.

»Der Gestank von Elfen steigt mir in die Nase«, kontert der Orgk.

»Ruhe!«, befiehlt Melis, die Reine. Sie konzentriert sich lange. In der Ferne ist Donnergrollen zu hören. Anscheinend braut sich da ein neuer Sturm zusammen. »Hier entlang«, sagt sie schließlich. Sie schlägt die Richtung zum Hafen ein.

Ich trotte neben Makri hinter ihr her.

»Das ist die schlimmste Sache, in die du mich jemals mit hineingezogen hast, Thraxas.«

Ich reiche meine Flasche Kleeh herum. Nur Makri nimmt einen Schluck. Melis schreitet durch den Schlamm und den Regen, mit dem Orgk an der einen und dem Elf an der anderen Seite, während wir hinterherzuckeln. Ich schärfe Makri ein, dass sie auf keinen Fall die Beherrschung verlieren und Azgiz angreifen darf.

»Melis hat gedroht, mich aus dem Stadion zu verbannen, wenn ich aus der Reihe tanze. Ich fürchte, sie hat es ernst gemeint. Wie soll man sich bei so viel Aufregung auf seine Wette konzentrieren?« Ich nehme noch einen Schluck Kleeh. »Nicht, dass ich mich überhaupt konzentrieren könnte«, fahre ich fort, während ich mich für das Thema erwärme. »Nicht, solange die Hälfte der Leute in der Stadt versucht, beim Rennen zu betrügen. Es ist ein Skandal. Einige Dinge im Leben sollten einem heilig sein, frei bleiben von Gaunereien, und das Turas-Gedächtnis-Rennen ist sicherlich eins davon. Als ich noch jünger war, wäre niemand auch nur im Traum auf die Idee gekommen, daran herumzupfuschen. Ich sage dir, Makri, allmählich geraten die Dinge außer Kontrolle. Wenn ich auch nur den Hauch eines Verdachts habe, dass jemand betrügt, gehe ich sofort zum Konsul und sage ihm, was los ist. Ich werde von ihm verlangen, dass er eine Sondersitzung des Senats einberuft.«

Makri sieht mich fast bewundernd an. »Ich habe noch nie erlebt, dass du dich so aufgeregt hast.«

»Na ja, einige Dinge im Leben muss ein Mann eben wirklich ernst nehmen.«

»Bier und Wagenrennen?«

»Ganz genau. Bier und Wagenrennen haben aus mir das gemacht, was ich heute bin. Und ich bin stolz darauf!«

Melis hat uns direkt ans Wasser geführt, zu einigen Lagerhäusern westlich vom Hafen. Sie fragt Lothlan, ob er eine Spur aufnehmen kann, aber er schüttelt den Kopf. Die Zauberin sieht sich zweifelnd um.

»Ich dachte, ich hätte etwas Orgkisches gewittert. Aber es war sehr schwach … Ich habe es verloren.«

Die Tür des Lagerhauses geht auf, und vier große Orgk-Krieger marschieren heraus.

»Wie schwach waren noch mal die Spuren?«

Noch mehr Orgks strömen heraus. Sie schwingen Krummsäbel und Äxte.

»Ausgezeichnet«, sagt Makri. Sie konnte es ohnehin nicht mehr ertragen, noch länger in dieser Gesellschaft herumzuschleichen.

Ich suche nach meinem Schlafzauber, bis mir einfällt, dass ich ihn mir gar nicht ins Gedächtnis gelegt habe. Ich verwende meine zauberischen Fähigkeiten immer noch, um meinen Mantel trocken zu halten. Das ist allerdings jetzt ein schwerwiegender taktischer Fehler. Ein trockener Leichnam zu sein ist nicht unbedingt erstrebenswert. Außerdem muss ich meinen Mantel sowieso ausziehen, damit ich meine Arme zum Kämpfen frei habe.

Melis, die Reine, reagiert sehr schnell. Sie hebt die Hand und schleudert die Orgks mit einem Zauberspruch zurück. Die erste Reihe fällt, aber es gibt einen spürbaren Ruck, als der Bann gegen eine Barriere stößt und abgelenkt wird. Die Türen des Lagerhauses öffnen sich erneut, und ein Orgk in einem einfachen schwarzen Umhang tritt heraus. Um den Kopf trägt er ein schmales schwarzes Band mit einem schwarzen Juwel mitten auf der Stirn. So etwas habe ich seit über fünfzehn Jahren nicht mehr gesehen. Das schwarze Band ist das Zeichen für einen orgkischen Zauberer, und das schwarze Juwel weist auf seine Fähigkeiten hin. Dieser Orgk hier kann Stadtmauern niederreißen. Mein Schutzamulett wird gleich ernsthaft geprüft werden.

Der orgkische Zauberer bellt einen Bann heraus. Die Luft flammt rot auf, und ich werde zurückgeschleudert, aber mein Schutzamulett hält. Melis hat eine Barriere zwischen uns und dem Orgk-Zauberer errichtet und hindert seine Magie daran, unsere kleine Gruppe zu vernichten. Aber die orgkischen Krieger kann sie nicht aufhalten. Sie stürmen durch die knisternde, gerötete Luft, und Makri, Lothlan und ich müssen plötzlich verzweifelt um unser Leben kämpfen.

Es überrascht mich etwas, Azgiz an unserer Seite kämpfen zu sehen. Irgendwas stimmt da nicht. Der Orgk sollte eigentlich zusammen mit seinen Genossen kämpfen. Ich bin allerdings froh, dass er es nicht tut, auch wenn unsere Chancen trotz seiner Hilfe schlecht stehen. Er ficht mit einem Schwert in jeder Hand, eine Kampfweise, die hier im Westen selten vorkommt. Makri ist eine Meisterin dieses Stils, obwohl sie im Moment ein Schwert und eine Axt benutzt.

Der Effekt ist tödlich. Lothlan und ich benutzen beide ein Schwert und ein Messer. Mir wäre zwar ein Schild lieber, aber gemeinhin schleppt man so etwas in der Stadt nicht mit sich herum. Wir geraten mächtig unter Druck. Mit dem Rücken am Lagerhaus treiben wir die erste Welle der Angreifer zurück, geraten aber bald erneut in Schwierigkeiten, als die Orgks uns von der Seite angreifen.

Ich pariere einen Schwerthieb von einem Orgk und erdolche ihn mit meinem Messer. Es gelingt ihm dennoch, einen schmerzhaften Schlag auf meiner Schulter zu landen, und nur Lothlans Eingreifen bewahrt mich davor, zu Boden zu gehen.

Plötzlich zuckt ein grelles Licht auf. Melis hat uns mit einem Zauber einen Fluchtweg eröffnet. Ein Teil der Wand hinter uns bricht ein, und wir fliehen in das Lagerhaus. Melis kann zwar nicht ihre ganze Kraft einsetzen, weil sie vollkommen damit beschäftigt ist, den orgkischen Zauberer im Zaum zu halten, aber es gelingt ihr, einen Feuerstrom hinter uns zu platzieren, der uns genug Zeit gibt, es zur Rückseite des Gebäudes zu schaffen. Die Türen fliegen auf, und noch mehr Orgks strömen herein.

»Soll das hier eine Menschenstadt sein?«, knurre ich.

»Die Karren!«, schreit Lothlan.

In einer Ecke des Lagerhauses warten vier oder fünf leere Karren darauf, beladen zu werden. Wir stürmen hin und zerren einen von ihnen vor.

»Seht doch!«, ruft Azgiz. »Der Gebetsteppich.«

Tatsächlich, der Gebetsteppich. Schön. Wir haben ihn zwar gefunden, aber es ist eher unwahrscheinlich, dass wir ihn seinem Besitzer zurückbringen können.

Wir stehen mit dem Rücken in der Ecke und haben den Karren vor uns geschoben, der uns eine Art Deckung gegen die überlegene Anzahl unserer Gegner gibt. Ich bitte Melis, eine Nachricht um Hilfe loszuschicken, und sie erwidert keuchend, dass sie bereits ihre Schülerin auf magische Weise erreicht und ihr aufgetragen hat, Hilfe herbeizuholen. Es sind noch zwanzig Orgks übrig. Als die vorrücken, lässt Melis einen mächtigen Angriffszauber los, und eine Explosion schleudert fünf Orgks durch die Luft. Bedauerlicherweise wird dadurch eine Bresche in ihren Verteidigungszauber geschlagen. Ohne Vorwarnung geht der Karren, den wir als Barriere benutzen, in Flammen auf.

Makri stößt einen wilden Kriegsschrei aus und stürmt vor, um kämpfend unterzugehen. Um uns herum brennt es, und wir haben keine andere Wahl, als ihr zu folgen. Ich sehe, wie sie mitten im dichtesten Getümmel umherwirbelt und rechts und links Orgks zu Boden hackt. Ich stürme hinter ihr her. Azgiz ist neben mir, und zusammen erledigen wir zwei feindliche Orgks, aber es sind immer noch zu viele. Azgiz geht zu Boden, und ich versuche verzweifelt, ihn zu beschützen. Ich sehe, wie Lothlan sein Schwert elegant in einen gewaltigen Orgk-Krieger versenkt, aber dann sinkt auch der Elf unter einem Axthieb zu Boden. Makri springt ihm zu Hilfe und wehrt seine Angreifer ab, aber schließlich ist auch sie umzingelt. Wir stehen zwar noch, aber es kann nur noch Sekunden dauern, bis wir tot sind. Mich trifft der Hieb eines Streitkolbens, und ich gehe in die Knie.

In diesem Moment schrillen Pfeifen, und eine Schwadron königlicher Soldaten stürmt das Lagerhaus. Ihnen folgt die Zivilgarde. Melis' Nachricht hat ihre Schülerin anscheinend gerade noch rechtzeitig erreicht. Ich rapple mich wieder auf.

»Thraxas, bist du gesund?« Makri, verwundet und mitgenommen, aber immer noch in einem Stück, blickt mich besorgt an.

Ich nicke und bemerke, dass ich stark nach Kleeh rieche. »Sie haben meine Flasche zerbrochen.«

Sowohl Lothlan als auch Azgiz liegen am Boden. Melis kniet neben dem Orgk und schützt ihn vor den Soldaten und Zivilgardisten, die aufräumen. Ich fühle mich plötzlich von dem Schlag, den ich erhalten habe, geschwächt und setze mich neben einen Karren auf den Boden. Aber irgendetwas drückt an meinem Hinterteil. Ich ziehe den Gegenstand hervor. Es ist die kleine Silberstatue einer Meerjungfrau. Ein merkwürdiger Fund in einem verlassenen Lagerhaus.

Ich krieche auf allen vieren unter den Karren.

»Sieh mal, Makri«, sage ich, als ich mit einer anderen Statue und einem Gemälde wieder herauskomme. »Ich habe gerade den Rest von Mursius' gestohlenen Kunstwerken gefunden.«

»Du kannst einfach nicht aufhören zu ermitteln, nicht wahr?«

»Ich weiß. Manchmal wundere ich mich über mich selbst.«

»Sei vorsichtig«, sagt Makri. »Du beschmierst sie mit Blut.«

Sie hat Recht. Wir bluten beide. »Wie wäre es mit ein wenig medizinischer Versorgung?«, rufe ich Melis zu.

Es herrscht ein ziemliches Durcheinander, als die Garde Patrouillen nach den geflüchteten Orgks suchen lässt und alle Würdenträger in der Stadt benachrichtigt werden. Eine Weile später finde ich mich auf einem gemütlichen Stuhl im großen Empfangssaal von Präfekt Drinius' offizieller Residenz in ZwölfSeen wieder und trinke Wein. Ich bin zur Abwechslung mal als Gast hier. Unser erbitterter Kampf hat uns zu Helden gemacht. Makri und ich sind ganz gut beieinander, nachdem sich Melis, die Reine, und Chiruixa, die Heilerin, um uns gekümmert haben. Lothlan und Azgiz sind wesentlich schwerer verwundet und werden etwas länger brauchen, um wieder gesund zu werden.

»Den Ausschlag haben meine überlegenen Fähigkeiten im Straßenkampf gegeben«, erkläre ich Hauptmann Rallig. »Sicher, der Elf ist kein schlechter Kämpfer. In einem Wald wäre er ohne Zweifel schwer zu besiegen. Aber wenn es darum geht, sich in den Elendsquartieren zu behaupten, bin ich weit und breit die Nummer eins. Was haben eigentlich die ganzen Orgks hier gemacht?«

Das kann mir der Hauptmann auch nicht sagen. »Im Moment bist du ganz schön umtriebig, Thraxas. Wenn du diese Heldenrolle weiterspielst, lassen sie dich vielleicht sogar mit dem Mord an Senator Mursius durchkommen.«

»Sehr komisch. Ich habe ihn nicht umgebracht.«

»Wer war es dann?«

»Georgius Drachentöter.«

»Hast du irgendwelche Beweise?«

Ich schüttle den Kopf. »Aber die finde ich schon noch. Diesmal wird er mir nicht entkommen.«

In Drinius' Residenz wimmelt es von hohen Garde- und Armeeoffizieren, Palastzauberern und verschiedenen anderen wichtigen Stadtbonzen. Das geheimnisvolle Auftrauchen so vieler Orgks in der Stadt hat die Regierung zum Handeln veranlasst. Noch während ich mit Hauptmann Rallig rede, tauchen der Konsul und der Vizekonsul auf. Zitzerius begrüßt mich kurz, verschwindet aber sofort mit Melis und dem Alten Hasius Brillantinius in einer Konferenz.

Der Hauptmann weiß nicht, was die Orgks in dem Lagerhaus wollten. Vermutlich werde ich das noch früh genug herausfinden. Ich winke einen Diener heran und frage ihn, ob es hier auch Bier gibt. Er erwidert, dass sie keines haben, und bietet mir stattdessen Wein an.

»Ich brauche ein Bier. Schick jemanden los, damit er mir eins holt. Vergiss nicht, dass ich euch gerade vor einem Haufen Orgks gerettet habe.«

Lord Fidel-al-Ambra schreitet majestätisch in den Raum, flankiert von seinen schlanken Elfendienern. Er geht an dem Konsul vorbei und steuert direkt auf Makri und mich zu.

»Lothlan hat mir von dem Kampf erzählt«, sagt er. »Offensichtlich standet Ihr vor ihm, als er stürzte. Er wäre gewiss getötet worden, wenn Ihr nicht gewesen wärt. Er hat mich gebeten, Euch zu danken, was ich hiermit tue. Außerdem möchte ich Euch auch meinen ganz persönlichen Dank ausdrücken.«

Er verbeugt sich leicht vor mir, und dann nimmt er mit dieser beiläufigen Eleganz, die man bei diesen vornehmen Elfen häufig findet, Makris Hand und küsst sie. Makri starrt ihn überrascht an und stammelt so etwas wie »Danke«. Anschließend lässt er uns zurück, um sich mit Kahlius und Zitzerius zu beraten. Unser Ansehen hat sich schlagartig gebessert. Nicht jedem in der Stadt wird von einem Elfenlord persönlich gedankt. Alle scheinen beeindruckt zu sein.

Ein junger Elf, möglicherweise derselbe, der Makri überrascht angestarrt hat, als das Schiff ausgeladen wurde, tritt ebenfalls zu uns, um sich zu bedanken. Mich grüßt er kurz und förmlich, bei Makri lässt er sich mehr Zeit. Er küsst ebenfalls ihre Hand, obwohl die elfische Etikette dies nicht zwingend verlangt. Makri errötet. Das habe ich bei ihr noch nie erlebt. Der Elf hofft, sie beim Turas-Gedächtnis-Rennen wieder zu sehen, und eilt dann rasch hinter seinem Lord her.

Makri bleibt verwirrt zurück. Sie ist es nicht gewöhnt, dass Elfen ihr die Hand küssen.

»Du wirst ja rot.«

»Was?«

»Du errötest.«

»Das ist das Albernste, was ich jemals gehört habe«, erwidert sie. »Das glaube ich einfach nicht.«

Eine große Gestalt in einem schwarzen Umhang gesellt sich zu den Leuten im bereits ziemlich vollen Empfangsraum. Selbst von den hochrangigen Bonzen der Stadt sind nur wenige Lord Rezaz Caseg persönlich vorgestellt worden, und ein gehöriger Schrecken durchfährt den Raum, als er seine Kapuze zurückschlägt. Viele dieser Regierungsbonzen, Armeekommandeure und Zauberer waren selbst noch junge Soldaten, als Rezaz, der Schlächter, uns das letzte Mal besucht hat. Vermutlich wälzen sie gerade ganz ähnliche Gedanken, wie sie mir vor kurzem noch durch den Kopf geschossen sind. Konsul Kahlius bereitet sich offensichtlich innerlich darauf vor, ihn zu begrüßen, aber der Orgk schreitet geradewegs auf mich zu.

»Azgiz möchte, dass ich Euch dafür danke, dass Ihr sein Leben gerettet habt«, verkündet der Orgk-Lord vernehmlich.

»Das war doch nicht der Rede wert«, antworte ich.

Er dreht sich zu Makri um und dankt ihr ebenfalls. Ich wühle in meinem Beutel und ziehe den Gebetsteppich heraus.

»Richtet Eurem Wagenlenker aus, dass ich damit so vorsichtig war, wie ich nur konnte.«

Lord Rezaz Augen leuchten. Voller Freude nimmt er den Gebetsteppich entgegen und breitet seine Hände mit einer Geste aus, die sowohl mich als auch Makri umfasst.

»Das ist hervorragend! Jetzt kann das Rennen stattfinden. Ich stehe in Euer beider Schuld. Hiermit erkläre ich Euch zu Freunden der orgkischen Nation von Soraz!«

Anschließend geht er mit dem Gebetsteppich in der Hand davon und plaudert lebhaft mit seinen Untergebenen. Ich bemerke, dass mich alle Anwesenden anstarren. Ich bin mir nicht sicher, ob mein Ansehen nun weiter gestiegen oder wieder gesunken ist. Freund einer orgkischen Nation zu sein ist nicht unbedingt eine besonders gute Empfehlung.

»Viel mehr ertrage ich nicht«, sagt Makri. »Hat dieser Diener dir etwa Bier gebracht? Gib mir eins.« Sie nimmt einen tiefen Schluck aus meinem Kelch. »Was haben die Orgks da eigentlich gemacht?«

Bisher hat mir zwar noch niemand eine offizielle Erklärung geliefert, aber ich bin ziemlich sicher, dass ich es schon weiß.

»Ich glaube, das waren Agenten von Prinz Kalazar, Rezaz' Rivale um den Thron von Soraz. Sie waren hier, um Lord Rezaz zu töten. Wir haben gerade dabei geholfen, das Leben eines orgkischen Monarchen zu retten. Du solltest stolz darauf sein, Makri. Ich jedenfalls bin es.«

»Soll das ein Witz sein?«

»Ja.«

Wir gehen. Es regnet immer noch.

»Wird das Rennen jetzt stattfinden?«, will Makri wissen.

»Nicht, wenn dieser Regen nicht aufhört.«

Makri ist gereizt. »Was für ein blöder Ort, um eine Stadt zu errichten«, bemerkt sie nicht zum ersten Mal.

17. Kapitel

Ich wache früh auf. Heute soll das Turas-Gedächtnis-Rennen stattfinden, aber es regnet immer noch wie aus Eimern. Zum ersten Mal in der Geschichte des Rennens sieht es so aus, als müsste es abgesagt werden.

Jemand klopft leise an meine Tür. Es ist Donax, der sich mit einem wallenden Umhang vor den Elementen schützt. Es ist sehr ungewöhnlich für den Bruderschaftsunterhäuptling, irgendwohin zu gehen, ohne dass ein paar kräftige Männer ihn beschützen. Eigentlich würde ein solcher Besuch Grund zur Besorgnis liefern, aber im Augenblick scheinen wir ja ganz gut miteinander auszukommen.

»Ich dachte, ich sollte dich in ein paar Einzelheiten einweihen, Detektiv. Dieses Gespräch bleibt unter uns. Offiziell haben wir uns niemals getroffen.«

Ich nicke.

»Ich habe einiges aus Axilan herausbekommen, diesem Kerl, den wir letzte Nacht aufgegabelt haben. Er hat versucht, uns Informationen zu verkaufen. Du hattest Recht, was das Lagerhaus angeht. Der Freundeskreis hat es tatsächlich benutzt. Sie haben dort ihre Männer versteckt, die nur darauf warteten, die Pferde der Elfen mit dieser Giftpflanze aus dem Weiten Westen betäuben zu können. Aber anscheinend wurden sie überrascht, als man ihnen einige Kunstwerke zum Verkauf angeboten hat.«

»Du meinst die Kunstwerke von Mursius?«

»Richtig.« Donax wirft einen kurzen Blick auf den Haufen von Kunstwerken in der Ecke. »Wie ich sehe, hast du das Zeug bereits gefunden.«

»Einiges davon ist ziemlich wertvoll.«

»Ich war noch nie ein Kunstliebhaber. Axilan zufolge wollten die Freundeskreis-Leute sie gerade verstecken, als plötzlich der Zauberer auftauchte.«

»Welcher Zauberer? Georgius?«

»Richtig. Er meinte, sie sollten ihre Kontakte benutzen, um die Waren zu verkaufen. Das überraschte sie zwar etwas, aber sie wussten, dass Georgius sehr gute Verbindungen zum Freundeskreis hat und außerdem an dieser Betäubungsaktion beteiligt war. Also haben sie das Zeug verwahrt und wollten es in aller Ruhe wegschaffen, wenn sich die Aufregung gelegt hatte. Ihnen war allerdings nicht klar, warum Georgius die Kunstwerke nicht im Norden der Stadt versteckte, wo er doch viel mehr Kontakte hatte. Aber sie trauten sich nicht, lange mit ihm zu diskutieren. Außerdem waren diese Kunstwerke wertvoll, und sie würden viel Gewinn damit machen.

Also wartete Axilan weiter auf die Elfen, und eines Tages hörte er einen fürchterlichen Streit in dem Büro über sich. Als er hinaufging, fand er den toten Senator Mursius. Ich glaube ihm die Geschichte bis dahin auch, denn er meinte, er hätte dich anschließend in das Lagerhaus kommen sehen. Das deckt sich mit dem, was du geschildert hast.«

»Und was ist dann passiert?«

»Die Leute vom Freundeskreis gerieten in Panik. Sie wollten natürlich nicht mit einem ermordeten Senator Mursius in dem Lagerhaus aufgegriffen werden, also schnappten sie sich ein paar Wertgegenstände und rannten davon. Sie verkauften sie, sobald sie es ohne Risiko tun konnten, und verließen die Stadt. Da sie auch die Operation ihrer Organisation vereitelt hatten, wollten sie auf keinen Fall in Turai bleiben. Deshalb hast du ein paar Gegenstände bei den örtlichen Hehlern gefunden.«

Ich erzähle Donax, dass diese Gegenstände später wieder durch Zauberei weggeschafft worden sind. »Ich habe sie in einem andern Lagerhaus in der Nähe gefunden.«

»Das habe ich schon gehört«, meint Donax. »Das war, als du den Helden gespielt und gegen die Orgks gekämpft hast. Hatten sie mit dem Diebstahl zu tun?«

»Nein. Es war nur ein Zufall, dass die restlichen Kunstwerke dort lagerten. Es war einfach das nächste leer stehende Lagerhaus.«

Ich will wissen, ob ich mit Axilan sprechen kann. Donax schüttelt den Kopf. »Offenbar ist er nicht mehr hier in der Gegend.«

»Du meinst, er treibt schon im Hafenbecken?«

»Keine Ahnung. Aber er sagte, dass er die Stadt so schnell wie möglich verlassen wollte.«

Ich danke Donax für die Informationen.

»Bei diesem Regen finden keine Rennen statt. Das ist sicher schlecht für eure Geschäfte.«

Donax zuckt mit den Schultern. »Wenn die Leute nicht im Stadion wetten, trinken sie in unseren Tavernen oder besuchen unsere Huren.«

Er geht. Ich zünde mir eine Thazisrolle an und denke über Georgius nach. Wie ist er in den Besitz von Mursius' Kunstwerken gekommen? Ob Sarija sie ihm direkt verkauft hat? Sie war Tänzerin in der *Meerjungfrau*. Wer weiß, welche Beziehungen sie noch in der Stadt hat. Aber warum hat Georgius sie in das Lagerhaus nach ZwölfSeen gebracht? Es muss doch jede Menge Orte geben, an denen er sie besser hätte aufbewahren können. Das ergibt nicht viel Sinn. Aber es bestätigt mehr oder weniger, dass er Mursius getötet hat.

Georgius Drachentöter. Er schickt mir Todesdrohungen, betrügt beim Rennen, stiehlt Kunstwerke und ermordet einen turanianschen Kriegshelden. Und wenn ich mich nicht irre, hat er auch noch meine Aura auf das Messer gezaubert, mit dem er den Mord begangen hat. Der Mann ist die Pest. Ich werde dafür sorgen, dass er damit nicht ungeschoren davonkommt. Ich werde Georgius vor Gericht bringen, und wenn es das Letzte ist, was ich tue.

Die Vorstellung, dass das Turas-Gedächtnis-Rennen abgesagt wird, verdirbt mir den Appetit. Ich setze eine Flasche Bier an und leere sie, während ich mürrisch hinaus in den Regen starre. Makri kommt herein.

»Wie geht es denn so?«, erkundigt sie sich.

»Besser, als auf einer Sklavengaleere zu rudern. Nein, das nehme ich zurück. Es geht mir nicht besser.«

»Können die Rennwagen bei diesem Regen nicht fahren?«

»Nicht, wenn die Rennstrecke unter Wasser steht.«

Makri runzelt die Stirn. Sie hat sich auf die Rennen gefreut, obwohl sie kein Geld hat, um zu wetten. Ich hatte ihr geraten, ein bisschen von dem Geld zurückzubehalten, das sie der Vereinigung der Frauenzimmer versprochen hatte, aber das wollte sie nicht.

»Das kann ich nicht tun. Es wäre Diebstahl.«

»Und unter mein Sofa zu kriechen und nach meiner eisernen Notfallreserve zu suchen? Was war das?«

»Das war was anderes.«

Draußen fährt eine Kutsche vor, und der Vizekonsul steigt aus. Er watet durch den Matsch, aber als er mein Büro betritt, ist seine Toga immer noch strahlend weiß, wenn auch etwas klamm.

»Es gibt wichtige Neuigkeiten«, verkündet er.

»Die Rennen finden statt?«

Zitzerius schüttelt den Kopf. »Nein. Das ist leider ausgeschlossen. Bedauerlicherweise macht das all unsere Mühe hinfällig, mit der wir versucht haben, die Teilnahme des orgkischen Rennwagens zu sichern. Aber Lord Rezaz wird die

Vereinbarung einhalten. Der König ist höchst erfreut, Thraxas, und auch die Regierung weiß die Rolle, die Ihr bei der Wiederbeschaffung des Gebetsteppichs gespielt habt, in aller Form zu würdigen.«

Er dreht sich zu Makri um und bedankt sich auch bei ihr. Es scheint ihn zu überraschen, dass keiner von uns vor Freude das Bewusstsein verliert. Dann bemerkt er den Haufen Kunstwerke, die ich in einer Ecke gestapelt habe.

»Gehören die nicht dem verstorbenen Senator Mursius? Habt Ihr den Mörder schon gefunden?«

»Ich bin dicht dran. Auch wenn ich glaube, dass für die Garde immer noch ich der Hauptverdächtige bin.«

»Die Garde verdächtigt Euch nicht wirklich, Thraxas«, widerspricht mir Zitzerius.

»Dann können sie es aber sehr geschickt vortäuschen. Oder sollten Sie nur Druck auf mich ausüben, damit ich die Orgks beschütze?«

»So würde ich das nicht sagen«, erwidert Zitzerius ausweichend. »Schließlich gibt es handfeste Beweise gegen Euch. Eure Aura befand sich tatsächlich auf dem Messer, und dieser Umstand muss immer noch geklärt werden. Aber ich bezweifle, dass Anklage gegen Euch erhoben wird.«

Er zückt eine Geldbörse und reicht sie mir – der Lohn für meine Dienste.

»Das dürfte für ein paar gute Wetten genügen«, sage ich. »Wenn es etwas gäbe, auf das ich setzen könnte. Hatte ich eigentlich Recht mit der Vermutung, dass diese Orgk-Krieger im Sold von Prinz Kalazar standen?«

»Das hattet Ihr. Sie sind von seinem Obersten Hexer, Makeza, dem Donnerer, hierher gebracht worden. Sie sollten Lord Rezaz ermorden. Das war ein sehr kluger Plan. Rezaz' Sicherheitsdienst in seinem Heimatland ist zu gut organisiert, als dass man an den Lord herankommen könnte. Aber hier in Turai, wo er nur ein paar Diener um sich haben würde, schien dies ziemlich wahrscheinlich. Außerdem hätten unsere Zauberer die Gegenwart irgendeines Orgks hier im Westen sofort entdeckt, aber Makeza war in der Lage, die Anwesenheit von Kalazars Orgks zu verheimlichen, indem er ihre Aura mit der von Rezaz und seinen Bediensteten vermischte. Makeza ist ein sehr gefährlicher Gegner.«

»Haben die Gardisten ihn in diesem Lagerhaus festnageln können?«

»Nein, er war schon längst weg. Vermutlich befindet er sich wieder in der Sicherheit der Ödnis.«

»Und warum haben die Orgks Litanex, dem Pontifex, den Gebetsteppich gestohlen?«, will Makri wissen.

Der Vizekonsul lächelt. »Um ihn zurückzugeben. Sie haben den Mord im Stadion Superbius geplant. Es war sehr wichtig für sie, dass Lord Rezaz die Stadt nicht verließ, bevor sie ihn durchführen konnten. Makeza, der Donnerer, erfuhr von dem Diebstahl durch seine magischen Untersuchungen, spürte den Teppich auf und schickte seine Orgks los, damit sie ihn wiederbeschafften. Pontifex Litanex kann sich außerordentlich glücklich schätzen, dass er noch am Leben ist. Eigentlich hatten die Orgks vor, den Teppich unauffällig zurückzubringen. Danach wollten sie sich unter Rezaz' Hofstaat mischen und ihn dann auf dem Weg zum Stadion ermorden.«

»Besteht denn keine Möglichkeit, dass das Rennen noch stattfindet?«, frage ich.

Zitzerius wirkt von der Frage verärgert. »Man hat mir gesagt, dass es unter diesen Wetterbedingungen nicht stattfinden kann. Allerdings dürfte dieser Punkt eher unwichtig sein. Ich persönlich habe mich nie besonders für Wagenrennen interessiert«, erklärt er.

»Ihr solltet lieber damit anfangen«, rate ich ihm. »Das

würde Eurem Ruf bei der nächsten Wahl eine Menge Auftrieb verleihen.«

Aber Zitzerius ist nicht der Mann, der seinen Ruf auf eine solche Weise aufpolieren würde. Er verlässt sich lieber auf Ehrlichkeit und Integrität. Das heißt, er wird es nie zum Konsul bringen. Als er wieder hinausgeht, bekommt sein Fahrer Probleme. Die Kutsche steckt im Schlamm fest. Also finde ich mich draußen im Regen wieder und versuche, Zitzerius' Kutsche aus dem Schlamm zu wuchten, während uns ein paar Straßenhändler amüsiert zuschauen. Selbst die vereinte Kraft von zwei Pferden, zwei Bediensteten, zwei Gardisten und von Makri und meiner Wenigkeit reicht nicht aus, die Kutsche zu bewegen.

»Können wir ihn nicht einfach hier stehen lassen?«, fragt Makri.

»Nicht, wenn du willst, dass Professor Toarius deine Arbeit an der Hochschule durchgehen lässt.«

Aber es ist nutzlos. Die Kutsche steckt fest. Zitzerius steigt aus und legt selbst mit Hand an. In seiner strahlend weißen Toga bietet er einen ziemlich ungewöhnlichen Anblick. Ihr grüner Saum ist bald voller Schlamm. Während wir noch schieben, ertönt der Ruf zum Morgengebet in der ganzen Stadt. Ich bin entsetzt. Wie konnte ich so leichtsinnig sein? Makri stöhnt verzweifelt.

»Ich bin schon so nass wie die Decke einer Meerjungfrau. Erwartest du wirklich, dass ich in diesem Schlamm …?«

Da wir von Gardisten, Bediensteten und dem Vizekonsul umringt sind, bleibt uns wohl keine Wahl. Selbst der Vizekonsul, ein frommer Mann, wirkt alles andere als erfreut darüber, dass er sich in den Schlamm knien muss, um zu beten. Ich flüstere Makri zu, mit dem Gemeckere aufzuhören.

»Bete, dass der Regen aufhört und wir vielleicht zum Rennen kommen.«

Ich schicke ein hingebungsvolles Gebet zum Himmel, während ich auf die Knie sinke. Als der Ruf ertönt, der das Ende der Gebete verkündet, bin ich etwa einen Fuß tief eingesunken und habe beträchtliche Schwierigkeiten, mich wieder zu befreien. Der Schlamm, das Wetter und die Aussicht, dass das Rennen abgesagt wird, deprimieren mich, und ich fühle mich so mies wie eine niojanische Hure. Ich sehe einfach keine Möglichkeit, dass sich die Lage verbessert.

»Der Regen hat aufgehört«, verkündet einer von Zitzerius' Bediensteten.

Wir blicken hoch. Es stimmt. Der Regen hat aufgehört. Außerdem sieht man am Horizont blauen Himmel.

»Der Regen hat aufgehört!«

Ich tanze vor Freude, als die Sonne anfängt zu scheinen. Es spricht sich schnell herum, und überall auf den Straßen tauchen plötzlich fröhliche Menschen auf.

Kemlath Orgk-Schlächter tritt aus der *Rächenden Axt.*

»Habt Ihr Schwierigkeiten?«, erkundigt er sich, als er Zitzerius' Kutsche sieht. Er macht eine kurze Bewegung mit der Hand, und ein Ruck geht durch das Gefährt. Die Pferde wiehern, und plötzlich ist sie frei.

»Netter Spruch, Kemlath. Schade, dass Ihr nicht früher aufgetaucht seid.«

Bevor der Vizekonsul wegfährt, löchere ich ihn noch mit Fragen. »Wie sieht das Abwassersystem im Stadion aus? Ist es in gutem Zustand?«

»Sicherlich«, antwortet er. »Ich selbst habe das Budget dafür zur Verfügung gestellt. Und ich werde sogar zusätzliche Männer hinschicken, damit sie sauber machen.«

»Ihr glaubt also, die Rennen werden rechtzeitig anfangen?«

»Das werden sie«, erwidert Zitzerius. Seine politische

Karriere würde erheblichen Schaden nehmen, wenn sie es nicht täten.

Wir überbringen Ghurd und Tanrose die guten Nachrichten.

»Ich habe ein Gebet gesprochen, und sofort hat der Regen aufgehört«, behauptet Makri.

Überall herrscht emsige Betriebsamkeit, die Leute bereiten sich auf den Besuch des Stadions vor. Ghurd will die Kaschemme tagsüber schließen und gemeinsam mit Tanrose hingehen. Cimdy und Bertax planen, die Massen mit ihrer Musik zu unterhalten und vielleicht auch ein paar Wetten abzuschließen, wenn sie genug verdienen. Makri und ich sind einigermaßen flüssig, nachdem wir die Belohnung von Zitzerius kassiert haben. Er hat mir sechzig Gurans gegeben. Ich ziehe zehn für die Reparatur meiner Räume ab, die von den verschiedenen magischen Warnungen doch erheblich in Mitleidenschaft gezogen worden sind, und teile den Rest mit Makri, die damit fünfundzwanzig Gurans bekommt. Ich habe allerdings fünfzig, was Makri ein wenig verwirrt.

»Woher hast du die zusätzlichen fünfundzwanzig?«, erkundigt sie sich misstrauisch.

»Ich habe meinen Leuchtzauberstab versetzt. Das ist zwar immer noch nicht viel Geld, aber es wird sich bald vermehren. Folge mir, dann kann nichts schief gehen. Die Buchmacher werden sich bald wünschen, dass sie in die Armee eingetreten wären.«

Makri fragt mich, ob noch einmal jemand versuchen wird, den orgkischen Rennwagen zu sabotieren.

»Das bezweifle ich. Es ist zu spät. Der Konsul hat überall Wachen aufgestellt, und der Alte Hasius Brillantinius passt auf, falls dieser Donnerer es noch einmal wagen sollte, sein Gesicht zu zeigen.«

Zum ersten Mal seit einem Monat muss ich meine Zauberkraft nicht an meinen wasserdichten Regenmantel verschwenden. Stattdessen benutze ich meine magischen Fähigkeiten, um den Schlafzauber in mein Gedächtnis zu laden. Ich erwarte zwar nicht wirklich Ärger, aber es ist immer besser, vorbereitet zu sein. Ich habe ausgesprochen gute Laune.

»Es ist wirklich verblüffend, wie die Aussicht auf einige Wetten dich aufmuntert, Thraxas. Gestern hast du noch gejammert, dass alles eine Katastrophe wäre. Du sagtest, dein Ruf wäre ruiniert, weil alle dich Orgk-Schätzchen nennen würden, und außerdem hättest du Mursius' Mörder immer noch nicht gefunden.«

Ich wiegle ihre Bemerkung mit einer Handbewegung ab. »Alles nicht der Rede wert, Makri. Ich habe die Kunstwerke gefunden, oder nicht? Den Mörder werde ich schon noch früh genug aufspüren. Wenn irgendein Hoher Zauberer aus dem Justizdomizil eine Beziehung zwischen den gestohlenen Kunstwerken und Georgius feststellen kann, dann reicht das, um ihn vor Gericht zu zerren. Wenn nicht, muss ich eben noch ein bisschen weiter herumlaufen. So oder so werde ich den Fall nach den Rennen klären.«

Kemlath Orgk-Schlächter macht mir Komplimente wegen meiner Hartnäckigkeit. »Ihr habt Recht, Thraxas. Euch kann man wirklich nur schwer abschütteln. Georgius hätte es sich überlegen sollen, bevor er sich mit Euch anlegt.«

Kemlath begleitet uns zum Stadion. Er will Sarija dort treffen und ihr helfen, wenn sie ihren Wagen beim großen Rennen anmeldet.

Mursius' Kunstwerke sind immer noch in meinem Zimmer. Schöne Vasen, Statuen und das Gemälde, das ihn als jungen Mann nach den Orgk-Kriegen zeigt.

»Wieso bist du auf dem Gemälde nicht zu sehen?«, erkundigt sich Makri.

»Ich war ein einfacher Soldat. Sie haben nur die Offiziere und die Zauberer gemalt.«

»Das ist ein schlechtes Gemälde«, erklärt Makri. Anscheinend ist sie mittlerweile auch zur Kunstkritikerin aufgestiegen. Ich kann das Bild nicht beurteilen. Jedenfalls kann man die Menschen darauf erkennen. Ich finde, dass ein Gemälde nicht so schlecht sein kann, wenn man die Leute darauf erkennt. Die Wiederbeschaffung dieses Bildes lag Mursius ganz besonders am Herzen. Ich betrachte es lange. Es zeigt Mursius, Kemlath und ein paar andere Offiziere, an die ich mich erinnere. Erneut steigen Erinnerungen an den Krieg in mir hoch, aber ich schiebe sie beiseite. Kümmern wir uns lieber um die Angelegenheiten, die uns als Nächstes erwarten. Tanrose eilt geschäftig hin und her und packt das Essen für den Ausflug ein.

»Ich habe wirklich gedacht, die Rennen würden abgesagt.«

»Ich habe ein Gebet gesprochen, und der Regen hat einfach aufgehört«, erklärt Makri zum wiederholten Mal.

Ich packe einen Beutel mit Thazisrollen, ein paar Flaschen Bier und die fünfzig Gurans ein. Auf zur Rennbahn.

18. Kapitel

Das Stadion Superbius ist ein gewaltiges steinernes Amphitheater, das König Versailius vor etwa hundert Jahren hat erbauen lassen. Hier findet der Zirkus statt, werden Theaterstücke aufgeführt, religiöse Rituale abgehalten, Gladiatorenkämpfe ausgetragen, und hier finden auch, was das Beste an dem Ort ist, die Wagenrennen statt. Während der Rennsaison ist das Amphitheater gerammelt voll von Fanatikern aus allen Schichten der turanianischen Gesellschaft. Prätoren, Präfekten, Senatoren, Priester, vornehme Damen der Gesellschaft, Zauberer und hochrangige Innungs-, Genossenschafts- und Gildenbonzen mischen sich mit der Masse der proletarischen Turanianer, die diesen Tag genießen und hoffen, ein bisschen Geld nebenbei mitnehmen zu können. Heute, am Tag des Turas-Gedächtnis-Rennens, wird das Stadion aus allen Nähten platzen.

Die finstere Stimmung, die in letzter Zeit wie Mehltau über der Stadt lag, ist mit dem Regen verschwunden. Dass die Leute sich im Freien aufhalten können, ohne nass zu werden, ist für die meisten schon Grund genug, fröhlich zu sein, und die Aussicht, dass das Rennen nun doch stattfindet, zaubert sogar ein Lächeln auf die Gesichter der Leute, die gestern noch prophezeit haben, dass wir alle von den Göttern verflucht wären. Die Erleichterung ist so groß, dass die Angst vor den Orgks im Großen und Ganzen von der Erwartung verdrängt wird, das Rennen zwischen ihnen und den Elfen miterleben zu können. Die Elfen sind haushoher Favorit. Es werden nur wenige Turanianer auf die Orgks setzen, selbst wenn einige insgeheim vermuten, dass sie auch eine Siegchance haben. Sarija hat Sturm auf die Zitadelle gemeldet, und obwohl sie meiner Meinung nach keine Gewinnchance hat, ist ihr Wagen der beste der menschlichen Teilnehmer und dürfte deswegen auch eine beträchtliche Anzahl von Anhängern hinter sich scharen können.

Es ist nicht einfach, in das Stadion hineinzukommen. Ich muss mein ganzes Gewicht einsetzen, um mich hindurchzuzwängen, und Makri bildet die Nachhut.

»Ich muss zugeben, dass deine Masse manchmal gewisse Vorteile hat«, räumt sie ein, als ich mir einen Pfad durch eine große Gruppe von Schulkindern bahne, die entschieden zu trödelig sind. Wir finden zwei freie Plätze in einer guten Lage in der Nähe der Rennbahn, von wo aus wir sowohl leicht die Buden der Buchmacher als auch ein Bierzelt erreichen können. Ganz Turai gibt sich ein Stelldichein. Jongleure und Akrobaten unterhalten die Menge. Der größte Teil der Zuschauer sitzt auf den gewaltigen Terrassenbänken, die rund um das Stadion laufen. Für die Senatoren und andere wichtige Personen sind die Galerien reserviert. Ich erblicke sogar einige grüne Elfen-Kapuzen dort oben, und wenn ich mich nicht täusche, schimmert da sogar eine schwarze orgkische, gut versteckt vor dem Blick der Öffentlichkeit.

Direkt vor diesen Galerien, von der Öffentlichkeit sehr gut zu sehen, steht Melis, die Reine, in ihrem Regenbogenumhang. Ihr Anblick verleiht allen Zuversicht. Melis, die Reine, gesegnet sei ihr Name! Sie wird uns Wetter vor unerwünschten äußeren Einmischungen schützen.

Ich besitze fünfzig Gurans. Makri fünfundzwanzig. Es überrascht mich, dass die sonst so vorsichtige Makri ihr ganzes Geld dabeihat. Ich hätte erwartet, dass sie ein bisschen zurücklegt.

»Ich bin sehr zuversichtlich«, erklärt sie. »Ich glaube, ich weiß jetzt, wie es läuft.«

Makri ist glücklich. Im Stadion sind alle viel zu sehr mit dem Rennen beschäftigt, um sich von Kleinigkeiten ablenken zu lassen. Zum Beispiel von einer jungen Frau, die ein Viertel Orgk-Blut in den Adern hat, ein Männerwams trägt und zwei Schwerter umgeschnallt hat. In solchen Augenblicken verblassen diese Kleinigkeiten zur völligen Bedeutungslosigkeit. Es ist immer noch feucht, und in der Mittagshitze dampft die Erde, aber die Rennstrecke ist in einem einigermaßen passablen Zustand. Sie ist breit genug, dass acht Wagen gleichzeitig um die Wette fahren können, was meistens für ein sehr aufregendes Spektakel sorgt. Wir setzen uns mit einigen Flaschen Bier hin.

»Ich fühle mich heute so fit wie das Ohr eines Elfen«, sage ich und widme mich den Wettformularen.

Der Favorit im ersten Rennen ist Glorreicher Nordwind. Die Wetten stehen sechs zu fünf.

»Glorreicher Nordwind ist der sichere Sieger im ersten Rennen.«

»Den mag ich nicht«, widerspricht mir Makri überraschend. »Ich finde, Östliche Schönheit sieht besser aus.«

Östliche Schönheit liegt bei den Buchmachern an zweiter Stelle. Der Wagen wird mit eins zu eins gesetzt. Das ist zwar keine schlechte Wette, aber ich ziehe den Favoriten vor. Als ich Makri frage, warum sie Östliche Schönheit bevorzugt, antwortet sie, dass ihr der Name gefällt.

»Du kannst doch nicht einfach auf einen Wagen setzen, weil du seinen Namen magst.«

Aber Makri lässt sich nicht umstimmen. Offensichtlich möchte sie demonstrieren, dass sie selbst entscheiden kann. Ansonsten fährt in diesem Rennen niemand mit, auf den es sich lohnt, zu setzen. Der beste der anderen Wagen steht bei sechzehn zu eins, und ich bin nicht in der Stimmung für unvorsichtige Spekulationen. Der Ehrliche Mox hat seine

Bude ebenfalls im Stadion aufgebaut. Sein Sohn leitet sie, und wir gehen hin, um unsere Wetten abzugeben. Ich riskiere fünf von meinen fünfzig Gurans und Makri vier von ihren fünfundzwanzig. Danach setzen wir uns in die Sonne und sehen zu.

Nach einem Fanfarenstoß und einer kurzen Ansprache von Konsul Kahlius rollen die Wagen aus ihren Ställen. Diesen Anblick liebe ich besonders. Acht Wagen, acht Fahrer, zweiunddreißig Pferde, die sich darauf vorbereiten, vier Runden auf der Bahn zu absolvieren. Fantastisch.

Der Starter winkt mit der Fahne, und die Wagen donnern los. Die Menge schreit auf. Glorreicher Nordwind geht sofort in Führung und kontrolliert am Ende der ersten Runde das Rennen. Die Wagenlenker schlagen erbarmungslos auf die Pferde ein, während sie über die Piste donnern. Es gibt schon früh einen Unfall, als sich drei Wagen mit den Rädern berühren und ausfallen. Ein paar Bedienstete des Amphitheaters beeilen sich, die Wracks wegzuschaffen, bevor die anderen wieder vorbeikommen.

Am Ende der dritten Runde hat Glorreicher Nordwind eine deutliche Führung herausgefahren, während sich die anderen vier um den zweiten Platz streiten. Östliche Schönheit, Makris Wahl, ist alles andere als auffällig. Ich bin wie alle anderen aufgesprungen und feuere den Favoriten an.

Ich habe schon oft gedacht, dass die Götter mich nicht mögen. Vielleicht liegt es daran, dass ich so oft die Gebete auslasse. Als Glorreicher Nordwind nur noch eine halbe Runde vor sich hat und deutlich führt, verliert er ein Rad und kommt rutschend mitten auf der Bahn zum Stehen. Drei seiner Verfolger donnern in das Wrack, und ihre unglücklichen Wagenlenker stürzen zu Boden. Östliche Schönheit, die auf dem letzten Platz lag, umkurvt den Haufen Schrott und trabt einem ungefährdeten Sieg entgegen. Die Menge stöhnt. Makri jedoch springt auf, schreit und kreischt und trampelt ihren Nachbarn beinahe zu Tode, weil sie es so eilig hat, ihren Gewinn abzuholen. Als sie zurückkommt, schwenkt sie die Münzen in der Hand.

»Ich habe vier Gurans gewonnen!«

Ich ringe mir ein Lächeln ab. Ich bin zwar nicht sonderlich erfreut, aber ich will meiner Gefährtin das Glück nicht missgönnen. Solange so was nicht zu oft passiert.

»Auf wen wettest du als Nächstes, Thraxas?«

Ich betrachte das Wettformular. »Odem des Drachen«, verkünde ich schließlich.

Makri schneidet eine Grimasse. »Das klingt nicht gut. Ich setze auf Lila Paradies.«

»Lila Paradies? Was ist das denn für ein Name für einen Rennwagen?«

»Mir gefällt er«, erwidert Makri störrisch.

»Es gibt hier gar keine Informationen über ihn.«

Ich schaue meine Gefährtin misstrauisch an. Selbst nach Makris Maßstab ist das eine ziemlich wagemutige Wette. Lila Paradies ist krasser Außenseiter und steht bei zwanzig zu eins. Es ist einer der Wagen, die Magadis gehören, einer sehr reichen, sehr vornehmen Witwe. Sie ist eine Rennfanatikerin und trainiert seit Jahren Wagen, aber sie ist nicht gerade eine unserer erfolgreichsten Rennstallbesitzerinnen. Lila Paradies ist ein Witz von einem Rennwagen, selbst nach ihren eigenen Maßstäben.

»Ich mag ihn trotzdem«, sagt Makri.

»Fünf Gurans auf Lila Paradies«, sagt Makri und reicht ihr Geld dem Sohn von Mox.

Odem des Drachen wird als Zweitbester gehandelt und steht bei drei zu eins. Ich setze bescheidene drei Gurans darauf, was sich als einigermaßen weitsichtig entpuppt, denn der Wagen wird gleich in der ersten Kurve in eine hässliche

Kollision verwickelt und fällt aus. Es ereignen sich noch einige Zusammenstöße, und zur Verblüffung der Menge gewinnt Lila Paradies mit einer halben Länge Vorsprung.

Geraune macht sich breit, und der größte Teil davon stammt von mir.

»Wie soll man eine vernünftige Wette platzieren, wenn schon an der ersten Ecke die Räder vom Wagen fallen?«, beschwere ich mich und stehe auf, um den Wagenlenker übel zu beschimpfen, als er auf einer Trage vorbeigetragen wird.

»Orgk-Schätzchen!«, schreie ich. »Wer hat dir eingeredet, dass du Wagen lenken kannst?«

Meine fünfzig Gurans sind mittlerweile auf zweiundzwanzig zusammengeschmolzen. Makri hat erstaunliche einhundert Gurans mit Lila Paradies gewonnen und besitzt jetzt einhundertneunundzwanzig. Ich habe aber selten erlebt, dass ein Buchmacher so ungern hundert Gurans herausrückt.

Der Besitzer von Odem des Drachen taucht an der Rennstrecke auf und beaufsichtigt die Bergung seines zertrümmerten Wagens.

»Komm nur her, dann zerlege ich dich auch!«, schreie ich ihn an.

»Betrügerischer Hurensohn!«, kreischt eine Frau hinter mir und schwingt ihren Bierkrug. Ihre Gefährten müssen sie zurückhalten, damit sie nicht auf die Rennbahn springt und den Wagenbesitzer angreift.

»Die Einwohner von Turai mögen es wohl nicht, wenn sie verlieren«, bemerkt Makri.

»Damit hast du verdammt Recht, das tun wir nicht«, knurre ich.

Ich bin nicht in der Stimmung für Makris philosophische Beobachtungen. Also bahne ich mir den Weg zur Bierbude und kaufe mir etwas zu trinken. Makri bringe ich kein Bier mit. Sie hat gerade hundert Gurans gewonnen. Soll sie sich doch selbst eins kaufen.

»Es gefällt mir hier«, erklärt Makri, als ich zurückkomme. »Auf wen setzt du im nächsten Rennen?«

Die Sonne brennt vom Himmel. Im Stadion ist es jetzt so heiß wie in der orgkischen Hölle, und die Menge wird unruhig. Was wir jetzt dringend brauchen, ist ein beliebter Favorit, der einen klaren Sieg nach Hause fährt, keinen Haufen von albernen Außenseitern, die alle Preise absahnen. Die Frau hinter mir ist besonders gereizt. Ich nicke zustimmend, als sie die Wagenbesitzer beschuldigt, ein abgekartetes Spiel zu treiben und die ehrlichen Wetter um ihr sauer verdientes Geld zu betrügen. Ich glaube, ich kenne sie aus ZwölfSeen, und plaudere mit ihr über die Verlogenheit von Wagenbesitzern, während wir auf das nächste Rennen warten.

Ich bemerke erleichtert, dass Feldherr, einer unserer besten Wagen in Turai, am Start ist. Sicher, die Wetten stehen eins zu eins, und ich werde nicht viel gewinnen, aber wenigstens bin ich dann wieder im Rennen. Feldherr ist eine todsichere Wette. Ich setze zwanzig Gurans auf ihn.

Makri entscheidet sich für Ernsthaftigkeit der Liebe, ein nutzloses Wrack von einem Wagen, das von vier verkrüppelten Pferden mehr recht als schlecht gezogen und von einem Mann gefahren wird, der sein letztes Rennen irgendwann während der Orgk-Kriege gewonnen hat. Es ist auch einer von Magadis' Wagen und eher ein schlechter Scherz. Die Buchmacher bieten sechzehn zu eins, und selbst bei diesem Einsatz gibt es abgesehen von Makri ein paar, die darauf setzen. Sie behauptet, ihr gefiele der Name, und setzt allein auf den Klang dreißig Gurans.

»Du wirfst dein Geld weg. Ernsthaftigkeit der Liebe könnte nicht einmal ein Rennen gewinnen, wenn alle anderen Wagen von einem Drachen gefressen würden.«

Nachdem Feldherr das Ziel nicht erreicht und Ernsthaftigkeit der Liebe einen ungefährdeten Sieg einrollt, bin ich nicht der Einzige, der auf den Zehenspitzen steht und seine Missbilligung hinausschreit.

»Betrüger! Gauner!«, brüllt die Menge, und das ist längst nicht die rüdeste Beleidigung. Überall werden wütend die Fäuste geschwungen, und Kissen und zerrissene Wettformulare regnen auf die Rennbahn herunter. Die Zivilgarde baut sich vor der aufgebrachten Menge auf. Die Möglichkeit eines Aufstands macht sie sichtlich nervös. Die Unzufriedenheit ist greifbar. Das Stadion ist gerammelt voll mit Wettern, die ihr schwer verdientes Geld den Bach hinunterschwimmen sehen, während ein völlig unwahrscheinlicher Kandidat nach dem anderen bei den Rennen siegt. Es ist nur gut, dass Melis, die Reine, einen so integren Ruf hat. Würden die Menschen sie nicht für vollkommen unbestechlich halten, wäre längst der Verdacht auf zauberische Einmischung laut geworden. Und selbst so werden misstrauische Blicke in Melis' Richtung geworfen und einige verleumderische Beschuldigungen gegen sie gemurmelt. Natürlich kommen die hauptsächlich von den degenerierten Mitgliedern der unteren Klassen – wie von mir, zum Beispiel.

»Melis soll verdammt sein, jemand besticht sie!«

»Unsinn«, widerspricht Makri. »Du hast selbst gesagt, dass sie den Job nur bekommen hat, weil sie so ehrlich ist.«

»Du kannst mir jedenfalls nicht weismachen, dass dieses Rad zufällig abgefallen ist. Selbst die Zauberer in der königlichen Loge wirkten überrascht.«

»Du bist ein schlechter Verlierer, Thraxas.«

»Damit hast du allerdings verdammt Recht!«

Makri schwimmt jetzt in Geld, nachdem sie erstaunliche vierhundertachtzig Gurans mit Ernsthaftigkeit der Liebe gewonnen hat.

»Ich hab jetzt sechshundertneunzig Gurans«, verkündet sie.

»Ich kann mich nicht erinnern, dich nach deinem Kontostand gefragt zu haben.«

Mir selbst sind nur noch zweiundzwanzig Gurans geblieben, und wenn das so weitergeht, kann es sein, dass ich für das entscheidende Rennen nichts mehr übrig habe. Da fällt mir ein, dass Makri mir noch fünfzig Gurans schuldet: vierzig waren ihre Examensgebühr, und zehn hatte ich ihr geliehen, damit sie wetten konnte.

»Rück sie raus!«, fordere ich sie auf.

Makri zahlt mir die fünfzig Gurans mit einem strahlenden Lächeln zurück, was meine Stimmung weiter verschlechtert. Es stehen noch zwei Rennen aus, bevor das große Turas-Gedächtnis-Rennen gestartet wird, und die Fanfaren kündigen eine Pause an. Makri fragt mich, ob ich mit ihr etwas essen will, aber ich bin nicht in der Laune, sie zu begleiten.

»Ich esse lieber allein«, lehne ich ab.

Ich bin wütend darüber, wie es heute gelaufen ist. Hier geht irgendetwas Merkwürdiges vor, und ich werde Himmel, Erde und die drei Monde in Bewegung setzen, um der Sache auf den Grund zu gehen. Ich lasse Makri mit ihren Gewinnen prahlen und mache mich auf den Weg zum nächsten Essensverkäufer.

Während ich bei einer großen Fleischpastete über die Geschehnisse nachgrüble, stoße ich auf die Frau, die hinter mir gesessen hat.

»Ich habe so eine himmelschreiende Ungerechtigkeit nicht mehr erlebt, seit sie die Rennen bloß wegen der Orgk-Kriege abgesagt haben«, erklärt sie.

Jetzt erkenne ich sie wieder. Sie war damals die Wirtin der *Meerjungfrau* und hat mir viele Biere serviert, als ich noch ein durstiger junger Soldat war. Jetzt verrät sie mir, dass sie einen Mann in einer guten Stellung bei der Fassmacher-Gilde geheiratet hat und nach Pashish gezogen ist.

»Und wie läuft das Geschäft der Fassmacher?«

»Gut. Das muss es auch, wenn man bedenkt, was ich heute hier an Gurans verloren habe.«

Wir plaudern noch ein bisschen, dann schlendere ich ohne ein bestimmtes Ziel weiter. Mit dem Geld, das Makri mir zurückgegeben hat, habe ich zweiundsiebzig Gurans, aber meine Zuversicht ist schwer erschüttert worden. In der Nähe der Senatorenloge treffe ich auf Kemlath Orgk-Schlächter. Er ist unterwegs zu den Anlagen der Wagenbesitzer, um Sarija viel Glück zu wünschen. Ihr Wagen startet bald.

»Vermutlich hat sie nur geringe Chancen gegen die Orgks und die Elfen«, erklärt er wahrheitsgemäß. »Aber man muss sie dafür bewundern, dass sie es trotzdem riskiert. Sarija ist eine gute Frau.«

Ich beschwere mich bei Kemlath über mein Pech.

»Vermutlich habt Ihr nicht zufällig bemerkt, ob hier Zauberei im Spiel war?«

»Zauberei?« Kemlath scheint verblüfft. »Ganz bestimmt nicht. Ihr wisst doch, dass Melis das niemals zulassen würde.«

»Vermutlich nicht.«

»Ich habe übrigens Georgius Drachentöter dort hinten gesehen«, bemerkt Kemlath.

Er deutet mit einer lässigen Handbewegung auf eine Gruppe von Leuten. Sein großer Ring funkelt in der Sonne.

»Georgius Drachentöter? Wirklich?«

Ich erinnere mich an die hartnäckigen Gerüchte über den Freundeskreis und ihren angeblichen Wettbetrug beim Rennen. Sollten diese merkwürdigen Ergebnisse vielleicht die Folge davon sein? Hat der Freundeskreis die Rennen irgendwie zu seinen Gunsten manipuliert? Ich beschließe, mich ein wenig genauer umzusehen.

Kemlath ermahnt mich, vorsichtig zu sein, und erinnert mich an Georgius Drachentöters Zauberkraft.

»Zum Orgkus mit seiner Zauberkraft. Ich werde dafür sorgen, dass er es bereut, nicht Korbflechter geworden zu sein.«

Ich sehe einige Zauberer in Regenbogenumhängen im Stadion, aber Georgius' Körpergröße hebt ihn unverwechselbar unter ihnen hervor. Ich drängle mich durch die Menschenmenge zu ihm. Als ich ihn erreiche, hat er mir den Rücken zugekehrt und spricht gerade mit einem Senator.

»Ich verstehe das einfach nicht«, sagt er. »Feldherr hätte eigentlich gewinnen müssen. Er war ganz offensichtlich der beste Wagen im Rennen. Ich habe heute über zweihundert Gurans verloren.«

Der Senator nickt mitfühlend. Offensichtlich hat er ebenfalls schwere Verluste erlitten.

»Tu bloß nicht so scheinheilig«, knurre ich und packe Georgius bei der Schulter. »Du und dein Freundeskreis stecken doch dahinter.«

Er wirbelt herum, und seine Miene verzieht sich vor Verachtung und Wut. »Musst du mich überall belästigen, wo ich auch hingehe?«, will der Zauberer wissen. »Wenn wir nicht im Stadion wären, wo Zauberei verboten ist, würde ich dir das Herz aus der Brust reißen und darauf herumtrampeln.«

Ich wiederhole meine Anschuldigungen. Der Senator wirkt interessiert. Georgius sieht sich plötzlich in der Defensive.

»Du beschuldigst mich, dass ich beim Rennen betrogen hätte? Mich? Wie kannst du es wagen! Ich habe schwere Verluste erlitten.«

»Ach ja? Du könntest auch nur so tun, um den Verdacht von dir abzulenken.«

Noch während ich die Worte ausspreche, merke ich, dass ich gar nicht mehr davon überzeugt bin. Ich habe viel Erfahrung mit Spielern und ihren Reaktionen auf ein Unglück. Ich gebe es zwar nicht gern zu, aber Georgius Drachentöter wirkt mehr wie ein Mann, der wirklich unter seinem Pech leidet, als wie einer, der irgendwelche betrügerischen Fäden zieht.

»Habt Ihr Beweise für diese Anschuldigungen?«, erkundigt sich der Senator.

Habe ich Beweise? Nicht wirklich. Georgius und der Freundeskreis haben sicherlich geplant, die Pferde unter Drogen zu setzen, aber selbst das kann ich nicht schlüssig beweisen. Ich weiß nicht einmal, ob die Operation nach dem Mord an Mursius überhaupt noch weiterverfolgt wurde oder ob der Freundeskreis sie daraufhin abgeblasen hat. Unterm Strich habe ich keine stichhaltigen Beweise gegen Georgius in der Hand, und ich will ihm nicht verraten, was ich weiß, bevor es für eine Anklage reicht. Wenn ich nicht beweisen kann, dass er Mursius getötet hat, dann sollte ich ihn nicht vorab warnen, dass ich ihn verdächtige. Es war überstürzt von mir, mich ihm überhaupt zu nähern. Meine Gefühle sind mit mir durchgegangen.

»Jeder, der solche Beschuldigungen ohne stichhaltige Gründe vorbringt, hat drakonische Strafen zu erwarten«, erklärt der Senator.

Ich drehe mich auf dem Absatz um und stapfe davon. Ich bin wütend über mich. Heute läuft wirklich alles schief.

Ich komme an einem abgegrenzten Areal für die Senatoren vorbei, das von einer niedrigen Mauer umgeben ist. Dort unterhält sich Melis, die Reine, mit Zitzerius. Ich gehe hin und verlange Zutritt. Der Vizekonsul bedeutet dem Bediensteten mit einem Nicken, mich hereinzulassen.

Ich gehe auf die beiden zu. Zitzerius scheint sich darüber zu freuen, mich zu sehen.

»Es freut mich, dass Ihr Eure Arbeit ernst nehmt«, sagt er.

»Welche Arbeit?«

»Darauf aufzupassen, dass niemand den orgkischen Wagen sabotiert.«

»Den orgkischen Wagen sabotiert? Es sieht ehrlich gesagt eher so aus, als würde jemand mich sabotieren.« Ich drehe mich zu Melis, der Reinen, herum. »Was geht hier vor? Wollt Ihr mir wirklich weismachen, dass Ernsthaftigkeit der Liebe das letzte Rennen ohne magische Unterstützung gewonnen hat?«

Während ich das sage, nicken einige Senatoren und Prätoren nachdrücklich mit dem Kopf. Es sind nicht nur die Armen, die bei dem großen Debakel, das sich hier abzeichnet, Verluste einstecken müssen.

Melis lächelt. »Es gab eine ganze Reihe unerwarteter Ergebnisse, das muss ich zugeben, Thraxas. Aber ich habe alles sehr sorgfältig beobachtet. Ich versichere Euch, dass in diesem Stadion keine fremde Zauberei stattgefunden hat. Und es hat auch niemand versucht, die Pferde zu manipulieren.«

Die Senatoren seufzen. Es sieht so aus, als könnten wir alle unsere Verluste abschreiben.

Ich bin sprachlos. Wenn Melis das sagt, dann muss es stimmen. Außerdem sind jede Menge Zauberer unter den Zuschauern. Sie sind zwar alle auf verschiedene Arten von Zauberei spezialisiert, aber sicher würde einer von ihnen doch merken, wenn etwas Merkwürdiges vorgefallen wäre. Ich beschließe, hinunter in die Wagengrube zu gehen und herauszufinden, ob ich dort etwas entdecke. Vielleicht hat jemand ja einige Achsen durchgesägt.

Zitzerius zieht mich beiseite, als ich aufbrechen will. »Ihr seid immer noch im Dienst der Stadt«, zischt er. »Ich erwarte, dass Ihr Eure Zeit nicht mit Wetten verschwendet, sondern Euch um das Wohlergehen der Orgks kümmert.«

»Zum Teufel mit den Orgks«, zische ich zuürck. »Ich habe im Moment Wichtigeres im Kopf.«

Ich stürme davon und habe erneut dafür gesorgt, dass mein Ruf in einschlägigen Regierungskreisen auf null sinkt. Sollen sie doch alle zum Orgkus fahren! Ich hole mir ein Bier und drängle mich wieder durch die Menge. Es ist viel zu heiß. Ich wünschte, ich hätte meine Flasche mit Kleeh nicht zerbrochen. Ein blinder Bettler kommt mir in die Quere. Ich schiebe ihn zur Seite, und er stürzt zu Boden. Er protestiert wütend, aber ich ignoriere ihn. Vermutlich ist seine Blindheit sowieso nur gespielt. Man kann diesen Bettlern einfach nicht trauen.

Am Fuß der Terrassen befindet sich eine Reihe mit den Buden der Buchmacher. Die Leute stehen in langen Schlangen davor und warten, bis sie ihre Wetten platzieren können. Da entdecke ich Marihana, die Meuchelmörderin. Ausgerechnet! Ich bin erstaunt. Ich habe nicht wirklich geglaubt, dass sie herkommen und wetten würde, aber sie steht leibhaftig vor mir. Sie trägt eine billige blaue Robe, die Art Kleidungsstück, die unsere durchschnittliche, nicht so wohlhabende turanianische Frau jeden Tag trägt. Marihana fällt in der Menge nicht weiter auf. Dünn und blass wie sie ist, sieht sie eher wie ein Schulmädchen aus, das die Schule schwänzt, um zu wetten.

Ich verstehe es nicht. Das ist wirklich unerhört! Meuchelmörder widmen ihr Leben der Freudlosigkeit. Ich frage mich, ob sie diese Verkleidung gewählt hat, um jemanden zu ermorden. Wenn ich Glück habe, die Wagenbesitzer. Es würde mich freuen, wenn der Besitzer von Feldherr mit einem Messer im Rücken aus dem Stadion getragen würde.

19. Kapitel

»Und? Hast du etwas herausgefunden?«, erkundigt sich Makri, als ich wieder zu meinem Platz zurückkehre.

Ich habe sie noch nie so fröhlich gesehen. Es kann einen wirklich aufregen.

»Nein, hab ich nicht.«

»Vermutlich gibt es auch nichts herauszufinden«, erklärt Makri überzeugt. »Das ist einer dieser Tage, an dem die Favoriten einfach nicht gewinnen können. Hast du nicht selbst gesagt, dass so etwas manchmal vorkommt? Rein statistisch wäre es mal wieder an der Zeit.«

Ich setze zwanzig Gurans auf Dämonenkiller. Makri setzt dreißig auf Freudiger Sonnenaufgang. Freudiger Sonnenaufgang gewinnt mit anderthalb Längen Vorsprung, und Makri streicht weitere sechzig Gurans ein. Im nächsten Rennen wette ich auf Giftige Kreuzotter, den Favoriten. Makri setzt auf Märchenhafter Regenbogen, einen krassen Außenseiter mit fünfundzwanzig zu eins. Märchenhafter Regenbogen fährt seinen ersten Sieg überhaupt ein. Selbst sein Wagenlenker ist perplex. Die Menge erhebt sich wie ein Mann und protestiert. Die Garde muss erneut ausrücken und die Leute daran hindern, die Rennstrecke zu stürmen. Flaschen und zerbrochene Stühle regnen auf sie herunter. Ich habe weitere zwanzig Gurans verloren.

Makri sammelt fünfhundert Gurans für ihre fünfundzwanzig Gurans Einsatz ein und verfügt jetzt über die unglaubliche Summe von eintausendeinhundertneunzehn Gurans.

»Beim Wagenrennen zu gewinnen ist so leicht, wie einen Senator zu bestechen«, erklärt sie.

Ich verstehe das nicht. Wie kann jemand so erfolgreich beim Rennen sein, indem er einfach auf jeden Wagen wettet, der einen hübschen Namen hat?

Der Sohn vom Ehrlichen Mox wirkt zwar grimmig, als er ihr den Gewinn aushändigt, aber in Wirklichkeit macht er einen erstklassigen Schnitt. So, wie die Favoriten hier verlieren, bedeutet das, dass er das Geld der breiten Masse der Wetter einkassiert. Und diese ist nicht sonderlich darüber erfreut. Nur die Aussicht auf das Hauptrennen, bei dem der orgkische und der elfische Wagen noch fahren, hält den Mob davon ab, einen Tumult zu veranstalten. Die Rennleitung ruft die beiden Wagen schon früh heraus, weil sie weiß, dass das Interesse an ihnen die Menge zum Schweigen bringen wird. Das funktioniert auch. Als Lord Fidels Wagen auftaucht, bricht Jubel aus. Als danach der orgkische Wagen in die Arena rollt, brüllen und buhen die Leute aus vollem Hals. Die Enttäuschungen des Tages scheinen wie weggefegt. Der Wagenlenker der Orgks hat langes schwarzes Haar, das er zu einem Zopf geflochten und mit einem schwarzen Band zurückgebunden hat. Trotz der Feindschaft, die ihm entgegenschlägt, wirkt er sehr selbstbewusst. Vermutlich ist er so zuversichtlich, weil er seinen Gebetsteppich wiederhat.

Als Nächstes fährt Sturm auf die Zitadelle heraus. Sarija und Kemlath schreiten hinterher. Erneut jubelt die Menge. Die allgemeine Begeisterung hat die Quote auf zwei zu eins steigen lassen, dieselbe wie bei dem Elfenwagen, Mondheller Bach. Zerstörer, der orgkische Wagen, steht bei vier zu eins. Einige kluge Wetter haben auf ihn gesetzt, weil ihnen wohl eine aussichtsreiche Wette wichtiger war als kostspieliger Patriotismus. Die Quoten der anderen Wagen im Feld liegen zwischen sechzehn zu eins und achtzig zu eins.

Ich weiß immer noch nicht, auf wen ich setzen soll. Ich

glaube zwar, dass die Elfen gewinnen, bin aber nicht sicher, ob die Orgks es nicht doch schaffen könnten. Und ich könnte einen Gewinn mit vier zu eins ganz gut gebrauchen. Ich habe nur noch zweiunddreißig Gurans und sehe mich dem Ruin gegenüber. Ich warte mit meiner Wette. Die Quote des orgkischen Wagens steigt auf fünf zu eins, und ich bin schon versucht, auf ihn zu setzen. Dann habe ich jedoch so ein merkwürdiges Gefühl in der Magengrube. Es ähnelt dem, das mich in dem Lagerhaus beschlich, kurz bevor die Orgks auftauchten. Eigentlich ist das nicht besonders merkwürdig, denn schließlich laufen hier genug Orgks herum.

In diesem Moment fällt mir ein Mann auf. Er geht dicht an mir vorbei, sieht eigentlich ganz normal aus, trägt eine einfache Tunika und Sandalen. Auf der Stirn hat er allerdings eine kleine Narbe. Ich habe ihn noch nie zuvor gesehen und folge ihm, ohne zu wissen, warum.

Er geht durch die Zuschauerränge hinauf auf die obersten Terrassen. Anscheinend hat er es eilig, und ich muss mein ganzes Gewicht in die Waagschale werfen, damit ich ihn nicht aus den Augen verliere. Er achtet weder auf die Buchmacher noch auf die Wetter. Am oberen Rand der Zuschauerränge wendet er sich nach links und schlägt die Richtung zu den Logen der Senatoren ein.

Als er vor der Loge der Senatoren stehen bleibt, schaue ich in sein Gesicht. Bilde ich mir das nur ein, oder fängt die Narbe auf seiner Stirn tatsächlich an zu leuchten? Zitzerius steht vorne in der Loge, direkt neben ihm Lord Rezaz Caseg. Plötzlich wird mir klar, was hier vor sich geht, und ich stürze mich auf den Fremden. Ich lande mit meinem ganzen Gewicht auf ihm, und während wir zu Boden fallen, zuckt ein gewaltiger Blitz in den Himmel hinauf. In der nächsten Sekunde sehe ich mich mit Makeza, dem Donnerer, rangeln. Der orgkische Zauberer ist mir in allen Belangen überlegen, abgesehen vielleicht in der Frage des Bauchumfangs. Ich habe zwar den Anschlag auf Rezaz, den Schlächter, vereitelt, komme aber vielleicht nicht mehr dazu, jemals irgendwo damit herumprahlen zu können.

Ich habe meine Hände um den Hals des Zauberers gelegt und versuche verzweifelt, nicht in Reichweite des Juwels auf seiner Stirn zu kommen. Es gelingt ihm, seinen Kopf so weit zu drehen, dass er mir einen feurigen Strahl in meine Schulter jagen kann, und ich schreie vor Schmerz auf. Mein elfisches Zauberamulett hat zwar mein Leben gerettet, aber es ist nicht stark genug, um dem geballten Zauberstoß eines orgkischen Zauberers aus nächster Nähe standhalten zu können.

Ich schreie um Hilfe, aber die Gardisten in der Senatorenloge reagieren gewohnt langsam. Da fällt mir ein, dass ich meinen Schlafzauber mit mir trage. Ich benutze ihn und lade ihn mit so viel Macht auf, wie ich kann. Dieser Zauber kann eine ganze Kompanie von Menschen einschläfern, aber bei dem mächtigen orgkischen Zauberer zeigt er kaum Wirkung. Wenigstens lockert Makeza seinen Griff ein bisschen, sodass ich mich losreißen kann. Ich trete ihm in die Rippen und springe über die Mauer in die Senatorenloge.

»Erwartet Ihr eigentlich, dass ich alles allein mache?«, keuche ich und gehe hinter den Rockschößen von Melis, der Reinen, in Deckung. Soll doch jemand mit etwas mehr Zauberkraft die Sache richten.

Makeza, der Donnerer, hat jetzt seine wahre Gestalt als Orgk-Zauberer wieder angenommen und kommt auf uns zu. Seine Augen glühen vor Wut. Drei Zivilgardisten werfen sich ihm entgegen, aber er wischt sie mit einem einsilbigen Laut beiseite. Sie segeln hilflos durch die Luft. Als er zu der niedrigen Mauer kommt, macht sich Makeza nicht erst die Mühe, sie zu erklimmen. Stattdessen schreit er sie an, und sie zerbröckelt vor seinen Füßen. Melis, die Reine, tritt ihm in den Weg, und ich bemerke erleichtert, dass einige andere turanianische Zauberer an den Ort des Geschehens eilen. Makeza ist wahrlich kein leichter Gegner.

Mittlerweile hat Rezaz, der Schlächter, sein Schwert gezogen, ebenso wie seine Diener. Das trägt zur allgemeinen Verwirrung bei, weil sich unsere Senatoren plötzlich inmitten einer Gruppe bewaffneter und kampfbereiter Orgks befinden und keine Ahnung haben, was hier eigentlich los ist. Die Zivilgardisten haben ebenfalls Orientierungsschwierigkeiten, weil sie nicht wissen, wen sie beschützen sollen. Rezaz stellt Makeza, und der Donnerer schleudert ihm einen gewaltigen Sprengzauber entgegen. Der Orgk-Lord wird zurückgeworfen und stürzt bewusstlos zu Boden.

Melis breitet die Arme aus und richtet ihre ganze Macht gegen Makeza. Im selben Moment wird sie von einem grellen gelben Licht umhüllt und bemüht sich freizukommen. Sie entwischt der Flamme unversehrt und richtet einen Gegenzauber auf den Donnerer. Den scheint das jedoch auch diesmal wenig zu beeindrucken, und er geht erneut auf die am Boden liegende Gestalt von Rezaz los. Zwei Bedienstete des Schlächters stellen sich dem Zauberer in den Weg, aber sie werden ebenfalls wie Fliegen verscheucht. Noch eine mächtige turanianische Zauberin, Lisutaris, die Herrin des Himmels, trifft ein, aber Makeza, der Donnerer, kommt unaufhaltsam näher.

Ich habe diese orgkischen Zauberer im Krieg in Aktion gesehen und weiß, wie wirkungsvoll sie sein können. Selbst als Harmon Halbelf auftaucht, dem einige Verlustscheine aus den Taschen lugen, und seine Kräfte mit denen von Melis und Lisutaris vereint, bleibt die Sache auf der Kippe. Feuer lodert auf, und Blitze schlagen Funken auf den eisernen Geländern.

Meine Schulter tut weh. Kein einziger meiner Wagen hat gewonnen. Ich habe fast alle meine Gurans verloren. Meine Laune ist wirklich mies. Und wenn es jetzt auch noch Makeza, dem Donnerer, gelingt, Lord Rezaz zu töten, wird das Turas-Gedächtnis-Rennen abgebrochen, und ich kann mein Geld nie zurückgewinnen. Ich habe diese ständigen Unterbrechungen des Rennens satt bis obenhin, nehme einer Senatorengattin ihr Glas Kleeh aus der Hand, kippe es hinunter, greife mir einen schweren Stuhl und schleiche mich in den Rücken der miteinander kämpfenden Zauberer.

Ein gewaltiger Mahlstrom von wirbelnden Farben umhüllt jetzt den größten Teil der Senatorenloge. Ich trete mitten hinein und murmele ein kurzes Gebet, dass mein Zauberamulett mich beschützen möge. Der Mahlstrom raubt mir den Atem, doch ich beiße die Zähne zusammen und kämpfe mich weiter. Der Raum scheint verzerrt zu sein. Ich kann Makeza zwar sehen, aber er ist noch weit weg. Während ich auf ihn zugehe, nimmt er das Aussehen eines gewaltigen orgkischen Kriegsdrachen an. Der Drache dreht mir seinen langen Hals zu und fletscht die Zähne. In der Nase trägt er einen großen Ring der Macht, an dem ein blendender blauer Juwel giftige Strahlen aussendet. Das erinnert mich an etwas, aber ich weiß nicht genau, woran. Ich lasse den Stuhl mit aller Kraft auf den Kopf des Drachen sausen. Der Kopf verschwindet in einer ohrenbetäubenden Explosion, und ich befinde mich wieder in der Senatorenloge und habe einen zerbrochenen Stuhl in der Hand. Ein bewusstloser Orgk-Zauberer liegt mir zu Füßen. Vor mir stehen Melis, die Reine, Lisutaris, Herrin des Himmels, und Harmon Halbelf. Sie sehen erschöpft aus. Melis, die Reine, wischt sich den Schweiß von der Stirn.

»Es ist schon ziemlich lange her, seit ich gegen einen Orgk-Zauberer gekämpft habe«, meint sie und holt tief Luft.

»Einen Moment dachte ich schon, ich müsste meine Toga an den Nagel hängen. Gut gemacht, Thraxas. Woher wusstet Ihr, dass das mit dem Stuhl funktionieren würde?«

»Es ist ein alter Trick, an den ich mich noch aus dem Krieg erinnerte. Wenn ein feindlicher Zauberer vollkommen in einen magischen Zweikampf verwickelt war, war er oft verwundbar, wenn man ihm mit einem schweren Objekt auf den Kopf schlug. Ich dachte eigentlich, dass der Alte Hasius Brillantinius auf Makeza Acht geben sollte.«

»Er ist wegen einer Erkältung zu Hause geblieben. Es ist sein Alter«, erklärt Melis.

Lord Rezaz Caseg rappelt sich wieder auf. Er verneigt sich vor den Zauberern, und er bedankt sich besonders bei mir. Alle sind sich einig, dass ich sehr gut reagiert habe, als ich Makeza, den Donnerer, in der Menge erkannte.

Die Gratulationen erreichen mich kaum. Ich bin ein bisschen benommen. Außerdem hatte ich eine Eingebung, als ich in diesen magischen Mahlstrom eingetaucht bin. Ich habe schon oft festgestellt, dass direkter Kontakt mit Zauberei meine Intuition stimuliert. Als ich den Drachen mit seinem Ring der Macht sah, wurde mir klar, wer Senator Mursius getötet hat. Und es war dumm von mir, dass ich das nicht lange vorher durchschaut habe.

Die Senatoren und ihre Frauen begeben sich wieder in ihre Loge. Einen Moment lang sieht es so aus, als wollte Konsul Kahlius mir die Hand schütteln, doch dann überlegt er es sich glücklicherweise anders und bedankt sich nur förmlich bei mir.

»Nicht der Rede wert«, erwidere ich. »Verkauft Ihr hier auch Bier?«

Natürlich nicht. Die Senatoren trinken nur Wein.

Kahlius nimmt jetzt die Sache in die Hand und ordnet an, das Rennen so schnell wie möglich wieder aufzunehmen, damit die Menge sich nicht weiter aufregt. Makeza, der Donnerer, wird gefesselt und unter schwerster Bewachung durch einige Zauberer abtransportiert.

Ich schüttle nachdenklich den Kopf und verlasse die Loge. Dann winke ich einen Boten herbei und reiche ihm eine kleine Münze, damit er Hauptmann Rallig eine Nachricht überbringt.

20. Kapitel

Was ist da oben eigentlich passiert?«, erkundigt sich Makri.

»Thraxas hat Rezaz, dem Schlächter, mal wieder den Hintern gerettet. Möglicherweise bin ich jetzt der beste Freund der Orgks im Westen.«

Die Wagen nehmen hinter dem Startband Aufstellung. Ich habe meine Wette immer noch nicht platziert. Ich kann mich einfach nicht entscheiden. Ich bemerke Marihana in der Schlange und schleiche mich an sie heran. Als sie dran ist, bemühe ich mich zu verstehen, was sie sagt. Es ist nicht ganz einfach, bei dem Lärm der Menge ihre leise Stimme zu hören, aber ich glaube, sie sagt Friedlicher Himmelstraum.

Friedlicher Himmelstraum ist der lahmste Rennwagen, den Turai jemals gesehen hat. Er wurde nur für dieses Rennen zugelassen, weil ein anderer Wagen in letzter Sekunde abgesagt hat. Heute Morgen stand er noch bei achtzig zu eins. Jetzt liegt die Quote bei fünfzig zu eins, das heißt, irgendjemand muss ein wenig Geld auf ihn gesetzt haben. Aber viel kann das nicht sein. Warum auch? Er hat nicht die geringste Chance.

Marihana verschwindet in der Menge, und die Fanfaren kündigen den Start des Rennens an. Ich schlucke schwer. Es geht mir mächtig gegen den Strich.

»Achtzehn Gurans auf Friedlicher Himmelstraum.«

Ich eile zu meinem Platz zurück.

»Auf wen hast du gesetzt?«, frage ich Makri.

»Friedlicher Himmelstraum«, gibt sie zurück.

»Das dachte ich mir«, erwidere ich. »Er hat einen wirklich sehr lauschigen Namen.«

Ich starre sie mit zusammengekniffenen Augen an. Sie erwidert den Blick ungerührt. Das Rennen geht los. Als der lang erwartete Wettkampf zwischen den Wagen der Orgks und der Elfen anfängt, scheint das Stadion Superbius vor Aufregung beinah zu explodieren. Als die Wagen die erste Kurve erreichen, gibt es nicht einen im Stadion, der noch sitzt. Alle stehen und feuern ihre Favoriten an. Und nicht nur die Massen lassen sich gehen. Weiter oben in den Privatlogen tun es ihnen die Senatoren, Zauberer und Stadtbonzen nach.

Zum ersten Mal bei diesen Rennen haben Makri und ich auf denselben Wagen gesetzt. Leider ist es der schlechteste Karren in der ganzen Stadt. In der ersten Runde sieht es auch gar nicht so gut aus. Der Elfenwagen Mondheller Bach hat früh die Führung übernommen, dicht gefolgt von Sarijas Sturm auf die Zitadelle. Der Wagen der Orgks, Zerstörer, fährt locker auf dem vierten Platz hinterher. Friedlicher Himmelstraum liegt am Ende des Feldes. Auch in der zweiten Runde verbessert sich die Lage nicht. Ich rufe dem Wagenlenker derbe Beschimpfungen zu. Zwei Wagen stoßen zusammen, und einer fällt mit einem lahmenden Pferd aus. Damit liegt Friedlicher Himmelstraum an fünfter Stelle. Von fünf Wagen, die in die dritte Runde gehen.

Ich sehe, wie der elfische Wagenlenker mit seinen Pferden flüstert und sie antreibt. Der orgkische Fahrer benutzt als Kommunikationsmittel seine Peitsche. Das ist zwar nicht so nett, aber anscheinend sehr wirkungsvoll, weil er sich mühelos in Warteposition auf den dritten Platz schiebt, hinter Sturm auf die Zitadelle.

Der Wagen hinter dem orgkischen Zerstörer versucht zu überholen, zieht aber den Kürzeren, als der orgkische Wagenlenker dem Gegner einen Peitschenhieb ins Gesicht versetzt. Daraufhin kracht der Rennwagen donnernd in die Bande. Verdammt gute Technik, das muss man dem Orgk lassen. Die Menge dreht beinah durch. Als die letzte Runde beginnt, liegen Mondheller Bach, Sturm auf die Zitadelle und Zerstörer unmittelbar hintereinander und fahren wie der Teufel. Friedlicher Himmelstraum, der als Einziger von den anderen Wagen übrig geblieben ist, liegt beinah eine ganze Runde zurück. Ich verwünsche mich und kann nicht glauben, dass ich mein Geld auf diesen Haufen rostigen Schrotts, fauligen Holzes und abgehangenen Pferdefleischs gesetzt habe.

»Bitte schenk uns einen mächtigen Unfall«, sage ich und hebe meinen Blick kurz zum Himmel.

Makri hat sich von dem allgemeinen Wahnsinn anstecken lassen und scheint kurz davor, die Kontrolle zu verlieren. Sie schreit Friedlicher Himmelstraum aufmunternd zu und fuchtelt mit dem Schwert in der Luft herum, was im Stadion verboten ist. Selbst wenn der Wagen, auf den man gesetzt hat, verliert.

Auf der letzten Runde zeigt Zerstörer, was in ihm steckt, und gleitet an Sturm auf die Zitadelle vorbei, als würde der parken. Dann zieht er mit dem Elfenwagen gleich, und die beiden stoßen aneinander, während sie um die Kurve biegen. Der orgkische Wagenlenker schlägt mit der Peitsche auf den Elf ein, der sich nicht lange lumpen lässt und kräftig zurückschlägt. Funken stieben, als ihre Räder gegeneinander stoßen, und die Pferde galoppieren in einem Tempo, das man im Stadion noch nicht erlebt hat. Das Gebrüll ist ohrenbetäubend. Ich habe noch nie eine solch wahnsinnige Zuschauermenge bei einem Rennen gesehen. Junge Zauberlehrlinge, die ihr ganzes Lehrgeld auf den Elfenwagen gesetzt haben, fuchteln mit ihren Zauberstöcken in der Luft herum. Ich sehe, wie Ghurd auf seinem Sitz steht und schreit, während ihm der Schweiß in Sturzbächen über seinen mächtigen Nacken strömt.

Auf der letzten Geraden scheint der Elf eine Nüsternlänge vorauszuliegen, aber auf mich wirkt es so, als hätte der Wagen der Orgks mehr Reserven.

»Es ist vorbei«, sage ich schluchzend und lasse verzweifelt meinen Kopf hängen. Plötzlich verhaken sich ihre Räder. Es gibt einen spektakulären Zusammenstoß. Beide Wagen fliegen durch die Luft und landen in einem gewaltigen Durcheinander von Orgks, Elfen, Holz, Metall und Pferdeleibern auf der Rennbahn. Sturm auf die Zitadelle, der ihnen dicht auf den Fersen war, hat keine Chance auszuweichen. Der Wagenlenker versucht zwar noch ein verzweifeltes Manöver, aber es geht viel zu schnell. Er wird ebenfalls in die Luft geschleudert, als sein Wagen in den Schrotthaufen rast und über die Bahn schlittert.

Friedlicher Himmelstraum liegt fast eine Runde zurück, und dem Wagenlenker bleibt genug Zeit, ein überlegtes Bremsmanöver einzuleiten. Dann bahnt er sich vorsichtig einen Weg durch das Gemetzel. Anschließend trabt die Quadriga über die Ziellinie, als einziger Wagen, der das Rennen beendet hat, und folglich als Sieger. Die Menge stöhnt kollektiv auf. Allerdings nicht in unserer Ecke. Makri ist außer sich, und ich tänzle hinunter zum Ehrlichen Mox, um mir meinen Gewinn abzuholen. Ich bin so glücklich wie ein betrunkener Söldner. Das heißt, eigentlich bin ich noch viel glücklicher. Achtzehn Gurans bei fünfzig zu eins. Das macht neunhundert Gurans.

In der Nähe von Mox' Bude beklagt ein wütender Söldner sein Schicksal. Er hat sein ganzes Geld verloren und beschwert sich darüber, dass bei diesem Rennen betrogen worden wäre.

»Unsinn!«, widerspreche ich. »So was passiert eben manchmal. Nimm es wie ein Mann.«

Es werden noch einzelne Beschwerden darüber laut, wie die Rennen hier gelaufen sind, aber nach der unglaublichen Aufregung des letzten Rennens wirkt die Menge wie betäubt. Die meisten Leute sitzen benommen da, während die Helfer die zerstörten Wagen wegräumen und die Wagenlenker medizinisch versorgen.

Makris Gewinne sprengen jedes Fassungsvermögen. Sie hat Tausende von Gurans gewonnen und muss sich sogar einen neuen Beutel kaufen, damit sie das Geld tragen kann. Sie wühlt mit den Händen in den Münzen herum und holt sie heraus, nur um sie anzusehen.

Ich bitte sie, die Tasche eine Weile im Sicherheitstrakt der Rennbahn abzugeben.

»Weshalb?«

»Ich brauche deine Hilfe, bevor wir nach Hause gehen.«

Hauptmann Rallig tippt mir auf die Schulter. »Ich habe deine Nachricht bekommen. Was gibt's?« Der Hauptmann hat ebenfalls viel Geld verloren und ist nicht besonders gut gelaunt. »Ich bin absolut nicht davon überzeugt, dass hier alles mit rechten Dingen zugegangen ist«, sagt er. »Also, was willst du?«

»Einen Zug Zivilgardisten und ein paar mächtige Zauberer.«

Wir gehen auf die Rennbahn. Dort stehen Lord Fidel-al-Ambra und Lord Rezaz Caseg einträchtig beisammen, stochern in den Resten ihrer Wagen herum und kümmern sich um die Gesundheit von Fahrern und Pferden. Sie sind zwar nicht plötzlich die dicksten Freunde geworden, haben aber offenbar eine Art Waffenstillstand geschlossen.

»Ein schönes Rennen.«

»Wirklich ein schönes Rennen.«

Sarija ist auch da. Der Elfenlord macht ihr höfliche Komplimente über die Form, die Sturm auf die Zitadelle an den Tag gelegt hat. Sie erwidert diese Komplimente ebenso höflich und lobt sowohl Fidels als auch Rezaz' Wagen. Melis, die Reine, taucht ebenfalls auf, flankiert von Kahlius und Zitzerius. Alle sind höflich zu allen. Mag das Ergebnis des Rennens auch für den Durchschnitts-Turanianer einiges zu wünschen übrig gelassen haben, nach diplomatischen Maßstäben gemessen hätte es nicht besser laufen können. Niemand wird Turai den Krieg erklären.

Es herrscht ein seltener Moment entspannten Friedens zwischen Orgks, Elfen und Menschen. Ich bin zwar ungern der Miesling, der die Stimmung verdirbt, aber ich will die Angelegenheit auch nicht weiter hinauszögern. Ich trete neben Kemlath Orgk-Schlächter.

»Ein sehr aufregender Tag, Kemlath. Wie ich sehe, tragt Ihr Euren Lieblingsring. Das ist zufällig auch der Ring, den Ihr Senator Mursius abgenommen habt, nachdem Ihr ihn getötet habt.«

Hauptmann Rallig sieht mich scharf an. Die Blicke des Konsuls und des Vizekonsuls folgen einen Wimpernschlag später.

»Ich nehme an, dass er Euch viel bedeutet hat, Kemlath. Aber es war sehr leichtsinnig von Euch, ihn zu stehlen.« Ich wende mich an den Hauptmann. »Dieser Ring gehörte Senator Mursius. Das kann ich beweisen. Man erkennt es ganz klar auf dem Gemälde, auf dem er nach den Orgk-Kriegen zu sehen ist. Der Ring wurde ihm vom damaligen Konsul für seinen Mut verliehen.«

Sarija schüttelt protestierend den Kopf. »Das ist Kemlaths Ring. Der Konsul hat ihn allen Offizieren verliehen.«

Jetzt bin ich dran mit Kopfschütteln. »Leider irrt Ihr Euch. Das hat Kemlath Euch erzählt, damit Ihr keinen Verdacht schöpft. Aber ich habe die Unterlagen in der Bibliothek eingesehen. Es war der einzige Ring, der vom Konsul verliehen worden ist. Kemlath hat ihn Mursius weggenommen, weil er eifersüchtig auf dessen Ruhm war, und auch wegen Euch. Ich habe das Gemälde tagelang vor Augen gehabt, aber es ist mir nicht aufgefallen, bis jetzt. Wisst Ihr, Kemlath, ich habe mich oft gefragt, warum Ihr diesem Fall so große Aufmerksamkeit schenkt. Eine Weile dachte ich, es läge nur an Eurem Interesse an Sarija. Aber das konnte nicht alles sein. Ihr habt die gestohlenen Kunstwerke aus dem Lagerhaus weggeschafft, aber der Freundeskreis war früher da als Ihr und hat einige Gegenstände gestohlen. Einer davon war dieses Gemälde. Und Ihr wusstet genau, dass Ihr Ärger bekommen würdet, wenn es wieder auftauchte und jemand zwei und zwei zusammenzählte. Wie ich es gerade getan habe.

Und selbst wenn Euch niemand mit dem Ring in Verbindung bringen sollte, hätte der Rest der gestohlenen Kunstwerke Euch trotzdem noch überführen können. Denn Ihr hattet nicht genug Zeit, alle Kunstwerke sorgfältig von den Spuren Eurer Zauberei zu reinigen. Deshalb war es sehr klug von Euch, in meiner Nähe zu bleiben. Jedes Mal, wenn ein Beweisstück auftauchte, wie etwa die Bronzetasse, konntet Ihr die Spuren Eurer Aura davon beseitigen. Kein Wunder, dass ich überall, wo ich hingriff, eine Niete gezogen habe.«

Schwärme von schwarzen Flugratten flattern auf der Rennbahn herum und picken die Brosamen der Menge auf. Ich konnte diese Vögel noch nie leiden.

»Mit Euren magischen Botschaften habt Ihr es jedoch ein bisschen übertrieben. Georgius hatte die erste geschickt, und Ihr habt ihn dann nachgeahmt. Vermutlich habt Ihr Euch nur ein bisschen amüsieren wollen. Übrigens, erinnert Ihr Euch daran, wie Ihr mir sagtet, dass Ihr Georgius' Aura an einer Botschaft wahrgenommen hättet? Ihr habt Georgius niemals kennen gelernt und Euch das einfach nur ausgedacht. Es ist wirklich sehr komisch gewesen, wie ich die ganze Zeit alles dem armen Georgius angehängt habe, wo Ihr selbst doch dahinter stecktet.«

Kemlath bleibt ruhig. Er tobt weder los, noch protestiert er.

»Warum sollte ich meinen guten Freund Mursius umbringen wollen?«, bemerkt er nur.

»Ihr wart höllisch eifersüchtig auf Euren guten Freund Mursius, weil er Euch Sarija vor der Nase weggeschnappt hat, darum. Ich habe mit der ehemaligen Wirtin der *Meerjungfrau* gesprochen. Ihr beide seid während des Krieges häufig dort eingekehrt, als Ihr auf den Zinnen von Zwölf-Seen stationiert wart. Sie weiß noch sehr gut, dass Ihr Sarija gebeten habt, Eure Frau zu werden, und sie Mursius Euch vorgezogen hat. Ich glaube, dass Ihr ihn seitdem gehasst habt.«

Kemlath streitet meine Anschuldigungen jedoch unbeeindruckt ab.

Hauptmann Rallig weiß nicht genau, wie er jetzt vorgehen soll. Schließlich ist es nicht so, dass die Beweislage eindeutig ist, und Kemlath ist eine bedeutende Persönlichkeit und außerdem noch ein Kriegsheld. Der Hauptmann sieht Hilfe suchend Kahlius an. Kahlius wendet sich an mich.

»Ist der Ring Euer einziger Beweis? Ich denke, dass der Ring auch jederzeit früher von Mursius in Kemlaths Besitz übergegangen sein kann.«

Ich wende mich an Sarija. »Und? Stimmt das?«

Sie schüttelt den Kopf. »Mursius hat ihn an dem Tag getragen, als er … gestorben ist.«

Sarija hat vor Entsetzen die Augen weit aufgerissen. Sie glaubt mir. Und es ist ziemlich klar, dass sie heute Abend oder vielleicht sogar schon früher ihren Vorrat an Boah mächtig plündern wird. Kahlius jedenfalls ordnet an, Kemlath zu verhaften, bis Klarheit in die Sache gebracht wird.

Hauptmann Rallig macht sich aber immer noch Gedanken. »Warum hat er zwanzig Jahre gewartet, bis er Mursius umgebracht hat?«

»Das weiß ich auch nicht genau. Vielleicht hat er so lange darüber gebrütet, bis es einfach zu viel für ihn wurde. Es wäre vielleicht auch nicht passiert, wenn er Mursius im Lagerhaus nicht plötzlich gegenübergestanden hätte. Das war wohl nicht geplant. Mursius war in den Coup des Freundeskreises eingeweiht, die Pferde zu betäuben. Ich glaube, Kemlath hat dies herausgefunden und wollte Mursius bloßstellen. Bedauerlicherweise entschloss sich Sarija, ausgerechnet zu dieser Zeit einen Teil von Mursius' Kunstwerken an Axilan, ein kleines Rädchen im Freundeskreis, zu verscherbeln, als der gerade in der Villa war, um die Giftpflanzen abzuholen.

Das gefiel Kemlath gar nicht. Er wollte nichts in diesem Lagerhaus dulden, was man möglicherweise bis zu Sarija zurückverfolgen konnte. Er wollte zwar Mursius bloßstellen, aber auf keinen Fall wollte er, dass Sarija ebenfalls verhaftet würde. Also hat er versucht, die Kunstwerke wegzuschaffen. Bedauerlicherweise fiel sein Besuch mit dem von Mursius zusammen. Vermutlich hat Kemlath Mursius gesteckt, dass er die Behörden über diesen Wettbetrug informieren wollte, und es kam zu einem Kampf. Vielleicht hat Kemlath ihn auch gar nicht töten wollen, jedenfalls ist das dabei herausgekommen. Gepasst hat es ihm sicher ganz gut. Denn damit war die Bahn frei, dass er erneut um Sarija werben konnte.«

Hauptmann Rallig hört mir genau zu. Er hat ein ausgezeichnetes Gedächtnis. Ich wüsste nicht, dass er jemals etwas vergessen hätte.

»Wahrscheinlich hast du Recht, Thraxas. Aber ich bin nicht im Geringsten sicher, dass wir genug Beweise haben, um vor Gericht damit durchzukommen. Warum hast du nicht noch gewartet, bevor du ihn ausgeliefert hast?«

»Weil ich es satt hatte, deshalb. Man hat mich verhaftet, hat mich blöd aussehen lassen, und alle haben mir das Leben schwer gemacht. Ich habe die Nase von Kemlath voll gehabt, vom Wetter und vor allem von der Art und Weise, wie die Rennen hier und heute gelaufen sind. Ich habe meinen Auftrag erledigt und den Mörder entlarvt. Wenn Ihr noch mehr Beweise braucht, wird die Garde sicher welche ausgraben können. Und jetzt gehe ich nach Hause.«

»Eins noch, Thraxas ... die Orgks, auf die du angeblich in Ferias gestoßen bist ... Ist das wirklich passiert?«

»Natürlich! Glaubt Ihr denn, dass ich mir so was ausdenke? Sie gehörten zu Prinz Kalazars Meuchelmörder-Bande. Makeza, der Donnerer, hielt sie da bis zum Rennen versteckt. Wahrscheinlich hat er sich für Ferias entschieden, weil das Klima dort besser ist.«

Ich rausche davon, und Makri folgt mir auf dem Fuß. Als wir an Melis vorbeigehen, geben die beiden Frauen sich die größte Mühe, so zu tun, als kennten sie sich nicht.

»Reißt euch bloß kein Bein aus«, knurre ich leise, sodass sie es nicht hören können. »Ich weiß genau, was heute hier gelaufen ist.«

In dem Landauer, der uns nach ZwölfSeen zurückbringt, spielt Makri mit ihrem Beutel voller Geld. Ich habe selbst neunhundert Gurans gewonnen, aber nachdem jetzt die erste Euphorie verblasst ist, verschlechtert sich meine Laune zusehends.

»Heute hatten wir einen richtigen Glückstag«, eröffne ich die Schlacht.

»Das kannst du wohl sagen«, erwidert Makri strahlend.

»Merkwürdig, dass all diese ungesetzten Wagen gewonnen haben. Sehr merkwürdig. Ich habe beim letzten Rennen neunhundert Gurans gewonnen. Ich habe auf Friedlicher Himmelstraum gesetzt, obwohl es der schlechteste Wagen im Feld war. Willst du wissen, warum ich das getan habe? Weil ich gehört habe, wie Marihana darauf gesetzt hat. Deshalb.«

Makris gute Laune verpufft. Sie wirkt betreten.

»Wie viel davon darfst du denn für dich behalten?«, erkundige ich mich freundlich.

»Was willst du damit sagen?«

»Kannst du etwas davon für dich ausgeben, oder hast du das alles der Vereinigung der Frauenzimmer versprochen?«

»Red keinen Unsinn, Thraxas.«

»Ich rede keinen Unsinn. Wenn du mir weismachen willst, dass die Nummer drei der Meuchelmördergenossenschaft ihr Sommerkleidchen anzieht und aus reinem Spaß an der Freude zum Wagenrennen geht, musst du früher aufstehen. Alle Rennen waren abgekartet, Makri, wie du sehr wohl weißt. Und da steckten weder der Freundeskreis noch die Bruderschaft dahinter. Den Favoriten sind nicht ohne Grund ihre Achsen gebrochen. Da war Zauberei am Werk.«

»Im Stadion Superbius kann nicht durch Zauberei betrogen werden«, widerspricht Makri störrisch.

»Das kann sehr wohl geschehen, wenn man den Stadionzauberer auf seiner Seite hat. Du solltest Melis, der Reinen, klarmachen, dass sie etwas vorsichtiger sein soll, wenn sie diesen Schwindel noch mal veranstalten will. Ich weiß, dass die Vereinigung der Frauenzimmer dringend Geld braucht, aber Lila Paradies ein Sieger? Und was war das für eine Lachnummer mit Friedlicher Himmelstraum? Vermutlich hat sie irgendeine neue Rennmagie auf ihrer Reise nach Samserika aufgeschnappt, die hier noch niemand kennt.

Aber wenn sie so weitermacht, kommt sie in Teufels Küche. Wenn die männliche Bevölkerung von Turai herausfinden sollte, dass unsere Stadionzauberin ihre Magie einsetzt, um der Vereinigung der Frauenzimmer zu helfen, Geld zu sammeln, wird sie euch in Stücke reißen. Und ich werde in vorderster Reihe dabei mittun.

Ich bin entsetzt, Makri. Ich habe bestimmt zwanzig Mitglieder der Vereinigung der Frauenzimmer im Stadion gesehen, die das Geld nur so gescheffelt haben. Es hätte mir nichts ausgemacht, wenn du nicht versucht hättest, mich von der Fährte abzubringen. Dieses Herumgeschleiche vor meinem Zimmer und diese Heimlichtuerei mit Marihana über Wettquoten und Wagenrennen. Als wenn ich wirklich glauben würde, dass sich diese Meuchelmörderin plötzlich für Sport interessiert. Sie wird mit einem Dolch im Rücken enden, wenn die Meuchelmördergenossenschaft herausfindet, dass sie ihre Zeit damit verbringt, für die Vereinigung der Frauenzimmer zu arbeiten.«

»Ich glaube, sie ist alt genug, um selbst zu entscheiden, für wen sie arbeitet.«

»Sie ist vor allem eine heimtückische Mörderin. Aber ihr beide passt ja gut zusammen. Was fällt dir ein, beim Wagenrennen zu betrügen?«

»Wir brauchen das Geld«, protestiert Makri.

»Die armen Kutscher, Handwerker und Seeleute auch, die glaubten, dass alles mit rechten Dingen zuging. Das kann ich dir sagen, Makri, ich bin nicht erfreut. Die Stadionzauberin betrügt die Öffentlichkeit. Und ausgerechnet Melis, die Reine! Ich sehe nur aus einem Grund davon ab, dem *Wahrheitsgetreuen Chronisten* einen Hinweis zu geben: Weil du sonst von den Zinnen der Stadtmauer hinuntergestoßen würdest. Die Bevölkerung hat im letzten Monat genug unter Orgks zu leiden gehabt. Sie würde wohl kaum besondere Nachsicht üben, wenn sie erführe, dass sie jetzt von einem anderen betrogen worden ist.«

Das macht Makri wütend. »Willst du damit andeuten, dass ich ein Orgk bin?«

»Andeuten? Eins ist jedenfalls sicher, du hast keine menschlichen Werte.«

Makri steckt den Kopf aus dem Fenster des Landauers und schreit den Kutscher an, er solle auf der Stelle anhalten. Dann springt sie auf die Straße.

»Sprich nie wieder mit mir, du widerlicher Säufer!«, kreischt sie.

»Hinterhältige Orgk!«, brülle ich zurück. Sie stürmt davon.

»Und versuch nicht noch einmal, mein Zimmer auszurauben, Spitzohr!«, schreie ich ihr hinterher.

Die Sonne brennt vom Himmel. Es ist so heiß wie im Orgkus. Obwohl ich neunhundert Gurans gewonnen habe, bin ich so wütend wie ein gereizter Drache. Ich ertrage es einfach nicht, dass die Vereinigung der Frauenzimmer uns alle hereingelegt hat.

21. Kapitel

Nach den Widrigkeiten des letzten Monats kehrt das Leben in der Stadt wieder zur Normalität zurück, als das Turasfest und die Dreifach-Mond-Konstellation gefeiert werden. Die Temperaturen fallen, und der Herbst geht langsam in den Winter über.

Das Rennen hat zwar viel Unzufriedenheit hinterlassen, aber dafür überraschend wenig Verdacht erregt. Alle vertrauen Melis, der Reinen. Und soweit ich gehört habe, ist es der Vereinigung der Frauenzimmer gelungen, ihre Bemühungen um die Anerkennung bei der Innung ein erhebliches Stück voranzutreiben.

Zitzerius ist hocherfreut über mich. Das Rennen ist vorbei, die Elfen mögen uns immer noch, und Lord Rezaz wird die Kupferminen unter seinen Schutz stellen. Wenn das so weitergeht, werde ich eines Tages noch in den Palastdienst zurückkehren.

Die Zivilgarde hat Kemlaths Rolle bei Mursius' Tod genau unter die Lupe genommen und tatsächlich eine lückenlose Kette von Beweisen gegen ihn zusammengetragen. Selbst Hauptmann Rallig hat zugegeben, dass ich hierbei ausgesprochen gerissen vorgegangen bin.

Natürlich wird Kemlath trotzdem nicht vor Gericht gestellt. Jedem Bürger, der so bedeutend ist wie Kemlath und der vor allem auch noch ein Kriegsheld war, wird die Gelegenheit gegeben, die Stadt zu verlassen, bevor man ihn vor Gericht stellt. Es sei denn, es handelt sich um Hochverrat. Kein Mitglied der Aristokratie kommt jemals auf das Schafott oder muss etwa das Ruder einer Strafgaleere in die manikürten Hände nehmen. Stattdessen gehen sie ins Exil – wie auch Kemlath.

Sarija bleibt in Turai und investiert ihre Erbschaft in Boah. Ich bekomme abermals eine magische Nachricht, diesmal aber wieder von Georgius Drachentöter. Er mag mich noch weniger als vorher und will mich bei der erstbesten Gelegenheit töten. Wenn man bedenkt, wie ich ihm wegen des Mursius-Falles zugesetzt habe, kann ich ihm das nicht einmal ernstlich verübeln.

Immerhin habe ich neunhundert Gurans abgesahnt und brauche eine Weile nicht zu arbeiten. Das ist der einzige Silberstreif am Horizont. Mit dem Winter vor der Tür würde ich gerne einige Monate einfach nur in der warmen Gaststube der *Rächenden Axt* sitzen, die Füße hochlegen und Bier trinken. Bedauerlicherweise macht Makri es mir unmöglich, mich zu entspannen.

»Ich habe sie noch nie so wütend erlebt«, sagt Tanrose. Ghurd nickt zustimmend.

»Gestern hätte sie beinah eine Wand mit ihrer Axt demoliert. Sie sagte, sie würde nur Kampftechniken üben. Aber ich habe gesehen, dass sie mit Kreide ein Bild von dir darauf gemalt hat, Thraxas. Warum musstest du sie auch eine Orgk nennen?«

»Wir haben uns gestritten.«

Da niemand sonst in Turai zu ahnen scheint, dass die Vereinigung der Frauenzimmer beim Rennen alle betrogen hat, bin ich zu dem Schluss gekommen, dass ich nicht unbedingt derjenige sein will, der sie entlarvt. Einerseits aus Sorge um Makris Sicherheit, zum anderen könnte ja jemand versuchen, die neunhundert Gurans von mir zurückzufordern, die ich gewonnen habe. Aber ich bin immer noch wütend auf Makri. Sie kann so viele Kreidemännchen, wie sie will, zu Kleinholz verarbeiten, ich weigere mich kategorisch, mich zu entschuldigen. Beim Turas-Gedächtnis-Rennen zu betrügen ist einfach verachtenswert. Selbst Astral Trippelmond hat seine Betrügereien auf die kleineren Rennen beschränkt.

Makri kommt herein.

»Willst du schon mit der Nachtschicht anfangen?«, erkundigt sich Ghurd.

Sie schüttelt den Kopf. »Ich gehe weg. Ich weigere mich, in derselben Kaschemme zu leben wie ein fetter, nutzloser Säufer, der mich eine Orgk genannt hat.« Dann stürmt sie nach oben.

»Was schaut ihr mich so an?«, will ich wissen. »Wieso muss ich mich immer entschuldigen? Ihr habt doch gehört, wie sie mich genannt hat.«

»Komm schon, Thraxas. Du weißt, dass du es gutmachen solltest. Es würde dir doch auch nicht gefallen, wenn Makri wirklich abreist. Wer würde dich decken, wenn du dich mal wieder mit Bösewichtern herumschlägst?«

»Bevor sie aufgetaucht ist, hatte ich keinerlei Schwierigkeiten, mir den Rücken freizuhalten. Soll sie doch gehen! Sie regt mich sowieso nur auf. Wenn es nicht diese verdammte Frauengruppe ist, dann irgendeine Dummheit, die sie in den Philosophievorlesungen von Sermonatius aufgeschnappt hat. Wer hätte je gehört, dass eine Barbarin aus dem Osten auf die Innungshochschule geht? Das Ganze ist einfach lächerlich.«

Ghurd und Tanrose sehen mich vorwurfsvoll an. Allmählich fange ich an, mich von ihren Blicken verfolgt zu fühlen.

»Also gut, verdammt noch mal, wenn es euch beiden so viel bedeutet, dann entschuldige ich mich. Nicht, dass es etwas nutzen würde. Nicht einmal Makri ist naiv genug, um dreimal hintereinander auf einen Blumenstrauß hereinzufallen.«

Auf Tanroses Vorschlag hin habe ich Makri bei zwei ähnlichen Gelegenheiten vor einiger Zeit Blumen geschenkt. Ich fand diese Art der Entschuldigung zwar armselig, aber auf Makri hatte sie eine spektakuläre Wirkung. Die Ex-Gladiatorin brach in Tränen aus und raste wie von der Tarantel gestochen aus dem Gastraum. Beide Male. Tanrose führt das darauf zurück, dass Makri in einer Gladiatorengrube aufgewachsen ist und vorher niemals Geschenke bekommen hat.

Makri taucht mit einem Kleidersack über der Schulter am Fuß der Treppe auf.

»Und richtet dieser fetten Schnecke aus, dass ich ihm die Blumen in den Rachen schiebe, falls er auf die Idee kommen sollte, mir welche zu kaufen.« Mit diesen Worten stürmt sie nach oben.

»Das sagt sie nur so«, behauptet Tanrose. »Ich bin sicher, dass es wieder funktioniert.«

Ich schaue sie verblüfft an. Tanrose scheint einen beinah mystischen Glauben an die Macht eines kleinen Blumenbuketts zu haben. Es ist einfach albern.

»Kauf ihr doch eine neue Axt«, schlägt Ghurd vor. »Ich glaube, sie hat ihre Lieblingsaxt kaputtgemacht, als sie die Wand demoliert hat.«

So kommt es, dass ich durch den Quintessenzweg und über den Markt gehe, unterwegs zu meinem Waffenschmied. Das Wetter ist schön, auch wenn in der warmen Herbstluft die ersten Anzeichen von Abkühlung spürbar sind. Der Winter lässt nicht mehr lange auf sich warten. Der Winter in Turai ist die Hölle. Ich würde es wirklich bedauern, wenn ich ihn nicht gemütlich vor einem lodernden Feuer in der *Rächenden Axt* verbringen könnte.

Ich erreiche den Laden meines Waffenschmieds. Ein Schild an der Tür verkündet: »Wegen Trauerfall geschlossen.« Ich habe vergessen, dass der dritte Sohn des Waffenschmieds letzte Woche bei einem bedauerlichen Unfall mit einer Armbrust getötet wurde. Der vierte Sohn wird deswegen demnächst vor Gericht gestellt.

Es ist schon zu spät, um noch einen anderen Waffenschmied aufzusuchen. Ich muss bis morgen warten. Langsam gehe ich zum Quintessenzweg zurück. In der Bäckerei kaufe ich ein Stück Kuchen. Marzipixa ist spürbar unfreundlicher als sonst. Wahrscheinlich verbreitet Makri böse Hetzgeschichten über mich.

Ich esse den Kuchen auf der Straße.

»Willst du wieder Blumen kaufen?«, erkundigt sich Floxos, der Blumenverkäufer, neugierig.

»He, Tranox!«, schreit er dem Fischverkäufer zu. »Thraxas kauft wieder Blumen.«

»Anscheinend hat er immer noch seine kleine Freundin!«, brüllt Tranox so laut zurück, dass die ganze Straße es hört.

»Behandle sie bloß gut, Thraxas!«, kreischt Nitribix, eine der meistgefragten Huren von ZwölfSeen.

Ich starre Floxos an und werfe ihm eine Münze hin, nur um hier wegzukommen. Als ich in der *Rächenden Axt* ankomme, halte ich einen riesigen Blumenstrauß in der Hand.

»Ich dachte, du wolltest eine Axt kaufen?«

»Die Schmiede hatte geschlossen.«

Das klingt selbst für meine Ohren kleinlaut. Ich drücke Makri die Blumen in die Hand und greife dabei unwillkürlich zum Schwert, nur für den Fall, dass sie gewalttätig wird.

Makri hebt die Blumen hoch, um sie auf den Boden zu werfen, doch plötzlich läuft ihr eine Träne über die Wange. Sie presst die Blumen an die Brust, kommt auf mich zu, umarmt mich leidenschaftlich und rast dann in Tränen aufgelöst aus dem Schankraum. Ich weiß nicht genau, was das jetzt zu bedeuten hat.

»Hat es wieder funktioniert?«

»Na klar«, erklärt Tanrose selbstgefällig.

Ich verstehe das nicht. Ghurd auch nicht.

»Und das soll jetzt dieselbe Frau sein, die einmal gegen einen Drachen gekämpft hat. Sie hat mit dreizehn Jahren einen drei Meter großen Troll getötet.«

Tanrose zuckt mit den Schultern. »Wahrscheinlich hatte sie eine wirklich finstere Kindheit, in dem Loch, wo sie aufgewachsen ist. Und ganz offenbar hat Makri jede Menge Nachholbedarf, was kleine Geschenke betrifft.«

Ghurd schnaubt verächtlich. »Die Frauen in meinem Dorf waren ganz anders. Wenn man sie beeindrucken wollte, musste man mindestens einen neuen Pflug auffahren.«

»Deshalb hast du wahrscheinlich auch niemals geheiratet«, stichelt Tanrose. »Du hättest diese Ackergeräte ignorieren und es lieber mit Blumen versuchen sollen.«

Sie schaute Ghurd viel sagend an. Er blickt verlegen zu Boden. Er fühlt sich schon seit langem zu Tanrose hingezogen, aber jede Erwähnung des Themas macht ihn verlegen. Diese Barbaren aus dem Norden haben einfach keinen Sinn für Romantik. Besser, ich lasse die beiden allein.

Oben inspiziere ich meine Vorräte. Ich brauche viel Kleeh und Thazis, um über den Winter zu kommen. Und vielleicht ein paar neue Decken. Ich besitze neunhundert Gurans. Das reicht für jede Menge dicker Decken. Vielleicht kaufe ich Makri ja auch eine. Sie hat nicht viel Geld, weil sie ihre Gewinne vollständig an die Vereinigung der Frauenzimmer weitergegeben hat. Ich finde solch ein Verhalten zwar verantwortungslos, aber das ist das Problem, wenn man sich Ideale leistet. Sie sind ein kostspieliges Laster und verführen einen dazu, verrückte Dinge zu tun.

Ich? Ich habe natürlich jeden Guran behalten.

blanvalet

Das Gesetz der Magie

Eine spektakuläre Parallelwelten-Saga!

Ein Epos mit kunstvoll ineinander verschlungenen Realitäten unterschiedlicher Dimensionen.

24126

24127

24128

www.blanvalet-verlag.de